KB201664

미국인 탐험가

미국인 탐험가(개작본)

김원우 문학선집 3

개미

차례

이름에 시달리다

비록 둘 다 흔한 이름이고, 그 뜻에도 세속의 때가 잔뜩 묻은 것일 망정 필명과 본명을 두루 사용하며 살아가는 내 처지를, 남들은 번거롭다고, 별난 호사 취향이라고 넘볼지 모르나, 나는 전혀 개의치 않는다.

사람이 모기, 개구리, 맨드라미, 버즘나무 따위의 식물이나 책상, 의자 같은 사물처럼 이름을 하나만 가지고 살아간다면 얼마나 답답하고, 지겹고, 억울한가. 그러므로 어느 한 개인의 특별한 지칭어인 이름을 한 개만 지니고 살아가는 대다수 일반인은 한낱 벌레에 지나지 않을지도 모른다. 그들은 딱정벌레, 풍뎅이, 고추잠자리, 소금쟁이 같은 명찰을 달고, 그 어쩔 수 없는 이름이라는 간판이자 멍에를 벗어버리지 못하고 평생토록 끙끙대며 살아간다. 아니, 살아간다기보다는 소 모가지의 그 멍에처럼 운명적으로 그것에 질질 끌려다니다가 죽어간다. 얼마나 어처구니 없고 한심한 노릇인가.

사람이라면 당연히 그 멍에를 벗어버리기 위해 제 이름을 스스로 여러 개 지니며 살아야 하지 않을까. 20대, 30대, 나아가서 50대, 60대의 이름이 각각 달라져도 괜찮지 않나. 세상살이가 워낙 복잡다단해

지니까 이름을 딱 한 개씩만 가지라는 관습은 얼마나 억지스러운 편의주의인가. 이것이 저것 같고, 저것이 이것 같은 이 몰개성적 횡포는 철면피한 수작이 아닌가. 한자(漢字)가 덤터기 씌운 관습일 테지만, 우리의 이름들은 얼마나 네모반듯한가. 그것도 말 맞추기라도 한 듯이 좋은 의미로서의 뜻글자 두 자를 조립하는 관행이라니. 그 빤한 조작에 무슨 창의성이 나올 것인가. 그의 조상이 서부의 광활한 땅을 갖고 싶어 했지 싶은 '웨스트모어랜드'라는 서양식 이름을 우리말로 풀어 쓸 수는 없을까. '박차고나온애' 비슷한 한글식 이름이 있다고 신문에서 보았던 듯한데, 다소 우스꽝스럽긴 하지만 오늘날과 같은 두루뭉수리 시대에 얼마나 개성적인 이름인가. 이름이란 모름지기 자기 자신의 정체성을 호명과 글로 증명하는 가장 대표적인 기호가 아닌가. 세상살이란 결국 만사에 또 만물에 정확한 이름짓기의 되풀이라는 금언은 《논어》 같은 지엄한 처신 교본에도 새겨져 있지 않은가.

일찍이 내가 이런 별난 투정과 염원을 되뇌게 된 데는 좌익운동으로 세상을 바꿔보겠다고 동분서주하다 월북한 내 가친이 이름을 여러 개 지니고 있었다는 '뜬구름' 같은 일화와도 무관하지는 않을 것이다. 그러므로 사람은 이름을 하나만 가져서는 안 된다는, 그리하여 각자의 인생을 좀 다채롭게 영위할 권리와 의무를 적극적으로 누려야 한다는 내 염원이자 신념은 딴에는 각별하지 않을까 싶기도 하다. 그래서 나는 내 이름을 아직도 겨우 두 개밖에 지니지 못한 주제꼴을 한심스러워하고, 기회만 닿으면 몇 개 더 가질 생각이 절실하며, 그 여러 개의 이름을 때와 곳에 맞춰서 유효적절하게 번갈아 상용하고 싶은 욕심을 쓰다듬고 지내는데, 대뜸 그 엉터리 수작일랑 제발 고만하라고 대드는 사람에게는 '세상의 통념에 무작정 얽매여 사는 당신도 속물들의 그 투안(偸安), 투식(偸食)에 엔간히도 눈이 멀었구려' 라는 구투(舊套)의 권면을 디밀고 싶을 뿐이다.

말이 나온 김에 한마디을 덧붙이면 필명을 본명과 비슷하게 지어버린 내 옹졸함을 비웃을 때가 없지 않고, 내 선친이나 이상(李箱)처럼 성(姓)씨까지 갈아버리는 과단성을 발휘하지 못한 소심한 안달을 곱씹을 때면 내 인생의 한계 같은 걸 느끼고 머리를 절레절레 내두른다.

그런 의미에서라도 애칭이나 펜네임 따위를 달랑 하나만 상용해대는 서양인들의 관행은 역시 우리보다는 한 수 아래라고 나는 치부하는 쪽이다. 따라서 그 양반만의 독보적인 온축(蘊蓄)의 깊이나 넓이가 어느 정도인지 가늠할 수 없는 터이긴 해도 그 이름 앞에 추사(秋史)가 반드시 따라다니는 저 우리의 명필의 자(字)가 원춘(元春)이었고, 완당(阮堂), 예당(禮堂), 담재(覃齋), 시암(詩庵), 과파(果波), 노과(老果) 등의 또 다른 이름인 호(號)를 수다하게 지니고도 부족하여 마음에 드는 이름 찾기에 부심했다는 일화만으로도 나는 그분을 최대의 경어인 '선생님'이라고 부르고 싶은데, 실제로도 그이는 귀양중에, 또 만년에 이르러 당신의 젊은 시절의 글들을 모조리 불사르면서 "그때 내 이름도 이제부터 없앤다"라고 읊조렸다는 전설 앞에서는 '역시 다르다'며 선뜻 무릎을 치고 만다.

이름의 가짓수나 남긴 업적에서 그분만큼은 따르지 못하나, 작품량과 어휘량이 어느 작가보다 많았다기보다도 우리말을 가장 애써 골라 쓴 최초의 작가, 작가라기보다 산맥 같은 장인(匠人)이었고 예인(藝人)이었던 염상섭(廉想涉) 같은 선각도 여러 개의 이름을 가지고도 이름 부자가 못 된 것을 못내 아쉬워했다고 한다. 만년에 어느 출판업자가 당신의 전집이나 선집(選集)을 출간하겠다면서 그의 초기 작품 목록을 디밀자, 대뜸 "내가 이런 작품도 썼나? 그때 내 이름이 뭐였더라, 없애버리지, 창피스럽네, 이제사 창피한 줄은 알지"라고 중얼거렸다는 전언 앞에서는 이마에 커다란 혹까지 달고 있어서 얼굴 부자이기도 했던 당신의 대가다운 풍모를 떠올리고 '역시'라며 나는 기가 질려버린다.

↓

사설이 다소 길어진 감이 없지 않다. 그러나 여기에 소개하는 한 편의 글도 이름의 멍에, 곧 그것 때문에 겪는 곤경의 저작이라서 변명할 여지는 얼마쯤 통할 듯하다. 읽어가다 보면 곳곳에 비현실적인 대목, 좋게 말해서 은유적이랄까 상징적인 정황도 조작되어 있음을, 소설이라서 좀 작위적인, 따라서 소설적 상상력의 발동이 지나쳐서 전후 맥락의 짜깁기에 엉성한 둔사(遁辭)도, 문학의 골격이라는 '개성'적인 표현도 손쉽게 짚어낼 수 있을 것이다. 그런 군더더기들은 작가 스스로가 미련 없이 쓸어내야 할 지적 허영일 테지만, 생각하기에 따라서는 그 상징성, 생경스러움, 현학 취향이 오히려 가독성을 높이는 듯하고, 작중인물들을 희화화(戲畵化)하고 있는 대목에서는 그와 상응하는 모델의 자태가 저절로 떠올라서 내가 먼저 실소를 머금는 경망을 저지르기도 했다. 아무튼 모델소설이라는 명칭에 부끄럽지 않게 그 실제 인물들이 한 문학도의 스타일에 빗지며 이만한 인물들로 작중에서 뛰어다닐 수 있다는 것은 눈을 홉뜰만한 실적일뿐더러 작자 스스로 그 성취감을 지레 즐기고 있어서 귀엽기도 하다. 단언하지만 세상살이가 '이름짓기'이듯이 소설은 '인물 만들기'이기도 할 것이다. 인물이 사건을 저지르고, 사건이 인물을 어떤 모양새로든 규정하지만, 거칠게 말하면 사건 곧 이야기 없는 소설은 있을 수 있어도 그럴듯한 작중인물이 없는 이야기를 과연 소설이라고 할 수 있는지 나로서는 의문이다. 하기야 어느 날 잠에서 깨어났더니 한 마리의 벌레가 되어 있더라는 괴상한 이바구는 소설 말고 다른 장르로 취급해야 한다고 생각하지만, 우리네의 이름들만큼이나 어슷비슷한 인물들마저도 소설 속에서 제대로 뛰어놀게 하기란 실로 힘겨운 작업이며, 여기에 소개하는 한 편의 소설도 그런 고충이랄지 한계를 웬만큼 드러내고 있음은 미리 밝혀둬도 괜찮지 않을까 싶다.

아무려나 그가(다음에 소개하는 소설을 쓴 작가 말이다) 작년 연말의 어느 날 오후, 귀갓길에 오르는 나를 복도에 불러세워 놓고 "이런 잡문도 글이 되겠습니까"라고 그 곱상한 얼굴에 웃음을 잔잔히 피워올리면서 내게 타자로 친 원고 묶음을 건넸을 때, 나는 귀찮다기보다도 좀 의아스럽다는 느낌을 얼굴에 피워올렸다.

아니, 이형이야 벌써… 제가 뭘 알아야지요. 글쎄요…

말을 그렇게 흘리면서 타자지 원고의 첫 장을 넘겼더니, 거기에는 '이름을 찾아서'라는 제목이 나를 빤히 올려다보고 있었다.

아니, 이건 소설이 아닙니까?

내가 알기로 그는 이태 전쯤에 어느 월간지에(그것도 종합지이다) '음지식물로서의 시적(詩的) 화자' 운운한, 서른한 살의 나이로 요절한 어느 시인의 시 세계를 대충 요약한 잡문 형식의 시인론을 발표한 바 있었고, 국문과 학회지에도 두어 번인가 서정시와 일상시에 대한 논문을 게재한 바 있어서 자타가 인정하는 한무릎공부로 일가를 이뤄가

이름에 시달리다

는, 이미 박사 과정도 마친 시 전공자였다. 당연히 그는 고만고만한 조교들의 총대였고, 교양과정부의 국어 시간을 일주일에 여덟 시간쯤 맡고 있어서 강사료로 월 40만 원 이상씩 벌고, 은사들의 대강(代講)도 수시로 떠맡는 대우강사이기도 했다. (최근에 일부 사립대학에서 교비 절약상 원용하는 직책이 대우강사인데, 직위는 시간강사와 전임강사의 중간쯤 되고, 보너스 따위는 규정상 없다.) 그러나 어쭙잖은 소설가인 나는 그보다 예닐곱 살이나 연상이었지만, 겨우 석사 과정이나 마치기에 급급한 형편이어서 내가 학교에서는 그의 후배뻘이었다. 물론 나는 출신대학도 달라서 그로부터 아무개 선배라고 불릴 자격도 없는 터인데, 그가 그런대로 나를 깍듯이 대하는 품은 그 어리무던한 행태에도 여실했다. 하기야 그가 강의다, 학과의 잡무다, 제 공부다, 자료 수집이다 따위로 워낙 바쁘기도 하고, 나는 나대로 예의 그 얼굴부자인 횡보(橫步)의 소설 세계를, 굳이 들먹인다면 그의 초기작 《만세전》과 후기작 《취우(驟雨)》 속에 숨어 있는 시간과 공간의 변화가 어떤 식으로 조급하게 또는 느슨하게 바뀌어 가고 있는가 하는 주제어로 졸업 논문을 작성하여, 늦어도 12월 15일까지는 제출해야 하는 판이라 8월 말부터 네 달째 조교실의 한쪽 구석에 틀어박혀 지내고 있었으므로 우리는 "잘 돼 갑니까?"라든지, "모르겠어요, 머 뻔하잖아요. 워낙 무식해서 벅차네요. 예전에는 10년만 공부하면 더 읽을 게 없다고 탄식했다던데, 지금은 다들 어떻게 배우고 가르쳤는지 온갖 잡설이지 말만 옳다고 덤비니 골머리가 다 지끈거리네요" 같은 대학사회 특유의 껄렁한 소리나 주고받는 사이였다.

그가 여전히 하얀 얼굴에 웃음을 지우지 않고 대답했다.

글쎄요, 과연 소설이랄 수 있을지… 내 공부는 뒷전이고 잡일에 시달리는 데도 지쳐서 나만 알아보는 암호 같은 카드나 작성하다 살을 한번 붙여봤는데요, 어떨지…

내가 서둘러 그의 말허리를 잘랐다. 배도 고파서 귀갓길을 서두르고 싶었고, 그놈의 졸업 논문의 진척이 워낙 지지부진해서 마음이 콩밭에 가 있던 탓이었다.

아, 좋지요, 자꾸 써야지요. 소설이란 게 머 별겁니까. 쓰다 보면 이런저런 상상력도 개발되고, 또 일종의 도식이 있어요. 어린애들의 그왜 집짓기라는 놀이 있지요. 그걸 보면 걔들의 상상력에서 배울 게 많아요. 말하자면 소설에 써먹을 수 있는 거 말입니다. 생판 황무지에서 무슨 풀이 자랍니까? 풀씨가, 집 짓는 벽돌 같은 도구가 있어야지요. 머 상상력도 대체로 그런 거잖아요. 적당히 변형시켜야지요 머. 집 짓는 데는 몇 가지 짜맞추는 유형이 있어요. 방법이야 다를 수 있지만. 탁월한 상상력이란 상투어는 허풍이거나 거짓말일지도 몰라요. 엄밀히 따지면 현실을 제멋대로 바꾸고 베끼는 것이 명색 상상력이고, 공상이고, 환상이고, 요컨대 허상이거나 가상이지요. 그러니 가감승제을 잘해야지요. 그러나저러나 대단합니다. 그 바쁜 틈바구니에서 언제 이런 소설도 다 써버릇하고… 모든 게 다 그렇지만 소설도 논문 쓰기 이상으로 결국 체력 싸움이지 별겁니까. 우리는 당최 몸이 빌빌거려놔서… 역시 나이가 있으니까 힘이 철철 넘치는군요. 여간 좋은 본보기가 아닙니다.

아이구, 자꾸 소설, 소설 하지 마세요. 그냥 카드 작성에 살을 좀 붙인 거라니까요. 얼마 전에 화곡동에 사는 제 친구 하나가 무단히 헌병

이름에 시달리다

대에 끌려가서 꼬박 이틀 동안 제 신원을 확인받느라고 쩔쩔매다 나온 일이 있었거든요. 그걸 카드에다 간추려놨다가 제 주변 인물에 대입시켜봤는데요.

알았습니다. 읽어야 보지요. 문장만 술술 잘 굴러가면 글이란 어떤 것이라도 다 재미있고 배울 게 많지요 머. 나쁘고 재미없는 글이 어딨습니까. 그런 글은 일단 문장이 엉터리잖아요. 무슨 말인지 알아볼 수 없으니까요. 문맥만 확실히 통하면 할 말이야 저절로 풀려나오지요. 그럴 수밖에요.

글쎄요, 그 문맥이나 문장도 제대로 골격을 갖추고 있는지 어떤지 갈수록 긴가민가해서 말이지요.

무슨 겸손의 말씀을, 이형이야 벌써… 대학교수에다 당당한 글쟁이에 학인에다 문사가 아닙니까.

에이, 또 공연히…

그가 공연히 쭈뼛거렸고, 고개를 절레절레 흔들어대며 뒤통수의 머리칼을 쥐어뜯었다. 겸연쩍다는 표정을 확실히 드러내며 그가 실토정했다.

원래 반풍수 집안 망친다는 말이 있잖습니까. 이것저것 다 때려치우고 어디 산에나 들어가서 일 년쯤 책이나 읽고 내려왔으면 꼭 좋겠는데, 여의치 않네요. 잡스럽고 성가신 일이 어디 한두 가지라야 말이지요.

그래도 어떡합니까. 진짜 교수가 돼놓고 봐야지요. 일단 우물쭈물 견뎌놓고 보고, 살아놓고 보는 거지요. 복수가 별겁니까, 오래 사는 게 복수지요 머. 잗다란 일에 너무 신경쓰지 마세요.

나의 건성의 격려에 그는 적극적으로 우리 사이를 좁혀보려고 덤볐다.

　커피라도 한 잔 대접할까요? 개집에서… 형님께서 요즘 논문 때문에 정신이 없는 것 같아서 말도 제대로 못 붙였습니다만…

　'개집'이란 재학생들이 도시락도 까먹고 3백 원짜리 자장면도 사 먹는, 교수 식당이나 도서관 로비에 붙어 있는 식당보다 모든 시설이 훨씬 떨어지는, 그러나 캠퍼스 안에서는 가장 좋은 목에 자리 잡고 있는데도 미군용 막사처럼 지은 블록 건물 속의 학부생 전용 식당을 두고 하는 말이었다. 그거야 어쨌든 그가 커피 대접, 또 처음으로 내게 '형님' 운운한 것은 아무래도 요즘 젊은 친구들의 영악하고 이해타산이 빠른 속내를 대뜸 읽게 만드는 수작이었다.

　그래서 나도 우스개로 받았다.

　아니, 됐어요. 집에 가야지요. 언제 날 잡아서 개집보다 사람의 집에서 독후감을 권커니 잣거니 합시다.

　나는 그가 보는 앞에서 내 책보따리를 창틀 밑의 받침대 위에 올려놓고, 그걸 풀어 그의 타자 원고 묶음을 챙겨넣었다. 요즘 세상에 책보따리를 들고 다니는 꼬락서니가 우습다는 건지, 아니면 이런 식으로 원고 뭉치를 건네주는 게 겸연쩍다는 건지 도무지 짐작할 수 없는 묘한 웃음을 그는 입가에 베물고 있었다.

　그가 여전히 그 좀 묘하고 시니컬한 웃음을 띠며 말했다.

　정말 이거 형님을 너무 욕보이는 게 아닌지 모르겠습니다. 원고까지 그 모양이니…

　후에 알았지만, 그의 소설 중에서 희화화된 나라는 작중인물에 대

　　　　　　이름에 시달리다

한 겸연쩍음을 그는 그렇게 얼버무린 모양이었다. 나는 물론 그것도 모르고 "아, 됐어요. 읽을거리를 줘서 영광입니다. 자, 내일 또 봅시다"라고 말하며 비켜섰다. 그가 잽싸게 머리를 까딱해 보였고, 그때까지 쭈뼛거리던 짓거리와는 달리 절도있게 돌아서서 시커먼 복도의 끝을 향해 뚜벅뚜벅 걸어갔다. 나지막한 단신의 그가 꽤 당차 보였고, 좀 당돌하게 느껴졌다. 나도 책보따리가 한결 더 무거워져서 짐스럽다고 느끼며 그쪽보다 더 길고 어둠침침한 복도의 끝을 향해 발걸음을 떼놓았다.

인문관 앞의 계단을 밟고 내려오려니 초겨울의 짧은 해가 막 져버려서, '자유의 광장' 잔디밭 위에는 땅거미가 야금야금 내려앉고 있었다. 그런데도 그 누런 잔디밭 위에는 축구공을 힘차게 차대는 무리가 있었고, 쌀쌀한 날씨인데도 퍼대고 앉아서 데모 모의를 하는지 머리통을 맞대고 있는 동아리가 여기저기 흩어져 있었다. 대학사회의 은어로 '이빨 맞춘다'는 그들의 지칠 줄 모르는 쑥덕공론을 바라볼 때마다 나는 조금 비감에 젖는 편이었다. 그 비감이란 덧없이 흘러가버린 내 젊은 날에 대한 회한이었고, 이지러지고 있는 달을 보며 방향감각도 없이 항해하는 한 뱃사람이 반추하는 초조감 같은 것이었다.

어느덧 1984년이었다. 그러나 '이름을 찾아서'의 서두는 연초부터였고, 봄이 주무대였다. 아마도 이형이 고심 끝에, 압도적인 시국의 저돌성을 참작하면서 상당한 생각을 공글린 나머지 소설 속의 시간을 그렇게 변형시킨 것일 터였다. 마치 성(姓)씨를 서로 뒤죽박죽으로 바꿔놓고, 성격들도 취할 것과 버릴 것을 적당히 뒤섞어놓은 것처럼.

'이름을 찾아서'는 예의 그 지루한 사설, 곧 속된 현학 취향으로 서두를 열어가고 있었다. 당연히 그게 '이름을 찾아서'의 주제를 어느 정도까지는 암시적으로 드러내고 있음을 부인할 수 없고, 사실상 그런 작의를 십분 이해해야 할 테지만, 지루함과 글의 목적은 별개인데도 그렇게 노닥거리니 유구무언이란 말이 저절로 입에 걸렸다.

↓

　글을 쓰려는 사람은 자기 정리벽을 안전에 매달고 살아야 하지 않을까 싶다. 그런 능력이 없다면 아무리 뛰어난 수사로 직조한 글이라도 지리멸렬, 횡설수설에 그치고 말테니까. 그런데 평소에 웬만큼 자기 정리벽이 있다고 자부하는 내가 이 글을 쓰려고 마음먹었을 때, 도무지 어디서부터 서두를 잡아야 할지 몰라서 고심참담했다. 정말 거의 한 달 이상이나 생각이 꽁꽁 얼어붙어 있어서 이런 사설을 일단 풀어놓고 보자는 단안을 내린 지가 바로 며칠 전이다. 굳이 비유를 끌어오면 본론은 거의 다 써놓고 서론을 못 써서 책을 펴내지 못하는 학자의 곤혹이 이렇지 않을까.

　사실상 나도 이 소설의 본론에 해당하는 부분은 거의 카드로 작성되어 있고, 어떤 인물과 그 주인공이 벌이는 사건이 어디쯤에서 터뜨려져야 하며, 그 원인과 결과가 어떻게 이어져야 하는지에 대한 부연 설명마저도 벌써 오래전에 내 머릿속을 떠나 깨알 같은 '문장, 절, 구'로 노트에 적혀 있다. 그럼에도 불구하고 나는 한 달 전쯤서부터 "이 멍청아, 이 돌대가리야, 죽어라, 죽어버려라, 빨리 아무렇게나 써버리고 다른 일을 잡고 매달려야지, 웬 늑장이야"라며 머리통을 쥐어박고 지냈다. 열을 받아서 그런지 머리 거죽이 가려웠고, 손톱으로 북북 긁어대자 소양감(搔痒感)도 때를 만난 듯이 기승이었다. 신경질로 가라앉

　　　이름에 시달리다

을 일이 아니라서 찬찬히 따져봤더니 내가 이 미지의 글에 이상한 아집, 고정관념, 무슨 범주 같은 것을 설정해두고 있지 않나 싶었다. 고지식한 고집쟁이? 그렇다면 글을 안 써버리면 그만이었다. 그러나 무슨 미련 같은 것이 나를 가만히 내버려 두지도 않았다.

저녁밥을 먹고 나서 시무룩한 얼굴로 바깥의 공동 복도와 붙어 있는 내 방으로 물러나면 머릿속이 온갖 생각으로 뒤죽박죽이었다. 슬그머니 운동화를 찾아 신고 아파트 단지 내의 보행로를 어슬렁거리며 그 헝클어진 생각을 정리하려고 머리를 굴려보았으나 속수무책이었다. 잠자리에 들었다가도 벌떡 일어나서 거실로 빠져나가 바장이는 통에 아내는 태교(胎敎)를 들먹이며 면박을 주었고, 어머니는 멀쩡한 자식에게 "한약이나 한 제 지어 주랴?"라고 내 눈치를 살폈다. 가족들의 그런 반응에 나는 미친놈처럼 "야, 이거 정말 환장하겠네, 제발 누가 이 멍청이를 좀 도와주세요"라고 하소연을 털어놓을 수도 없어서, 이런 기회에 베토벤의 교향곡들이나 그 멜로디를 몽땅 외워버려야겠다고 작정하며 머리를 텅 비워보기도 했고, 귀가 멍멍해지는 그 서정과 격정에도 신물이 나서 이번에는 방정맞을 정도로 경쾌하고 호들갑스럽기까지 한 감미로움의 변주로 온통 정신을 못 차리게 몰아대는 파가니니의 바이올린 협주곡 1번을 몇 번씩 계속해서 들어도 울울한 심사가 가라앉지 않았다. 글감이 웬만큼 성에 찼는데도 기고조차 못 하고 있으니 한심하기 짝이 없는 노릇이었고, 마가 끼었거나 무슨 얄궂은 귀신이 씌었다면 억울하기 짝이 없었다.

그러다가 어느 날 밤에 이 소설 같잖은 글을 아무렇게라도 일단 기록해두기로 마음먹었을 때의 즉흥성처럼 느닷없이 서두의 문맥이 어슬푸레 떠오르기 시작했다. 그것은 이 글의 주제를 웬만큼 짚어내고 있다고 보이는 고트프리트 벤의 절망적인, 그러면서도 대단히 힘찬 선언을 인용하고 나서 바로 나의 글을 써가면 어떨까 하는 착상을 꾸렸는데도, 막상 원고지 앞에서는 그런 용심조차 까맣게 잊고 있는 나 자신을 알아보고 적이 놀라지 않을 수 없었다. 아무튼 염두에 두고 있었던, 시인이기 이전에 의사이자 타고난 색골이었다는 그의 선언은 이런 것이었다.

"오늘날에는 더 이상 현실이라는 것은 존재하지 않고, 기껏해야 현실의 왜곡된 이미지들만 존재할 뿐이다."

위의 인용문 중에 나오는 '현실'이라는 어휘 대신에 '사람' 또는 '이름', 나아가서 '상상력'을 대입시켜보자는 생각이 그것이었다. 그러나 이 기발한 아이디어는 전적으로 내 거야라고 울컥 들뜨던 마음도 잠시였다.

그렇게 대입시킨 문맥이 어쨌단 말인가. 그 진의야 그럴 듯 할지 모르나 그게 내가 쓰려고 하는 이 글의 진행에 무슨 도움이 된단 말인가. 평소에 그 일사불란한 밝음의 얼룩만 집요하게 강조해서 좀처럼 듣지도 않는 모차르트가 그런 억지 발상을 촉발시키는 모양이었는데, 세상만사가 다 그렇지만 음악도 제가 좋아하는 것만 더 깊이 새겨들어야 실속을 차릴 수 있지 않을까 싶었다.

어쩔 것인가. 정말 언제까지 이러고 있을 것인가.

초조했다. 도무지 어정쩡해서 아무 일도 할 수 없었다. 본론의 문맥, 작중인물, 그들이 비춰주는 '현실이나 사람의 왜곡된 이미지'들은 내게 마구 삿대질을 해대고 있었고, 도대체 언제까지 이렇게 방치할

이름에 시달리다

거냐고 아우성이었다.

가령 이 돼먹잖은 서두를 쓸 때부터 자꾸만 고개를 디밀며, 부디 나부터 챙겨줘야 글이 슬슬 풀릴 걸이라며 나서는 다음과 같은 절규가 그 대표적인 것이었다. 후에 그가 내게 들려준 그 절규는 이 글의 뒤쪽에서 출몰해야 된다고 나는 미리감치 대못을 박아두고 있었는데도 말이다. 논문과 소설이라는 판이한 두 장르에 대한 나의 소양이 턱없이 부족한 탓이었다. 아무려나 그 절규는 이런 것이었다.

그러면 이인식은 도대체 누구야? 둘인가, 첫 번째 그놈은 어딨어? 서류상에만 있다고? 입영한 흔적이 이거잖아?

제가, 바로 제가 이, 이인식인데요, 제가, 제가 지, 진짜 이, 이인식이란 말입니다.

아니야, 그 이인식이 말고 이 이인식이, 다른 이인식이 말이야. 무슨 말인지 아직도 모르겠어?

모, 모르겠는데요. 제, 제가 이, 이인식이라니까요. 제, 제가 이, 이인식이라는 사실을 조, 좀 밝혀주세요.

지금 밝히고 있는 중이야. 자네가 이인식이 아니란 것이 밝혀지면 곱다시 드러나게 돼 있어. 그럴 거 아냐.

그, 그러면 그 이, 이인식이 누구예요?

그걸 우리가 어떻게 알아. 분명한 건 이 이인식이가 자네든지, 그러니까 자네 이름이든지 자네가 아니든지 둘 중에 하나야. 무슨 말인지 알아들어? 동일 인물이든지 동일 인물처럼 조작해두었든지 다른 인물이든지, 셋 중에 하나야. 우리는 지금 제일 첫 번째 경우, 자네가 이 이인식이, 범법행위를 저지른 바로 서류상의 이 이인식일 것이라고 믿고 있어. 다른 두 경우는 도저히 상정할 수 없어. 그런 착오는 천지 개벽하기 전에는 있을 수가 없단 말이야. 무슨 말인지 알지? 뇌물 수 수로써도 그렇게 될 수가 없어. 아니야, 자네가 그렇게 조작하고 만들 었을 수는 있어. 물론 자네야 딱 잡아떼겠지.

마, 만들었다니요? 아니에요. 이인식은 저밖에 없어요. 제, 제가 지, 진짜 이, 이인식인 걸 즈, 증명해주세요. 그 그러면 내가 누구란 말이 에요?

그걸 아직도 몰라? 자네가 아니고, 지금 여기 내 코앞에 앉아 있는 자네 이인식이 아니고, 이 서류상에 나타난 이인식이가 바로 자네란 말이야. 그래도 무슨 말인지 몰라? 지금 이인식이라는 자네는 결국 이인식이가 아니란 말이야. 결국 이인식은 이 서류상에 올라 있는 이 인식이 하나뿐이고, 자네가 바로 이 이인식이야. 그러니까 지금 자네 가 상용하는 이인식은 가짜고, 별 의미도 없어. 따라서 자네는 이인식 이가 아니야. 알겠지?

요컨대 제, 제가 이, 이인식이가 아니다 이 말이지요?

그럼, 두말하면 잔소리지. 자네는 이인식이가 아니야. 이건 서류상 에 명명백백하게 나타나 있어. 모르지, 오래전에 이인국이었을 수는 있어.

오래전부터 저는 이, 이인식이었어요. 내, 내가 이, 이인식이가 아 니라니.

그럼 아니고말고. 자네는 가짜야.

그, 그럼 제, 제가 누구예요? 그 그걸 말씀해주세요.

이름에 시달리다

또 말해야 되나? 자네는 이인식이가 아니라니까.

이런 황당한 절규가 서두를 장식해서야 무슨 소용에 닿겠는가. 이
건 미친놈들이 서로 받고 차기 하는 신소리가 아니고 무엇인가.

그래서 이 돼먹잖은 서두만큼이나 너절한 배경부터 찬찬히 기술하
기로 작정했다. 자기변명 같지만, 원경이 살아 있어야 근경도 돋보이
지 않겠는가. 숲이 있고, 나무 그늘이 있어야, 어울리든 말든 거기다
커피와 음악을 깔아 두어야 두 연인의 애틋한 사랑이 제대로 드러난
다는 것은 우리가 익히 봐오고 있는 풍경이지 않은가. 그러므로 엄밀
히 따진다면 대개의 핵심 곧 본론은 서론이자 원경(遠景)의 견강부회가
아니고 무엇인가.

↓

우선 내 이름이 백연주라는 사실부터 밝혀야 순서일 듯하다. 돌이
켜보면 이놈의 희한한 이름 때문에 숱한 곤욕을 치러내면서 살아온
셈이다. 그 곤욕들 중의 몇몇 사례를 간추려보면 이렇다.

중고등학교에 다닐 때는 으레 '미스 백'이라는 별명이 무슨 숙명처
럼 따라다녔다. 지내놓고 보니 기숙이, 희선이, 철희, 재희, 강숙이 같
은 여자 이름을 버젓이 쓰는 남자들이 많음에도 불구하고 유독 내 성
명이 놀림감으로 떠올랐던 것은 내 나름의 신체적 조건, 이를테면 하
얀 얼굴에 가냘픈 몸매도 한몫했을 것이다. 대학교에서도 여전히 '미
스 백'은 변함이 없었는데, 과우회, 서클, 수학여행 따위의 모임 중에
남녀를 구별할 경우에는 "미스 백은 우리 쪽에 있으세요"라든지, "미
스 백, 넌 저쪽 방에 가서 자, 왜 자꾸 화냥기를 피우며 사내들 가슴에

파고들어, 심란하게" 같은 짓궂은 농담을 들어야 했다. 교사로 봉직할 때는 동료들은 물론이거니와 학생들도 당연하다는 듯이 "우리 여선생님"이라고 불러댔다. 졸업증명서 따위를 뗄 때는 교직원이 "본인입니까?"라고 묻고는 한참씩이나 나를 아래위로 훑어본다. 제주도로 신혼여행을 가기 위해 전화로 비행기 편과 호텔을 예약했는데, 비행기표와 숙박부에는 어김없이 박귀남이 신랑이었고, 백연주가 신부로 게재되어 있었다.

이제 그런 곤욕쯤에는 웬만큼 단련되었지만, 대학 재학 중일 때부터 취미 삼아 붓을 좀 쳐오므로 낙관을 찍기 전에, 그러니까 내 이름 석 자를 한글로 또는 한자로 쓸 때는 여전히 망설여진다.

백연주가 누구인가. 그가(또는 그녀가) 정말 남자(또는 여자)인가. 내가 진짜 백연주가 맞는가. 도대체 내가 누구인가. 백연주가 아니라면 내가 나임을 증명할 수 있는 것에는 무엇이 있는가. 남근(男根)은 남자라면 누구나 다 달고 다니는 익명의 생식기일 뿐이잖은가. 내가 백연주일 수밖에 없듯이 남자가 아닐 수도 있음은 말하나마나이다. 누가 과연 나만이 백연주라고 할 수 있는가. 이 비슷비슷한 사람들에 똑같은 이름조차 흔해빠진 보통명사의 세상에서. 하지만 나는 남자이기 때문에 간신히 백연주일 수 있고, 겨우 이 익명의 시대 속에서 한 발짝 물러서서 살아갈 수 있다. 그러므로 내가 나 자신일 수 있음을 드러내는 데에 관한 한 다른 익명의 사람들보다 키가 단연 우뚝하다. 그게 그나마 한 자밤쯤의 우월감과 열등감을 동시에 갖게 한다면 설득력이 있을까.

그래서 내 이름 석 자만큼은 특히 붓에 힘을 모아, 감히 문잣속을

이름에 시달리다

드러내서 말하면 '노봉(露鋒)'으로 쓰기는 하는데, 막상 화선지 위에 씌어진 그 이름을 지그시 노려보며, 내가 자네를 좀 알지, 그래, 요즘 신기는 어떤가 하고 글꼴의 됨됨이를 점검하면 이내 이게 과연 내 이름인가, 아무래도 아닌 것 같잖아 하고 긴가민가할 때가 많다. 그러나 나는 내 일상이 또한 내 신변이 흐트러지는 것을 싫어한다기보다 두려워하고 증오하는 위인이므로, 군이 편 가르기를 하자면 보수적인 경향이 농후해서 내 이름을 갈아버릴 생각은 추호도 없다. 오히려 죽을 때까지 백연주를 애지중지하며 살아갈 생각을 무슨 대단한 소신인 것처럼 섬기고 있는 쪽이다. 그러나 한편으로 굽어살펴보면 점점 동명이인들이 늘어나고 있는 오늘날 적어도 나만은 그런 숙명의 굴레에서 벗어나 있겠다는 안간힘이 얼마나 허망한 짓거리인가. 하기야 이 곡절 많은 세상살이도 결국에는 나와 남을 구별하는 일체의 행태일 뿐이니 말이다. 그래서 이름짓기만큼 어려운 일도 달리 없다고 할 수 있을테고, 이름이 지어짐으로써 세상은 더 복잡해지는데, 그 복잡한 산만성 때문에 보통명사 같은 사람과 사물이 많아지는 역설적 현장이 현대의 삶의 총체임은 부정할 수 없을 듯하다.

↓

양력으로 정월 11일생이라서 여자 고등학교 국어교사인 나는 올해 정초에 갓 서른 살이 되었다. 드디어 장년의 나이에 이르렀다는 다소 허망한 느낌을 추스르면서 나는 나 자신의 삶에 어떤 변화를 스스로 불러들이겠다는 다짐으로 커피와 담배를 끊었다.

풍족하지는 않았지만, 학비 따위는 걱정할 필요가 없을 정도로 원호연금(최근에 보훈연금으로 명칭이 바뀌었다)이 꼬박꼬박 나왔으므로 서른다섯 살에 월남전 참전 장교의 미망인이 된 어머니와 한 누이, 그리고 나는 그런대로 물질적인 궁핍을 모르고 살아온 셈이다. 그러나 중학교 2학년 때 느닷없이 닥친 아버지의 전사는 나를 고집투성이의, 자신에게는 엄격하기 이를 데 없는 내성적인 인물로 만들어서 커피, 담배 따위와의 인연은 쉽게 따돌릴 수 있었다. 물론 한동안 그 두 가지 유혹은 대단히 끈끈한 마력으로 나를 닦달질했으나 오래전부터 별러온 일이었고, 건강 때문에라도 그 결심을 허물어버릴 수 없었다.

그러나 방학 중인데도 보충 수업시간이 있어서 학교에 가느라고 집을 나설 때라든지, 하학 후 귀갓길에 오르기 직전의 교무실에서 눈이 하얗게 쌓이고 있는 운동장을 바라볼 때, 저녁밥을 먹고 난 후 내 방에서 음악을 들을 때, 특히나 책이나 원고지를 마주하게 될 때는 커피를 한 모금이라도 홀짝이고 싶었고, 담배꽁초라도 찾으려고 책상 위를 두리번거렸다. 그럴 때면 나는 걸음을 빨리했고, 지체하지 않고 벌떡 일어서서 실내를 마구 바장였고, 그래도 진정이 되지 않으면 집 주위를 서성이다가 조깅이라도 하듯이 뛰어다니기도 했다. 덕분에 산책이라는 좋은 취미를 하나 마련한 꼴이 되었지만, 서성이고 뛰어다닐 때에도 내 눈앞에는 그 고운 갈색의 커피와 뿌옇게 하느적거리며 풀어져 가는 담배 연기가 꾸준히 얼쩡거려서 거의 미쳐버릴 것 같았다. 그 조마조마한 유혹을 물리치느라고 나는 속으로 다음과 같은 넋두리를 수없이 되뇌곤 했다.

야, 이건 베트콩보다 더 끈질긴 대적(大敵)인 걸. 공연히 남의 전쟁을 가로맡고 나선 싱거워빠진 사람이 됐잖아. 내 몸과 담배가 저희끼리 치고받고 싸우도록 내버려두는 건데 말이야. 아니야, 이제 나도 장년

이름에 시달리다

이야. 철딱서니 없는 소리를 할 나이가 지났어. 장년이 된 기념으로 커피와 담배를 끊었지 않았나. 일단 한 달만 넘겨보자. 내가 베트콩이 되든지 싱거워빠진 사람이 되든지, 둘 중 하나로 결판이 나겠지. 허리의 둔통이 감쪽같이 사라졌고, 대변도 굵고 길어졌고, 무엇보다 새벽의 신근(身根) 발기력이 전보다 훨씬 충실해졌잖아. 차제에 살찐 돼지가 되어보자. 이때껏 내 몸은 다소 비남성적이지 않았나. '뽀얀 살결'이란 촌평에는 이제 진절머리가 난다. 아랫배도 좀 두두룩이 튀어나오고 검붉은 혈색을 가져보자고. 연이어지는 숙면의 이 푹한 밤과 함께 맑게 갠 가을 하늘 같은 머리통을 다시 담배와 커피에 찌들게 내버려둘 수는 없다. 베트콩에게 부자(父子)가 줄초상을 당하다니.

그러나 어쩔 수 없었다. 슬슬 고만고만한 변명을 주워섬기면서 유혹에 넘어가야 할 모양이었다. 이럭저럭 한 달을 간신히 넘기고 난 어느 날, 학교에서 집으로 돌아오면서 아파트 단지 입구에 있는 구멍가게에서 담배 한 갑을 사고 말았다. 내가 좋아하는 은하수였다. 바흐를 들을 작정이었다. 바흐를 듣는 동안 내 주위에 담배가 없는 살풍경을 나는 떠올리기도 싫었다.

나는 그날 밤 내내 담배를 손에서 놓지 않았다. 입술에까지는 수도 없이 담배를 갖다 댔다가 떼고는 했다. 일회용 라이터로 불을 켜서 담배에 붙이면 모든 갈등, 저작, 망설임, 유혹이 깡그리 사라질 것이었다. 그러나 그 짓을 할 수 없었다. 다소 진정되었다기보다 거의 미치기 직전에 나는 오만상으로 그 저주스러운, 그러나 완벽한 그 기호물을 노려보면서 담배 스무 개비를 하나씩 분질러 갔고, 쓰레기통에 집어던졌다. 좀 허전해서 그 꽁초 부스러기를 다시 손에라도 만지고 싶은 간절한 유혹까지 물리쳤다. 그날은 마침 토요일이었다. 바흐의 피아노 협주곡만을 듣다가 자정쯤에야 토끼잠을 잔 후 의외로 일찍 일어나서 먼동이 터오는 베란다 쪽의 음영을 망연히 바라보며 나는 '이제 담배를 완전히 끊었다고 할 수 있을까' 하고 속으로 미심쩍어했고, 간밤에 바흐를 들은 기억도 가물거려서 좀 섬뜩했던 기억이 남아 있다.

나의 경우에는 어떤 음악을 들어도 그때마다의 특별한 느낌이 따르게 마련인데, 한 개인의 정신의 작용이 곧장 일상사를 떠남으로써 어리둥절해지고 한동안 갈팡질팡하다가, 결국에는 그 방황을 끝내고 영원한 천상으로 들어가는 일련의 과정을 지그시 들려주는 바흐를 듣고도 감흥이 없었다는 것은 어불성설이다. 담배 앞에서는 음악이, 바흐조차도 무력할 수 있다니, 나로서는 좋은 생경험이었다.

따지고 보면 나는 내 나이의 누구보다도 당당하게 커피와 담배를 꼬박 10년 동안 집에서, 거리에서, 술집에서 내 멋대로 탐할 수 있었다. 아버지 없는 집안의 가장이나 다름없는 내 처지 탓도 있었을 테지만, 우리 집에서 단단히 한몫하는 사내 꼭지이기를 바라는 어머니의 은근한 묵인도 일조를 보탰을 것이다. 당연히 담배를 끊는데도 어머니는 톡톡히 거들고 나섰는데, 내가 실내를 바장일 때는 어김없이 한 차례씩 간섭의 대침을 놓곤 했다.

야, 사내 새끼가 그게 무슨 꼴이냐, 새들새들하니, 약 기운 떨어진 아편쟁이 상이 그렇지 싶네. 니 아버지는 아무 일 없이 몇 달씩 끊어버리더라. 오늘부터 담배 끊을란다, 말 한 마디 하고는 그대로 끊어버리더라. 피운다면 또 몇 달씩 굴뚝처럼 온 집안에 연기만 피워대고,

이름에 시달리다

손톱에는 노란 담배댓진 물을 들이고.

어머니의 그런 넋두리를 들을 때면 나는 어김없이 언젠가 《리더스 다이제스트》에서 읽었던 드골의 일화를 떠올리곤 했다. 각의(閣議)를 시작할 때마다 드골은 공개적으로 "나, 오늘부터 담배 안 피워, 그렇게 작정했다고"라고 선언하고 나서 회의를 주재했는데, 막판에는 장관들의 갑론을박을 듣지도 않고 골초였던 앙드레 말로가 태연하기 짝이 없는 자세로, 볼우물이 홀쭉해지도록 힘차게 빨아들였다가 내뿜는 그 끽연 자태만 멍청한 눈길로 바라보다가 느닷없이 "자, 오늘은 이쯤에서 끝내지"라면서 허둥지둥 자리에서 일어나자마자 말로에게 다가가 "자네, 그 담배 한 대만 빌려주게"라고 읊조렸다는 일화 말이다.

드골의 그런 일화 따위는 내게 무용지물이었을 뿐만 아니라 오히려 '드골조차 그랬는데 나야 뭐 대수냐' 식의 같잖은 변명을 덧붙이게 했으나, 생전의 한 군인의 결단성은 내게 적잖은 도움이 되었다.

이제는 사진을 보아야 당신의 실물을 어렴풋이나마 떠올릴 수 있지만, 아버지는 외모부터 시커먼 송충이 눈썹에 각진 하관이 넓적했고, 머리를 항상 바싹 치켜 깎아 포마드까지 바르고 지내던 전형적인 군인이었다. 게다가 텔레비전 화면에서 태극기가 펄럭이고 애국가가 흐르면 앉은 자세를 고치는, 모르긴 해도 육사에서 온몸으로 배운 바를 실천하는데 충실한 성정의 양반이었다. 그에 비해 어머니는 요즘도 태극기와 애국가를 보고 들으면 곧장 말이 없어지고, 망부를 그리는 지어미다. 외할아버지도 아버지의 절도 넘치는 성품이 한눈에 차서 둘째 딸을 선선히 맡기기로 했다고 하며, 어머니도 고아나 다름없는 당신을 여고 시절 때부터 알고는 남자라면 누구밖에 없다고 여길 정도로 정신이 없었다는 비화가 내려온다. 그래서 어머니는 지방의 한 사립대학을 자퇴한 후, 임관되어 임지로 떠나는 아버지와 서둘러 결혼식을 올리고, 바로 객지에서 신혼의 보금자리를 깔았다고 한다.

그런 열애 끝에 나는 스물두 살의 신부를 쏙 빼닮은 사내로 태어난 2대 독자였다. 진해, 포항, 백령도, 서울 등지로 옮겨다니면서 꾸려낸 두 분의 단란한 살림은 나를 공대에, 누이를 음대에 보내야겠다고 앞날을 미리 내다보곤 하는 식의 행복한 것이었다. 단출하다기보다 단선 궤도 위를 달리는 것 같은 우리 집의 그런 단란이 얼마나 오래도록 이어질 것인지는 아마도 조물주만이 알고 있지 않았을까. 월남전에서 우리 군의 철수가 임박했다는 보도가 파다하던 어느 날, 아버지는 평정지를 순찰하고 있었던 모양이고, 당신이 방금 올라탄 지프 속에 베트콩의 부비 트랩이 숨겨져 있었던 걸 몰랐다고 한다.

당신의 단명을 되돌아볼 때마다 나는 사람의 운명도 역사처럼 우연의 연속이며, 대문 밖도 내다볼 수 없는 불가시적인 굴렁쇠가 아닐까 하는 생각으로 침음(沈吟)을 거듭한다.

어쨌거나 우리 일가는 곧장 애벌레처럼 행동반경이 극도로 제한된, 뽕잎 같은 연금이나 타 먹으면서 꼬물거리는 가족으로 변해갔다. 좀 과장해서 말하면 등뼈 없는 미물 같은 인간으로 바뀌었고, 매사에 길항력을 잃어버린 식물인간으로서 대인 관계가 고분고분하기 짝이 없는 착한 일가가 되고 만 셈이다.

특히 나의 경우는 외사촌들과 어울릴 때도 두어 발짝 물러서서 어물쩍거리는 숫보기였고, 사람들 앞에서는 진땀을 잘 흘리고, 집에서는 벌컥증을 자주 터뜨린 후에 어머니와 누이에게 미안한 마음을 드

이름에 시달리다

러내지 못해 속상해 하는, 자기애를 쓰다듬는 내성적인 머슴애로 변해갔다. 우리 오누이가 반찬 투정이라도 할라치면 "굶어봐, 밥이 빌러가지 않는다"라고 무뚝뚝하게 일갈하던 아버지의 상에 투영된 나의 그런 선병질적 기질은 어머니를 적잖이 안쓰럽게 닦달했을텐데, 그럴수록 당신은 우리 집을 안온한 무풍지대로 다독거리는데 빈틈이 없으면서도, 잔뜩 삐친 나에게 "야, 너 정말 그러면 엄마가 살러 간다, 의붓아버지 밑에서 설움을 당해봐야 정신을 차리겠니"라고 으름장을 놓다가도, 곧장 "고아는 고아끼리 결혼해야 오래 간다더니"라며 당신의 서글픈 팔자를 수긋하게 받아들이곤 했다.

나는 우수한 학생은 아니었으나, 그렇다고 열등생도 아니어서 수월하게 신촌의 어느 사립대학에 입학함으로써 어머니의 걱정을 덜어 드렸다. 부선망(父先亡) 2대 독자로서 생활이 곤란하다는 증빙서류만 제출하면 병역을 면제받을 수 있었지만, 아버지의 갑작스러운 산화(散華)가 물려준 나의 내성적인 성격을 조금이라도 보상하겠다는 심정으로 천호동의 어느 동사무소에서 1년 동안 방위병으로 근무하는 용단을 내렸다. 뒤이어 교사직을 자의로 택했고, 봉직하고 있던 학교측의 배려로 이럭저럭 대학원 석사 과정도 마쳤다. 당신들의 불행한 경우를 상정하고 가급적이면 나의 결혼을 서두르지 않겠다는 어머니의 묵시적인 시위에도 나는 수긋수긋하게 따랐다. 그래서 누이가 둘째 애를 가졌을 때, 그러니까 재작년 겨울에야(스물아홉 수를 피한다고 구정밑에 부랴부랴 결혼식을 올렸다) 나는 어머니가 들여앉혀놓다시피한 아내를 아무런 불평 없이 맞아들였다. 몸이 다소 가냘플 뿐이지 교회의 성가대원이기도 했었고, 어린애를 천성으로 좋아하는 아내는 그녀의 전공과 성격을 십분 발휘하여 제 동생과 함께 어린이 미술교실을 운영하는 악바리이다. 이제 어머니는 5백만 원짜리 계주(契主)로, 인근 교회의 집사로, 딸내미 집을 사흘이 멀다하고 들락거리며 사위 건사에 극성스러운 중늙은이가 되었다. 그 흔해빠진 고부간의 알력이 우리 집에는 거의 없으며, 바람이 있다면 올해 초여름쯤에 낳게 되어 있는(아내는 월경 불순 따위에도 태무심한 이상성격이어서 임신이 5, 6개월쯤 늦어져 어머니의 걱정을 사도 아랑곳하지 않았다) 우리 내외 사이의 자식이 아들이었으면 하는 정도이다.

↓

담배를 끊어가는 대목에서도 드러난 것처럼 나라는 위인은 나밖에 모르는 고정배기이자 꼼바리이기도 하다. 신문 배달, 어느 병원의 청소부 따위의 고학으로 간신히 야간고등학교를 졸업하고 사관학교에 들어갔던 아버지처럼 생활력이 강하지도 못하고, 매사에 적극적이지도 않다. 그래서 군대식의 획일주의를 싫어할뿐더러 군인다운 결단력도 부족하고, 군인, 군대, 국가적인 행사나 국책사업 따위에는 늘 애증(愛憎)이 들끓는다. 옷이나 음식, 책, 음악 등에도 지독한 편애, 편식주의에 잘 길들여져 있는 편이다. 내 생활에 어떤 변화를 불러들이기에는 내 감정이나 행태가 종전보다 불편해질까 봐 지레 걱정부터 앞세우는 기질인 것이다. 옷을 하나 장만할 때에도 수십 번 자제하고 기존의 옷가지들과 비교하며, 식성도 걸지 못하고, 책도 좋게 보았던 것만을 반복해서 읽는 편이다. 음악도 스트라빈스키나 프로코피에프 같은 현대 전위음악에는 정을 붙일 생각이 아직은 추호도 없고, 당분간 바흐나 모차르트나 베토벤 등의 바로크 음악에 오로지 심취할 작정이

이름에 시달리다

다. 내게는 그런 고전주의 음악이 여전히 위대하고, 그 품 안을 벗어나기가 싫고 두려울 뿐이다. '하늘 아래 새로운 것이 없다'는 경구는 베토벤 이후의 음악에서 드러나는 그 뒤죽박죽의 시끄러운 전도(順倒)을 봐도 짐작할 수 있다는 나의 주장이 바뀌려면 세월이 한참 흘러가야 하지 않을까 싶다. 내게는 바로크 음악이 정서의 순화에서 거의 완벽한 절창을 구사하고 있으며, 현대 전위음악의 그 쿵쾅거리는 돌출감을 뜯어새기면서 듣자면 아주 피곤해진다. 아버지에 대한 회한처럼 그런 새김은 나의 정서를 녹초로 만들기도 하니까.

이처럼 단조로운 내 일상의 반복이 어딘가를 향해 조금씩 나아가고, 서서히 달라지면 그게 내 인생 전체의 꽤 다양한 모습이 아닐까하고 생각하는데, 가히 맞는지는 모르겠으나 과히 틀리지도 않지 싶다는 쪽에 나는 다가서 있다. 적어도 나는 아버지의 단명에 앙갚음을 하기 위해서라도 나와 내 주변의 갑작스러운 변화만큼은 악착같이 밀막으며 예순아홉 살 이상은 살아볼 작정이고, 그게 내 의무이자 어머니에게 가장 생색나는 효도일 것이며, 한때는 베토벤과 모차르트를, 20년쯤 후에는 프로코피에프를 즐겨 듣는 우물 안의 개구리이고 싶은 케케묵은 사람에 불과하다.

나의 이런 성격은 앞뒤는 물론이고 좌우도 돌아보지 않고 곧은 직선 위를 열심히, 또 그만큼 선명하게 살다가 죽어버린 아버지가 내게물려준 업보일 것이다. 아마도 가장 안정된 직업인 교사직은 내 성격에 안성맞춤일 것임에 틀림없다. 과욕은 부릴 처지도 아니고, 체질상어울리지도 않지만, 여유 시간을 제대로 누리기 위해서라도 교수직이교사직보다는 다소 나으리라고 생각하여 박사 과정은 일찌감치 마쳐

두려고 한다. 그래서 차례를 기다렸다가 재작년에 적을 걸어두었다. 등록금은 두 번 더 내야 하고, 1년쯤 후에는 논문을 작성한 후 후딱 졸업하려고 마음을 다지고 있다. 모르긴 해도 아버지에게 덮친 횡액이 거북이처럼 느릿느릿하게, 그러나 정확하게 목적지를 향해 나아가는 내게 닥치지 않을 것이라는 자기 최면을 나는 수시로 걸고 있다.

사실상 국가가 할 수 있는 일이란 개인의 인생에 우여곡절이 없도록, 또는 다사다난이 최소화되도록 사전에 도모하는 것 말고 달리 무엇이 있겠는가. 그런 의미에서도 나는 40대에 장관이 되는 벼락출세자와 30대에 운전기사가 딸린 최고급 승용차를 굴리고 다니는 졸부가 만연하는 오늘의 우리 시류를 지극히 비정상적인 현상이라고 매도하는 사람이다.

이런 편식주의자가 정초부터 커피와 담배를 끊으면서 은근히 생활의 변화를 스스로 불러들였던 것은 교사직을 그만두겠다는 회원이 있어서였다. 물론 1년 선배인 헌석이형이 지방대학의 전임강사로 나갈 것이므로 내가 그 후임으로 대우강사 자리를 물려받았으면 하는 바람도 없지 않았다. 지겨울 교양국어시간을 맡아야 할 것이고, 교양학부 생들의 독후감 리포터를 격주로 평가하는 대학원생들을 관리해야 할 테고, 은사들의 자질구레한 심부름과 그들 사이의 미묘한 알력에 촉각을 곤두세우고 있어야 할 자리지만, 관례상 그 차례가 내게로 돌아오게 되어 있었고, 어차피 대학에 빌붙어서 밥을 얻어 먹으려면 거쳐야 할 통과의례였다. 어쭙잖은 내 모교의 관행이 그러했는데, 나도 그 부속품이기는 한 터이므로 당연히 그런 지질한 질서 속에서 나를 마모시켜가야 할 시간이었다.

이름에 시달리다

내가 담배를 끊는데 성공하면 헌석이형은 지방대학으로 팔려 간다. 실패하면 헌석이형은 1년쯤 다시 후배들의 눈치꾸러기가 되어 고역을 치러야 한다. 그러면 내 생활에 변화가 없다. 그러므로 나는 커피와 담배를 끊는데 기필코 성공해야 한다. 아니다. 헌석이형이 주저앉아 있게 되더라도 담배를 끊은 기념으로 교사직은 그만두겠다. 말만한 처녀들이 엉덩이를 내둘리면서 '여선생님'이라고 불러대는 소리도 듣그럽기 짝이 없고, 제가끔의 인생을 이층 양옥집이 우뚝한 숲속의 한 풍경쯤으로 여기는 그들의 유치한 세계관에 역정을 내기도 지겹다. 인생은 결코 장밋빛이 아니며, 도처에 베트콩이 숨어 있는 수렁이다. 그런데 우리의 교육편제상 국어교사란 직분은 그들에게 뱀과 각다귀가 우글거리는 밀림에 대해서 말을 삼가야 하고, 문학적으로 좀 '튀는 생각'을 주입, 개발해보려는 의욕은 즉각 따돌리게 되어 있다.

내 암시가 맞아떨어졌는지 헌석이형은 필기시험과 면접시험이 각각 백 점인 한 지방 국립대학의 공개 채용시험에 붙어서 전임강사로 팔려 갔다. 나도 담배를 끊는데 성공했음은 물론이었고, 주임교수는 기다렸다는 듯이 나를 불렀다. 따져볼 것도 없이 나는 가정에서나 학교에서나 또 사회에서나 모범생이기는 하다.

아무래도 내가 담배를 끊은 것이 이 소설의 핵심에 해당하는 이인식이라는 인물에 대한 나의 인상기랄지, 그가 그 흔한 이름 때문에 겪은 우여곡절기와 무관하지 않게만 여겨진다. 왜 그런 생각에 사로잡히게 되고 말았는지 명색 문학도인 나도 잘 모르겠다. 적어도 이름에 관한 한 나도 그 흔한 보통명사 계열과는 적당히 거리를 떼놓고 있는데도 말이다. 그러니 다음과 같은 잠재의식이 내 심부에서 꿈틀거리고 있지나 않았는지 알 수 없다.

내게 닥칠 불행이 다른 사람에게로 옮겨지는 수도 있지 않을까. 그렇다면 어떤 유대감으로, 나아가서 그 피해에 대한 응분의 보상심리로 내 심신이 파르르 떨어야 마땅하지 않은가.

↓

내가 이인식을 처음 만난 때는 작년 가을의 어느 토요일 오후였다. 개강을 한 지 2주일이 지났으나 대학원의 박사 과정 수업은 당분간 없으리라고 예상할 수 있었다. 하지만 학교에는 한 번쯤 둘러봐야 했으므로 국문과 과 사무실에 얼굴을 디밀었더니 헌석이형이 "어, 너 잘 왔다, 같이 갈 데가 있다"며 나를 잡아끌었다. 대학원 석사 과정의 후학기 신입생이 일곱 명이나 들어왔는데, 상견례 회식 자리를 마련했다는 것이었다. 회비 5천 원을 내고 참석했더니 이인식이 신입생으로 와 있었고, 그는 네 사람의 남학생 가운데 한 명이면서 세 사람의 타대학 출신 중 하나였다. 여드름 자국이 죽어가면서 불긋불긋한 얼룩이 보기 좋게 윤을 내고 있는 그의 얼굴은 반듯했고, 눈매가 순진해서 숫돼 보이는 청년이었다. 첫인상이 그래서인지 좌중의 눈치를 읽는다기보다 타대학 출신이라 제 말을 의식적으로 자제하고 있는 듯했다. 그는 마침 제일 구석 자리에 앉아 있었고, 공교롭게도 나와 그는 마주보는 구도였다.

술을 못하는 편은 아니지만, 결혼하고부터 공연히 몸과 마음이 고루 쫓기는 터여서 나는 그즈음 술자리를 가급적 기피하고 있었다. 내 형편이야 어떻든 자리가 그렇고, 그가 대단히 호의적인 얼굴로, 생각하기에 따라서는 깍듯이 선배로 모시겠다는 투로 내게 소주잔을 건넸

이름에 시달리다

으므로 나도 몇 차례 술잔을 되돌렸다.

헌석이형과 나를 제외하고는 열댓 명의 대학원생들에다 학부 4학년생 조교 하나와 곁다리로 껴묻어온 두어 명의 학부생들이 있어서 좌중은 곧장 여기저기서 '가투'와 광주사태 같은 대학가 화제로 입씨름이 한창 달아올랐다. 그러나마나 이인식과 나는 서로의 신변을 주거니받거니 하는데 열을 올렸다.

그는 경미한 채로나마 말더듬이였다. 눌변(訥辯)이 아님을 나는 곧장 알아챘는데, 말을 시작할 때 첫마디를 꼭 두어 번 반복해대는 그 버릇이 의외로 그의 품성을 돋보이게 했다. 술이 들어갈수록 더듬는 어휘 수가 현격히 줄어갔으나 갑갑하다는 인상은 쉬이 걷히지 않았다. 하지만 그 서근서근한 눈매가 말더듬이로서의 열등감 따위는 없다고 주장하고 있었고, 좀 과묵하다는 느낌을 점점 돋을새겼다.

서머싯 몸이 지독한 말더듬이였고, 그게 그의 풍부한 어휘력과 정확한 문장 감각이 있게 한 동력원이었음은 그의 자서전적 소설을 통해 널리 알려져 있다. 얼핏 그 생각이 떠올라 내가 "글 같은 거 좀 씁니까?"라고 물었더니, 그는 빙긋이 웃기만 했다. 그때서야 나는, 그가 어리숙해 보이는 웃음이 헤프다는 것을 알았고, 오히려 심지는 굳은 사람이라 늘 못마땅한 기색을 상호에 붙이고서 마음이 물러터진 나와는 대척점에 있는 인간을 여기서 조우했다는 기연을 챙겼다. 뒤이어 그 정도의 말더듬이로 교사직을 감당하지 못할 빌미는 안 생길 것 같다고 치부했고, 어느새 나는 그의 말더듬이 증세에 익숙해져서 의사소통은 그런대로 여의롭네 뭐 하는 생각도 가졌던 듯하다.

그러나 그는 광주 출신이었다. 나야 초등학교 5학년 때부터 서울 사람이 되었지만, 양친의 고향이 그쪽의 어느 항구도시여서 그 우연도 우리 사이의 말문을 본격적으로 트는 실마리가 되었다. 그는 나보다 두 살 아래였다. 서울에서 대학을 다니며 꼬박 4년 동안 하숙생활을 했으며, 군대생활도 서울 근교의 어느 수송근무대에서 복무했다고 했다. 가정 형편은 "어, 어른이 시골에서 노, 농사짓고 있구먼요. 그래서 형제들은 다 광주에서 살고…"라고 했으므로, 또 대학원 공부까지 하려는 것을 보면 꽤나 유복한 집안의 맏자식임은 의심의 여지가 없었다.

과묵한 점에서, 상대방의 속내를 지그시 뜯어보면서 제 속을 조금씩 열어 보이는 꼼바리인 점에서 우리는 그런대로 말이 통할 수 있는 사이였다. 그러나 그가 "치, 치질이 있어서 매일 뒤, 뒷물을 해야 쓰는데 하, 하숙생활이 지겹구먼요"라고 했을 때, 나는 갑자기 나이에 어울리지 않게 조로(早老)한 촌놈과 말을 나누고 있다는 느낌이 들었다. 그 점은 그의 담배 습벽에서도 드러났다.

수, 술 마실 때만 피웁니다. 도, 독방 하숙생활을 할 때는 원캉 담배를 많이 피웠더니 내 방에는 모, 모기나 바, 바, 바퀴벌레도 얼씬하지 못할 거라고 숭보고 해쌓대요. 그래서 자율조절이 되도록 자기 단련을 다부지게 했구먼요.

그는 당분간 인천에 사는 사촌 누나 집의 2층 독방에서 기거하게 되었다면서 전철역 속으로 사라졌다.

그후 복도에서 몇 번 만난 기억이 있고, 교수들 연구실의 세 배쯤 되는 대학원생 조교실에서 우리는 여러 차례 만났다. 그때마다 그는 내게 "아, 왔어요?"하며 히죽 웃었고, 세 벽에 촘촘히 붙여놓고 제자

이름에 시달리다

리에 앉아 교양학부 학생들의 독후감 원고를 점검하거나 제 공부를 할 때는 나의 출현을 등 뒤로 듣자마자 돌아앉으며 그 순한 눈길을 한동안 내게 보내다가 슬그머니 돌아앉곤 했다.

↓

내가 헌석이형과 의무 교대를 하느라고 정신이 없었을 때, 그는 결혼하게 되었다고 알려왔다. 올해 2월 말이었다. 조교실 벽에 걸려 있는 흑판에 그런 알림 쪽지가 붙어 있어서, 그를 찾았더니 그는 이미 그 전날 고향으로 내려가고 없었다.

아마도 사촌 누나 집에 얹혀 지내기도 눈치 보이고, 그렇다고 새삼스럽게 하숙생활을 이어가기란 예의 그 치칠 예방책으로서의 뒷물하기가 적잖이 불편할 것이라는 내 나름의 좀 별쭝스런 짐작이 떠올랐다가 스러졌다. 게다가 개학을 앞두고 있으니 어수선한 분위기 속에서 공부도 제대로 안 될테니 결혼을 후딱 해치워버리기에는 안성맞춤의 계절이 아닌가. 실제로 그는 방학 중에도 꼬박꼬박 학교에 나와서, 예의 그 치질 때문에 엉덩이만 가끔씩 들썩거릴까 한눈 팔지 않고 책장을 넘기는 모범적인 늙은 대학원생이었음은 조교들 사이에 잘 알려져 있었다.

아무려나 그와 동기생인 영균이가 당일치기로 광주의 결혼식장에 참석하기로 되어 있다고 했으므로 나는 그편에 부조를 전했다. 영균이가 돌아와서 들려준 바에 따르면 그의 부친은 비닐 하우스 농사를 꽤 크게 짓는 모양이었고, 신부는 뜻밖에도 인천 출신이라고 했다. 쉽게 짐작이 가는 구색이었다.

그가 다시 히물쩍 웃는 얼굴을 앞세우고 조교실에 들어섰을 때는 3

월의 첫 금요일 점심시간 무렵이었다. 나도 마침 그때 학교 구내식당에서 짬뽕인가를 먹고 나서 조교실에 들러 서성이고 있던 참이었다.

그의 한쪽 손에는 제과점에서 막 사온 듯한 큼직한 케이크 상자가, 다른 손에는 오렌지 주스 깡통 상자가 들려 있었다. 곧장 조교실 안의 식구들이 케이크 상자 둘레에 우쭐우쭐 둘러섰고, 그와 덕담을 건네기 시작했다. 그는 연방 건네 오는 악수를 받으면서 이마의 땀을 훔치고 있었는데 그날따라 말더듬이도 훨씬 덜했고, 그렇게 보아서 그랬겠지만 새신랑답게 의젓했고, 빨간 줄무늬가 빗금으로 새겨진 감색 넥타이를 매고 있어서 치질 환자 같은 구석은 말끔히 벗어버리고 있었다.

그가 새신랑 행세를 하느라고 한마디 던졌다.

이 방 식구들에게 저, 점심을 대접할라고 허둥지둥 달려왔는데 한발 늦어버렸네요.

그와 동기생인 지숙이와 영균이가 즉각 말을 받았다.

내일 점심때 떡 벌어지게 한턱내면 되잖아요. 시간 비워놓고 있을게요.

신부, 이쁘지요? 어떤 여자라도 평생에 하루는 이 세상에서 제일 예쁜 미인이 된대요.

그는 예의 히물히물 웃는 얼굴로 응수하고 있었고, 식구들은 저마다 케이크를 한 조각씩 베물고 있느라고 말이 없었다. 개중에는 지난 겨울방학이 시작될 때쯤 직장도 때려치우고 홀연히 조교실에 나타나서 출입문을 등진 구석 자리를 차고앉아 짐짝 같은 정물(靜物)이 되어 있는, 섹스 장면은커녕 남녀 사이의 다정다감한 대화도 없어서 그의

이름에 시달리다

소설은 사랑조차 이론과 변명과 '설 풀이'로 땜질하느라고 쓸데없는 말만 많다고 '소문'이 파다한 염상섭의 작품들을 이리저리 뜯어보는 데 여념이 없는 박 선배도 멀뚱한 눈길로 우뚝 서 있었다.

박 선배는 그때 석사 논문을 쓰고 있는 중이었는데, 우리 또래와는 워낙 나이차도 있는데다가 또 좀 이상한 성미의 사람이라 나와는 물론이고 조교실 식구들과도 거의 의사소통이 없는 양반이었다. 그러나 명색이 소설가이기는 해서 직언을 잘했고, 그게 조교실 전체를 웃기게 만드는 별종이었다.

박 선배의 직언이 이인식에게 뜸직뜸직 쏟아졌다.

즐거웠습니까, 신혼 초야가?

이인식이 좀 크게 히물쩍 웃었고, 박 선배의 노골적인 우스개가 뒤따랐다.

그 일은 무사히 잘 치렀지요?

그, 그거야 채, 책에 없어도…

아마 충분히 그랬을 겁니다. 그 길이야 워낙 뻥 뚫려 있어놔서 밤눈 어두운 사람도 쉽게 찾을 수 있지요. 공부라든지 세상만사가 다 그렇지만 결국은 구멍, 곧 핵심을 찾는 일 아니겠습니까. 아마 내 말이 맞을 겁니다.

그, 그럼요, 그거는 보통 불 꺼놓고 하잖아요. 다른 사, 사람은 어떻게 하는지 몰라도…

첫날밤의 성교를 두 사람이 그렇게 천연덕스럽게 주거니받거니 하는 통에 다들 낄낄거렸고, 특히나 지숙이는 입에 베물고 있던 케이크를 캑캑거리며 사방으로 흩뿌리고 난리였다.

이마가 반듯하게 잘생겨서 머리칼을 몽땅 쓸어넘겨 뒤통수에 묶고 있는 지숙이가 말했다. 그녀가 아마도 처녀는 아닐 것이라고 나는 평소에 어림짐작하고 있었는데, 그녀는 새삼 그것을 확인시켜주었다.

야하다, 야해. 검열에 걸릴 섹시한 말을 이렇게 공개석상에서 함부로 막해도 되는 거예요? 그런 말은 두 사람이 은밀하게 하는 거 아니에요?

누군가가 퉁명스럽게 받았다.

머, 좋잖아. 도대체 어느 놈이 우리말을 검열해. 형님 말은 항상 너무 진지하고 근본적으로 타당해서 말썽이지만.

박 선배가 웃지도 않고 받았다.

아니, 제 말을 뭔가 오해들 하는 모양인데, 이형이 치질 증세가 있는 듯해서 노파심으로 한 말을 이상하게 성적으로 곡해하고실랑.

이인식이 놀란 표정으로 물었다.

아, 아니, 제가 치, 치질이 있는 걸 어, 어떻게 아셨습니까?

제가 어수룩해 보여도 눈짐작은 좀 있습니다.

박 선배는 사실상 웃는 법이 없고, 책상에 앉았다 하면 뒤도 돌아보지 않고 줄기차게 담배만 피우면서, 성적이 오르지 않는 열등생이 그러듯 참고서적에 연필로 밑줄긋기나 남발해대며 무슨 깨알 같은 글씨를 끼적거리고 있는 사람이었다.

이인식이 뻥 뚫린 시선으로 말했다.

구, 군대 가기 전에 수술해서 지금은 꽤, 괜찮아요. 재, 재발할까 봐 겁이 나, 나고 스, 습관적으로 엉덩이를 더, 덜썩일 뿐이지… 뒤, 뒷물을 매일 해야 쓰는 게 귀, 귀찮을 뿐입니다.

박 선배가 여전히 웃지도 않고 천성의 진지함을 과시했다. 미뤄 보건대 염상섭의 그 재미없는 소설을 미주알고주알 들여다보다가 어느새 그 점액질투성이의 문체 감각이 무심코 흘러나오는 것인지도 몰랐다.

뒷물, 그거 남녀 공히 아주 좋은 습관입니다. 앞으로도 치질의 재발에 따르는 자잘한 염려와 상관없이 매일 야무지게 실천하십시오. 다만 찬물이 또 좋습니다. 아마도 이형은 아들을 낳을 겁니다. 뒷물 덕분에. 제 예언이 장차 맞아떨어지면 한턱 내십시오. 치질이 심하면 발기마저 어렵다는 건 아주 초보적인, 의학적이라기보다 생득적인 상식입니다. 말이 나온 김에 덧붙이면 생식기는 때맞춰 우람하게 발기해야 하고, 성기는 경우에 따라서 불능이어도 상관없다, 이것이 인간이 지켜야 할 도덕률이고, 윤리의 기본이다. 소설 속에서도 흔히 이 단순한 도식이 제멋대로 헝클어져서 별것도 아닌 사단이 온갖 말썽으로 부풀어 오르고, 쓸데없이 길어지고 하는데, 죄다 엉터리 수작이지요. 물론 하찮은 통속소설에서 흔히 맞닥뜨리듯이 윤리적 인간이라도 얼마든지 성기를 용처에 사용할 수는 있지만, 머 그렇다는 말입니다.

케이크 맛만큼이나 달콤한 말이어서인지 식구들은 대개 다 그 달착지근한 크림빵을 한입씩 우물거리며 진지하게 박 선배의 엉뚱한 지론을 경청하고 있었다.

지속이가 말했다.

이건 머, 이 맛있는 케이크가 어디로 넘어가는지 모르겠네. 갈수록 태산이야. 뒷물, 생식기, 발기, 성기, 도대체 머야, 신성한 캠퍼스에서.

박 선배가 여전히 진지한 음색으로 지절거렸다.

다 책에 있는 말입니다. 나는 근거 없는 말을 하는 얼치기를 제일 싫어합니다. 어휘력 부족은 사고의 결핍이고, 무식의 가장 적극적인 시위와 다를 바 없습니다. 생식기, 뒷물처럼 사전의 등재어를 상용하지 않으면 어떡합니까. 말은 적절하게 쓰지 않으면 보다시피 즉각 무용지물이 되고 맙니다. 생식기처럼 말이지요.

이인식도 어느새 박 선배에게 전염이 되었는지 정색하고 응수했다.

그, 그럼요. 당분간 적극적으로, 종전보다 더 극성스럽게 뒷물을 하고, 새, 생식기를 요, 용처에 사용할 생각입니다.

이어서 이인식은 인사치레를 잊지 않았다.

사, 살림집에 한번 초, 초대해야 쓰것는데, 아, 아직 집사람 등에 어, 얹혀사는 형편이라서… 양해해주세요.

내게 직접 실토하지는 않았지만, 조교실에서 들려오는 말에 따르면 그의 아내는 부천의 어느 중학교에서 영어 선생으로 봉직하고 있는 모양이었고, 신접살림도 학교 인근에 차렸다는 것이었다. 그가 석박사 과정을 마칠 때까지 아내가 돈을 번다면 그런 다행이 없을 테고, 흔히 '아내 등쳐먹고 산다'는 그런 부부의 역할 전도(轉倒) 현상이 우리 세대에게는 양해 사항이라서 나는 접어두었다.

↓

국문과의 상머슴으로, 일주일에 여덟 시간씩 교양국어 강의를 맡는 대우강사로서의 내 팍팍한 일상에 웬만큼 익숙해질 때쯤 되어서, 이때껏 살아온 방식대로 당분간 이 판에 박은 듯한 갑갑한 삶에 어떤 변화도 불러들이지 말고, 또 그런 변화가 닥치는 게 곧 불행이라고 생각

이름에 시달리다

하고 있을 때, 나는 이인식의 아내로부터 뜬금없는 전화를 받았다. 4월의 마지막 주 화요일이었다.

대단히 가녀린 음성으로 들려준 그녀의 전언은 "이인식씨가 오늘 학교에 못 나가게 됐어요"라는 것이었다. 왠지 감이 워낙 멀어 처음에는 잘못 알아들었고, 얼핏 말더듬이 아내의 말솜씨가 지아비의 그것과 오십보 백보인가 라는 느낌부터 떠올렸다.

그래요? 어디 아픕니까? 혹시 또…

차마 치질 운운할 수는 없어서 나는 말을 흐렸다. 전공도 다른 만큼 내가 굳이 박 선배의 솔직한 말버릇까지 닮을 수는 없다고 우겼다.

여전히 까마득한 음성이 어디선가 들려왔다. 그러나 그 소리는 사리가 분명하고, 알토로서도 한결 고운 것임에는 틀림없었다.

아니에요, 그런 일이 아니고요… 좌우간 오늘은 조교 근무를 못하게 됐어요.

그날은 마침 두 사람씩(대개 남학생과 여학생이 한 명씩 짝을 이룬다) 번갈아가며 국문과 사무실을 지키는 잡무를 이인식이 맡기로 되어 있는 날이었다. 걸려오는 전화를 받아 찾는 사람에게 알리고, 학부생들의 방문을 맞아 물음에 응하고, 교수들이 떠넘기는 온갖 허섭쓰레기 일과 잔심부름을 처리하면서 등록금을 3분의 1쯤씩 면제받는…

전화를 끊고 나서 나는 곧장 그날 조교 근무자를 이인식과 동기인 대학원 2학기생인 한 사람을 골라 대체시키고, 그의 조교 근무 유예건을 잊어버렸다. 다른 조교들도 여러 가지 변명을 앞세워 그런 전화질로 양해를 구하는 경우가 비일비재해서였다. 게다가 그의 양해는 처음이었으니까. 아무튼 전화를 받는 중에도 책상 위에 펼쳐진 원고지나 카드 따위에 낙서를 하는 버릇이 있는 나는, 이인식, 조교 근무 방기, 젠장, 신혼 초, 성교, 말더듬이, 대리 전화, 너스레 같은 글자를 끼적거려 두어서, 그걸 잠시 훑어보았다. 문장이나 문맥과 달리 어휘는, 박 선배가 아무리 그 중요성을 강조해도 티끌이나 다를 바 없어서 나는 그 낙서 쪽지를 구겨 쓰레기통에 집어던져버렸다.

훗훗한 한 칸 신접살림이긴 해도 이웃과도 아근바근하는 서울살이, 그것도 돈마저 벌어들이지 못하는 서방이 공부나 한답시고 책가방을 들고 시계 불알처럼 왔다리갔다리 하는 노릇이라니. 얼마나 심란스러울까. 도무지 한갓진 시간을 가질 수 없도록 족쳐대는 이 수선스러운 시국하고서는. 치자와 피치자가 항시적으로 소매를 부르걷고 싸워야 사는 것 같은 수상한 파탄 예비증후군. 예쁜 아내와 하루쯤 단칸 셋방에서 노글노글하게 퍼더버리고 싶은 나태벽. 서로 번갈아가며 등짝을 방바닥에다 짓이겨대고. 하루쯤 조퇴한다고 해서 그의 아내가 교무주임 선생에게 찍힐 리도 만무하다. 책을 몇 페이지 더 읽어봐야 그게 그거다. 더구나 강의도 없는 날이 아닌가. 촌놈이 꽤 영악한데. 말더듬이니까 제 마누라를 앞장세우고. 밥벌이하는 교사 마누라에게 장가든 것도 다 꿍꿍이 수작이었군.

그러나 그게 아니었다. 그런 잗다란 일상의 파문마저 무슨 대단한 시위나 거래 같아서 낙서 쪽지를 노려보며 이어간 나의 지레짐작은 너무나 상식적이고 속물스러운 것이었다.

바로 그날 오후 세 시쯤 되어 내 방과 나란히 붙어 있는 국문과 사무실에서 근무하는 예의 지숙이가 장난기 완연한 똑똑, 똑, 똑똑, 똑 두드리는 노크 소리에 뒤이어 "연주 언니, 여자 손님 면회요"라고 우

이름에 시달리다

스개를 앞세우고 이인식의 아내를 내 방으로 몰아넣었다.

다소곳하게 들어서는 그녀가 내게는 물론 낯선 여자였다. 키가 훌쩍하니 크고, 콧날이 오목하며, 눈썹 밑의 눈꺼풀에는 고랑처럼 깊숙이 새겨진 선이 선명할뿐더러, 새카만 작은 눈이 옴팍해서 어떤 풍만한 팔등신 미인보다 훨씬 더 성적인 매력을 은은히, 그러나 아카시아 향기처럼 짙게 온 사방으로 흩뿌리는 그런 여자를 흔히 새침하고 쌀쌀맞다고 표현한다면 어딘가 미흡해서 머리를 한동안 더 굴려야 한다.

나는 자리에서 벌떡 일어섰다. 내 등 뒤에는 어학 전공의 동료가(물론 그도 나와 같은 대우강사이다) 앉아 있었으므로 내 책상 옆에 놓인 검은색 인조 가죽 스펀지 의자로 자리를 권했다.

제가 백연주인데요. 어떻게 오셨습니까?

오전에 전화 건 이인식씨 집사람…

나는 깜짝 놀랐다. 명치께가 뜨끔해졌고, 이내 얼굴이 홧홧거렸다. 이런 멍청이를 봤나. 나도 신혼 초나 다름없는 주제에 남의 미인 아내를 두고 엉뚱한 상상을 쓰다듬고 있었다니. 헛된 망상을 머리로만 주무르는 부도덕한 인간말짜를 제재할 수 있는 제도가 지상에는 사실상 없다. 오히려 문학에서는 그런 반인륜적 상상을 환상의 극치니 뭐니 해대며 기리느라고 말이 모자란다 어떻다 해댈 뿐만 아니라 아예 모자를 벗고 예의를 갖추겠다고 설레발 떨기를 사양치 않을 정도이다. 하기야 나라는 위인은 글을 읽을 때는 물론이거니와 음악을 들을 때마저도 부질없는 공상을 즐기는 얼간이이긴 하다.

바그너가 코지마의 배 위에서 무슨 말을 지껄였을까. 작곡가라기보다는 무슨 비밀 결사조직의 야심만만한 두목같이 생긴 얼굴로 "코지 마, 당신 코가 정말 예뻐, 눈도, 사랑해, 당신과 살을 부비고 있으면 당장 죽어도 좋다는 생각이 퍼뜩퍼뜩 떠올라서 좀 이상해져" 따위의 말을 주워섬긴다면 대중문학적인 독백이 되고 말겠지.

어쨌든 나는 어떤 일이나 생각에 매달리면 남의 사정 따위는 괄호 밖으로 따돌려버리는 통에, 비근한 예로 유명한 가수나 탤런트의 이름들을 잘 몰라서 친구들 사이에서도 좀 이상한 놈으로 찍혀 있다. 이런 바보 앞에 이인식의 부인 정도의 미녀가 나타났다면 그것은 내 단조로운 삶에 일대 변화가, 곧 불행이 닥쳤음을 예고한 것이었다.

아, 전혀 몰랐습니다. 그런데 이형이 어떻게 된 겁니까? 어젯밤에 안 들어왔습니까?

그녀가 엉거주춤하게 걸터앉은 자세로 그 예의 가녀린 음성으로 말했다. 비음이 많이 섞인 무슨 신음 같았는데, 그런 음성이 대개 그렇듯이 발음은 정확했다.

그런 게 아니고요…

그제서야 촘스키의 무슨 에세이를 읽고 있던 홍박이(물론 박사 과정 중에 있는 그의 애칭인데, 굵고 검은 뿔테 안경 너머의 그 근엄한 시선은 어떤 대학교수들의 그것보다 더 때 이르게 당당하다) 그녀에게 돌처럼 묵직한 일별을 던졌고, 그녀는 그 대가다운 엄숙한 시선에 질렸는지 앉은 자리에서 슬그머니 엉덩이를 뗐다.

우리는 인문관 밖으로 나갔다. 대단히 청명한, 바야흐로 열기에 휩싸이기 시작하는 늦봄의 조는 듯한 오후였다. 그러나 '자유의 광장'은 시끄럽고 활기에 차 있었다. 방금 가투를 한 차례 벌이고 온 데모꾼들

이름에 시달리다

이 꽹과리를 두드리며 전열을 다시 가다듬고 있었고, 다들 집요하게 몰려오는 최루탄 가스 때문에 눈물을 질금거리다가 재채기를 캑캑거리고 있었다.

주로 학부생 전용 식당인 '개집'이 바로 지척에 있었으나 소음과 매연 공해를 피하기 위해 도서관 로비로 그녀를 모시려고 언덕길을 잡으니, 그녀는 참고 있던 재채기를 한 차례 시원하게 쏟아놓고 재깍 손수건을 꺼내 눈물까지 훔치고 나서, 그 당연한 실례를 얼버무리려는 듯이 내게 말했다. 그놈의 지랄 같은 매연 공해가 오히려 그녀 특유의 비음을 훨씬 강화시켜 주고 있었다.

어제저녁에 인식씨가 전경대원 같은 사람들에게 잡혀갔어요…

예? 뭐라고요?

나는 적잖이 놀랐다. 그녀는 분홍색 꽃무늬 손수건으로 그 예쁜 코를 깡그리 덮어버리고, 계단을 오르고 있었다. 다들 마찬가지겠지만 그녀에게는 특히나 최루탄 가스가 떼를 지어 몰려다니며 행패를 일삼는 대적(大敵)이었다. 나는 걸음을 빨리했고, 쫓기는 사람처럼 도서관 속으로 들어갔다.

도서관 로비와 간이 식당 안은 최루탄 가스를 잠재우느라고 물을 뿌려두어 다소나마 피신처 구실을 하고 있었다. 그러나 앉을 자리가 없을 정도로 학생들이 빼곡이 차 있어서 한동안 실내를 두리번거려야 했다.

젠장, 공해가 별건가, 데모도 마찬가지 아닌가, 어느 개인에게 앉을 자리를 내주지 않고 있는 이 몰인정한 작태야말로 살벌한 시위와 무엇이 다른가. 이렇게 우글우글 모여서 그들의 그 잘난 집단적 의사를 부르짖느라고 개개인의 자질구레한 반대 의견은 숨도 못 쉬도록 깔아 뭉개는 짓거리야말로 대표적인 공해고, '군부독재 결사반대' 같은 낡아빠진 구호와 한통속이 아닌가. 이 세상은 개인의 의견과 집단의 시위 속을 헤쳐나가는 모난 돌이다. 데모꾼들은 그 모난 돌을 향해 치열한 돌팔매질을 해대고 있으나, 막상 이 지상은 드넓고 까마득해서 돌멩이 따위는 맥없이 엉뚱한 데 떨어질 뿐이다.

겨우 구석자리를 잡았다. 그녀의 의사를 묻지도 않고 나는 콜라병에다 빨대를 꽂아 그녀 앞에 놓았고, 나는 종이갑 우유의 아가리를 벌렸다.

그녀가 기다렸다는 듯이 말을 쏟아냈다.

어제저녁에 제가 학교에서 돌아오는데 골목길에서 전경대원 같은 젊은 사람 둘이 인식씨를 불심검문하고 있었어요. 저희는 지금 부천에서 살아요. 제가 거기 학교에 나가거든요. 부천에서도 저러나 싶어 의아해 하면서도 더럭 겁이 났어요. 뛰어갔더니 서로들 언성을 높이고 실랑이질을 한창 벌이고 있었어요.

나는 도무지 종잡을 수 없어서 그녀의 말허리를 잘랐다.

왜요? 도대체 무슨 이유로 그런대요?

글쎄, 저도 잘 모르겠어요.

아니, 늙어빠진 대학원생이 무슨 역적모의할 처지도 아닌데… 이형이야 데모하기에는 이제 너무 늙어버렸잖아요. 또 그걸 누구보다도 이형 자신이 잘 알고 있는 친구고요.

말이야 그렇게 수월수월 지껄이고 있었지만, 내 머릿속에서 뭉클 떠오른 생각은 '난들 이형에 대해서 아는 게 백지상태나 다름없지 않

이름에 시달리다

나, 게다가 그는 광주 출신이고. 이 골치 아픈 광주사태건이 여기까지, 요즘 젊은 사람 중에는 가장 소심한 나에게까지 뻗치나, 진절머리 나는 광주사태, 엿이나 먹어라' 라는 것이었다.

광주사태가 내일모레로 네 돌째를 맞는다고 저리들 난리니 사전 일제 검속인가. 두쪽 다 지겹지도 않는지 너무들 하는군. 할 일이 없으면 지랄이라도 한다더니. 하기야 어떤 시절이라도 살기가 지겹다며 심심풀이를 찾는 인간들은 별도로 관리할 필요가 있어. 어쨌거나 이 놈의 나라는 법 없이도 살 수 있는 착한 사람을 한시도 편안하게 살도록 내버려두지 않는다니까. 서로들 가학성 도착증세를 무시로 발휘한다고 봐야지. 연구거리야, 주제어로 삼기에는 안성맞춤일걸.

아니었다. 나는 덜렁이였고, 헛똑똑이였다. 데모, 데모만으로 이 진흙 같은 대학사회를, 그 구성원들을 재단하고, 그 잣대로 마름질한 베조각을 이리저리 이어 붙여대는 단세포적인 사고방식을 가진 사람을 시선 없는, 대학가의 상용어로는 '전망 부재'의 머저리라고 불러도 좋을 것이다.

인식씨가 탈영병이래요. 그 사람들이요. 간다 못 간다고 한창 실랑이질을 벌이고 있는 걸 보니 제 자신이 그렇게 한심할 수가 없었어요. 명색이 합법적인 부부 사이인데도 제가 도울 일이 아무것도 없었어요. 실랑이질을 말리고, 인식씨를 도우려고 해도 제가 머 아는 게 있어야 변호를 하고 나서지요.

뻥 뚫린 시선으로 그녀를 바라보고 있으려니 갑자기 내 신변이 온통 헝클어진 실타래 같다는 느낌이 들었고, 내 몰골이 갑자기 갈 길을 잃은 나그네의 당황과 다를 바 없다는 생각도 들었다. 아무려나 그녀는 또 한 차례 재채기를 쏟아놓았고, 연거푸 터지는 것을 억제하느라고 콜라를 한 모금 찔끔 빨아댔고, 정말 울먹이는지 손수건으로 옴팍한 눈 주위를 꾹꾹 찍어댔다. 이어서 하소연에 가까운 말을 술술 지껄이기 시작했다.

이런 일을 당해놓고 보니 저도 그이를 정말 너무 모르고 있다는 생각이 들었어요. 간밤에 그 생각만 했어요. 저희는 지난겨울에 그이 사촌 누님의 소개로 알게 됐어요. 그 시누이가 인천에서 제 친정집 바로 뒷집에 살아요. 담장 너머로 서로 반찬도 나눠 먹는 사이예요. 저희 아버지는 선박회사에 다니시는데, 저를 시집 못 보내서 안달이 나 있던 판에 인식씨 집이 시골에서 꽤 착실한 농부인 듯하고, 그 시누이가 워낙 수더분한 분이라서 저희 집에서는 떠다밀다시피 결혼을 시켰어요. 그이가 말을 약간 더듬잖아요? 그걸 캄플라지하느라고 말수가 적은 줄로만 알았어요. 그게 또 좋아 보이기도 했고요. 서로 두어 달 만에 정도 들고… 꽤 좋아했어요, 어이없게도 서로가 그렇게 반쯤 미쳐 돌아가더라고요.

쉽게 이해가 가는 사연이었다. 그런 인연이야 어쨌거나 현재 이인식은 실종되지 않았나. 아니, 이런 경우도 실종이라고 할 수 있나? 나는 실타래를 간추려야 했고, 길을 찾고 싶어 조바심이 났다.

그래서 어떻게 됐어요? 실랑이질을 하다가… 그냥 데리고 갔어요? 어디 파출소에라도 신고하지 그랬어요?

그녀가 그 섬세한 옴팡눈을 빛내며 물었다.

파출소요? 탈영이라면 군대 일인데요?

잠시 나는 어리둥절했다. 설사약이 설사를 멈추게 하는 약인지, 아

이름에 시달리다

니면 설사가 쏟아지게 함으로써 더부룩한 증세를 가라앉히는 약인지 헷갈릴 때처럼 말이다. 탈영이야 당연히 군대에서 저지른 일이지만, 그는 이미 민간인이고, 대학원생인데라는 생각이 떠올라서였다. 아마도 그런 걷잡을 수 없는 혼란은, 이인식이 탈영병은 아니다, 그럼에도 불구하고 날벼락 같은 불상사가 왜 그에게, 그것도 이 서울 일원에서 백주에 일어나고 있느냐, 도대체 미심쩍고 불가해한 일이다 같은 의문이 한꺼번에 고개를 디밀었기 때문일 것이다.

나는 멍청하게 중얼거렸다.

아, 참 그렇군요. 그래, 이형이 탈영한 사실을 현장에서, 그러니까 그 골목의 불심검문 현장에서 시인했습니까?

그녀는 즉각 펄쩍 뛰다시피 부인했다.

아니에요. 죽어도 그런 일이 없다고 대들었어요. 무슨 소리냐고 펄펄 뛰면서요. 그러면서도 어이없어하다가 한 사람이 손을 잡아채니까, 좋다고, 따져보자고 덤볐어요. 저는 그때부터 갑자기 겁이 나서 미치겠어요. 주인집으로 뛰어들어가 아무 남자라도 찾으려니 아무도 없었어요. 주인 여자와 함께 밖으로 나왔더니 인식씨는 여전히 발갛게 달아오른 얼굴로 언성을 높이고 있었어요.

그녀는 손수건으로 입을 가렸다가 뗐다가 하면서 말을 이어갔다. 어떡하든지 할 말을 마저 하고 말겠다는 점에서도 그녀에게는 피해자다운 기운이 여실했다.

그런데 저도 시집가서야 알았지만 인식씨의 옛날 이름이 인국이었대요. 시부모님께서 우리 국이가, 국이가 이래요. 그래서 물어보았더니 어질 인자에 나라 국자는 이름이 너무 거세다고 해서 중학교 때 심을 식자로 바꿨대요. 이름에 나라 국자를 쓰면 팔자가 드세다면서, 우리 국이가 이름을 갈고부터 식아라고 부르면 뚱하곤 하더니 저렇게 말을 더듬기 시작했다대요.

나로서는 당연하게도 그것 역시 처음 듣는 사실이었다.

이인국, 이인국, 이인식, 이인식.

그게 그거 아닌가. 가만, 우리나라 사람 중에 나라 국자를 이름으로 가진 이가 없나? 쉬 떠오르지 않는다. 그 흔한 나라 국자가 이름 속에서는 약속이나 한 듯이 이렇게 귀한가? 그런 불문율도 있나. 웬 돌팔이 작명가가 즉흥적으로 지어낸 헛소리 아닌가. 클 태자, 물가 수자, 영화 영자, 글 문자, 빛날 환자, 불꽃 병자… 하기야 우리 이름이란 게 한자의 영향으로 너무 단조롭고 쓸데없이 큼직하다. 하루빨리 한글화해야 한다. 뜻글자의 좋은 말만 골라서 쓰려니 옹색해질 수밖에. 예로부터 소국(小國) 콤플렉스를 드러내느라고 큼직한 말을 지나치게 쓰다 들어온 것은 사실이라기보다 이상한 근성이 지나지 않는다. '대한민국'을 봐도 알만하지 않은가. 누에고치가 감히 고대광실을 넘보다니. 임금 이름도 하나같이 거창하고 부화(浮華)하다. 저쪽의 '등소평(鄧小平)'은 얼마나 소박하고 수수한가. 다소곳한 그 체구와도 어울리더니 결국 대국의 권력을 한 손아귀에 거머쥐지 않았나. 우리가 배울 것은 그런 겸허한 자세와 아담한 마음가짐이야 나중 일이고 자그마한 이름짓기가 먼저다.

이름에 대해서는 웬만큼 관심도 있고, 시달림을 받으면서도 열등감과 우월감이 뒤섞인 채로 '백연주'를 애지중지해 오는 터이라 평소에 생각하고 있던 이런저런 상념이 내 머리통 속에서 마구 와글거렸다.

그이가 말을 좀 더듬잖아요? 그런데 공연히 옛날 이름이 이인국이었다고 고함을 질러버린 게 그 사람들을 더욱 의심스럽게 만든 것 같아요. 아무튼 그 사람들이, 나중에 누구한테 물어봤더니 사복 근무자라고, 탈영병을 잡으러 다니는 현역 헌병들이라고 그러대요, 그 허름한 복장들이 수갑인지 뭔지 끄집어내서 인식씨 두 손을 묶으려고 했어요. 그때서야 저도 깜짝 놀랐어요. 제발 그것만은 채우지 말라고, 저 보는 앞에서 그것만은 채우지 말라고 막 매달렸어요. 그러니 그 사람들은 더 기가 났어요. 틀림없이 탈영병이라 이거지요. 제가 그때 왜 그랬는지 모르겠어요, 바보같이…

그녀는 분명히 울먹이고 있었다. 나는 자세를 고쳐 앉았다. 내 친구 이인식의 연행도 그렇지만, 이제 이 낯선 여자의 어이없는 당황과 의혹과 의기소침과 막막함, 또 슬픔은 남의 일이 아니었고, 바로 내가 해결해야 할 나 자신의 일 같이 느껴져서였다. 적어도 이인식과 나는 장차 동문이 될테고, 한국문학을 함께 공부하는 문학도이며, 그것보다는 이름 때문에 시달리는 이체동심이 아닌가.

곤혹스러웠다. 나의 안온한 삶이 갑자기, 그것도 청명한 대낮에 이렇게 복잡해지고, 심란스러워질 수 있다니.

이래서 생활의 변화는 끔찍한 만행이고, 원시인들에게나 닥치는 천재지변이나 마찬가지다. 개혁? 변화? 무엇을? 곧장 개악이 먼저 닥치는데. 개인의 일상의 변화를 바라지 마라. 설혹 좋은 쪽으로 바뀌어지더라도 두렵고 지레 겁나는 일이다.

나를 보라. 담배를 끊었더니 이런 심란한 일과 맞닥뜨리지 않나. 이 여자를 봐라. 가장 평범하고 단란하게 살아가는 신혼부부가 생활의 갑작스러운 변화로 이처럼 혼비백산하고 있다니, 이런 날벼락은 원시인들이나 겪어야 할 천재지변이 아닌가. 아니, 이런 봉변이야말로 후진국의 전형적인 삶의 증후군이고, 정치적 파탄의 불순물이다.

물론 나의 피해망상적인, 소심한, 억지스러운 상념이었다. 그러나 이제 분명해진 것은 나처럼 착하고 어리숙하기 이를 데 없는 나의 친구가 조교실을 지킬 수 없다는 불행의 급습과, 이런 비정상적 '증발'이 얼마나 오래도록 이어질 것인지 하는 막연한 불안의 점증이다.

그리고는 가버렸어요. 인식씨가 스스로 가겠다고 했어요. 가서 증명해 보이겠대요. 욕지거리를 누구에겐지 마구 퍼부으면서요. 제대증과 주민등록증을 인식씨가 돌려달라니까 그 사복 근무자들은 그것도 거부했어요. 우리와 함께 가는데 그럴 필요가 뭐 있냐는 거에요. 골목 입구까지 따라갔더니, 저에게 집에는 알릴 필요도 없다고, 걱정할 거 없다고, 인식씨는 성이 나서 말했지만, 자꾸 방정맞은 생각이 들어요.

그 사람들은 뭐래요?

저보고는 말도 걸지 않았어요. 택시 속에서 곧 통보가 갈 거라고 그러긴 하더군요.

괜찮을 거예요. 무슨 사무 착오일 거예요.

그녀가 손수건을 아예 손가방 속에 집어넣고 말했다.

그러길 바라고 또 믿지만. 도무지 뭐가 뭔지 알 수가 없어요. 도대체 이런 황당무계한 일은 난생처음 당해 보네요. 이럴 수도 있는지 모르겠어요.

지금 되돌아보면 그때 나도 무지막지한 사람들처럼 엉뚱한 질문을 던졌던 게 후회스럽다. 당연하게도 사리 분별을 제대로 못 차린 허튼

소리였다.

전격적이라면 전격적인 결혼을 한 셈인데, 그동안 그런 낌새를 혹시 못 읽었습니까? 가령 이형이 쫓기는 사람처럼… 가령 말입니다, 탈영한 사실을 감쪽같이 숨기고 지내는 눈치 같은… 사실상 우리나라 군대의 사병에게는 탈영 말고는 별다른 죄목이 없거든요. 전부 다 그것에만 전전긍긍하다 제대하고 속 시원해하고 머 그러지요…

그녀가 눈에 힘을 주고 나를 건너다보며 즉각 대꾸했다.

아니에요. 절대로 그렇지 않았어요. 주인집 여자도 그런 말을 하고, 주인집 남자도 그런 눈치를 노골적으로 보이던데… 절대로 그렇지 않았어요. 인식씨는 착하고 어리숙한 사람이었어요. 쌀값도 제대로 모르면서 석사 과정만 마치면 비닐하우스 농사나 짓겠다고 했어요. 주경야독이 노래였어요. 저도 밤새도록 그 생각을 했어요. 할수록 아니다, 그럴 리가 없다, 내가 아무리 눈이 멀었어도 그런 비밀을 가진 사람을 사귀지는 않았다고 머리를 흔들었어요. 어째 그럴 리가 있겠어요, 아무리 사람을 못 믿는 불신시대라지만. 그렇지 않을 거예요. 인식씨가 한사코 부인하던 모습이 지금도 제 눈에 선해요. 거짓말을 하는 사람이 아니었어요. 말은 평소보다 좀 더 많이 더듬었어도 절대로 거짓말을 하는 사람이 아니었어요.

나는 쥐구멍이라도 찾고 싶은 심정이었다. 나마저도 이인식을 불신하다니. 점점 커져가는 그녀의 의혹과 불신에 덤터기를 덮어씌우다니. 그러나 우리는 어느덧 이인식의 선량한 눈망울을 조금씩 잊어가고 있었으며, 그 착한 시선이 위선의 탈을 뒤집어쓰고 있었던 것은 아니었을까 하는 불신의 싹을 착실히 키워가고 있음을 얼핏 느끼고 있었다. 우리의 짙어가는 그런 의혹을 그녀가 역설적으로 드러냈다.

아닐 거예요. 그럴 리가 없어요. 절대로 그렇지 않을 거예요.

말을 마치자 그녀는 플라스틱 의자를 다소곳하게 밀치고 일어섰다.

가봐야겠어요. 어디든지 가봐야겠어요.

이런 돌발적이고 사리 분별을 따질 수 없는 사태 앞에서는 누구나 무력해질 수밖에 없다고 생각하며 나도 따라 일어섰다.

어딜 가시려고요? 우선 이형 누님댁에라도 알리셔야지요?

그래야겠어요. 부천의 셋방에는 무서워서 못 가겠어요. 이런 날벼락이 우리 사이의 무슨 조짐 같기도 하고…

걱정하지 마세요. 사람이 살다 보면 별아별 우여곡절을 다 겪을 것 아닙니까. 특히나 말썽이 끊이지 않는 우리나라에서 살자면 말이지요. 곧 돌아오겠지요. 아니, 저들이 뭔데, 돌려보내주지 않을 수 없을 거예요. 가시는 길에 이형이 혹시 돌아왔는지 부천 주인집에 전화라도 한번 해보세요.

그래야겠군요. 저희 아빠께 수소문해봐달라고 매달려야겠어요. 가족이 이번만큼 귀하게 느껴진 적이 달리 없었던 같애요. 오전 수업을 어떻게 끝냈는지 모르겠어요.

그러세요. 꼭 가족에게 일단 알리세요. 이런 황당무계한 일은 병처럼 자랑해야 옳은 처방이 나올지 몰라요.

그녀가 계단을 다 내려오자 다시 손가방 속에서 손수건을 끄집어냈고, 무슨 선언문인가를 낭독해대고 뒤이어 팔뚝을 끄떡이며 구호를 외쳐대는 '자유의 공장' 쪽에 잠시 일별을 던졌고, 맥 풀린 시선을 내게 보내며 말했다.

이름에 시달리다

그럼 이만, 너무 답답해서 여길 찾아왔어요. 실례했습니다. 혹시 인식씨가 나타나면… 아니에요. 여기부터 먼저 나타나지는 않을 거예요.

아, 염려 마세요. 나타나면 이것저것 알아보지요. 도움을 못 줘서 정말 죄송합니다. 무슨 사무 착오일 거예요. 내일이라도 다시 연락을 주세요, 저나 우리 조교들이 함께 도울 일이 있으면요. 우선 집에부터 먼저 알리시고요.

네, 그러겠어요.

그녀가 정문 쪽으로 넘어가는 언덕길을 힘겹게 올라가고 있었다. 수심이 가득한 그녀의 회색 원피스 자락을 한참이나 바라보며 나는 돌아섰다.

머리통이 지글지글 끓었고, 그녀의 말대로 도무지 뭐가 뭔지 알 수가 없었다. 왜 그런지 가장 시시한 우연이 겹겹으로 이어지는 대중소설이, 원고지 매수를 늘리느라고 동어반복을 일삼는 이야기 한 자락이 내 눈앞에 펼쳐졌다는 느낌이 여실했다. 백주에 불심검문이나 당하는 이인식의 정체를 어떻게 이해해야 하는지, 그의 억울한 연행을, 아니 그 느닷없는 실종을 반체제 운동이 빗발처럼 촘촘히 벌어지고 있는 현재 시국과 연관시킬 수 있는지도 헷갈렸다. 모든 말과 글은 해석하기 나름이라는 문학 이론은 얼마나 무작한 가설이자 무지몽매한 자가당착인가.

나는 '자유의 공장' 옆을 지나 인문관 쪽으로 나아가며 욕지기를 입에 물고 딴에는 나름의 폭 좁은 사유를 이어갔다.

이 밝은 민주주의 국가에서 한 사람의 선량한 시민이 이처럼 갑작스럽게 어느 음습한 곳에 감금될 수도 있단 말인가. 이런 야만적 행태를 곱다시 당할 수밖에 없는가. 우리는 다 동포이고, 친구이며, 형제인데 적의(敵意)를 품고, 불신하며, 경원하는 포즈로 살아가는 것이 과연 옳은가. 환경 탓인가, 사람 탓인가, 제도 탓인가. 이런 경우도 남북 대치 상태의 과부하로 말미암은 우리 모두의 사시안적, 아니다, 사이비적 시각의 횡포로, 그런 일상의 단속적, 중첩적 간섭으로 볼 여지는 없는가. 무엇보다도 왜 우리는 '나'를 떳떳이 주장, 증명할 수 없단 말인가.

인문관 현관에 발을 들여놓자 데모꾼들의 함성이 나를 어느 유배지로 마구 몰아넣었다.

광주사태 진상 해명하라, 야당은 야합하지 마라, 언기법 폐지하라, 노동 삼권 보장하라, 광주사태…

구호는 씩씩거리는 화물열차의 긴 행렬처럼 이어지고 있었고, 어떤 소음도 잠재울 만큼 떠들썩해서 시끄럽기 짝이 없었다. 대학 교정이 허구한 날 광란의 소음으로 뒤덮여 있다니.

개새끼들, 우리 친구가 어제저녁부터 행방불명이 되고 말았는데, 여전히 광주사태 해명, 언기법 폐지, 야당 야합, 노동 삼권 보장을 외쳐? 너무 거창한 요구고 희망이야. 우리의 전통적인 이름의 색깔처럼. 명색 이름 세 자부터 실속도 없고, 현실감을 따돌리며 구름 잡는 소리나 하고 있으니 정치적 구호도 저 모양이지. 우리 친구가 제 자리나 지키고 앉아서 책이나 찬찬히 뜯어 읽어가면 그뿐이잖나. 거창한 집단적 요구 사항은 그다음에 펼쳐도 늦지 않다. 차라리 그게 순서다. 개인이 있어야 사회도, 나라도 있듯이. 사태를 거시적으로 보자고?

　　　　　　이름에 시달리다

웃기지 마라, 탱크같이 큼지막하고 거친 그런 방법론에는 이제 신물이 나서 울고 싶은 심정이다.

↓

지숙이가 근무하고 있을 과 사무실 앞에서, 나와 홍박이 함께 쓰는 연구실 앞에서 나는 각각 1분쯤씩 바장이다가 대단한 결심이라도 한 듯이 조교실 앞으로 다가갔다. 거기서도 무르춤하니 서서 '여기는 짐승의 우리가 아닙니다. 사람이라면 제발 노크 좀 하며 삽시다' 라는 경고문을 붙여둔 문짝을 노크도 없이 벌컥 밀치고 들어섰다.

매번 느끼는 터이지만 조교실 속에는 변함없이 뻘 같은, 진흙 구덩이처럼 걸쭉하고 탁한, 어떤 외부의 물리적 압력에도 무반응, 무저항, 무감동, 무신경한, 그래서 영원히 딱딱해질 수 없는 반죽 덩어리들이 멍청한 몰골로 제자리들을 지키고 있었다. 박 선배도 조교실의 그런 분위기를 '투명한 열기가 인위적으로 제거되고, 사회적으로 거세된 둥지 속'이라고 정의를 내려둔 바 있었다.

집으로, 도서관으로 갔는지 자리들이 많이 비어 있었고, 그렇게 봐서 그런지 이인식의 자리 주위는 유난히 쓸쓸했다. 그러나 커피물이 끓고 있는 자리 옆의 1학기생인 장학이가, 그 오른쪽에는 이인식과 같은 학기생인 영균이, 그 옆에는 어학 전공자이며 내 한 해 후배인 병수가 벌써 낮 동안의 국어 교사 신분을 내팽개쳐버리고 올빼미 학생이 되려고 각각 제자리를 지키고 있었다. 그들은 하나같이 내게 시선을 주지 않았다. 다들 무슨 문제로 골머리를 썩이고 있는 자세였다. 왼쪽도 그만한 숫자의 자리가 차 있었고, 그들도 부동의 반죽 덩어리들임에는 예외가 아니었다. 예의 박 선배도 커피를 아끼겠다는 듯이 찔끔찔끔 홀짝이며, 담배 연기를 몽글몽글 피워올리며 벽 바라기와 원고지 노려보기를 번갈아 해대고 있었다.

이 동지들에게 이인식의 행방불명을 어떻게 알리나? 내 머릿속이 순간적으로나마 하얗게 바래졌다. 한 친구가 관권에 의해 그의 존재는 물론이고 소재마저 아리송해져버렸는데도 너희들은 만사태평으로 책을 읽고, 논문을 쓸 수 있나? 어리석은 행태 아닌가. 불쑥 판을 깨고 싶어졌다.

만만한 장학이에게로 다가갔다. 그는 시력을 최악의 상태로 몰아붙여 군대에 가지 않거나 방위병으로 때울 수 없을까 하는 궁리로 착잡한 6년 후배였다. 버릇대로 나는 그의 어깨에 손을 얹었다.

책에다 거의 눈을 붙이고 있던 그가 눈동자를 아예 감추며 나를 올려다보았다.

어? 연주형, 잘 왔어, 커피 한잔 해. 물이 잘 끓고 있지? 지금 물 끓는 소리를 하염없이 듣고 있는 참이야. 이 시간대가 고역이야. 잡념이 무성해지거든.

커피 안 먹잖아, 나는.

장학이가 '커피를 마시기 전까지 나는 무용지물입니다'라고 영어로 씌어진 커피잔에다 커피믹스 가루를 쏟아부었다.

이걸 왜 끓었지? 이상하네. 그런데 말이야, 형, 후딱 졸업해버리고 석사 장교 시험이나 칠까봐. 취직하기는 죽어도 싫고, 세상 경험도 너무 없어서 말이야. 시험 칠 때까지 6개월쯤 취직 걱정을 유보해보는 것도 정신위생상 유익할 것 같고. 지금 그걸 골똘히 생각하니 머릿속이 커피물처럼 자글자글 끓는데.

이름에 시달리다

넌 그 시력으로 안 돼. 장교는 아무나 되는 줄 알아. 그 새카만 시력으로 주제넘게.

콘택트렌즈 빼고 안경 끼지 머, 안경 낄 거야. 안경 낀 장교가 왜 없어.

그가 구수한 커피를 홀짝였다. 그 유혹을 걷어내기 위해서라도 나는 그와 쓸데없는 말을 주거니받거니 하기 싫었다.

어이, 영균아, 어제 이인식이 언제 나갔어?

그제서야 반죽 덩어리들이 여기저기서 슬슬 기동했고, 내게로 시선을 돌렸다. 이인식의 무단 결석을 빌미로 잔소리를 늘어놓으려는 모양이라고 지레짐작하는 눈치였다. 저쪽 구석의 박 선배는 꾸준히 정물이 된 채로 지칠 줄 모르게 담배 연기를 피워 올리고 있었다. 겨울이 물러가자 담배 연기 때문에 창문을 자주 열어놓게 되었으므로 그의 줄담배는 훨씬 공공연한 시위를 해대는데도 누구 하나 툴툴거리지 못했다. 어쨌든 그는 깨알 같은 칸막이가 질러져 있는 참고서 편집용 원고용지에다(한 장에 1350자가 들어가는 것으로 그는 하루에 그 원고지 한 장을 메우기 위해 낑낑대고 있음을 조교실의 반죽 덩어리들은 다 알고 있었다) 염상섭의 만연체 문맥을 풀이하느라고 그것보다 더 긴 자신의 너더분한 문장을 의미적으로나 문법적으로나 틀리지 않는 것으로 얽어 맞추고 있을 것이었다.

영균이가 뜨악한 얼굴로 대답했다.

이인식씨요? 어제도 네 시나 다섯 시쯤 나갔을걸요. 원래 그림자 같은 친구 아니에요. 씨익 웃기만 하는 그림자. 다 알잖아요. 왜요, 무슨 일 있어요?

여기저기서 한마디씩 했다.

신혼초잖아요. 이해해줘야지, 머.

광호가 지금 근무하잖아요. 내일이라도 근무 한 바퀴 더 돌리면 되잖아요.

그때 지숙이가 들어섰다. 교수들도 대개 다 퇴근했을테고, 굳이 과사무실을 두 사람씩 지킬 필요도 없을 시간이었다.

아, 연주 언니, 그 여자 누구예요, 미인이던데?

나는 때 맞춰 잘 됐다고 생각하며 불쑥 말했다.

이인식씨 부인이야.

전부 뜨악한 얼굴로 나를 쳐다보았다. 염소 선배의 담배 연기는 끝도 없이 풀어지고 있었다.

왜요, 무슨 일이 있대요? 왜 오늘 안 나왔대요?

조교 근무가 하루쯤 하기 싫다 이거지 머. 나이도 있으니까. 그놈의 근무가 우리 시간을 너무 많이 빼앗아 먹잖아.

지금 돌이켜보아도 그때 내가 "이인식씨가 탈영병이래"라고 털어놓지 않았던 던 것은 정말 잘한 일이라고 생각한다. 그도 분명히 탈영병이 아니라고 주장했을뿐더러 그의 부인도 그 점을 확인하고 돌아갔으니까.

어젯밤에 집에 들어오지 않았대. 걱정이 돼서 찾아온 거야.

지숙이가 그 천성의 명랑, 호들갑, 어리광을 마구잡이로 주워섬겼다.

말도 안 돼. 신혼초에 벌써 외박이다 이거지. 놀고 있어? 의뭉스러워. 무뚝뚝한 것도 정도 문제야. 생활에는 말이, 약간의 다변이 필요

이름에 시달리다

하다고. 그런데 이인식씨는 좀 지나친 거 아냐. 벌써 아내를 여기까지 찾아오게 만들고.

사내 꼭지들이라고 저마다 지숙이에게 성토를 퍼부었다.

넌 사고방식이 어째 그래? 항상 상식적이고 상투적이고 아전인수격이야. 그런 시각으로 어떻게 논문을 쓸라는지 걱정이다. 아내의 관심을 환기시키려고 사내들은 흔히 외박도 저지르고 그러는 거야. 그게 무슨 범죄야? 잘 다독거리고 쓰다듬어야지. 그것도 일종의 데모잖아. 데모를 자꾸 윽박질러봐, 내성(耐性)만 강해지지.

관심의 환기? 데모? 아주 졸렬하기 짝이 없는 음침한 수작이지. 좀 당당하게 대들 수 없어?

어떻게? 아니야, 심란할 거야. 돈도 못 벌고 하니까. 그래서 술이나 퍼마시다 잠시 길을 잃어버렸겠지.

그게 바로 우왕좌왕죄란 거야. 신문도 안 봐? 왜 방황하고 있냐 이거야, 길에서. 집에 돌아와서 밥 먹고 공부하다 잠자라 이거야.

알았어, 알았다고. 가, 넌 지금 근무 태만죄를 저지르고 있는 거야, 알아? 왜 누가 재를 요직에 중용 안 하지? 출중한 친정부적 인재임에 틀림없는데.

반죽 덩어리들이 기를 써가며 이인식을 관심권 밖으로 내몰고 있었다. 너무나 상투적인 하룻밤의 파행쯤으로 그의 행방불명을 규명, 단죄하고 있어서 내가 공연히 억울하다는 생각이 들었다.

그러나 어쩔 것인가. 억울한들 별 뾰족수도 없지 않나. 이인식도 지금쯤 억울해서, 너무나 억울하고 분해서 자기 자신을 증명하려고 진땀을 흘리고 있을 것이다. 법이란 선량한 개인을 보호하기 위해 최소한의 도덕률을 공표하고 있지만, 그 위력은 언제나 진달래꽃처럼 저만치 멀리 떨어져 있지 않나.

염소 선배가 기지개를 켜고 일어섰다. 그리고 말 대가리 같이 긴 얼굴을 쑥 내민 구부정한 자세로 느릿느릿, 또 커피 믹스를 타 마셔야겠다는 듯이 내 쪽으로 뚜벅뚜벅 걸어왔다.

그가 농담을 던졌다.

한창 좋을 땝니다, 외박했다고 찾아다닐 때가. 결혼생활이란 사실상 6개월로 끝나고 마는, 그 이후부터는 재미없는 관습의 완강한 되풀이입니다. 피임을 할까 말까를 재보고, 서로 이성의 몸과 마음을 알아가는 시간은 실제로 6개월로도 충분합니다. 머리 좋은 사람은 3개월도 오히려 시간 낭비라고 투덜거릴 겁니다. 그 이후는 서로의 권리, 의무 행사만 팽팽하게 씨름한달까 머 그래요. 6개월로 끝이에요. 더 이상의 기대는 가장 저급하고 허황한 환상입니다. 환상만큼 달콤한 현실은 없지만, 그 환상이 진짜 현실을 꼭 반쯤 베끼고 있달까, 늘 막강한 현실을 밑바닥에 깔고 있기 때문에 꿈하고 비슷합니다. 물론 현실은 언제나 현실답지 않기 때문에 환상이 더 위력적일 수도 있지만, 결국 공상처럼 하등에 쓸모 없는 생각이 환상이라는 이름으로 지멋대로 경중거리며 설칩니다. 특히나 유치한 소설에서는 환상이 늘 기승을 떨지요. 그런데도 3류 평론가들은 그 환상을 떠받드느라고 박수를 치고 난리법석입니다. 어리석은 것들.

거봐, 지숙이 들었지? 결혼생활 6개월설…

염소 선배의 멀쩡한 구라가 담배 연기처럼 풀풀 이어졌다.

그러니 그 권리, 의무에서 일찌감치 해방되려면 피임을 꾸준히, 그리고 착실하게 실천해가면서 결혼이란 이 엄청난 환상의 실체를 면밀히 파악해가야지요. 흔히들 섹스, 좁게는 성교행위라는 그 마약 때문에 그것에 태만하기 쉬운데, 바보짓이지요. 도대체 섹스가 뭔데 그렇게 유난스레 설치고 그것에다 목을 매달고 그 권력 행사에 붙잡혀서 전전긍긍합니까. 기껏 잘 봐줘야 단조로운 감정의 얼룩에 지나지 않을 뿐인데. 그런데도 다들 너무 밝히고 허둥지둥하다 황금같이 좋은 세월을 허송하니 얼마나 딱합니까. 나잇살이 들면 곧장 망신살이 덮치는 것도 모르고선.

다들 입가에 비시식 웃음을 깨물고 있었다. 그러나 웃지도 않고 지껄이는 염소 선배의 좀 코믹한 진지함은 아무래도 횡보의 찐득찐득한 주제나 문체와는 상당한 거리가 있다기보다 그것에다 자기식의 해설을 덧붙인 게 아닐까 싶었고, '피임' 운운하는 솔직함은 무슨 도착증이나 변태 성욕을 떠올리기에 족한 것이었다.

아무려나 염소 선배는 또 새 커피를 홀짝거리며 점점 열기가 식어가는 중인 '자유의 광장'을 창 너머로 멍청하게 내려다보고 있었다. 혼 빠진 사람의 외양이 그런 모습과 근사하지 싶었고, 그 긴 얼굴은 영락없이 풀을 싫증이 나도록 뜯어먹고 난 후 사방을 두리번거리고 있는 염소를 방불케 했다. 저런 멍청한 얼굴로, 혼 빠진 시선으로 소설을 쓸 수 있다니 가관이긴 했다. 그의 수사보다 이론의 전개가 훨씬 더 간명하고 직접적이라서 섹시한 문학사회학의 한 주자(走者) 골드만의 용어를 끌어오면 박 선배도 '예외적인 개인'이기는 하다. 다만 대단히 삐딱한 예외적인 개인이기는 할테지만. 아무튼 그를 제대로 이해, 설명하자면 말품의 낭비를 감수해야겠지만, 학력(學力) 인플레이션

의 사생아로 태어난 판조사거나 어떤 단편소설의 제목대로 '병신'이
아니면 '머저리'에 가깝지 않을까 싶기도 했다.

↓

반죽 덩어리들의 사이를 헤치고 조교실을 벗어났다. 고개를 빠뜨리
고 천천히 연구실로 돌아가는 내 발걸음은 의외로 무거웠다. 홍박은
화장실에 갔는지 보이지 않았는데도 내 방이 그 어느 때보다 갑갑한
감방 같이 느껴졌다.

어디서부터 기억을 더듬어 가야 한단 말인가. 지금 이인식의 연행
상태의 연원을 어떻게 추리해야 설득력이 있을까.

한 달 전쯤이었을 것이다. 드디어 와싹거리던 개강 분위기도 숙지
막해지고, 또 데모를 한다고 꼬물꼬물 '자유의 광장'으로 학부생들이
모여들고 있는 중이었다. 우리 사회의 모든 현상이 다 그런 것처럼 근
년의 대학사회도 철저한 이중 구조로 틀이 잡혀져 있다. 죽기 살기로
데모를 하는 뭇따래기나 억지꾼이 있는가 하면, 학점이나 따고 후딱
취직부터 하겠다는 겉똑똑이나 잔풀내기가 따로 있다. 그 두 가닥의
시선은 당연히 엇갈린다. 하나는 데모야말로 비록 원시적일망정 아직
도 여론의 환기 장치로 필요하다는 쪽이고, 그것은 필요악인데 그런
다고 구리터분한 기성체제와 그 제도의 일거일동이 단숨에 바뀔 거라
고 생각하면 천부당만부당한 경거망동일 뿐이니 실속을 차리는 게 먼
저라는 쪽으로.

아무튼 우리는 막 점심을 먹었던 터이므로 창가에 붙어서서 사방에
서 삼삼오오 짝을 지어 '자유의 광장'으로 몰려들고 있는 무리를 망연
히 내려다보고 있었다. 물론 염소 선배와 이인식도 우리 중의 일부였

다. 늘 그래왔고, 앞으로도 당분간 그럴테지만, 그날의 데모도 현수막에 새겨진 격렬한 구호대로 광주사태가 들먹여질 모양이었다.

창가에 붙어선 어떤 반죽 덩어리가 먼저 말머리를 잡았다. 이어서 너도나도 굶주린 사람들처럼 그 물리지 않는 고깃덩어리에 와글와글 덤벼들었다.

희소가치가 없어지고 만 느낌이야. 어째 참신성도 엷어졌고, 출발부터 한참 늦어버린 것 같고.

머가? 데모 말이야, 광주사태 말이야?

쟤들 데모 말이야. 죽은 사람은 위대하다, 몇백 명쯤은 죽어도 괜찮다는 이상한 논조가 묘하게 깔려 있잖아. 숫자놀음은 제일 나중 문제 아냐? 숫자야 아무려면 어때, 더 근본적인 걸 따져봐야지. 여기가 무슨 도박판인가.

어떻게? 뭘 따져 따지길, 지금 따지고 있는데.

이름 없이 죽은 사람들만 불쌍한 거예요. 그 원을 풀어주려고 저러는 거라고요. 옛날부터 쭉 저래 왔잖아요, 힘도 없이, 허구한 날. 얼마나 딱하고 한심해요. 각성해봐야 소용도 없어요. 민족성이 그러고 마는데요 머. 살아 있는 우리가 미안하게 생각해야 할지 어떨지는 나중 일이지 싶어요.

우연으로라도 살아놓고 보자면 말은 되겠네. 투쟁을 위해서, 장렬한 죽음은 나중 일이고. 죽을 용기도 없지 싶지만.

넌 왜 자꾸 걸고 넘어져, 우먼 파워를 너무 무시하지 말어. 그것도 절대다수의 일부야.

내 말은 저렇게 데모를 할밖에야 오도하지는 말라 이거야.

넌 뭐가 자꾸 오도, 오도야. 잠잠한 여론을 환기하고 있는데. 개인의 체험, 지역의 수난을 다수로, 전국으로 확산시켜서 귀감으로 삼자는데. 귀감, 옛날 말인데 본보기, 그걸로 좋은 거잖아. 우리에게는 그게 없고, 이용할 능력도 없어서 늘 말썽이잖아.

다 좋은데 가만히 따져보자고. 벌써 언제부터야. 원점에 접근하지 못하고 저렇게 변두리에서 맴돌고 있는 게? 맨날 똑같은 소리 아냐, 진도가 안 나가잖아. 지진아처럼. 서문이나 읽다가 내팽개치고. 본문에도 들어가지 못하고실랑 다 읽었다고 폼 잡다가 망신이나 당하고. 지금 정부를 근본적으로 깔아뭉개는 게 본문인데 말이야.

마찬가지 아냐, 변두리에서 들어가나, 원점에서 나오나.

말꼬리를 물고 늘어지는 그런 잡담에 끼여들지 않는 사람은 물론 염소 선배와 이인식, 그리고 나였다. 그러나 그들은 우리를 가만히 내버려두지 않았다. 이제 우리의 대학사회는 침묵할 수도, 곰곰이 생각할 수 있는 최소한의 여유나 시간마저도 다수의 무례한들이 빼앗아가고 있다.

장학이가 염소 선배에게 말을 걸었다.

형님은 어떻게 생각하세요?

염소 선배는 즉각 의식적으로 코미디언이 되어버렸다. 골치 아픈 질문에는 우스개로 대응하는 그에게서 역시 나이 차가 확 달겨들었다.

뭘 말이야? 나는 도통 한국말이 어려워서 죽을 맛이야.

'한국말이 어렵다'는 염소 선배의 상용어였다. 언젠가 구수한 담배 연기도 맡을 겸해서 내가 그의 책상 곁으로 다가갔더니, 그는 대뜸

"어, 백형, 이거 좀 읽어봐, 무슨 말인지 도통 알 수가 없어. 한국말이 왜 이렇게 어렵지?"라면서 내게 책을 내밀었다. 그 책의 저자는 편저서를 이미 스무 권은 족히 펴낸 유수의 중진 국문학자였다. 내가 "글쎄요"라고 웃음을 베물었더니 그는 "이상해, 이상한 사람이야. 문맥이 통하는 사람들 글은 술렁술렁 피상적이고, 그렇지 않은 것들은 도통 무슨 말을 하고 있는지 모르겠어. 우리말이 너무 어려워 미치겠어. 내가 무식한 것은 맞아, 그래도 그렇지, 이게 무슨 소리야, 전후 문맥이 영 딴말이지 싶은데"라고 중얼거렸다. 이어서 그 책 위에다 연필로 밑줄을 그어가며 "이 말을 하고 있는 모양인데, 벌써 여러 번이나 앞에서 한 말이야. 이 양반은 이걸 모르고 있지 싶은데, 실제로 그런지 어떤지 모르겠어. 헷갈려 죽을 맛이야"라면서 공연히 나를 질책하듯이 치떠 보길래, 나는 "따지지 말고 대충대충 하세요. 원래 공부 못하는 친구들이 빨간 밑줄 많이 그어대잖아요. 다 중요한 줄 알고요"라고 우스개를 부려놓았다. 그러자 그는 풀이 죽은 음성으로 "맞는 말 같애, 내가 돌대가리인 줄은 잘 알아, 그러면 이런 모호한 문장들이 무상출입, 횡행활보하는 우리 학계와 문단은 머야, 단단히 돌아버린 괴물 아냐, 아니면 흉물이던가. 그걸 알다가도 모르겠으니 돌아버리겠어, 그렇잖아. 풍토만 해도 그렇지, 벌써 해방된 지가 얼마나 지났는데, 문맥조차 못 바꿔 놓고, 차일피일 개과천선을 미루는 것도 무슨 자랑이야, 이것도 못난 전통 때문이라면 말이야 되겠네, 떠그랄"이라고 툴툴거리더니만, 다시 싸구려 필터 담배 은하수 한 대에 불을 붙이고는 난감한 표정을 지었다. 줄담배가 늘어가는 것을 보더라도 염소 선배는 졸업 논문을 영원히 못 쓰고 말지 않을까 하는 쪽에 나는 내기를 걸고 싶었다.

　장학이가 물고 늘어졌다.

　에이, 또, 잘 아시면서, 숫자 노래 말이에요. 그걸 믿느냐, 그것에만
매달리는 게 옳은 방법론이냐, 과연 몇백 명이 죽은 게 사실이냐, 진
상은 나중 일이고 뻥이라도 치지 말자는데 왜 말이 많냐 등등이지요.

　점점 더 모르겠구먼. 내가 광주사태를 어떻게 보느냐, 또 지금의 가
파른 두 쪽 견해를 각각 어떻게 생각하느냐고 묻는 모양인데, 짐작이
야 있지. 나야 광주와는 생면부지 사이지만 짐작은 가, 짐작이 원래
가설처럼 확신의 전제잖아.

　소설적인 상상력으로 말이지요?

　아니야, 지극히 상식적인 상상력으로 그래. 벙어리도 세월 가는 줄
은 알잖아. 저놈의 진상에 대한 확실한 짐작만은 갖고 있어. 아마 다
들 똑같을 걸. 문제는 앞으로 저걸 어떻게 처리할지인데, 그것도 벌써
다 드러났어. 우물쭈물, 장단기적으로, 모든 역사적 문맥이 다 그렇듯
이, 구렁 담 넘어가는 식으로, 비문법적인 글로 사실을 황칠하듯이.
땜질이 별거냐, 아무리 잘해봐야 표가 난다고. 짜깁기도 미구에 들통
이 나듯이.

　그 짐작을 소설로 한번 써보시지요?

　누가? 내가? 불경스럽지. 세월이 병이고 약이지 머. 세월이나 죽이
고 있어야지 머. 원래 꽁무니를 사릴 줄 아는 양반이 그렇게 비겁한
사람은 아닐 거야. 몰매로 단죄야 해대지만, 일단 매타작부터 퍼붓고
나서 으스대는 작자들은 대개 다 애국을 숭늉 먹듯이 말아먹는 사이
비 식자들이잖아.

그런 구름 잡는 식의 농담이 오가는 중에도 이인식은 빙긋이 웃고만 있었다. 누군가가 그를 불러세웠다.

인식씨는 어떻게 생각하세요? 고견이 있으면 기탄없이 한마디만…

모, 몰라요. 못 봤으니까. 치, 치질 때문에 여기 서, 서울에서 죽을 고생을 하고 있었는데… 어, 언제가 될지 모르지만 바, 바로잡혀질 거예요. 바, 바, 반민특위처럼 흐지부지되는 게 우, 우, 우리 전통이지만…

그때 두 사람에 대한 내 느낌은 이런 것이었다. 나이를 보더라도 염소 선배는 소영웅주의적 심리도 없지 않을 데모꾼들의 혈기와 그 사회참여의 방법론을 점검하는 우리 또래의 다변, 요컨대 이 시끄러운 한국적인 상황 자체를 일부러 비아냥거려보겠다는 투가 역력하다면, 이인식은 그 일체의 세속적인 풍경에서 한 발짝 물러서서 지켜보겠다는 사람이었다. 좀더 추단을 비약한다면, 전자가 '제가끔 잘들 해봐, 나는 공부하는 셈치고 두 눈 똑바로 뜨고 쳐다보고만 있을테니까' 식일 것이고, 후자는 '어쩝니까, 산 사람은 살아야지요. 살다 보면 때가 있을 겁니다' 조의 방관 일색이었다. 그런 의미에서 나를 포함한 대다수의 과묵한 사람들은 전자와 후자를 반반씩 후무린 관망파로서, 침묵이 곧 동의를 뜻하지 않는다는 역설은 설득력이 있을지도 몰랐다.

↓

버릇대로 카드에다 낙서질을 한참이나 해대다가 나는 자리를 박차고 일어섰다. 뒤이어 담배를 끊을 때처럼 실내를 바장이기 시작했다.

군인의 자식인 내게 이인식의 탈영 혐의, 연이어 헌병대로의 연행, 그리고 연금상태는 우연이라기보다 묘한 인연일지도 모른다는, 그야말로 변두리에서만 겉도는 상념을 되씹다가 나는 책가방을 주섬주섬 챙겨 연구실을 빠져나왔다.

141번 일반 버스에 올라타자마자 나는 연구실에서보다는 훨씬 실제적인 생각들을 간추려보기로 작정했다. 이인식의 비현실적인, 결코 있어서는 안 되는 연금상태의 전말에 대해서.

단언하건대 그는 탈영병은 아닐 것이다. 그의 아내는 지금 갑작스럽게 닥친 횡액 앞에 어쩔 줄 모르고 있다. 불가항력적인 이 횡액이 더 나쁜 쪽으로 비화하여 그들의 단란한 결혼생활이 파국으로 치달을까봐, 그래서 마침내 어떤 악연으로 끝나고 말 것이라는 불길한 예감에 몸서리를 치고 있다. 동시에 이 횡액의 곡절을 정말 곧이곧대로 믿어야 하는지, 아니면 이인식의 전인격을 의심해야 하는지 갈팡질팡하고 있다. 그런 의혹에는 그들의 전격적인 결혼과 말더듬이로서의 무뚝뚝한 성품이 조그만 불쏘시개가 되어 있다.

그녀는 지금쯤 이인식의 사촌 누님네와 그녀의 친정집에다 신랑의 연행, 현재까지의 행방불명을 알렸을 것이다. 이제 그녀 자신의 고통은 여러 사람의 걱정으로 변했고, 그 근심은 불가사리처럼 점점 음흉한 몰골로 커지고 있을 것이다. 모르긴 하지만, 그의 가족들은 이런저런 통로를 통해 그의 소재를 확인하려고 동분서주하고 있을 게 틀림없다.

며칠이 걸릴지 모르지만, 오늘내일 중으로 신원이 확인되는 대로 귀가 조치시킬 겁니다. 그렇게 아시고 양해, 협조해주십시오. 우리에게 넘어온 서류에는 이인식씨가 분명히 탈영자로 기재되어 있습니다.

아니, 며칠, 그 며칠 동안 그가 있어야 할 자리에 없어도 되는 것인

이름에 시달리다

가? 또한 그의 주위 사람들이 이처럼 가슴 조이는 시간을 가져야 한다니. 협조, 양해, 무엇을? 이런 폭력을 묵과하라고? 날강도라더니, 정말, 흉악망측한 폭도들의 만행이 아닌가. 광주의 폭거가 여기 서울 일원에서도 되풀이 된다니, 망할 것들.

하지만 이런 불상사가 왜 이런 시기에 일어났을까? 왜 하필이면 이 인식에게 닥쳤을까? 법은 누구 편인가? 설혹 그가 탈영병이 아니라 하더라도 의심받을 전비(前非)라도 있단 말인가? 사전 일제 검속? 그건 아닐 것이다. 신문에 날 일이니까. 아니다, 신문에 공개되지 않는 공공연한 사실이 얼마나 많은가. 그렇다면 탈영병 체포조의 '탈영' 운운은 위장이었던 말인가? 아니다, 그는 광주사태와는 무관할 뿐만 아니라 말더듬이가 아닌가.

나의 의문과 의혹은 끝이 없었다. 그러나 그 의문과 의혹은 제자리만 맴돌 뿐 어떤 방향으로도 진전이 없었다. 원점은 너무 멀리 떨어져 있었다. 답답했고, 머릿속이 욱신거렸다. 고문이 달리 없었다. 나중에는 제물에 지쳐서 신경질이 났고, 진땀이 배어났으며, 입속말로 웅얼거리기까지 하는, 과장하면 미치고 폴짝 뛰기 직전이었다.

길어봤자 2, 3일 동안의 연금상태만 참으면 된다. 그 정도야 대수냐. 그 정도의 횡액, 고충, 불이익쯤이야 한국에서 살아가려면 당연한 일로 감수해야 할 의무가 누구에게나 있다. 지숙이 말대로 우리는 '이름 없는' 시민이 아닌가. 어쨌든 그는 틀림없이 돌아올 것이다. 이름 없이 죽어가기도 힘들다. 그동안 고생한 것은 전적으로 그의 운수 소관이다. 그뿐이다. 조만간 우리 모두는 아무 일도 없었던 것처럼 상투적인 아침과 낯익고 포근한 밤을 맞을 것이다.

그런 상념을 이어가면서도 나는 안절부절못하고 있었는데, 과연 내가 방금 이인식의 아내를 만나기는 했었나, 그녀가 정말 이인식의 진짜 아내이기는 한가, 우리가 무슨 말을 주고받았나, 그 말들이 상대방에게 제대로 전달되었을까 같은 질문을 되뇌어보고 있었기 때문이었다.

그런 의구심은 곧장 전적으로 잡생각에 불과한 것임이 드러났다. 왜냐하면 고속버스 터미널 정류장에서 승객들이 거의 다 내려버려, 내가 앉고 싶은 자리에 무너지듯 앉아 인파로 덮인 정류장 일대를 멍한 시선으로 내다보자, 바로 손에 잡힐 만한 거리에 '병역 사범 일제 단속 및 탈영병 신고 기간'이란 현수막이 바람에 펄럭이고 있어서였다.

순식간에 눈앞이 환해졌고, 가슴이 철렁했다. 이인식의 연행이 엄연한 사실로, 바로 나 자신의 일로 다가왔다. 자세를 고쳐 앉았다. 평소에 좀처럼 그런 광고물을 눈여겨보지 않는 편인데, 이제는 찬찬히 훑어보지 않을 수 없었다. 그 밑에는 작은 글씨로 '자수 환영, 신고처: 각 지구 병무청 및 관할 파출소, 헌병대'라고 적혀 있었고, 기간은 한 달로 못 박혀 있었다. 4월이었으므로 신고 및 자수 기간이 거의 끝나가고 있었다.

↓

대개 나의 일상이란 규칙적인 것이 되도록 자기 정리랄지 단련을 잘하는 편이라서 집에 돌아오면 우선 이빨부터 닦고, 손발과 얼굴을 씻고 나서 저녁을 먹고, 석간신문을 읽으면서 텔레비전을 보는 둥 마는 둥 한다. 이어서 식곤증과 피로를 물리치느라고 내 방의 의자에 앉

이름에 시달리다

아 음악을 한 시간쯤 듣는다. 뒤이어 책상 앞으로 의무적으로 다가간
다. 두어 시간쯤 버티다 책을 덮고 열한시 전에는 어김없이 잠자리에
들고 어둑새벽에 일어나서 조간신문을 펼친다.

그날도 그럴 작정이었다. 어머니와 함께 아내가 깎아주는 사과를
한 쪽 받아먹고 서둘러 내 방으로 돌아왔다. 그러나 내 허약한 몸과
외곬의 정신에 진정제인, 내 일상 중에 가장 충일한 휴식인 음악 듣기
에는 내 의식이 너무 노작지근하여 꼼지락도 못할 지경이었다. 우선
숨이라도 고르려고 의자에 몸을 파묻었다. 책장을 바라보았다. 내동
댕이쳐버리려고 기를 쓰면 쓸수록 이인식은 더욱 명료하게 다가왔다
가는 사라지곤 했다. 책가방을 뒤져 학교 연구실에서 끼적거린 카드
를 끄집어냈다. 카드에는 이런 낙서가 씌어 있었다.

이인식? 누구인가. 이인국, 이인식, 동명이인이 아니다. 동일인. 제
자리 지키기의 어려움. 또는 그 역(逆)의 행복. 생활의 변화는 즉각 위
해 상태를 담보한다. 연금, 실종, 연행, 행방불명, 임의동행, 적절한
말이 아니면서도 그 말들은 전부 맞다. 연행이면서 임의동행이기도
하고, 실종은 아니지만, 행방불명은 사실이니까. 불안한 신부, 당당한
신랑. 자기 의사를 주장할 수 없고, 자신의 신원을 증명할 수 없는 개
인. 그 고충의 억울함, 익명의 시대. 나를 주장할 수 있는 유일한 기호
로서의 이름의 가치의 보잘 것 없음. 이름이 특정한 개인을 대표하는
비밀번호일 수 없는 희비극. 특정한 개인? 어불성설이 아닐까.

카드를 두 번째 읽어가다 내팽개치고 나는 거실로 나갔다. 전화기

밑에 놓인 전화인명부를 뒤적였다. '이인식'은 헤아릴 수 없이 많았고, 연금상태에 있는 내 친구 이름이기도 한 李仁植도 여기저기서 눈알을 부라리고 있었다.

어머니와 아내는 기저귀감인지 뭔지를 마름질해대고 있었다. 아내가 "뭘 찾아요, 누구네 집요?"라고 간섭했을 때, 나는 내 아내가 이인식의 신부일 수도 있다는 생각이 얼핏 들었다. 두 여자는 다 같이 신혼 초에다 아이들을 가르치는 신분이 아닌가. 머릿속이 어수선했다. 커피와 담배를 끊어 생활의 변화를, 그것도 행운이 아니라 어떤 악연, 나아가서 화를 불러들인 것이 원망스러울 지경이었다.

다시 내 방으로 돌아왔다. 내가 내 자리를 지키고 있다는 안도감, 내 이름이 백연주라는 확실한 사실, 이것은 생존의 근본이 아닌가. 생태계의 기본적 구도와 그 근거가 이름인데.

책상 앞으로는 도저히 가기 싫었다. 거실의 소파와 짝을 이루는 푹신한 의자 한 짝을 내 방의 한쪽 구석에 놓아두고 나는 그 의자에 앉아 음악도 듣고, 책도 읽고, 카드도 훑어보고, 졸기도 하고, 온갖 잡생각을 이어가다 지치면 커피를 마시기도 했다.

적어도 내가 상상할 수 있는 광경이라기보다 장면은 두 가지였다. 하나는 이인식이 부천의 어느 골목길에서 탈영병 체포조와 실랑이를 벌이는 장면과, 그가 지금쯤 헌병대의 한 수사관 앞에서 자신의 병적 사실을 확인하는 장면이다. 추측컨대 두 장면은 거의 비슷할 수밖에 없다. 다른 하나는 그의 아내가 밤새도록 의혹과 분노와 억울함에 시달렸을 싸늘한 셋방 구석과 지금쯤은 그의 가족들과 함께 그 불안을 나누는 모습이다. 사건의 순서대로 첫 번째와 두 번째 장면, 이인식이

이름에 시달리다

주인공으로 등장하는 몰풍경은 무리없이 생생한 현장감을 가지고 내 눈앞에 영화의 한 장면처럼 펼쳐졌다.

둘 다 상고머리로 바싹 치켜 깎은 탈영병 체포조가 그에게 다가간다.

이인식씨 맞죠? (무슨 증명서를 슬쩍 보이고는 얼른 집어넣는다) 우리는 이런 사람입니다. 잠시 조사할 일이 있는데 동행해주실까요?

이인식은 당황한다. 아니, 의아해 하다가 놀란다.

내, 내가 이, 이인식인데요. 무, 무, 무슨 일로…

제대증, 주민등록증 좀 보여주실까요?

(바지 뒷주머니에서 지갑을 꺼내 그것들을 보여준다) 여, 여기 있는데요.

빼내세요, 둘 다. (말해놓고 그가 지갑을 가로채서 증명서 두 개를 끄집어낸다) 이거 언제 만들었습니까?

마, 만들다니요? 호, 혹시, 자, 잘못 알고 있는 거 아, 아닙니까. 제가 이인식인데요.

(다른 사내에게 말한다) 이인식 맞아, 틀림없어. (어느새 그는 이인식에게 반말짓거리로 말한다) 당신 말이야, 탈영한 사실 있지?

어, 없는데요. 치, 치질 때문에 여, 연기원을 하, 한번 내고 조, 졸업하던 그해 가, 가을에 이, 입대해서 자, 작년 보, 봄에 제대했는데요. 제가 이인식인데요.

(얼굴을 붉히는, 그 순진하기 짝이 없는 이인식의 눈매 때문에 사내들은 잠시 의아해 한다) 무슨 소리야. 우리에게 넘어온 인적사항은 틀림없는데. 말은 왜 그렇게 더듬어?

워, 원래부터, 중학교 때 이, 이름을 갈고부터요…

이름을 갈아?

이, 이인국에서 이, 이인식으로… 그때부터… (그의 아내가 놀란 눈으로 그를 건너다보고 있다) 내, 내가 타, 탈영병이래. 참 어, 어이가 없어서.

이거 가짜 아냐, 둘 다.

가, 가짜라고요? 무, 무슨 소, 소린지 아, 알 수가 없네.

안 되겠어. 같이 좀 가야겠어. 뭐? 이인국에서 이인식으로 이름을 갈았다고? 알았어. 당신이 그러면 이인식이라는 걸 증명해. 조사계가서. 지금 단속기간인 걸 잘 알지?

내, 내가 이, 이인식이란 걸 증명하라니오. 저 정말 어처구니없네. 이 제, 제대증은 그러면 무, 무엇입니까?

글쎄, 그거야 믿을 수 없는 거 아냐. 기록 카드와 대조해보면 증명이 될 거 아냐. 잠시면 돼. 가, 따라와. 우릴 원망하거나 탓하지 마. 우리는 조사계에 인계만 하면 그만이야.

모, 못 가겠어요. 내, 내가 왜 그런 델 따라갑니까? 내, 내가 진짜이, 이인식이라니까요.

아하, 자꾸… 그걸 누가 믿냐고. 당신은 탈영한 사실이 있어. 좌우간 가. 사무 착오가 있으면 이번에 확 깨끗이 정리 해야 할 거 아냐. 무슨 말인지 그래도 못 알아듣겠어? 조용히 말할 때 따라와. 백차 부를까? 이 동네에서 쪽 팔리고 싶어?

↓

그날 밤 나는 배가 불룩해서 가끔씩 가쁜 숨을 몰아쉬는 아내 옆에

이름에 시달리다

서도 이인식이 제 존재를 증명하느라고 고함을 쳐대는 장면을 떠올렸다가 지우곤 했다.

다음날 아침 나는 무거운 몸으로 평소와 다름없이 학교로 출근했다. 수면 부족 탓으로 하체가 묵지근했기 때문에 버스 속에서는 가급적이면 이인식의 연행 사실을 생각하지 않으려고 악을 썼다. 그러나 나는 그로부터 또 그의 아내로부터 전화가 걸려오기를 기대하고 있었고, 한시라도 빨리 이인식으로부터 놓여나고 싶다는 간절한 희원을 되뇌었다. 그밖에 내가 할 일이란 아무 것도 없었다.

연구실에 도착하여 가방을 내려놓고 손목시계를 보았더니 아홉시 직전이었다.

뻔한 하루가 막 시작될 시간이었다. 우선 화장실에 가서 담배를 끊고 난 이후부터 대단히 탄력감 좋게 떨어지는 굵다란 배설의 시원함을 잠시 누리고 나서, 주임교수에게 한 차례쯤 호출을 당할 것이고, 은사들로부터 넘어오는 자질구레한 심부름과 지시를 조교들에게 얼렁뚱땅 떠넘기고, 과 사무실과 조교실을 각각 한두 차례씩 들락이면서…

그날 이인식에게는 오후에 세 시간 연강의 수업이 있었으나 한 주일 전에 이미 휴강한다고 알려져 있었다. 그게 다행이라는 생각이 들었다. 물론 내게도 수업과 강의가 없는 날이어서 홀가분했다.

나는 쫓기듯이 읽을거리를 찾았다. 화장실에서는 보통 신문을 읽어야 하는 게 여느 사람이나 마찬가지로 내 버릇이었다. 과 사무실로 들어갔고, 내가 집에서 받아보지 않는 조간신문을 집어들었다. 나는 화장실 속에 갇히러 잰걸음을 놓았다. 바지를 까내리자 양감 좋은 배설물이 기다렸다는 듯이, 무슨 규칙처럼 절도있게, 또 흔쾌히 쏟아져서 나는 안도의 숨을 내쉬었다. 역시 규칙적인 삶은 심신을 편안하게 만드는 지름길이었다.

정치면과 경제면은 진절머리가 나도록 진부한 넋두리 맞잡이였다. 읽어봐야 내 일상에 도움이 될 게 하나도 없었다. 그래서 그 식상하기 딱 좋은 큰 활자와 사진을 칸막이 저쪽으로, 나와 다를 바 없이 알궁둥이인 채로 점잖게 앉아 있을 어느 배설자 쪽으로 돌려버렸다. 스포츠면은 프로 야구의 호들갑스런 승전보 뿐이었고, 이것저것 읽을거리가 더러 있는 사회면을 펼쳐 들었다. 거기에는 어제 낮에 벌어졌던, 이인식의 아내로 하여금 내 모교에서 눈물을 흘리게 만든 '자유의 광장'에서의 데모건이 일단 기사로, 그것도 육하원칙마저 반 이상이나 빠뜨린 짧은 토막글로 다뤄져 있었다. 데모의 내용이, 시위의 주제가 밝혀져 있지 않아서 종잡을 수도 없는 기사였다. 뒤이어 광고란 바로 위에 있는 고정란의 토막 뉴스를 읽어가기 시작했다. 신기하게도 그 토막 뉴스를 거의 반쯤이나 읽어가도록 나는 데모나 이인식의 연행 따위에 대해서는 까맣게 잊고 있었는데, 불현듯 "가만, 가만, 내가 지금 무얼 읽고 있지, 시방 이 기사의 내용이 무슨 소리야"라고 속으로 중얼거리면서 소스라치게 놀랐다. 순간적으로 내 알궁둥이에 소름이 좍 끼치는 걸 느끼며, 다시 그 토막 뉴스를 찬찬히 정독하고 나서는 곧장 이인식의 마(魔)에 씌고 말았다. 그 토막 뉴스의 전문은 이랬다.

'이발사 김정식씨(48, 서울 마포구 공덕동)는 지난 3월 20일 20여 년 전 군에서 탈영한 사실이 들통나 육군 모부대 헌병대 주모 상사에게 붙잡혔는데… 김씨는 20여 년 전 자신의 입영을 동생 정규씨(45, 부산동래)에게 대리로 시켰으나 동생은 훈련 중 탈영을 했고, 동생은 뒤이어 자신의 군 복무는 해병대 자원입대로 무사히 마쳤다는 것, 김씨는 주 상사를 잘 안다는 문관 박모씨에게 잘 봐달라며 부탁, 2백만 원을 온라인으로 보내 무마시킨 뒤 탈영 사실을 실효시키기 위해 이중으로 호적이 돼 있던 부산 동래의 한 동사무소에 위장 사망 신고서를 제출… 그러나 김씨는 최근 탈영자 검거를 하던 군 수사기관에 다시 잡혀 위장 사망 신고를 한 사실이 들통나 26일 공정증서 원본 부실 기재 및 동 행사 등 혐의로 구속됐다고. 그동안 김씨는 이름을 두 차례나 정식으로 개명, 수개의 가명으로 탈영 사실을 숨겨왔다고'

'들통나'라는 속된 표현을 두 번이나 남용하고, 단문(短文)을 뚝뚝 분질러서 20여 년 동안 가슴 조이며 살아온 사연을 거두절미해버린, 요컨대 너무 무책임하게 덤벙대는 전형적인 신문기사체라서 쉬 납득이 가지 않는 문맥이었다. 그러나 나름대로는 육하원칙에 입각한 사실의 기록이었으므로 믿어야 할 정황이었다.

다시 한번 그 토막 뉴스를 새겨 읽어가다가 나는 순간적으로 묘한 우연의 일치를 이인식의 경우에 적용시켜야 할 책임감 같은 걸 느꼈다.

탈영병 체포조가 이인식을 집요하게 추적한 정황도 쉽게 이해가 되고, 무엇보다도 김정식과 이인식은 이름이 너무 유사하지 않나. 그리고 개명한 사실도, 탈영에 연계된 정황까지도.

배설의 마무리를 어떻게 해치웠는지도 모를 지경으로 나는 허겁지겁 화장실에서 나왔다. 물론 내 손에는 그 신문지가 고이 들려 있었다. 연구실로 달려가서 책상 위에 카드를 펼쳐놓았다. 이 글의 서두에서 고트프리트 벤의 힘찬 선언에 자구 몇 자를 첨삭하여 전혀 새로운 문맥을 만들었듯이 이인식의 횡액을 그 토막 뉴스의 도움을 빌려 '있을 수 있는 우여곡절'로 재구성해볼 작정이었다. 내 성정 탓이겠지만, 그런 식으로라도 이인식의 횡액이 내게 이해되어야만 다른 일에 매달릴 수 있을 것 같은 기분이었다.

↓

  미리 밝혀두지만, 나는 이 글의 주제가 이미 상당한 정도로 드러나 있다고 감히 생각한다. 더 이상은 사족일지도 모른다. 그런 이유에서가 아니라, 그날 오후 늦게 이인식이 그 어눌한 말솜씨로 자신의 연금 해제를 전화로 알려왔을 때, 나는 그의 횡액의 원인에 대해서는 묻지도 않았고, 관심도 없었다. 그래서 마냥 홀가분한 기분으로 "다행입니다, 아내에게 알렸습니까, 빨리 알리세요"라고 내 말만 반복해서 지껄였다. 그리고 한참 후에 그가 내게 차분히 들려준 꼬박 하루 동안의 고충, 요컨대 자신의 신원을 증명하려고 진땀을 뻘뻘 흘린 정황에서도 드러났듯이 그의 탈영 혐의의 진상은, 그 자신은 물론이거니와 헌병대에서도 아직까지 추측으로만 남아 있다. 결국 미궁으로 빠진 셈인데, 이런 경우는 그 막연할 수밖에 없는 추측이나 짐작이 오히려 진실에 가까울 것이라는 단정을 내리고 차제에 그 희귀한 사무 착오를 깨끗이 말소시켜버리는 게, 그래서 비슷비슷한 이름에 파묻혀 살아가는 어떤 삶의 고충을 다소라도 덜어내버리는 게 어떨지 모르겠다. 지금 김정규씨를 불러들여 탈영행위를 추궁해본들 무슨 소용이 있겠으며, 20여 년을 소마소마하게 살아온 김씨처럼 앞으로 그렇게 살아갈 또 다른 이인식을 굳이 찾아내서 어쩌겠다는 것인가.

아무튼 사족에 사족일 것이며, 게다가 가장 불확실할지도 모를, 카드에 적어간 이인식의 탈영 혐의의 원인을 밝히고자 한 나의 즉흥적인 재구성의 결과는 이렇다. 물론 나의 친구 이인식을 A′로, 또 다른 이인식을 A로 표기하면서 김정식씨 형제와 대비해본 것을 풀어서 본 것이다. 덧붙일 말이 있는데, 나의 재구성을 후에 이인식에게 들려주었더니 그는 그 순진무구한 얼굴과 어투로 "이, 이것도 짐작이지만, 나, 나 말고 하, 한 사람의 이, 이인식이가 더 있다는 것은 이제 서류상에도 올라가 있게 됐지 시, 싶어요. 사, 사람이 번호표를 달고 있는 조, 종돈(種豚) 한가지데요"라고 중얼거렸다는 사실이다.

오늘날은 흔한 이름이 도시 곳곳에서 마구 서식하는 동명이인의 시대다. 이 익명성은 항상 횡액의 가능성을 내발적으로 구축하고 있다. 같은 이름이 너무 많다는 이 비극의 현장. 비슷한 얼굴의 형제가 수없이 많듯이. 따라서 김정식씨는 얼마든지 김정규씨일 수가 있다. 물론 그 역(逆)도 성립한다. 보다시피 김정규씨는 김정식씨로 입영할 수 있다. 실제로 그랬다고 하니까. 마찬가지로 여러 명의 이인식이 있을 수 있다. 두 사람의 이인식이 한 장소에 나타났을 가능성을 배제할 수 없다. 이인식이 치질 때문에 절뚝거리며 병원을 들락거리고 있을 때, 또 다른 이인식도 나이가 같다는 제2의 우연으로 입영 영장을 받았을 수가 있다. 이인식은 연기원을 제출한 터이므로 당연히 장정 소집 장소에 나가지 않았다. 이인식이라는 호명에 다른 이인식이 당당하게 대열 밖으로 나선다. 사무 착오로 다른 이인식의 입영 영장이 연기원을 낸 이인식의 그것과 바뀌어진 것이다. 그러니까 이인식의 입영 영장으로 다른 이인식이 훈련소에 입소, 훈련병이 된 셈이다. 그제서야 생년월일이 다른 이인식은 자신이 같은 이름에 다른 사람으로 훈련을 받고 있는 줄 안다. 입영한 지 3일째 그는 군번을 받고 그 이틀 후 탈영한다. 어떻게 탈영을 미룰 수 있겠는가. 이인식이라는 다른 사람의 이름으로 훈련을 받을 필요나 이유가 없는데. 대리 복무라는 병신 놀음을 떠나서 우선 자기 자신을, 자기 이름을 찾아야 하는 게 급선무이므로 그의 탈영은 얼마든지 정당화될 수 있다. 이인식은 치질 수술을 마치고 용약 입대한다. 사무 착오는 이미 오래전부터 정정될 수 없다. 탈영병이 생긴 것도 엄연한 기정사실로 문서에 기록되어 있으므로. 생년월일만(물론 이것도 가정이다) 다를 뿐 같은 이름의 입영 영장을 엇바꿔 발부했다는 이 단순한 사무 착오는 누구도 정리, 정정할 수 없게 되고 만다. 왜냐고? 탈영한 사람이 분명히 있으며, 탈영한 군번이 엄연히 살아 있으니까. 다만 이인식의 경우는 김정규씨의 역이고, 자기 자신을 찾으려고 병영을 뛰쳐나온 또 다른 이인식은 김정규씨의 다른 모습일 수 있다. 그동안 몇 번의 병적 조회에도 이 단순한 사무 착오는 오리무중 속에서 차일피일, 점점 미궁 속으로 빠진다. 이인식은 군 복무 중이고, 또 다른 이인식은 제 이름을, 곧 자신의 실존을 온전히, 의젓하게 누리기 위해 병영을 뛰쳐나왔다는 당당한 이유로 그의 탈영 사실 따위야 칠판의 글씨처럼 지워버리고 살아갔을테니까.

↓

그날 어스름이 '자유의 광장'을 덮어갈 때쯤, 나는 가뿐한 마음으로 조교실에 들렀다. 이인식의 비어 있는 자리를 애써 쳐다보지도 않고

이름에 시달리다

염소 선배에게로 다가갔더니 그는 담배 연기를 줄기차게 내뿜으면서 여전히 내로라하는 여러 국문학자들의 문맥을 이 잡듯이 뜯어맞춰가며 읽느라고 이 책 저 책을 뒤적이고 있었는데, 나의 인기척에 힐끔 쳐다보고는 느물느물 지껄였다.

치질 증후군 환자가 되게 당하는 모양이지요?

누구한테요?

그는 나를 쳐다보지도 않고 말했다.

누군 누구요, 돈 잘 벌고, 힘 좋고, 드센 사람이지요. 다 약한 백성만 죽을 둥 살 둥 일하고 서러운 겁니다.

물론 졸업 논문 때문에 소설 따위를 써서 돈을 벌지도 못하는 그 자신의 궁한 처지를 빗대서 씨부렁거리는 푸념이겠으나, 우리말을 살리려고 또 제자리를 지키려고 허둥거리는 그가 그날따라 귀하게 비쳤다.

조교실을 빠져나오면서 나는 비어 있는 이인식의 자리가 오래도록 주인이 없을지도 모른다는 생각을 떠올렸고, 자리 지키기가 이렇게 어려운 세상이 과연 살만한 동네인지 여러 각도에서 살피는 공부에 박차를 가해야겠다는 상투적인 다짐만 되뇌었다.

↓

이형의 소설 '이름을 찾아서'를 나는 원고를 넘겨받은 그 다음날 오후 늦게, 책읽기와 글쓰기에 넌덜머리를 내고 있던 짬을 이용하여 심심풀이 삼아, 어떤 짐을 한시바삐 벗어버릴 각오로 읽어치웠다. 단숨에 읽어치우긴 했으나, 나름대로 정독한 셈이긴 했다. 그럴 수밖에 없었던 것은 이형의 소설 속에도 나오는 예의 그 조교실 분위기라는 것이 황량하다가도 나로서는 이름도 아직 다 못 외우는 고만고만한 반죽 덩어리들이 장돌뱅이들처럼 입씨름판도 벌이곤 하는 터여서, 전후 문맥을 되풀이해서 숙독해야 했기 때문이었다. 나중에는 지지부진한 나의 독서 속도에 신경질이 나서 잠시 소설 읽기를 멈추기도 했고, 막판에는 대충 그 결말이, 더불어 작품의 주제랄지 그 진의도 알만해서 반죽 덩어리들의 잡음에 숫제 귀를 맡기기도 했다. 그 잡음의 내용이란 제 물건만 자랑하는 장돌뱅이들의 그것과 하나도 다를 바 없게 들렸는데 거칠게 옮겨보면 대충 다음과 같았다.

웬만한 작품치고 모작(模作) 아닌 게 어딨어. 변형하기 나름이지, 일종의 영향이고, 표절하고는 엄연히 달라. 다들 남의 글, 말을 제 것처럼 써 버릇하잖아.

가만, 무슨 말인지 알 수가 없어. 변형이 모작이라는 거야, 표절작이 아니라는 거야 머야.

넌 또 무슨 소리야. 얘는 말을 어렵게 풀어가는데 일가견이 있어. 누굴 닮은 엉터리 글쟁이 흉내를 내려고 미리 연습하는 거야?

그대로잖아, 선녀가 이티고, 두레박줄이 비행접시고, 나무꾼이 소년이잖아. 디테일 전부를 현대화시켰을 뿐이야. 이래도 무슨 말인지 못 알아들어?

그러니까 모작이라는 거야, 표절이라는 거야? 결론이 없잖아.

결론 좋아하고 있네, 장사꾼들처럼.

그러면 선녀의 옷은 머야? 나무꾼이 옷을 감춰버리잖아. 애를 둘 낳을 때까지. 그리고 하늘로 올라가잖아.

이름에 시달리다

선녀의 옷은 말이야. 이티가 사람일 수도 있다는 시사에 해당할 거야. 영화 속에서도 나오잖아. 이티 몸에서 디엔에이가 발견됐다고. 이티에게는 디엔에이가 있고, 선녀에게는 인간들이 입고 다니는 옷이 있었다 이거지. 디엔에이 같은 현대적 디테일을 적당히 후무린 거지. 독창성이라기보다는 빤짝거리는 재치나 임기응변에 능한 재능의 분출이라면 틀린 말은 아닐 거야. 외계인이 옷을 입고 있다면 누가 믿나, 구라가 진짜로 거칠게 세다고 돌아앉지.

그러니 모작이라는 거야. 그럴듯하게 변형시켜서. 이름 바꿔치기처럼. 성격, 사건, 디테일 다 마찬가지야. 적당히 바꿔놓는 거야. 사기와는 달라. 고향을 찾아갔더니 예전의 고향은 이미 없어졌더라는 메시지는 성경에서부터 우려먹는 흔해 빠진 구색이야. 유행가로, 시로, 소설로, 연극으로, 영화는 더 말할 것도 없지, 원래 영화의 출신이 남의 것을 송두리째 베끼는 게 아니라 알맹이만 쏙쏙 빼먹는 거라니까. 영화의 그 철면피 근성 앞에 절대로 경배해서는 안돼. 감동이니 머니 모자를 벗고 경의를 표한다는 너스레는 감상도 평론 행위도 아냐. 비판적 감정(鑑定)을 애초부터 포기하고선 무슨 촌평이야, 일컬어 형용모순이지.

애는 또 무슨 주제비평을 늘어놓고 있어. 장황하다니까.

결론을 말해줘? 전부 모작이라는 소리야. 패러디라는 미명 아래. 지까짓 것들이 별수 있어? 제대하니 애인이 결혼했더라는 노래도 고향이 없어졌다는 타령이지 머야. 또 주저리주저리 설명을 보태야 해? 설명은 한번으로 족해. 다만 묘사와 표현으로 작가의 자의식을 색다르게 드러낼 수는 있어. 이티도 그런 맥락에서 우수한 모작이지, 아니

잡탕의 표절작이지.

영화 '이티'에 대한 반죽 덩어리들의 잡음을 듣다가 나는 얼핏 소설
'이름을 찾아서'를 한결 더 쉽게 이해할 수 있겠다는 생각이 들었다.
그들은 모작의 한계나 신화비평의 비근한 실례에 대해서 그처럼 철딱
서니 없는 잡담을 쏟아내고 있었는데, 왜 내게 그런 생각이 달라붙었
는지 꼭 집어내어 말하기는 어려웠다. 아마도 똑같은 이름을 가진 사
람이 많고, 그 동명이인들이 겪는 경험이나 우여곡절조차도 어슷비슷
할 수밖에 없는 세상살이에서 과연 독창적 '세계상'이 어느 정도로 가
능한지 라는 아포리아와의 씨름을 떠올렸기 때문이었던 듯하다.

이제 간략하게나마 '이름을 찾아서'에 대한 내 독후감을 토로함으
로써 이인식이 자신의 이름 때문에 겪은 봉변에서 풀려났듯이 나도
이형의 짐을 벗어버려야겠다고 생각하며, 또 다른 이명동인인 백연주
의 방으로 가서 그를 복도로 불러냈다.

연말의 어둠이 사방에서 다급하게 내려앉고 있는 시간대라 복도는
어두컴컴했으므로 우리는 3층으로 올라가는 층계참, 곧 그가 내게 원
고를 넘겨준 곳으로 걸어갔다.

복도 벽에 붙여놓은 기다란 나무 의자에 앉으면서 나는 허겁지겁
말했다.

이제 막 다 읽었습니다. 동명이인인지 이명동인인지가 수다하게 많
고, 그들이 무리 속에서 제 얼굴을 찾기가 어렵다는 거지요. 제 독서
술이 늘 좀 엉뚱하고 엉성하고 엉망이긴 하지만, 저는 머 그렇게 읽었
습니다.

이름에 시달리다

외등 불빛이 새어 들어오는 창을 등지고 앉은 그의 얼굴에서 보일 듯 말 듯한 웃음이 피어올랐다가 순식간에 사라졌다. 그걸 무시하고 나는 재바르게 주워섬겼다.

나는 물론이고 너도 없어졌고, 흉물스러운 복수로서의, 또는 불특정 다수로서의 우리만 있는 게 오늘의 삶이다 이거지요. 누구의 말대로 그 일차적인 인간들 무리가 나를 또 너를 말살해가고 있다 이거잖아요, 틀린 말은 아니지요. 주제랄지 작의야 어떤 것이라도 워낙 반반하잖아요. 그것을 얼마나 제대로 형상화시켰으며, 그 구체성을 어떻게 조작했느냐, 그걸 제대로 새겨읽었느냐는 것은 또 다른 문제라는, 머 그런 쓸데없는 문학이론들이 너무 난분분하지 않은가 하는 것도 요즘 되잖은 논문인가를 작성하면서 내가 독실히 깨닫는 대목이긴 합니다.

내가 '나' '너' '우리'를 힘주어 말해도 그는 원고를 넘겨줄 때처럼 공연히 쭈뼛거리는 듯하면서 우정 내게 말을 시켰다.

이어서 나는 방금 반죽 덩어리들로부터 들은 잡음을 얼렁뚱땅 원용했다.

새로운 게 하나도 없지요 머, 흉물스러운 무리들 속에서 나를 찾아가는 순례기는 흔한 소재고 주제지요. 모작이나 표절이 아니라 영원한 주제라는 말이지요 머. 그러나 어쩌겠습니까. 자꾸 써야지요 머. 그 흉물스러운 무리들의 구성원이 나고 넌데요. 제 이름, 제 목소리, 제 얼굴을 제대로 가진 사람이 요즘 세상에 어디 흔합니까, 드물지요. 다들 무리 속에 섞여서, 그 무리들의 횡포에 시달리면서 군번 같은 번호나 어슷비슷한 이름을 이마에 붙이고 기를 쓰며 살아가는 거지요…

이번에는 내가 잡음을 쏟아놓으면서 흉물스러운 '우리'가 되어가고 있는데도 이형은 '이름을 찾아서' 속의 염소 선배처럼 말이 없었고, 까무레해지는 복도의 음영 속에서 그 뽀얀 얼굴이 점점 희미해져 갔다. 그 윤곽 없는 시커먼 물체가 또 다른 어떤 흉물처럼 '너가 나고 바로 우리다'라면서 내게로 덤벼들고 있었다. (334장)

군소리 1 — 이른바 액자소설은 가장 흔한 '이야기 풀어가기' 방식이다. 어떤 작가라도 만만하게 다룰 수 있는 형식이기도 하다. 간접화법조차도 그 연장선상에는 액자소설의 모태가 얼른거린다.

군소리 2 — 액자소설의 장점은 뭐니 뭐니해도 독자에게 그럴듯한 사실감으로 다가설 수 있다는 것이다. 액자라는 '틀' 자체가 벌써 그 속의 '그림'이 공들여 매만진 '작품'임을 일러준다. 작가는 그 '틀'이라는 형식/권위를 빌려서 '작품'의 여러 비사실적인 미흡, 흠을 웬만큼 땜질할 수 있는데, 실은 독자들이 그 이중의 형식적인 '장치'에 얽혀서 속거나 그러려니 하고 넘어간다. 일종의 속임수인 이 이중적인 '권위'와 '실물'이 추상적인 '현상'에 구체적인 '사실'과 엇물리면서 '현실'의 구색 갖추기를 적극적으로 도와준다. 요컨대 액자소설은 일상=현실과의 비근한 접촉을 고집스럽게 추구하려는 구성적 기획이고, 그 서사물이다.

군소리 3 — 여러 편의 액자소설을 썼는데, 발표 당시에는 '이름의 멍에'로 제목을 단 이 작품이 '무기질 청년' 다음으로 쓴 것이 아닌가 싶지만 착오일 수 있을 것이다. (이제는 그런 작품 연보 알아보기가 구차스러울 뿐이다.) 나름대로 '액자' 형식을 여러 모양새로 개발, 변주

이름에 시달리다

를 거듭해 왔다. 물론 장편소설에서도 '액자'를 부분적으로, 전면적으로 배치한 조작조차 어떤 '내용'이라도 반쯤만 알고도 짐짓 전문가 행세를 하며 덤벼야 하는 소설/소설가의 숙명적 한계와 지적 미비를 조금이나마 가리고 덮어 보려는 안감힘이었을 것이다.

미궁(迷宮) 파헤치기

올해로써 소설가 행세를 하며 살아온 지 열세 해째를 맞은 김씨는 최근에 또 시국 사건으로 두 번이나 망연자실한 경험을 치렀다. 그때마다 그는 버릇대로 좀 주제넘은 상상을 어루더듬느라고 밤잠을 설치곤 했는데, 이 글은 그의 그런 정황과 소회를 비교적 솔직하게 털어놓은 것이다. 그러나 불혹의 나이를 이태나 넘겼음에도 불구하고 덩둘한 위인이라서 그가 곱씹어본 소회라는 게 천방지축이며 거칠기 짝이 없다는 군말은 첫밭에 미리 달아 두어야겠다.

우선 그 시국 사건 두 건을 간략하게 기술하면 이렇다.

지난봄에 광주 변두리의 한 저수지에서 대학생 한 명이 익사체로 발견되었다. 번번이 사달과 사건이 너무 많이 터져서 말도 저절로 부풀려진 그 광주에서, 그것도 80년대 벽두에 전국을 뻣뻣하게 긴장시킨 이른바 광주 민주화 운동의 기념제를 코앞에 둔 시점에서 젊은 유해(遺骸) 한 구가 떠올랐으니, 그것이 이 시끄러운 연대의 막판에 흡사 무슨 괴기스러운 한풀이 같다는 방정맞은 생각들도 없지 않아서 즉각 전국민의 절대적인 이목을 집중시켰음은 주지의 사실이다. 그리고 그 사건이 알게 모르게 숙지근해지려는 기미를 보이던 때, 이번에는 한 대학생이 전혀 엉뚱한 곳에서 배를 타고 남해안의 한 섬을 찾아가다가 바다 한복판에서 주검으로 떠올랐다. 마침 여름방학 중이었기 때문에, 또 바캉스다 뭐다 해대며 전국민이 헉헉거리던 계절 탓으로 이 두 번째 시국 사건은 신문에서도 2단 기사 정도로 조그맣게 다루어지는 수모를 감수해야 했다.

요컨대 '물정권'이네 뭐네 하는 비아냥이 공공연하게 떠도는 마당에 두 대학생이 공교롭게도 똑같이 물에 빠져 죽어버린 것이다. 당국은 두 사건 다 명명백백한 '단순 익사 사고'였다고 규정하고, 서둘러 그 배후 수사를 종결시켰음은 익히 알려진 바와 같다. 그러나 단순한 익사체였을 뿐이었다는 그 두 주검의 전말을 규명해야 한다는 이해당사자가 적지 않을 뿐만 아니라 이 두 건의 비명횡사는 여전히 미스터리라고 여기는 사람이 많은 것도 엄연한 사실이다. 아무려나 이 두 건의 시국 사건은 이제 '영구히 미제 사건'으로 내몰릴 공산이 크고, 지금도 그 주검들의 혼백이 무주공산을 떠돌고 있는 형편이니, 장차 이 나라 국민은 모두 시체 유기죄나 혼백 모독죄를 곱다시 덮어쓰게 될 처지에 놓여 있다.

이 두 건의 시국 사건을 김씨는 일단 이 시대가 낳은 파탄, 나아가서 변사라고 규정했다. 먼저 죽은 대학생은 그 지역에서 학생운동을 주도한, 따라서 당국으로부터는 일찌감치 요주의 인물로 찍혔고, 알만한 또래들에게는 의식 있는 '형'으로 대접받고 있는 인물이었다. 그리고 뒤에 죽은 대학생은 서울의 한 사립대학 지방 캠퍼스의 학생회장이었다. 그러므로 두 사람은 나 같이 이 들끓는 시대의 신두주자였다기보다도 기존의 우리네 체제와 질서에는 분명히 문제가 많으므로 그것을 뒤바꾸든지 개선하려고 사회 일각에서 맹렬히 동분서주한, 그래서 이 시대를 좀 더 소란스럽게 굴러가도록 몰아붙이던 젊은이들이었다. 그러니 이 두 변사(變死)는 다른 시절이나 체제에서는 도저히 일어날 수 없는, 이 시대 특유의 생성물이었고, 그들은 죽음까지도 본의 아니게 이 시대의 한 변사(變事) 내지는 이변, 사달로 떠올린 예외적 인물이었다.

살았을 때 그들의 그런 위상을 고려한다면, 누구라도 이 두 변사는 우연이라기보다도 온갖 요인의 착종일 수밖에 없다는 의심을 품었을 것이다. 첫 번째 변사를 접했을 때, 김씨의 심적 반응도 예외는 아니었다. 다음의 후문들은 김씨의 지울 수 없는 의문, 거의 믿을 만한 추단을 점점 강화해 주기에 충분한 빌미였다.

우선 그들은 누군가로부터, 또 무엇으로부터 쫓김을 당하고 있었다. 앞서 죽은 대학생은 저수지 입구에서 불심검문을 당하기 오래전부터 쫓기는 신세였다. 그가 그즈음 피신 중이었음은 당국에서도 간접적으로나마 시인했다. 그리고 뒤에 죽은 대학생도 어느 날 느닷없이 여행길에 오를 정도로 한가로운 처지는 아니었고, 그가 찾아가던 섬 곧 그의 주검의 장소는 도무지 납득할 수 없는 낯선 곳이었다. 둘다 정처 없이 쫓기고 있었던 정황은 사실이었다. 그래서 이 피신과 추적의 숨바꼭질은 그들의 가족들은 물론이고 학생운동과 학생회 활동에 동참했던 또래들이 한결같이 제기하는 의문 중의 하나이다.

무엇 때문에 그들은 거기로, 그러니까 죽음이 기다리는 곳으로 헐레벌떡 뛰어가고 있었을까?

목적 없는 여행도 있을 수 있고, 발길 닿는 대로 전국을 누빈다는 것도 그 나이만이 누릴 수 있는 특권이긴 하지만, 그들의 신분이 그런 낭만적인 객기를 묘하게도 가로막고 있다.

그밖에도 수많은 의문이 꼬리를 물고 일어난다.

둘은 누군가를 만나러 갔을 텐데, 이 얼굴 없는 '누구'는 도대체 누구인가? 도피자인 그들의 적이었을까, 아니면 동조자 내지는 보호자였을까? 그게 아니라면 둘 다 추적 망상에 부대끼고 있었단 말인가?

어느 것 하나도 뚜렷하게 밝혀진 게 없다. 이 의문들은 섣부른 짐작도 허용하지 않고 있다. 잘못 발설했다가는 쌍방으로부터 '물먹은 놈'이라는 지탄이나 의심을 사기 십상이니까.

뒤에 죽은 대학생의 경우를 좀더 살펴보면, 그가 승선하기 전부터 그의 주위에는 생면부지의 남녀 한 쌍이 줄곧 배회했다고 한다. 그 익명의 한 쌍이 그에게 행선지를 묻고, 배표를 함께 끊고 나서는 커피를 마시자는 등의 호의를 베풀다가 급기야는 익사체가 떠오르자 남들보다 먼저 발견하고, 당국에 신고까지 했다고 알려져 있다. 적잖이 수상쩍은 대목이라기보다 이상한 낌새 내지는 '냄새'가 풍기는 단서가 아닌가.

이처럼 쫓김을 당하면서, 어떤 목적을 가지고, 어느 장소를 향해 달려가고 있었다는 확실한 정황 자체가 우연사라고 보기에는 무리가 있다. 쫓기고 있는 사람이라면 탈진하여 자연사할 수도(물론 익사를 부정한다면 말이다) 있다는 반론이 즉각 나올 수 있다. 하지만 이미 밝혀진 대로 그들은 끼니때와 잠자리를 해결하기에는 부족하지 않은 돈을 가지고 있었고, 무엇보다 돌도 삭일 수 있는 튼튼한 위장과 가슴속에는 이 시대에 대한 어떤 애증이 활활 타오르고 있었던 젊은이들이었다. 따라서 그들이 쉽게 기력을 잃어버렸을 리는 만무하며, 죽기 직전까지 지쳐 있지도 않았을 테고, 나아가서 충동적으로나마 자살을 떠올릴 정도로 나약한 사내들도 아니었다.

이제 도피자들일수록 몸과 마음이 겉돌아 실족사 따위의 우연과 맞닥뜨릴 확률이 더 높다는 가정이 남는다. 그러나 이 설득력 있는 가정이 증명되려면 그들이 죽어가면서 치렀을 생존의 몸부림 같은 흔적이 밝혀져야만 한다. 그런데 그런 흔적이 없다. 애석하게도 물의 고유한 기능이 그것을 깡그리 지워버린 것이다. '익사였다'는 것이고, 실제로 그들의 주검은 익사체였다. 그러므로 '단순 익사였다'는 당국의 수사 결과는 과학을 동원했다고 하나 전적으로 물이라는 자연과 그 환경에 모든 것을 미루고 덮어버린 심증적인 중간보고일 수 있다, 그럴 수밖에. 만약 타살이었다면 그 범행의 하수인들은 이런 막강한 자연의 물리적 능력을 용의주도하게 참작해서 결과적으로 '성과'를 거두었다고 봐야 할 것이다.

그밖에도 무수히 떠올릴 수 있는 범죄적인 발상들, 예컨대 주검에 따르는 온갖 괴기스러운 상상, 죽음에 이르기까지 피해자와 어떤 특정 집단이 벌였을 복잡다단한 시소게임, 거기에서 파생되는 금전상의 문제와 인간관계, 정신적 갈등과 어떤 파행, 아무리 조심하고 긴장해 있더라도 뜻밖에 들이닥치는 온갖 예외성 등을 일단 접어두기로 한다면, 이상이 한낱 소시민일 뿐인 김씨가 활자를 통해 알고, 느끼고, 짐작한 이번 시국 사건 두 건의 개요이다. 눈이 있다면 누구라도 알고 있는 사실이고, 머리 있는 사람이라면 이만한 추측이야 능히 부풀렸을 것이다. 그런데 김씨 주위의 입들은 그 '사실'에 만족할 수 없는 듯

미궁 파헤치기

했고, 세상사를 어느 한쪽에 치우침이 없이 보자는 김씨를 가만히 내버려두지 않았다. 순서대로 김씨의 정서에 대마초 같은 중독성 주사를 속속 놓은 사례와 그 반응을 더듬어가면 아래와 같다.

첫 번째 그 시국 사건이 터졌을 때, 김씨는 가급적이면 무심하려고 애를 썼다. 그런 심적 반응이 자신의 기질상 도저히 불가능하리라고 예상은 하면서도 사건의 전말이 소상히 밝혀짐으로써 사자와 유족들에게 작은 위로라도 되었으면 좋겠고, 이번을 계기로 이런 일이 다시는 일어나지 않는다면 더이상 바랄 게 없다는 것이 김씨의 솔직한, 그러나 신문 사설조의 상투적인 바람이었다. 나이도 있고, 소심한 위인에다 어쨌든 직접적인 이해 당사자는 아니었으므로 그의 그런 무덤덤한 반응과 상식적인 자세는 타당한 것이었다.

그즈음의 어느 토요일 오후에 김씨는 역시 소설가인 친구 하나와 전철을 함께 탄 적이 있었다. 두 사람 다 직장을 가지지 않고 집에서 글만 쓰며 이럭저럭 살아가는 터이라 아침부터 전화로 연락하여 기원에서 만났고, 점심으로 자장면을 시켜다 먹으면서 바둑을 두었다. 그후 그의 친구는 친지의 결혼식에 참석하기 위해, 김씨는 어느 지방신문의 서울 지사에 연재소설 원고를 넘기려 나섰다. 그들은 시청역에서 내려야 했으므로 전철 속에서 28분쯤은 갇혀 있어야 했다. 남한산성 발치께의 한 아파트에서 사는 김씨는 시내에 나갈 때면 전철을 상용하는 소시민이라 전동차가 역마다 30초쯤씩 정차하고, 전동차가 다음 역까지는 대략 1분 30초에 주파한다는 것을 잘 알고 있었다.

토요일 오후였으나 시간이 일러 빈자리가 있었고, 두 소설가는 막 쏟아져나온 석간신문 한 부와 스포츠 신문 한 부씩을 샀다.

김씨 친구가 먼저 스포츠 신문의 광고란을 빤히 쳐다보며 비아냥을 내놓았다.

"원 나중에는… 총체적이란 말이 무슨 소리야?"

"왜? 좋은 말 아냐. 두루뭉수리로 마구 써먹을 수 있고."

"여기 보라고. 포르노 영화 선전 문구에도 총체적이래."

김씨는 시선도 주지 않고 건성으로 받았다.

"온갖 것 다 보여준다는 뜻이겠지 머. 문자 쓰고 싶어 환장하는 나이가 있잖아. 우리도 한때는 덜 떨어져서 아무 데서나 그랬고."

"이 말이 도대체 무슨 말이야, 넌 알아?"

김씨의 문우는 요즘 문학판에서, 특히나 일부의 젊은 평론가들과 문학 담당 기자들이 마구잡이로 '총체적' 운운하고 있음을 지적하고 있는 것이었다. 대체로 말해서 그 용어가 자주 들먹거려지는 작품일수록 허황한 채로나마 '이 시대의 좋은 소설'이었다. 물론 부분적으로는 그럴 수도 있겠으나, 김씨는 어느 분야나 시류에 편승한 한때의 유행과 유행어란 있을 수 있는 현상이라고 여기면서도 그 말뜻이 종잡을 수 없을 정도로 남용되고 있는 데는 내심 반발하고 있던 터였다. 제한된 지면에 '모든' 것을 골고루 다 다루었다면 꼭 그만큼 부실하며, 구체성이 없는 공허한 말잔치란 소리가 아니겠는가. 산문이란, 특히나 소설이란 해당 소재의 구체성 확보와 씨름하는 장르인데, 욕심사납게 삼라만상 같은 잡다한 '총체성'을 끌어모으겠다면 형용모순일 수밖에 없지 않을까. 덧붙여 말한다면 우리 언중은 무슨 '적(的)'이라는 한정어를 어차피 쓰지 않을 수 없지만, 그 형용사구의 실가를 따지지 않는다면 글쓴이의 따분한 사고 행태의 선전일 수 있고, 따라서 비단 사회과학 서적이나 신문 기사라도 그 말이 흔하면 읽는 맛이 다소 떨어진다는 게 김씨의 언어 감각이었다.

"몰라, 무슨 말인지. 그게 아마 범주가 아니고 시각이란 뜻일 거야. 전체적인 시각으로 보자는, 온갖 것을 다 담아야 한다는 게 아니라. 그럴 거 아냐, 범주 없는 시각이야 애초에 성립될 수도 없겠지만."

"점점 어려운데. 포르노를 전체적인 시각으로 본다? 말이 안 될 것도 없잖아?"

"말이 안 될걸. 그러면 제 눈, 제 목소리는 어디에 빌붙고? 몰라, 그게 제 시각이라면 말이 되는 거고. 절대다수의 시각이 다 옳다는 게 아니라 부분과 전체를 떼어놓지 말고… 포르노야 무기교로 카메라를 들이대서 적나라하게 찍으면 그뿐이잖아, 그래야 개성적이고 총체적일 게고"

어느새 두 무직자 코앞에도 승객들이 우쭐우쭐 서서 전동차의 진동에 따라 건들거리고 있었다. 그쯤에서는 명색 두 작가의 실없는 대화가 전염되었는지 그들의 머리 위에서 말소리가 들려왔다.

"광주가 예상 밖으로 조용했는가 보네?"

"그런가 봐, 그런데 이 익사 사건은 도대체 어떻게 된 거야?"

김씨는 신문을 접었고, 귀를 기울였다.

"두고 볼 수밖에. 이번에는 곧이곧대로 안 밝힐 수 없을걸."

"누가 죽였다는 거야?"

"누가 죽였다니? 안 죽였다잖아. 모르지 머. 내 친구 말로는 지네 회사에서도 편이 두 갈래로 갈라진대. 뻔한 걸 가지고."

"뻔하다니?"

"법의학 용어가 아리송하다는 거지. 아리송할 것도 없는데 말이야. 딱 두 가지잖아. 타살 익사냐, 단순 익사냐. 단순 익사면 실족사냐 아니냐."

"타살 익사? 말이 되나?"

"두 번 죽였다는 거지 머. 물론 뒤에 죽인 것은 완전범죄를 노린 위계고, 결국 두 번 죽인 건지 아닌지는 결과가 드러나 봐야 알 수 있다는 얘기야. 거기서도 있을 수 있는 가능성은 딱 두 가지밖에 없을 거야. 죽이고 집어넣었느냐, 아니면 덜 죽은 상태에서 집어넣어 사망의 직접적인 원인이 익사였느냐로. 그렇잖겠어? 더 이상의 경우는 없다고 봐야지. 그럴 거 아냐?"

"밤이었다는 얘긴데?"

"그게 변수지. 실족해서 허우적대다가 단순 익사했다면 밤이라는 시점이 정상참작으로써야 설득력이 있지. 그런데 그걸 누가 믿겠어?"

"죽은 대학생이 헤엄은 칠 수 있었다는데."

"헤엄이 문제야? 국가 대표 사격선수 출신 경호원도 총 맞아 죽었는데. 그곳의 지형, 수심, 비명 따위의 정황이 문제일 거야."

"밤이었으니까. 검문자도 앉아서 꾸벅꾸벅 조는 한밤중이었으니까."

"죽였다고 봐야겠구먼. 이 경우도 심증은 확실한데 물증이 없다는 건가 어쩐가?"

"쌍방이 다 그게 문제일걸. 물 먹어 퉁퉁 부은 몸뚱아리 하나밖에 없으니… 오줌에 묻어나온 약물도 밝혀냈잖아, 그것도 깜둥이 달리기 선수 걸 말이야. 물이 문제는 문제야. 물은 말도 없고 물증도 안 남기니까."

다른 승객들을 의식하는 그들의 대화는 조심스러웠으나, 두 사람 다 결론은 유보하면서도 암암리에 이번 익사 사건이 타살이라고 짐작, 아니 심정적으로는 단정하고 있는 듯했다. 물론 그 타살자는 당국일 것이라는 확신을 가지고 있지 싶었다. 김씨는 그렇게 새겨들었다.

그 정도의 자기 소신을 공공장소에서 떠벌일 수 있다는 게 민주화 덕분인지도 모른다고 생각하면서 김씨는 그제서야 어색하게 주위를 휘둘러보며 슬쩍 머리 위로도 시선을 내둘렀다.

그들은 둘 다 넥타이 차림에 가느다란 철사테 안경을 끼고 있었다. 30대 중반은 되었을 것 같은 월급쟁이들이었다. 춘추용 신사복들도 깨끗해서 은행원이거나 제2금융권 직원, 또는 증권회사 매장 사원일지도 모른다는 상투적인 상상을 김씨는 얼핏 떠올렸다. 마침 그때 김씨의 그 진부한 상상을 좀더 진전시켜주는 얼룩이 눈에 잡혔다. 곧 그 중의 하나는 좀 연한 회색 신사복을 싱글로 입고 있었는데, 바지 지퍼 밑에서 가랑이 쪽으로 기다란 오줌 방울 자국이 제법 선명하게 나 있어서 그게 김씨에게는 오래 사귄 친구나 이웃 같다는 느낌이 들게 했다. 또한 이번 익사 사건에 대해 김씨 자신과 거의 같은 생각을 가지고 있을 뿐더러 일상도 대동소이할 그 친구가 결혼 생활에 웬만큼 진절머리를 내고 있는 속물일 것이라는 속짐작도 오롯이 떠오르는 것이었다.

아마도 이 속물은 최근에 어렵사리 18평짜리 아파트를 가지게 되었을 것이고, 딸애가 그 방면에는 분명히 소질이 없음에도 불구하고 부득부득 피아노나 바이올린을 가르치려는 마누라쟁이와 자주 말다툼을 할 게고, 그것이 스트레스의 한 요인이라고 실토정함으로써 회사 동료들로부터는 꽤나 분별있는 가장에다 제 몫 일은 충분히 감당해내는 직장인으로 대접받을 터이며, 어느 날 밤 숨소리를 씩씩거리며 자는 피둥피둥한 몸뚱아리를 물끄러미 내려다보며 이 여자가 도대체 누군가 하는 새삼스러운 느낌도 어루만졌을 것이다.

어쩔 수 없는 그 속물의 세계가 바로 우리 곁에, 풀처럼 곳곳에 뿌리를 내리고 있다는 상상은 지극히 자연스러우며, 자연의 풍경 앞에서는 누구나 마음이 편해지는 법이었다.

김씨는 바짓가랑이에 묻은 오줌 자국에 시선을 박고는 그들의 대화가 좀더 이어지기를, 더불어 그들의 주거니 받거니를 통해 어떤 여론의 방향과 그 단면이라도 얻을 수 있기를 내심 바라고 있었다. 그러나 그들은 이미 한 승객의 유별난 관심을 읽고 있는 듯했다. 하기야 그들도 더이상 할 말이 없었는지도 몰랐다. 그들은 벌써 '누가 죽었어도 죽였겠지'라고 단정지었으며, '이번에는 안 밝힐래야 안 밝힐 수 없게 되어 있잖아'라고 이른바 민주화된 사회에 얼마쯤의 신뢰까지 표했으니까.

그때 김씨는 서울이란 도시가 무슨 거대한 해면처럼 지방 곳곳의 여론을 빨아들이기만 하고 막상 제 주의주장은 없는, 아가리로 처먹기만 하고 배설 기능은 도태되어버려 몸뚱아리가 무한정으로 불어나는 짐승 같다는 망상을 떠올렸다. 다른 승객들의 무관심, 무반응이 그점을 여실히 드러내고 있었다. 그런 의미에서 서울은 감동할 가슴도, 여론을 수용할 머리도 없는, 무작정 어딘가로 질주하면서 제 몸을 부풀리는 불가사리였다.

미궁 파헤치기

김씨와 그의 친구는 시청역에서 내렸다. 그때까지 두 사람은 줄곧 말이 없었다. 김씨의 친구는 간밤에 잠을 잘못 잤는지 뒷덜미가 마뜩잖다면서 연신 권투선수처럼 고갯짓을 하느라고 머리통을 굴려댔다. 김씨는 여론을 물 마시듯이 들이키고만 있는 도시를, 물을 먹고 퉁퉁 부어터진 어떤 주검을, '총체적'이란 유행어가 사회 각계각층에서 아무렇게나 굴러다니고 있는 시류를, 학생운동이 그 순수성을 과시하려면 젊으나 젊은 몸으로 때워야 할 텐데 죽은 대학생의 유류품으로서는 지참금이 지나치게 많은 게 적잖이 수상하다는 고리타분한 제 주장을 끈기 좋게 떠올리느라고 바빴다.

계단을 다 올라오자 흡사 자연을 철저히 죽여버린 형무소 같은 지하도가 나왔다. 지하도의 붉은 벽돌담도 옛날 형무소의 그것을 닮아 있었다.

역시 믿을 만한 속물인 김씨의 문우가 세속적인 관심사를 드러냈다.

"넌 요즘 아침에 그게 서?"

이런 물음에는 저의가 워낙 뻔해서 맞장구를 쳐주어야 하는 것이었다.

"몰라, 안 서는 것 같애. 이런 노곤한 철에 그까짓 게 서서 무엇하나. 오히려 귀찮기만 하지. 왜 잘 안 서?"

"무엇하긴, 서면 그냥 뿌듯하니 좋고 그런 거지. 다들 결혼은 뭣하러 하나. 정말 귀찮기만 한 제도 아냐?"

"말하면 뭣해, 거지 같은 제도지. 서로가 빌붙으려고… 얼굴만 내밀고는 총체적으로 보여준다는 것 보러 갈 거지?"

"별볼일 있나 머. 그런 눈요기라도 해야지. 눈 운동에는 그게 좋아."

"눈 운동뿐이 아니지. 발기도 따라오잖아. 포르노는 역시 혼자 봐야 제격이지."

"국산은 허풍이 세서 망했어. 외국 건 말은 되는데 징그럽고."

"어차피 다 과장인데 머. 총체적으로 보여준다니까 오죽 더 심하겠어."

김씨의 문우는 또 고갯짓을 좌우로 해댔고, 넥타이 매듭을 건성으로 매만졌다. 김씨는 넥타이 매기를 극도로 싫어해서 결혼식 따위의 경사에는 인편에 부조만 전한다는 원칙 같은 걸 세워두고 착실히 실천하고 있는 위인이었다.

"실은 총체적이란 그 말이 삼삼해서 구미가 은근히 당겨. 당뇨기가 비치면 아무래도 발기력이 부실해지나 봐."

"자극이야 좋지 머, 억지로 만들어서도 할 판인데. 아래위로 운동 많이 해. 또 연락하지 머."

두 소심한 시민의 손에는 약속이나 한 듯 사실만을, 그것도 언젠부터인가 부실한 사실만을, 그래서 세상만사가 골고루 실려 있기는 하나 진실에 다가가려는 시선을 아예 포기해서 그야말로 그 소위 총체적인 구체성 태부족의 신문이 쥐어져 있지 않았다.

김씨의 개인적인 견해로는 우리 사회가 이 지경으로 서로를 불신하며, 관(官)과 민(民)이 겉돌다 못해서 서로를 경원하도록 만든 장본인이 신문이었다. 또한 그런 신문에 아첨하는 무리가 점점 늘어나고 있다는 게 우리 사회의 고질의 병폐였다. 그런 무리에 첫 번째로 끼는 것들은 물론 정치가들인데, 그들의 목소리는 신문만 읽으니까 유치할 수밖에 없으며, 그 유치성이 정치에 그대로 반영되므로 나라 꼴이 이 모양이었다. 김씨의 그런 투정은 그래도 믿을 것은 활자밖에 없으며, 신문의 종으로 살아가는 소시민의 하릴없는 애정의 토로였다. 없어진 다면 마누라쟁이보다 더 답답하고 그리워질 게 신문 말고 달리 무엇이 있겠는가. 그래서 싸우지 않는 사랑은 가짜이며, 불평불만 없는 애독은 무위나 다를 바 없다는 게 김씨의 한결같은 옥생각이었다.

그후 며칠 동안 광주의 한 대학생 익사 사건에 대한 김씨의 견해는 전철 속에서 주위들은 예의 그 속물들 수준에서 크게 벗어나지 못했다. 그럴 수밖에 없는 것이 신문은 늘 그 모양이었고, 당국의 부검 결과는 차일피일 미루어지고 있는 데다, 수사의 진척도 지지부진이었기 때문이었다. 특히나 죽은 자의 배후 수사가 영 마뜩잖았다. 즉 죽은 당일과 그 전날 만났던 사람들과 죽은 자의 인간관계, 그리고 그들의 행적만 추적할 뿐 그 너머에는 아예 무슨 성역처럼 손을 뻗치지 않는 것이 못마땅했다.

저절로 떠오르는 이런저런 생각을 유추해 보면 그런 배후 수사가 당국에 의해 미주알고주알 밝혀졌다가는 사망자의 인격모독 내지는 사생활 침해라는 원성을 들을까 봐, 또 그런 수사의 결과가 늘 그래왔 듯이 브리핑 차트 식으로 접선망, 조직계보, 명령체계 따위를 도표화 하여 억지 날조 같은 인상을 줄지도 모르며, 그것이 또 다른 빌미로 대규모 데모가 일어나고, 급기야는 정국의 경색과 정권의 퇴진 운동 으로 이어질지 몰라서 그처럼 조심스러운지도 몰랐다. 그런 짐작이야 광주라는 지역적 특수성 때문에 부득불 감수하시 않을 수 없는 사정 일 것이었다.

그러나 그럴수록 이번의 경우는 더 소상히 밝혀져야 한다는 것이 김씨의 추궁이었다. 하기야 그런 덫 때문에 이러지도 저러지도 못하는 체하면서 사건 자체를 점점 미궁 속으로 몰아가는, 만물과 만사를 저절로 삭여내는 세월의 탁월한 능력에 기대고 있는 당국의 그 노회한 늑장이 적잖이 수상쩍은 게 사실이었다. 요컨대 어떤 술수를 못 부리게 된, 그래서 우유부단한 체하는 당국의 자세와 무책이 상책이라는 대범한 수사 방침에 설득력이 실려 있기는 했으나, 곱다시 가해자로 몰리고 있는 당국으로서는 골치 아픈 사건을 떠안은 꼴이었다.

물론 그런 추리를 일로 삼는 것이 직업근성에서 나온, 이제는 떼치래야 떼칠 수 없는 김씨의 도락거리였다.

김씨는 이내 지쳤다. 그래서 광주와, 익사와, 유류품과, 죽은 자의 여자 친구들과, 진상 규명을 외치며 밤을 지새우는 데모대와, 개까지 동원하여 설레발을 치고 있는 수색대 따위에 최대한으로 무관심해지려고 김씨는 기를 썼다. 자신이 흡사 사건의 확대를 초조히 기다리는 무슨 비밀결사 단원처럼 여겨졌고, 돈 한 푼 생기지 않는 일에 오두방정을 떨어대는 것 같아서였다.

솔직하게 객설을 털어놓으면 김씨는 평소에 애국, 우국을 들먹이는 무리들을 싫어하다 못해 위선자라고 매도하는데 서슴지 않는 쪽이었다. 또 이런 체제 아래서는 도저히 못 살겠다는 투의 운동권 학생이나 반체제 인사들의 그 뻔뻔스런 작태 일체도 징글징글하게 여기서 한사코 외면, 경멸을 마다하지 않는 터였다.

애국자들이란 마치 제 자식에게 효도하라고 씨월거리는 지지리도 못난 아비와 다름없지 않나. 알다시피 사람이란 캄캄한 밤길도 하염

미궁 파헤치기

없이 헤쳐나가며, 시궁창에 빠져서도 그런대로 살아가게 되어 있는 만물의 영장이 아닌가. 일제 강점기에서도 그러했고, 이승만과 군부 독재 아래서도 그러했으며, 장장 40년이 넘는 김일성 치하의 엉터리 체제에서도 절대다수의 인민이 꾸역꾸역 살아가는 현실을 뻔히 보고 있지 않은가. 결국에는 민중의 정의가 승리한다고들 실없이 뇌까려대지만, 그 알량한 약속이 지금 당장에는 가물거리는 환상에 불과한 것 아닌가. 순응주의와 패배주의에 잘 길든 허깨비라고 욕하더라도 오늘 당장 그 신기루를 믿을 수밖에 없다는 주장은 거의 사기술일 뿐이잖는가. 말을 바꾸면 불철주야 애국만 부르짖는 그들도 제 생각, 곧 한쪽 이념의 맹신자를 넘어서 노예가 되어 있으므로 그 외곬의 주의주장, 단조로운 발상, 극성스러운 실천력, 달리 생각할 줄 모르는 아집 따위야말로 독재자의 속성을 대변하고 있으며, 민중을 계몽하겠다는 그 권위주의는 가소롭기까지 하다. 그러니 그들의 정의는 언제라도 일방적이고, 필경 적대적이며, 화해와 양보를 애초부터 부정, 거부하는 시빗거리이고, 한쪽이 철저하게 망해야 하는 무시무시한 폭력의 다른 말이다. 그것이 큼지막하게 민족을 앞세우거나 조그맣게 우리를 내세울 때는 무조건 배타적, 강제적 이념으로 돌변할 것은 불 보듯 뻔하고, 결국에는 우리 편과 나 아니면 안 되니 그밖의 것은 모조리 깔아뭉개야 한다는 대의가 당당히 서버린다. 시민 의식 자체가 좌충우돌할 때일수록 그런 이념의 노예들의 횡포는 맹위를 떨친다. 유연성이라고는 눈곱만큼도 없는 그들의 정신적, 물리적 폭거 앞에서 피해를 감수하는 쪽은 어떤 세상이 낙치너라도 좀 흐릿할망정 가까운 데 것보다 먼 데 것을 더 잘 보는 노안(老眼)의 절대다수 소시민들이다.

김씨는 무슨 일로 재판을 받는 한이 있더라도 나는 결코 애국자는 아니라고, 그것도 쑥스러워서 모기 소리만큼 들릴락 말락하게 외칠 채비는 갖추고 있는 사람이었다. 이런 위인의 삶이란 워낙 한심해서 큰소리 한번 못 치고, 어떤 모임이라도 무슨 불이익이나 당하지 않을까 하고 움츠러들며, 남의 눈치를 살피기에 급급하는 터인데, 한편으로 제 생업에는 나름대로 충실하고, 어떤 개인이 다수에게 당하는 수모에는 누구도 알아주지 않는 성토로 밤잠을 설칠뿐더러 이 다 떨어진 걸레쪽 같은 우리 사회에 대해서는 불평, 불만이 이만저만 많은 게 아니었다.

사건이 사건인만큼 부검 결과가 나오는 데는 상당한 시일이 걸린다고 했다. 신문이 그렇다고 하니 기다릴 수밖에 없었다. 그러나 당국은 득달같이 재촉하는 여론에 떠밀려서인지 부검 결과를 앞당겨 발표했다.

김씨의 예상대로 그 사건은 '단순 익사'라는 것이었다. 조금 허망한 채로나마 당국도 그런 결론에 이를 수밖에 없다고 했다. 그러니 받아들여야 했고, 과학을 동원한 결론이니 믿을 만한 것이었다. 믿으면 그뿐이었다. 우리의 위정자들이 내지르는 모든 호언장담, 당국의 단언과 해명 따위를 김씨는 대체로 불신하는 편이었으나, 이번의 경우는 애매모호한 채로 떠오른 한 주검이 여러 입회인이 보는 앞에서 갈가리 해체되었고, 살점마다 약물로 점검이 되었을 테니 무슨 조작이야 있었겠느냐는 긍정적인 생각도 쉬 지울 수는 없었다.

그러면서도 김씨는 일을 서둘러 마치느라고 부검 의사들이 혹시나 빠뜨린 부분은 없었나 하는 의심을 떨쳐버리지 못하는 한편 부검 결과의 발표일을 예정보다 앞당긴 당국의 조급성에 내심 비난을 퍼부었다. 당연하게도 그는 워터게이트 사건의 전모를 밝혀내고, 그 은폐 조작 기도까지 까발겨낸 미국의 기자들과 같은 '별종'이 이 땅에서도 불쑥 나타나기를 은근히 바라고 있었다. 그런 별종 서넛이 이번 사건의 흑막을 자초지종까지 밝혀내고, 아울러 우리 신문들의 구조적인 한계, 맹점, 무책임성 등을 지적하고 사표를 내던지는 꿈 같은 풍경도 떠올려 보는데 지치지 않았다. 그 양심선언이야말로 애국의 진정성을 제대로 보여주는 일대 쾌거일 것이었다.

그런 쓰잘데없는 공상을 어르다가 제풀에 나둥그러지곤 하는 것도 김씨의 평소 일과 중 빠뜨릴 수 없는 한 대목이었다. 하지만 우리 사회는 그런 꿈을 꿀 소양도 태부족일뿐더러 그런 드라마가 일어날 수 있는 토양이 마련되어 있지 않다는 것이 김씨의 고정관념이었다. 꿈이 없는, 꿈조차 꿀 수 없는 세상에서 진실을 바라다니. 이러나 저러나 공염불이었다. 오늘날 우리의 모든 먹물은 지쳐가고 있으며, 그럼으로써 먹물의 말석에도 오를 수 없는 위선의 탈바가지들이었다.

그러나 다행스럽게도 광주에서는 여전히 진상 규명을 외치는 연좌시위가 연일 계속되고 있다고 했다. 당연한 통분의 발로일지도 몰랐다. 수사와 부검을 지휘한 젊은 검사들은 '지금이 어떤 시대인데 아직도 우리를 못 믿나'라고 앙심을 품고 있다는 말도 신문의 행간에 비쳤다. 그것도 지당한 반응임에는 틀림없어 보였다.

그러나마나 이제 김씨의 뇌리에서는 한 죽음이 흘러간 한때의 하숙생이나 마찬가지였다. 그 사건은 이 들끓는 시대에 불쑥 던져진 일과성 파문일 뿐이었다. 이해 당사자도 아닌데 더 이상의 관심을 기울이며 촉각을 곤두세운다는 것은 병적인 집착에 지나지 않을 것이며, 파문이란 곧장 물결에 지워져버리게 마련 아닌가. 산 사람 앞에는 틀에 박힌 일상이 파도처럼 쉴새없이 밀어닥치고, 다들 아무 일도 없었던 것처럼 영일 없이 파도에 부대끼며 살아가도록 되어 있지 않나.

김씨는 생업에 매달렸다. 그 생업은 그의 능력으로서는 벅찬 일이라 매일같이 진땀을 뻘뻘 흘리며 매달려야 하는 강제 노역이나 마찬가지였는데, 예의 지방신문에 연재하고 있는 역사소설 쓰기였다. 앞으로도 이태쯤은 더 써야 끝이 날 그 소설은 민비 시해 사건에 연루된 한 자객의 일생을 다루고 있었다.

그 자객의 이름은 고영근(高永根)이었다. 역사책에는 한 줄쯤 나오는 고영근은 일찍이 중전 민비의 친정집 사손(嗣孫)인 당대 제일의 세도가 민영익(閔泳翊) 집의 세간 청지기였다가 일약 출세하여 장단(長湍) 군수를 살았으며, 중년에는 독립협회 회원을 거쳐 만민공동회 회장까지 지낸 불세출의 인물이다. 파란만장한 삶을 산 이런 인물이 말년에는 더욱 극적으로 요인 저택에 폭발물을 투척한 사건을 배후에서 지령하고, 그것이 실패하자 일본으로 망명하여 그곳에서 민비 시해 사건의 일본 측 일급 하수인이었던 훈련대 제1대대장 우범선(禹範善)을 단도로 살해하여 히로시마 지방재판소에서 사형을 선고받기에 이른다. 우범선은 그때 이미 일본인 현지처와의 사이에 자식을 두고 있었으니, 그가 바로 후에 씨 없는 수박의 개발로 널리 알려진 우장춘(禹長春)이고, 고영근은 조선인으로서는 외국에서 최초로 재판을 받은 현장 살인범이다. 그후 고영근은 무기징역으로 감형되고, 조선 정부의 요청에 따라 환국하는 은사까지 누리며, 고종이 승하한 다음에는 스스로 능참봉을

미궁 파헤치기

살다가 일혼한 살에 죽는다.

김씨가 이 희귀한 인물에 관심을 쏟기 시작한 지는 오래전부터였다. 처음에는 5백 장쯤의 중편을 쓰리라고 작정했으나, 언젠가 그 방면의 책자를 뒤적거리다가 '고종은 대개의 역사학자들이 알고 있는 그런 용주(庸主)가 아니었습니다' 라는 어떤 인사의 단언적인 증언을 읽고는 생각을 바꾸지 않을 수 없었다. 곰곰이 따져보고, 이런저런 사료를 찾아보니 그 평가는 미심쩍은 채로나마 일리가 있는 구석도 없지 않았다. 그러니까 그 단문의 인물평은 역설적이게도 고종이 지지리도 못나고 어리석기 짝이 없는 임금이었다는 '사실'을 넌지시 전하고 있다는 것이 김씨의 잠정적인 해석이었다. 그럴 수밖에 없는 것이 고종은 청국, 일본, 러시아를 비롯한 뭇 외세의 소용돌이에 부대끼면서도, 또 내주장이 막심했던 여걸 중전 민비의 온갖 비행과 권모술수에 휘둘리면서, 치세 후기에는 입헌군주제를 정책 목표로 내걸었던 독립협회와 만민공동회의 노골적인 폐위 압력에 시달리면서도 장장 44년 동안이나 재위했으니 말이다. 무엇보다도 그 긴 재위 동안 무엇 하나 이뤄낸 것이 없으면서도 오로지 버텨온 그 허무맹랑한 통치 능력을 어떻게 봐야 할까. 하기야 고종은 조선인의 평균 수명이 마흔 살도 채 되지 않았던 당시에 예순일곱 살까지 수를 누렸으니 그것만으로도 벌써 혼군(昏君)을 간신히 면하고 있긴 하다.

비록 단면에 불과하나 이때껏 고종은 역사상 유례가 없었던 암군(暗君)으로 찍혀 있다. 물론 나라를 잃어버린 책임이 전적으로 그에게 있으니 결과적으로 그런 평가를 받는 게 당연할지 모르나, 지나친 폄훼인 것도 사실이다. 그가 아니었더라면 나라가 더 일찍 망하여 식민지 지배체제가 더 길어졌을지도 모르고, 종내에는 우리말과 한글이 소멸했을지도 모른다는 가정도 지울 수 없다. 상상하기도 거슬리는 대목이지만, 국력을 그토록 말린 사단, 곧 백성의 7할 이상을 상놈으로 따돌려놓고 공맹 타령만 일삼은 조선조 전체의 허약한 숭문(崇文) 풍조, 그 가엾은 허상을 거론하지 않고 망국의 책임을 몽땅 고종에게 덮어씌우는 것도 어폐가 심하다는, 김씨의 '총체적' 단견도 잠시 경청할 필요는 워낙 만만하다.

요컨대 고종은 하는 일마다 실패한, 따라서 불운을 타고난 군주일 뿐이었다. 차츰 구한말의 정세를 다른 눈으로 살펴 가니 개 눈에는 뭣밖에 안 보인다고 어느 책을 통해 "죽기 직전에 중전 민비는 그 당시 대개의 사녀(士女)가 흔히 앓고 있었던 우울증으로 고생하고 있었는데, 그것도 중증이었다"는 믿을만한 역사적 '증언'도 김씨는 실감하게 되었다. 그런 세목이야말로 역사의 진실에 다가갈 수 있는 자극제였다.

중편이 장편으로 늘어났다. 그러나 김씨는 머릿속에서 소재를 굴리고만 있었을 뿐 막상 기고할 엄두를 내지 못했다. 우선 당대의 궁중 풍속과 사대부의 의식주 관행에 대해서 까막눈이었고, 역사적 사실을 어느 정도까지 변주할 수 있느냐는 난문(難問)에 봉착했으며, 그런 '달리 쓰기'에는 어떤 구체성이 따라야 할텐데 아무리 머리를 굴려봐도 눈만 침침해졌고, 자신의 인물 해석이 과연 얼마만큼 당대의 실가(實價)와 근사할지를 떠올리면 아득하기만 한 것이었다. 쓰지 않겠다고 마음을 돌려세우고 그 소재를 내팽개쳐버리면 그만이었으나, 그것은 미련 때문에 도저히 불가능한 일이었다. 흡사 제 주제꼴도 모르는 부엌데기가 흘러간 하숙생의 선명한 용모를 문득문득 떠올리듯이 그 소재

미궁 파헤치기

가 오롯이 다가오곤 하는데야 어쩌랴.

김씨는 사대부 집의 한낱 청지기 곧 고영근이 대궐에 별입시하는 장면을 서두로 잡고 있었는데, 당시의 신분제도상 임금이 벼슬도 없는 무지렁이를 사사로이 불러들이는 경우는 도대체 있을 수 없는 일이었다. 별입시란 척신과 근신 몇몇에게만 허락된 특권이자, 그것이 곧 대신에 버금가는 벼슬 이름이었다. 기고하려면 그 대목에서부터 막혔다. 그런데 고영근은 한낱 상민이었을 때부터 별입시였다는 사실이, 대개의 역사적 기록이 그렇듯이 입궐 내역이 밝혀져 있지 않은 채로 남아 있는 것이었다. 그거야 아무려나 그는 사대부의 입궐 절차도 몰랐고, 별입시가 대궐 정전에서 취하는 예의범절도 몰랐다. 모르면 책에 물어야 했으나 어느 역사적 자료에도 그 해답은 없었다.

김씨는 그 서두를 끄적거리다간 치워버리곤 했다. 그것도 수십 번이었다. 또 다른 변명을 둘러대자면 기고하려고 달려들 때마다 이런저런 바쁜 일이 터졌고, 그 바쁜 일들이 그의 생계 수단이었으므로 흘러간 역사 따위야 아무래도 상관없는 남의 일이었다.

그러던 중 작년 봄부터 신문 창간 붐이 일고, 또 기존의 신문들도 증면하는 호시절을 맞았다. 그즈음 지방의 한 신문에서 그에게 역사소설을 써보라는 청탁을 떨구었다. 그에게까지 청탁한 것을 보면 그쪽에서도 엔간히 필자난을 겪고 있었던 모양이었다. 그로서는 맞춤한 기회였으나 언감생심이었다. 신문소설을 써본 경험도 없는 데다가 더구나 역사소설이라니 더럭 움츠러드는 것이었다. 예의 그 그럴듯한 소재를 적당히 엮어가면 될테지만, 그는 묻혀 있는 몇 가지 역사적 사실만 알고 있을 뿐 역사의 실체 곧 구한말이라는 복잡다단한 유기체

를 바라볼 시각이 없었다. 그러므로 한낱 일화에 지나지 않는 그 소재
는 그에게 먹음직스럽긴 하나 요리할 재주가 없어서 먹을 수도, 삭여
낼 수도 없는 커다란 날고깃덩어리일 뿐이었다. 울컥하는 심정으로
달려들었다가는 선무당 사람 잡는 꼴이 되고 말 것이었다.

그런데 신문사의 그 청탁을 거절하기가 또 여간 어려운 일이 아니
었다. 그런 거절을 해본 경험도 없는데다 친절에 침을 뱉는 경우일테
니 말이다. 며칠 동안 고심했다. 고심이란 제자리에서 뭉그적거리는
주저벽의 다른 말이었다. 둘 중에 하나를 선택해버리면 앉은뱅이가
벌떡 일어설 수 있는 것이었다. 죽을 곡경을 각오하고 구한말의 풍속
속으로 걸어들어가 다리품을 팔다 보면 역사의 진면목을 일부나마 알
게 되든지, 아니면 다시 길바닥에 털버덕 주저앉아버리면 그만이었
다.

주저벽과 아울러 나름대로의 정리벽 같은 것도 있어서 김씨는 그동
안 주물러오던 자신의 의도를 대충이나마 간추려보았다.

우선 왕과 왕비를 사람으로 만들어보자. 고종과 민비도 밥 먹고 방
사(房事)해서 애 낳는 필부필부일 뿐이다. 사대부 곧 당시의 먹물들이
살아가는 모습을 여러 유형으로 나누어 살펴보자. 개중에는 아첨꾼,
변절자, 우국지사, 궁유(窮儒)와 대유(大儒) 등이 있을테지만, 그들은 글이
란 멍에를 짊어지고 살아가는 속물일 수도 있다. 간신, 아첨배, 허풍
선이 따위가 일등 서민으로 거들먹거리게 했다가는 엉터리 애국자들
의 곡예장 같은 오늘의 재연일 수밖에 없지 않나. 아무리 뜯어보아도
정상적인 처세로는 제 호구가 막연하지 싶은 무위도식꾼이 네활개를
쳐서야 허황하기 짝이 없을테고, 상식적으로도 그런 것들이 절대다수

미궁 파헤치기

인 세상에 역사와 기록이 '옳은 것으로 또 성한 채로' 남아 있을 리는 만무하지 않을까.

섣부른 그 정리벽이 김씨를 충동였다. 김씨는 쓰기로 했다. 모르는 것은 책에 물어볼 작정이었다. 닥치는 대로 책을 주워 모았고, 읽었다. 읽어갈수록 긴가민가하는 부분이 늘어났다. 고영근을 천민에서 사대부로 입신출세시켜놓으면 큰 뜻을 세우고 제 발로 뚜벅뚜벅 돌아다닐 줄 알았는데 그게 아니었다. 사대부의 세상이 재미없는 것이 아니라 그들이 꾸려가는 세상이 너무 썩어 있어서 재미없었다. 그런 세상에서는 주인공이 옳은 사람으로 행세할 수 없게 되어 있었다. 민정, 민의, 민심과는 겉돌고 있는 그들의 조잡한 뜻에 따라 세상이 움직이고 역사가 기록되고 있으니 그 세상의 반 이상은 가짜였다. 오늘과 크게 다를 바 없는 그 가짜의 현실 속을 이것도 저것도 아닌 반편 주인공이 헤쳐가려니 초장부터 첩첩산중이었다.

그런 중에도 황현(黃玹)의 《매천야록(梅泉野錄)》은 칠흑 같은 밤길을 밝혀주는 등잔불 이상으로 요긴한 길라잡이였다. 그 책은 고종 집권 후부터 한일합방 직전까지의 야사(野史)로서 과연 기서(奇書)였다. 핏발선 눈으로 사대부의 음예(淫穢)와 탐장(貪贓)을 노려보는가 하면, 저자 자신이 한때는 과거에 장원급제하여 벼슬을 살기도 했던 체제지향적 선비였음에도 불구하고 고종까지도 사물시(事物視)하는 경지는 일품이었다. 또한 갑신정변, 동학란, 민비시해 같은 외세의 개입에 따른 국란은 의외로 어느 쪽에도 치우침이 없이 '사실' 자체만을 올곧게 기록함으로써 자신의 웅숭깊은 사관을 드러내고 있었다.

요컨대 《매천야록》은 기존의 모든 역사책에서는 찾아볼 수 없는 '작은 사실'들을 흥분하지 않고 차곡차곡 기록함으로써 구한말 당대라는 커다란 역사의 실체를 백일하에 까발리는 희귀한 저작물이었다. 가령 다음과 같은 사실은 독자들의 배꼽을 쥐게 하는 당대 풍속의 신랄한 풍자인데, 막상 뛰어난 기록자 자신은 눈을 부릅뜨고 있는 대목이다.

즉 생래의 쇄항증(鎖肛症)으로 불구가 심했던 세자(후에 순종)가 음위(陰痿)까지 앓게 되어 자지가 풀씨만해졌다. 중전 민비는 지모와 달변에는 당대 제일이었던 김옥균(金玉均)조차도 말문을 닫고 옷깃을 여미게 만드는 여걸이었으나, 왕위를 이을 자식의 생식기가 그 모양이니 애가 탔다. 그래서 궁녀 하나를 들여넣어 세자와 접교(接交)를 시키며 문밖에서 "되느냐 안 되느냐?"라고 물었다. 안에서 안타깝게 "안 되나이다"라는 소리가 들리자 중전 민비는 한숨을 여러 차례 쉬고 나서 가슴을 치고 일어섰다. 이런 성정의 아녀자였으므로 중전 민비는 고종과 동침한 한 궁녀를 결박짓고 힘센 아랫것으로 하여금 그녀의 음구(陰溝) 양편 살점을 도려내게 한 후 당일로 대궐 밖으로 내쫓아버렸다. 이 궁녀는 후에 의화군(義和君)이 된 강(堈)의 생모인 상궁 장씨인데, 그 상처로 고생하면서 10여년을 살다가 죽었다.

이런 치정이 대궐에서 버젓이 벌어지고 있었으니 고종은 허수아비나 마찬가지였으며, 나라가 왜 진작에 망하지 않았겠느냐고 황현은 서슴없이 묻고 있는 것이다. 그것은 마구 쌍욕을 퍼부을 만한 퇴폐였다. 그런데 황현은 그 퇴폐를 소상하게 옮겨놓을 뿐 자신의 평가를 덧붙이는 법이 없었다. 평가할 경우에도 반드시 '논평하는 사람들은 말하기를'이라든지, '명성황후는 원망하며 미쳐 날뛰었다고 한다'는 식으로 남의 입을 빌렸다. 그것이 그의 장기이자 사시(斜視) 없는 시각이었다. 기개가 꿋꿋하고 자기 주장이 확고하기로는 당대에서 초일류급이었으며, 한일합방이 되자마자 스스로 목숨을 끊은 그가 왜 그처럼 우회적으로 조그마한 사실들을 기록으로 남겼을까? 해답은 뻔한 것이었다. 자기 생각을 일단 유보하면서 이쪽저쪽을 천연히 둘러보는 그런 자세야말로 지식인이 취할 도리임을 그는 몸소 보여주고 있는 것이다. 그러므로 황현은 허무주의자도, 기회주의자도 아닌, 보기에 따라서는 고지식하나 성실한 반편이었다.

김씨의 생각이 대체로 이러하니 그는 생똥을 싸는 기분으로 예의 그 연재소설을 하루에 하루치씩만 쓰고는 나자빠지곤 했다. 한 무더기씩 똥을 싸고는 자리를 바꿔 앉아 눈을 껌벅거리는 꼴이었는데, 그런 한심스러운 하루하루를 벌써 1년째 살아오고 있는 것이었다. 그는 매일 지쳤고, 환절기 때마다 몸살을 앓았다. 유일한 낙이 있다면 별놈들이 다 출몰하는 역사 속의 실존 먹물들에게 원성을 쏟아붓는 그 고역이 낙이었다. 고역이 낙이라니. 그러나 그것이 예나 지금이나 반편 먹물의 삶인 데야 어쩌랴.

지난 6월 초순의 어느 날도 김씨는 마침 감기 몸살 기운이 여실해서 앞으로 하루하루의 그 고역을 즐기지 못하면 큰일이라고 지레 겁을 집어먹고 동네의 약국을 찾았다. 약이란 것이 대개 다 식후에 먹는 만큼 그는 저녁밥을 먹고 나서 슬리퍼 차림으로 나섰다. 지어주는 대로 약을 먹고 일찌감치 잠자리에 들 참이었다.

그가 사는 아파트 단지 주위에는 약국이 세 개나 있었는데, 후문 앞에 있는 약국이 매약은 정가보다 싸게 팔고 조제약은 다소 비싸게 먹이기로 소문이 나 있었다. 개미 마을이 등 너머에 있었으므로 그 약국은 '개미약국'이었다. 약국 주인은 희끗희끗한 머리칼 매무새가 언제나 단정했고, 직업과는 어울리지 않게 무슨 생고생을 사서 했는지 이마에는 밭고랑 같은 굵은 주름이 새겨진 50대의 중늙은이였다. 중늙은이이긴 했으나 신문을 세 개쯤 받아보는 듯했고, 한방약 조제도 겸하고 있어서 촘촘한 약서랍장이 한쪽 벽면을 빈틈없이 채우고 있었으며, '1월 1일 하루만 휴업'이라는 쪽지를 유리창 안쪽에다 붙여두는 사람이었다. 개미란 미물이 그렇게 부지런을 떨어대는데도 진화하지 못했고, 남한산성 밑에 빌붙어 있는 개미 마을이 아직도 재개발지역으로 묶여 있어 남루하기 짝이 없는 거지 동네이며, 개미약국 주인도 장차 돈을 많이 벌 것 같지 않음은 우연의 일치치고는 묘하다는 게 김씨의 궁금증 중 하나였다.

김씨가 개미약국에 들어섰을 때는 주인 말고도 두 사람의 손님이 더 있었다. 짐작컨대 두 사람은 바로 이웃의 장사치들, 가령 개소줏집 아저씨거나 대중목욕탕 지킴이거나 중국음식점 '만리장성'의 주인이거나 부동산중개업소의 바깥양반이지 싶었다. 두 사람은 무슨 강장제음료수를 한 병씩 들고 서 있었고, 개미약국 주인은 계산대 너머의 의자에 앉아 신문을 보고 있었다.

개미약국 주인이 계산대 위에 신문을 내려놓았다.

"어떻게 오셨습니까?"

김씨가 조금 엄살을 피웠다.

"한쪽 코가 맹맹하니 맑은 콧물이 줄줄 흐르고 머리가 띵하네요."

"콧물, 두통이라, 한기도 들다가 열도 날 겁니다. 감기 몸살입니다. 요즘 감기 몸살 오래 갑니다. 약 지어드릴테니 잡숴보세요."

미궁 파헤치기

뻔한 소리였다. 기술 복제 세상이 멀리 있지 않다고 생각하며 김씨는 아무렇게나 주워섬겼다.

"환절기에는 늘 이래요. 보름쯤이나 한 달간 빌빌대다 말다…"

"그러니 초기에 잡아야지요. 이틀치만 잡숴보세요. 한결 나을 겁니다. 과로예요. 과로하지 마세요. 과로한다고 될 일이 안 되고 안 풀릴 일이 술술 잘 풀립니까 어디?"

그 말도 복제임에 틀림없었다.

"그러지요. 그럼, 이틀치만."

개미약국 주인은 일거리가 생겨 대번에 몸이 가벼워졌다. 유리 칸막이로 막아둔 조제실로 들어가며 그는 활달한 목소리로 약국 출입구 쪽을 향해 지껄였다.

"그러니 저희들끼리 옥신각신하다가 죽인 거야. 틀림없어. 부검에서 익사라고 결판이 났잖아. 물에 빠져 죽었다 이거야. 그런데 왜 말이 많아."

김씨는 뜨악한 눈길로 이웃사촌들을 번갈아 쳐다보지 않을 수 없었다. 둘 다 쉰 고개는 넘었을 듯했고, 목욕탕에서 만났더라면 어디서 많이 본 듯한 얼굴이라고 머리를 한동안 굴리게 만드는 그런 외모들이었다. 아무튼 김씨는 그들이 방금 개미약국 주인과 무슨 말을 나누고 있었는지를 재깍 알아챘다. 뿐만 아니라 광주의 대학생 익사 사건에 대해 그들은 당국의 수사 발표를 전적으로 믿고, 나아가서 당국을 편드는 부류임도 알았다. 그러니까 쉽게 분류하면 그들이야말로 '얼굴 없는 다수의 보수적인 우익 시민'이라고 단정해버린 것이었다. 그의 그런 단정을 이웃사촌 두 사람이 좀더 부추겼다.

"데모를 주동하다가 쫓겨다니는 학생치고는 지참금이 좀 많았어. 우리 아들애도 그러대, 학생 신분에 용돈으로는 너무 많다고."

"여기저기서 집어주는 성금을 받았겠지. 요즘 애들은 그런 방면에는 니것 내것이 없다더구면. 그거야 이해가 되지…"

"여기저기? 그 여기저기가 어느 쪽이야? 어느 쪽 돈인지 모르는데 무슨 상관이야라면 말이야 되지. 검찰은 왜 그 돈의 출처를 안 밝혀? 멍청한 것들."

"안 밝히나, 못 밝히지. 어느 쪽이라도 준 놈은 있을텐데 다 오리발을 내밀테니까. 돈 문제는 오리발이 최고야. 우리는 돈도 없고, 그런 돈이 도대체 어디서 나오는지 알다가도 모르겠대."

"죽은 대학생이 주사파라나 뭐라나 그런 운동권 학생이었다지?"

"모르지 머. 그 말도 조금 흘러나오다가 이내 오리무중으로 사라져 버리대. 하기야 무슨 벼슬도 아닌 다음에야 밝혀봐야 그게 그것일테고."

조제실 속에서 확신에 찬 목소리가 팔뚝을 걷어붙이고 넘어왔다.

"죽은 놈만 서러운 거야. 육이오 때도 우리 마을에서 그런 꼴 많이 봤어. 나중에 알고 보니 다 저희들끼리 죽였다대. 머 뻔할 뻔자야. 부검 결과가 발표되기 전에 우리는 벌써 감 잡았어. 흐지부지 구렁이 담 넘어가는 식으로 얼버무리고, 우리 검찰은 참 뻔뻔해, 간에 붙었다가 돌아서면 쓸개에도 착 달라붙고. 능수능란한 거지, 눈치는 또 오죽 빨라야지. 역시 머리가 좋아. 우리는 못 따라가."

김씨는 점점 귀가 솔깃해지면서 속으로, 이것들 봐라, 이제는 아예 경험담까지 끌어대면서 숫제 무찌르자 오랑캐 식이잖아 라고 혀를 찼다.

이웃사촌 하나가 또 다른 경험담을 내놓았다.

"지난번에 분신자살했다는 왜 그 대학생 있잖아?"

"누구 말이야? 그런 게 어디 한둘이라야 알아먹지."

"선거 전에 죽은 애 말고. 시방도 그 대학은 휴교 중일걸. 전교생 유급 운운하고 있는 교육대학 말이야. 유급시켜야 해. 그러면 교원 적체 현상도 해소될테고. 암튼 열사네 머네 하는 그 분신 대학생도 저희들끼리 어영부영하다가 떠밀어 불을 질러버린 거래. 우리 밥쟁이가 교회에서 그런 말을 들었대요. 말도 같잖은 소리는 하지도 말라고 쥐어박았지만 그럴듯하게 들리데. 가만히 생각해보니 그럴 수도 있겠다 싶더라고. 농담하다가 할망구 죽인다고 떼거리들이 몰아붙이면 애매한 놈 하나 희생 제물 만들기는 일도 아니지."

다른 이웃사촌 하나가 무덤덤하니 받았다.

"노사 분규 현장에도 그런 예가 왕왕 있긴 있다더구먼. 세 받으러 월말이면 꼬박꼬박 들이닥치는 우리 건물주 영감이 골치 아파 죽겠다면서 그러대. 투신조니 신나조니 해서 조를 짜는데 거기에 껴묻히면 본의 아니게 건물 옥상에서 떨어져야 하고, 불 속으로 뛰어들어간다고 그러대. 그 영감 말이 그 지랄들을 하는데 어느 미친놈이 공장을 돌리겠냐고 한숨이 한 발이나 늘어졌어."

"그 영감이 무슨 공장을 돌리는데?"

"모르지 머, 무슨 봉제 공장인가가 두 개나 된다는데 아들한테 다 물려줬대."

김씨는 섬뜩했다. 얼핏 한기 같은 것이 들어 살갗에 좁쌀 같은 소름이 일었다. 그 섬뜩함에 뒤이어 만에 하나 그와 같은 실상이 정말로 그런 희생자를 분사(憤死)로 위장한 것이라면 그것이야말로 범죄치고는 무시무시한 것이며, 우리 사회가 또 어느 특정 집단이 중인환시리에 공모하여 한 개인을 타살해버리는 번제(燔祭)가 아니고 무엇인가라는 생각을 떠올렸다. 아직도 그런 원시적이고 야만적인 의식이 자유와 평등의 광범위한 확보를 위해 공공연하게 자행되고 있다면, 그리고 그런 의식이 일부에서나마 공인되고 있다면 놀랄 일이 아닐 수 없었다. 김씨도 귀는 늘 열어놓고 있어서 그런 유언비어를 간간이 듣고 있긴 했지만, 이웃사촌이 그처럼 한가롭게, 그러나 묘한 적의(敵意) 같은 감정을 배음으로 깔아대며 지껄이는 데는 어쩔 수 없이 치가 떨리는 것이었다.

이웃사촌들이 다시 본론으로 되돌아가기 전에 각자의 드링크 병을 허드레 종이상자 속에 집어던졌다. 상자 속에는 빈 병들이 빼곡했다. 일 같잖은 일에 매달려 살면서도 피곤한 사람들이 많은 세상이라니, 유언비어가 난무할 수밖에.

"테레비에서도 결론이 없던데?"

"그거야 공개석상에서 늘 하는 소리지. 누가 그걸 믿어. 그런 데서 바른말이야 할 수 없지. 바른소리 다 하고는 못 살잖아. 돈은 왜 또 늦게서야 불거져 나와서 말썽이야? 개새끼들, 다들 정신을 어디다 빠뜨리고 그런 증거물을 며칠씩이나 있다가 찾아내고 난리야. 그게 머야, 수사를 미리 각본대로 대충 얽어맞춰놓고 했다는 소리지."

개미약국 주인이 조제실에서 나왔다. 그가 김씨를 무시하고 이웃사촌들에게 먼저 말했다.

"흐지부지, 유야무야로 끝나는 거지 머. 다 그런 식으로 밑을 닦는 듯 마는 듯해 왔잖아. 그러니 안 다치고, 슬쩍슬쩍 피해 가며 사는 게 상수야. 이놈의 세상이 원래 그렇게 돼먹어 있는데 어째. 그걸 허구한 날 바로 눈앞에서 겪어놓고도 또 까먹고 까먹는다 말이야. 까마귀 고기만 먹었는지 왜들 건망증이 그렇게나 심한지."

개미약국 주인이 이번에는 손님에게 자기 복제 기술을 털어놓았다.

"지금 한 봉지 잡수시고, 자기 전에 또 한 봉지 잡수세요. 땀 푹 내고 쉬세요. 닭 한 마리 사다가 찹쌀, 당근, 감자, 양파 넣고 국물이 반쯤 없어질 때까지 되직하게 닭죽을 끓여 잡숴보세요. 한결 나아질 겁니다."

김씨가 콧물을 훌쩍이며 농담으로 받았다.

"그럼 이 약은 어쩌고요?"

개미약국 주인은 개미처럼 똑같은 일만 진지하게 하는 데는 이력이 붙은 사람이었다. '닭죽'은 그의 아내에게도 써먹은 수법임을 들은 바 있어서였다. 김씨는 개미 약사의 뻔뻔스러운, 그러나 동어반복을 얼마든지 부려먹을 수 있는, 그 일관성이 워낙 돋보이는 생업 자체가 은근히 부러웠다.

"아, 약은 약대로 잡수시고 금상첨화 격으로 차제에 보약을 한 그릇 잡수시면 몸이 뭐라겠어요, 거 참 좋다 그러지 않겠어요. 초여름이 원래 사람의 진을 많이 빼가요. 사육이 이십사, 이천사백 원입니다. 한 봉에 깡통 주스 하나 값입니다."

약값까지도 복사하는 개미 약사의 상술이 김씨에게는 좀 비겁기도 하고, 얼마쯤 미심쩍기도 했다. 그런 변함없는 상술이 먹혀들어 가고

124

있음은 이 변화무쌍한 시대에 안도감을 느끼게 하는 어떤 규칙 같은 것이고, 골병이 들 대로 든 우리 사회에서 불안을 더 증폭시키는 처방전 같은 것이었다.

갑자기 김씨는 조금 심각해져 버렸다. 개미 소굴에서 벗어나자마자 그는 안분지족에 연연하는 개미 같은 무리들이 쓰잘데없이 떠벌리고 있는 발상을 간추려보려고 애를 써야 할 지경이 되었으니 말이다. 불현듯 저희들끼리 이전투구하다가 생목숨 하나를 희생 제물로 바쳤다면 그 희생자는 '자살 당한 개가 아닌가'라는 생각도 퍼뜩 떠올랐으니까.

자살 당한 개라니.

제3세계의 괜찮은 영화 제목 같은 그 말이 김씨의 정서에는 흥분제였다. 그는 누군가를 향해 마구 욕을 퍼붓고 싶어졌다.

진위야 어떻든 어떤 개새끼가 또는 어떤 집단이 무슨 권리로 한 목숨을 생매장시킬 수 있단 말인가.

그것은 범인이 없는 범죄였다. 굳이 범인을 들먹인다면 불특정 다수의 군중일테고, 특정 집단일 것이었다. 어쩌면 그것은 범죄가 아닐지도 몰랐다. 억지로 따진다면 살인교사죄쯤에 해당될 것이었다. 생목숨 하나를 사지(死地)로 몰아넣었으니까. 그러므로 그것은 엄연한 범죄인데도 범인을 가려낼 수 없고, 누구나 범행을 부인할 수 있는 만행이었다. 무한책임을 떠맡아야 할 대상은 이 시대의 그 현장이라는 특수 상황이었다. 어느 특정 집단이 우격다짐으로 만든 사지 자체가 정범이었고, 불특정 다수의 군중이 공범이었다. 그럼에도 불구하고 그들의 범의는 명백했다. '자살 당한 개'가 '죽어도 좋다'는 자의만큼은

미궁 파헤치기

추호도 갖고 있지 않았을테니까. 도대체 '죽어도 좋다'는 말이 이치에 맞기나 할까. 그 말은 과장법이지 진정한 의사 표시는 아니다. 할 일이 태산같이 많을 애국자, 무슨 운동가 따위들에게는 특히나 그렇다. 그 말이 진정이라면 살고 싶다는, 살아갈 수밖에 없다는 인간의 고유한 '본능'을 제대로 설명할 수 없지 않나.

김씨는 깨알 같은 가루약 위에 무슨 마이신 종류의 매약이 네 알이나 굴러다니는 약봉지를 입에다 털어넣었다. 담배를 벌써 세 대나 태운 뒤끝이라 감기 몸살 기운이 더욱 여실해져 있었다. '자살 당한 개'가 억울해서 자신의 몸까지 혹사시킨다는 생각이 얼핏 들었고, 그런 잣다란 상념에 역정을 내고 있는 자신을 새삼 되돌아보니 저절로 한숨이 괴어올랐다.

이번 경우가 아니더라도 김씨는 우리 사회의 여론이 몇 갈래로 뭉쳐지고 있다는 것을 잘 알았다. 대체로 말하면 그 여론은 세 갈래로 나눌 수 있었다. 하나는 30대 전후와 그 안쪽이 무시로 내뱉는 체제 비판적인 발언이고, 다른 하나는 진보, 보수, 개선 의지 따위의 허황한 말에 식상해 있으면서도 이쪽저쪽의 눈치를 쉬임없이 봐가며 말끝마다 '합리'를 내세우는 40대 이상의 어설픈 우국적 발상이다. 나머지는 걸핏하면 국론 분열이네 어쩌네 하는 공갈과 반공 이데올로기로 중무장한 50대 이상의 케케묵은 애국적 성토다. 마지막 부류는, 김씨가 보기에, 그 막강한 가부장적인 권위주의로 이 사회를 이끌어가고 있는 중심 세력인데 무식하기 이를 데 없다. 물론 이런 분류는 우리나라만의 경우도 아니고, 전세계가 공유하는 현상이며, 기왕의 세계사도 그렇게 이어져 왔다는 것이 김씨의 평소 소신이었다.

전적으로 우연인데, 김씨는 전철 속에서, 그리고 약국 안에서 정반대의 여론을 주워들은 셈이었다. 따라서 그로서는 이쪽저쪽의 여론을 편견 없이 새기고 자신의 우국적인 시각을 개진해야 할 입장이었다. 그러나 답답하게도 그에게는 이렇다 할 시선이 없었다. 왜냐하면 그 상반된 두 여론이 공론(空論)처럼 여겨졌고, 바로 다음과 같은 의문이라기보다도 불만이 자꾸만 앞을 가로막고 있었기 때문에 김씨는 미처 자신의 의견을 간추릴 여유가 없었으니까.

어느 쪽도 당국의 수사 결과를 불신하기는 마찬가지인데, '저희들끼리' 죽였다고 보는 그 여론마저 진실을 은폐하는 데 톡톡히 한몫하고 있지 않나? 그런 공론들이 이번에는 저희들끼리 아웅다웅하면서 불신만 조장하는 통에 막상 어떤 죽음의 진상은 점점 미궁 속으로 빠져들고 있지 않나?

사실상 여론이란 무시해도 좋은 것인지도 모르며, 한쪽으로 몰아가는 여론 조작은 얼마든지 가능할지도 모른다. 거기에 막대한 금전 동원력, 대중 조직력, 활자와 영상매체의 이용 능력 등이 동원될테고, 또 다른 그 이전투구 속에서 이기는 쪽만이 정의가 된다. 물론 그 정의는 출신 성분이 그러므로 가짜일 수 있거나 가짜 그 자체다. 따라서 종다수결을 신주 단지로 모시는 대의민주정치는 공연히 수선스러울 뿐인 한낱 제도이며, 당연히 차선의 이데올로기도 아니다.

말이 나온 김에 사족을 덧붙이면 김씨는 국회의원 선거나 대통령 선거에서 아직 한 번도 그런 여론에 떠밀려 정의가 된 쪽에 투표해본 적이 없었다. 최근에는 어느 쪽이 정의가 될지 예상할 수 있었기 때문에 일부러 그쪽 편에 서지 않았고, 하나마나한 그런 제도에 다리품을

미궁 파헤치기

팔기도 귀찮아서 아예 기권해버린 적도 있었다. 그러면서도 김씨는 진실이나 정의를 창출하기 위해서는 여론이 많을수록, 여론이 팽팽히 맞서 있을수록 좋을 것이라고 단정하는 사람이었다.

그즈음 김씨는 예의 그 연재소설 쓰기에 직접적인 도움을 받기 위해 동학란과 청일전쟁에 관한 책들을 한창 읽고 있던 참이었다. 그 두 동란에 뒤이어 민비 시해 사건이 일어났으므로 그 전후의 정세를 알아두어야 했던 것이다. 차례로 그는 박태원(朴泰遠)의《갑오농민전쟁》을 읽었고, 개미약국에 들어서기 전까지는 중국계 일본인 진순신(陳舜臣)의 번역서《청일전쟁》을 손에 잡고 있던 중이었다.

《갑오농민전쟁》은 박태원이 실명하기 직전에 기고하여 중반 이후는 거의 구술에 의해 쓴 그의 마지막 대작으로 알려진 작품이다. 눈이 멀어 입으로 불러 썼고, 탈고 후 작자가 죽었다는 그런 작품 외적인 이유 때문이 아니라《천변풍경》《소설가 구보씨의 1일》등을 읽으며 서울을 정감이 흐르는 도시로 다듬어내는 솜씨와 밋밋하면서도 감칠맛이 나고, 맥 풀어진 듯하면서도 탄력도 배어 있는, 이태준(李泰俊)이 적절히 지적했듯이 '치렁치렁한' 문체에 배울 게 많아서《갑오농민전쟁》에는 유별난 관심을 가지고 있었다. 그래서 언젠가는 읽을 수 있겠지 하며 기다렸고, 남북한을 통털어 제대로 기술한 미지의 우리 소설사에는 어차피 횡보(橫步)와 구보(仇甫)가 번듯한 자리를 차지할 것인데, 이제 구보는 횡보가 단 한 편도 쓰지 않은 역사소설을, 그것도 방대한 작품 한 편을 얹었으니 그 해석에 적지 않은 지면이 할애되어야 할 것이라는 짐작을 챙기고 있던 터였다. 그러던 차에 지난해부터 해금 덕분으로 북한 원전이 마구 쏟아지게 되어 예상보다 빨리《갑오농민전쟁》을 읽을 수 있게 된 것이다.

아무래도 제목으로 '농민전쟁'을 붙인 것은, 북한의 체제상 강압적 간섭 탓이겠으나, 부적합하게 보였다. 이른바 프롤레타리아 혁명을 강령으로 삼는 북한 체제가 문학 작품을 도구화하려는 의도 같은 게 느껴지고(구보의 진정한 의사가 과연 그랬는지 어쨌는지를 알 수 없으나, 여러 정황을 감안할 때 '갑오농민전쟁'은 제목으로서 사회주의적이긴 해도 비문학적이며 반구보적이다), 실제로 역사 속에서도 전민중과 전국토가 휘말리는 전면전에나 합당한 '전쟁'은 없었고, 악에 바친 일시적 '내란' 같은 싸움 내지는 국지적 '전투'만 있었으니 말이다. 선입견이 그러했음에도 불구하고 《갑오농민전쟁》은 구보의 성가에 값하는 좋은 소설이었다. 주경야독하는 한낱 선비일 뿐이었고, 실제로 키가 몹시 작았던 전봉준을 한사코 영웅으로 그리지 않으면서 최소한의 미화에 그치는 확고한 작의, 소설이 만든 주요인물로서의 오수동, 오상인 부자를 통해 버림받은 당대의 농촌 현실을 여실하게 그려가는 느긋한 산문정신, 부루말을 의인화시켜 젊은 남녀의 애틋하고 절박한 사랑을 빚어가는 장인다운 감각 등은 기존의 우리 역사소설에서는 보기 드문 성과였고, 구보의 전인격이 유감없이 전달되는 면면이었다. 요컨대 확실한 생업이 있고, 정직하고 부지런한 사람다운 사람들이 어떤 당위성을 가지고 온몸으로 관습과 제도와의 싸움을 벌이며, 지게 되어 있는 그 싸움에서 질 것을 알아가는 사람들의 몸부림을 그린 작품이 《갑오농민전쟁》이었다면 반 이상 타당한 평가지 싶었다.

《갑오농민전쟁》에서 지울 수 없는 얼룩이 있다면 전편에서 본격적인 '농민전쟁'으로 들어가는 후편 사이의 껑충 뛰어버린 시공간을 지

미궁 파헤치기

적할 수 있겠는데, 그것은 '농민전쟁'이 있기까지 민중의 각성과 분노가 얼마나 오랜 각고의 단련을 그쳤느냐를 보여주는 일종의 도입부로 이해할 수 있는 것이었다. 그리고 당대의 썩을 대로 썩어빠진 왕정 체제와 관민의 불화, 반목이 얼마나 골 깊었냐를 드러내기 위해서는 삼대(三代)에 걸친 싸움이었음을 강조하지 않을 수 없었을 것이다. 김씨는 그렇게 읽었는데, 과연 옳은 분별인지 긴가민가했다.

특히나 김씨가 무릎을 친 대목은 소설가로서 구보가 슬쩍슬쩍 내비치는 고뇌였다. 곧 《갑오농민전쟁》에는 백낙서(白樂瑞)라는 요상한 인물이 나오는데 이 인물을 형상화하는 과정에서 구보의 그런 면모를 읽기는 어렵지 않았다.

백낙서는 《매천야록》에도 이름이 비치는 실재 인물이다. 그 전후 대목을 옮겨보면 이렇다.

─대원군 이하응이 집권 당시에 전주(全州) 아전들의 습성은 나라 안의 세 가지 큰 폐단 중 하나라고 말한 적이 있다. 대체로 전주 감영에 딸린 아전들은 평소에 모질고, 교활하고, 호탕하고, 거만하다고 말해 왔다. 그러나 알고 보면 서울에 사는 권문세가들이 그들에게 뇌물을 뜯어가므로 그렇게 된 것이니, 백낙서의 악(惡)을 양성한 것이 그 좋은 체험이다. 그후부터 전주 아전들은 더욱 교만하고 방자한 습성이 붙어 드디어 사대부들을 욕보이고 감사(監司)까지 업신여기기에 이르렀다. 그러나 그들이 밑엣사람들을 다루는 데는 무서울 정도로 엄했다.

황현의 기록을 잠시 더 따라가면 다음과 같다.

전주 아전들의 위세가 얼마나 당당했던지 요즘의 도지사에 해당하는 감사의 권한까지도 그들의 수중에 놀아날 정도였다. 그런 판에 한 아전의 나이 어린 자식으로서 통인짜리를 살던 자가 늙은 관노(官奴) 한 사람에게 버릇이 없다고 마구 욕을 하며 발길질로 차 넘어뜨리고 지근지근 목울대를 밟는 행패를 부렸다. 관노들과 사령배(使令輩)가 이를 갈며 아전들의 집집마다에 불을 질렀다. 죽을 각오로 난을 일으킨 것이었다. 아전들이 가만히 있을 리 만무였다. 당시의 감사 이헌직(李憲植)을 위협하여 무기고를 열어 군기를 꺼내 들고 관노들과 사령배를 박살내고, 그들이 모여 사는 동네를 불바다로 만들어버렸다. 피살자가 수십 명에 이르렀고, 살아남은 사람들은 사방으로 뿔뿔이 흩어졌다. 감사는 아전들의 우격다짐에 못 이겨 관노들과 사령배가 난을 음모하여 사상자가 약간 있었다고, 사건을 조그맣게 옹동그려서 조정에 보고했다. 조정에서 조사를 해보니 아전배의 죄가 명백했다. 그러나 아전배가 무슨 변을 일으킬지 몰라서 두려웠고, 또 이미 오래전부터 아전들로부터 뇌물을 받아온 권문세가들의 극성스러운 역성도 만만치 않아서 주모자 몇 명을 유배시킴으로써 난을 진정시켰다. 이러구러 난이 평정되긴 했으나 이제 아전들은 수족같이 부리던 관노와 사령배가 없으니 일을 제대로 할 수 없었다. 일이란 가렴주구였다. 어쩔 수 없이 떠돌아다니는 관노와 사령배 들에게 죄를 용서해 주겠다며 불러들였다. 굶기를 밥 먹듯 하는 형세라 관노와 사령배 들은 돌아왔고, 이를 갈며 때를 기다렸다. 때를 보아 감사를 받들어 먼저 거사하고, 아전배와 그 가족들을 모조리 멸살하려고 벼르고 있었던 것이다. 그러나 그들은 글을 아는 아전배의 적수가 못 되어 모의가 곧장 누설되었다. 관노와 사령배 들은 또 도망질을 놓을 수밖에 없었다. 미처 도망질을 못 간 자들은 모두 죽임을 당했다. 이제 아전배는 자나 깨나

　미궁 파헤치기

언제 보복을 당할지 몰라 전전긍긍이었다. 그래서 또 조정을 움직여 진위대(鎭衛隊)를 설치했다. 그런데 걱정이 생겼다. 관노와 사령배 들이 진위대에 응모하여 세를 얻을 것이 두려웠기 때문이었다. 그래서 아전배는 자신들의 자제들로 대원을 충당했다. 조정과 한통속이 되어 관노와 사령배 무리가 보복할 길을 아예 틀어막아버렸던 것이다. 그래서 관노와 사령배 들은 끝내 전주 아전배에게 보복을 하지 못했다.

이름도 없는 이 난리는 고종 26년(1889년) 정월에 일어나서 고종 32년 겨울에 진위대가 설치됨으로써 대충 끝났다고 기록되어 있다. 무려 7년 동안 이어져 온 소요였고, 전주 아전배가 그만큼 음독(陰毒), 악랄했으며, 관노와 사령 같은 아랫것들을 철저히 짓밟았음은 물론이려니와 조정과 권문세가들도 가지고 놀았다는 것이다.

위에서 드러난 대로 백낙서는 그런 난리가 있기 전에 아전을 살았던 사람이며, 대원군에게 뇌물을 바쳐 아전 구실을 오래 해먹었다는 정도만 밝혀져 있다. 모르긴 하나 다른 어떤 기록에도 백낙서의 이름 석 자는 남아 있지 않을 것이다. 정식 관원도 아니고 지방 관아에 딸린 서리(書吏)에 불과한 아전 따위를, 그것도 세상 사람들이 다 아는 그들의 비리를 누가 애써 밝혀두겠는가. 황현이니까 아전의 무엄방자를 빌어 당시 지방행정의 난맥상을 알리기 위해 꾸역꾸역 기록해 둔 것이다.

《갑오농민전쟁》에서 백낙서는 구보의 필치에 따라 꽤나 사려 깊고, 인정미도 풍기고, 때로는 유머러스하게 떠올라 있다. 구보는 백낙서를 천하에 극악무도한 망종으로 만들 수도 있었을텐데, 그러지 않았다. 백낙서는 화초첩을 여럿 거느리고 있는 어엿한 사내이며, 집념도 남다르고, 상전을 모시는 범절도 번듯하고, 아랫것들을 부리는 수완도 능소능대하며, 특히나 글을 기릴 줄 알아 사리분별이 분명하다. 말하자면 백낙서는 구보에 의해 부패에 찌들 대로 찌든 한낱 천리(賤吏)일 뿐, 제법 사람다운 행세를 하며 살아가는 위인으로 만들어져 있다. 그가 악한임에는 틀림없으나 인간적인 무뢰한이었으며, 그런 망종조차도 당대의 풍속 속에 녹아들어 있는 자연물 같다는 이 희화화가, 또는 역설(逆說)이 구보의 역사적 시각이다.

말할 필요도 없이 《갑오농민전쟁》의 시각은 편향 일변도로 치닫고 있다. 북한 체제에서 썼기 때문에 동학이라는 종교와의 연계 같은 것이 미흡하게 다뤄졌고, 임금을 위시한 모든 관리, 진사 등의 지방 사대부와 당시의 먹물들은 하나같이 허수아비거나 인간말짜들이며, 백성은 한결같이 부지런하고 정직하며, 가난하고 억울하여 죽도록 시달리는 양순한 가축들로 미화되어 있는 것이 그 단적인 예들이다. 이런 의도성은 영어에서는 '교활, 책략, 사기'라는 뜻을 아울러 지니는 '예술' 행위가 누리는 기교 내지는 고유 권한으로 이해할 수 있다. 작가는 독자에게 고삐를 매어 그런 의도적인 세계로 끌고 간다. 대개의 어리숙한 독자들은 그 치우친 반쪽 세계에 곧잘 동화되고, 즉각 세뇌당한다. 그처럼 삐딱하니 기울어진 세상에 어떤 무류(無謬)를 기대한다는 것은 자가당착이다. 작가의 작정한 그 의도가 일부의 독자에게나마 그럴듯해 보이면 그뿐이며, 멋진 사기를 쳤으니 속을 사람만 속으면서 살아 보라고 배짱을 부리는 것이다.

그럼에도 불구하고 백낙서를 내려다보는 구보의 시각은 상당히 중립적이다. 적어도 그만한 인물을 만든 솜씨에서 구보의 고뇌랄지 장

미궁 파헤치기

인의식 같은 것이 오롯이 다가온다. 그래서 김씨의 멈칫거리는, 때로는 갈팡질팡하는 생각은 끝없이 이어질 수밖에 없었다.

북한 체제보다 오히려 우리 사회 전체가 역사, 인물, 이념, 사물, 사태 등을 더 편파적이고 배타적으로 보고 있지 않나? 우리는 지금 내남없이 제 똥만 굵어 보이니까 남의 정의는 일단 오류라고 보는 증후군에 걸려 있지 않은가. 그러니 다들 생래의 사팔뜨기고, 정신적 불구자들이다. 조화란 약으로 쓰려고 해도 찾아볼 수 없다. 하기야 조화란 영원히 불가능할지 모른다. 제도와 관습 같은 것이 조화를 나름대로 모색한 생활 편의적 규범들일 테지만, 사람은 누구라도 제 생각을 먼저 펴게 되어 있는 동물이니까 그 조화와 애초부터 싸우게 마련이다. 보다시피 사람은 근본적으로 습관성 불평불만 분자들이고, 세상과 싸우기 위해 태어났다가 지게 되어 있는 그 싸움을 헉헉거리며 치르다가 허무하게 죽어간다. 종교가 이 끝없는 싸움에서 구원을 제시하고 있으나, 그것도 임시방편의 말장난임은 역사가 지금까지 여실히 보여주고 있는 그대로다. 요컨대 개인의 시각이란 어느 쪽으로든지 기울어지게 되어 있는 시소 같은 것인데, 그 균형잡기는 거의 도로(徒勞)에 가깝다. 그 어려움을 알면서도 불안한 균형감각을 잃지 않으려고 버둥거리는 사람은 늘 국외자로 따돌리고, 따라서 허구한 날 불안하고 지쳐가게 마련이다. 이게 개판 같은 우리의 현실이자 먹물들이 운명적으로 짊어지고 있는 멍에이다.

진순신의 《청일전쟁》은 원제(原題) 《강은 흐르지 않고》가 말하고 있듯이 소설식으로 구성한 실록이었다. 등장인물은 모두 다 실존했던 역사적 위인들로서, 실록의 시간대는 임오군란이 일어난 1882년에 원세개(袁世凱)가 처음으로 내한하는 데서 시작하여 전봉준을 '동학란'의 수괴로 몰아 처형시킨 1895년에 이홍장(李鴻章)과 이토 히로부미(伊藤博文)가 시모노세키에서 청일강화조약을 맺는 데서 끝났다. 작가는 사료를 《용암제자기(容庵弟子記)》에 전적으로 의존하고 있었다. 용암은 원세개의 호이므로《용암제자기》는 그의 제자들이 스승의 파란만장한 사적(事蹟)을 다소 미화한 무용담쯤으로 밝혀두고 있으나,《청일전쟁》곳곳에 그 원문을 통째로 인용함으로써 그 신빙성을 은근히 자랑했다.《청일전쟁》이 적잖이 귀중한 책인 것은 일본에서 발간되자 그 방면에 관심이 많은 일본인들이 깜짝 놀라 한동안《용암제자기》의 원본을 구하느라고 수선을 피웠다는 후문으로도 알 수 있겠듯이 김씨에게는 전혀 새로운 역사적 사실이 속속 출몰해서였다.

설명이 좀 길어지지만 그 새로운 사실 중 하나를 소개하면 이런 것도 있었다.

김옥균이 이른바 삼일천하로 끝난 갑신정변을 일으킨 후, 원세개의 전격적인 대궐 공략으로 무참하게 패주의 길을 뚫느라고 일본공사 다케조에 신이치로(竹添進一郎)와 함께 인천으로 줄행랑을 놓고 있던 참이었다. 그때 고종은 친위 쿠데타가 실패한 것을 알았지만, 친부인 대원군이 청국 보정부(保定府)에 볼모 맞잡이로 유폐되어 있던 판이라 당신까지 일본으로 끌려가면 나라가 완전히 결딴날 것이므로 인천으로 일단 피신하여 사태를 관망하자는 김옥균의 제의를 일축했다. 그래서 고종은 갑신정변의 사실상 주역 홍영식과 그 휘하의 대신, 개화당원들과 함께 북묘로 피신했다. 북묘는 관제묘(關帝廟)로 혜화동께에 있었다. 고종은 그곳에서 미리 피신해 있던 중전 민비 일행을 만났고, 청

미궁 파헤치기

국군 수뇌인 오조유(吳兆有)의 영접을 받았다. 뒤이어 고종은 홍영식 이하 개화당원 전원이 청국군에 의해 무참히 참수당하는 광경을 목격한 후, 청국군에 호송되어 지금 동대문 운동장 자리에 있던 하도감(下都監) 곧 원세개 진영으로 가서 그곳에서 이틀 밤을 묵은 후 환궁했다.

그 도중에 대궐의 동쪽 문인 선인문(宣仁門)과 지척간이었던 오조유 진영에서 하룻밤을 지새우고 다음날 아침에 원세개 진영으로 거처를 옮겼다는 것이, 김씨가 알기로는 이때까지의 정설이었다. 그럴 수밖에 없었던 것이 고종이 대궐의 뒷산인 북산(北山)에서 김옥균과 등을 돌리고 헤어졌을 때가 저녁 일곱 시에서 여덟 시 사이쯤이었고, 그때는 초겨울이라 캄캄한 밤이었다. 당연히 북묘에 도착했을 때는 이미 한밤중이었다. 북묘에는 잠자리는커녕 앉을 자리도 없었다.

그런데 《청일전쟁》에서는 오조유 진영에서 묵은 게 아니라 이경하(李景夏)의 집에서 날을 밝혔다고 기록되어 있었다. 이경하는 임오군란 직후 무위대장을 지내다가 원세개가 군란을 평정한 다음 곧장 유배형을 받았는데, 원래 대원군의 심복이었다. 그의 집은 동대문께에 있었고, 마침 그해 여름에 향리 전주에서 유배 중이던 그에게 2년 만에 해제령이 떨어져 상경해 있었으므로 고종을 맞을 수 있었다.

이 새로운 사실은 김씨가 보기에 충분히 일리가 있었다. 총신 홍영식과 그 부하들이 청국군에게 목이 잘리는 참혹한 광경을 두 눈으로 똑똑히 보았으니 고종은 제정신이 아니었을 것이다. 임오군란의 평정 때도 그랬듯이 청국군이 또 어떤 만행을 저지를지는 누구도 알지 못하던 형세였다. 게다가 고종은 종주국의 조선주둔군에게 연금되어 있는 몸이었다. 청국군이 자신을 대원군처럼 호락호락하게 나포해갈 리

136

는 만무하지만, 그렇게 끌려갈지도 모른다는 사위스러움에 쪼들리다
가, 아랫것들에게 오조유 진영에는 가지 않겠다고 어물거렸을 것이
다. 일국의 왕이었으므로 그런 어리광 같은 의사를 천연스레 내놓을
수 있었을 것 아닌가. 적어도 그날 밤은, 그러니까 사태가 돌이킬 수
없게 되었음을 알고 거의 자포자기 상태에서 원세개 진영으로 이어(移
御)하던 다음날 아침까지는 온몸을 부들부들 떨며 고종은 조선의 한 무
신 집에서 정신을 차리려고 버둥거렸다고 봐야 졸가리가 반듯하게 다
듬어지지 않겠는가.

아무려나 갑신정변의 전말을 누구보다 잘 알고, 또 당일의 진두 지
휘관이었던 원세개의 기억을 옮긴 《용암제자기》에 그렇게 적바림되
어 있다니까 이 사실은 가장 믿을만한 근거임에는 의문의 여지가 없
다. 실제로 원세개는 조선인 첩자를 곳곳에 풀어두고 있었기 때문에
친위 쿠데타의 거사 일시도 넘겨짚고 있었고, 당시 병권(兵權)을 쥐고
있던 우영사(右營使) 민영익이 개화당원들에게 한쪽 귀가 너덜거릴 정도
의 심한 자상(刺傷)을 입고 독일인 외교고문관 묄렌도르프의 집에 피신
해 있다는 첩보를 듣자마자 수백 명의 휘하 군사를 이끌고 문병을 갔
던 장본인이었다.

그런 역사적 비경(秘景)은 그밖에도 많았다. 가령 원세개가 서울에 체
류하는 동안 두 명의 조선 여자를 측실로 두고 살았으며, 그중 하나는
놀랍게도 중전 민비의 가까운 인척으로 민씨 성을 가진 규수였다고
했다. 두 여자에게서 자식까지 보았는지는 밝혀져 있지 않으나, 정확
한 야사임에는 틀림없다. 뿐만 아니라 대원군이 청국 보정부에 유폐
되어 있는 동안 청국 조정을 매수하려고 상당한 뇌물을 뿌렸는데, 그

미궁 파헤치기

비용은 대원군이 섭정 10년 동안 긁어모은 고가의 골동품, 서화 따위를 팔아 장만했으며, 그 운현궁의 명품들을 일본인들이 몽땅 사 갔다고도 했다.

재미있는 비사(秘史)들이 아닐 수 없었다. 책이란 실로 저자와 독자가 함께 미로 속을 헤매고 뒤지는 일종의 지적 탐험이었다. 그러니 책이 책을 만드는 것이고, 모든 책은 기왕의 책을 풀이함으로써 사실에서 진실을 발굴해내는 모색의 과정이었다.

널리 알려진 비밀 같은 그 여론 곧 '자살당한 개'에 대한 이웃의 잡담을 듣고 온 그날 밤도 김씨는 콧물을 훌쩍이면서 역사의 미로를 헤쳐나가고 있는 《청일전쟁》을 읽었다. 읽어갈수록 미로가 곳곳에 뚫려 있어서 흥미진진의 연속이었다.

그런데 그날 밤 김씨가 맞닥뜨린 한 미로가 어떤 연상을 불러일으켰다. 아마도 '자살당한 개'에 대한 그의 관심과 집착이 그런 연상을 부추기지 않았나 싶은데, 어느새 그는 단순 익사였다는 대학생의 죽음 따위는 잠시 뒤로 밀쳐놓고 있었고, '죽음에 쫓기고 있는' 어떤 사람의 처지와 그 운명이 겪을 수밖에 없는 시대의 특별한 사정에 신들리고 말았다. 김씨는 그런 위인이었다.

그날 밤 김씨가 《청일전쟁》에서 맞닥뜨린 또 하나의 미로는 이런 것이었다.

대원군이 보정부에서 풀려났다. 만 3년 만에 꿈에도 그리던 고국 땅으로 돌아오게 된 것이었다. 국왕의 존부(尊父)인만큼 이홍장은 호송 책임자로 원세개를 임명했다. 갑신정변의 사후 처리를 위해 청국과 일본은 천진조약을 체결했고, 그 조약에 따라 청국군과 일본군은 조선에서 완전히 철수했기 때문에 원세개는 향리에서 대기 상태에 있던 참이었다. 대원군 일행은 스무 명 남짓이었다. 일행 중에는 대원군의 장남 이재면(李載冕)도 있었고, 종자를 비롯해서 문후사(問候使)도 끼어 있었다. 문후사는 조정에서 보낸 만큼 대원군의 동정을 중전 민비에게 낱낱이 고자질하는 하수인들이었다. 원세개가 이끄는 호송 병력은 총병만도 다섯 명이었고, 그 밑에 딸린 장교와 군졸도 수십 명이었다. 총병이란 청국의 녹기군제(綠旗軍制)에 따른 직위로 여단장급에 상당하는 장수였다.

대원군 일행은 청국 군함 진해호를 타고 1885년 10월 3일 인천에 도착했다. 국부가 종주국에 유폐되어 있다가 환국하는 마당이라 당연히 영접사(迎接使) 일행이 마중을 나오게 되어 있었다. 그런데 영접사는커녕 개미 새끼 한 마리도 보이지 않았다. 도대체 말이 안 되는 수작이었다. 대원군은 당시 예순여섯 살의 호호야(好好爺)로 이미 그런 홀대를 예상한 듯 이렇다 할 내색이 없었다. 한편 원세개는 불과 스물여섯 살의 열혈 청년에다 임오군란과 갑신정변을 평정한 위세가 당당하여, 청국 조정에서는 속국 조선의 국속(國俗)을 숙지하고 있으며 시무(時務)에 연달(練達)한 원사마(袁司馬:사마는 주나라 때의 벼슬로 군사와 정사를 담당하는 6경 중의 하나)로 통하고 있던 지체였다. 그런 만큼 원세개가 속으로, 이것들 봐라 하고 분개했음은 물론이었다. 그런데 알고 보니 조선 조정에서는 영접사로 이인응(李寅應)을 파견했으나, 이 작자가 중도에서 종적이 묘연해졌다는 것이었다.

《청일전쟁》에는 이인응의 그후 종적에 대해서는 일절 언급이 없었다. 김씨는 출영자가 없음을 안 원세개의 얼굴이 창백해졌다가 벌겋

미궁 파헤치기

게 달아오르면서 "내가 오길 잘했다"라며 조선 조정을 단단히 혼내주겠다고 벼르는 대목에서 눈이 번쩍 띄었다. 원세개야 거들먹거리던 말든 김씨의 관심은 곧장 도망질을 놓은 영접사 이인응에게 쏠리고 만 것이었다. 그런 관심벽은 참으로 묘한 것이어서 온갖 소설적인 발상을 어루만지도록 몰아가고, 급기야는 여기저기 널려 있는 사료들을 뒤적거리라고 재촉했다. 자연히《매천야록》에 이름만 비치는 백낙서가《갑오농민전쟁》에서 그만큼 생동하는 인물로 만들어진 선례도 떠오르게 했고, 이인응을 그만한 실존 인물로 그려낼 수 없을까 하는 주제넘은 욕심까지 솟구쳤다.

김씨는 한여름 내내 이인응을 책 속에서 찾았지만, 그의 이름 석 자는 어디에도 보이지 않았다. 그런데《청일전쟁》속에는 그의 이름이 한자로까지 또록또록 명기되어 있는 것이었다. 모든 기록은 상상력을 촉발하는 매개 이상의 흥분제였다.

김씨가 매만져서 빚어낸 이인응의 위인됨과 행적은 이러했다.

당시 조선 반도는 어떤 진공상태였다. 천진조약에 따라 그해 6월 청국군과 일본군이 조선으로부터 완전히 철수해버려 개화 후 처음으로 서울 바닥에서는 외국군의 도보 행진을 볼 수 없게 되었다. 사실상 고종을 정점으로 한 홍영식, 김옥균, 박영효 등이 갑신정변을 통해 내건 14개조의 내정 개혁 시책을 제대로 펼 수 있는 절호의 기회였다. 그러나 불행하게도 그 시책을 주무할 인재가 없었다. 고종은 친정(親政) 후 처음으로 당신의 뜻을 펴기 위해 김옥균에게 '대계지결(大計之決)'이란 친필을 써주면서 친위 쿠데타를 사주했으나, 원세개의 출몰로 예의 총신들도 모조리 잃었을뿐더러 친청수구파 대신 여섯 명까지 척살당한데다 체면도 구겨졌으니, 그렇잖아도 사사건건 엉뚱한 간섭을 내놓던 중전 민비의 오지랖에서 어리바리하다가 이제는 완전히 서리 맞은 호박 덩굴처럼 배리배리하던 판이었다. 왕위가 그 모양으로 시들스러웠으니 백성은 기진맥진이었다. 갑신정변은 실로 엄청난 파문을 던진, 나라를 온통 쑥대밭으로 만듦으로써 실패극의 표본을 보여준 일대 사건이었다.

정세의 그런 풍향계를 감지한 중전 민비가 계책의 화신답게 술수를 부렸다. 고종의 한풀 꺾인 위세에 보약 같은 북을 주려고 러시아를 끌어들이려 한 것이었다. 청국과 일본이 서로 먼저 조선 반도의 진짜 임자 노릇을 하려고 호시탐탐 기회를 엿보고 있는 판이니 제3국을 불러들여 완충 역할을 맡긴다면 어느 쪽도 고깃덩어리를 쉽게 삼킬 수 없다는 것이 그 계책의 골자였다. 계책이란 적어도 그것이 실패로 끝날 때까지만은 실세(實勢)를 보장해주는 임시방편책이었고, 내치를 내팽개치고 외세를 또 끌어들이려 했으니 그것은 사실상 계책도 뭣도 아닌 한낱 야비다리였다. 하지만 그런 얕은 술수라도 부리지 않으면 하루도 마음 편할 날이 없는 실정이 당시의 조선 현실이었다. 국력이 그만큼 쇠잔해 있었고, 고종과 중전 민비는 벌써 생사지경을 여러 차례나 경험한 바 있어서 이미 제정신을 차릴 경황도 없었으려니와 지푸라기라도 잡아야 버티는 하루살이 같은 위정자일 뿐이었다.

청국이 중전 민비의 술수를 제꺽 알아챘다. 중전 민비가 보낸 밀사들이 반 달 동안이나 해삼위(海蔘威＝블라디보스토크)에서 체재하며 한로밀약(韓露密約)에 서명한 것이 만주 길림성 훈춘청(琿春廳)에서 풀어놓은 첩자들에게 걸려버린 것이었다. 이홍장은 즉각 한로밀약의 진위를 내

미궁 파헤치기

사하라는 하명을 당시 주조선청국대사격인 진수당(陳樹棠)에게 내렸다. 중전 민비는 그런 일이 없다고 잡아뗐다. 첩보란 대개 틀림없는 것인데 청국은 문책할 증거가 없었다. 밀약이란 그래서 유효한 것이었다. 이홍장은 '부(父)로 자(子)를 다스리라'는 아랫것들의 헌책을 받아들였다. 그 헌책은 대의명분이 번듯했다. 당사자 대원군이 끈질기게 석방탄원을 디밀고 있는데다, 임오군란의 문책 성격을 띤 대원군의 연금은 청국의 위신에도 득이 될 게 없었다.

이홍장은 고종에게 친부의 사면을 청하는 진주사(陳奏使)를 보내라고 하명했다. 이제 중전 민비가 다급해졌다. 그녀는 오래전부터 대원군과는 철천지원수 사이였다. 전권을 휘두르고 있던 중전 민비는 진주사의 출발을 차일피일 연기시켰다. 뿐만 아니라 밀사를 따로 보내 이홍장 앞으로 값진 선물을 디밀면서 대원군의 귀국을 늦추어 달라고 청원했다. 한 마디로 지랄 같은 외교 비사였다. 이홍장은 '때가 무르익었다'면서 밀사의 면담을 거절했다. 청국이 보기로는 조선을 영구히 변방의 속국으로 묶어두기 위해서는 중전 민비를 견제하는 세력이 필요했고, 그 세력은 대원군과 그 휘하의 사람들뿐이었다. 대원군의 환국 경위가 대체로 이러했다.

그때까지 대원군의 세력은 막강했다. 대원군이 섭정 10년 동안 인사(人事)에서 한 일이란 남인의 집중적인 등용, 전주 이씨 종친의 중용, 외척 세도를 막기 위해 안동 김문과 민문의 배척이었다. 고종이 친정을 시작하자 중전 민비는 즉각 그 반대로 남인을 몰아냈고, 원래 그녀의 가문이 노론이어서 민문에다 노론이라면 기름진 벼슬자리는 몽땅 독차지하게 배려했고, 전주 이씨는 시나브로 찬밥 신세로 내둘렸다.

그래도 대원군의 세망(勢望)은 만만한 게 아니었다. 그 단적인 예가 갑신정변 때도 드러났다. 즉 김옥균이 정변 이틀째 날 작성한 조각 명단에도 대원군의 직계 수하를 상당수 올려놓았고, 그것은 자주독립을 정변의 대의명분으로 내건 만큼 국부를 연금하고 있는 종주국 청국에 대한 선전포고나 마찬가지였다.

사대부들 사이에서도 대원군은 결코 잊혀진 노옹이 아니었다. 갑신정변이 실패한 직후부터 서울 장안에는 대원군이 곧 풀려날 것이며, 세상이 또 한 차례 뒤바뀔 것이라는 유언비어가 꾸준히 나돌았다. 물론 대원군의 측근과 남인들이 퍼뜨린 소문이었고, 그들은 저희들끼리 자위 삼아 주워섬긴 그 와언(訛言)이 점점 눈덩이처럼 커져서 굴러다니는 것을 즐기는 일방 그들 스스로도 긴가민가하면서 그 말이 불원간 실현되고 말 것이라는 믿음에 볼모가 잡힌 채로 맥을 놓고 있었다. 소문도 현상임에는 틀림없었으나 사실과는 일정하게 두동졌고, 요즘의 신문이 그런 것처럼 그 일부의 소문이 그럴 듯하게 비치는 위력이 만만하지 않았다. 백두(白頭)들이 이런 판이었으니 민간에서는 대원군이란 이름 자체가 거의 전설 속의 걸물이나 마찬가지였다. 심지어 김옥균이 정예군 1천 명을 이끌고 서울로 쳐들어오는데, 고종을 모시고 강화도로 일단 천도했다가 결국에는 대원군을 어좌에 앉힌다는 풍문까지 나돌았다.

대원군의 그런 인망이 사실이었음은《용암제자기》도 확연하게 그려두고 있다.

— 인천에 도착. 조선의 신민(紳民＝지위가 상당한 사람)들이 낙역(絡繹＝왕래가 번다함)하게 와서 맞이했고, 수많은 부로(父老)들, 유체(流涕

=눈물을 흘리며 소리쳐 울다)하는 백성이 인천에서 서울까지 70리 길에 끊이지 않았다.

한편으로 대원군의 야심과 건강도 그런 기대에 부응하기에는 부족함이 없었다. 우선 그의 야심이라면 청국의 순친왕(醇親王)에게 은사(恩赦) 탄원을 직접 디밀 정도였다. 순친왕은 당시 청국 황제 광서제(光緖帝)의 친부였고, 섭정을 떨치고 있던 서태후는 순친왕의 처형이었다. 이홍장이 당신의 석방을 탐탁찮게 여기고 있음을 알고 대원군이 그런 수단까지 동원했으나, 순친왕이 워낙 염직(廉直)하여 정치에 뜻이 없었으므로 이렇다 할 실효는 거두지 못했다. 그래서 대원군은 수시로 사자를 이홍장에게 보내 탄원했다. 그런 무위에 가까운 짓거리는 자신의 위상이 청국 조정에서 잊혀질까 봐 불쑥불쑥 내놓는 노파심이자 끈질긴 노욕이자 집념이었다. 대원군은 이미 중전 민비의 죽음을 당신 생전에 보고 말겠다고 결심한 노익장이었다.

중전 민비도 그런 사정을 모를 리 없었다. 대원군이 당신의 동정을 중전 민비의 귀에 들어가라고 그런 탄원 소동을 철마다 벌이면서 청국 조정 곳곳에 숱한 뇌물을 쏟아붓고 있었던 것이고, 그 통에 그가 섭정 10년 동안 치부한 재산을 다 털어먹었다는 항간의 소문은 결코 빈말이 아니었다. 중전 민비는 문후사 편에 대원군의 근력을 알아보라는 밀지를 내리곤 했다. 그러면 문후사들은 팥밥을 좋아하시는 대원위 대감께서 여전히 끼때마다 밥 한 그릇을 다 자시고, 삼개(마포) 새우젓이 먹고 싶으니 돌아가는 대로 운현궁에 전하라고 하더라는 것이었다. 칠순을 바라보는 노인네가 팥밥 한 그릇을 다 자시다니, 중전 민비는 심간이 당최 더부룩해서 미칠 지경이었다.

차일피일 출발 날짜를 연기해대던 진주사 일행이 드디어 북경에 도착했다. 이번에도 진주사 일행은 대원군의 석방, 환국을 구하는 자문(咨文)을 지참하고 있었다. 휴지나 다름없는 그런 자문은 문후사들도 늘 가지고 들락거렸다. 그 내용은 대개 다 임오군란에 대한 소명이었고, 그것마저 데면데면한데다 막상 골자에 해당하는 대원군의 석방 탄원에 대해서는 일언반구도 없었다. 물론 중전 민비의 사주를 따랐기 때문이었다. 그래서 사람들은 문후사가 아니라 대원군의 그림자조차 청국 조정에 못 미치도록 가리는 방색사(防塞使)라고 했다. 그래서 고종은 최종적으로 당대의 대문장가 이건창(李建昌)에게 소(疏)를 짓게 했는데, 그 글은 대원군의 납치가 잘못되었음을 저저이 지적하고, 또 노옹의 연금은 도의적으로도 말이 안 된다고 통박한 감동적인 명문이었다. 고종은 그 소를 읽고 "글을 안 것이 오늘처럼 부끄러운 날은 일찍이 없었다"면서 눈물을 흘렸다. 그러나 조정의 간신배들은 청국 조정의 비위를 건드릴지 모른다는 주청을 내놓았고, "다정한 말은 좋지만 격한 문자는 고치도록 하라"는 하명을 내리도록 고종을 부추겼다. 청렴결백하기로 소문이 났고, 문후사로 보정부를 다녀오기도 했던 이건창이 "더 보탤 것도 깎아낼 것도 없다. 이 하명은 필시 청국을 제 조상처럼 떠받들면서도 한문을 모르는것들의 수작이다. 내 목에 칼이 들어와도 그런 것들의 말은 듣지도 않겠거니와 내 자랑이 아니라 이 소에 첨삭할 선비가 조선에 있으면 나서라고 일러라"라고 중전 민비를 위시한 친청파 간신들을 질타했다. 이건창의 강꽉한 일갈을 전해 들은 당대의 석학이자 부집(父執)뻘인 미산(眉山) 한장석(韓章錫)이 "봉조(鳳朝=이건창의 자)의 문장은 안 봐도 알겠다. 이로써 우리 문장이 청국보다 앞섰음이 드러났다. 이래서 글이 세상을 밝힌다"라고 무릎을 치며 좋아했다. 한 장석은 대제학(大提學)을 마지막으로 어떤 벼슬을 내려도 고사하기로 이름난 당대의 초일류 문장가로서 그 이름만 들어도 사대부들이 한결같이 옷깃을 여민다는 인격의 전형이었다. 그런 양반이 세검정께의 움막 같은 집에서 살며 땟거리가 없어 글씨를 팔아가며 글만 읽는다는 소문이 자자했는데, 그 덕분인지 이건창의 소는 휴지로 버려지는 수모를 겪었다.

이번의 자문은 이건창의 뒤를 이어 쓴 것인 만큼, 그것도 북경 당국이 스스로 요청했으므로 들이민 지 이틀 후에 대원군의 환국을 허락한다는 영이 떨어졌다. 이홍장은 자신이 부른 조선의 진주사 일행이 도착할 때까지 애를 태우며 기다리고 있었던 것이다. 이홍장은 원세개를 불러 호송 책임자에 앉혔다. 더불어 대원군을 천진으로 초치하여 귀국하시더라도 조정의 매사에 간섭하지 않았으면 좋겠다는 의사를 필담으로 전했다. 대원군은 중국말을 알아들을 수 있었으나, 달필의 필담으로 그러겠다고 다짐했다.

이럭저럭 대원군의 귀국 준비는 일주일이나 걸렸다. 천진에서 인천까지는 군함편으로도 꼬박 사흘이 걸리는 항로였다. 인천에서 이틀 밤을 자고 10월 5일에 입경하기로 일정이 짜여졌다.

당시에도 이미 전보가 있었으므로 대원군의 환국 소식은 삽시간에 서울 장안을 술렁이게 했다. 조야가 온통 야단법석이었다. 그런데 한쪽은 잔칫날을 받아놓은 것처럼 들떠 돌아갔지만, 다른 한쪽은 대책 마련에 전전긍긍이었다. 우선 영접사를 내정하는 일이 급선무였다. 그러나 중전 민비의 부어터진 심기를 터뜨릴까봐 누구도 감히 거명하는 사람이 없었다. 이럴 때는 만만한 것이 도승지(都承旨)였고, 실제로 그의 소임이었다. 알려진 대로 도승지는 대개 국왕의 친인척이 맡는 게 관례였다. 왕명의 출납을 관장하기 때문인데 당시도 예외는 아니었다. 허나 이름도 없는 그 도승지라는 것이 칭병하며 아예 입궐조차 하지 않았다. 벌써 조정의 알력을 꿰차고 있었을뿐더러 애매한 자리에 나갔다가 나중에 공연히 무슨 화를 덮어쓸지 알 수 없다는 판단을 주무르고 있었던 것이다. 다들 눈만 껌뻑거리다가 영의정 심순택(沈舜澤)에게 눈길을 모았다.

심순택은 노신(老臣)으로 건망증이 몹시 심했다. 그의 건망증이 어느 정도로 심했냐 하면, 어(魚)자와 노(魯)자를 구별하지 못해 고개를 갸우뚱거렸고, 오줌 누기를 잊어버리고 있다가 대궐 정문 앞에서야 "아참, 내가 아까부터 급한 볼일을 미리 본다면서 깜빡 빠뜨렸구먼"이라고 중얼거리고 나서도 정전(正殿)에서 한나절씩이나 늠름하게 어명(御命)을 받드는가 하면, 바로 어제 한 문객과 윗목 아랫목에서 각각 독상(獨床)으로 점심을 자시고서도 다음날이면 "뉘시더라?"라고 물을 정도였다. 그이는 벌써 사람 구실도 옳게 못하는 늙은이였다. 그럼에도 불구하고 누구도 그를 노망이 들었다거나 주책바가지라고 내둘릴 수 없는 것은 그이의 타고난 소탈한 성품 때문이었다. 무안을 당한 사람이 기가 막혀 멀뚱거리면 그는 곧장 "용서하시게, 내 지병이 건망증일세, 장수와 관운(官運)의 근본이지"라고 말했고, 아랫것들이 그의 허물을 지적하더라도 언제나 웃는 낯으로 "아직도 나는 잊어버려야 할 게 너무 많네. 다 쓸데없는 생각들이지. 헌데 시방 자네가 내 무슨 흉을 봤나?"라고 되물었다.

심순택이 부승지 하나를 데리고 내전으로 들어갔다. 팔초하게 생긴 중전 민비는 이미 저녁 굶은 시어미꼴이었다. 그러거나말거나 심순택은 좋은 얼굴로 제 할 말은 하는 사람이었다. 하기야 눈치코치도 없는 그런 비위를 적시에 이용해먹으려고 그를 막강한 영의정 자리에 앉혀두고 있었으니 국정은 파탄을 예비하고 있는 꼬락서니였다.

"중전 마마, 국부 영공을 맞을 영접사 칙임 건을 아뢰겠나이다."

중전 민비가 모로 꺾어 앉아서 고개도 돌리지 않고 받았다.

"적당한 인물이 나섰소?"

"아무래도 종친이라야 이 별직(別職)을 맡으려 할 것이옵니다. 그야말로 하루살이 벼슬입지요. 허나 선례는 무시할 수 없는 일이라 정삼품 벼슬을 누린 대부를 칙임해야 할텐데, 시방 종친 중에는 그만한 인물이 없는 실정이옵니다."

"그 많은 종친 중에 아직도 대감이 하나도 안 나왔소? 어지간히도 딱한 형세구려."

"있다 하나 다 국부 영공께는 자식뻘이거나 조카뻘이고 같은 항렬에는 없다 하옵니다."

"그럴 것이오. 영공께서 막내자식인데다 칠순을 바라보니…"

대원군 이하응(李昰應)이 네 형제 중 막내라는 말이었다.

"알아서들 하시오. 굳이 정삼품이 아닌들 어떻고, 이제사 항렬을 따져서 뭣하겠소."

"그렇긴 하나 그게 또 그렇지 않습니다. 아무튼 물색을 해보았더니 마침 섭정시에 운현궁을 번다히 출입하다가 승지도 지냈던 종친이 하나 있다 하옵니다. 승지라면 정삼품입지요. 그이의 함자가 뭐라 했소?"

부승지가 아뢰었다.

"이인응이라 하옵니다. 승지가 아니옵고 강화부(江華府) 유수(留守)를 살았사옵니다."

"아참, 그랬다지. 내가 깜빡 잊었구먼, 유수라면 벌써 정이품 외관(外官)이 아니오? 진작 그렇게 말했어야지."

"맞습니다. 정이품입니다. 허나 그이밖에 없습니다."

"응(應)자 돌림을 두르긴 했구려. 아무려나 그이가 지금 무엇으로 호구를 때우고 있소?"

심순택의 서글서글한 장기가 유감없이 드러났다.

"나이도 있으니 그냥저냥 넋을 놓고 지낸다고 봐야 할 것이옵니다. 무슨 별난 재주가 있겠사옵니까. 성은을 내리시면 잘 받들 것이옵니다."

"좋도록 하시오. 다들 그렇게나 섬긴다니… 내가 그것까지 어떻게 분별하겠으며, 어차피 누가 소임을 맡더라도 내 심간이 편치 않기는 매일반이 아니겠소."

부승지가 눈을 깜빡이고 나서 고개를 외로 꼬았다. 가만히 생각해보니 소름 끼치는 말이기 때문이었다. 그러나마나 심순택은 여전히 좋은 얼굴이었고, 벌써 앞질러 다른 생각을 내놓았다.

"부승지께서 오늘 중으로라도 직첩을 들고 가서 칙임을 보하시오. 시일도 며칠 남지 않았으니 의당 그렇게 해야 하리다. 때가 때이고 사정이 이만저만하니 잘 말씀드려야 할 것이오. 이 일은 국사이기도 하지만, 달리 생각해보면 문중의 가내사이기도 할 것이오. 그렇지 않겠

미궁 파헤치기

소? 가문의 어른이 먼 길에서 돌아오신다는데 밑엣것들이 마중을 나가는 것이야 상것들도 으레껏 하는 예(禮)의 근본이 아니오. 그러니 조그맣게 일을 웅동그리고 별다른 은전(恩典) 따위는 없을 것이라고 미리 좋은 말로 귀띔을 넣어두시구려."

과연 분별이 출중한 영의정이었다. 이런 위인이었으니 심순택은 그 후로도 수시로 사직상소를 올렸고, 다시 영의정을 제수하면 그때마다 당신이 언제 벼슬을 마다했느냐고 수굿수굿 직첩을 받들곤 했다. 따지고 보면 그런 모든 언행이 예의 그 별난 건망증의 소치였고, 그 깜빡거리는 머리싸움을 스스로 점점 더 기리는 이상한 처세였다. 건망증이야 어떻든 말의 조리를 따진다면 진정한 경륜지사란 심순택 같은 공복을 두고 하는 말일 것이었다. 왜냐하면 그때는 그렇게 말했고, 지금은 또 사정이 달라졌으니까 이렇게 말할 수도 있다는 확고부동한 주의주장을 갖고 있을테니 말이다. 이런 사람은 심지가 없다기보다도 생각이 그만큼 웅숭깊고 열려 있다고 봐야 할 것이며, 지금도 우리 위에 이런 위정자가 한둘이 아니니, 어떤 세상이 닥치더라도 살아놓고 봐야겠다는 그들의 뻔뻔스러운 처세술 때문에 그나마도 이 나라가 눈을 뜨고 굴러간다고 봐야 할 것이다.

아무튼 심순택의 그 두루뭉술한 입담에 중전 민비가 얼굴을 억지로 폈다.

"그렇소. 가내사요. 내탕전도 넉넉지 못하니 은전은 달리 없다고 그러시오. 영의정 대감께서 여일하게 탁견을 내놓으셔서 내 마음이 한결 부드럽소. 편히들 쉬시오. 그다음 일은 내가 손수 처리하리다."

조씨 성을 가진 부승지가 허겁지겁 선전관(宣傳官)짜리 하나에게 직첩을 들려 묘동의 이인응 댁으로 달려갔다. 이인응이 곧장 의관을 정제한 후 직첩을 받들었고, 뒤이어 다담상을 사이에 두고 부승지와 한 차례 보학(譜學) 타령을 늘어놓았다. 대체로 벼슬을 싫어하는 사람이란 드문 것이다. 부승지는 일이 수월하게 풀려 뒷고개가 가벼웠다. 내친김에 은전은 없을 것이라고 슬쩍 운을 뗐다.

"허, 그거야 애시당초부터 기대도 하지 않았소. 늙마에 국부에다 우리 가문의 마지막 장형이신 대원위 대감을 영접하는 것만도 생광이오. 괘념치 마시오."

물론 입에 발린 소리였다. 영접사로 칙임되었다는 사실 자체가 그의 녹록찮은 권세를 천하에 드러낸 것이고, 따라서 벼슬이 곧 돈방석이었다. 돈푼은 있으나 아둔한 무리들이 청촉질을 하려고 앞다투어 봉물을 바리바리 싸 들고 들이닥칠 것이었다.

"인천은 말을 타도 한나절이 빠듯한 길인데 언제 출발해야겠소?"

"사흘 말미가 남은 셈입니다. 영관 장교가 무예별감을 얼추 백여 명은 인솔할 테고, 원사마께서 호송 책임자라니 우리 쪽도 다 마군(馬軍)으로 행렬을 장하게 갖춰야 하리다. 그 점은 염려 놓으소서."

"내가 걱정할 게 머 있겠소. 관모의 먼지나 털어놓고 대령하고 있으리다. 영접사의 소임이야 공손히 대하고, 친절히 모시면 그뿐이 아니요. 지성이면 감천이라는 말이야말로 웃어른을 모시는 데 마땅히 쓸 명언일 것이외다. 그런데 폐사(陛辭=임지로 가기 전에 신하가 임금을 뵙고 인사를 드리는 일)는 언제쯤 드려야겠소?"

부승지는 말문이 막혔다. 워낙 황망중에 일이 결정된 판이라 두서가 없었던 것이었다. 뿐만아니라 중전 민비의 심기를 떠올리니 이번 영접사의 장도에 과연 그런 절차가 제대로 밟아질지 의문이 들기도 했다. 실제로 부승지는 그 말을 꺼낼 배짱이 없었다. 그렇다고 그 사정을 곧이곧대로 전할 수도 없는 입장이라 딱한 노릇이었다.

"내일이라도 기별을 드립지요. 워낙 발등에 떨어진 일이라 미처 분별을 차리지 못했소이다. 사폐(辭陛)야 생략해도 좋으리다?"

이인응의 표정에 처음으로 의구심이 괴어들었다. 곧장 그의 들뜬 마음이 차분하게 가라앉으면서 조정의 실세를 대충 더듬어갔다. 뻔한 일이었다.

부승지가 황황히 돌아갔다. 그제서야 이인응은 아닌 밤중에 굴러온 호박 같은 영접사란 벼슬과 그 벼슬에 따라올 온갖 이권과 권세가 아무 것도 아닐 뿐더러 일종의 덫일지도 모른다는 생각이 얼핏 들었다. 그 방정맞은 생각이 점점 부풀어가자 사방에서 무언가가 자신을 옥죄어들고 있는 것 같은 느낌도 지울 수 없었다. 완전히 마(魔)에 걸려들고 만 것이었다. 그러나 칙임을 이미 받들었으니 소임을 물리칠 수도 없었다. 일이 난감했다.

하루가 지나갔다. 조정에서는 아무런 기별도 없었다. 이인응은 점점 좌불안석이었다.

이튿날 점심나절에 한 문객이 허겁지겁 달려왔다. 문객은 칙임에 대한 덕담도 건네지 않고 대뜸 이인응에게 "소문을 들었소이까?"라고 물었다. 소문이란 여덟 가지 조목으로 나누어진 '대원군 존봉의절별단 (尊奉儀節別單)'이 공포되었다는 것이었고, 그것의 명목은 당연히 '대원군을 떠받들기 위해서'였으나 그 골자는 운현궁의 출입을 통제한다는 조례였다. 중전 민비의 복안으로 대원군을 운현궁에 연금시키겠다는 선전포고였다. 뿐만이 아니었다. 중전 민비는 그것도 못 미더워서 국왕의 이름을 빌려 '교서(教書)'를 선포했다고 했다. 교서는 문무백관에게 내린 지시로서 앞으로 대원군과의 서신 왕래는 물론이고 문안 행차도 일절 금한다는 것이었다. 사태는 점점 명약관화했다.

이인응이 속으로 '역시 그랬구나'라고 머리를 주억거리고 있는데, 선전관이 와서 사폐는 없을 것이며, 내일 아침에 무예별감이 모시러 올 테니 대령하시고, 인천으로 영접 행사는 예정대로 있을 것이라고 전했다. 일방적인 통고였다. 이인응은 완전히 허수아비였다.

이인응은 망연자실했다. 중전 민비가 임오군란을 피해 충주에 숨어 지내다가 환궁할 때는 봉영사(奉迎使)가 당시의 영의정 홍순목(洪淳穆)이었다. 홍순목은 갑신정변을 주도하다 죽은 홍영식의 아비였다. 그가 봉영사로 서울을 떠날 때는 그 위세가 실로 장엄했다. 그런데 그게 꿈이었다. 이인응은 엉뚱한 기대를 주물렀던 자신의 아둔함이 서글펐다. 또 다른 광경도 떠올랐다.

경상도의 사대부로 조야에 이름을 날린 선비들은 대개 다 남인이었다. 말하자면 대원군의 조아(爪牙=동지 또는 심복)들인 것이다. 그중에서도 학문이 국사(國士)의 경지였고, 풍채는 늠름하여 신선 같은 이가 있었다. 이름을 이근수라 했고, 주위에는 그런 동아리들이 많았다. 그들은 대원군이 보정부에 구금되자, 즉각 소를 올려 대원군의 환국을 서둘러야 한다고 탄원했다. 그러나 알려진 대로 조정의 반응은 쇠귀에 경 읽기였다. 그들은 조정을 비방했고, 향리에서 술로 비분강개를 달랬다. 그들이 눈을 부릅뜨고 시국을 꾸짖을 때는 동조하지 않는 사람이 없었다. 조정이 그들의 작당을 두려워해서 어사 조병로를 보내

미궁 파헤치기

기로 했다. 중전 민비가 조병로에게 그들의 자만(滋蔓=세력이 차차 퍼져서 커짐)을 잘 누그러뜨리라고 신책했다. 차제에 그 뿌리를 말끔히 잘라버리라는 지엄한 영을 그대로 받드느라고 조병로는 일당을 모조리 잡아들였다. 죄명은 역적모의였다. 국문을 하며 대꼬챙이를 몸에 박았고, 단근질을 수없이 퍼부었다.

이근수가 당당히 말했다.

"나는 모역(謀逆)한 일이 없으니 일당이 없다. 죽일 테면 어서 죽여라."

이근수는 입을 다물고 더이상 불지 않았다. 이튿날 국문을 이어가려니 벌써 목을 매고 죽어 있었다. 검시했더니 몸속에 손가락만한 대꼬챙이가 다섯 개나 박혀 있어서 사인을 단정하기에는 부족함이 없었다. 그 조아들도 덩달아 연좌죄를 물어 죽임을 당했음은 물론이었다. 지독한 권력의 횡포였다. 대원군 수하들은 시나브로 저퀴 든 도깨비로 저자 바닥을 굴러다녔다.

이인응은 넋을 놓고 저절로 터져 나오는 한숨 소리에 귀를 기울이자니 온몸에 오그라들면서 소름이 끼쳤다. 자신의 몸에도 언제 대꼬챙이가 박힐지 알 수 없었다. 더욱이나 한심하게도 그는 이근수처럼 당당하게 죽을 수도 없는 몸이었다.

이인응의 사랑으로 문객들이 속속 들이닥쳤고, 겹겹으로 둘러앉았다. 그들은 다 대원군을 떠받드는 한 동아리였고, 근근이 연명해오는 처지라서 빈손들이었다. 그러나 그들은 누구보다도 커다란 눈과 입과 귀를 가지고 있었다. 그들의 정보에 따르면 운현궁의 가신(家臣) 김춘영과 이영식이 어제저녁에 잡혀갔다고 했다. 김과 이는 임오군란 첫날 도봉소 고지기를 때려눕힘으로써 난에 불을 붙였던 포수(砲手)였다. 당시 고지기는 선혜청 당상 민겸호의 하인들이었다. 두 군인은 당일로 구금되었으나 대원군이 집정하자 즉각 석방, 운현궁의 충복이 되었다가 중전 민비가 환궁하자 다시 구금, 도형(徒刑)을 1년씩이나 살았다. 당시의 도형은 3년 옥살이가 최고형이었는데, 장형(杖刑)을 병과(並科)해서 거의 병신으로 기어나가게 했으며, 3년 이상의 도형에 해당하는 죄는 참수나 교수형으로 엄히 다스렸다.

내일 새벽같이 길을 떠나야 하는 이인응의 사랑이 느닷없이 성토장으로 변해 버려 떠내려갈 지경이었다.

"자, 자, 좀 시끄럽소들. 방문이 붙은 걸 두 눈으로 똑똑히 보았단 말씀이오그려?"

"보다마다. 시방 서린방(지금의 비각 건너편인 서린동) 전옥서(典獄署) 앞에서 똑똑히 봤다니까 그러네."

"잘못 본 게 아닌가? 그이들이야 벌써 죄값을 다 물지 않았나?"

"여죄가 드러났다는 게야. 그래서 내일 종거리에서 능지처참을 내리게 되었다네."

다들 치를 떨었다. 능지처참은 참수보다 더 무거운 형벌로 사지를 토막내는 극형이었다.

"이런 때려죽일 인간을 봤나. 뭐가 어쩌면 오뉴월에 서리가 비친다더니 사람의 탈을 뒤집어쓴 것이 이렇게 모질 수가 있나."

중전 민비에 대한 포한이었다.

"조선 백성은 너무나 어질어빠졌는데 위정자들이 악하네. 권세가 이렇게 무서운가 그래?"

"아니, 그 치마 두른 것은 어째 심 정승처럼 건망증도 없는가. 군란

미궁 파헤치기

이 벌써 언젯적 일인데, 아직도 그것을 안 잊어버리고 또 애매하니 생사람에게 누명을 덮어씌워 산목숨을 죽이나 그래."

"그래서 갑신역변 때 박영효 대감이 그 요물을 진작 죽이지 못한 걸 통탄하고 이를 갈며 일본으로 도망질을 놓았다지 않은가."

"어쩨 구명할 방도는 없겠는가?"

"대원위 대감께서 이 땅에 발을 붙이기도 전에 본보기로 죽인다는데야 우리한테 무슨 뾰족수가 있겠나. 허참, 일이 이렇게 허무맹랑할 수가 있는가."

이인응은 완전히 사색이었다. 영접사란 덫이고, 그는 그 속에 빠져서 곱다시 굶어 죽어야 할 몸이었다. 아무런 명분도 없이, 말 한 마디도 제대로 못하고 죽음의 길로 허둥지둥 내달아야 할 신세였다. 비참할뿐더러 억울했다. 앞으로도 그의 딱한 사정을 들어줄 사람은 없을 것이었다. 무릎을 맞대고 있는 동아리들도 그의 곤경에는 태무심이었고, 다들 밥이나 한 그릇씩 축내려고 퍼대고 앉아 입에 발린 소리나 지껄이고 있을 뿐이었다. 마흔이 넘어 본 아들자식이 이제 겨우 《동몽선습》을 읽고 있는데, 그것이 제대로 돌아가는 세상에서 옳은 벼슬을 사는 것을 보고 싶었고, 그때까지는 꼭 살고 싶었다.

운현궁의 가신 두 사람의 팔다리가 뿔뿔이 찢어지기로 되어 있는 이튿날, 이인응은 동아리들의 극성스러운 배웅을 받으며 출영 길에 올랐다. 아무런 실권도 없는 조정이었지만 명은 받들어야 했고, 그것이 사대부의 도리였다.

이인응의 얼굴에는 수심이 가득했다. 아니, 그는 겁에 질려 혼 빠진 사람이었다. 뒤에서 연방 자신의 목덜미를 치려고 누가 칼자루를 쓰다듬는 것만 같았고, 무엇에 찔린 듯이 움찔움찔하고 나서는 몸을 부르르 떨어대서 구렁말이 그때마다 갈기를 휘날리며 히이잉 울어댔고, 서리를 맞아 더욱 함초롬한 길가의 들국화가 자신을 비겁자라고 놀리는 듯해서 높푸른 하늘을 우러러보기도 민망했다. 언젠가부터 그는 호사다마란 말을 떠올렸다가는 지우고, 뒤이어 고육지책이란 말을 주무르고 있는 자신을 비웃고 있었다. 그런 자발없는 생각들은 옳은 대접도 받지 못하는 종친으로 태어난 자신의 신분에 대한 자탄이자 글을 알기 때문에 살아낼 궁리를 짜내야 하는 선비로서의 한탄이자 쓴웃음이었다.

사흘 만에 폭삭 늙어버린 이인응이 무덤덤한 일행을 거느리고 인천에 닿았다. 영접사로서 이인응이 해야 할 일이란 아무것도 없었다. 마냥 우두커니 기다리면 되는 것이었다. 대원군 일행은 다음날 오전에 도착하기로 되어 있었다. 무정하게도 시간은 속없이 꼬박꼬박 흘러갔다. 밤이 성큼성큼 다가왔다. 이인응은 시방 자신이 막다른 골목에 서 있다고 분별했다. 오래도록 생각해 온 것을 다시 되새겨 보았다. 조정의 명을 받아 출영 장소에 오긴 했으나, 웃어른을 따듯하게 영접할 마음은 손톱만큼도 없다는 게 그의 솔직한 심정이었다. 영접을 잘했다는 말이 나돌면 중전 민비의 비위가 상할테고, 언젠가는 죽음을 면치 못할 게 뻔했다. 그렇다고 영접을 하지 않으면 대원군 쪽으로부터 주구로 찍혀 척을 질 것이고, 종내에는 톡톡한 액땜을 치러야 할 것이었다. 종친을 죽이기까지야 하겠냐라는 어설픈 동정론은 어느 쪽에도 통하지 않음을 겪어봐서 잘 알았다. 실제로 양쪽은 모두 실권을 잡기 위해서라면 아랫것들이야 얼마든지 무자비하게 죽였다. 언제라도 죽

미궁 파헤치기

은 사람만 서럽고 원통하며 불쌍한 법이었다.

　이인응은 단안을 내렸다. 그 단안은 먹물이 들어 있지 않더라도 내릴 수 있는 용단이었는데, 살아놓고 보자는 단순한 본능의 발동이었다. 곧 대원군 앞에 얼굴을 내밀지 않기로 마침내 작정한 것이었다. 나중에 살아서 원망을 듣는 한이 있더라도 그것은 또 그때의 설레발이었다. 조정의 명을 받은 지체인 만큼 우선 코앞에 닥친 화는 면해놓고 봐야 했다.

　그는 더 이상 누구를 기다릴 필요도 없었고, 스스로 소임을 내팽개치기로 작정했으므로 그 자리에 있어야 할 아무런 명분도 없었다. 그는 이제 한낱 익명의 사내가 되고 만 셈이었다. 그는 밤을 도와 홀연히 종적을 감추었다. 죽음에 쫓기는 길을 줄기차게 밟기 시작한 것이었다.

　김씨의 미궁 파헤치기는 대충 위와 같았다. 그후 이인응이 누군가에 의해서, 이를테면 중전 민비의 하수인이나 대원군의 조아에 의해 죽음을 맞았을 것이라는 단정은 유보해두고 싶었다. 어느 쪽이나 왜 영접을 제대로 하지 않고 도망질을 놓았느냐는 죄를 묻느라고 끝까지 쫓아가서 그를 죽일 수 있었다. 그러나 그렇게 죽이지 않아도 이인응은 종적을 감추었을 때부터 이미 죽은 몸이었다. 제 소임을 방기해버려 사판(仕版)에서 이름이 깎인 사대부는 벌써 선비일 수도, 종친일 수도 없었으므로 이름을 감추고 숨어 살아봐야 그 삶이란 가축의 그것보다 더 못한 것이었다. 그러므로 어느 쪽으로부터도 버림을 받았으니 마지막까지 살려고 발버둥쳤던 그의 죽음 자체는 큰 의미가 없었다. 따라서 누구에 의해 그가 죽었느냐, 곧 그의 죽음의 범인은 누구였느냐를 따지는 것은 더 하찮은 문제였다. 현상은 결과일 뿐 그 원인이 드러나지 않으면 거치적거리는 멍에에 지나지 않는 것이었다. 그 지엽말단적인 관심사보다도 왜 그가 죽음에 쫓기는 길로 들어섰느냐를 여러 각도에서 점검해야 한다는 것이 김씨의 생각이었다.

김씨의 미궁 뒤지기가 한창 골격을 잡아가고 있을 때, 예의 두 번째 대학생 익사 사건이 터졌다. 김씨는 눈이 번쩍 뜨이는 일이라 꼼꼼히 그 추이를 주시할 수밖에 없었는데, 여전히 신문과 세인들, 이해 당사자들은 누가 죽였느냐, 타살이냐, 단순 익사냐에만 관심을 쏟아붓고 있었다. 그런 결과 이전에 배신, 금전, 사랑, 피신, 잠적, 의리, 방황, 탈선, 소외감 같은 기초적인 생활 감정에 부대끼다가 어느 순간, 어느 지점에서 실족하는 경우가 얼마나 흔한데, 그 사정에는 왜 다들 태무심하단 말인가. 그런 수박 겉핥기 시각이 김씨에게는 조금쯤 한심하게 여겨졌다. 그가 쫓기게 된 정황부터 먼저, 가능하다면 그 심정적 갈등도 다각적으로 밝혀내야 할 것 아닌가, 그것에 등한한 시각이야말로 아무리 떠들어봐도 장님이 코끼리 다리 만지는 수준을 넘어서지 못할 것 아닌가 하는 의문만이 김씨의 속내를 닦달질하는 데야 어쩌랴.

그래서 오늘도 그런 시각의 착종(錯綜) 속에서 진실을 찾는 노력은 아예 뒷전으로 밀려나 버리고, 방황하는 넋들의 아우성은 여전히 미궁 속에서 메아리치며, 결국 흐지부지 끝나고 말 시국 사건은 전국 각지에서 빚어지고 있는지도 모른다.(270장)

군소리 1 – 우리의 인문학 저작물들은, 특히 역사서들은, 적어도 내가 읽은 범위 안에서는 하나같이 재미도 없고, 술술 읽히지도 않고 두

찬(撰)하기 이를 데 없었다. 왜 이럴까 하고 이모저모로 따져본 지도 오래되었다. 저서들마다 그 차이가 유별스러워서 일괄적으로 말했다가는 까탈스럽다고 할 테지만, 저자의 소신 부재, 무미무색건조한 문투, 장르 감각/의식에 무심한 한글권의 풍토성 등을 지목할 수 있다. 별것도 아닌 것이 납신거린다고 해도 어쩔 수 없는 처지이긴 해도 하나같이 미련스러울 뿐인 나의 모든 글과 소설들에는 다소 미흡한 채로나마 일이관지하는 육성은 깔려 있지 싶다. 물론 그 육성이 무엇인지를 어떤 식으로든 밝히는 글쓰기가 나의 본업임을 한시도 잊은 적이 없다.

군소리 2 – 소설이 한낱 이야기에 그쳐서는 곤란하며, 그 조작 행위가 억지스러울수록 현상/사실과 점점 멀어질 것이라는 자의식을 놓치지 않으려고 애를 쓴 작품이다. 그 당시의 내 형편은, 거의 이태에 걸쳐 중병을 겪은 직후라서 심신이 두루 멍한 상태였다. 그래도 본업에 매달림으로써 이 고비를 넘겨야겠다고 다짐하며 한 신문사의 주문대로 '일본 기행문'도 쓰고, 역사 책들도 닥치는 대로 읽으며 잡책에 적바림했다. 1990년 가을의 정황이다.

헐벗은 마음

청승맞게 혼자서, 그것도 새해 첫날 꼭두새벽부터 내가 산행에 나서기로 한 것은 친구 조기덕의 행방이 마음에 걸려서 그 심사를 나름대로 더듬고 여퉈 보자고 작정했기 때문이었을 것이다. 낯간지러운 덕담 주고받기와 언제나 한 본새인 술추럼 타령이 듣그러워서 나는 일찌감치 이번 연말 연초만은 가능한 한 혼자서, 친구들과 멀찍이 떨어져서 조용히 보내기로, 그 어쭙잖은 작심의 실천이라고 내심 우기고는 있었지만, 실은 지난 섣달 첫째, 둘째 일요일을 온종일씩 그와 함께 산에서 보내며 속셈한 터이기도 해서였다. 그때마다 몇몇 친구들이 동행했는데도 그가 유독 나에게 그런 제의를 디민 게, 지금 생각해보면 적잖이 수상쩍었다기보다도 이쪽의 어떤 동정 따위도 뿌리치려 한 그의 계산속처럼 여겨지지만.

"섣달 그믐날 오후에 출발해도 좋아. 서울 근교 아무 산이나. 최소한 1천 고지 안팎이라야 금상첨화겠지. 물론 하루치기로. 이제 우리도 산에서 웅숭그리고 잘 수 있는 나이는 지났잖아."

말끝마다 느낌표를 붙여야 할 것 같은 그의 말투는 적어도 45도 이상의 가파른 산비탈을 타면서 거친 숨소리와 함께 뱉어놓아야 제격이었다. 흡사 거웃이 무성하고 질척거리기까지 한 음부 같은 암문이 까마득하게 올려다보이는 지점에서였다. 낙엽이 지천이라 양쪽 계곡도 긴 겨울잠을 자려고 넝마 같은 옷을 두껍게 껴입은 것 같았다. 하늘을 촘촘히 가린 짙푸른 숲의 터널을 느릿느릿 빠져나갈 때, 피부가 온통 숨을 쉬는 것 같던 여름 산행의 재미가 엊그제 일이었건만 벌써 초겨울이었다. 목장갑을 낀 손끝이 곱기 시작했다.

"하늘이 이제야 들었어."

숲이 나뭇잎들을 다 떨구어서 하늘이 훤히 얼굴을 내밀었다는 그의 표현이었다.

"갈 거야?"

"몰라, 바쁠걸. 초하루면 몰라도."

"노가다들이야말로 명절 찾아 먹는 귀신이잖아. 일찌감치 전 거둬. 먹을 것은 내가 준비할게."

먹을 것이래야 즉석 라면, 인절미 같은 떡 종류, 사과, 초콜릿, 양갱, 사탕 등일 테고, 매번 그가 착실히 갈무리해 오는 터였으나, 그날따라 홀아비인 그의 주제가 되돌아 보여 나는 속으로 쓴웃음을 지었다.

"월급쟁이는 모름지기 오너의 부름을 기다려야지. 떡값이야 기대도 않지만."

정상으로 올라갈수록 는개인지 진눈깨비인지 분간할 수 없는 뿌연 가스가 와락와락 몰려와서 시계는 거의 제로 상태였다. 그렇긴 해도 그 희뿌연 수증기 무리 때문에 대기는 환했고, 오솔길은 덤불 속으로 사라지는 뱀 꼬리처럼 희미하게 그어져 있었다.

간밤에 대학 동기생 열두 명과 부부 동반으로 대형 노래방에서 새

벽 한 시까지 신나게 퍼마시고 불러 젖히고 흔들어댄 경비가 불과 54
만 원이었다고 산 입구에서 주절대던 한 친구는 그 여독 탓인지 초반
부터 새카맣게 뒤처졌다. 나이가 열한 살이나 차이 나서 젊은 색시와
산다고 흔히 놀림을 받고, 또 제 각시를 아무 데나 자주 데리고 나타
나서 "좀 떨어져 살아라"라는 편잔을 받아도 그것을 은근히 즐기는
한 친구는 늘 허릿병 엄살이 심하지만, 그날따라 선두를 잘 지켰다.
하기야 그날은 그가 대장이었다. 대장이란 매번 돌아가며 떠맡는데,
산행 코스를 제멋대로 골라잡을 수 있는 사람이었다. 섬유 경기, 중동
경기, 사사분기 경제 동향 따위를 제때 잘 진단하는 장 사장은 그의
상투어대로 '잘 될 것 같은' 해외 출장 걸음의 후속 조치로 바쁜 모양
이었으나, 돈 가뭄은 심하고 앞앞에 촌지를 디밀어야 할 데는 숱한 때
라 풀이 죽어 있었다. 만날 때마다 '왜 요즘은 놀러 오지 않으세요, 바
쁘신가 봐요'라는 의중을 눈짓으로 먼저 전하는 한 마담 '언니'와, 딸
린 애는 없으나 남자라면 지긋지긋할 정도로 겪어봤다는 이력을 온몸
에 치렁치렁 달고 다니는 그녀의 친구 하나도 굵다랗게 새겨넣은 쌍
꺼풀 눈매를 치뜨면서 두어 달에 한 번꼴로 산길 초입에서 만나 동행
하는 터였지만, 그날따라 앞뒤에서 장 사장을 잘 따랐다. 새침한 주부
티가 완연한 그 여자는 장 사장이 자주 이용하는 강남의 한 레스토랑
마담이었고, 스테이크, 커피, 맥주, 양주 등을 팔아대는 그 친구가 돈
이 급하면 언제라도 돌려줄 수 있는 전주(錢主) 역할을 쌍꺼풀이 맡는
듯했다. 두 외간 여자들은 이제 우리 일행의 집사람들에게도 알려져
있으므로 없으면 허전하고, 있으면 거치적거리기도 하는 여편네처럼
무간(無間)한 산행의 손님이었다.

　　　　헐벗은 마음

동굴도 아니라서 처마 같은 것도 있을 리 만무하지만, 워낙 아무렇게나 생겨서 열 사람쯤은 너끈히 소나기를 피할 수 있는 집채 같은 바위 앞에서 선두가 멈췄다. 날씨도 끄무레한 데다 일행 서넛이 많이 처진 듯하여 잠시 쉬어갈 참이었다. 산자락만 겨우 윤곽을 드러낼 뿐 시야에는 온통 솜틀 속의 솜뭉치처럼 뭉글거리는 안개가 자욱했다. 보온병을 꺼내 커피믹스를 타서 그 따뜻한 온기를 거머쥔 일행 하나가 마침 날씨와 걸맞은 화제를 슬금슬금 토해냈다.

구석구석 안 썩은 데가 없지만, 작금의 한국 사회에는 다섯 토막을 내서 죽여야 할 3대 악질 공적(公敵)이 있다. 첫째 공적은 꾸준히 언어 희롱죄를 농하는 무리이다. 그 흔해 빠진 식자도 못 된 주제인 그들은 불량식품 제조업자로서 참기름이 아닌 것을 참기름이라고 팔고 있으니 언어를 희롱하는 죄가 아니고 무엇인가. 시중의 참기름 중 8할 이상이 가짜이고, 가짜 양주, 가짜 굴, 가짜 한우가 좀 많은가. 둘째 공적은 실금(失禁)이나 방뇨를 제2의 생업으로 일삼는 범죄자들이다. 그들은 성도착증 환자로서 어린이, 부녀자, 심지어는 노파까지 그 대상을 가리지 않으니 내시로 만드는 극형에 처해야 한다. 셋째 공적은 설파죄(說破罪)를 덮어씌워야 하는 윤똑똑이들이다. 이 백수건달들은 물에 빠져도 입만 동동 뜨는 허깨비들로서 허구한 날 뭇 떼거리 앞에서 긴 가민가한 구라를 퍼뜨리는데, 사이비 정상배, 자칭 먹물을 잔뜩 처발랐다는 지식인 무리, 종교를 팔아먹는 탈바가지들, 재야의 반체제 운동가들과 세칭 좌파 지식인이야말로 보다시피 무항산(無恒産) 무항심(無恒心)이란 말 그대로 수선스럽고 변덕스럽기 짝이 없는 따라지들이다.

"광적들이야."

"맞아, 미치광이들이지. 그 만행이야 이루 말로 다 못해. 하기야 세상과 시대가 워낙 미쳐 돌아가니까 허깨비들인들 안 미칠 수도 없지."

군이 강조하지 않더라도 그런 공적들의 창궐이 이 시대에 대한 막연한 불만과 위기감을 불러오고 있음은 사실이었다. 거꾸로 부연하면 털버덕 주저앉고 싶어지는 소외감, 도저히 안 되겠다는 패배 의식, 불공평에 대한 좌절감 같은 것이 신문이라도 매일 읽고 사는 모든 서민의 심정적 박탈감으로 승화 중이라는 소리가 그 요설의 정체였다.

바로 눈앞에서 뿌연 수증기가 마냥 스멀스멀 떠돌고 있어서 무언가가 방금이라도 뒷덜미를 낚아채는 듯했고, 가슴도 답답해 왔다. 갑자기 내 복장에서 그 광적들의 최대 피해자는 기덕이일지도 모른다라는 고함이 터졌다. 고개를 돌려 그를 찾았으나, 바위 주위에는 보이지 않았다. 우리 일행을 내버려 두고 그는 정상을 향해 걷고 있을 것이었다. 조바심이 나서 나는 서둘러 겹겹으로 에워싸고 있는 하얀 장막을 헤치고 나아갔다. 그가 화제를 따돌리고 슬그머니 자취를 감추는 최근의 버릇을 나는 찬찬히 곱씹었다.

그날은 암문에 남 먼저 닿아 두꺼운 안경알을 목장갑으로 닦고 있는 그를 내가 먼저 발견하고 안도의 숨을 내쉬었지만, 지난봄부터 그는 몇 차례나 하산 후 허겁지겁 택시를 주어 타고 사라지더니 그때마다 곧장 산으로 되돌아갔다고 털어놓아 나를 적잖이 황당하게 몰아세웠다.

그날 그 이후의 우리 행정은 예의 그 희뿌연 장막 속처럼 흐릿하다. 아마도 각자가 준비해간 즉석 라면들을 불려 걸신들린 듯 먹었을 테고, 밀감이나 사과 같은 간식을 한 조각씩 우물거리다가 하산 후에는

헐벗은 마음

순두부집에서 출출한 속을 채웠을 것이다. 거기서 반년 전쯤에 불과 여남은 명의 노조원들로부터 된통 시달린 후로는 세상만사를 빈정대기만 하는 장 사장의 푸석한 다변도 건성으로 들었을 테고, 그의 진단과 단정에 따르면 한국 경제는 오래전부터 한결같이 시난고난하는 중환자였다. 그러나 중환자의 용태에 대해서는 생뚱맞게 원래 만성 지병이 있는 것들이 오늘내일하면서 여든까지 간다고 미련을 가지는가 하면, 차도에 관해서는 두고 보자는 다소 유보적인, 미련이야 없겠냐는 식이었다. 아무려나 우리는 말의 낭비가 심했다는 생각도 간추리지 않고 뿔뿔이 흩어졌던 듯하다.

산행에서 내가 탐하는 게 있다면 그런 말장난으로서의 배설이 아니라 온몸에 눌어붙어 있는 땀 같은 찌꺼기의 철저한 방류로 얻는 청결감의 음미와 그 후에 덮쳐오는 견딜 만한 피로감에 겨워서 큰 대자로 누워버리는 방만의 자유다.

↓

그다음 주 주말부터 기덕의 행방이 묘연해졌다. 어김없이 토요일 오전 중에 대뜸 "내일 갈 거지?"라고 물어오는 그의 전화가 없자 나는 좀 초조해졌다. 전화를 내가 선뜻 걸어도 되고, 귀갓길에 앞으로도 1년쯤은 그가 더 붙박여 살아가야 할 복합 상가주택, 흔히 비둘기집이라는 그 5층짜리 건물 속의 305호실을 찾아가도 되련만, 어찌 된 판인지 나이를 먹을수록 그런 사소한 일에 쉬 결단을 내릴 수 없었다.

주초에 협력업체의 배선공 하나가 낙상 사고를 일으켰으나 20대의 한창나이 덕분으로 허리는 멀쩡하고, 상반지 살점을 일 몇 바늘이나 꿰맸어도 나는 속으로 '별것도 아니잖아'라면서 뒤가 없는 일과성 버력 고함만 내지르고 작업을 독려할 수 있었다.

노가다 밥을 신물이 나도록 먹고 있던 어느 해 늦가을 아침에 한 인부가 납덩이처럼 일직선으로 떨어지던 광경, 삐쭉삐쭉 치열하게 솟아 있는 철근에 찢기고 걸려 있는 넝마가 너무 참혹해서 고개를 돌리자 사금파리처럼 반짝이는 된서리가 유난히 곱게 분칠하고 있던 텅 빈 공사장 일대, 착시 같던 그 당혹감, 한나절 내내 작취미성의 몸을 스스로 던졌다는 쪽으로 한 늙은 술꾼의 사인을 몰아가던 동료들의 끈질긴 설왕설래 등을 생생하게 겪고 난 이후부터 내게는 죽음이나 주검의 처리 같은 큰일이 그렇게 대수롭지 않았다. 그러나 전무가 다음 날 낙상사고의 전말(顛末)을 알아보기 위해 공사 현장에 나타났을 때, 점심을 대접해야 할지 어떨지, 하청업자에게 곡진한 진사(陳謝)의 자리를 베풀어야 하는지 등에 대해서 나는 끝없이 망설였다. 그런 심정적 갈등이랄지 주저벽은 월급쟁이의 소심증이 아니라 중년의 나이가 치러야 하는 자기방어, 자기 과보호에 비례하여 따라붙는 상대방의 의중 탐색이라고 나는 우겼다. 가정, 친구, 직장 등이 떠맡기는 가장권, 체면, 업무량 등에 시달릴수록 상대방의 의사 존중에 게을렀다가는 불학무식한 인간이 너무 설친다고, 시건방지다고 손가락질할 것 아닌가.

열흘이 지났다. 배선공이 현장 사무소 안의 2층 내 방으로 들어와서 실밥을 뽑았다면서 톱니 같은 상처 자국을 드러내 보였다. 아직도 움푹 꺼진 채로 피딱지가 엉겨 붙은 장딴지의 상처 부위를 내가 집적거리자 배선공은 내 손을 털어냈고, 엉치뼈를 오른손으로 다듬이질하며 그쪽 발을 질질 끌고는 사라졌다.

헐벗은 마음

22층짜리 철근 콘크리트 구조물의 아랫도리를 시커먼 매연 띠가 휘감고 있었다. 준공까지는 아직도 1년쯤 더 걸릴 예정이었다. 건축주는 깔깔이를 짜고 실어내서 떼돈을 번 사람으로 최근에는 사채업에 더 열을 올리는 듯했고, 모르는 게 없는 장 사장의 전언에 따르면 "그 양반 형제간에 땅 소유권 문제로 소송이 붙어 있을 거로"라고 했다. 그러고 보니 건축주는 8백 평쯤 되는 바로 옆 공터에 올릴 또 다른 건물의 시공을 다른 건설업체에 맡겨 보겠다는 언질을, 귀담아 두라는 듯이 내놓기도 했다. 훌러덩 벗겨진 대머리에는 언제나 이슬 같은 땀이 송알송알 맺혀 있었고, 신사복이 거추장스러운지 늘 청색 잠바때기 차림인 건축주는 새겨들으라고 그러는지 "사람을 믿기가 참 힘드네, 아무래도 아들 이름으로 등기를 해야 될따, 세금이야 때리는 대로 맞지 머, 그쪽 전무도 그라라 카네"라고 현장 소장의 의중을 넌지시 떠보기도 했다.

배선공이 어기적거리긴 했지만, 한쪽 다리를 절뚝이지도 않고 현장으로 다가가고 있는 모습이 가건물 2층 복도에서 빤히 내려다보였다. 눈발이 서려는지 하늘이 나지막이 내려앉아 있었고, 안개도 스멀거려서 시커먼 매연 띠가 아까보다 더 선명해졌다. 실은 테헤란로가 매연 띠처럼 난반사로 공사 현장 주위에 드리워져 있는지 모른다. 배선공은 걸음 연습이라도 하려는지 일부러 테헤란로 쪽으로 돌아갔다.

엄살과 상처 덩어리인 노무자. 엄살이 살아가는 기술이라면 상처는 살아낸 이력이다. 배선 작업이야 누가 감당해도 된다. 장딴지에 새겨진 흉한 자국은 그가 평생 짊어지고 살아가야 하는 멍에다. 사다리에서의 낙상사고는 안전 수칙을 들먹일 것도 없이 전적으로 본인 잘못

168

이다. 그렇긴 해도 안전사고는 흔히 일어나는 실수이고, 따라서 작게는 동료들이, 크게는 어떤 조직과 이 사회가 연대책임을 져야 하는 일종의 돌발 사고다. 안전사고는 아무리 주의한다고 해도 피해갈 수 있는 것도 아니므로 우리는 그를 위로해주어야 하고, 그 피치 못할 실수를 책잡으면 서로 민망해진다. 이쪽의 위로가 동정으로 보이지 않게끔 조심하는 심사에 진력이 나지만, 그 정도의 배려야말로 유한책임의 골자가 아닌가. 내 겉짐작대로라면 조기덕도 이 시대의 또 다른 배선공일 수 있다.

나는 박 주임을 불렀다. 그는 방송통신대학 농학과를 2년 수료했고, 퇴직금, 연차수당, 유급휴가 일수 등을 촘촘히 따지는 위인으로 나를 출퇴근시켜주는 기사이자 본사와의 업무 연락을 도맡고 있는 서른네 살의 부하다.

"305호실이야. 앞에 광장인지 광얀지 하는 개척 교회가 들어앉은 3층짜리 건물이 있어. 그 상가 건물 앞에 그 친구 차가 주차하고 있는지 잘 좀 살펴봐. 그 친구 차 알지?"

"빨간색 소나타지요, 아마."

"맞아, 뻘그죽죽한 그거야. 낡아빠졌고, 참, 있으면 이거나 한 병 갖다줘. 연말이잖아, 그 친구 독주 좋아해."

나는 캐비닛을 열어 키재기를 하는 양주 갑들 중에 아무거나 하나를 골랐다. 나는 가능한 한 양주를 안 마시고, 집에서도 잠이 안 올 때면 국산 포도주 한 글라스를 찔끔찔끔 홀짝이는 것 말고는 반주조차도 안 하므로 업자나 동료, 상사들이 1년 전에 디민 술병도 천덕꾸러기로 내돌리고 있다가 요긴하게 선물로 써먹곤 한다.

헐벗은 마음

박 주임이 시바스 리걸을 들고 물었다.

"없으면요?"

"곧장 되돌아오는 기지 별수 있나. 차가 있으면 산에 갔을 거야. 한 번 두드려봐."

사적인 일로 부하를 채근하고 있긴 했으나, 내 짐작은 벌써 조기덕의 잠적을 기정사실로 받아들이면서, 이번에는 그 기간이 길어지지 않을까 싶었다. 종전에는 2, 3주씩 심지어는 한 달씩 행방을 감추었다가 느닷없이 예의 그 "내일 갈 거지?"를 앞세우고, 술이 덜 깬 사람 특유의 그 좀 무덤덤한 얼굴로 약속 장소인 시외버스 정류장의 인파 속에서, 또는 구기 터널 부근의 한 파출소 앞이거나 평창동의 어느 불갈비집 주차장에 나타나곤 해서였다. 그의 돌출 행동을, 간헐적인 잠적을 친구들은 "생각할수록 괴롭고 치사하고 귀찮고 창피스럽다는 거지 머" 정도로 치부했다. 물론 그런 이해가 얼마나 피상적인지는 다음과 같은 주거니 받거니에서도 그대로 드러났다.

"잊어야지. 미친개한테 물렸다고 생각하고 훌훌 털어버리고 다시 일에, 돈에, 기집에 미치면 그뿐이야. 여자는 지천으로 늘려있어. 그중 참한 물건을 골라잡을 수 있는 눈도 안목 나름이라기보다 복불복이라고 보는 게 편하지."

"기집? 진절머리가 날걸. 낙이 없는 나날일 텐데. 그래서 가끔 잠적 소동을 벌이는 거고."

"그 미친년 소행이야 벌써 남의 일로 치부했겠지. 문제는 자식이야."

"자식? 그까짓게 지금 와서 무슨 문제야. 부모가 그렇게 갈라섰는데, 지까짓 것들도 앞으로 창창한 불행이야 각오하고 견뎌내야지."

"세월이 약이야. 내버려 둬. 덕이는 빨리 돈이 떨어져야 해. 그래야 일이 손에 잡힐 거고. 아니면 돈을 왕창 벌어서 돈 쓰는 재미로 살든지."

"돈이야 재판에서 이기면 다시 뭉청 굴러올 건데?"

"그 재판은 어떻게 됐어? 아직도 진행 중인가? 오래도 간다."

"몰라. 그런 내막이야 어디 제 입으로 털어놓나. 무슨 자랑거리도 아닌데. 함구 일변도지."

"이 판사한테 물어보면 되잖아. 무슨 사돈 사이라며?"

"윤명수의 처남인가 그래. 그 친구도 무슨 자랑거리라고 떠벌리고 있겠어. 직접 물어보라고 할 거고. 또 재판이야 서울에서 하는데. 여기 무슨 부장판사한테 이 판사가 청을 넣어놨대. 재판에서는 이길 것 같다고 그런데. 오죽하면 덕이 쪽 변호사도 성공 사례비로 5천만 원만 내놓으라고, 그러면 요구대로 찾을 건 다 찾아주고 골탕 먹여달라는 대로 다 해주겠다고 했을까."

다 맞는 말일 터이나 수박 겉핥기 같은 말들이었다. 하기야 조기덕이 치러낸 예사롭지 않은 불운이랄지 망신살은, 그것 자체가 가장 추접스러운 남녀 간의 불장난이라서 화젯거리로서는 다시없이 달착지근한 것이긴 해도 엄연히 남의 집 불구경인지라 제집에 불씨만 떨어지지 않으면 그만이라는 투일 수밖에 없다.

엄연히 목격하다시피 친권, 부권, 금권을 송두리째 마누라쟁이에게 갖다 바쳐버린 오늘날 이 땅의 가부장제 아래서의 허울 좋은 남편이란 족속들은 얼마쯤 초기 의처증 환자이기 마련이다. 나아가서 마누

헐벗은 마음

라쟁이가 미구에 저지를지도 모를 퇴폐행위, 불륜관계, 또 매일같이 신문에 보도되는 대로 몹쓸 전염병처럼 번지고 있는 간통 사고에 대해서는 주눅이 들어 있다 못해 어떤 면역성마저 상실한 지도 오래다. 바꿔 말하면 가장권이 유명무실해진 오늘날의 핵가족제 아래서는 어떤 서방짜리도 제 계집 건사보다 어려운 일은 달리 없고, 그 문제로부터 한시라도 자유로울 수 없다. 요컨대 사내의 계집질보다 계집의 서방질이 그 어느 때보다 금전적으로나 시간상으로나 여유로운 오늘의 시속을 부인하거나, 나와 내 가정만은 절대로 안전하다고 생각하는 작자가 있다면 그는 얼간이고, 예나 지금이나 서방 있는 계집의 바람기, 탈선에 관한 한 모든 서방님은 거의 속수무책인 게 엄연한 '실생활'이다.

알게 모르게 여권 전성시대로 치닫고 있는 오늘의 풍속에 대해서 다들 수수방관하는 남성 일반의 의식적 불구자 상태를 어떻게 정의할 수 있을까. 하기야 풍속은 누구도 좌지우지할 수 없는, 오로지 그 귀추를 주목하면서 몇몇 피해자의 의견과 그 잘못의 원인 같은 것을 엿들을 수 있을 뿐이긴 하다. 그러니 그 알량한 가장권을 짓밟힌, 아니 더럽고 창피스러워서 내팽개쳐버린 조기덕조차도 입을 닫고 있다.

↓

발령이 떨어지는 대로 서너 해나 지방 곳곳을 떠돌아다니다가, 귀국 후 처음으로 내가 본사에서 명색뿐인 계약 업무의 타당성을 분별하던 중, 건축주와 공연한 말썽을 자초한 서울 강남의 테헤란로 현장으로 불려 나오기 직전이었으니까 1년 반쯤 전이었다. 하루는 퇴근 무렵에 조기덕이 전화도 없이 그 껑충한 키가 한결 돋보이도록 와이셔츠 소매를 팔꿈치까지 걷어붙이고, 넥타이도 길게 맨 채로 양복 상의를 어깨에 걸치고 내 직장으로, 흡사 공항으로 출발하면서 다시 다짐을 받을 게 있는 상관처럼 휘적휘적 내 책상 앞으로 다가왔다.

"이기 도대체 멧십 년만이고"라며 무심코 튀어나온 내 탄성대로 실로 오랜만의 만남이었다. 그는 서울의 한 명문 사립대학 경영학과를 졸업하자마자 어느 알찬 중소기업체를 거쳐 모 재벌의 주력 회사인 무역상사 직원으로 프랑스, 미국 같은 데서도 몇 년씩 근무한 이른바 수출산업의 첨병이었다. 잘 모르긴 하나 그가 수출한 가스레인지, 텔레비전, 냉장고, 세탁기 등의 전자제품만 늘어놓아도, 지구가 좁다고 한창 뛰어다닐 때의 그의 표현대로라면 부산에서 북경까지 깔아놓을 수 있는 양이었다. 언젠가는 아프리카의 어느 나라로 기차 차량을 수십 량 실어내는 데도 그가 한몫했다는 무용담을 들었던 것 같다. 그에 비해 나는 지방의 이류 사립대학 건축공학과를 마치기도 전에 개인 건축설계사무소에서 일주일에 한두 번씩은 꼭 밤샘도 마다할 수 없는 놉을 팔다가, 그 후로 유무명의 건설회사를 다섯 번이나 옮겨 다녔다. 그동안 사우디아라비아에서 꼬박 4년 7개월간 열사(熱砂)와 싸우느라고 왼쪽 어금니를 세 개나 잃었다. 진통제를 달장근이나 장복하면서 이럭저럭 견디는데, 일상 업무는 물론이고 일반 대중의 삶 전체가 아예 문을 닫아버리던 라마단 절기를 코앞에 둔 시점에서 며칠 사이에 하나씩 빠져나가던 그 치통이, 과학적 상식으로는 도저히 믿기지 않던 풍토병이라고 해서 망연자실했던 적도 있다.

고등학교 동기생 사이란 대학 졸업 후 대략 10여 년 동안은 사회 각 분야에서, 상투어대로 '정신없이' 일할 때라 서로 소원해지게 마련이

헐벗은 마음

다. 인편에 소식은 더러 듣고, 또 드문드문 만나기야 하지만, 안부 듣기는 뒷전이고 제가 맡은 업무에 대한 자랑 반 불평불만 반을 늘어놓는 그 소위 자세(藉勢) 부리기에 바빠서 서로가 '어떻게 살아가는지' 막상 모르고 지낸다. 기덕이와 나도 그랬고, 그런 사이였다.

그러다가 마흔 고개를 넘자마자 내남없이 건강을 무엇보다 먼저 챙기는 어름부터 살가운 우의를 새로 일구고, 연락과 만남도 잦아진다. 덩달아 등산, 낚시, 마작, 바둑, 골프, 화투 같은 여기가 접착제 구실을 톡톡히 하게 되고, 자식들의 진로 걱정, 고혈압이나 당뇨나 콜레스테롤의 혈중 농도 같은 지병 타령, 술버릇 등의 자질구레한 신변사가 단연 화제로 떠오르고, 실제로도 그런 세사(細事)가 보송보송한 살갗처럼 서로에게 안겨든다. 기덕이는 대학 재학 중에도 산악부원으로 전국의 유명한 산들에 발자국을 부지런히 남겼으므로, 그에 반해 나는 한쪽 볼이 실그러진 채로 귀국하자마자 그의 권유에 못 이겨 주말 산행을 취미로 삼았으므로 우리는 동기생 중에서 등산 동호인을 하나씩 모으고 불려가기 시작했다. 어느새 10년 안팎 저쪽의 일이다.

그는 등산에 관한 한 베테랑이었다. 그러나 지금껏 그 흔한 모임의 명칭을 만들자는 말도 꺼내지 않았고, 동호인으로 이름만 걸어놓은 회원이 한때는 서른 명 남짓까지 되었던 때도 그는 우리의 산행에 자주 빠졌다. 빈번한 국내외 출장으로 늘 바쁜 몸이라서 그럴 만도 했지만, 어떤 격식에 얽매이기를 싫어해서였다.

내 가물거리는 기억에 따르면 압구정동의 먹자골목이 한창 북적거리기 시작하던 때, 어느 생선 횟집에 좌정하자마자 그는 이런 말을 불쑥 꺼냈던 듯하다.

"슬슬 산이나 다시 타야겠다."

그즈음 그의 근황을 넘겨짚어 보면 쉬 이해할 수 있는 말이었다. 큰 딸이 여기 중학교에 입학할 시기라서 미국 동부의 뉴저지 주에서 이 태 동안 벌여놓은 살림을 걷어치우고 아내와 두 딸을 먼저 들여보낸 후, 그는 1년 남짓 그곳에서 더 일하다가 막 귀국한 지가 불과 반년도 채 안 되었을 때였으니까. 물론 귀국하고 난 후 우리는 몇 번이나 전 화로 안부를 주고받았고, 그때마다 "얼굴 좀 보자"라고 건성의 말만 앞세우다가 몇 달이 훌쩍 흘러가버린 것이었다. 그제서야 국내에서의 낯익고 만만한, 그러나 부대끼기는 마찬가지인 일상을 웬만큼 되찾았 다는 언질이었다.

생선회는 원래 겨울이라야 제맛이라지만, 에어컨 바람 밑에서 내 산행 취미의 길라잡이를 코앞에 모셔두고 맥주 거품을 일구며 광어 세꼬시를 씹어대는 풍미도 괜찮았다. 그날 밤 우리가 무슨 말을 그토 록 오랫동안 주거니 받거니 했는지 도통 흐리마리하다. 제자리를 잡 아가는 친구들의 근황을, 그들과 나눈 추억담을, 산행 회원들의 출석 률과 기벽들을 경중경중 주워섬겼을 것이다. 생선 횟집을 나와 내가 간혹 들르곤 하는 그 부근의 어느 룸카페까지 걸어서 들렀던 듯하다.

지금 생각해보니 무슨 소굴 같은 그 지하 룸카페에서 자정이 넘어 서 빠져나올 때까지 나는 그의 그즈음 동정에 대해서는 태무심했던 것 같다. 귀국 후 곧장 겪었을 폭폭한 속내, 급기야 서로가 연일 퍼부 은 폭언과 손찌검, 친고죄로서의 고소와 그 취하, 뒤이어 재산권 행사 의 시비에 따른 설왕설래와 동분서주, 요컨대 간통 쌍벌죄로 풍비박 산이 나고 만 그의 가정과 20여 년 동안 피땀 흘려 쌓아 올린 그의 모

헐벗은 마음

든 사회적 이력이 똥물을 뒤집어썼을 때의 참담한 심사 등에 대해서 나는 어떤 낌새도 알아채지 못했으니까. 그런데 내가 먼저 오늘은 이 쯤에서 끝내자고 서두르는데도 그는 택시를 잡아주려고 그러는지 내 곁에서 자꾸만 얼쩡거렸다. 생선 횟집 언저리에 부려놓은 자기 차는 쳐다보지도 않았고, 그의 집은 바로 엎어지면 코 닿을 곳에 있는 54평 짜리 아파트였다.

그때서야 좀 미심쩍은 마음이 일어 "야, 어서 들어가, 내가 알아서 타고 갈 테니" 정도의 말을 내가 건넸을 것이다. 여전히 그는 투우사처럼 양복 상의를 흔들며 택시를 잡는다고 설쳤다. 그러다가 연극배우의 귓속말처럼 그가 내 귓바퀴에다 몇 마디 말을 끼얹었다.

"여편네와 갈라섰어. 지긋지긋해. 아까 그 똥차만 몰고 나왔어. 저쪽 양재 넘어 청계산 들목에다 방 하나 마련했어. 니 집도 아직 개포동에 있다며? 동행해야잖아. 어차피."

'여편네'라는 비칭에서 풍기는 능멸감, '갈라섰다'는 말의 당돌한 적확함이 환한 불꽃처럼 뻔쩍였다.

만취 탓도 있어서 어리둥절한 채로 그 말들을 다시 새기고 있는데, 그가 또 무슨 대사를 읊조리듯 지껄였다.

"직장도 때려치웠어. 정말 지긋지긋해, 둘 다. 직장이든 가정이든 이 일, 이 문제는 이래야 안 되나 라고 대들고 싶은데도 그 말을 당장에는 바로 못 하니 내 속만 닳고 모지라지고 썩다가 결국에는 파토가 나는 기지. 이번에사 이 철리를 깨쳤슨이 나도 엔간히 멍청하고 답답한 인간이라서 기가 막히데. 정말 헛살았다 싶고, 이렇게 아둔해서야 장차 번번이 남 좋은 일만 하다가 그 밑구녕 구린내에 저절로 삭아가는 거 아닌가 몰라."

내 근무지를 벗어날 때 그가 지하 주차장에서 몰고 나온 차는 군데 군데 칠이 벗겨진데다 녹마저 슬어 있었고, 세차를 얼마나 오래 안 했는지 폐차장으로 가기 직전이었다. 외국 생활을 오래 한 타성으로 차야말로 가장 만만한 소비재로 여기는, 그의 그런 태도가 거실용 그림처럼 과시하기 위해 끌고 다니는 차 사치에 비하면 단연 돋보이는 반속물적 취향이어서 나는 알 만하다는 쓴웃음을 지었다.

지하로 내려가 차에 올라타자 그는 웃지도 않고 투덜거렸다.

"여편네 차라서 이렇게 지저분해. 차 간수가 엉망진창이야. 개판 5분 전인 걸 대충 손 봤든이 그나마 굴러가는 데는 지장이 없네."

그와 함께 그날 밤 택시를 타고 가면서 곰곰이 새겨본 나머지, 그 '차 간수' 운운한 말도 무심코 내뱉은 게 아니라 그 '여편네'의 몸 간수를 빗대어 한 말이었다. 그날 밤도 그랬고, 그 후에도 자주 그랬지만, 그는 그 남루한 차를 아무 데나 며칠씩 내버려 두곤 했다. 그런 방만이 일상을 완전히 차에 비끄러매고 살아가는 여느 속물과는 단연 대조적인 그의 처신으로 돋보였으나, 한편으로 그 무신경이랄지 겉멋 같은 무관심이야말로 오쟁이지고 재산권까지도 행사하지 못함으로써 주위 사람들로부터 동정과 비웃음을 산 원인인지도 몰랐다. 속물 중의 속물인 내게는 그렇게 비쳤다.

↓

사방에서 조기덕에 대한 소문이 마구 쏟아졌다. 처자식과 더불어 사는 사내라면 남우세스러워서라도 함부로 퍼뜨릴 화제가 아니건만, 그에 대한 선의의 연민이, 벌거벗은 알몸뚱이부터 먼저 떠올리게 몰

헐벗은 마음

아내는 어느 여편네에 대한 성토가, 자식과 재산의 추후 행방에 대한 궁금증 들이 그 소문을 한껏 부풀리는 듯했다. 모든 소문이 그렇듯이 당장에는 그 진위를 가릴 수 없는 떡칠에 너도 나도 숟가락을 얹어야 진정한 성원인 것처럼.

그가 나발을 불지는 않았을 텐데도 속속 한 간통 사건의 내막이 수채화처럼 곱게, 더러는 추상화처럼 어렴풋이 드러나기 시작했다. 추측건대 그 말 많은 내막의 발원지는 우리의 동기생이기도 한 그의 고종사촌 윤명수, 역시 고향에서 지방법원의 민사 담당 부장판사로 재직 중인 동기생 이현태 등일 테고, 그 암내투성이의 소문에 무심할 수 없는 친구들의 집사람들이 이런저런 연고로 수많은 귀와 입을 동원했을 것이었다. 더욱이나 15년이나 일한 그의 직장의 상관, 동료, 부하들이 우리 친구들의 누군가와는 알음알이가 있어서 그들로부터 물고 온 소문이, 아마도 그 여편네의 간통 배경에 대해서만은 가장 믿을 만한 자초지종이 팥고물을 잔뜩 묻혀 삽시간에 퍼지고 있음이 훤히 비치기도 했다. 그렇긴 해도 본인이 그 창피한 구설수의 내막을 털어놓지 않는 만큼 다들 긴가민가했고, 몇몇은 정색하고 반문을 연거푸 내놓기도 했다.

새삼스레 강조해도 좋을 듯한데, 나는 그따위 난잡스러운 사통(私通)이라면 머리가 휘둘려서라도 귀부터 씻고 싶은 성정을 타고 난 장삼이사에 불과하다. 조기덕과 나와의 친소 관계야 어떻든 여편네의 간통이라면 내남없이 지레 피해의식을 갖게 마련이라서 나는 한낱 간사하고 무식한 그 탈선 내지는 퇴폐행위에는 무조건 치를 떨며 머리를 절레절레 내두를 수밖에 없고, 또 당장 필요한 것은 그의 불우를 심정적으로나마 위로해주는 것이 도리라고 여겨서였다. 그러나 바로 그런 위무(慰撫)의 마음 씀씀이가, 그의 창피스러운 속내와 짜증스러운 일상에 대한 염탐이 그 타매 대상의 성격이랄지 집안 같은 것을 더듬어보도록 채근했다.

속짐작이 흘러가는 대로 그 여러 소문의 진위를 가리고, 조기덕이 이따금 흘린 불평을 곱새기며, 내 나름의 정황 판단을 취합한 것이라서 다음과 같은 적바림이 어느 한쪽에서는 일방적이고, 편견투성이의 거짓 정보라고 따돌릴지 모른다. 그러므로 그쪽 일가친지들이야 말이라고 나오는 대로 아무렇게나 씨부렁거려도 되는 거냐고 삿대질을 하겠지만, 그런 구설수야 대수랴. 결과가 말하는 대로 패륜 행위를 저지른 쪽의 철면피 근성이야 익히 알 만하므로 그 상욕이야, 모든 말이 그렇듯이 또 재판에서의 그 둘러대기 나름인 애매한 판결문만큼이나 귀담아들을 가치도 없으므로 여기서는 그런 췌언은 삼가야 여러모로 덜 성가시지 않을까 싶다.

↓

황정애의 에미는 내 고향에서 명의까지는 아니더라도 꽤 이름이 알려진 외과 전문의의 후처였다. 마흔 살이 채 되기 전에 상처한 황 박사에게는 전처소생의 딸과 아들이 하나씩 있었고, 정형외과 전문의였던 그는 교통사고의 피해자와 과실범 들을 누이 좋고 매부 좋은 식으로 처리해줌으로써 기반을 닦아 홀아비가 되었을 때는 '산재(産災) 의료 지정병원' 같은 간판을 5층짜리 건물의 이마에 서너 개씩 붙여놓는 수완가였다. 늘 듣는 바대로 피고름 덩어리들을 매일같이 뒤치다꺼리해주는 그 생업의 고단함을 털어버리려면 술, 계집, 노름 중 하나에 미

헐벗은 마음

처야 한다는데, 황 박사는 드물게도 그 세 도락 중 노름에는 손방이었으나 돈을 은근히 바침으로써 나름의 구색을 갖추었다고 알려져 있다. 그가 황정애의 에미를 만나 어쩔 수 없이 데리고 살게 된 사연도 구구하다. 그녀는 낮에는 한정식 전문의 밥집을, 밤에는 조촐한 요정을 손수 꾸려가는 마담이었다고 한다. 황 박사는 그 집의 단골로서 눈독을 들이고 있었던 젊은 기생이 하나 있었으나, 걸핏하면 점바치를 찾아가는 오사바사한 오 마담은 이미 내연의 끈을 제멋대로 조종하는 그 젊은 기생의 오지랖에 폭 파묻힌 황 박사를 가로챘다고 하는데, 둘러대는 말치고는 제법 그럴듯하게 점괘의 지시를 따를 수밖에 없었다는 것이었다. 이런 새치기에는 으레 추문이 분분하게 마련이다. 젊은 기생에게 집어주는 황 박사의 씀씀이가 워낙 활수하여 오 마담이 쌍심지를 켰다든가, 한 차례 몸을 섞고 보니 황 박사의 신근이 튼실하고 근력도 빠지지 않아 늙은 말일수록 콩 맛을 제대로 아는 법이라서 아랫것의 머리채를 쥐어뜯는 싸움판까지 벌였다는 소문이 그것이다. 아무튼 오 마담이 그 치사한 쟁탈전에서 이겼는데, 그녀의 읍소, 아양, 요분질이 주효했다기보다도 그의 사생활을 까발려서 망신살을 입히고 말겠다는 공갈에 황 박사가 꼼짝없이 당했다는 것이 정설이다.

점괘가 맞아떨어져서 그랬을 리는 만무하지만, 오 마담을 안방에 들여놓고 나니 황 모 정형외과의 성가가 점점 더 높아갔다. 궁합도 서로 안성맞춤이었던지 두 내외는 황정애 밑으로 아들과 딸을 하나씩 더 보았다. 오 마담은 출신이 그래서 손도 걸고 씀씀이도 푸져서 정형외과에서 굴러오는 돈을 잘 굴렸다. 그녀는 담보물을 반드시 잡는 대신 시중 시세보다 싸게 사채놀이를 크게 했으므로 돈을 떼이지도 않고, 구지레한 말도 나돌지 않았다. 일찍부터 남의 소중한 물건을 가로채는 수완이 그녀의 장기라서 빚잔치를 벌인 사람들의 담보물, 예컨대 임야, 집, 나대지, 빌딩 같은 부동산을 그녀는 재판까지 불사하겠다며 잡아챘고, 제 물건이 되고 나서는 후일의 말썽, 송사를 염려하여 제꺽 팔아치우기를 다반사로 여겼다. 그녀가 애지중지하는 귀금속류 장신구 중 상당수가 그런 담보물임은 알 만한 그 지역 유한부인들의 입방아에 흔히 오르내리는 화젯거리였다.

황정애는 유독 해끄무레한 피부에 두두룩한 광대뼈 밑으로 보조개가 큼지막하게 패는 그런 얼굴로 그 나름의 미모를 스스로 의식하느라고 어느 좌석에서라도 눈짓, 고갯짓, 몸짓을 생동감 좋게 내둘리는 버릇이 좀 심한 편이었다. 여자의 미모는 흔히 '사후(事後) 품평'의 대상으로 떠오르고, 그러고 보니 얼굴을 앞세우는 그 교만, 붙임성, 특히나 아무렇게나 둘러대는 말주변이 좀 주제넘었다는 이쪽의 평소 느낌을 추인하게 쫴줬다. 설립연도가 수십 년 전이라는 '전통'을 늘 팔아대는 한 사립대학 가정학과를 나온 그녀는 신실한 매파의 중매로 조기덕을 만났다. 조기덕의 멀쑥한 허우대와 화사하나 좀 천박한 끼도 넘실거리는 그녀의 외모는 그런대로 어울렸다. 큰삼촌이 도 교육위원회의 장학관이고, 막내 삼촌이 지역대학의 교수인데다 고모부가 한약건재상을 크게 벌이고 있던 조기덕은 차남이라서 신부 쪽에서는 후처의 딸이라는 약점도 있는 만큼 그즈음 갓 과수댁이 된 시어머니를 모시지 않아도 되는 혼처가 적당한 것이었다. 사과나무가 불과 2백 주쯤 있고, 곡식을 팔아먹지 않을 정도의 논밭과 선산 한 자락뿐인 조기덕이네의 집안 형편은 워낙 그 밑바닥이 훤히 들여다보였다. 경제력으

헐벗은 마음

로만 따진다면 짝이 많이 기우는 혼사였다. 마음씨가 촌부답게 보살 같던 그의 모친은 혼사 준비로 한창 시끌벅적한 가운데서도 낙담이 되고 심드렁했던지 "우리 덕이가 그래도 데릴사위는 아인께"라고 가만히 중얼거렸다니 역시 속짐작은 있었던 모양이다. 그 말이 나온 배경도 풍문으로 들었던 듯하다. 말주변이 좋기로야 황정애 모친의 출신을 보더라도 넘겨짚을 수 있듯이 "그까짓 봉급 모아서 언제 서울서 집 장만하겠어요, 그저 우리 사위가 몸이나 건강하고 직장에서 제때 제때 출세나 하면 우리 쪽이 알아서 살림 걱정은 안 하도록 챙겨야지요"라고 안사돈을 밥집 손님 대하듯이 너울가지를 부렸다니까. 과연 혼수가 떡 벌어져서 촌사람들의 눈이 휘둥그레졌다. 두 삼촌과 고모부와 형 내외에게 디민 예단이, 그러니 여덟 개의 봉투에는 백만 원짜리 보수 한 장씩이 들어 있어서였다. 나는 그즈음 지방의 한 공공건물 신축 현장에서 장기 파견 근무 중이었는 데다가 그의 결혼식 날은 마침 서울의 본사로 출장을 갈 일이 생겨서 후에 들은 소문이지만, 동기생들 사이에는 조기덕이 신부 쪽에 팔려 갔다는 말까지 나돌았다고 했다.

↓

어느 해 여름엔가 나는 아내와 함께 조기덕의 집을 찾아간 적이 있다. 그의 집은 역삼동에 있었는데, 끌밋한 2층짜리 양옥이었고, 파란 잔디가 싱그러웠다. 지금 생각해보면 그 집의 명의야 조기덕 앞으로 되어 있었을 테지만, 그의 장모가 부동산 투자의 일환으로 사주었던 게 아닌가 싶다. 역시 후에 이런저런 경로로 들은 사실인데, 그의 장모는 수시로 사위의 인감도장을 빌려 가서 아파트도 사두고, 땅도 매매했다고 한다. 한때는 그의 이름 앞으로 올려져 있는 부동산이 수십억 원에 상당했다는 말도 떠돌았으니까 알조였다.

아무러나 그의 집 1층 거실에는 성능 좋은 외제 에어컨 바람으로 팔뚝에 소름이 끼쳤으며, 황정애는 잔털이 곱게 덮인 뽀얀 등짝을 훤히 드러낸 원피스 차림이었고, 팔뚝에 걸린 여러 줄의 모오리돌 팔찌가 꽤 고혹적이었다는 인상이 남아 있다. 그 얼룩덜룩한 원색의 원피스 때문이었을 테지만, 조기덕의 삶이 적잖이 부화(浮華)하다는 느낌과 간신히 15평짜리 아파트를 전세로 얻어 서울 살림을 시작하던 내 형편이 한심하게 여겨졌던 기억도 생생하다. 결국 남의 집들을 짓고 돌아다니는 주제라서 나는 "집 한번 더럽게 좋네. 언제 나도 저런 집에서 살날이 있으려나" 정도의 말을 흘리며 조기덕의 집을 벗어났을 게고, 그의 살림이 어딘가 겉돌고 있음은 분명한데도 그 윤택, 여유가 워낙 반지르르하게 비치므로 나와 집사람은 잔뜩 주눅이 들었을 것이다.

말이 엇길로 새지만, 나와 집사람은 분에 넘치게 돈을 처바른 어떤 분위기, 남의 지갑 속을 넘겨다보며 숫제 발라먹으려는 상행위 현장에 들렀다 나오면 꼭 승강이질을 벌인다. 조기덕의 그때 그 집, 백화점, 피자집, 갈비집 등이 그런 장소들이다. 언젠가는 어느 백화점에서 한눈에 쏙 들어오는 남방셔츠와 스웨터 한 벌의 값을 물었고, 내가 그 엄청난 가격에 놀라는 한편 지갑 사정과 한참이나 씨름을 한 적이 있었다. 결국 안 사고 돌아서자 집사람은 "참 답답하네" 정도의 말을 흘렸고, 곧장 우리 내외는 말다툼 끝에 며칠 동안 누가 먼저 말을 거냐고 버티는 침묵시위까지 벌였다. 이제 우리 내외는 그런 곳을 함께 찾지 않은 지가 10여 년은 되었고, 이렇게 사는 강짜 인생도 있으며, 이

헐벗은 마음

런 추레한 삶을 느긋이 견디고 사니 반시대적 인간이거나 시대착오적 의식을 짐짓 과시하려는 팔불출이라고 해야 맞을 것이다.

내가 꽁생원이라면 그즈음 조기덕은 허세꾼이라기보다는 처가 덕으로 그냥저냥 살아가는, 그 당시 유행어로는 천민자본주의의 한 실상을 어영부영 누리는 월급쟁이였다. 나는 오랜 우의를 되돌아보면서 그의 변모를 적잖이 시답잖아 했을 테고, 조마조마하니 그의 귀추를 점치고 있었을 게 틀림없다. 하기야 한창나이에다 각자의 생업에 쫓기는 처지들이라서 누구의 어떤 간섭을 들을 짬도 없던 때였고, 조만간 해외 지사로 가족을 데리고 근무할 자신의 처지를 들먹이며 집이야 닥치는 대로 편하게 사용하다가 버리는 소비재쯤으로 여겼을지도 모른다.

그러나 예의 그 차 간수가 말하듯이 집 같은 물권(物權)의 가치에 등한하다기보다 아예 무심해버리는 그의 비생활적인 또는 반금전적인 심성, 좋게 보면 탈속 취향이 그의 가정적, 사회적 실추를 자초했을지도 모른다. 이제는 영원히 갈라선 또 법적으로는 엄연히 전처가 되고만 어떤 화냥년에게 대형 아파트까지 줘버리고 뛰쳐나온 현재의 시점에서 본다면 더욱이나 그렇다. 그동안 합의 이혼에 이르기까지 여러 차례나 그의 이름으로 등기된 집과 아파트들을 번번이 처가의 뒷배로 취득했으며, 반쯤이라도 자신의 권리를 주장하려면 어쩔 수 없이 민사재판에서 구지레한 정황증거를 들이대야 하는 자신의 불우를 보더라도 자업자득이라고 밀어붙인들 무슨 변명을 내놓을 것인가.

↓

테헤란로의 사무실 빌딩 신축공사의 책임자로 나가게 되어 나는 좀 바빴다. 일요일마다 치르는 산행도 거의 두 달 이상이나 빠졌다. 친구들이 땀으로 온통 미역을 감는 듯한 여름 산행의 재미를 톡톡히 맛본다는 전갈을 띄워 보내오고, 더불어 홀아비로서의 기덕이 근황도 들려왔다. 그는 가끔씩 격주로, 2, 3주씩 산행을 거른다고 했다. 그의 말대로 지긋지긋한 둘 다, 그러니 여편네와 직장과 갈라섰으니 거치적거리는 것도 없을 텐데, 게다가 산 타기에는 거의 신앙 같은 외경심을 갖고 덤비는 그가 친구들과의 산행을 빼먹다니. 뭔가가 삐꺽거리는 정황이었으나, 나로서는 그러려니 하고 겉짐작이나 주물럭거리다 말았다. 우리의 일상이란, 특히나 40대 중반 남자들의 거취란 일쑤 남들이 잡다하게 벌이는 일로, 또 사방에서 만나자, 밥 먹자 등으로 허송세월할 수밖에 없는 노릇이니까. 하기야 모든 간섭에서 놓여난 홀아비로서 마냥 차일피일하며 게으름을 피울 수 있고, 그 늘어진 개 팔자 신세를 차제에 한껏 즐길지도 모르며, 비록 아파트의 소유권 소송이 재판에 걸려 있다고 하지만, 거의 20년 만에 처음으로 불쑥 맞이한 한갓진 시간을 아껴 쓸 일이야 좀 많을까. 나는 무르춤할 수밖에 없었고, 실제로 우리 사이는 오로지 처자식을 먹여 살리기 위해서라는 구실로 자주 격조했으므로 그의 사생활 전반에 대해 나는 무지했다.

그러다가 무더위가 완연히 한풀 꺾인 어느 일요일 새벽에 나는 술냄새를 코끝에 매달고 집을 나섰다. 술기운 탓이었을 텐데, 그 전날 밤늦게 집에 와서 전화를 넣었더니 조기덕은 폭우가 쏟아지더라도 내일은 산을 타겠다고 했고, 제 차를 몰고 북한산 밑까지 갈 테니 양재역으로 아침 7시까지 나오라고 했다. 구미 지역에서 숙달된 솜씨라 그의 운전 솜씨는 방정했고, 능수능란했다. 이를테면 차간 거리를 적당

헐벗은 마음

히 유지한다든지 핸들을 잡은 왼쪽 팔꿈치를 차창 위로 올려놓고 자동 기어를 다른 손바닥으로 연이어 툭툭 쳐서 속력을 끌어올릴 때는 멋이 있었다.

기덕이는, 내가 아는 한, 세상사를 웬만큼 안다는 듯이, 그런 사람들이 흔히 누리는 은은한 과묵을 짐짓 느리게 또 의젓하게 즐기는 사내다. 그런데 불의에 홀아비가 되고 말았으니, 또 오쟁이진 자신의 내막에 대해 숱한 설왕설래가 친구들 사이에서 한창 오가고 있는 판이라 그런지 그는 좀더 묵직한 함구를 다짐하고 있는 낌새가 역력했다. 그날 내 느낌은 분명히 그랬다. 나의 직장, 처자식, 집안 등에 대한 안부를 물어오면 나는 경중경중 대답하는 쪽이었고, 어쨌든 그의 형편이 워낙 딱하게 굴러떨어져 버렸으므로 나는 그에게 그런 안부를 묻기조차 지레 조심스러웠다.

북한산은 어느 쪽에서 시작하던 두세 시간만 줄기차게 오르면 산정에 닿을 수 있다. 그래서 '등산'이 아니라 '산행'이라고 해야 걸맞고, 산꼭대기도 곳곳에 많다. 대남문 주위에도 발길이 머무르는 곳마다 여러 개의 산정이 있다. 그날도 우리는 주위에 산행객들이 드문 자리를 잡고 다들 준비해온 맥주를 한 캔씩 맛있게 들이켰다. 기덕이는 납작한 종이팩에 든 소주를 등산용 양은 컵에 쿨럭쿨럭 따르더니 몇 번에 나눠 음미하듯이 즐겼다. 들은풍월에 따르면 그의 음주벽이 위스키를 입안에서 굴리며 음미한다는 서양인들의 그 버릇을 연상시켰든지 그의 모든 것이, 이를테면 세탁 같은 살림 살기로서의 일거일동과 끼니를 매번 어떻게 때우고 있는지 그즈음의 일상 전체에 대한 내 궁금증을 재촉했다. 이상하게도 나는 그에 대해 너무 모르는 게 많다는 생각도 들었다.

"산행에는 배가 불러도 탈이지만 고프면 정말 큰일 나."

그가 불쑥 내놓은 말이었다. 여기저기서 두어 시간 산자락을 빠대고 난 후의 득의를 맥주 트림처럼 토해냈다.

"어디서는 안 그런가. 기덕이는 요즘 진리만 골라가며 발설하는 경향이 있어."

"밥 먹으면 배불러, 술 마시면 취하고."

"남자나 여자나 인물이 훤하면 한결 보기 낫지. 서로 덜 민망하고."

"여름에는 시원하고 겨울에는 따뜻하게 지내면 고생 안 하고 살기에 편해."

기분 좋은 웃음에 흐뭇한 조롱의 말장난이 받고채기로 이어졌다.

"좋은 게 좋지, 나쁜 건 나쁘고."

"진리 진실은 쉽고 간단해, 거짓말 사기는 공연히 어렵고 복잡해."

"알쏭달쏭 긴가민가한 소리는 도대체 막연해. 막연한 건 나빠."

"쥐뿔도 모르고 지껄이는 사람은 사기꾼이야. 사기꾼은 덜렁이고."

그런저런 당연지사를 앞다투어 지껄이는데, 기덕이가 정가 3백 원짜리 초콜릿을 배낭에서 여러 개 꺼내더니 손을 내미는 일행들에게 돌렸다. 아몬드 덩어리를 초콜릿 농축액으로 입힌 그 간식거리는 쫀득쫀득하니 맛이 좋았다. 당뇨 수치도 정상이어서 나는 단 것을 밝히는 편이었다.

그때 기덕이가 풀어놓은 경험담은 제법 실감도 살아났고, 방금 그 자리에서 나눈 농담 따먹기와는 조금 다른 화제여서 아직도 기억에 남아 있다.

헐벗은 마음

10년쯤 전 일이다. 사회 각계각층에서 일하는 어느 대학의 산악반 올드 보이들이 '여름 휴가를 산에서'라는 캐치프레이즈 아래 모이기로 했다. 지금도 그럴 테지만, 산 사나이들은 선후배를 반드시 따진다. 이런저런 이유로 많이 빠지고 서른 명쯤의 산 사나이들이 3박 4일 일정의 지리산 등정에 올랐다. 서울역에서 오후에 출발하여 구례에서 하룻밤 묵고, 새벽부터 온종일 산을 타고 산정에서 텐트를 두 번 친다. 천왕봉 밑에서 캠프 파이어를 벌이고, 다음날 하동으로 빠져 뒤풀이 회식을 걸판지게 치르고 상경하는 일정이었다. 사소한 부식과 준비물은 구례에서 후배들이 챙기고, 그동안 선배들은 술추렴을 벌이는데, 그게 관례다. 결국 한밤중까지 이어지는 푸짐한 술판이 벌어졌다. 다들 산타기에는 귀신들이라서 간밤의 폭음 따위는 아랑곳없이 초입부터 성큼성큼 산길을 줄여갔다. 대원끼리의 등산에는 필요한 말 외에는 함구 일변도로, 두세 시간씩 숨만 몰아쉬면서 어느 목표 지점까지 일렬로 줄지어 쉬지 않고 나아가게 되어 있으며, 그게 묘미다. 지리산 등산로는 그때나 지금이나 워낙 훤히 뚫려 있어서 낙오자가 있을 수 없게 되어 있다. 그때 최고참 선배는 마흔 고개를 진작에 넘겼고, 최말단 후배는 총각들이 대부분에다 이십대 후반이었다. 먹거리와 무거운 장비는 물론 후배들이 짊어졌고, 그들이 산악반 부대기까지 들었으니 선두였다.

아무리 뻔한 산이라도 깔보다가는 큰코다치는 수가 있는데, 자신과의 체력, 정신력 싸움에서 지면 당장 구조할 수단도 막막하려니와 낙오자 자신의 탈진감이 최악의 당황을 부채질한다. 등반대원들에게 폐를 끼치고 있다는 창피를 후딱 모면하려고, 나는 어떻게든 하산할 테니 어서 오르라고 손짓하면서 털버덕 주저앉아 기진맥진하는 몰골이 그것이다. 담배 필터의 원료 수입권, 납품권 등을 과점하여 목돈을 벌고, 그즈음에는 어느 제지회사의 대리점을 꾸려가고 있어서 그 전날 밤 술값을 흔쾌히 부담하더니, 그가 중도에서 낙오했다. 한여름인데다 술 허기까지 덮쳐서 탈수증에 휘말렸던 것 같다. 탈수증에는 원래 소금을 먹어야 하지만, 그 선배에게는 먹을 것이라고는 아무것도 없었다. 후배들이 모조리 나눠 짊어지고 앞서 가버린데다 그는 멋쟁이이기도 해서 스펀지로 탱탱하게 부풀린 등산용 륙색 안에는 스웨터, 헌팅 캡 등만 지니고 있었기 때문이었다. 배가 고파 미칠 지경에다 곧 죽을 것만 같고, 지갑에 기백만 원의 현금이 들어 있건만 아사자가 될 신세이니 본능에 순종할 수밖에 없었다는 것이 후에 털어놓은 본인의 솔직한 고백이었다. 본능이란 구걸이었다. 지나가는 등산객들에게 아무것이라도 먹을 것을 좀 달라고, 그래서 오이, 물, 사탕, 심지어 생쌀까지 얻어 그 자리에서 걸신들린 듯 거머먹었다. 결국 천왕봉에서 그 선배와 합류하기는 했지만, 그날 밤 그 선배를 놀리느라고, 어떤 거지의 제삿날 겸 제2의 생일을 축하하기 위해 제법 떠들썩한 산제(山祭)를 베풀지 않을 수 없었다.

조기덕이 몸소 치른 아사 직전의 경험담이 아니어서 좀 심드렁해지긴 했으나, 결코 만만하게 봐서는 안 되는 산행에서의 유의점이었다. 그런데 내게는 절대빈곤이, 곧 대다수 서민의 굶주림은 거의 따돌린 오늘의 우리 실정에서 그처럼 드문 아사자가 나올 수도 있다는 유별난 경우야말로 의미심장하게 들렸고, 뒤이어 기덕이 자신의 생생한 경험담이 아니었을까 하는 의구심까지 반추했다.

그는 왜 하필 홀아비가 되고 만 지금 시점에서 그 해묵은 체험담을, 거의 5, 6년 만에 동행하게 된 산행 중에서 그런 공복 상태, 지독한 배고픔, 그 갑작스러운 허기를 달래기 위해 구걸 밖에는 어떤 다른 생각도 할 수 없었다고, 그 말만 되뇌었다는 어떤 거지의 경험담을 늘어놓는단 말인가. 기덕이 자신이야말로 지금 몸은 물론이고 마음조차 헐벗고 굶주린 상태가 아닐까. 혼자서 벌거벗은 채로 길거리에 내몰린 저 친구의 생활 수단, 일상에서의 조그만 낙은 무엇이란 말인가.

↓

여름 한낮의 산행은 짙은 녹음 사이사이로 내려꽂히는 땡볕이 무슨 얼룩처럼 또는 물결처럼 일렁거려서 나중에는 눈도 피로해지고, 더위에 쉬 지치고 만다. 그래서 우리는 대체로 오후 들머리쯤에 하산을 마친다. 그러나 겨울 산행은 무슨 시커먼 자루 속 같은 어둑새벽을 헤치며 집을 나서기도 을씨년스러워서 대개는 아홉 시나 열 시쯤에 시작해서 오후 서너 시쯤에야 귀갓길에 오른다.

우리는 하산을 서둘렀다. 미진한 구석이 있는지 기덕이는 자꾸 뒤로 처졌다. 그 늑장 부림을 틈타 자칭 디스크 환자인 친구가 뒤쪽을 힐끔힐끔 쳐다보며 내게 말을 걸었다.

"그 황모 잡년의 후문은 들었어?"

황정애의 이름을 그렇게 비꼬아 불러야 성에 찬다는 듯이, 그녀의 간통과 재산권 다툼에 대한 뒷말을 주워듣고 있느냐는 추궁이었다.

"후문은커녕 뒷구멍도 모른다. 흘러간 옛 노래라고 치부하고 말아야지. 미친개한테 물린 거라고 봐야 그나마… 관심도 없고."

미상불 궁금하기도 해서 나는 얼렁뚱땅 나의 조바심을 털어놨다.

"아무리 세상이 막간다고 해도 우리가 그 썩을 년의 러브 주스까지 핥아대며 노닥거린다면 한심 천만한 작태 아냐. 넌 머 좀 들은 게 있어?"

"몰라, 말들이 많데. 신문에도 났다 어쨌다 해대고."

"머? 신문에도? 그게 벌써 언제적 사건인데?"

"그런이 그 당시에 났다는 소리지. 물론 사기 사건으로만 간단히 취급했다 그러고. 이쪽은 이름도 거명하지 않았다고 그러긴 하대. 믿을 만한 풍문일 거야."

"이쪽은 누구야?"

"기덕이 전처지 누군 누구야. 우리 집 밥쟁이가, 명수 있잖아, 걔 집 사람과 동창이고 비교적 가까워. 현태, 이 판사 말이야, 걔 여동생이 명수 처잖아. 명수 모친이 기덕이한테는 고모고. 그쪽에서 가뭄에 수도꼭지 물처럼 쫄쫄 새나온 소문이야. 춤 제비도 아이고 골프 제비였다는 말도 돌고."

나로서는 온통 금시초문의 정보였다.

"골프 제비? 그런 말도 있나?"

"하려고 들면 머는 없겠어. 도어 투 도어 세일즈맨 제비, 수영강사 제비, 자동차 교습자 제비, 요즘 세상이 알다시피 워낙 요상해서 유한 마담들의 외간 남자 접촉 범위야 거의 무한대잖아. 직업이야 아무려면 어때, 사내 명색만 얼굴에 그리고 있으면 만사형통이지. 그러니 화간의 빈도수를 따지는 것도 어리석은 짓이고. 촌사람들처럼 그런 거 말할 자격이 있기나 할까. 더 말해봐야 입만 싱거워지고. 춤 제비만 해도 유성기 시대 수단이고, 지금은 시디 시대잖아. 그쪽 제비들도 시대의 변화에 발맞춰 후딱후딱 지네들 노하우를 바꿔가면서 신장개업을 해야 살아남을 거 아냐. 만사는 적자생존의 법칙을 따르잖아."

"별놈의 얼어 죽을 법칙도 다 있네."

"넌 노가다라서 역시 여자 물에는 깡통이네. 배워서 남 주나, 알 건 알면서 살아라."

모든 정보의 재빠른 수집, 꽤 쓸만한 겉짐작, 만사에 원용하는 순발력이 장기인 사장짜리 친구가 등 뒤에서 나서며 끼어들었다. 비록 일간신문의 그 잡다한 정보량과 수준을 그대로 베끼고 있긴 했으나, 그는 역시 여론의 나팔수다운 면모가 출중했다.

"골프의 대중화, 나아가서 그린 필드 개발이 6공의 최대 치적인 거물라. 수해와 상습 침수지역 다발, 농약의 사시사철 살포, 농경지 오염의 확산 등만 미리미리 예방했어도 골프장이야 유휴지 개발이라는 명분이 좀 좋아."

"그런 개발 후유증도 미필적 고의죄가 성립되는 거 아냐?"

"골프장 사업주와 시공업자의 관리 감독 소홀죄는 물을 수 있겠지, 정부가. 아무튼 골프야 엄연히 훌륭한 스포츠잖아. 유희본능의 하나로서 남녀 간에 추는 춤이 너무나 인간적인 사교 수단이듯이. 다만 둘 다 손부터 잡고 시작하는 그놈의 접촉, 접촉 범위의 비상한 확대가 늘 말썽이지. 황모 여사도 레슨 골퍼에게 손목을 잡힌 게 화근이야. 교습을 제대로 하려면 골프채 잡는 법부터 가르쳐야 할 거 아냐. 그다음이야 일사천리고. 그게 첫 번째 사련(邪戀)이자 간통 사고의 시발이야. 아직도 두쪽 다 사련을 면면히 이어간다고 보는 게 정확할걸."

내가 뜨악하니 물었고, 허리앓이 엄살꾼이 점잖게 받았다.

"거참, 의미심장하네. 첫 번째라면 두 번째 제비족도 있었다는 거야 머야? 정말 출신은 못 속인다더니 천하에 몹쓸 잡것이네."

"말하면 뭣해. 두 번째는 제비족이 아니었단 말도 있어. 늙은 건달에 사기꾼이었다는데."

역시 정보통의 즉답이 쏟아졌다.

"맞아. 사기꾼이었고, 명백한 사기 사건이야. 신문에 한 줄로 난 대로. 신문 기사에도 돈 주고 치마끈까지 풀었다는 냄새를 암암리에 비쳤다 그러고. 장성 출신이라며 신설 골프장 회원권을 수십 년에게 팔아 처먹었다니 희대의 우스개 같은 사기 사건이지. 별 네 개짜리 일급호텔에 방 잡아놓고 모모 칸트리 클럽 임시 연락 사무소라는 간판까지 버젓이 내걸어놓고. 황모 여사는 몸만은 어쩌고 도리머리를 흔들었다지만, 그 말이야 말짱 헛소리지. 첫 번째 사런 같은 제비족 애인이 없었던 유부녀 일당은 내 돈 내놓아라고 고함치고, 결국 사기죄로 집단 고소했다는 거 아냐. 그것들은 제 서방들 불알을 어떻게 주물렀는지 이혼당한 사람은 하나도 없대. 그쪽에서도 큰일 날 뻔했다고 설레발을 쳤을 정도라니."

"그쪽이라니?"

"기덕이가 다닌 회사 말이야. 그쪽 무슨 간부 부인도 황모와 인도어 골프장에 함께 들락거리다가 가짜 회원권을 사용보다는 투자 수단으로 산 모양이라 그러고. 아무튼 둘 다 구속됐어. 첫 번째 젊은 놈은 간통죄로, 두 번째 늙다리는 사기죄로. 한 놈은 소 취하로 풀려나오고, 뒤엣놈은 살 만큼 살아야 풀려나올 거고."

전후 사정을 짐작해보면 대충이나마 이해할 수 있으련만 나는 대뜸

헐벗은 마음

물었다.

"소 취하는 누가 왜 했어? 지가 무슨 인도주의잔가 예수 맞잡이 시
늉을 내나."

이번에도 기덕이의 친지 쪽 정보에 밝은 요통 환자가 알려주었다.

"고소한 당사자가 누군 누구겠어. 기덕이가 여기 서울에서 대학 다
니던 손아래 처남을 1년쯤 데리고 있었던 모양이야. 그 처남이 조카들
앞에서 눈물을 흘리며 이 어린 것들을 봐서라도 지 누님을 풀어놓고
봅시다고 통사정했대. 그게 주효했다는 거야. 말하나마나 장모년이
잔머리를 굴려서 그러라고 시킨 수작일 테고. 기덕이 변호사가 나중
에 후회한다고, 고소 취하만은 절대로 하지 말라고 몇 번이나 윽박질
렀다는데, 애들 정서 운운하며 취하했대. 절대 후회 안 한다며 다짐까
지 했다 그러고. 결국 지금 후회하고 있잖아. 길게는 1년쯤 짧게는 반
년쯤 콩밥을 먹일 수 있었다는데 말이야. 그래야 이쪽에서 하자는 대
로 저쪽에서 그러자며 승복하게 돼 있다는데."

"그 덕에 젊은 제비족 애인만 땡잡았지. 풀려나왔으니까. 사련이라
니 그럴 수밖에. 빈말이라도 우리 사랑은 변함없다 어떻다 지랄을 떨
수 있게 됐잖아. 부지불식간이 무슨 말이야? 아예 작정하고 서방질한
정황이 뻔한데."

"그건 또 무슨 소리야?"

"부지불식간? 나도 잘 모르겠어. 부지불식간은 알지도 못하는 사이
에란 뜻 아냐? 사련, 간통, 화간으로 아무리 미쳐 돌아갔다 하더라도,
또 제비족 애인의 그 기술이 아무리 전광석화 같았다 하더라도 알지
도 못하는 사이에란 말이 성립하냐고? 배울 만큼 배운 년이. 우리 풍

194

속에 남편의 배타적 권리로서 제 여편네의 혼인 순결권이 얼마나 뜨르르하게 작용하는데, 심정적으로 말이야. 하기야 서양도 쌍방의 순결권에 관한 한 심정적인 쐐기야 엄연하지. 그러니 몰래 저질러야 더 아슬아슬하니 감질이 나는 거고. 어떻든 부지불식간에 몇 번씩, 아니 헤아릴 수도 없이 살을 섞었다는 게 말이 되냐고. 저쪽 변호사와 그년이 그 부지불식만 기도하듯이 자주 주워섬기면서, 기덕이 이름 앞으로 올려져 있는 아파트서껀 모든 부동산만큼은 절대로 포기할 수 없다고, 자식들 장래를 봐서라도 그럴 수는 없다고 통사정 반 공갈 반이라니까 볼 장 다 본 거지."

"그래서 미쳐 돌아갔다는 소리지. 소설 같은 데서 온갖 미사여구에 과장스런 떡고물을 잔뜩 처발라서 반쯤 그럴듯하게 주저리주저리 설명해대는 그 본을 시방 그대로 베껴 먹고 있는 거야."

"그러니 그 말은 말짱 헛소리지. 이쪽의 성화, 앙심을 일단 눅이려는 입에 발린 소리야. 이쪽이 돈 앞에, 자식을 봐서 설설 기고 들어오기를 바라는 얄팍한 수작이 아니고 머겠어. 물론 반 이상은 동정에 호소하고, 용서를 빌고, 한 번만 봐달라 어쩌고 떠벌이면서."

"참 더럽다. 그렇게나 돈을 밝히는 것들인데 잘 먹고 잘살라고, 더 상종하지 않으면 될 거 아냐. 똥이 무서워서 피하냐."

"말이야 쉽지, 더러우니 짓밟기라도 해야 분이 삭겠지. 시간이야 걸릴 테고. 잊어야지. 미련에다 침을 뱉어버리고. 물론 머리를 굴리며 사는 이상 잊을 수야 있겠어. 평생 가슴에 시퍼런 멍을 지니고 살아야 할 텐데."

두 친구의 받고 채기가 더 이어지고 있었으나, 너무나 일목요연하

헐벗은 마음

게 드러난 그 지저분한 간통 자체는 더 떠올리기 싫어서 나는 거의 뛰다시피 하산 걸음을 재게 놀렸다. 돈과 여유가 불러온 유부녀의 무분별한 탈선 행각, 상습적인 퇴폐, 돈 앞에서 비굴해져야 인간답다는 황금만능 풍조에 원성을 퍼부어본들 무슨 소용이겠는가. 귀를 씻고 싶다는 나의 처신마저 이 난잡한 세태는, 공연히 니만 고상한 체해봐야 무슨 소용이야, 외간 여자의 부드러운 살갗을 모르고 산다면 그것도 좀 유별난 처신이기는 하네 라며 한껏 비웃고 말 건데.

↓

하산 후에는 시장하기도 하고, 심신이 두루 노폐물을 웬만큼 빼냈다는 자위를 누리기 위해 밥과 술을 찾는 게 우리 일행의 관례였다. 그러나 그날 나는 무슨 잡균 같은 것이 머릿속에서 득시글거려 빨리 흩어지자고 재촉했다. 나는 어차피 기덕이의 차에 편승해야 했다.

차가 양재 사거리를 지나서 신호등에 걸렸을 때, 기덕이가 앞쪽을 턱짓하며 남의 일처럼 말했다.

"저쪽 청계산 입구 들머리에 회색 타일 발라놓은 빌딩이 있어. 한창 다세대 주택이 들어서고 있더라고. 그 뒤야. 하얀 타일로 포장한 기다란 연립주택이야. 3층에. 셀이야. 세포 말이야."

"그래? 그럼 차선을 잘못 잡았잖아. 길 건너서 날 떨어뜨려줘."

"다 왔는데 머, 집 앞까지 바래다 줄게."

"나는 오늘 늦게라도 옷 갈아입고 어디 갈 데가 있어."

"그럼 더욱이나."

나 때문에 두부집에서 막걸리로 목을 축이고 있을 친구들과 동석하지 못한 미진함을 더듬는지 기덕이는 무표정한 얼굴로 뜸직한 말투에 여운을 신고 있었다. 홀아비인 만큼 그는 어디서나 끼니를 때우고 '세포'로 기어들어 가야 할 터였다.

"막내 삼촌이 오늘내일하고 있어. 안 들여다보면 섭섭하게 생각할 거야. 현장을 비울 수가 없어서 벌써 3주나 안 찾아봤거든."

"무슨 병인데, 암인가?"

"좀 희한한 병이야. 근육무력증이라나, 파킨슨병하고는 다르다 그러고. 그것도 바람의 일종인지 모르겠어."

"풍? 그것도 유전인가?"

"모르지 머. 병명을 알려고 여기저기 뛰어다닐 때 삼촌이 그러데. 울 엄마가 환갑도 훨씬 전에 바람이 왔다고. 전신마비였던 모양이야."

"너한테는 할머니 아냐?"

"작은 할매였어."

"첩?"

"첩도 아니고 후실도 아니고 그냥저냥 큰집 작은집 하며 사이좋게 살았어. 할배가 외동이었거든. 딸 하나에 아들을 둘이나 보고. 내왕도 잦았어. 심성이 아주 곱고 여린 할매였어."

"유전 아닌 게 없어. 피란 무서워. 오죽하면 목소리까지 지 애비 에미를 닮을까."

기덕이의 탄식 같은 단정에 나는 짚이는 구석이 있었다. 그의 골수에 박혀 있을 어떤 여편네의 내림을 훑고 있는 게 분명했다.

차일피일하다 그다음 주중의 어느 날 퇴근 때, 나는 그 싱싱한 이파리나 지긋이 노려보며 소일하라고, 그즈음 강남의 한 빌딩 옆 자투리에다 움막 같은 가건물을 지은 후 개장하여 안팎이 한창 분주를 떨며

헐벗은 마음

지낸다는 사돈의 팔촌쯤 되는 친지의 '취미 화원'에서 관음소심란 한 촉을 사 들고 '셀'이라는 기덕이의 임시 숙소를 찾아갔다. 눈치 빠른 박 주임이 백미러를 힐끔거리며 내게 "어디 위문 가십니까?"라고 물었었다.

무심코 받은 내 대답이 꽤 그럴듯하게 심사를 드러내어 나는 속으로 쓴웃음을 지었다.

"위문? 상처(喪妻)라도 했으면 얼마나 좋겠나. 변소 가면서도 빙긋이 웃는다는데. 홀아비 신세가 된 친구 집을 찾아갈 참이야. 양재 지나서 쭉 가다가 청계산 입구에서 내려줘."

모든 건물은 하중(荷重)의 분산과 그 안배를 충분히 고려하면서 공간의 확보를 위해 벽과 기둥의 최적을 겨냥하는 구조물이다. 벽과 기둥은 서로 싸우면서 타협점을 찾는다. 곧 배치다. 기둥, 벽, 천장 등의 안배는 건축의 고유 기능이다. 그러거나 말거나 4, 5층짜리 소형 건물일수록 건축주는 기존의 설계를 제멋대로 바꾸려고 덤빈다.

그 건물도 거죽은 요란했지만, 지으면서 속을 임의로 바꾼 누더기꼴의 한심한 구조물이라기보다 한낱 장치물에 불과했다. 좁은 공간에 웬 복도는 그렇게 얼기설기 뚫어놓았는지, 그 복도의 천장은 왜 그렇게 낮은지, 창틀은 왜 그렇게 많이 내놓았는지 알 수 없었다. 돌아서면 벽이었고, 그 공간의 경계선이 너무 두꺼웠다. 하중과 풍압을 거꾸로 고려한 시멘트 더미였다. 심지어 계단의 높낮이도 일정하지 않았다. 5층짜리 이하 구조물로는 과학관, 기숙사, 종합병원 등 기본 지주(支柱)를 다른 구조물보다 상대적으로 튼튼하게, 그만큼 무뚝뚝하게 세워야 하는 공공건물 말고는 지어본 적이 없긴 하지만, 그 건물의 준공 검사 때 건물주와 시공업자가 앞앞에 '봉투'를 돌리며 굽실거린 광경이 눈에 선했다. 사람도 대체로 마찬가지다. 겉치레가 심하고 불필요한 꿍꿍이수작으로 언행이 쓸데없이 분주스러운 인간들은 미구에 탈을 저지를 확률이 높다. 사람이든 건물이든 유기체이므로 외부와의 접근을, 일상 중의 활동을 가능한 한 줄이며 살아갈 방도를 찾아야 그나마 체신 유지에 도움이 된다는 것이 나의 직업관이다.

3, 4층에는 살림집들을 촘촘히 칸막이해놓느라고 복도가 건물의 내장을 창자처럼 에둘러서 나는 세 번이나 직각 모퉁이를 꺾어서야 녹색 철문 앞에 닿을 수 있었다. 문짝을 두드렸다. 점심을 먹고 난 후, 전화를 해두었으므로 문이 안에서 곧장 열렸다.

그의 눈이 게슴츠레했고, 실내에는 담배 연기가 자욱했다.

"들어와, 최초의 내방객이야."

"술 마시고 있었나?"

"기다리려니 심심해서 방금 한잔했어. 웬 난이야. 어떻게 키우라고."

"게을러빠진 사람이 난 키우며 즐긴다잖아. 햇볕만 피하고 물은 잊을 만하면 한 번씩 주면 된대. 가끔씩 바께쓰 물에 화분을 통째로 담가두라고 그러고. 꽃집 주인을 좀 알아."

화분이 워낙 미끈하니 잘 빠진 것이긴 했지만, 그의 말투가 벌써 주정꾼의 허풍을 닮아 있었다.

"이 모가지까지 물이 차도록?"

"몰라, 그거야 무슨 대중이 있을라고. 숨만 겨우 쉬도록 담가둬봐."

현관 앞의 신발장과 싱크대, 싱크대 위의 붙박이 찬장, 생맥주 집의 통나무 술판 같은 식탁에 어울리지도 않는 회전의자 두 개, 부엌과 마

헐벗은 마음

주 보는 공간에 방 둘, 틀림없이 책이 들어 있을 라면상자들, 남루한 소파, 침대와 자명종 시계, 음량의 진동에 따라 조명 장치가 파딱이는 오디오, 티브이와 쓰레기통, 선 책상, 기성복 매장의 옷걸이 등이 더러는 깔끔하게, 대체로 지저분하게 널려 있는 정육면체 살림집은 12평쯤 되어 보였다. 방 사이의 벽만 텄더라면, 세면대 뒤쪽에다 샤워꼭지만 달아두었더라면 허름한 오피스텔이라고 불러도 괜찮을 주거지였다. 그러나 실내는 홀아비 살림집답게 숨이 막히고, 집기와 가구들은 제가끔 음치의 노래처럼 고함만 질러대고, 사는 게 별것도 아니라고 시위해대는 답답한 공동(空洞)이었다.

"살 만하네, 전세로 얻었나?"

"퇴직금으로 이것 얻었더니 딱 맞아떨어지데. 소개비는 내 돈까지 보탰어."

"그걸 이 집에다 다 쑤셔 넣고, 앞으로 창창한 나날을 여윳돈도 없이 우째 살라고?"

"먹고 사는 거? 꼬불쳐둔 내 돈이 조금 있긴 해. 은행에 아파트 잡히고 기천만 원 빼냈고. 갈라서기로 작정했을 때 동사무소로 가는 길에서 문득 그 생각이 들데. 억대 단위로 못 빼낸 게 좀 후회막급이지만. 그랬더라면 재판을 이렇게 질질 끌고 갈 것도 없이 내 도장을 질러주고 마는 건데 말이야. 홀가분하게. 은행에 있는 친구는 이런 내 사정도 모르고 있을 거야. 어떻게 결판이 나든 채권은 확보되어 있으니까 그 친구에게는 피해가 없는 거고."

술기운 탓인지 그의 말이 경중거렸다. 하기야 그동안의 여러 사정이 워낙 복잡하게 얽히고설켜 있어서 두 당사자가 아니고는 변호사도 쉬 간추릴 수 없을 것이었다.

"복잡하네."

"복잡할 것 하나도 없어. 차라리 좀도 복잡했으면 좋겠어. 저희들 꼴리는 대로 내 돈 내 이름 빌려 사둔 부동산을 가려서 니 것 내 것을 분명히 매조지자는 거야. 그러자고, 가져갈 건 후딱 다 사셔가라고, 지금 지레 재산권 포기 각서 같은 건 못 써주겠다고 하품하고 있다면 이해가 될란가 몰라. 절차만 남아 있어. 재판이 원래 절차 아냐. 귀찮아 미치겠어. 재판에 끌려다니느라고 막상 내가 앞으로 살아갈 일, 생업도 못 찾겠어. 나쁜 머리가 하나밖에 없어서. 지금 당장에야 취직할 엄두도 안 나고. 이런 판에 무슨 직장생활을 하겠어."

"점점 더 모르겠는데."

"모르는 게 좋아. 그까짓 거 알아서 머 할라고. 쥐뿔이나 써먹을 데도 없는데."

그야말로 망외의 소득을 얻은 것 같은 기분이었다. 사실상 나는 그의 그런저런 저간의 사정을 엿듣기 위해서가 아니라 그의 현재 형편과 심정을 살피고 캐물으려고 찾아갔는데도 그랬다.

그의 안방은 현관에 들어와서 왼쪽 방, 복도를 두 번째 꺾어 돌아오는 바로 그 귀퉁이었다. 우리는 소주병과 글라스와 참치 캔과 오징어포가 놓여 있는 탁자를 사이에 두고 소파에 마주 앉았다. 내 시선에는 붉은 눈을 파딱이고 있는 오디오가 보였는데, 무슨 바이올린 협주곡이 가녀리게 흘러나오고 있었다.

나는 화제를 돌렸다.

"누구야? 정경화야?"

헐벗은 마음

"미도리야. 일본 기집애야. 들어봤어?"

"몰라. 노가다 주제가 그런 어린애 연주를 들을 짬이나 있나. 니 집 애들도 활을 좀 켜고 하나?"

"밑에 애가 여기 있을 때 3, 4년쯤 배우다 말다 했을 거야. 공연히지 에미년 허영에 놀아난 거지 머. 음악적 재능은 없다고 봐야지."

"그런 허영이야 누구 집 여편네는 없나. 사내들만 등골이 빠질 노릇이지만 세태가 그러니 잠자코 뭉개야지. 남들이 하면 반드시 뒤따라 해야 직성이 풀리는 걸뱅이 근성이 우리 된장들의 장긴데, 그 못나빠진 미덕을 어느 누가 단숨에 뭉개겠어, 교육열도 그런 맥락이고."

나의 누글누글한 응수를 그는 못 들은 척했다. 그가 맥주 글라스에 소주를 철철 따르며 "좀 할래?"라고 물었다. 나는 탁자 밑 선반에 무슨 경제신문 뭉치와 함께 뒹굴고 있는 아동용 양장본인 《장발장》에 눈을 떼지 않고 받았다.

"출출한데 어디 나가서 머 좀 시켜놓고 한잔 걸치지. 저녁도 되게. 해가 많이 짧아졌어. 그새 제법 썰렁해졌고."

그의 눈매가 멍청해지더니 대단한 발언이라도 하는 것처럼 아랫입술로 윗입술을 감아들였다.

"둘 다 코제트를 좋아한대. 《장발장》 말이야. 애들용으로 다이제스트한 것이라 그런지 실감도 안 나고 무슨 말인지 모르겠더라고. 서점을 세 군데나 들러 《레미제라블》 완역판을 찾았더니 그런 게 없다데. 정말 그게 없다는 게 맞는 말이야?"

나야 물론 그런 책이 있는지 어띤지조차도 모르는 무식꾼이었다. 그거야 아무려나 내남없이 돈을 쫓아다니느라고 미친 듯이 돌아가는 이 서울의 어느 외진 한 구석방에서, 적잖이 심란한 처지로 두 딸을 생각하며 그런 책을 꼭 읽어야겠다고 벼르는 친구가 있다는 사실 자체도 내게는 귀한 소득 같았다. 굳이 비교한다면 늘 다니는 길에 떨어져 있는 지폐 한 장이 눈에 띄었을 때 주위를 휘둘러보며 설레는 마음을 다독여야 하는, 눈앞이 화 밝아지는 그런 마음이었다.

그가 소주를 꿀꺽꿀꺽 들이켰다. 문질러대는 줄의 마찰음이 올올이 끊어질 듯 자지러지더니 뚝 멈췄다. 미도리가 두 손을 내린 것이다.

대신에 흐느적거리는 듯한 그의 말이 답답한 방 속에 거미줄을 쳤다.

"직장생활을 할 때 말이야, 내남없이 점심 때마다 먹을 만한 것이 없다고 투정을 일삼잖아. 사실이지. 그때 누가 이런 말을 했어. 서울은 죽도록 일만 시키고 밥도 제대로 못 멕이는 곳이라고 말이야. 다들 먹고 살라고 죽을 둥 살 둥 일하는데 막상 밥도 못 멕이는 이 도시가 도대체 사람이 살 데냐 이거지. 대대로 변치 않는 맛으로, 단골이 늘 같은 자리에 앉아 어제 먹었던 그 집 밥상을 말없이 받을 수 있는 가게가 없다는 소리지. 사람이나 가게나 한결같은 게 얼마나 귀하냐는 소리였던 것 같애. 그 말이 늘 귀에 쟁쟁하더니 이제야 실감이 나."

"밥을 늘 사 먹나?"

"아니야. 악착같이 해 먹어. 사흘만 사 먹어봐. 신물이 나고 사 먹을 게 없어. 서울은 정말 못 살 데야. 공부만 죽을 둥 살 둥 시키고 정서를 키우지 않아. 머리만 굴릴 줄 알까, 피부를, 육감을 섬세하게 개발시키기는커녕 짜부라지게 눌러대니 이게 무슨 소굴 양성소야."

갑작스럽게 닥친 횡액을 너무 오래도록 곱씹다 보니 그의 정서야말

헐벗은 마음

로 좀 삐딱해졌든가 삐꺽거리고 있든가, 머릿속에서 바글거리는 온갖 원망, 분노, 갈등을 한목에 털어놓으려니 말에 두서가 없어지는 것 같았다. 이제 그는 분명히 정상적인 생활인이 아니었으므로 나는 굳이 그의 사고 행태를 따라잡아서 나무랄 것도 없었다.

"애들은 가끔 만나나?"

"가끔 전화질만 해. 물론 지들 에미년이 시킨 게 뻔해서 그냥 오냐 오냐 하고만 있어."

"앞으로 개들이 문제야. 정서적으로…"

"충격이 클 테지. 물론 내 탓은 아니지만. 내버려둬야지. 언젠가는 이해하고 깨치기도 하겠지. 지금이야, 난들 불알 두 쪽뿐인 판인데."

"그게 큰 거지. 아비로서, 그 구실을 누가, 무엇이 보상해줘. 벌충할 데가 없잖아. 사실 돈으로도 해결할 수 없는 게 많아. 몸 말고 머리로 하는 일은 돈과는 전적으로 무관해. 요즘 자꾸 그 생각이 들더라고."

"알아, 알고 있으니 이러고 있잖아. 둘 다 그 나이에 별난 경험을 당하는 게 불쌍하다가도 지들도 어차피 계집들로 성장하면서 변할 테지. 변하기 마련이고. 그거야 이렇게 갈라서지 않은 가장인들 어떻게 도와줄 수도 없잖아. 시시껄렁한 미국 영화에서처럼 전처의 자식을 법이 시키는 대로 주말마다 시간을 정해서 만나고, 둘 중 하나가 중병에 걸려서 서로가 애달파하고 어쩌고 하는, 그런 겉멋만 잔뜩 욱여넣은 최루성 멜로드라마가 내 경우에는 당치도 않아. 내 성질도 그렇고. 이 땅에 그런 휴머니티가 과연 가능할지, 있다면 가짜든가 어설픈 흉내로 내숭을 뜨는 걸 거야. 모조리 사이비에 돈맛에 걸신이 들려서… 막내가 정말 보고 싶기도 해. 어쨌든 내 피가 반쯤 들어 있다니까. 곱하기해서 나누기한 혈액형도 용케 그렇다니까 믿어야지. 그것까지는 믿어야 할지 몰라. 그 이전이야 알 바도 아니고. 그럴 수밖에 없잖아."

소주를 자작으로 즐긴데다 말벗도 그리워서 그랬을 테지만, 그의 횡설수설이 점입가경이었다. 차라리 그런 악에 받친 심사랄지 허세가, 께느른한 넋두리가, 후줄그레한 다변이 물욕 덩어리 일가에게 호되게 시달리고 있는 그의 딱한 처지를 역설적으로 드러내고 있는 듯해서 나는 적이 안도했다. 그의 발악과 의기소침을 어루만져주기 위해서라도 나는 그와 술을, 착잡한 심정을 나눠야 했다.

그날 밤에 그가 흘린 말인지 그 후에 주워들은 넋두리인지 분명치 않으나, 그의 지론은 이러했다.

사람이 스스로 제어할 수 있는, 충분할 수는 없겠으나 시늉으로라도 혼자서 웬만큼 다스려야 하는 욕망에 식욕, 성욕, 물욕이 있음은 주지하는 바 그대로다. 식욕은 아파본 사람이면 그것이 얼마나 더럽고 무섭고 요긴하고 가증스러운지를 뼈저리게 체험한다. 성욕도 대체로 그렇다. 물론 둘 다 건강을 전제로 하고, 그 욕망에는 한계선 같은 게 있어서 생리적으로 조절된다. 그런데 물욕에 덮어씌우면 그런 조절이 인위적으로는 불가능해진다. 말하자면 물욕의 계수는 무한대로 뻗어가게 마련이고, 제도가 점점 더 그 팽창계수를 조장하고, 저절로 강화, 보장해주게 되어 있다.

이같은 물욕의 저돌적인 회로에 빠지면 누구나 서로가 악감정을 품으면서 겉으로는 그것을 도말(塗抹)한다. 거죽에 가식을 포장하고 있으나 내심으로는 적의(敵意)를 키워간다. 극단적으로는 어느 쪽이든 먼저

헐벗은 마음

죽어야 하고, 죽기를 바란다. 그래서 부에 집착할수록 인간성 자체는 메말라지다가 짐승처럼 약육강식으로, 적자생존으로 치닫게 된다. 그 경쟁에서 져버린 약자들은 제도에 치이고 짓밟혔다는 원망에 겨워 지낼 수밖에 없다. 돈의 이런 횡포를 가로막는 여러 장치를 제도적으로 강화해두어야 하나 한계가 있고, 그전에 인성, 품성, 덕성 등을 계발하는 교육이 관건이긴 한데 역시 전자보다 더 느슨해질 수밖에 없다. 당장 눈앞에 얼쩡거리는 그 물질적 풍요가 인간성 따위를 한낱 허수아비로 취급해버리니 말이다.

↓

예의 그 산행 친구들 사이에서는 한동안 기덕이에 대한 자별한 관심으로 나름의 소견들이 분분해졌다. 철저히 오쟁이지고 만 그의 불운을 곱씹는다는 것은 결국 어떤 화냥년에 대한 사내 일반의 성토에 불과하지만, 그런 시시껄렁한 잡담이야 이내 물려서 당사자의 현재 고충을 들먹이면서, 일을 잡아라, 연애라도 해봐라, 중매를 설 테니 새장가를 들어라, 속현의 재미를 보란 듯이 과시해야 진짜 원수를 갚는 것 아닌가 같은 너스레가 이구동성으로 이어지기 시작한 것이었다.

한창나이 덕분에 그는 이내 달라졌다. 일을 찾겠다면서 넥타이를 맸고, 친구들이 보는 앞에서 카페형 술집의 한 여자 종업원을 택시에 태우고 어딘가로 내뺐고, "홀애비 방에 치마만 걸려 있어도 훈기가 돈다는데" 운운하며 중매를 자청하기도 했다. 그러나 한편으로는 알음알이로 들어간 어느 소규모 무역회사의 이사 자리는 "장사를 지 혼자 다 할라고 덤비는 기 말이 되나, 안 되겠더라"라면서 일주일 만에 걸어치웠고, 술이 억병으로 취해서는 "연애가 별기가, 하면 하는 기지, 남자나 여자나 입만 뗐다 카면 양기, 양기 캐쌓는데 시도 때도 없이 매일 하는 기 그렇게나 좋다 이 말이가. 다 짐승이 되자는 거 아이가, 정신 좀 채려보자 캐도 돌안 인간 취급한이 세상이 많이 삐딱해지고 만기지"라며 심드렁하니 물러나 앉았고, 한 친구의 부인이 중신아비를 자청하며 날짜와 장소를 다잡으려면 저쪽의 신상과 형편 따위에 대해 이것저것 묻기만 하다가 "과분할 것 같은데, 벅차다. 불알 두 쪽뿐인 내한테는 그냥 빨래나 해주는 허름한 소박데기라야 될거로, 좀 더 두고 보지 머, 피차 바쁠 것도 없지 싶은이까"라면서 흐지부지를 일삼았다.

아무리 에누리해서 둘러대더라도 그는 돈에 걸귀가 들려 어딘가로 맹렬하게 내빼고 있는 이 시대의 불쌍한 탈락자였다. 그래서 우리 친구들 사이에는 무덤덤한 피에로를 자처했고, 마지못해 그 어릿광대 짓을 즐기고 있는 듯했다. 내버려둘 수밖에 없었다. 그의 유별난 심적 고통을 이해한다는 위로의 말도 실은 피상적인 헛소리였다. 하기야 밝은 쪽으로의 변모를 기대하는, 그것도 빠른 시일 안에 정상적인 일상을 꾸려가기를 바라는 주위의 조마조마한 바람을 모른 체하는, 억지로 물리치고 있는 듯한 그의 동정에 애가 쓰이기는 했다. 만약 그가 이쪽의 그런 관심을 동정이나 연민으로 치부한다면 속 좁은 인간이겠으나, 그런 심정적 경사마저도 그의 불우를 요약하고 있는 셈이었다.

돌이켜보면 그해 가을과 겨울이야말로 그가 온몸으로 사방에서 몰려드는 하중을 견뎌낸 가장 힘든 고비였던 듯하다. 그 하중은 물론 돈에의 탐닉과 성에의 몰입에 심신을 불사르고도 한때의 있을 수 있는

헐벗은 마음

일과성 바람쯤으로 치부하며, 여전히 뻔뻔스러운 전처의 여러 자태일 것이었다. 그 실상은 생각을 이어갈수록 적나라해지는 뭇 연상을 부채질하다가 결국에는 참담한 수모감, 지독한 패배감, 몹쓸 자괴감 속에서 기껏 머리카락을 쥐어뜯는 데 그치는 발작적 자학으로 이어질 게 뻔했다. 그 심적 고통을, 압박해오는 하중을 지울 수 없는 한 그는 한 뼘의 자기 공간도 확보하기 어려울 것이었다.

↓

해가 바뀌었다. 지하 28미터 깊이에다 부력(浮力) 앵커를 설치하고, 기초 콘크리트를 치고, 철골 기둥을 박고, 타워 크레인을 세웠으니 철근을 올리고, 잇고, 조이면서 콘크리트로 덮어가는 작업이 시작되었다. 이름과 전문 용역 분야가 더러 헷갈리는 하도급업자들이 중동에서는 물값이라고 하나, 여기서는 떡값이라는 뇌물을 불쑥 내밀기가 차마 낯부끄러워서 지네들이 짜고 잃어주기 위한 고스톱판을 벌이자고 매일같이 나를 짓졸랐다. 국내외의 여러 공사 현장에서 먼지를 마시면서 살아온 만큼 나는 인생이란 아무리 신중하게 살아도 실수가 터지고 마는 공사판이라고 간주하면서 어떤 종류의 도박도 적극적으로 피해왔다. 그런 자세의 일환으로 한 달에 한 번 이상은 빠지지 않는다는 다짐 아래 나는 일요일마다 산행의 꽁무니에 따라붙었다. 기덕이는 여전히 얼이 좀 뜬 듯한 특유의 그 흐릿한 표정으로 나타나서는 성큼성큼 산길을 줄여갔다. 친구들의 푸석푸석한 다변을 그는 주로 듣는 쪽이었고, 알아도 그만이고 몰라도 하등에 지장이 없는 그 시사성 화젯거리에 웬만큼 물린다 싶으면 그는 남 먼저 희미한 뒷모습을 길게 끌며 산속으로, 좀 기이한 고행자가 나아갈수록 앞을 가로막는 거친 장애물을 꾸준히 걸터 넘듯이 나무 사이로, 숲길로 빨려 들어 갔다.

우리는 그의 등에다 대고 배부른 푸념을 주절거리는데 지치는 법이 없었다. 차라리 귀 밖으로 흘려들어야 정상적인 처신에 도움이 되는 그런 정보는 각자가 숱하게 거머쥐고 남들에게 들려주고, 은근히 퍼 뜨려지기를 바라는 유언비어 같은 것이었다. 수다스럽기로는 입이 싼 여자들보다 사내들이 더 시끄러웠다.

일단 정상적인 혼인의 절차를 밟은 평균치 유부남, 유부녀를 상정 할 때, 간통은 남자 쪽만 누리는 배타적 권리일 수는 없어, 다들 동의 하지? 인정하기는 힘들지만 묵인하고 있는 것은 현실이고, 일부의 여 자들은 적극적으로, 물론 암암리에 누리고 있다고 봐야지. 경우의 수 가 구색도 다양하게 숱할 거로. 이러쿵저러쿵 유보 단서를 많이 달아 야 한단 소리야. 가령 혼외 자식만은 불가 내지 불허한다든지, 집 안 팎의 대소사를 능히 꾸려가지 못할 정도로 심신에 장애가 있다든지, 서로가 정서적으로 삐꺽거린다든지, 소위 궁합이 안 맞다든지 하면 암묵적으로 바깥양반의 외도는 양해할 수 있다고 봐야지. 형평의 원 칙에 어그러질 거로. 그카면 계집의 간통도 묵인해조야지. 인류의 반 은 여자고, 그 반이 혼인의 고유 의무를 성실히 수행하면 나름의 권리 는 얼마든지 주장할 수 있다고 봐야지. 남자가 무슨 힘이 있어서, 지 는 하고 남은 못 하게 하는 전매특허법은 어불성설이라 칼낀데. 간통 이 담배처럼 지 멋대로 끊고 피우고 자유로 할 수 있는 것가. 잡음은 빼고 실속을 차려야지. 간통만치 실속 있는 기 따로 없을 거로. 허허, 또 신소리다, 남녀 어느 쪽이나 간통의 상대자가 이쪽보다 경제적으

헐벗은 마음

로, 신체적으로, 정신적으로 월등히 낫다면 일단 승복해야지. 글쎄, 우선 기야 죽겠지. 대응 방식을 묻는 거야. 합리적인 길을 찾아야지. 혼인의 약속을 일방적으로 파기했으니까 위자료 같은 거 두둑하게 우려낼 궁리나 변호사 앞세워가 쥐어짜면서, 어차피 이렇게 된 거 쌍방이 좋도록 하자고 입에 침을 발라가며 오순도순 밀고 당기며. 이런 못난 놈들, 시방 우리 사내들이 피해자가 된 경우를 상정하고 지껄이는 것 같은데, 샛서방한테 위자료나 발라낼 궁리를 하고 있어. 낭패다, 창피스럽다, 그까짓 더러운 돈을 어디다 쓸라고. 울화통이 터져서 죽을 물고 죽을 생각뿐일 낀데. 울화통은 그 전단계야. 무식한 놈, 죽긴 왜 죽어. 그런 불뚝성 자살극을 벌려봐야 누가 눈이나 깜빡할 줄 알아, 또 누구 좋으라고. 후딱 갈라서는 게 상책일 거야. 서로가 새 삶을 찾아야지. 사람 한평생이 몇백 년이나 되나. 서로 바쁘잖아. 하루라도 빨리 새 공사판에 길을 내야지. 한때의 일시적 착각, 열정이 얼마나 허무한지를 뼈저리게 느끼게 하려면 그 수밖에 없을 거로. 그 짓만 밝히는 것들이 그런 멀쩡한 시건머리가 있기나 하면 무슨 걱정, 어려울 걸. 그런 초보적인 지각도 없는 인간과 살았다면 그 결혼생활이야말로 한심 천만한 거 아냐? 열정? 열정만큼 공허한 말로 또 뭣이 있을꼬? 간통은 남녀 공히 재미있는 노리개감이거나 일종의 스포츠잖아. 옛날부터 그랬고. 달리 보면 간통은 그나마 알량한 일부일처제의 명맥을 지탱시켜주는 버팀목 역할을 하고 있다고 해야 옳을 거야. 다 팔자지 머. 깨지라고, 각자가 흩어져서 사는 게 맞다고 팔자가 가르쳐주니 고맙지. 우리는 이제 다들 체념하면서 살 줄 아는 지혜를 경험하고 있잖아, 그러려니 하고 실천해야지. 팔자라면 너무 거창한데. 그 팔자

타령 전에 정리할 걸 찾아보자는 게 지금 주제 아냐. 성격, 씀씀이, 가치관 등이 안 맞다, 차차 따로 살자는 주제로 정리되고 있는데. 뭔가 미흡하다는 소리잖아. 왜 그런 줄 알아? 돈이 끼어들어서 그래. 막상 간통 자체는 혼인에 오물을 끼얹은 것이니 더럽다고 피해버리면 그만이지만, 그 후 정리 단계에 끼이드는 게 돈이고, 그 시저분한 계산은 쌍방이 불만족스러울 수밖에 없어. 미흡하다는 소리야. 어차피 모든 혼인은 어떤 잣대를 들이대더라도 미흡하게 마련이고. 만족스러운 결혼생활? 입에 발린 헛소리지.

　남자들의 군소리도 여자들의 수다만큼이나 변죽만 울릴까 본질과는 겉도는 공염불에 지나지 않았다. 남녀 두 사람이 함께 기약도 없이, 매일 코를 맞대고 살아가게 되어 있는 일부일처제 자체가 벌써 수많은 장애물을 담보하고 있는 이상 쌍방의 인내, 양해, 겸손, 극기, 용서, 관대 같은 인간의 기본적인 윤리관을 강제하고 있으므로 '혼외정사' 같은 일시적 일탈은 따분한 일상의 중첩에 따른 사소한 반발 행위일 수 있지 않나. 더 과감하게 말하면 일부일처제가 그런 '탈출극'을 여기(餘技)로 또 취미 활동으로 보장하고 있다고 해도 틀린 말이 아니다. 군말을 줄이면 남자의 '기집질' 때문에 한 가정이 파국을 맞든, 여자의 '서방질'로 가족 관계가 찢어지든 인류 역사상 대대로 내려오는 자녀 양육권에 대한 여자 쪽의 기득권이 늠름한 한, 옛말대로 어머니 날 기르시고, 아버지 날 낳았으니를 보더라도, 홀아비 신세를 일시적으로든 영구적으로든 면치 못하게 된 남자 쪽의 정서적 '결핍'은 곱다시 겪어야 하는 덤터기이자 반인격적 트라우마일 수밖에 없다. 여자 쪽이 상대적으로 그런 피해에서 여유로운 것은 자식 양육에 따르는

헐벗은 마음

일상의 부담이 늘 고락을 함께해야 하는 운명과 짝지어져 있어서이다. 이러나저러나 '갈라서기'는 남자 쪽의 일방적 손해로 결말이 나고마는데, 옛말도 일찌감치 '홀아비는 이가 서 말'이라고 단정하고 있는데서 드러나 있다. 요컨대 '부정행위'만 따지는 여자의 원성이나 남자의 트집은 서로의 우월하거나 열등한 기득권을 깔보는 근본적인 결함을 의식적으로 간과하는 데서 비롯되므로 어떤 해결책도 결국 수다나군말에 그치고 만다는 약점이 있는 것이다.

↓

마지막 눈인가 싶은데 풀풀 휘날리던 눈송이가 제법 굵어지더니 아예 주룩주룩 쏟아지던 그해 2월 말의 어느 날 점심시간에 나는 전화를받자마자 짜장면 그릇을 내팽개치고 손수 차를 몰아 강남의 한 종합병원 입원실로 달려갔다. 막내 삼촌은 그렇게 운명할 사람이었다. 불과 두 달 전만 해도 삼촌은 오대산 속의 움막 같은 한 외딴 시골집의방 한 칸을 빌려 칩거하며, 살모사, 능구렁이, 백사 등 뱀이란 뱀은 잡아 오는 족족 다 달여 먹고 있었으나, 그 마지막 투병 수단도 별무소득이었다.

들것에 실려 왔다는 연락을 받고 달려갔더니 삼촌은 부숭부숭한 눈꺼풀을 힘겹게 치뜨고 나서는 눈 운동하는 사람처럼 눈동자를 상하좌우로 돌리다가 내 손을 찾았고, 하염없이 울었다. 남자의 손아귀 힘이그렇게 파르르 떨릴 수 있다는 게 믿기지 않았고, 그런 느낌도 잠시일뿐 나는 진저리를 쳤다. 그래도 정신은 멀쩡하고 말은 간신히 할 수있어서 삼촌은 "니만 믿는다, 성욱아, 니가 나 알아서 저리해두가, 내가 니 말고 누가 있노"라며 그 힘 없는 손을 놓지 않았다.

더러 건너뛰기도 했으나, 그 전부터도 일요일 오후에는 문병을 빠뜨리지 않았는데, 이제는 꼼짝없이 그 일정에 묶여버렸다. 꼬박꼬박 "바쁘제?"에 이어 "절대로 무리하지 마라"라는 당부를 앞세우던 삼촌은 가능하면 하루걸러 한 번씩이라도 들러주기를 바라는 눈치였다. 이틀 후에 또 무슨 검사 결과가 나온다는데 의사 말은 믿지도 못하겠고, 숙모는 관심도 없으니 나라도 곁에서 이런저런 말을 옮겨줘야 하지 않겠느냐는 것이었다. 심란하기 짝이 없는 노릇이었다.

적어도 의학적으로는 죽을 날짜를 가깝게 받아놓은 데다 시키지도 않은 뱀탕까지 장복하고 왔다고 병원 쪽의 냉대가 눈에 띄게 보였다. 기력이 점점 떨어져 가는 불치병 환자가 나만 나타났다 하면 아연 생기를 찾아 어린애처럼 악을 피웠다. 천 사람에 세 명꼴로 걸린다는 그 희귀병이 왜 유독 자기에게 행패를 덮어씌우냐고 하소연할 때는 어떤 위로의 말도 듣지 않았다. 정도가 심할 때는 숫제 발광 직전이었다.

지금도 귀에 생생한 삼촌의 절규를 재생하면 대충 이런 것이었다.

"이래 죽고 마나. 어이, 이래 죽나. 참으로 억울하고 분하다. 살 만한이 죽는다. 나는 죽어도 못 죽는다. 말이 안 된다."

웬만큼 지쳐 있던 숙모의 지청구도 곧장 뒤따랐다.

"또 시작이다. 읽으라는 성경은 안 읽고실랑. 다문다문 새겨읽으면 마음이 차분히 가라앉는다캐도 남의 말은 죽으라고 안 듣는 데는 우야겠노. 고집 앞에는 장사 없다카이. 그래도 기절은 펄펄 살아 가지고. 아이고, 꼴 보기 싫어. 자기만 중병에 걸렸나. 이라다가 내가 먼저 돌아버리든가 죽어 나갈기다."

숙모는 말도 미처 못 끝내고 불불이 복도로 뛰쳐나갔다. 누가 다혈

헐벗은 마음

질인지 분간하기도 어려웠다.

임종을 지킨 사람은 공교롭게도 나 혼자뿐이었다. 내가 잠바때기에
묻은 눈을 털며 병실에 들어서자, 침대 발치께에서 서성이던 숙모는
멀뚱거리는 내 모습과 수증기를 몽울몽울 피워올리는 가습기를 쳐다
보더니 갑작스럽게 미친 사람처럼 손바닥을 한 차례 두들기고 나서
화들짝 돌아섰다. 내가 뒤따라 나갔더니 숙모는 다급하게 지껄였다.

"아이고, 내 정신 좀 봐, 아침에 나올 때 가스를 안 잠그고 나왔어.
집에 불이라도 났으면 이 일을 우짤고. 엎친 데 덮친다더니.

중년 여편네들의 어쩔 수 없는 강박증이었다.

"전화를 해 보면 될 건데 뭘 그래요."

"아니야, 내가 틀림없이 안 잠갔어. 그년들 다 어디 갔어. 지 애비가
오늘내일하면서 목숨이 경각에 달렸는데도 자식들은 눈도 깜빡 안
해. 내가 가봐야겠어. 큰 아범이 여기 좀 지켜."

삼촌은 세 번째 여자인 지금의 숙모에게서 딸만 셋을 보았다. 초혼
으로 맞은 여자는 내 고향 근교의 한 벽촌 출신이었는데, 삼촌은 각시
의 겨드랑이에서 고약한 암내가 등천하여 곁에 갈 수 없다는 구실을
앞세우고 이내 소박을 놓았다. 최근에 들은 풍문에 따르면 육덕이 보
기 좋게 아주 투실투실했던 그 소박데기는 곧장 자식 하나를 둔 상처
(喪妻) 자리 홀아비에게 시집가서 아들도 줄줄이 낳고 잘산다고 했다.
한동안 장가갈 엄두를 내지 않아 삼촌은 집안의 골칫거리였으나, 주
변머리도 좋고 두름성이 있어서 제삿날이 닥치면 제사 비용을 혼자
도맡았다. 자유당 시절에 경상도 지방의 골골을 옮겨 디니며 종내에
는 군수 자리를 두 번이나 누린 나의 가친은 나이 차도 있으니 삼촌을

아예 자식 다루듯 했다. 두 번째 인연은 그 이름도 얼굴만큼이나 예뻐서 나도 아직 기억하고 있다. 그녀 역시 진외가 쪽의 먼 일가붙이였던 중신어미가 주선한 자국으로 소소라고 했다. 소소는 명색 신랑보다 여덟 살이나 적은 스물아홉 살짜리 노처녀였다. 제 주제가 그러니 당연히 엄전해야 하련만 삼촌은 신부의 과거가 수상쩍다 어떻다 해대면서 사흘이 멀다고 찌그렁이를 부린다고 했다. 가친은 문씨 가문에 똥칠만 하고 돌아다니는 망나니라고 이복동생을 내둘렀고, "앞으로 내 집 앞에 얼씬도 하지 마라"라면서 의절해버렸다.

나중에 드러난 사실이지만, 삼촌은 소소와 결혼하기 전부터 지금의 숙모와 내연의 관계를 맺고 있었다고 했다. 숙모는 그 당시 대구 변두리의 어느 다방 레지였다는 정설이 여러 증언에 따라 앞뒤 말이 맞아떨어지고 있다. 두 양반은 지금껏 결혼식도 올리지 않고 사는데, 내가 장거리 전화로 삼촌의 득병을 알렸더니 가친은 일언지하에 "그놈 벌 받아서 그렇다, 문병이니 머니 하고 니도 뻔질나게 그 집구석에 들락거리지 마라, 출신도 워낙에 시원찮든이 그 안들 팔자도 그까짓 것이다"라고 몰아세웠다.

70년대 말경이었을 것이다. 그즈음 나는 반포의 한 서민 아파트를 전세로 빌려서 행정고시를 준비하고 있던 남동생 하나와 치대에 다니던 사촌 동생 하나를 데리고 자취생활을 꾸려가고 있었다. 그때 나는 아직 총각이었고, 서울에서 직장생활을 시작한 지 1년이 채 되지 않았을 때였다. 삼촌이 부도를 냈다면서 내게로 와서 빌붙었다. 내막을 알아봤더니 자가어음을 서로 돌리다가 삼촌이 먼저 사취(詐取)를 당했다고 했는데, 상대방은 오히려 그쪽에서 받을 돈이 더 많다며, 죽일 놈

헐벗은 마음

이라고, 정해준 기한까지 안 나타나면 감방에 처넣겠다고 으름장을 놓고 있다고 했다. 오래전부터 삼촌은 자기 성명의 가운데 자를 빼버린 상호인 '문명' 전업사를 차려놓고 전기부품을 도산매하는 일방 전기공사 하청업을 벌리다가 그즈음에는 연립주택 같은 집을 지어 팔고 있었다.

지방의 건축업은 예나 지금이나 붐은 늦게 타고 외풍은 드세다. 서울에서 신축 아파트의 분양이 천시가 나도 지방은 '땅도 못 밟고 사는 그놈의 사상누각' 운운하며 주저 물러앉아 있는 것이다. 그러다가도 붐이 숙지근해질 때쯤에서야 촌것들답게 너도나도 거름을 지고 장바닥으로 몰려간다. 그러니 바람이 좀 이는가 싶으면 손을 털고 돌아서 나오는 업자가 태반이고, 그런 물결을 잘 타면 얼마간 목돈을 쥘 수 있다.

복잡한 사정을 간추리면 삼촌은 돈줄이 일시적으로 막혀버려 오도 가도 못 하는 겁쟁이였고, 근저당이 잡혀 있어서 사글세 방으로도 못 내놓지만 여섯 가구가 살 수 있는 연립주택을 네 채나 가진, 한시적으로 현찰에 궁기가 들어 있는 알부자였다. 아무튼 방 두 개에 부엌, 화장실, 거실이 딸린 아파트라 내 방을 삼촌에게 물려주고 나는 거실에서 잘 수밖에 없었다. 두 동생이 자기들 방을 내게 쓰라고 했으나, 나는 못 들은 체했다.

불과 일곱 살 위였으니 삼촌은 내게 맏형 뻘이었다. 그해 가을에 세 번째 인연에게서 첫애를 본데다 돈 귀신에 쫓기는 신세라 삼촌의 신수는 말이 아니었다. 그처럼 안팎으로 시달린 탓인지 그즈음 삼촌은 위가 부은 것 같다면서 밥숟가락을 놓기가 바쁘게 약을 한 움큼씩 입

216

에다 털어 넣곤 했다. 사촌 동생의 말을 빌리면 약으로 배를 불리고, 시간 맞춰 약을 먹기 위해 태어난 것 같은 사람이 삼촌이었다. 자기 몸 간수에는 워낙 극성스러운 양반이었는데, 영안실에서 치과 개업의인 사촌 동생이 "약화(藥禍)야, 약화"라고 되뇐 진단은 일리 있는 탄식이었는지도 모른다. 어쨌든 배를 쓰다듬으면서도 삼촌은 저녁마다 고향의 신접 살림집으로 전화질이었고, 문명전업사에서 걸려온 채권자의 전화를 받을 때면 거의 한 시간씩 맞고함을 질러댔다.

그해 설밑의 어느 추운 새벽이었다. 새벽이라고 하지만, 아직 먼동도 트지 않은 새카만 밤이었고, 발목이 빠지도록 눈이 쌓여 있는데도 함박눈이 사위를 아예 뒤덮어 놓을 듯이 내리퍼붓고 있었다. 새벽이라 귀가 떨어져 나갈 것 같은 찬 바람도 불어대서 코안이 쩍쩍 달라붙는 강추위 속에서 삼촌과 나는 버스를 기다렸다. 택시는 보이지도 않았고, 어쩌다가 엉금엉금 기어가는 것도 다가가면 제 몸도 제대로 못 가눈다는 시늉으로 팔을 휘휘 내저었다. 삼촌은 신트림이 너무 자주 괴어오른다고 종각 부근의 한 유명짜한 내과병원을 찾아가는 길이었고, 나는 삼촌의 보호자 격이었다.

삼촌은 두툼한 '빠이루' 오버 속으로 한 손을 집어넣고 연신 배를 쓰다듬어댔다. 엄살이 심한 양반이라 그런가 보다 하고 있는데, 삼촌이 불쑥 반으로 접은 흰 봉투를 내게 건넸다. 숙모가 오버 속에다 넣어 부친 돈이었다.

"30만 원이다. 하숙비는 아이고 전화요금이나 내라. 내 형편이 풀리만 이번 니 신세는 꼭 갚을 끼다. 해동하믄 머가 풀리도 풀리 싶우다. 오늘 진찰 결과 보고 바로 내리갈란다. 별 탈이야 있겠나. 아무래

헐벗은 마음

도 신경성이지 싶운데 앞날이야 무슨 재주로 점치겠노. 작년 한 해는 돈에 쪼들리미 산 기억밖에 없네. 내가 이래도 노임은 땡전 한 푼 안 띠묵었은이 저것들이 나를 잡아쳐넣지는 못할 끼다. 이자까지 쳐서 갚겠다고 약속해쓴이까 내 돈을 제대로 받을라카믄 저것들이 인자사 우야겠노."

그 원장이 한때 청와대의 주치의였다는 내과병원은 새벽부터 외래 환자가 미어터진다는 소문이 자자했고, 오전 열 시 전까지 진찰과 검사를 받으면 점심시간 전에 결과를 알려주면서 약도 아예 보름치 또는 한 달치씩 지어주는, 말하자면 위장병에 관한 한 속전속결식 환자 관리와 처방으로 점점 더 유명세를 쌓아가는 희한한 병원이었다.

어쨌든 두 동생도 매일 도서관에 다니느라고 고향에 내려가지 않고 있었으나, 그날 새벽 삼촌과 나는 빗속에 집을 나선 참이었다. 삼촌은 공복에 진찰을 받아야 했으므로 당연한 노릇이었으나, 나는 허기를 지우려고 줄담배만 뻐끔거렸다. 버스를 겨우 탔다. 그 이른 새벽에도 버스에는 빈자리가 없었다. 삼촌은 우거지상이었고, 나는 짜증스러웠다. 한참 단잠을 잘 시간에 이게 무슨 생고생인가 싶었고, 아무리 자기 몸이 불편하다고 하더라도 또 거의 석 달이나 식객 노릇을 하다가 오늘 오후에 하향한다고 하더라도 조카를 대동해야 안심이 된다는 식의, 그 제 몸 건사밖에 모르는 삼촌의 이기심에 치가 떨려서였다.

버스 속에서도 철거덕거리는 체인 마찰음이 한동안씩 제 자리에서 헛도는 소리가 들렸다. 이윽고 잠수교 초입쯤에서 안간힘을 쓰던 버스가 제풀에 시동을 멈춰버렸다. 운전사가 미안하다는 기색도 없이 더는 못 간다고 했다. 승객들이 툴툴거리면서 내렸다.

잠수교라서 비록 하늘에서 퍼붓는 눈발은 피할 수 있다고 하나, 사방에서 몰아쳐 오는 눈바람 때문에 앞이 안 보일 지경이었다. 이래저래 불뚝성이 잔뜩 나 있던 나는 삼촌이야 따라오든 말든 내 발걸음만 재촉했다. 내 심사를 웬만큼 눈치챘을 텐데도 삼촌은 자꾸만 나를 불러 세웠다.

"욱아, 같이 가자. 위장병은 공복하고 추위가 대적(大敵)이라 카드마는 정말인갑다. 속을 따습게 해야 된다 카는데, 속이 아리고 쓰려서 죽을 맛이다. 아무래도 내가 이 속병 때문에 장차 큰 곡경을 치를 모양인데 한걱정이다."

나의 심통도 사나워졌다. 오만상을 짓고 다가오는 삼촌을 부축할 생각이 내게는 추호도 없었다. 묘한 증오감이었다. 나는 잠시 잠시 서서 삼촌이 옹동거리고 다가오는 몰꼴을 짜증난 눈빛으로 재촉했다.

한동안까지 나는 멍청하게도 그런 생각까지는 챙기지 못했는데, 삼촌은 혹시라도 내가 돌아가자고, 진찰이야 내일이나 모레 받아도 되지 않냐고 말할까 봐 얄망궂은 선수를 쳤다.

"아무래도 속이 헐었든지 빵구가 났는갑다. 궤양 말이다. 내가 죽을 때 죽더라도 병원에 가서 죽어야겠다. 욱아, 지내놓고 나믄 나중에 이런 경험담도 다 좋은 추억거리가 될끼다."

그날 아침 그 모진 눈발 속을 어떻게 헤치고 종로까지 나아갔는지 지금은 종잡을 수도 없다. 우리 세 형제의 속짐작대로 삼촌은 빚쟁이들의 빚 독촉을 물리치려는 한 방편으로 위장병 같은 구실을 시의적절하게 구사하는 멀쩡한 환자였다. "사람이 아파 죽을 판인데 도대체 이런 법이 어딨능교. 한 번만 봐주소. 속이 시려서 죽을 맛이라카이

헐벗은 마음

그라나. 내일이라도 집만 팔리믄 김 사장 돈부터 갚을 테이 잠시만 기다려보소"라며 전화 송수화기에다 절까지 해대던 삼촌의 그 엄살을 이번에는 내가 회사에서 지루하게 들어야 했다.

"서울역이다. 의사가 아무 이상 없다 카드라. 약만 한 달치라 카믄서 한 보따리 싸주데. 테니스 같은 운동을 해보라 카고, 끼때 제때제때 잘 찾아묵어라 카드라. 이번에 내리가믄 큰형님한테 의논할 것도 없이 아부지 산소에 성묘나 착실히 하고, 채무를 정리하는 대로 솔가해서 서울로 올라와야겠다. 이번에 가만히 생각해본이 서울에 비하믄 시골은 역시 졸때기에 사업할 곳이 못 되는기라. 나도 이왕 하는 거 큰물에서 한분 놀아봐야겠다. 욱이 니가 큰판에서 뛰고 있슨이 그 정보만 얻어듣고 살아도 기집 자석 고생이야 시키겠나. 바뿌제, 끊을란다."

삼촌은 그런 사람이었다. 자기 몸밖에 모르고 제 편할 대로 생각하고, 남이야 죽든 말든 제 똥배짱이 꼴리는 대로 일가친지를 추운 거리로 몰아내고, 자기가 손해 볼 짓은 몸부터 사리다가도 제 돈을 떼먹은 사람은 무덤까지 쫓아가서라도 받아낼 양반이었다. 그러면서도 서자 출신이라는 열등감은 몸에 배어서 나의 가친 앞에서는 말끝마다 문씨 문중을 들먹거리며 굽실거렸고, 근년에는 자기 돈으로 할아버지 산소를 대대적으로 보수하겠다고 큰소리만 뻥뻥 치고는 마지막까지 땡전 한푼 내놓지 않았다.

내심 그처럼 미워했다기보다도 사람의 질이 아무래도 두어 수 떨어진다고 나는 치부하고 있었지만, 자격지심의 넝어리 같던 막내 삼촌이 막상 그 몹쓸 희귀병으로 신고 끝에 죽고 나니 내 주위가 그렇게 황량할 수 없었다. 되돌아보면 내가 노가다 밥을 먹게 된 것도 제삿날 같은 때 전기기술자, 미장이, 대목 등의 제 수하를 한 방 가득히 끌어다 모아놓고 제사 음식을 대접해대던 삼촌의 그 너름새가 보기 좋아서였다. 그에 반해 엽관(獵官) 운동을 벌이느라고 서울 걸음을 자주 하던 나의 가친은 경원할 대상이지 본받고 싶은 인물은 아니었다. 거리에서나 기차 속에서 혹시 소매치기라도 당할까 봐 수표나 현금을 분유통 속에다 집어넣고 다시 보자기로 싸서 그 매듭을 손목에 친친 동여매고 꼬박꼬박 특급열차로 오르내리는 아버지는 어딘가 초라하고 꾀죄죄하기 짝이 없어 보였다. 그처럼 방정한 양반이었으니 모 기관의 연수원장을 끝으로 공직생활을 마감할 수 있었으나, 바로 그런 처신이 내게 공무원 노릇만은 할 게 못 된다는 좌우명을 내걸게 했을 것이다. 그래서 희수(喜壽)를 기다리는 지금도 허리가 꼿꼿한 가친은 공무원이야 못할망정 반관반민 업체에라도 빌붙지 못하는 나를 좀 나지리 보고, 행시 출신의 알짜 관리인 동생을 앞세우는 데 주저하지 않는 편이다.

↓

　삼촌의 장례를 치르고 나서 숙모와 사촌 동생들의 뒷갈망 걱정으로 내 마음이 한창 어수선하던 지난해 늦은 봄, 퇴근 무렵이었다. 제 말대로 '베필떼기 장사꾼'인 사장짜리 친구에게서 전화가 걸려왔다. 그는 이런저런 안부를 장황히 물어대다가 깜빡 잊을 뻔했다는 투로 우정 내게 기덕이의 최근 행방을 아느냐고 물었다. 나는 거의 두 달째 술, 과로, 집안과 회사의 혼사와 상사(喪事) 등을 핑계로 산행도 거르고 있었으므로 기덕이의 근황에 대해서는 감감무소식이었다. 사장짜리

헐벗은 마음

친구는 기덕이가 벌써 3주째 산행에 나오지 않고 있으며, 숫제 증발, 행방불명 운운해대며 호들갑이었다. 그러면서도 그 자신이 기덕이에 대한 새로운 정보를 하나 가지고 있다는 걸 무슨 자랑처럼 늘어놓았다. 복잡한 내막을 너저분히 지껄인 그 사연 중에 '우연'한 토막이 끼어들고 만 목격담을 간추리면 이랬다.

들었는지 몰라도 '우리 회사'가 얼마 전에 자그마한 노사분규에 휩쓸렸다. 그 여파로 어느 날 한밤중에 노조 대표 몇몇이 9인승 봉고차에 장의사 차처럼 하얀 띠를 두르고 '우리 아파트'로 쳐들어오는 작당 농성이 발생했다. 봉고차를 친친 동여맨 띠에는 모모 직물회사 사장은 각성하라, 노사 협약 준수하라 등이 씌어 있었을 것이다. 88서울올림픽 이후 섬유 경기가 내리막 세인데다 최근에는 미국 시장도 얼어붙는 판이라 직원들도 감원시키고, 공원들에게는 월급도 못 올려주고, 상여금도 사규대로 못 주어 '이 베필떼기 장사를 언제 걷어치우나' 하고 곤혹스러워하던 터였다. 삼이웃에 악덕 기업주로 소문이 나던 그때 그는 마침 강남의 어느 일식집에서 거래처 사장과 술판을 벌이고 있었다고 했지만, 직원들의 귀띔을 미리 받았을 것이므로 피신을 겸해 오늘의 이 들끓는 세태, 도도한 민권 분출에 대해 성마른 핏대를 올리고 있었을 것이라고 짐작해도 무리는 없을 것이었다. 그런데 노조원들이 봉고차 주위에 옹기종기 모여서서 삿대질을 해대며 구호를 외치고, 전단(傳單)을 아파트 주민에게 나눠주고, 노래를 부르는 그 현장에, 그러니 아파트 정문에서 그 성토를 지켜보고 있던 그의 마누라쟁이 눈에 기덕이가 띄었다고 했다. 그때 기덕이는 낡아빠진 예의 그 차를 한쪽 구석에 세워놓고, 차에 기대서서 팔짱을 낀 채로 그 성토 장면을 무슨 탐정처럼 끝까지 노려보고 있었다는 것이었다.

"걔가 무슨 기관원 끄나풀이야, 아니면 미친 거야? 거기서 왜 얼쩡거리고 난리야?"

"자네야말로 미쳤나. 정말 아닌 밤중에 기관원 끄나풀은 무슨 소리야. 술이 고파서 시나가다 좋은 구경거리를 만났을 테지. 야, 야, 제발 머리를 건전하게 상식적으로 굴리며 살아라, 그렇게 삐딱한 발상을 갖고 설치니 노사분규에 휘말리잖아."

"허, 이 친구도 지만 잘난 체하네. 나야말로 건전한 상식인 아냐. 피땀 흘려 일하고, 번 만큼 세금 내고, 더불어 잘 묵고 잘살자는 시장경제원칙 신봉자가 바로 나야. 아무튼 그런 작당 농성을 우연히 목격했다 치더라도 그런가 보다 하고 돌아설 일이지, 끝까지, 제풀에 지쳐서 돌아갈 때까지 지켜보고 서 있는 꼴은 또 뭐야. 우리 집 밥쟁이가 나중에는 우리 회사 노조원들은 쳐다보지도 않고 기덕이만 어쩌나 하고 거실에서 노려보고 있었다는 거야. 걔 정말 머리가 어떻게 돌아버린 거 아냐? 좀 알아봐, 이것저것."

장사치들의 좀 이상하다 싶을 정도의 피해의식, 남의 동정(動靜)에 대한 과잉 반응, 자기 자신의 안위에 대한 막연한 위기의식 따위는 더 듣기도 싫어서 나는 아무렇게나 퉁바리를 놓았다.

"알아볼 것도 없어. 기덕이는 지금 잠시 잡균에 휩쓸려 고뿔 몸살을 된통 앓고 있을 뿐이야. 불치병이 아니야. 만년 피해의식, 천민 의식에 사로잡혀 있는 명색 경제인, 중소기업체 경영자들이 걸려 있는 그런 고질병도 아니고. 나는 그렇다고 봐. 정상인이니까 불운도 겪고, 울적하고, 매사에 심드렁해져서 훌쩍 제 신분을 내팽개치고 싶은 거야. 그렇잖겠어? 내버려둬야지. 누구나 괴로울 때는 혼자 있고, 마냥 서성이는 것이 유일한 해결책이야. 자네는 지금 어디 있어, 회사야?"

"호텔이야. 골치가 딱 아파서 피신 중이야. 지난주에는 호텔에서 오랜만에 출타, 산 타고는 다들 여기로 몰려와서 술판도 벌이고 했지. 이 짓도 못할 거네. 다음 주에는 나가려고 해."

돈에 쫓겨 내게로 피신해 왔던 한때의 그 삼촌이 떠올라 나는 울컥 면박을 놓았다.

"누가 늘어진 개팔자인지 모르겠네. 우리도 경제 규모가 정말 더럽게 많이 커졌다. 노사분규를 당한 중소기업체 사장이 호텔로 피신도 다 하고. 거기가 어디쯤 되나, 나도 좀 알아두자."

"장급(莊級) 여관은 아니고 삼류 호텔이야. 니미랄, 공장 가동률이 겨우 30퍼센트 밖에 안 되는데 무슨 얼어죽을 사장이야. 사장이 그렇게 좋거든 니가 맡아서 좀 해주라. 웃돈까지 얹어서 경영권 일체를 넘길 테니. 다들 배가 불러서 환장을 했지. 도대체 편하게 돈 벌고, 평생 마음껏 놀고 살겠다는 발상이 무슨 도둑놈 심보 아냐. 지금 우리 근로자들 배짱이 꼭 그래. 외국 선진국도 무노동 무임금이라는데, 우리는 지키지도 못할 법만 늘 완벽하게 잘 만들어놔서 탈이야. 개새끼들, 이러니 회사가 안 망하고 배기겠어."

"그래 맞다, 국가 기강이 이렇게 무너졌으니 근로정신 해이, 송두리째 헐어빠진 직업윤리 운운해봐야 입만 아프지. 빨리 한 번 더 망해야지. 기덕이만 어떻게 좀 빼주고. 걔는 지금 대적(大敵)과 질 싸움을 벌이고 있으니까 끝까지 싸워서 이기라고 우리가 격려해줘야지. 심정적으로나마. 그렇잖아?"

"그 대적이 도대체 누구야?"

"누군 누구겠어. 부동산 투기로 졸부 행세하며 놀고먹는 것들이고, 돈독에 코 박고 사는 것들의 썩어빠진 윤리의식 같은 거지, 별거겠어. 한 마디로 돈에 치인 거지."

"이겨낼까, 너무 난적(難賊)이라서 말이야."

"지지, 지게 돼 있고 말고. 그래도 어째, 싸워야지. 싸우다가 지고 죽어가는 수밖에. 좀 겉멋 들린 말이다만 아름다운 패배자, 얼마나 멋있어. 또 얼마나 보람 있는 일이야. 간통, 부정(不貞)은 결국 돈과 아랫배를 맞춘 거야. 욕심, 허영, 무지, 일탈 같은 고상한 말 뒤에 숨어 있는 본심이 시건방진 자기 분수 몰각이니까. 정신적 암이든가, 심정적 불치병이지."

↓

그즈음 기덕이가 벌인 잠적 소동은 좀 난해했다. 그가 그토록 치를 떨며 분노했던 제 여편네의 부정(不貞)의 시발점은 무엇이었던가. 그 원인(遠因)은 부동산 투자로 떼돈을 번 그녀의 어미가 알게 모르게 교사한, 돈이라면 만사형통이라는 그 배금주의와 그 때문에 아무렇게나 흔들리는 윤리관이었다. 아무리 건전한 스포츠라고 하더라도 한창나이의 싱싱한 유부녀가 건강을 위해, 더불어 몸매 가꾸기를 위해 골프를 배우고, 그것을 소일거리로 삼겠다는 발상 자체가 돈이 몰아온 천박한 허영 심리가 아니고 무엇인가. 입에 발린 변명일 터이나 투자 목적으로 골프장 회원권을 사두려고 설치다가 결국 사기를 당하고, 필경 한 사람 이상의 사내와 혼음으로까지 치달았다는 행티야말로 물욕의 난반사치고는 가장 맞춤한 사례가 아닌가.

헐벗은 마음

그런데 결과가 그처럼 최악의 상태로까지 굴러떨어졌다고 하더라도, 곧 합의 이혼 후 재산 소유권 분쟁으로 법정에서 시비를 가리자는 처지에서 기덕이 자신이 누리는 물질적 여유도 실은 그 물욕 덩어리 일가가 불러온 재력의 침윤에 곱다시 동화, 승복한 증거가 아닌가. 50여 평짜리 아파트를 선뜻 은행에 담보물로 잡히고 기천만 원의 돈을 빼내 쓰기로 한 그의 단안마저도 가진 자만의 충동적인 보신책이거나 이기주의적인 호구책이 아니고 무엇인가. 또한 자기 생애와 사회적 처신 일체가 가정생활의 철저한 파국을 겪은 나머지 지독한 심적 방황기를 맞고 있다고 하더라도 그가 벌이는 다발성 잠적의 소요 경비조차도 부동산 투자가 불려온 과실의 즙이 아닌가. 어떤 변명에도 불구하고 그의 대적(對敵)과는 다른 명분으로 살아가는 자세를 실생활에서 드러내야 하지만, 그게 실은 불가능하다.

그만 떠올리면 무더워지는 날씨처럼 내 머릿속이 후끈거리고 북적거렸으나, 공연히 한 친구의 자괴감을 건드려 그의 헐벗은 마음에 상처를 남길까 봐 내 언행이 조심스러워졌다. 세상의 문리는 애타게 바라면 소기의 목적이 반쯤은 이루어지는지 그런 기회가 저절로 굴러왔다.

대학 재학 중에 공인회계사 자격증을 땄으나, 제 성격상 대학의 접장이 낫다고 단정한 끝에 어렵사리 고향의 어느 사립대학에 임용되어 재정학을 가르치면서, 한 투자신탁회사의 자문역으로도 명함을 걸어두고 있는 신 교수라는 친구가 있다. 직업과 직장이 그렇듯이 마음과 몸을 반듯하게 갈라놓고 살아가는 친구답게 그는 우리의 신행 친구들에게도 자신의 일상을 분명하게 드러내는 데 일가견이 있었다. 이를

테면 자신은 돈복이 없다는 최면을 걸고 있으므로 매일의 수입과 지출을 잡기장에 적어버릇한다고 했고, 술자리 같은 데서 한쪽 엉덩이를 끄떡 쳐들고 소화불량성 방귀를 뀌어댐으로써 소탈한 낙천가임을 몸으로 자백하는 것이었다. 무슨 말이라도 솔직담백하게 직언을 피하지 않는 그를 보면 어떤 투명성이야말로 사람의 성격은 물론이거니와 인격까지도 한결 돋보이게 하는 장기라는 진실을 깨닫기는 어렵지 않다.

그런데 처신이 그처럼 반듯하고 말도 딱 부러지게 시비를 갈라버리는 신 교수가 이태 전부터 시름시름 술을 못 마시는 중병에 걸렸다고 했다. 알아보니 간경화 증세였다. 그의 형도 그 병으로 마흔을 넘기자 운명했으며, 익히 알려진 의학 상식에 따르면 모태(母胎)에서 간병(肝病)을 지니고 태어나는 사람은 쉰 고개를 넘기기가 어렵다는 것이다. 신 교수는 교수로 부임하자 곧장 술 담배를 끊었고, 강의가 끝나면 거동을 최대한 줄이느라고 연구실의 한쪽 구석에 마련해둔 침대에서 하루의 반쯤을 누워 지냈고, 주로 간의 수치를 알아보는 검진을 정기적으로 받으며 거의 수도승처럼 살아가고 있는 형편이었다. 어쩌다가 동창생을 만나면 자연식의 효능에 대해 자기 나름의 설을 조곤조곤 풀어놓았고, 오로지 과로를 삼가느라고 누워서 책을 읽는 낙밖에 없으니 우주의 섭리 같은 것에 대한 자기 소견을 가만가만히 늘어놓기를 좋아했다. 형의 죽음을 맞으면서 시작한 근신의 최적한 본보기를 드러내려고 그러나 싶게 그는 내세를 믿고 있던 만큼 중병에 걸렸어도 착한 가장으로서 소임에 소홀하지 않았다. 그래서 누가 보더라도 죽음을 경건한 자세로 받아들이고 있는 예비 사자(死者)였다.

헐벗은 마음

마침내 신 교수가 대학병원에 입원했다는 연락이 왔다. 그의 담당
의사도 마침 고교 동기생이어서 신 교수의 시한부 삶, 남은 생애의 시
간표, 투병 양상 등이 백일하에 드러났다. 당장 죽지는 않겠지만, 복
수가 차오르고 있으니 곧이어 간헐적인 혼수상태가 덮치고, 긴 통증
이 닥칠 것이라고 했다. 그동안 입퇴원을 두세 차례 반복할 테고, 해
를 넘길 가능성도 반반이라는 것이었다.

서울의 산우들도 말을 모아 치료비에 보태 쓰라고 부조금을 내려보
내고, 제가끔 형편대로 날을 잡아 찾아가 보기로 했다. 나도 내심 바
라고 있었는데, 기덕이가 먼저 함께 문병차 내려갔다가 오자고 했다.
내가 일요일 오전에 비행기로 내려갔다가 당일 밤 열차로 올라오는
게 어떠냐고 물었더니, 기덕이는 굳이 제 차로 아침 일찍 출발하자고
했다.

7월 초순이었다. 아침 일찍 출발한 데다 다행히 피서철도 아니고,
미국을 동부에서 서부까지 렌터카로 손수 달려본 기덕이의 운전 솜씨
덕분에 중부고속도로를 내내 질주할 수 있었다. 기덕이가 먼저 "에어
컨을 켤까 어쩔까?"라고 물은 데서부터 우리의 뜸직뜸직한 대화는 단
속적으로 이어졌다.

그가 우선 이즈막에 죽은 내 막내 삼촌의 가족들 안부부터 물었다.

"처자식 안 굶길 만큼은 모아두고 갔나봐. 3층짜리 허름한 여관 건
물 하나는 처남에게 맡겨 월세를 받고, 4층짜리 건물 하나는 꼭대기
층만 숙모네가 쓰고 지하 1층까지 세놓고 있으니 자식들 공부시키며
그럭저럭 사는 석성은 멀고 꾸려가겠지. 83년도엔가 솔가해서 올라와
이것저것 골라잡아둔 것들이 다 떼돈이 된 셈이야. 여기 서울서도 전

기공사 하청업을 몇 해 하더니만 골치 아프다고 때려치우데. 일 놓자 병 걸리고, 병 고치려고 악을 바락바락 피우며 죽어가더구면."

"왜 하필 여관업이야?"

"몰라, 놀고먹기에 딱 좋은 업종 아닐까. 까먹기는커녕 가만히 있어도 불어나니까. 헌 찰 장시래서 골치 아플 일도 없고, 돈이 제일 아나. 돈만이 위안이고 종교고 구원이잖아. 뭘 더 따져. 얼굴인들 이름인들 못 팔겠어. 체면, 위신, 수치 같은 것도 거추장스러워졌잖아."

어느 해 함박눈이 사선을 그으며 마구 쏟아지던 아침 풍경이 떠올랐다. 망자에 대한 험담만은 아니라고 나는 내심 우기면서 한 용심꾸러기 사내의 짧은 생애를 주섬주섬 풀어놓았다. 기덕이는 내 말의 행간을 충분히 새겨읽고 있었다. 아메리카 대륙을 보름에 걸쳐 횡단해보고 나니 세상이 조금 달리 보이더라는 운전사는 줄곧 앞만 보며 "지독한 양반이네"라든지, "앞뒤와 좌우를 뭉청 떼버리고 사는 인간들이 의외로 많아. 그런 사람이 있더라고. 학력하고 상관없이 생리가 그렇게 움직이는 돌연변이들이 이 세상을 아주 복잡하게 만들고, 말아먹고 있어. 돈에는 기신거리면서"라며 내 경험담을 부추겼다.

우리는 죽음을 코앞에 둔 한 친구를 문병하러 가는 길이었다. 기덕이가 그 점을 환기(喚起)시켰다.

"종강하고 바로 대학병원으로 실려 갔다는 신 교수 개도 엔간히 고지식한 거야 독종이야? 돌연변이는 아닐 테고."

"성실한 거지."

"죽음 앞에서도?"

"그렇다고 봐야지. 사실이 그러니까. 뭘 믿고 있는지 우리야 알 수 있나."

"뭘 믿어? 과학과 수치와 확률 앞에서."

"기적 같은 거. 나는 안 죽는다는 엉뚱한 자기 최면이나 신앙이 선민의식을 불러일으켜서."

"설마…"

"떳떳이 신변 정리, 마음의 각오 같은 준비는 시키는 대로, 듣고 읽은 바대로 착실히 하고 있을 테지만, 그런 미련이야 어떻게 버리겠어."

"종교도 가졌대? 신 교수 안 본 지가 난 10년도 넘은 것 같애."

"최근에 귀의하고 세례명도 받긴 했다고 그러데. 걔한테는 종교도 중뿔난 의지는 안 될 거야. 적어도 겉으로는 자기 운명을 담담히 받아들이고 있다니까."

그쯤에서 우리는 옥신각신 승강이질을 벌였다.

"그렇다면 니 숙모가 그렇게 믿으라는 종교도 마지막까지 뿌리치다가 죽은 니 삼촌과 머가 달라. 신 교수는 흔쾌히 종교를 끌어안았다며?"

"좀 다르지 않을까 싶어. 삼촌 쪽은 억지로 떼를 쓴 것 같애. 한 번도 자기 생애를 되돌아보지 않았으니까. 내세 같은 걸 생각할 머리도 없었고. 그냥 눈앞에 닥친 죽음이 겁나서 버둥거리기만 했어. 이것만 좀 피해 보자고, 참 탐욕이 심하다 싶대."

차가 어느새 밀리고 있어서 운전사가 우리의 논란에 잠시 제동을 걸었다.

"내 머리가 요즘 좀 복잡해. 짐작할 테지만."

운전사가 핸들을 잡고 나서 처음으로 나를 힐끔 쳐다보며 히물쩍 웃었다. 담배 연기를 길게 토해내고 있는 그의 옆모습이 그렇게 보아서 그런지 그럴듯하게 심각했다.

나도 숨을 돌리고 싶어서 지나가는 말처럼 물었다.

"끼때는 제때 찾아 먹니? 속부터 챙겨야지."

"그냥저냥 의무적으로 때우고 있어. 한 번씩 영양 보충한답시고 왕창 시켜 먹고. 맛도 없는 걸 말이야. 재판이 끝날 때까지 은행에서 빼낸 돈으로 버틸 계산만 하고 있어. 농담처럼 너무 쉽게, 너무 작게 빼냈어. 간이 너무 작았어. 월급쟁이 간이 커봐야 거기서 거기겠지만. 어쨌든 그다음은 나도 모르겠어. 일하지 머. 택시 굴리며 살면 될 거 아냐."

"재판이 언제 끝나는데?"

"민사재판은 하대명년인가 봐. 세월아 네월아. 저쪽에서 무슨 구실을 대서 출두 안 하면 이쪽도 덩달아서 한번은 휴정(休廷)을 시켜야 한다네. 서로가 신경전이고 염탐전이다 이거지. 두 쪽 다 변호사가 시키는 대로 놀아나는 허수아비고. 변호사가 수임가(受任價)를 1억 달라대. 요구대로 판결 내리게 해주겠다면서. 그야말로 허가받은 도둑놈들이야. 빨리 끝내달라고, 그래야 그동안 내가 잘 먹고 잘산다고, 아파트는 반만 찾아도 좋다고, 빈둥빈둥 노는 것도 창피스럽고 눈치 보이고 지긋지긋하다고 했지만 들은 둥 만 둥이야. 변호산데 말귀야 오죽 잘 알아듣겠어. 내가 지금 그런 수치와 시비하고 있을 처지는 아니잖아. 따지기도 싫고. 있는 것들한테, 돈에 진절머리가 난 사람인데."

핸들을 아예 놓고 외국영화 속의 주인공들처럼 두 손을 펼쳐 보이

헐벗은 마음

며 어깨를 들썩이는 운전사의 몸짓에는 설득력이 있었다.

그가 다시 끊어진 화제를 이었고, 차도 속력을 냈다.

"그런데 니 삼촌이 죽음 앞에서도 그렇게나 탐욕을 부렸다면, 죽음도 삶의 일부라야 맞고, 돈처럼 죽음조차 끝도 한도 없이 한껏 욕심을 부릴 수 있는 대상이다, 그처럼 아둔한 게 사람이다, 맞나? 대충 그런 말 아인가, 맞을라나? 말귀가 어두워서…"

"헷갈리네. 대충 그런 말이야. 사실이 그렇고. 그 양반이 그렇게 아득바득했어. 자기 돈만 거머쥐고 안 놓치려고."

"그런데 신 교수는 그 생의 일부를 선선히 받아들이고 있어서 좀 다르다? 그런이까 크게 봐서 종교는 한 방편이고 구원이 목적인데, 신 교수 쪽은 그래도 구원에 한 발자국 더 가까이 다가가 있다?"

"어차피 종교의 최종 목표는 구원이라고 한이 그렇다고 봐야겠지. 생의 마지막 지점이 죽음이듯이. 그 과정이 눈 깜짝할 사이처럼 짧지만 그런 만큼 종교 이상으로 성스럽고 중요한데도 다들 엄벙덤벙하다가 물에 빠져 허우적거리듯이. 마누라 강권을 쫓아 종교를 억지로 가졌다고 하더라도 어떤 양반은 구원이 귀에 들어오지도 않았을 거야. 내가 아직 종교를 안 가져서 그렇게 보였는지 어떤지."

운전사가 백미러를 힐끔 쳐다보았다. 뒤이어 자동 기어를 툭 쳤고, 페달을 꾹꾹 누르며 속도를 끌어올리기 시작했다. 시커먼 영장목(靈長木) 같은 히말라야시더가 가로변에 드문드문 늘어서 있는 걸 보니 중부 이남에 들어선 모양이었고, 거침새 없는 밋밋한 고속도로 위에 7월의 폭염이 지글지글 끓었다. 운전사가 엉덩이를 들썩였다가 바꿔놓으며 과속할 채비를 갖추고는 말했다.

"가까운 휴게소에 들러 커피라도 한잔 사 먹어야겠다."

"좋지, 그러자고. 날씨는 이렇게 맹렬히 더워 오는데 병든 몸뚱아리는 싸늘하니 식어간다니. 이게 인생의 비극인가 아이러닌가."

운전사가 대답이 없어서 나는 좀 머쓱해졌다. 그의 의식적인 과장과 묵언이 무안당한 나머지 울화를 참는 것 같았지만, 이내 같잖다는 듯이 지껄였다.

"입에 올리기도 거슬려서 좀 그런데, 여편네가 요즘 교회에 나간대."

내 입에서 즉각 말이 흘러나와서 스스로 적이 어리둥절했다.

"교회에 나간다고? 교회까지나."

나는 간신히 "할 짓 못 할 짓 다 해 보고 나서 이제사, 참 편리한 변신이다"라는 말을 삼켰다. 그러나 울컥 치미는 평소의 욕지기만은 내버려 둘 수밖에 없었다.

"개똥철학이란 말도 있더니 참으로 편리하게 제멋대로 돌아가는 세상이다. 그 조신한 처세술을 세상이 알아주지 않을까 봐 얼마나 속이 달까."

"좀 우습긴 하데. 생각거리를 줘서 고맙달까 그런 기분인 것도 사실이고, 두고 보고 할 것도 없지 싶어. 그 행실에 종교가 시키는 걸 그대로 따르기가 오죽 힘들까 싶긴 해. 시늉으로야 잘 받들겠지. 그러니 가식일 거야. 포장으로."

이번에는 내 말이 궁해졌다. 어디선가 힘이 쑥 빠진 비아냥의 궁시렁거림이 매미 울음처럼 내 귓바퀴에 매달렸다.

"돈으로 종교까지 사서 명찰을 달고 살겠다는 건지. 살 수야 있을

헐벗은 마음

테지. 종교가 별건가. 머는 못 살까. 그래도 못 살 게 더 많을 걸. 죽음, 영혼, 정신, 마음… 다 똑같은 말인데."

갑자기 나는 할 말이 너무 많아진 것 같았다. 그 말들을 쏟아놓을수록 틀림없이 두서도 없고 조리도 서 있지 않을 테지만, 어떤 식으로든 지껄여야 속이 후련할 것 같다는 강박증도 느꼈다. 운전사도 비슷한 심정일 성싶었지만, 할 말이 너무 많은 나머지 터뜨린 방금까지의 곁말도 결국 쓸데없는, 하나마나한 헛소리가 아닌가. 나는 입을 성난 사람처럼 다물었다.

너무나 통속화 일변도로 굳어진 우리 사회의 한 관행, 곧 몹쓸 죄를 저지르고 나서 곧장 값싼 감상에 빠져서 후회한다는 시늉을 넉살 좋게 떨어대고, 그 임시방편의 어릿광대짓에 동정과 연민과 관용을 베푸는, 그 보들보들하나 너절한 용서의 만연과 그런 관행 일체야말로 얼마나 무익하고 무용(無用)한가를 뼈저리게 느끼는 중년 사내들의 무력한 속내라니.

역시 여운이 긴 메아리가 여리게 굽이쳐 들려왔다. 그 가락은 내용과 달리 힘이 들어 있지 않은 것이었다.

"종교의 탈바가지를 뒤집어쓴 사기꾼들이야. 저쪽 변호사라는 치가 넙죽한 얼굴로 그러데. 애기 엄마가 요즘 교회에 착실히 다닌다고. 그런다고 재판에 무슨 영향이야 미치겠냐만, 그런 줄이나 알라고. 한때 내가 데리고 있던 처남이란 그 깐돌이도 그러고. 할 때마다 옮길 때마다 말이 죄다 너무 달라. 명색 장모라는 재취댁 말도 다르고, 변호사 말이야 원래 그럴 테니 접어두더라도 처남놈 말도 시키는 대로 둘러대서 그런 줄이야 짐작하지만, 지가 방금 한 말도 앞뒤가 안 맞는 줄을 몰라. 왜 그렇겠어? 그 거짓말의 원본이 워낙 엉성하니 그럴 수밖에 없을 거 아냐. 거짓말이 거짓말을 지어내고 불려가는 꼴이야. 한때 저지른 간통이야 그렇다쳐도 앞으로 쏟아낼 그 모든 거짓말의 진위를 따지며 들어야 할 판이니 그게 사람으로서 할 짓이야. 이혼 사유치고는 너무 같잖고 시답잖다고 할지 모르겠으나, 내 속셈은 그런 황당한 거짓말을 속속 들으며 산다는 것이 너무 귀찮고 짜증스럽고 화딱지가 끓어올라서 뛰쳐나온 거야. 물론 내 이 심정을 그 거짓말쟁이는 모를 거야. 그러니 지금도 이래저래 엉성하게 이어붙인 거짓말을, 일주일 전에 한 말과 다른 소리를 한사코 들어달라고 인편에 부쳐 보내는 거야. 그 얄팍한 수작과 담을 쌓고 지내려고 잠적하는 거야. 아무도 모르는 곳에서 3박 4일쯤 내 일신을 증발시키고 돌아오면 몸이나 머리가 그렇게 가뿐할 수가 없어, 그 기분을 제대로 옮기기는 좀 그렇고, 내 말이 부족해. 물론 남에게 호소할 말도 아니지만. 거짓말투성이, 그 엉성한 그물의 거짓 세계에서 뛰쳐나와 나 자신을 깨끗하고 말간 정화수처럼 가다듬어 본다는 심정이랄까 머 그래. 우습게도 요즘에사 하루에 거짓말을 몇 번이나 하는지 헤아리기도 한다니까."

　딱히 응수할 말이 궁한 내 처지를 아는지 그가 자문자답의 말을 무슨 연극 대사처럼 술술 풀어갔다.

　"나한테 물을 게 머야, 내가 남한테 종교를 가지라 마라 할 자격이나 있을까. 부자, 모녀, 형제 사이에도 종교의 자유는 있다고 하는 판에. 시늉이든 분장이든 그렇게나 구원을 받고 싶으면 지들이나 악착같이 매달리면 그뿐이잖아. 어이가 없어서, 페넬로페에서 커피 마시는 여자는 다 정숙하고 품행 방정한 요조숙녀란 말인가? 아닐걸. 오

헐벗은 마음

히려 간부간부(姦婦姦夫)들이 그런 데서 더 밀회를 즐길걸."

"페넬로페는 또 머야?"

"모 호텔 2층에 그런 이름의 커피숍이 있더라고. 변호사와 처남놈을 연거푸 만난 곳이야. 커피에 덧붙여 달콤한 케이크 같은 간단한 요깃 거리도 파는 모양이데."

"그쪽 요구가 뭐야?"

"요구?"

정색한 얼굴로 나를 빤히 쳐다보는 운전사의 눈빛이 깊숙하고 복잡 했다.

"화해하자는 건가? 오해를 풀고, 용서하라고?"

"오해할 게 머 있나. 그쪽에서 실토했는데. 용서? 내가 왜 집을 뛰 쳐나왔겠어, 용서는커녕 꼴이 보기 싫고 그 거짓말이 더는 듣기 싫어 서야. 요구는 많을 거야. 아파트 말고도 내 이름 앞으로 올려진 부동 산을 법대로 찾아가 봐야 양도소득세다 머다로 반 이상 날릴 게 뻔하 니까 그냥저냥 합의 각서를 쓰고 끝내자는 거지 머. 교회 운운하는 것 은 그런 식으로 해결하자는 수작일 거고. 그렇잖겠어? 내가 이 대목 에서 오해한다고? 천만에. 몰라, 지금까지는 내가 잘못 읽고 있는 대 목은 없지 않을까 싶어. 그쪽이 오히려 음모를 꾸미고, 종교의 거룩한 사명도 팔고, 이쪽의 삐뚤어진 심술을 차제에 뜯어고치려는 야심을 버리지 못하고 있어."

"다시 합쳐서 산다는 말은 어째 행차 뒤 나팔 소리 같은데, 그쪽은 어째 눈치가 그렇게나 먹통이야."

"그러게 말이야."

한가롭고 나름대로 훤칠했던 한 가정이 느닷없이 파국의 소용돌이에 휘말린 지가 어느덧 햇수로 이태째를 맞고 있는 판이고, 매시간 심신을 썩이고 있는 사내답게 탈진을 목전에 두고 있음에도 불구하고 기덕이는 의외로 대범하달까, 탈속한 경지를 슬며시 드러냈다.

"합친다고? 그 건은 벌써 끝났어. 도저히 이해할 수 없는 대목이 숱하지만, 그거야 그 천성 탓이라고 치부하더라도 아직도 거짓말이 아니라고, 지 말을 빡빡 우기는 데야 어쩌겠어. 그러려니 해야지. 법이 엄정하게 판단한다 해도 내 이 심정이 용납할 수 없는데. 1년 이상의 별거는 사실혼의 묵시적 파기라는 판결을 모든 혼인에 적용하면 어디나 반 이상의 가정이 당장 파괴가 아니라 뿔뿔이 갈라서야 할 거 아냐. 간통이란 게 별거야. 누구나 다 저지르고, 남자들이야 대개 다 공공연하게 치르는 일시적 바람기잖아. 두 당사자가 아닌 남이 알았을 때만 구설수에 시달리고, 불륜이다 머다로 말만 많잖아. 어떻든 그 부분은 욕할 거리도 아닐 거야. 차라리 두 연놈의 그 사랑놀이가 잊을 수 없는 로맨스로까지 발전했으면 좋겠어. 사련이란 말대로 꼭 그래야 마땅하고. 그쪽이 거짓말은 아닐 테고."

"누가 누구 편을 들고 있는지 헷갈리네. 역시 누구나 당해야 봐야 그럴듯한 교훈을 얻나 보네. 혹독하고 지긋지긋한 경험담일 테지만. 어째 진국 같은 말이란 생각도 드니 나도 좋은 자극에다 대리 체험을 톡톡히 하는 기분이네."

"남녀 사이의 사랑이야 좋은 거겠지. 그런데 그 사랑에 순도 같은 걸 따져보면 이내 허무맹랑해지고 말잖아. 사랑의 강도나 밀도 같은 거는 지극히 주관적인 걸테고. 하기야 결혼이든 이혼이든 닥치면 누

헐벗은 마음

구나 하는, 마지못해 치르는 관습일지도 몰라. 아무튼 나로서는 별나게 다 경험해본 셈이고, 이제는 과거사가 되고 말았어. 하루빨리 내 살길을 찾아야 하는데, 그 지방질 덩어리들이 부리는 온갖 물적, 심적 횡포가 이렇게 나를 놓아주지 않아. 버틸 데까지 참고 견디는 수밖에 없지 싶어. 나보고 왜 자기 것도 아닌 재산을 포기하지 않냐고 욕을 하지만, 그거야 내가 자청한 일도 아니잖아. 재판도 저쪽에서 먼저 걸어왔고. 돈 앞에 빌고 들어오라는 건데, 나도 한통속이 되기에는 어째 자격 미달 같다는 이 심정을 홀가분하게 내버릴 수 없으니 어째."

자동차가 짙푸른 맥문동 잎의 도열로 울을 친 대학병원 입구로 기세 좋게 들어갔다.

↓

우리의 병문안은 아주 짧고 간단하게 끝났다.

관처럼 좁다란 독실 입원실에 들어서자 이미 우리가 내려온다는 기별을 받은 동기생 셋과 시름없는 신 교수의 부인이 서성이고 있었다. 자신의 운명이 초읽기에 들어간 것을 잘 알고 있는 병자에게 어떤 위로의 말을 건네는 수선스러움이 얼마나 쓸데없는 호들갑인지를 우리는 웬만큼 또록또록 의식했다. 종교와 달리 이성으로 믿을 수밖에 없는 과학과 기적이 일어날 수 없는 확률과 착착 반응을 보이는 모든 수치가 말을 앗아버렸다고 해야 맞는 말일지 몰랐다. 세상이 변한 게 아니라 의학이 문병의 양식조차 바꿔버린 것이다.

우리의 멀뚱거리는 시선을 한 몸에 받고 있던 신 교수가 먼저 입을 뗐다.

"먼 길 왔다. 내가 좀 아파."

그의 안색은 검누렇게 변한 살갗으로 부풀려진 데다 물기가 완전히 빠져서 야윈 모습이 그대로 드러나 있었다. 우리의 시선을 외면하느라고 천천히 돌리는 병자의 눈동자가 음향을 죽여버린 화면의 동작처럼 실내에 적요감을 한껏 끼었었다.

제풀에 돌려지는 것 같은 고갯짓에 이어 눈을 착 내리깐 병자의 신음이 가녀리게 들려왔다.

"죽을 힘도 없어. 일하다가 죽을 팔자도 아무나 못 찾아 먹나 봐. 내 누울 자리가 남향받이라서 따듯하니 그런대로 좋더라고. 아, 힘들어."

잠시 후 몰려간 술자리에서 동기생들로부터 들은 사실이지만, 신교수는 병원으로 실려 오기 전 어느 일요일 오후에 그의 부인을 억지로 앞세우고 미리 장만해둔 여섯 평짜리 공원 묘원의 한 자락을 현장답사했던 모양이고, 집사람이 멀찍이 떨어져서 지켜보고 있는데도 눈가림으로 떼를 아무렇게나 입혀놓은 평토 위에 슬그머니 누워보기까지 했다는 것이었다. 그리고는 "괜찮네, 남향받이야"라며 남방셔츠 등짝에 묻은 흙과 떼를 털어주는 부인에게 "갑시다, 차를 천천히 모시오, 알지도 못하지만, 산세나 훑어보게, 알아본들, 밑도 끝도 없는 지식을 억지로 캐본들" 같은 알 듯 말 듯 한 넋두리만 중얼거렸다고 했다.

이윽고 신 교수가 눈으로 기덕이를 불렀다. 병상으로 다가간 기덕이가 꾸부정하니 상체를 숙였고, 바로 코앞에서 나누는 둘의 대화가 내 귀에도 똑똑히 들려왔다.

"니 소식 들었다. 한때 누구나 당하는 불운이라고 생각하고 잊어야지. 인연이 그러니 할 수 없지 머."

헐벗은 마음

"그럼, 손 털고 일어선 지 제북 됐니라. 내 복이 까짓것인데 할 수 없지 머. 니가 이렇게 심한 줄은 몰랐다. 소문만 듣다가, 막상 와본이 억장이 무너진다 카는 말이 저절로 떠오르네."

"누구나 꼭 한번은 당하는 긴데. 내가 조금 일찍 찾아나서는 차이밖에 없어. 고생할 만하지? 좋은 경험을 니도 앞당겨서 찾아묵는다고 생각하고 씩씩하게 살아보지 머."

기덕이가 웃다가 얼른 얼버무렸다.

"그럼, 나야 머, 할 만해." 뒤이어 멀쩡한 거짓말을 덧붙였다. "다 잊어뿔라고 버둥거리고는 있어."

"그래, 잊어야지 머. 뻔한 말썽인데. 미련도 버리고 용서하고 자시고 할 것도 없어. 구질구질하게 그럴 거 머 있어. 그쪽을 머러카고 나무래는 것도 부질없는 짓거리고."

"하모, 암, 나도 좀 안다. 인자서 여자 보는 눈을 웬만이 터득했다. 이 병신아 하고 욕해도 웃을 정도는 됐다."

기덕이가 입속말로 옮기다가 말문을 닫고, 선선히 상체를 일으켰다.

잠시 어색한 분위기가 실내에 감돌았다. 빠르게 닥쳐오는 죽음을 체념, 느긋하게 받아들이고 있는 한 친구를 멍하니 바라보며 나는 최근에 임종한 또 다른 죽음을, 그 버둥거리던 몸부림을 얼핏 떠올리다 머리를 흔들었다.

병자의 권고가 서글프게 들렸다.

"어서들 가봐. 오랜만에 술들도 한잔씩 걸쳐야지. 정말 힘들어. 혼자 있고 싶어."

벌건 쇠고기 육회를 안주로 맥주를 들이켜면서 친구들로부터 들은 새로운 정보로는 이런 것도 있었다.

신 교수는 길게는 3개월, 짧게는 한 달 안쪽의 시한부 인생을 통고 받자 온 사방에서 별의별 민간 처방과 자가 치료법들이 들려 왔으나, 병자는 그 수선을 단호히 물리쳤다고 했다. 딸 하나와 아들 하나에게 어떤 충격을 주지 않기 위해 병원에서 임종하겠다면서 자식들이 병문 안도 오지 못하게 당부했음은 물론이고, 장례 때도 병원과 장지에 얼씬거리지 말도록 신신당부해두었다고 했다.

그런저런 신 교수의 근황, 신병의 내력을 감지한 후의 여러 일화, 속속 들이닥치는 증세 등을 주거니 받거니 하는 동안 내내 나는 사람다운 삶이 어떤 것인지, 죽음의 품위 같은 화두를 떠올렸다가는 지우곤 했다. 그런데 기덕이는 "신 교수 부인이 오늘 처음 봤더마는 엔간히 무던해 보이대"라며, "부인이 애들한테 병원으로 심부름도 안 시키나?" 같은 엉뚱한 말만 내놓다 말다 했다. 한 친구가 "그런이 옆에 사람이 죽을 노릇이지, 바늘로 찔러도 피 한 방울 안 나올 서방과 살라니"라고 하자 기덕이는 "옆에 사람?"이라고 되받으며 한참이나 눈을 껌뻑거렸다. 누가 "부부 일심동체라 카는데 그 정도 마음고생이야 업보라고 쳐야지"라고 하자, 기덕이는 홀린 눈초리로 "업보, 마음고생, 새삼스럽네, 깜빡 잊고 있은 말을 여기서 듣네"라며 고개를 끄덕였다.

그날 그 술자리에서도 기덕이는 슬그머니 사라졌다. 아마도 술자리가 두어 시간쯤 늘어졌을 때였던 듯하고, 그때는 여름의 긴긴 해가 아

　　　　헐벗은 마음

직 중천에 떠 있던 오후 다섯 시 경이었을 텐데, 그는 화장실에 가는 듯 자리를 뜨고는 끝내 돌아오지 않았다. 에어컨 성능만은 좋은 그의 똥차도 당연히 보이지 않았다. 그의 심적 동요를 웬만큼 이해하고 있던 나는 머리만 주억거리고 겉짐작도 드러내지 않았다. 그때의 그 증발이 그가 나에게, 또 여러 사람 앞에서 보여준 첫 번째이자 마지막 잠적 소동이었다. 언제 어디서나 혼자서 마음 내킬 때마다 훌쩍 떠날 수 있는 홀아비 신세라니, 당분간 헐벗은 마음으로 유령처럼 간단없이 떠돌아야 그나마 자기 처지를 헤아릴 수 있다니, 얼마나 다행한가.

베란다 족이란 말이 있다. 가족의 건강에 유해한 담배 연기를 실내에서 내뿜을 수 없는 무력한 남편 족속들을 지칭하는 유행어이다. 이 세태어 밑바닥에는, 아니 표면에는 가장권 행사에 위기를 맞고 있는 중산층 가정의 시르죽은 남편상이 양쪽 창틀 사이에 실루엣으로 붙박여 있다. 한쪽 창은 외부에서 훤히 들여다보이는 드센 외풍의 바람막이이고, 안쪽 창은 가장을 베란다로 내몰아버린 당사자가 힐끔거릴 수 있는 인격권 부재의 차단막이다. 어디서 보아도 달갑잖은 실루엣으로서 나 자신도 그 격리의 감방 속에서 가끔씩은 서성이기를 마다하지 않는다.

지난가을부터 부쩍 잦아지고 있는 기덕이의 한시적 잠적 소동에 발맞춰 나는 아예 내 집의 아파트 베란다에 의자를 내놓고 담배 연기를 풀풀 날리며 지낸다. 마지막까지 쥐뿔이라도 얻는 게 없을 그의 막막한 고행이 언제 끝날지는 누구도, 아니 본인도 감히 예상할 수 없을 것이다. 돈은 설탕처럼 그지없이 달고 맛이 좋으나 슬실수록 반드시 탈이 나게 되어 있다. 그 황금만능 세상 속을 뿌리 뽑힌 한 고행자가 떠돌아본들 어떤 보상도, 약속도 받아낼 수 없다. 우스꽝스럽게도 그 간통의 전후 맥락이 온통 거짓말로 철저히 포장되어 있는데도 그 사실을 들어줄 사람도 없고, 그의 말은 공허하다고 푸대접만 받을 뿐이다. 그의 불행을 동정하는 관용도 오래전에 사라진 세태에서 그의 어떤 처신도 한낱 조롱거리에 지나지 않을시 모른다. 재판에서 그가 일방적으로 주장할 말들이 얼마나 설득력이 있을까. 그를 진정으로 도울 수 있는 사람이 과연 있기나 할까. 돈만, 재산의 소유권만 따지는, 간통의 잘잘못을 묽게 희석하고 마는 재판에 시달리는 자신의 신세가 거슬려서 비상구조차 없는 산속을 뚜벅뚜벅 헤매는 이 시대의 일탈자를, 그의 처신 일체를 깡그리 무시하는 일부의 드센 여권 또는 여권주의를 망연히 노려보는 베란다 족에게 무슨 전망 같은 것이 있기나 할까.(331장)

군소리 1 – 결혼의 풍속도만큼 표나게 바뀌는 '제도'를 찾기도 쉽지 않을 것이다. 이제는 '간통죄'도 사라졌다.

군소리 2 – 간통의 당사자를 일단 도외시하고, 그 피해자만을 조명하려는 작의에다 물욕을 덮어씌우고, 생명 애착과 대비함으로써 일부일처제의 민낯을 간단히 홅어본 작품이다. 아무래도 미흡해서 이태쯤이나 구상을 가다듬고 넓혀가며 쓰다 말다 이어간 장편소설 한 편은 이 중편과는 그 색깔이 판이하다.

군소리 3 – 모든 종교는 그 형식과 내용이 두루 복잡다기하기 이를 데 없어서 감히 무슨 말을 어디서부터 시작하여 어느 대목에서 끝낼 수 있는지 알 수 없다. 그런데도 모든 종교인/신자 들은 앞다투어 기

헐벗은 마음

도, 구원, 현세/내세, 탐욕, 신심, 교만 등에 대해 일가견을 토로하느라고 무사분주하다. 이런 경황이야말로 인간 사유의 무궁무진과 그 한계를 적시하는 단면이기도 하다. 이 타성태는 여느 신흥 종교만큼이나 위력적인 여론을 부추김으로써 영구적인 풍토성까지 누린다. 나로서는 '종교'라면 곧장 뻣뻣해졌다가 이내 멍해지고 마는데, 어떤 주제어를 잡더라도 과연 얼마나 조리를 세울 수 있는지, 불가사이할 따름이다. 무절제한 사유는 필경 과대망상을 불러오고, 그 낙천성이 지적 기만에 이를 텐데 그 일련의 방종 경과는 문학이 감당해야 할 벅찬 과제일 것이다. 무실(無實)한 상상력의 발동/제동도 같은 맥락일지 모른다.

미국인 탐험가

나는 여행이란 것을 싫어하며, 또한 탐험가들도 싫어하는 사람이다. 그러면서도 지금 나는 나의 여행기를 쓸 준비를 하고 있다. 내가 이 일을 결심하기까지에는 꽤 오랜 시간이 걸려야 했다. —레비스트로스의 《슬픈 열대》 중에서

아랫배가 사르르 아파오는데다 무슨 대롱 같은 것 속으로 물이 빠지듯이 꾸르륵거리는 소리가 연신 들려와서 호섭은 겉잠에서 깨어났다. 방학이 시작된 덕분으로 긴장이 풀렸다기보다도 사흘씩이나 연거푸 술을 퍼마셨으므로 대장에 또 탈이 생긴 모양이었다.

그는 토끼잠을 떨치듯이 잠자리에서 벌떡 일어났다. 벌써 동살이 실내에까지 깊숙이 뻗쳤고, 유월의 짙푸른 녹음에서 풍겨오는 풋풋한 풀내가 활짝 열어놓은 베란다 쪽 창문가에 가득했다. 그는 거실과 붙은 부엌으로 나가 냉장고 속의 찬물 한 컵을 벌컥벌컥 들이켰다. 곧장 담배를 찾아 물고 좌석식 변기 위에 올라앉았다. 이내 물거품똥이 거침없이 주르륵 쏟아졌다. 장단이라도 맞추듯이 아랫배에서 예의 걸쩍한 물소리가 간헐적으로 들려왔다.

엉겁결에 조간신문도 들지 않고 화장실로 기어들어 온 것에 생각이 미쳤다. 호섭은 연신 물거품을 배설하는 한편 수캐가 제 짝을 찾듯이 잃는 소리를 웅얼거렸다.

"아이고, 나 죽겠네, 어이, 민이 엄마, 어딨어? 신문이나 좀 집어다 줘. 또 쓸데없는 설사가 사정없이 쏟아지네. 속이 영 엉망진창이야. 창자가 헝겊처럼 낡아빠졌는가 봐. 골치는 왜 또 이렇게 어지럽나."

술을 마시고 들어온 날 밤은 아예 말도 붙이지 못하게 냉대하며 잠자리를 같이하지 않으므로 아내는 애들 방에서 자고 있을 것이었다. 시간강사의 아내답게 늦잠을 자고 있을 게 분명했다.

뜻밖에도 아내는 일찌감치 일어나 있었던 모양이었다. 신문 접는 소리가 들리더니 이내 화장실 문이 벌컥 열렸고, 그의 아내는 신문을 건네주고 나서 분통만한 화장실 속으로 들어섰다. 술을 퍼마신 다음 날, 관행처럼 치르는 아침 풍경이므로 그는 오히려 근엄한 시선으로 신문 지면을 훑어갔다.

"술도 대강대강 자시고 제발 남의 욕 좀 하지 말아요. 그 험구 때문에 망조가 든 걸 뻔히 알면서 무슨 억하심정으로 공연히 점잖게 가만 있는 사람들 욕을 마구 해대고 그래요. 그런다고 그 사람들이 콧방귀나 뀔 줄 알아요. 또 누가 알아주기나 한대요. 어젯밤에도 나까지 싸잡아 다 쓰레기통에 집어처넣어야 한다느니, 간척지에 밑거름으로 끌어다 묻어야 한다느니 혼자 독불장군처럼 고함을 쳐대고서는, 욕할 때는 언젠데 합방하자고 수선을 피우고… 다 필요 없다, 필요 없어, 나 혼자서도 살 수 있다 어쩌구 해대며 삼도 안 자고 저녁 굶은 시어미처럼 꿍얼거리고… 그러다가 그 알량한 시간강사 자리도 제대로 지키기 어려울 테니 두고 보세요, 내 말이 빈말인가. 스트레스 해소도 좋지만 알아서 하세요. 다 상부상조고 눈감아주고 그러며 사는 거지, 이 세상을 혼자서 어떻게 살아요. 사람이 그렇게 고지식해서야 어디 간들 제 밥그릇이라도 제때 찾아 먹겠어요. 맑은 물에는 원래 물고기가 안 논다는 말도 있건만."

그의 코앞에 버티고 서서 일사천리로 훑닦는 아내의 의젓한 작태가 이제 제법 관록까지 붙어 있었으므로 그도 역시 상투적인 말을 주워섬겼다.

"아, 알았어, 알았다니깐. 제발 아침부터 재수 없게 타박하지 마라. 술 안 마시면 될 거 아냐. 이제 술도 정말 못 마시겠어. 소주에 맥주만 퍼마셨다 하면 이래 총알같이 설사가 주루룩 쏟아지니, 이건 머, 내 속이 무슨 묽은 죽 공장을 차려놓은 기분이야. 이 증상을 의학이 똑 부러지게 설명해주지도 못하니 순엉터리지."

호섭은 폭음도 좋아하지만, 다음날 술이 서서히 깨어가는 과정도 즐기는데 그럴 때면 신소리를 늘어놓고, 흥감스럽게 몸타령을 씨부렁거리는 버릇이 있었다.

아내는 그의 그런 흥감을 더 들을 양인지 물러날 기세를 잠시 물리고 있었다. 평소에도 여느 부부처럼 다정다감한 말이나 우스개를 주고받지 않을뿐더러, 그가 술타령 중에만 다변과 험담을 흩뿌리는 게 자신의 스트레스 해소의 한 방법이듯 그의 아내도 아침이면 그런 지청구를 늘어놓으면서 그의 흥감을 귀담아듣는 게 해이해져 가는 그들 부부 사이를 죄어주는 나사못쯤으로 여기는 것이었다.

아내가 다시 그의 무감각해진 귓바퀴를 쉿소리로 붙잡았다.

미국인 탐험가

"오늘이 노 선생과 여행 떠나기로 한 날이잖아요. 어제저녁에 두 번이나 전화 왔댔어요. 갈 거냐 말 거냐고."

그는 정신 번쩍 들었다. 신문을 아내의 발치께로 내던졌고, 담배꽁초를 비벼 껐다. 어젯밤의 술타령 중에도 그놈의 '남도 천리길'을 잊지 않고 있었는데, 잠자리를 뒤척거리게 한 배앓이가 그의 정신을 온통 뒤흔들어놓아 그 여행건을 깡그리 까먹게 한 것이다.

"아하 참, 그놈의 여행건이 있었지. 뭔가 찜찜하더라니. 뒷골이 무지근하고. 그 건 때문에 심리적으로 부대껴서 설사가 이렇게 막무가내로 쏟아지나, 시방."

"별소리 다 듣겠네. 무슨 코미디언도 아니고. 가면 가고 안 가면 그만이지, 그것 때문에 설사가 나요? 속이 명주 바닥처럼 낡고 삭아 빠져서 그렇지. 어젯밤에는 왜 또 그 점잖은 노 선생 욕을 그렇게 해대요? 언제는 그 양반만한 친구도 없다고 칭찬이 늘어졌더니… 쓸개 빠진 놈이라 했다가 이중 턱을 가진 미륵돼지라 했다가 의뭉스러운 넉살꾼에다가 남의 밑이나 긁어대는 알랑방귀 같은 놈이라 했다가… 원무슨 줄변덕인지, 당최 속내를 알 수가 있어야 구미를 맞춰 살든지 말든지 하지…"

기자 생활 10년에 느는 것은 술과 욕밖에 없다더니 그의 아내도 이제 못 하는 말이 없었다. 그는 뿌연 뜨물이나 다름없는 배설물을 깡그리 훑어내버릴 요량으로 용을 쓰고 있는 터이므로 눈가에 눈물까지 비치며 대꾸했다.

"내가 그랬어? 하나도 생각 안 나는데. 머리가 썩었나 봐. 요즘에는 얼굴을 맞대고 있는데도 이름조차 안 떠올라 진땀을 흘리는 판이니 이러다가 무슨 망신을 당할지."

아내가 꼴같잖은 넋두리를 더 듣기 싫다는 듯 미련 없이 거실로 물러났다. 뒤이어 화장실 문을 벌쭉이 열어놓고 "가시려면 서두르세요"라며 그의 어정쩡한 마음을 재촉했다.

"도대체 지금이 몇 시야?"

"여덟 시가 다 돼가요. 열 시에 만나기로 했다면서요. 아침에 전화해달랬어요."

"있는 놈들은 사사건건 없는 놈들을 귀찮게 만드네. 몸에서 쉰내가 나는 이 더위에 무슨 놈의 여행이야. 하기야 이래저래 부대끼며 사는 게 한심한 서민들의 생업이지…"

↓

일주일 전에 노가는 느닷없이 '2박 3일쯤의 남도 천리길 여행'에 동행할 의사가 없느냐고 호섭에게 물어왔다. 노가의 그 제의를 집에서 전화로 받고 그는 대뜸 "미국 문화원에 적기(赤旗)가 펄럭이지 않는 것만도 다행인 시절에 그 무슨 포시랍은 소리냐?"라고 맞받았지만, 귀가 솔깃해진 것도 사실이었다.

이른바 언론사 통폐합과 언론계 정화 덕분에 신문사에서 들려 나오고 난 이후 최근까지, 그 쩌렁쩌렁하던 1980년 벽두부터 오늘날까지 그는 먹고살기에 급급하여 한갓진 여행이란 꿈도 꾸어보지 못한 형편이었다. 어느 월간지의 주문배수를 받들어 르포 기사를 쓰느라고, 또 대기업의 홍보물에 실을 잡문을 쓰기 위해 지방을 총총걸음으로 다녀온 적은 여러 번 있었으나, 그런 출타는 여행이라기보다 일거리를 쫓아다니는 품앗이 걸음이었고, 좀더 정확히는 '객원 출장길'이었다. 그

249

런 출장길은 사람을 곧장 지치게 만들고, 어슷비슷한 단일 색조의 풍경을 멍하니 바라보면서 어떤 감흥을 일굴 짬도 없게 마련이었다. 활자로 새겨질 원고의 난외에 묵혔다가 나중에라도 요긴하게 써먹을 만한 낙수(落穗) 한 낱도 건질 게 없는, 말하자면 짜증과 건성의 욕지기만 입에 걸어 놓고 엉덩이 씨름이나 해대다 물러나 앉는 노름 같은 것이었다. 그 노름, 곧 우격다짐으로서의 원고지 메우기 작업으로 받는 몇 푼의 원고료는 워낙 싸구려라서 보수라기에는 창피스러운 것이었고, 찬찬히 새겨둘 만한 정서의 환기가 없다는 점에서도 그런 품팔이는 남의 장단에 춤추는 꼴이었다.

아무려나 노가는 "야, 또 쓸데없이 껄렁껄렁한 헛소리나 남발하지 말고 후딱 갔다 오자, 머리도 식힐 겸해서, 그쪽도 종강은 했지?"라고 다잡았다. "오늘이 마침 마지막 한 과목 시험날이네"라고 그는 말을 받아놓고 나자, 순식간에 '노가의 여행 권유에 응하기는 해야 할 모양이다'라는 계산속이 얼핏 머릿속에서 맴을 돌았다. 왜냐하면 그는 올해 신학기부터 대폭 증원했으므로 신설 학과나 마찬가지인 어느 두 대학의 본교와 분교에서 각각 다섯 시간과 여섯 시간씩 강의를 맡게 되었는데, 그 주선은 전적으로 노가의 재바른 정보와 경험자로서의 자상한 안내에 힘입어서였다. 하기야 앞으로도 계속 대학 밥을 얻어먹을 요량이면 노가의 유형무형의 입김을 십분 이용하지 않으면 안될 형편이었다.

그런 이해타산을 따질 계제가 아니어서 그는 마감 시간에 쫓기는 신문기자의 말투를 빌렸다.

"알았어. 언제 떠날 거야? 멤버는 누구야? 우리 단둘인가? 나 지금 바빠, 전철 타고 학교 갈 참이야."

허리에 통증이 수시로 덮쳤다 말다 해서 연구실에 간이침대까지 갖추고 있는 노가가 안 해도 좋을 덕담을 너부죽이 주워섬겼다.

"야, 신가야, 시험 감독은 조교들을 시켜. 너 열강한다고 소문났더라. 권위를 좀 세워. 은근히. 그것도 다 요령이고, 편하게 사는 길이야. 왜 너는 편한 길을 놔두고 뫼터로 가려고 악을 쓰나, 악을."

노가의 듣기 좋은 말솜씨에 엔간히 단련이 되어 있어서 그는 아무렇게나 지껄였다.

"열강 좋아하네. 쇼지. 알아듣든지 말든지 내가 할 소리만 늘어놓다가 내려와. 맹한 놈들이라서 그런지 도무지 반응이 없어. 선생질도 내 사주팔자에는 없는지 못 해 먹겠대. 조만간 때려 치워야 할까 봐. 가을학기부터는 자네 도움을 빌리고 자시고 할 것도 없지 싶어. 저희들 멋대로 시간표를 짜게 내버려둘까 봐. 시간을 줄이거나 말거나. 학교에 있을 거지? 이따가 틈 봐서 전화 걸게."

"응, 학교 연구실이야. 별 말썽 없으면 시간 배정이야 1년 동안은 계속되는 거야. 그쪽은 관례가 어떤지 몰라도 봄학기만큼은 줄걸. 아무튼 그 일은 그때 가서 처리하기로 하고, 여행건 말이야. 너 슈로더라고 알지? 작년 가을엔가 나하고 한두 번 만난 외국인 친구 있잖아? 플브라이트 장학생으로 여기 나와 있는 그 멀대 말이야. 그 친구와 함께 가려고 그래. 그 친구가 오래전부터 여행을 함께 가자는 게 노래야. 아직 날짜는 안 잡았지만. 그 친구가 원래 좀 수선스러운 구석이 있지. 어디든 진득이 앉아 있지를 못하는 성미야. 덩치 값하느라고 힘이 철철 넘쳐나서 그런지 어떤지."

251　　　　　미국인 탐험가

"슈로더? 슈로더가 누군데?" 그는 대뜸 짚이는 바가 있었으나, 외국인과 함께 가는 여행이라는 바람에 머릿속이 복잡해져서 어긋지게 대꾸하지 않을 수 없었다. "매번 두 놈이었잖아. 두 번인가 만날 때마다. 클렘스킨가 뭔가 하는 폴란드, 아니 러시아계하고. 이름과 얼굴은 두 놈 다 기억나는데 헷갈리네, 어느 놈이 슈로던지."

"안경 안 낀 친구 있었잖아. 키 크고. 내 연구실에서 먼저 만난 멀대 말이야."

"안경 안 낀 친구? 모르겠는데. 키야 둘 다 비슷했지. 몸피들도 건장했고. 한 친구는 구레나룻이 좋았고."

"그때는 턱수염을 안 길렀지. 슈로더가 말이야. 아무튼 그리 알아. 시험 끝내주고 전화해. 그 친구와 날짜를 잡아놓을테니까."

서울 소재 모 사립대학의 부교수인 노가는 그와 학과는 달랐지만, 대학 동기생이었다. 그는 사학도(史學徒)이면서 국문과 강의실에 뻔질나게 출입했는데, 아무런 특징이라곤 없는 얼굴에다가 그런 인물이 더러 그렇듯이 멍청하지도 그렇다고 비범하지도 않은, 잘 봐줘야 '오리무중의 청년'에 불과했다. 졸업과 입영이 코앞에 닥쳤을 때는 서로의 하숙집을 몇 번인가 왔다리 갔다리 할 정도로 가깝게 지냈는데, 그때 호섭이 느낀 바로는 '그냥 어리무던하고 제 앞가림은 잘할 친구'가 바로 노가였다. 연애는 물론이고 데모를 하지도 않고, 데모꾼을 성토하지도 않으면서 그는 거치적거리는 것 같은 긴 그림자를 끌고는 교정과 도서관을 어슬렁거렸고, 다방이나 숲속의 벤치에서 혼자 우두커니 앉아 있는 모습이 눈에 띄곤 했다. 이렇다 할 개성이 비치지 않는, 그 무개성이 자신의 개성임을 똑똑히 의식하면서도 그것을 내색하지 않고 살아가는 위인처럼 보였다. 따라서 이 시대에 대한 어떤 소명감도 없음을 온몸으로 시위해대고 있는 친구라서 학교에 남아 교수로 입신할 머리나 집념도 없어 보였고, 유능한 직장인이 될 소지는 더 찾아볼 수 없었다. 실제로 그는 취직할 생각도 없는 듯하더니 고향에서 방위로 군 복무를 때우고는 어물쩍 대학원에 적을 걸었다. 한 과에서 서른 명이 졸업하면 한두 명이 대학원에 진학할까 말까 하던 시절이었다. 대학원에서도 공부를 열심히 하는 것 같지도 않았고, 언행이 굼떠서 그랬을 테지만, 자신의 사고 행태나 시국관, 세태관 등에 기발함이라곤 한 자밤도 없었다.

  남의 눈에 띄지 않는 그런 처신으로, 짐짓 주춤거리는 인품으로 그는 잊을 만하면 커다란 책가방을 들고 예의 그 무거운 그림자를 끌고 슬그머니 호섭의 직장 사무실에 나타나곤 했다. 그즈음 호섭은 어느 신문사 부속의 월간지 편집기자로 일하고 있었기 때문에 마감일에 몰리면 야근도 불사해야 했으므로 그의 느닷없는 출몰은 씨양이질에 버금가는 것이었다. 눈치 빠른 친구라면 "바쁜 모양이네, 잡지를 내놓고 나서 한번 봐" 어쩌고 지껄이고는 휑하니 돌아서련만, 그는 호섭의 직장 동료들의 눈치 따위는 아랑곳없이 필자 접대용 소파에 너부죽이 전을 펴고서는 한쪽 구석에 비치해둔 각종의 신간 잡지들을 두서너 시간씩 탐독하는 천덕꾸러기였다. 그런 식으로 가끔 만나는 중에도 그는 자신의 근황 따위는 덮어둔 채, 시국의 추이에 대한 믿을 만한 정보와 호섭의 촉새 같은 단평 따위를 무슨 염탐꾼처럼 슬밋슬밋 묻고 엿들으면서도 싱글거리기만 했고, 술도 직장인 호섭이 시간강사로부터 얻어 마시는 경우가 더 많았다.

미국인 탐험가

그러다가 한동안 뜸하게 연락이 없더니 어느 해 가을날 오후에 불쑥 나타나서 다짜고짜로 "술을 크게 한잔 살테니 지금 당장 나가자"라고 평소에 보이지 않던 들뜬 행태를 꽤 작위적으로 지어 보였다. 마침 그달치 잡지가 방금 시중에 깔렸던 때라 둘은 대낮부터 인사동의 어느 그럴듯한 술집에 좌정했다. 술과 안주를 주문해놓고 그는 곧장 "미안하네, 그동안 연락을 못해서" 어쩌구 경어까지 쓰며 말머리를 잡더니 "정말 축하하네, 아직도 글을 쓰겠다는 집념을 안 버렸다니 얼마나 가상한 일인가. 정말 놀랐네, 사람이 어떻게 그리 의뭉하고 힘이 좋지. 직장생활까지 하면서 글쓰기가 좀 어려운가"라고 면찬도 늘어놓았다. 무슨 말인가 하면, 그달치 어느 문학지에 호섭의 데뷔작 소설이 활자화된 것에 대한 인사였다. 박사 학위까지 땄다지만, 여전히 "보따리 장사나 하는 주제인" 시간강사가 그런 월간 문예지도 읽을 짬을 내고 있다는 게 가상하고, 나잇살이나 먹을대로 먹어 글줄을 쓸 수 있는 미미한 자격을 장만했다는 사실이 쑥스러워서 호섭이 딴청을 부리려고 화제를 돌려도 그는 자꾸만 "괜찮던데, 잘 읽었어, 그런대로 재미있더라고, 묘사가 꼼꼼하대, 요즘 소설은 대개 다 덤벙거리잖아, 그게 또 대세지 싶던데, 독자가 있든 말든 열심히 써야지" 같은 덕담도 눈치 없이 주워섬겼다. 아무러나 그날 둘은 낮술에 꽤 취했고, 2차는 호섭이 술을 사기로 하고 종로 쪽으로 걸어가는데 길거리에서 노가는 지나가는 말로 "지난 9월 초에 결혼했어"라고 털어놓았다. 호섭은 술이 확 깨는 기분이었다.

"아니, 누가, 니가? 이런 곰새끼를 봤나. 왜 연락을 안 했어?"라고 호섭은 짐짓 고함을 내지르고 나서 내친김에 "넌 정말 괴상한 인간이다, 무슨 골샌님인가, 아니면 안방 풍수 같은 선비냐, 거참, 성미 한번 별나다, 번듯한 가문의 사내자식이 도둑장가를 가다니 말이 되냐"라고 호들갑스럽게 성토하자, 노가는 "번거롭게 그런 일로 무슨 수선을 피우나"라고 덤덤하게 응수했다. 짚이는 바가 있어서 호섭은 "예식을 고향에서 올렸단 말이야?"라고 묻자, 그는 "응, 안동에서 구식 반 신식 반으로 간소하게 올렸지"라고 대답했다. '안동'은 뜻밖이었다. 그때까지 호섭이 알기로 그의 고향은 부산이었다. 또한 그의 부친은 전직이 세무 공무원으로서 투서 소동으로 조기 퇴직했으나, 소문에 따르면 재산 형편이 중소기업체들을 상대로 급전을 돌려줄 정도로 알부자라고 했다. 그의 형도 세관에 근무하는 알찬 재력가이며, 두 살 밑인 동생은 일찍이 사법고시에 합격하여 지방 검찰청을 지키는 '젊은 영감'이었다. 부자(父子)의 재산이 그처럼 옹골차다면 그 이재(理財) 수완이야 쉽게 짐작이 가는 일이었다. 부정과 비리를 눈감아주고 뇌물을 챙기는 족족 부동산을 사들이는 그런 재력 일구기를 수치스럽게 여긴다면 비정상적인 인간이겠으나, 노가는 자신의 가정 형편을 까발리고 다닐 수 없다는 묵시적인 처신을 스스로 터득한 셈이었다. 그의 그런 과묵한 성정을 잘 드러내는 실례는 많았다. 여러 사학 이론에 대한 자기류의 견해를 실토하는 법도 없었고, 자신의 독서량이나 어학 실력, 박사 학위 논문의 수준 따위에 대해서도 일언반구조차 비치지 않았음은 물론이고, 지도교수나 은사들에 대한 험담이나 일화 따위를 흘리지도 않았으며, 어떻게 방위병으로 편입, 제대했는지도, 최근에는 서른네 평짜리 새 아파트로 이사할 수 있는 여유나 자동차 구입 자금을 어느 주머니에서 우려냈는지도 털어놓을 낌새가 전혀 없었다. 호섭으

미국인 탐험가

로서도 짐작만 견주고 있을 뿐 굳이 캐묻고 싶지 않았다.

"안동? 색시 집이, 이제는 니 처가가 안동이라는 말이네?"

"머, 대충 그런 셈이지."

"그러면 그런 거지 대충은 머고, 그런 셈은 뭐야?"

노가는 그 큰 덩치에 어울리게 뜸직뜸직, 그러나 천부의 의논성스러운 작은 목소리로 대꾸했다.

"내 안태(安胎) 고향이 원래 안동이야. 큰아버지가 아직 거기서 한약방을 차려놓고실랑 파리를 날리고 계시지. 내가 실은 그이 양자야. 우리집이 부산으로 솔가하고 나서는 그이를 일 년에 한두 번 볼까 말까 하고 자랐지만 호적에는 오래전부터 내가 그이 앞에 올라가 있어. 그 양반은 보학에도 밝고 청빈한 문사 집안의 후예라고 자부심도 쨍쨍해서 우리집 영감은 그이 앞에 앉으면 고개도 제대로 못 들면서 돈 욕심 자식 욕심으로 당신 형님을 압도하는 맛으로 살지. 형제 사이도 그렇게 다르니 이 세상이 얼마나 요지경이야. 내 결혼은 그이 뜻대로 치르는 게 앞으로 내 일신상에 이로울 것 같아 전격적으로, 선을 보자 이내 결정해버렸어. 그쯤 알아, 더 이실직고할 것도 없으니까."

"그래도 그렇지, 소설치고는 너무 허술해서 무엇이 많이 빠졌고 겉도는데."

"뭘 더 털어놓으라고. 참 실없네. 중학교 교장 선생의 칠 남매 중 셋째고 지금은 시립도서관 사서야. 학벌, 인물, 가문 같은 거 안 따질테니 남자 말이나 잘 따르면 됐다고, 살림이나 잘하는 촌색시를 배필로 삼으려 했는데 도서관학과를 나온 반풍수를 얻었어. 첫애를 가질 때까지 백부 집에서 방을 하나 내준다니 거기서 신혼살림을 벌리기로 했어. 반쯤 별거지. 한두 해쯤 방학 두 달씩을 안동에서 보내는 것도 재미있는 경험이 아닐까 싶어. 그쪽도 당분간 사서 노릇을 계속하겠다고, 고향을 떠나 서울서 살림하기는 벅찰 것 같다니 이래저래 말은 통하는 셈이야."

그의 표정은 늘 그렇듯이 무덤덤하니 태평스러웠다. 세상이 흘러가는 대로 말썽 없이 보조를 맞춰가며 살겠다는 그의 처신에는 걱정 같은 것이 스며들 여지도 없지 싶었고, 그런 팔자를 스스로 누리는 위인이 노가였다.

"야, 의외로 참한 색시를 구했네. 일컬어 양반집 셋째 딸이네, 선도 안 보고 장가간다는. 원래 내자라는 족속은 본때 있는 집안의 자식을 들여놓아야 말썽이 없느니. 세상이 아무리 변해도 집가축만은 옛말 그대로 꾸려 보는 것도 장차 우리가 할 일이지 싶어."

마음에 없다기보다 평소에 막연히 생각해오던 것을 호섭은 그렇게 술술 지껄이고 있었지만, 새삼스럽게 노가의 용단이 돋보였고, 그의 의젓한 자태에는 사람다운 기상 같은 것이 비쳤다. 그러고 보니 노가에 대한 호섭의 그때까지 인상은 말끔히 지워지고, 텔레비전의 사극에 나오는 점잖은 사랑방 지킴이와 마주하고 있다는 느낌이 여실했다. 그때까지 미혼이어서 그랬던지 호섭으로서는 남자의 규격 같은 것을 새신랑으로부터, 그것도 바로 곁에서 친구의 체취를 통해 겪는다는 기분이 묘했다.

그 후 둘은 전에보다 더 자주 만나게 되었다. 만날 때마다 노가의 듬직하고 푹한 마음 씀씀이에 호섭은 서서히 젖어 들었고, 그는 결코 유족한 냄새를 풍기지는 않았지만, 그 여유에는 세상을 통째로 저만큼 멀찍이 떼놓고 관조하는 듯한 처세가 넘쳐났다. 그런 자세에서 굳이 그의 생업, 곧 역사학자로서의 처신까지 읽을 수 있었다면 견강부회일테고, 그의 집안, 그 재력, 그의 느긋한 성격 등이 생활 세계 전반에도 깊숙이 배여 작동하는 것을 알아차리기는 어렵지 않았다.

그럴 즈음 호섭은 "정말 더러워서 직장생활 못해먹겠다" 같은 월급쟁이의 상투적인, 그러나 어리광 같은 허언을 노가의 면전에서 무시로 흘리곤 했고, 그럴 때마다 "진학해서 학력이나 하나 더 만들어, 시작만 하면 어떻게든 꾸려내진다고. 무슨 일이든 길게 내다봐야지"라는 대학 접장의 고언을 들어야 했다. 그의 그런 제의를 호섭은 물론 귀 밖으로 흘려들었다. 여러 여건이 탐탁찮다는 변명을 앞세우면서. 예컨대 시간, 돈, 머리, 체력 등이 절대적으로 모자라는 형편이고, 무엇보다 서른 중반을 넘어 대학원 공부를 한다는 게 도무지 어불성설로 여겨지고, 이제껏 살아온 대로 허둥지둥거리다가 늙어가겠지 하는, 막연할 수밖에 없는 자신의 앞날을 점치면서… 물론 그 밑바탕에는 '글이나 쓰면서'라는 알량한 생업에의 집착이 깔려 있긴 했지만, 그 품팔이가 어떤 물질적 보상이나 정신적 보람으로 자신의 삶에 후광도, 그렇다고 선명한 테두리를 보장해주지도 않는다는 것을 모르는 바도 아니었다. 날품팔이 같은 생업이 보잘것없는 일생을 미리 담보하고 있다는 자기 위안은 서글픈 체념에 불과했지만, 서울에서의 월급쟁이 삶 자체가 그런 등식을 강제하고 있는 것도 엄연한 현실이었다.

요컨대 어떤 자극도, 긴장도, 보람도 철저히 세거된 따분한 생활의 회로에 갇혀서는 '글쓰기'마저 힘겨운 도로(徒勞)에 지나지 않았다. 그도로에 허비하는 삶의 퇴적이 연륜이고 세월이며, 남는 것이라고는 알량한 저작물이었다. 그러나 세상살이는 주름이 있게 마련이어서 그의 해이해져 가는 삶에 찬물을 끼얹었다. 실직이 바로 그 찬물이었다. 그는 꼬박꼬박 닥치는 매달의 생활비를 마련하느라고 전전긍긍하지 않을 수 없었다. '글쓰기'는 근본적으로 밥벌이가 될 수 없는데도 노동이라기보다는 정신의 해체와 육신의 혹사를 통해 자신을 발가벗기는 일련의 자기노출 식 곡예였다. 그것도 대개는 1회에 그치게 되어 있었고, 연거푸 벌였다가는 일부의 관중으로부터 욕이나 듣기 십상이며, 그 전에 시연자가 쫄아서 자기 수모를 감내해야 했다. 바짝 긴장한 실직 상태로 1년을 버티다 그는 지푸라기라도 잡는 심정으로 노가의 진학 제의를 진지하게 받아들이지 않을 수 없었다.

지내놓고 보니 노가의 찬찬하기 짝이 없는 인생은 호섭에게 삶의 어떤 법칙 같은 것을 추리해보라고 강요했다. 빤짝 재주로 일찍이 운세를 활짝 펴는 사람은 살아갈수록 내리막길을 걷고, 별난 재능도 없지만 성실하게 제 할 일만 추스르는 사람은 착실히 앞길을 열어가다가 마침내 일가를 이루는 경우 말이다. 물론 후자의 생이 좀스러워 재미야 없겠으나, 그렇다고 딱히 나쁠 것도 없겠고, 재주 덩어리인 전자의 인생이 으스댈 만하고 화려해서 누릴수록 감질난다고 할지 모르나 이내 물릴지도 모른다. 노가의 경우는 후자에 해당될텐데, 호섭은 그게 부럽다. 결코 우수한 학생은 아니었지만, 침착하니 자기 삶의 테두리를 분명하니 그어놓고, 학계의 주목 따위야 어쨌거나 제법 툭박진 학자로서의 행적을 누릴 수 있을테니 말이다.

모르긴 해도 역사와 마찬가지로 개인의 인생도 가시적일 수는 없지

미국인 탐험가

않을까. 그러나 불가시적으로 만드는 변수, 곧 해괴망측한 우여곡절들을 가능한 한 줄여가는 과정이 인류의 행로가 아닐까 싶기도 하다. 그렇다면 역사적 교훈을 빌려서 자신의 삶을 예단할 수 있는 것으로, 군이 비교하자면 에스컬레이터처럼 느리지만 확실하게 자신의 인생을 밀어올리고, 마침내 정상에 다다르도록 은인자중하는 노가야말로 합리적, 진보적이며, 과감하게 줄여서 말하면 역사의 주류일 수 있는 것이다.

↓

호섭이 거실의 소파 위에 널브러져서 간신히 탈진감을 추스르고 있는데, 머리맡의 전화기가 요란하게 울었다. 그는 송수화기를 누운 채로 더듬어 잡았다. 짐작대로 노가였다. 노가의 음성은 언제나처럼 묵직하면서도 살가웠다.

"치솔만 챙겨서 나오면 돼. 코에 바람이나 쐬다 오자. 자네 집사람도 은근히 그러길 바라는 눈치야. 자, 나서라."

마누라쟁이의 의사까지 대변하는 통에 호섭은 평소대로 어리광 반 건짜증 반을 버무린 동문서답을 지껄였다.

"글쎄, 다 좋은데, 지금 설사가 쏟아져서 말이야. 종강이다, 방학이다 해서 며칠 술을 퍼마셨더니 또 장에 탈이 났나 봐." 그는 아랫배가 북적대는 소리를 들으면서, 송수화기 너머의 노가에게 보여주기라도 할 것처럼 아랫배를 꾹꾹 눌러대며 흐물흐물 말을 이었다. "그 슈로던가 먼가 하는 미국인과 함께 간다니 공연히 힘도 쓰이고 해서 말이야. 웬만하면 자네나 휑하니 갔다 오지. 나는 이것저것 집일들도 밀려 있고, 당최 뒤숭숭하고 머리가 사나워서 그래."

"미국인과 동행하는 게 머시 힘이 쓰이나. 그 친구는 인자 한국 사람 다 됐고, 양코쟁이라고 칙사 대접할 것도 없어. 열시까지 리버사이드호텔 커피숍으로 나와라. 그 친구도 자네가 따라간다니까 쌍수를 들고 대환영이야."

"그거야 코쟁이들의 의례적인 인사치레고. 속이나 나스리면서 며칠 푹 쉬었으면 꼭 좋겠어. 몸에 힘아리가 쭉 빠졌어. 대장염이 원래 이래. 꼼짝하기도 싫어."

"나와, 기다린다."

노가는 말을 마치자 잽싸게 전화를 끊어버렸다. 집안이 갑자기 괴괴해졌고, 실직 이후부터 아침밥은 라면이나 식빵으로 때우는 판이라 아내는 아직 부엌에서 서성일 낌새가 없어 보였다. 호섭은 다시 엉거주춤하니 일어서서, 미리 여행 준비를 해둔다는 심사로 화장실로 기어들어 갔다. 입안이 모래라도 뿌려놓은 듯 칼칼해서 이번에는 칫솔질로 속의 술 찌꺼기를 게울 참이었다. 이빨과 잇몸을 문지르고, 입천장과 혓바닥을 긁어대면 누런 위액이 울컥 쏟아질 것이었다.

호섭은 진땀을 훔치며 화장실에서 나왔다. 속이 텅 빈 것 같았고, 술 허기 때문에 무력감이 전신에 고루 퍼져 있었다. 그러나 식욕은 간 곳없었고, 먹을거리를 입속으로 집어넣을 생각은 추호도 없었다. 그는 속이 메스꺼운 줄 알면서도 담배를 찾아 물었다. 입속을 청소한 덕분에 담배 맛은 그런대로 괜찮았다. 호섭은 허기를 참으면서 문득 '인물 고운 여편네는 소박을 맞아도 음식 솜씨 좋은 여편네는 귀염 받는다'는 들은풍월을 떠올리고, 제 밥그릇도 제대로 찾아 먹지 못하게 된 자신의 팔자와 허구한 날 콩자반이나 멸치볶음, 감자조림이나 소시지 따위를 밑반찬으로 상을 차리는 마누라쟁이의 천성의 무신경한 요리 실력에 혀를 찼다. 그러나 곧장 자신의 삶이 오늘날 대다수 핵가족들이 당면한 한 단면일지도 모른다는 생각 때문에 '어쩔 수 없이 감수하며 살아야 하는 풍속 차원의 피해 정황'이라는 체념을 곱씹었을 뿐이었다. 하기야 마흔 살 중년을 홀기는 연령마저 그 정도의 체념을 일구기에는 적당했고, 생활 자체가 억지로 끌려가듯 이루어지는 마당에 누구와도, 특히나 가족이나 친지와의 의견 충돌 같은 잔일로 마음자리가 마뜩잖아지는 것만은 적극적으로 피하고 싶었다. 나부터 편하고 보자는 그런 편의주의 생활관은 만사가 귀찮고, 모든 대인관계가 실은 짜증스럽다는 말의 완곡어법에 지나지 않았다.

그렇긴 해도 실직 이후 잡문 쓰기로 생계를 꾸려내는 그로서는 정신적으로나 육체적으로나 피로를 자주 느끼고, 가끔씩 식욕도 간곳없어지곤 해서 탈진한 사람처럼 무엇이라도 붙잡고 싶어서 안절부절못하는 경우도 없지 않았다. 그때마다 '전라도 밥'을 한 끼만 얻어먹었으면 하는 잗다란 염원을 일구게 되는 것이었다. '전라도 밥'이란 1981년 늦봄에 예의 어느 대기업체 홍보물에 실을 '현장 탐방기'를 위한 객원 출장길에서, 목포 근교의 어느 이름 없는 포구에서 사 먹은 한정식이었다. 회사에서 내준 승용차로 아침 여덟 시경에 서울을 출발하여 정주, 고창, 영광, 함평, 무안을 지났을 때쯤에는 오후 네댓 시쯤이었고, 내려오는 도중에 밥도 아니고 그렇다고 군것질일 수도 없는 가락국수, 생선묵, 김밥 따위의 먹거리로 속을 채웠는데도 시장하기 이를 데 없어서 목포에 당도하기 전에 이른 서녁을 먹기로 했다. 동행자는 회사 직원과 편집기자와 사진기자가 각 한 명씩, 그리고 운전기사였는데, 그들도 하나같이 일고여덟 시간을 움막 같은 승용차 속에서 몸부림을 친 탓인지 음식점에 들어서자마자 "향토음식을 제대로 한 상 받읍시다"라고 의견을 모았고, 그래서 정식에다 곁들여 갈비찜을 시켰다.

분명히 쉰 고개는 넘었지 싶고, 그만큼 육덕도 두둑한 여자 주인의 정감 넘치는 전라도 사투리에 따르면 정식과 갈비찜이 그 집의 자랑거리였고, 목포 일대는 말할 것도 없고 광주 일원의 관리와 식탐꾼들도 이녁 음식을 탐한다고 했다. 빈말이 아니었다. 씹을 것도 없는 갈비찜도 일품이었지만, 한 상 가득히 벌여놓은 정식의 밑반찬 중에서 서너 가지의 젓갈, 토하젓 등은 멸치젓밖에 먹어보지 못한 그의 식성에는 과연 일미였다. 10여 년의 직장생활 중에 그는 서울의 유명 음식과 지방의 토속음식을 웬만큼 먹어본 터이지만, 그때 그 전라도 정식만큼 정갈하고 음식의 본맛을 제대로 살린 코러스를 음미해본 적이 없었다. 그는 물론 경상도의 한복판쯤 되는 대구에서 성장했는데, 경상도가 상대적으로 많은 인구에 비해 평야가 적어 음식문화가 덜 발달했으며, 전라도는 꼭 그 반대라서 먹을거리를 용심 사납게 개발하지 않았을까 싶고, 배가 불러야 즐길거리도 갖추고 살 지혜가 생기는 터이라 일찌감치 판소리를 비롯한 시서화도 한 걸음 앞서는 경지로서의 자칭 '예향(藝鄉)'에 이르지 않았을까 하는 궁리를 여투고 있는 위인이었다. 당연하게도 이런 대조적인 지방색은 존중되어야 하고, 더욱 그 특색들을 발전시켜가야 한다는 점에서 역시 조선족 토종다운 유전인자를 최대한 가졌다고 자부할 만했다. 말이 나온 김에 사족을 달면 그의 아내는 대전이 고향이라 생선이나 미역 따위의 해물 반찬을 자주 먹지 못하고 자란 탓인지 그런 음식을 비리다고 고개를 내젓던 이상한 사람이었는데, 시집온 후 고등어 조림의 국물을 얹는 생미역쌈을 그가 손수 가르쳐서 식성을 어느 정도 개조시킨 바 있었다. 이제 그의 아내는 봄이면 그 펄펄 살아 움직이는 생미역쌈에 거의 미친 여자가 되어 있어서, '이런 변화를 지근거리에서 바라보며 사는 것도 인생의 한 낙이다'라며 그는 속으로, 이런 대목에서야말로 상투적인 문잣속대로 '회심의 미소'를 짓고 지내는 터이다.

아무려나 그 전라도 밥에 혹했던 것은 그 특유의 향토음식 맛을 제대로 살린 솜씨 덕분이겠지만, 그보다도 영광, 고창을 지나면서 유심히 본 그 푹한 산세(山勢), 강원도나 경상도의 산들에 비해 악산(岳山)이 아니면서도 능선에 힘과 부드러움이 어우러져 있고, 그러면서도 그 늠름한 자태를 눈앞까지 바싹 들이대는 산줄기들을 의미심장하게 새기면서 내려왔기 때문이기도 했다. 그런 감탄을 자아내면서 승용차 속에 갇혀 있는 중에도 문득 그의 시야를 장악하던 어느 이름 모를 능선을 보고는 대뜸 미당(未堂)의 한 시구를, 예컨대 '저 눈부신 햇빛 속에 갈매빛의 등성이를 드러내고 서 있는/여름산 같은/우리들의 타고난 살결 타고난 마음씨까지야 다 가릴 수 있으랴'라던 절창을 떠올렸기 때문일 것이다. 지금이야 한 사람의 소설가로 연명하지만, 그도 한때 '갈매빛 등성이'가 무슨 말인지 사전을 뒤적여가며 곱씹어본 문학도였으니 말이다. 아무튼 서해 쪽으로 뉘엿뉘엿 져가는 석양을 받고 늠름하게 다가오던 그 노루 모가지 같은 '갈매빛 등성이'는 남빛 하늘을 배경으로 짙푸르다 못해 까무룩한 색깔을 뒤십어쓰고 방금이라도 이쪽의 꼬물거리는 동정에 눈짓을 보낼 듯이 웅크리고 있는 순한 짐승

같이 그의 마음에 다가왔고, 그 싱그러운 정서적 충격을 예의 그 전라도 밥에 콤콤하고 짭조름한 젓갈들을 얹어 음미하면서, 소주를 곁들여서 저작하노라니, 한풀 꺾인 실직자라는 신세와 글쓰기라는 잡일에 시달리며 살아가는 자신의 삶이 새삼스럽게 되돌아 보여서 묘한 정감이 목울대까지 넘어오는 것이었다.

술이 어느 정도 오를 때까지는 평소와 다름없이 좀체로 자신의 느낌을 드러내지 않는 성미라서 그는 그 전라도 밥집을 나서면서 무덤덤하게 "잘 먹었습니다"고 의례적인 인사말만 건넸다. 그리고 곧장 목포에 당도하여 해거름임에도 불구하고 유달산을 둘러보았고, 그 당시 '조각공원'인지를 만드느라고 산자락을 마구잡이로 파헤쳐놓고 있는 당국의 거친 일솜씨에 속으로 삿대질을 하다가, '공원이든 조각이든 제발 음식 만들 듯이 정성을 쏟아부어야지'를 되뇌며 시내로 내려왔다. 꽤 북적이는 어느 술집을 찾아가 입속을 싸하니 뚫어주던 시큼하고 썩은 내음의 삭힌 홍어와 입천장에 척척 달라붙는 산낙지를 포식하면서, 여전히 그 의인화된 '갈매빛 등성이'를 안주 삼아 소주를 들이켰다.

다음날 새벽같이 일어나서 어느 해장국집을 물어 찾아갔는데, 거기서 그는 난생처음으로 고운 연두색 보리순을 따다 넣어 끓인 홍어애된장국을 두 그릇이나 후루룩거리고는 전라도 음식에 완전히 반해버렸다. 시금치, 근대, 무청 시래기 등을 넣고 끓인 여느 된장국들은 그 푸성귀들의 숨이 푹 죽어버려 씹을 게 없는 법인데, 그 된장국 속의 푸른 보리순은 살아 있어서 혓바닥에 알맞을 정도의 깔끄러움까지 전해주는 그 담백한 감칠맛이 일품이었다. 과연 그날 맛본 몇 가지 전라

미국인 탐험가

도 음식은 그가 그때까지 모르고 있었던 순 우리 먹거리였다.

사실상 여행이란 지칠 줄 모르는 호기심과 튼튼한 위장을 가진 식
탐꾼이 돈과 시간에 여유가 생겼을 때, 일상을 훌쩍 벗어나고 현재의
구속을 떨쳐버리는, 말하자면 자기 생활은 없고, '남들'의 생활 세계
을 기웃거리는 무위의 서성임이다. 그러나 호섭에게는 남다른 호기심
도 부족하고, 몸은 병치레꾼이나 다름없다. 돈과 시간에 여유도 없을
뿐만 아니라 성격상 자신이 몸소 부대끼며 살아가는 삶의 현장을 벗
어나면 공연히 불안해지는 쪽이다. 요컨대 맥주보리를 경작하는 농사
꾼의 삶을 들여다보고, 이해할수록 그 앎은 피상적이며, 그 대척점에
놓여 있는 그의 생활은 추상적이다 못해 무슨 희롱처럼 여겨지는 곤
혹을 떨쳐버릴 수 없는 것이었다. 그러므로 여행을 싫어하며, 여행을
통해 걸러지는 자신의 정서적 반응에 가급적이면 냉담해지려고 애를
쓰는 편이다. 따라서 그가 숱하게 체험한 여행들은 노가의 권유에 수
동적으로 응해야 하는 것처럼, 또는 생업을 쫓느라고 끌려다니는 식
이라서 자발적인 것이 아니었다. 여행이야말로 피로만 가중시키는 무
익한 걸음품 팔기라고 한다면 그는 현대인으로서도 자격 미달자일 뿐
만 아니라, 명색 소설가가 일부러라도 쫓아다녀야 하는 여행까지 기
피한다면 역시 직업인으로서도 싹수가 곯마른 위인이 아닐 수 없는
것이었다.

↓

그의 아내는 굳이 "여행 잘 다녀오세요"라고 '여행'을 강조했지만,
그는 속으로 '원님 덕에 나팔이라고' 친구를 잘 둔 넉분으로 전라도
밥이나 몇 끼 얻어먹고 원기나 찾으러 집을 나선다고 가볍게 생각했

다. 실제로 노가도 '코에 바람이나 쐬러' 아무 목적도 없이 발길 닿는 대로 돌아다니다 오자고 강조했으니까. 그래서 그는 억지로라도 머릿속을 텅 비우자고 몇 번이나 다짐했다. 더불어 외국인과의 여행에 별다른 의미를 부여하지도 말며, 개발도상국가의 한 지식인으로서 외국인의 일거수일투족을 뜯어볼 것도 없고, 스스럼없이 이틀쯤 '서성대고 빈둥거리다' 돌아오자고 내심 우겼다. 몸이야 다소 허약하나 자신이 외국인에게 어떤 열등감도 없을뿐더러 특히나 미국인 혐오증 따위는 섣부른 '지식 편식자'의 중뿔난 국수주의적 사고라고 치부해오는 터이기도 했다.

집을 나서기 직전에 또 한 차례 설사를 쏟아냈는데도 배앓이는 여전했고, 계란을 두 개나 넣고 끓인 라면을 맛있게 후루룩 들이마셨는데도 공복감도 가셔지지 않았다.

택시에서 내렸다. 그의 손목시계는 오전 열시가 채 못 되어 있었다. 호섭은 쫓기는 사람처럼 호텔 속으로 허겁지겁 들어섰다. 이어 커피숍을 찾았다. 평일인데도 호텔 안은 북적였다. 이제 서울은 호텔 속까지도 만원이다.

실내를 두리번거리다가 두 사람이 동시에 손을 번쩍 쳐드는 곳으로 호섭은 다가갔다. 그들은 커피를 홀짝이다 호섭이 다가오자 외국인만 자리에서 벌떡 일어섰다. 악수를 나누면서 호섭은 낯익은 외국인의 안면을 찬찬히 훑어보며 '아, 이 친구가 슈로더였지'라고 자신의 기억력을 새삼 점검했다.

이제 한국인들은 국제적으로도 웬만큼 얼굴이 넓어지고 키도 커져서 외국인과 호텔에서, 길거리에서 남의 나라말을 주거니 받거니 하

미국인 탐험가

는 광경에 낯설어하지 않는다. 더욱이나 슈로더 같은 친구는 평화봉사단으로 이태 동안 부산에서 어느 고등학교의 영어 회화 선생으로 근무했기 때문에 경상도 사투리에 능숙하고, 그 이후 본국에서 워싱턴 주립대학인가를 졸업한 후, 다시 내한하여 초창기 한국 자본주의의 정착 과정을 연구한다는 구실로 서울의 한 유명 사립대학에서 2년 동안 석사 과정을 마쳤고, 지금은 플브라이트 장학금을 얻어 또 2년 동안 자료 수집 및 연구를 이어갈 예정으로 체류 중이므로 우리말은 신통하다 싶을 정도로 잘한다. 이런 외국인과 내국인이 우리말로 의사를 소통하는 광경은 차라리 자연스럽기조차 하다.

청바지 대신에 카키색 바지를 입었고, 붉고 푸른 체크무늬 남방셔츠를 허리띠 안으로 쑤셔 넣은 슈로더의 팔뚝에는 지푸라기 같은 털이 수북하니 나 있다. 정수리께 머리털만 밀생해 있다면 슈로더의 전체적인 인상은 스티븐 스필버그 감독의 '레이더스'나 '인디아나 존스' 같은 영화에 나오는 주인공, 그 지칠 줄 모르는 모험심으로 매사에 진지하게 덤벼들어 마침내 정의가 승리하도록 뛰어다니는 정력적인 사내 해리슨 포드를 쏙 빼닮았다. 호섭의 고정관념으로는 정력이 철철 넘쳐흐르지 않는 미국인은 도무지 상상할 수가 없다.

해리슨 포드처럼 웃지도 않고 슈로더가 호섭에게 인사를 건넸다.

"안녕하십니까? 그동안 참 궁금했습니다. 잘 지내셨지요." 어색한 억양이나 쓸데없이 붙여대는 부사의 남발이 역시 외국인임을 드러내고 있으나, 슈로더의 한국어 실력은 문법적으로는 거의 만점에 가깝다. "참, 커피 드셔야지요? 얼굴이 좀 좋지 않습니다, 무슨 일 있었습니까? 참 궁금합니다. 아가씨, 여기 커피 좀 주셔야지요."

호섭은 외국인에게 굳이 간밤의 술타령과 오늘 아침의 배앓이를 말하고 싶지 않아 아무렇게나 대꾸했다.

"일을 많이 해서 그렇겠지요." 듣기에 따라서는 자신의 응답이 미국식 대답일지도 모른다는 생각이 얼핏 들었고, 그래서 호섭은 노가를 슬쩍 훔쳐보며 "여름 타나봐"라고 외국인이 알아듣지 못할 말을 일부러 지껄었다. 이어서 외국인에게 안부를 물었다. "가만, 전에는 아마도 그 구레나룻, 수염 말입니다, 그거 없었지요? 클렘스키, 그 친구는 턱수염을 수북하니 길렀고…"

"아, 이거요? 정말 큰일 날 뻔했습니다. 한 달쯤 전에 교통사고를 조그맣게 당했습니다. 이쪽 오른쪽, 얼굴에 찰과상, 그것이 생겼습니다. 기즈는 일본말이라고 그러대요. 유리 조각 때문에, 여기 팔에 있는 거하고 똑같은 거요. 그래서 수염 기르기로 했습니다. 수염 깎는 가위 샀습니다. 면도칼 안 사고 수염 안 깎아 돈, 시간 많이 벌고 있습니다. 한국 경찰 아직 문제 참 많습니다. 사람이 피 흘리는데 주소, 이름, 전화번호 가르쳐달라고 자꾸만 말해요. 약 올라서 그런 거 가르쳐줄 수 없다고 하니, 또 명함 달래요. 노라고 말해주었더니 그다음에는 아무 것도 묻지 않아요. 치료부터 받겠다고 하니 갈 수 없대요. 잠시만 기다리라고 말해요. 한국말 잠시가 몇 시간인지 잘 모르겠어요. 그 잠시 동안 악질 운전수 처벌하기 바라느냐고 피해자인 나한테 물어요. 참 어이가 없어서, 법대로 하라고 말하고 말았어요. 피해자인 나에게 누구하고 술 마셨느냐고 묻기도 하고. 참 좋은 경험 얻었습니다. 한국말 진짜 많이 배웠습니다. 택시 운전수, 내 얼굴의 피 닦아줬어요. 다행이다, 그래도 다행이다 그 말만 자꾸 하고."

미국인 탐험가

노가가 슈로더의 다소 호들갑스러운, 그래서 더 정력적으로 비치는 다변을 차분히 정리했다.

"머저리 같은 교통경찰이었던가 봐. 한국말을 워낙 능숙하게 잘하니 무슨 기관원인 줄로 지레짐작했는지도 모르고."

슈로더는 진지하게 두 한국인의 눈짓을 살피고 나서 말귀를 알아들었다고 시위했다.

"아마 그랬을 거예요. 내가 한국말 잘하고, 한국 사정 잘 알고 있어서 오해 참 많이 받아요. 억울하고 약이 올라 죽겠어요."

노가가 여전히 찬찬한 어조로 슈로더를 대변했다.

"저쪽 반포대교 입구에서 어떤 대학생 오너 드라이버가 술에 취해 차를 몰다가 이 친구가 타고 가던 택시 옆구리를 들이받았던가 봐. 과속에 추월 사고였던 모양이야. 음주 운전이니 제대로 걸린 거지."

슈로더는 시위를 멈추지 않았다. 지구력이 좋은 점에서도 그는 단연 미국인이었다.

"그 대학생 참 나빠요. 내가 미국 사람이니까 교통사고 없었다고 하자고 그래요. 윙크 자꾸 하면서. 노, 노라고 했어요. 그런 거짓말은 곤란하다, 피 흘린 증거 있는데 없다고 하면 나는 죽은 사람이냐고 말해 줬어요. 뭐, 참, 그 나쁜 경찰에게 돈도 주는가 봐요. 아주 엉터리 영어로 나에게 마이 프렌드, 미국 사람 아우어 프렌드 이래요. 세상에, 하이고, 그런 법이 어딨어요. 그동안 경찰은 자꾸 무슨 글을 쓰고 있어요. 또 그 술 취한 대학생과 나 모르는 한국말로 자꾸 말해요. 나 정말 화가 머리끝까지 났어요."

서울에서의 교통사고는 워낙 흔해 빠진 이야기라서 호섭은 의식적으로 귀 밖으로 흘려들었다. 마침 날라져 온 커피가 슈로더의 억하심정을 잠시 따돌렸다. 호섭은 커피잔을 들며, 얼마 전 12대 국회 개원에 맞춰 일어난 미국 문화원 점거사건을 떠올렸고, 그 꽤나 당당하던 대학생들이 막판에 초콜릿을 달라고, 그것도 미국인에게 요구하는 것을 보고 오늘날 우리 대학생들의 어리광스러운 의식과 철딱서니 없는 생활상이 일목요연하게 드러난 데 치를 떨면서, 동시에 어느 쪽도 비판적으로 바라보는 자신과 같은 기성세대에게는 미국 문화원 점거사건의 귀추가 신파극을 닮아간다고 한숨을 쉬면서, '저러니 미국인이, 그쪽 여론이 우리를 깔보지, 만만하니 가지고 놀 수밖에' 하는 고리타분한 민족주의자 심정으로 돌변하던 경험을 치른 바 있었다. 공교롭게도 대학생 오너 드라이버가 저지른 교통사고라서, 그 피해자가 미국인이라서 그런 어정쩡한 생각이 떠오르는 것 같아서 점직했다.

호섭은 공연히 미국인의 수다스러운 경험에 신물이 나서, 또 무엇엔가 쫓기는 심정이 되어 채근했다.

"자, 어디로 가는 거지? 남도 천리길 여행이라지만 한반도의 반의 반이 좀 넓어? 2박 3일이면 짧은 여정도 아니잖아. 행선지는 대충 그려놓고 있는 거야?"

노가가 즉각 말을 받았다.

"글쎄, 아직 구체적인 안은 없는 형편이고… 전문가인 자네 도움을 받아야겠지. 지금 막 그 이야기를 나누고 있던 참이야. 여기 슈로더는 서해 바다를 보면서 농촌 구경도 두루 하고, 내장산이나 무슨 절이든 산사를 찾아가서 구경하면 좋지 않나 하지만, 나나 이 친구는 그쪽으로는 초행길이나 다름없으니까 자네가 좋은 안을 내봐. 나야 운전수

　　미국인 탐험가

노릇이나 하면서 뒷짐이나 지고 있을 참이야."

　최근에 운전면허증을 딴 노가의 물러나 앉는 자세에 호섭은 대뜸 토를 달아 쏘아붙였다.

　"양반이 마부 노릇 하면서 구경은 상놈들에게 시키겠다 이거지? 이래서 세상은 변한다니까. 변해서 좋은 건지 나쁜 건지 잘 모르겠지만." 말뜻을 분명히 못 알아들었을 텐데도 슈로더는 파란 눈을 깜빡거리지도 않고 이쪽을 주시하며, 두 사람의 수작을 경청했다. 외국인의 이런 진지한 눈길에는 좀 질리는 터이지만, 호섭은 심드렁하게 덧붙였다. "산도 타고, 바다도 보고, 땅도 밟겠다 이거지? 없는 집 잔치에 소, 닭, 돼지 다 찾는다더니. 그러지 말고 발길 닿는 대로 가지 머, 내장산 국립공원이야 머 볼 게 있어. 단풍철도 아니고. 지금은 한창 농번기잖아. 절 구경이야 나쁠 것도 없지만."

　슈로더가 드디어 진지한 자세를 행동으로 드러내기 시작했다. 그의 옆 의자에 놓아둔, 어깨걸이가 달린 여행용 가방을 뒤지더니 얼룩덜룩한 종이 조각을 끄집어냈다. 바캉스 안내용 지도였다. 신문지 크기의 그 지도는 뒷면의 광고만 다를 뿐 국도와 철도, 고속도로, 국립공원, 도립공원 등을 표시해둔 색깔까지 비슷하고, 그 어슷비슷한 동일판의 남한 전도(全圖)는 그렇게 정확한 것이 아니었다.

　"여기, 지도 보면서 말합시다."

　슈로더는 지도를 펼쳐 탁자 위에 놓았다. 지도는 4분의 1로 접혀 전라남북도만 간신히 얼굴을 내밀고 있었다. 호섭은 그 지도를 볼 마음이 전혀 없었다. 외우고 있다고 해도 좋을 정도로 잘 알뿐더러 슈로더라는 외국인의 호들갑스러운 짓거리가 우습기도 해서 그것을 다소 견제하는 한편, 이 즉흥적이고 무계획적인, 게다가 아무런 목적조차 없는 이 여행에 대한 외국인의 흥분과 기대를 얼마쯤이라도 김 빼기 위한 속셈이 있어서였다. 더욱이나 그의 불편한 속이 중도에서 말썽이나 일으키지 않을까 하는 기우도 없지 않았다.

지도에 박았던 파란 눈으로 호섭을 힐끔 져다보며 슈로더는 말을 걸었다.

"바다를 땅으로 만드는 거 무어라고 합니까? 바다땅? 해륙? 그거 한번 봤으면 참 좋겠습니다. 그리고 절에 가서 절하고, 스님, 중들과 이야기했으면 더욱 좋지 않을까요?"

역시 외국인이라 자신의 의사 표시가 분명했다. 당연하게도 슈로더는 이번 여행이 무계획적인 것도 아니고 오히려 의미 깊은 것이 되도록 나름의 구상을 간추리고 나선 눈치였다. 호섭으로서는 가상할 지경이었다.

노가가 응수했다.

"바다를 흙으로 메우는 데? 간척지 말입니까?"

"네, 맞아요. 간척지 맞아요. 미국에 간척지 없습니다. 서해에 간척지 많다는 거 잘 알아요."

노가가 호섭에게 물었다.

"간척지에 가봤어? 어디서 그걸 보나? 나야 별로 볼 마음도 없지만."

노가는 이번 여행을 아무래도 슈로더 위주로 짤 모양이고, 따라서 그 소위 호스트, 게스트, 곁다리를 반듯하게 구분해둘 눈치였다. 호섭은 집을 나설 때 예상도 하고 다짐도 했지만, 자신이 관광 안내원이라

미국인 탐험가

면 호스트는 전형적인 양반의 체취로 외국인 대접에는 극진할 것 같아서 그 자질구레한 지레 걱정이 배앓이보다 더 성가실지도 모른다는 생각을 이제는 접어야겠다고 단정했다.

"간척지? 가봤지. 오래됐어. 유신 끝나기 직전인가, 남양만 간척지라는 델 가봤어."

슈로더가 즉각 "남양만요? 남양만, 남양만, 흠, 렛미시"라고 주절대며 지도에다 연신 코방아를 찧어댔다. 슈로더의 그런 짓거리를 바라보며 호섭은 속으로, 저 미국인이 한국 근세사 전공자답게 벌써 지명 정도의 한자를 읽을 실력까지 갖췄을까 하고 의심쩍었다. 대개의 우리 지도가 다 그렇지만, 그 바캉스 안내용 지도도 '터널' '동산' '스키장' '방아다리' 등은 한글로 표기하고, '새재'도 '鳥嶺'으로 적어둔 것이었다.

아무려나 호섭은 무뚝뚝하게 대답했다.

"그 지도에는 간척지가 안 나타났을걸요. 바다가 육지로 바뀐 게 지도야 나타날 수야 있나." 말을 하고 나자 공연한 불평을 일삼았다는 자책으로 덧붙였다. "간척사업이라야 머 별거 있나. 그냥 바다에다 길을 한 갈래 펼쳐서 닦아놓은 건대. 쭉 곧은 큰길을 하나 깔아놓은 거야. 그게 다야. 그렇게 바닷물을 막고는 괸 바닷물을 빼버리고 산을 허물어 흙 깔면 농사짓는 땅이 생기는 거야. 바닷물이라 증발하는 양이 더 많겠지만. 사람도 없고, 생활도 없어. 불도저만 그냥 어슬렁거리고 그래. 허허벌판이야. 그게 장관이라면 장관이야."

호섭은 진실에 접근한다기보다도 어떤 사실을 적낭히 윤색, 탈색한 다음 그 인쇄물을 유포의 회로에 내맡긴 다음, 곧장 다른 정보에 달려

드는 게 속성인 신문 만들기에 대학 재학 중일 때부터 종사했던 터이라, 또 성격상 남의 말이나 제 의사를 거두절미하고 이해, 해석하는 버릇이 현저하므로 슈로더 같은 지한파 외국인도 그의 진의는 쉬 알아채기 어려울 것이라고 짐작했다. 그러나 한편으로 한국사를 연찬하는데다 한반도의 제반 시정에 대해서는 왕성한 식탐꾼으로서 덤비는 위인이라 호섭의 심사는 웬만큼 간파했으리라는 생각도 여투었다.

슈로더의 이해 정도야 아무려면 어떻겠는가. 상대방의 모국어를 전혀 알아듣지 못하는 경우에라도 당시의 '대화 정황'이 이해도의 7할을 담당하고, 나머지 3할도 표정이나 동작 따위가 상대방의 의사가 무엇인지를 웬만큼 일러준다는 가설을 염두에 둔다면, 학술조사 여행도 아닌 이런 '남도 천리길 여행'에서야 슈로더가 한국어를 몰라도 상관없는 일일 것이다. 차라리 그쪽이 상대방의 체취를, 염치를, 인정을, 의리를, 앎을 알아가는데 유익할지도 모른다. 외국어 무용론이 아니라 말이 개인의 욕망을 가장 구체적으로 전달할 수 있는 도구라고 한다면 그것의 전달에는 긴 사설이 필요 없으며, 학술용어의 개념처럼 그 수사의 정확성, 그 뉘앙스를 따진다는 것은 사치에 불과한 것이다. 요컨대 외국어는 상대방을 이해, 해석하는데 필요적인 지참물이긴 할 테지만, 어차피 '남의 말'은 수박 겉핥기니까.

슈로더는 여전히 도전적이고 정력적이었으며, 자기 목적이나 이익의 추구에는 감바리 기질을 즉석에서 드러냈다.

"간척사업, 그거 위대한 일입니다. 지도를 바꾸니까요. 식량 증산에 이바지하니 훌륭한 국책 사업입니다. 갑시다. 좋을 것 같아요. 미스터 신, 갑시다. 바다, 참 좋습니다. 제 고향 워싱턴 스테이트 시애틀 시티에서 태평양 볼 수 있습니다. 태평양을 땅으로 만든다니, 참 위대한 일입니다. 한국 사람, 참 대단한 국민입니다."

어쩔 수 없었다. 노가가 뒷짐을 지고 있었으므로 호섭은 안내자 노릇을 기피할 수 없는 처지였다. 이왕 일이 벌어졌으므로 떠름한 기색을 드러낼 수도 없는 노릇이었다. 이번에는 슈로더를 분명히 의식하면서 호섭은 표준말로 또박또박 말했다.

"그럽시다. 가는 거야 어렵지 않습니다. 간척지가 서해안에 여러 군데일텐데 저도 정확하게는 잘 몰라요. 아마도 아산만 일대, 서산군 앞바다, 함평군 일대에 다 간척 사업을 크게 벌려놓고 있을 겁니다. 그런데 나는 잘 몰라요. 어디에서 제일 큰 대규모 간척사업을 현재 진행하고 있는지…"

호섭을 간척사업장 전문가쯤으로 알았는데, 막상 그가 한사코 "잘 몰라요"라고 발뺌을 해대니 슈로더는 난감하다는 제스처, 어깨를 으쓱해 보이고 두 팔을 쩍 벌리는 시늉을 지어 보였다. 미상불 미국인의 시늉이라 그럴듯하기는 했다.

"아, 그렇군요." 잠시 뜸을 들였다가 슈로더는 다시 지도 위에 파란 눈을 들이대며 말했다. "좋은 아이디어 있습니다. 아까 뭐라고 했지요? 땅 이름 있잖아요? 거기 물어서 갑시다. 간척사업 하는 곳 많다는 사실 잘 알아요. 나 한국 신문 열심히 봅니다. 한문 너무 많아요. 이름 잘 몰라요. 그러나 무슨 뜻인지 쪼끔은 알아요." 슈로더는 말을 중단하고 노가에게 동의를 구했다. 그것마저 미국식이었다. 세 사람 사이에도 다수결을 존중하자는… "그렇잖아요? 물어서 갑시다. 미스터 노생각, 노입니까, 예스입니까?"

아무리 한국에 오래도록 체류해 있다 하더라도 외국인에게 투표권을 줄 수는 없지 않나. 장차는 어떨지 몰라도 현재로서는, 또 한국의 현지 사정을 염탐하겠다는 주장이야 우리가 보여주고 싶은 데를 골라 잡을 수 있지 않나. 호섭은 자신의 엉뚱한 상념에 실소를 깨물었고, 이어서 미국 시민권을 얻은 한국인 이민사가 그쪽의 선거철만 되면 공연히 곤혹스러워지고, 자신이나 자식들이 뿌리뽑힌 민족 같아지고, 그 쓸쓸한 자각에 애꿎은 술만 는다는 주위들은 이야기를 얼핏 떠올렸다.

슈로더의 질문에 노가는 학문상 우의를 나누는 친구답게, 또 호섭에게는 학자다운 친절을 베푼다는 조로 일종의 절충안을 내놓았다.

"이러면 어떨까? 여기, 서산 앞바다 쪽으로 일단 가보지." 노가는 지도에다 검지로 행선지를 콕콕 찌르다가 서울서부터 도로를 닦아가기 시작했다. "수원, 천안을 거쳐 온양으로 빠져서, 아니, 삽교가 여기 있네."

그 순간 호섭은 자신의 머릿속이 수세미 같다고 느꼈다. 노가는 실질적이고 합리적이라서 매사에 긍정적이고 구체적이라면 자신은 잡지기자 출신답게 겉멋으로 지레 아는 체, 잘난 체해대며 결국 세상만사를 불친절하게 대하니 비사회적 인간이 아니고 무엇인가. 자신의 생업인 글쓰기 작업만 해도 너무 추상적이고, 이론과 자료의 섭렵을 통해 어떤 결론을 끌어내는 학문적 탐구열에 비하면 그 소득 자체가 미흡한 것만큼이나 무의미한 소모적 열정일 뿐이잖는가. 노가의 지구력과 포용력 같은 너름새와 견주면 글쟁이는 불가피하게 열등감을 반추해야 하지 않을까.

호섭의 묵언과 어수선한 심사를 깔아뭉개고 슈로더는 곧장 들떠버렸다.

"아, 삽교, 알아요. 박 대통령이 돌아가시기 전에 갔던 장소잖아요. 그분 참 좋았던 거 같애요. 고속도로 만들고, 새마을운동도 하고, 근대화의 의미를 현실적으로, 세계적 관점으로 이해했던 것 같애요. 훌륭한 점이 많았던 것은 인정해야 될 거 같애요."

노가는 보일 듯 말 듯한 비웃음을 입가에 간신히 얼버무리며 계속 타협점을 찾아갔으나, 호섭은 명색 작가로서의 생존 원리 중 하나인 동어반복 기피증에 휘둘려서 당장 슈로더의 그 '같애요' 남발 증후군에 질리기 시작했다.

"삽교에서 홍성으로 빠졌다가 쭉 내려가야지, 여기 수덕사도 있네."

역시 슈로더는 한국에 대해서는 퀴즈 쇼 출연자다운 만물박사였고, 꼭 그만큼 어린애고 감상적이었다.

"아, 수덕사, 알아요. 여자 중님들 많이 사는 데잖아요."

호섭은 자신의 전직(前職) 근성이 저절로 튀어나와도 내버려두었다.

"비구니요. 경상도 청도에 운문사가 있는데 거기가 비구니 본산입니다."

웬일인지 호섭은 심사가 좀 느긋해졌고, 슈로더는 시무룩하니 "아, 들었던 거 같애요, 구름 문이란 말이잖아요"라며 아는 체하기를 자제하려는 눈짓을 비쳤다.

노가는 두 친구의 그런 신경전을 모른 체했으나, 호섭은 최근에 읽은 러시아 소설을 통해 바보인 척하는 능구렁이를 그쪽 말로 '유로디비'라고 하며, 언젠가는 자신도 음흉한 심보로 실속을 챙기는 그런 주인공을 만들어 보겠다고 다짐한 바 있는데, 지금 바로 코앞에 그 실물을 맞닥뜨리고 있다는 생각에 적이 만족했다.

한국판 '유로디비' 노가가 웃지도 않고 말을 이어갔다.

"29번 국도를 타고 여기, 천수만에 가는 거지, 머, 물어서. 그다음에 대천, 군산으로 해서 쭉 서해안을 밟는 거야. 나도 이쪽 길은 초행이나 다름없어. 전주, 광주에는 한두 번씩 가봤고. 이 친구 슈로더가 내장산을 안 봤다니 쭉 내려와서, 시간이 나면 송광사까지 내려갔다가 올라오는 거야. 그러면 됐지. 여행이란 게 목적 없이 훌쩍 떠났다 오는 거지 머 별건가. 실은 나도 여행이란 걸 제대로 해보지 못했다는 점에서 전형적인 조선 양반이지 별수 있나, 조선 양반의 두 얼굴, 못난 면과 잘난 면 중 나는 부정적인 것만 골라서 온몸에 덕지덕지 처바르고 사는 것 같애."

호섭이 성큼 받았다.

"요즘 배운 치들, 일컬어 식자 계급이 다 그렇지. 고리삭은 양반으로 체통이나 세우려 들고."

두 친구의 군더더기 말을 슈로더가 막았다.

"맞아요, 그래요, 참 좋을 거 같애요. 잘 구경하고, 많이 생각하고, 좋은 경험하는 거 참 생산적일 거 같애요."

"가만, 이 빨간 줄이 포장도론가, 비포장도론가?"

호섭은 담배를 꼬나물고 두 사람의 머리통을 멀찍이 바라보며 대답했다.

"물론 포장도로야. 비포장도로야 지도에 그려놓을 리가 있나. 그런데 그 바캉스 지도가 영 정확하지가 않아. 지금쯤은 더 엉터리에 엉망

미국인 탐험가

일걸."

성급해진 슈로더가 결론을 내렸다.

"좋아요, 갑시다. 걸 프렌드가 내장산 좋다고 했어요." 슈로더는 지도를 접어 여행용 가방 속에 집어넣었다. 그리고 호섭이 담배를 다 피울 때까지 기다릴 차비를 차렸다. 그 시간을 그는 이용했다.

"참, 질문 하나 있습니다. 미스터 신은 왜 이 한국 지도 믿지 않습니까?"

호섭은 뜨끔했다. 기어코 이런 유치한 질문을 당하다니. 외국인들의 이런 원론적인 질문은 정말 곤혹스럽다. 한국인은 물론이거니와 한국의 전통, 제도, 풍습, 국민성 전반을 어떻게 다 풀어놓고, 그에 따른 나름의 해석을 덧붙이란 말인가. 아니다. 좋은 사례를 슈로더가 먼저 제시했으니 그에 비춰서 사설을 늘어놓을까. 이를테면 교통경찰이 술 취한 대학생 운전수를 앉혀놓고 끝없이 긴 진술조서를 쓰는 행위 자체가 범법자에게는 얼마나 큰 위협이며, 또 그 진술조서가 앞으로 그 교통사고를 유야무야로 처리하는데 얼마나 효과적인 담보물인지를 어떻게 꼬치꼬치 다 설명할 수 있겠나. 만약 제대로 말하려 들면 반나절로도 모자라지 않겠는가.

모르긴 해도 미국의 경우는, 텔레비전의 외화(外畵) 수사물대로, 경찰이 피해자나 가해자의 진술을 기본적인 교통사고 처리 양식(樣式)에 기입만 하고 나중에 변호사 편에 일괄 처리를 위임하면 될 것이다. 그 이후는 법이, 통보가 피해자와 가해자에게 물질적 보상과 불이익을 할당할테고, 그 문서와 변호사의 대응이 어떤 뒷거래와 불법을 제도적으로 막아줄 것이며, 우리처럼 교통사고의 처리보다 그 처리를 위한 처리에 허비하는 온갖 험담과 역정을 양쪽이 고루 당하지 않아도 될 거 아닌가. 사실상 교통사고는 차가 무엇을 들이받은, 지극히 원시적인 단순사건이다. 차가 사람이나 남의 자동차를 받고 받히고, 물질적, 정신적, 신체적 피해를 입고 입히고, 그뿐이다. 그것의 해결에 우리는 너무 아까운 시간과 귀중한 소서 용지를 낭비한다. 그런데 왜 그런 낭비를 하고 있냐고 물으면 대답이 궁해질 수밖에 없다. 한국의 경찰들 월급액을 따져야 한다면 잘 모르겠다고 할 수밖에 없지 않나. 대학생 오너 드라이버의 허영기 많은 의식 수준이 과연 요즘 젊은이들의 철딱서니 없는 행태를 대변하고 있는지도 의심스럽지 않은가.

마찬가지로 왜 조악하게 인쇄된 불확실한 지도를 안 믿냐고? 우리의 즉흥적인 낭비 풍속으로 자리잡아 가고 있는 바캉스 풍조의 이모저모를 어디서부터 설명하란 말인가?

호섭은 아무렇게나 대답해버리자고 서둘러 단안을 내렸다. 그러나 무의식중에도 애국적인 어투가 스며들고 있음을 알아채기는 쉬웠다.

"한국의 국토 개발은 하루가 다르게 지형지물을 바꿔나갑니다. 이 서울을 보세요. 자고 일어나면 번듯한 길이 나 있고, 고층건물이 쑥쑥 올라가잖아요. 마찬가집니다. 지도를 그리는 사람이 새로 난 길을 따라잡지 못해요. 그 사람이 막대한 경비를 들여 현지답사를 해도 소용없어요. 돌아와서 지도를 그릴 동안에 길이 또 닦여 있을테니까. 물론 국토지리원에서 만든 5만분의 1짜리 지도는 정확하지요. 제가 그 바캉스 지도를 잘 알아요. 3, 4년 전에 제작한 원판이 하나일 거예요. 그걸 여러 잡지사에서 대량 복제해서 부정확한 지리 정보를 무작위로 살포하고 있다면 대충 맞는 말일 겁니다."

미국인 탐험가

하찮은 질문에 꽤나 진지하게 대답을 하고 나니 기운이 쑥 빠졌고, 공복감이라기보다 허탈감이 밀어닥쳤다. 우문현답의 뒤끝은 그런 것이었다. 호섭은 머리를 흔들었고, 노가는 두 사람의 수작을 번갈아 쳐다보다 유교적인 웃음을 피워올리면서도 앉음새조차 바꾸지 않았다.

"이 지도, 걸 프렌드가 작년에 공짜로 나에게 주었어요. 참 좋은 선물입니다. 잘 사용하고 있으니까요." 호섭이 담배꽁초를 비벼 끄자 슈로더는 기다렸다는 듯이 미국식으로 서둘렀다. "준비됐습니까? 그럼 우리 나갈까요? 아, 커피값, 그냥 두세요, 내가 내게 해주세요. 그게 좋을 거 같애요. 나, 한국에서 손님 아닙니다." 그리고는 다소 덜 우호적인 호섭의 환심을 사려는 듯이 미국식 유머 감각을 발휘했다. "나, 이제 한국 사람 다 됐습니다. 한국 이름 서로덕입니다. 화담 서경덕 선생 후손입니다. 그분 훌륭한 학자 같애요."

호섭으로서는 슈로더가 한국 이름까지 가졌다는 것이 신기해서 농담으로 받았다.

"서노덕?"

"아니, 틀렸어요, 서로덕, 서로덕이 발음하기 쉬워요."

"돌림자까지 같으니 서경덕하고는 형제간 항렬이네."

"그럴 수야 있나요. 시대가 참 멀리 떨어져 있는데요."

슈로더는 처음으로 거짓 웃음을 뿌리며 말했다. "하하하, 서로덕, 좋잖아요, 길에서 천천히 덕을 만드니까요. 덕이란 말 참 좋은 것 같애요. 영어에는 그런 말 없어요. 약 올라요."

노가가 학자답게 끼여들었다.

"덕? 영어에 덕이란 말이 없나? 버춰, 굿니스가 그거 아닌가?"

"쪼금 달라요. 미덕, 덕, 뉘앙스 다르잖아요. 우리 그거 좋아하지만 없어요. 이상해요."

"어디요? 미국에요. 영어에요?"

호섭의 촉새 같은 물음에 슈로더는 즉각 응수했다. 그의 한국어 실력은 말귀 어두운 우리나라 사람보다 나을 정도였다.

"둘 다, 둘 다에 그거 없어요. 그거 알아야 한국 알아요. 한국학도 그거 알아야 이해가 깊어져요." 대화가 의외의 방향으로 뻗쳐가는 게 쑥스러웠던지 슈로더는 엉뚱하게 화제를 돌렸다. 역시 구김살 없는 미국인이었다. "좋아요. 어쨌든 저 한국 아주 좋아하고 한국 좀 알아요. 그래서 서로덕이라고 생각해요. 걸 프렌드, 자기가 황진이래요, 농담으로요."

호섭이 또 재바르게, 듣기에 따라서는 못마땅한 질문을 던졌다.

"그 이름 혹시 한국인 여자친구가 지어준 거 아닙니까?"

"그거 비밀이에요. 절대로 비밀로 하기로 약속했어요, 하하하."

슈로더는 언제 웃음을 뿌렸느냐는 듯이 일순간에 웃음소리와 환한 표정을 거두었고, 선뜻 일어섰다. 남방셔츠 윗주머니에서 선글라스를 꺼내 불그죽죽하고 살이 두툼하게 붙은 큰 코 위에 올려놓았고, 여행용 가방을 뒤져 테두리가 넓적하게 달린 후줄그레한 갈색 모자를 눌러썼다. 무슨 대단한 답사 여행을 떠날 차림새였다. 여행용 가방을 한쪽 어깨에 비껴 걸치는 짓거리조차 영락없는 해리슨 포드였고, 그러고 보니 탐험가도 별것이 아니었다. 영화 주인공과 다른 점이 있다면 고고학자인 해리슨 포드는 육안(肉眼)만을 믿기 때문에 선글라스를 끼지 않았고, 한국 근세사 학자인 슈로더는 그의 전공 분야와 그 연구에

미국인 탐험가

간접적인 도움을 줄 여러 실물과 그 현장을 '구경하러 가므로' 녹색 선글라스를 끼고 있는 점이었다. 또한 전자는 과장투성이인 영화의 주인공이므로 과묵하고 쉴새없이 움직이지만, 후자는 1985년 6월 말 현재, 한국에 체제하는 외국인이므로 화제를 떠벌리고, 행동이 다소 느릿느릿할 뿐이다.

호섭은 미리감치 화장실에 갔다 와둘까 하고 망설이면서 엉거주춤한 걸음으로 커피숍의 카운터 앞을 지나갔다. 그는 뒤따르는 노가에게 물었다.

"호텔 안에는 원래 약방 같은 게 없지?"

"왜, 배가 계속 아파? 참아봐. 요즘 호텔은 선남선녀들의 교미장이라며. 정력이 철철 넘쳐 주체를 못하는 사람들만 하루살이들처럼 득시글거리는데 그런 사람들이 아픈 데가 있겠어. 여기서는 약이 아예 무용지물일걸."

과연 호텔의 출입구는 붐볐다. 문이란 닫혀 있어야 제 구실을 다하는 법인데, 자동문이어서인지 닫혀 있을 짬도 없었다. 더위가 훅훅 끼쳐오는 호텔 밖으로 나오자 슈로더는 "아, 날씨 참 좋다, 여름이 너무 좋다"라고 탄성부터 내질렀다. 호섭은 그 말을 듣자마자 속으로 '젠장, 비가 오래도록 안 와서 가뭄이 길다 마다 해대는데 무슨 방정인가. 도대체 미국인들은 체질적으로 더운 것도 모르고, 뜨거운 걸 좋아하는 백성인가'라고 반발했다. 곁다리로서의 찜부럭이었다.

어느새 호섭의 이마와 콧잔등에서 진땀이 배어 나오고 있었다. 남향인 그의 아파트에서 거실 창이나 활짝 열어놓고, 돗자리 위에서 뒹굴며 책이나 읽는 둥 마는 둥 해야 하는데, 공연히 노가의 수선에 말려들었다고 호섭은 후회막급이었다. 대장염까지 일신을 골탕 먹이고 있는 판인데. 호섭은 작열하는 태양 아래서 잠시 어지럼증을 다독거렸다.

↓

노기가 가지고 온 차는 의외로 지프였다. 작년 가을에 구입한 그의 자가용은 미끈한 '맵시나'인가였고, 호섭은 그 차에 몇 번이나 동승한 적이 있었다.

호텔 앞의 널찍한 주차장 한쪽 구석으로 걸어가면서 노가는 호섭에게 "아는 사람에게 빌렸어. 아무래도 저 친구가 설쳐대는 걸 보니 포장 안 된 국도도 수월찮게 달려야 할 것 같고 해서, 며칠 바꿔 타기로 했지"라고 말했지만, 노가는 자신의 운전 실력을 지프에도 맞춰 보고 싶은 눈치였다. 노가의 그런 호사 취향이 외국인에게 베푸는 과도한 친절로까지 부풀려 이해할 것은 없겠다고 여기면서도 호섭은 '늘 뭉때리는 기질의 친구가 의외의 자리에서 허세를 부리네, 기름값도 지프가 승용차보다 더 비쌀텐데, 나는 전라도 밥이나 한 끼 사고 말아야겠군, 모르지, 이 친구가 슈로더의 도움으로 하버드 대학의 연경학회에 연수라도 가기 위해 사전 밑밥을 깔아두는 것이라면 미상불 그럴 듯하네. 슈로더가 지금 하버드 대학에 적을 걸어두고 있을뿐더러, 그쪽에서 나오는 장학금으로 서울에서 만판으로 체류, 박사 학위 논문을 준비하고 있다니까, 이번 여행은 둘의 다목적 학술 기행쯤 되는가. 나야말로 곁다리치고는 우습네'라는 셈속을 어루더듬었다.

말썽은 그놈의 지프에서부터 벌어졌다.

슈로더가 득의만면한 표정으로 "자, 갑시다"라고 말하자, 노가도 차

미국인 탐험가

창을 흰 수건으로 닦으면서 "자, 타세요들, 남도 천리길 여행을 출발해봅시다"라고 들뜬 목소리를 내질렀다. 호섭은 저만큼 보이는 약국으로 뛰어갔다 올까 하고 잠시 주춤거렸다. 외국인 앞에서 화장실이나 찾아대는 실수를 할까 걱정이 되어서였다. 그러는 사이에 노가는 운전석에 올라앉았고, 슈로더는 잽싸게 선탑자의 자리에, 곧 운전석 옆자리에 올라탔다. 호섭은 이내 속이 앵하니 뒤틀렸다. 그의 그런 심사를 모르는 듯 노가는 차창을 안에서 닦으며 "타라, 휴게소에 가면 약국이 있을 거야. 거기서 뭣 좀 먹고, 약도 사자"라고 지껄였고, 슈로더도 연신 엄지로 지프 뒤꽁무니 쪽을 손짓하며 "타세요, 갑시다, 빨리요"라고 소리쳤다. 그 손가락질이 가리키는 대로 호섭의 자리는 지프 뒤꽁무니에 붙은 여닫이 문짝을 열고 기어들어 가게 되어 있었고, 그 뒷좌석은 운전석과는 기역자로 앉게 되어 있는 구색이었다. 여섯 사람이 마주 보고 앉을 수 있는 그 자리는 널찍하고, 발을 건너편 자리로 뻗쳐서 올려놓을 수 있어 편했지만, 움막처럼 덜렁 높게 앉아 앞자리의 여행에 따라붙는 영락없는 곁다리였다. 속이 편치 않았다. 이런 경우에 호섭이라면, 곧 경위 바르고 눈치 빠른 한국 사람이라면 어떻게 했을까? 머뭇거리면서 눈치를 봤을테고, 조금 활달한 사람이라면 "아, 제가 선탑자 자리에 앉아도 되는 겁니까?" 정도의 양해를 구했을테고, 십중팔구는 "아닙니다, 이거 원, 송구스럽게, 제가 뒷자리에 타지요"라고 겸양의 미덕을 발휘했을 것이다. 따지고 보면 노가와 그의 오랜 친분을 봐서라도 호섭이 당연히 선탑자 자리에 앉아야 했고, 슈로더는 뒷좌석으로 물러나야 했다. 외국인이므로 그 성도의 대접을 해야 한다고 여기는 노가의 묵시적인, 그러나 지나치게 일방적으로 호의적인 태도가 호섭에게는 더 부아가 치미는 것이었다. 게다가 슈로더는 "50년생이에요, 6.25 전쟁 나던 해 워싱턴주에서 태어났어요"라고 했으니까 호섭이보다는 정확하게 두 살 아래다. 나이로 따져도 호섭이 연장자이므로 선탑자 자리는 슈로더의 것이 아니다. 나이에 어울리지 않게 벌써 이마 위가 훌렁 벗겨져서 슈로더는 호섭이나 노가에 비해 늙어 보이고, 석학(碩學)의 분위기가 때 이르게 뚜렷하지만, 대머리에 텁수룩한 구레나룻은 서양인들의 전매특허이며, 권위와 멋을 돋보이게 하는 단장술에 불과한 것 아닌가. 또 현재로서는 그 당당한 대머리를 모자로 감쪽같이 감추고 있지 않은가.

정말 그놈의 '미덕'이나 '덕'이 근본적으로 미흡한 종족의, 아니, 그런 인륜적 도리에 무신경한 인공(人工) 국가의 백성다운 작태였다. 호섭은 그런저런 생각을 이어가느라고 이마에 땀이 줄줄 흐르는 것도 몰랐고, 배앓이도 잠시 잊을 수 있었다.

호섭의 심사를 아는지 모르는지 지프는 반포 쪽을 돌아 고속도로 입구로 차선을 잡았다. 노가는 누구에게 하는 말인지 "시야가 확 트인 게 역시 지프 차가 좋네. 승용차는 푹 꺼져서 답답한데 말이야"라고 중얼거리고는 운전에 여념이 없었다. 모르긴 해도 상찬해 마지않는 그 지프의 성능을 알아보느라고 며칠 전부터 시내를 꽤나 누비고 다녔을 성싶었다. 아무려나 노가의 말에 슈로더는 "좋아요, 지프 차, 나도 운전할 수 있지만, 한국에서는 절대로 운전 안 하기로 결심했어요. 모두 교통 규칙 너무 안 지켜요. 운전 한번 해봤는데, 아휴, 죽을 뻔했어요"라고 지껄였다.

호섭은 그들의 수작을 듣는 둥 마는 둥 하면서 자신이 영락없이 꾸어다 놓은 보릿자루 신세임을 절감했다. 무단히 이 철딱서니 없는 여행에 끌려나온 자신이 한심스러워 역정이 일었고, 친구가 좋다고 거름 지어 장 구경을 시키는 노가가 괘씸해서 "원래부터 없는 놈이 좀 살 만해지면 그 거들먹거리는 꼬락서니가 꼴불견이기사 하지, 저 못난 습성은 돈맛을 몇백 년쯤 누려봐야 시정될 걸, 교양주의가 단숨에 일상생활에 정착될 리가 있나, 자본주의와 민주주의가 골고루 연륜을 쌓아가야 그 진짜배기가 우러난다고. 촌놈이 온갖 전자제품에 자동차부터 굴린다고 대번에 귀티 나는 신사로 승격한 줄 알면 오해야" 같은 심사로 속을 태웠다. 그야말로 종로에서 뺨 맞고 한강에서 눈 부라리는 자신의 처지가 짐스럽기 짝이 없었다.

↓

톨 게이트를 저만큼 앞두고 지프가 멈추자 슈로더가 말했다. 자동차에 대해서는 전문가나 다름없는 미국인이 운전자의 기분을 맞추는 목소리였다.

"이 지프 차에 에어 컨디셔너 없는 것 같애요, 그렇지요?"

"없어요, 그쪽 창을 여세요." 노가가 또 누구에게 하는 말인지 혼잣말을 덧붙였다. "여름에 냉방 안 되는 차 타는 것도 고역이야. 사람을 푹푹 삶는다고. 특히 고속도로 위에서는 생고생이야."

둘은 죽이 맞는 눈치였다. "그래요, 정말 그래요"라고 맞장구를 치며 미국인은 고개를 끄덕거렸다. 물론 호섭은 둘의 수작을 못 들은 체하며 짐짓 눈을 질끈 감았다.

어느새 숙지막하던 설사기가 항문 쪽으로 점점 다가오는 낌새라 호섭은 은근히 불안했다. 이마와 콧잔등에는 진땀이 방울져 있었고, 그는 그것을 훔칠 기력도 없었다. 지프가 속력을 낼 때마다 속이 울렁거렸다. 당분간 앞쪽의 상석자들 대화에 끼여들 여지는 없을 듯해서 호섭은 구두를 벗고, 발을 건너편 자리 위에 올려놓았다. 그나마 앉음새가 한결 편해졌다.

노가가 뒤도 돌아보지 않고 그에게 물었다.

"어이, 섭아, 표를 어디까지 끊어야 하지?"

호섭은 만사가 귀찮아서 즉각 불퉁하게 받았다.

"몰라, 물어보고 아무렇게나 끊어." 말해놓고 나자 자질구레한 '자리' 때문에 외국인에게, 그것도 여행길의 출발에서부터 부은 소리를 한 것이 덕을 숭상하는 한국인의 후예가 할 짓이 아니라는 생각이 들었다. 그래서 딱히 쓸데없는 말을 덧붙였다. "행선지를 말하고 물어봐, 서산 쪽으로 간다고. 그러면 진입로까지 표를 끊어줄 거야. 아마 천안까지 끊어줄지 몰라."

노가는 호섭의 불퉁한 심사를 곧장 읽은 모양이었다. 응답이 없었고, 지프는 성능도 좋게 질주했다.

지프가 톨 게이트를 벗어나자 슈로더가 두 한국인 친구의 미묘한 심리를 웬만큼 눈치챘는지 엉뚱한 곳에다 화풀이하느라고 다변이 되었다.

"저거 나빠요. 빨리 고쳤으면 좋겠어요. 미국에는, 저런 법 없어요. 하이웨이 텍스, 마지막에 내요. 드라이버 가고 싶은 곳에 마음대로 갈 수 있도록 하면 참 좋겠어요."

노가는 이내 말귀를 알아듣고 고개를 주억거렸다.

"음, 그래요? 그거 그럴듯한데. 그럴듯한 제도야. 아무 차라도 논두

렁에서 고속도로로 올라올 수는 없을테니까, 미국에서는 후불제다 이거지, 고속도로 통행세가?"

"그럼요, 마지막에 요금 내요. 드라이버 마음 자꾸 변할 수 있어요. 부산 가는데 대구로 가지 않고 광주로 갈 수 있어요. 대전에서 요금 받고, 광주에서 또 받으면 돼요. 정부가 돈 더 많이 벌 수 있어요. 돈 많이 벌면 참 좋잖아요. 한국식 톨 게이트 불편해요. 시간 낭비 많아요. 나빠요. 고치면 참 좋겠어요."

호섭은 앉음새를 고치면서 슈로더의 불평에 제동을 걸었다. 자신의 최근 경험이기도 하려니와 사사건건 한국의 못난 제도라기보다 시행착오 중인 제반 규칙에 대해 외국인이 투정을 일삼는 게 밉살스러워서였다.

"여기도 주말에는 후불제로 합니다. 서울에서는요. 오늘은 평일에다 차도 안 밀리니까 선불제로 하는 거지만."

슈로더는 뒤를 힐끔 돌아보며 "아, 그래요?"라고 말했고, 이어서 호섭의 기분과 안면을 살피면서 "나, 아직 한국 잘 몰라요. 많이 배우려고 해요"라며 히죽 웃었다. 노가도 호섭의 경험담을 듣고는 친구의 심사가 좀 풀어진 것으로 짐작한 모양인지 수더분하게 지껄였다.

"그래? 자꾸 뜯어고쳐 가야지. 자가용를 한 대 샀어도 서울 시내만 뱅글뱅글 돌아다니니 뭘 알아야. 마누라쟁이와 애들은 차를 안 태워준다고 원성이 자자해. 사고라도 내면 어쩌려고, 성질도 급하지."

슈로더는 노가의 지청구도 알아들었는지, 그의 한국 경제사 연구와 그 자료 수집에 적극적인 도움을 주는, 벌써 한국 근세사 중에서 한일 관계사 분야에서는 제법 행세하는 노가의 얼굴을 다정하게 건너다보며 덕담을 건넸다.

"마누라 너무 미워하지 마세요. 하하하, 참 좋은 분인 것 같애요."

노가의 반응을 듣지도 않고 슈로더는 연신 좌우를 분주히 돌아보며 감탄사를 주절대기 시작했다.

"아, 참 좋다. 정말 너무 좋아요. 한국 산 많고, 나무 많아서 참 좋아요. 내 고향 워싱턴 스테이트 산 많고 나무 참 많아요. 나무 보면 기분 참 좋아요. 나 나무 이름 잘 몰라요. 한국 나무 이름 알기가 참 어려워요. 나무에 눈 오면 참 보기에 좋아요."

노가가 불쑥 "지금은 여름인데?"라고 말을 흘렸다. 그는 운전에 여념이 없어 짙푸른 숲이나 한가로운 뙤약볕 속의 농촌 풍경을 쳐다볼 여유도, 또 한국인이므로 그럴 필요도 없으므로 건성으로 응수하는 말이었다.

"아, 물론 여름에도 좋아요. 그런데 나는 여름 나무 별로 기억 없어요. 내 고향 워싱턴 주 한국보다 더 북쪽에 있어요. 여름 아주 쪼금밖에 없어요. 겨울 길어요. 겨울 나무 좋아요." 슈로더는 왼쪽 손으로 머리통을 쿡쿡 찌르는 시늉을 해 보이며 "머리 바보일 때 있어요. 여름 나무 좋은 거 오늘 처음 알았어요. 한국 이제 좀 더 잘 알 것 같애요"라고 말했다.

호섭은 눈을 감고 역시 미국인답다고 속으로 무릎을 쳤다. 왜냐하면 동양인의 까만 시선에 비해 사물을 투시할 능력이 엷어 보이는 저 파란 눈으로 잡목이 우거진 우리 산을 보고, 김매기를 하느라고 개미처럼 땅바닥에 찰싹 들러붙어 꼬물거리는 농부들을 바라보며 자신의 유년 시절을 떠올리고, '겨울 나무는 기억에 생생하게 남아 있는데 여름 나무는 생소하게 느껴진다'는 소회를 챙기면서 자신의 '살아 있는 의식'을 드러내는 그 진지한 자세가 귀하게 여겨져서였다. 이런 이국 정서야말로 '의식의 공감대'라고 할 수 있을지 몰랐다.

사실상 우리는 살아가면서 한때의 여러 경험을 되돌아볼 기회가 자주 있는데, 어느 특정 시기의 유별난 느낌은 유독 생생하게 떠올릴 수 있지만, 그렇지 못한 '흐릿한 불온(不穩)'의 시절도 있게 마련이다. 그 파묻힌 연대기는 당사자가 열병을 치르면서 불가피하게 놓쳐버린 공동(空洞)일 수 있다. 슈로더도 방금 그걸 무심코 지적하는 걸 보니 그에게 한국과 한국인은 이때껏 화석화된 한때의 '여름 나무'일지 모른다. 파란 눈에 호랑이 털 같은 검누런 구레나룻을 기른 저 미국인에게 한국의 모든 사정은 장차 기억으로 불러올 수 없는 그런 '여름 나무'에 지나지 않을 것이라는 단정에는 물론 상당한 근거가 있었다.

작년 가을의 어느 날 오후, 실업자나 다름없는(엄밀히 말하면 늙은 대학원생이었지만) 호섭은 노가의 호출에 따라 그의 연구실에서 슈로더를 만났고, 노가가 "내 친구 소설가" 운운하며 소개하자 미국인은 반색하며 "아, 반갑습니다"면서 손을 내밀었다. 슈로더는 인사를 끝내자마자 어딘가로 전화를 걸어 재빠른 영어를 지껄였다. 마침 해거름이었으므로 셋은 곧장 광화문께에 있는 어느 맥주 대포집으로 회식차 몰려갔다. 당연히 노가의 자가용을 타고서였다.

술집에는 이미 클렘스키라는 친구가 맥주 한 병을 달랑 시켜놓고 기다리고 있었다. 노가의 연구실에서 슈로더가 통화했던 사람이 바로 클렘스키였던 모양이었다. 슈로더는 흡사 남의 나라 사람처럼 "미국 대사관에서 일하는 내 친구"라며 클렘스키를 소개했다. 노가에게도 클렘스키는 초면이었다. 짐작컨대 슈로더는 그동안 노가의 도움을 많이 받은 처지일테고, 그 사례라기보다 둘 사이의 우의가 더욱 돈독해지는 접착제 구실로 두 친구를, 곧 호섭과 클렘스키를 각자가 불러냈을 것이었다.

어쨌든 그날 밤 일행은 3차까지 술추렴을 벌였는데, 슈로더와 클렘스키는 둘 다 약혼자를 미국에 두고 있는 늙은 총각들이었고, 한국과 한국인을 웬만큼 알고 사랑한다는 점에서 동류항이었지만, 앞으로 미국 학계에서 한국통으로 알려질 전자가 좀 다변이라면 후자는 미국 정부의 공무원이라서 그런지 과묵한 편이었다. 그런데 놀랍게도 둘 다 한국보다는 일본을 더 잘 알고 있어서 웬만한 한자는 읽고 쓰기에 능할뿐더러 특히나 일본 산문 문학에 대해서는 해박했다. 호섭도 일본어에는 까막눈이지만, 생업이 그래서 일본 소설을 번역판으로 꽤 읽은 편이어서, 또 명색이 작가이기는 해서 자연히 화제가 그쪽으로 몰렸다.

나쓰메 소세키, 시가 나오야, 다니자키 준이치로, 가와바타 야스나리, 미시마 유키오, 아베 코보 등의 작품에 대해서 슈로더는 훤히 꿰차고 있었고, 클렘스키도 가느다란 철사 안경테 너머의 예리한 안광으로 호섭을 주시하며 일본 작가들을 잘 알고 있다는 듯이 고개를 주억거리는 게 인상적이었다. 그들도 일본어를 모르기는 마찬가지여서 작가 이름이나 작품명은 필담으로 주거니 받거니 했는데, 호섭의 그때 느낌으로는 일본 소설에 대한 슈로더의 지식은 대체로 정확하고 폭도 넓은 것이었다. 특히 둘 다 미시마의 마지막 대작으로 알려진 3부작 《풍요의 바다》를 극구 칭송해 마지않았다. 그 작품이 아직 우리

미국인 탐험가

말로 번역되어 있지 않아서 못 읽었다고 하니까, 슈로더는 "영어 읽을 수 있잖아요, 내 책 빌려줄 수 있어요"라고 호섭에게 권할 정도였다. 영문 소설을 줄줄 읽어낼 실력은 태부족이어서 즉각 머리를 흔들었지만, 미국 지식인의 폭넓은 교양이랄지 독서 수준에는 놀라지 않을 수 없었다.

호섭도 미시마의 《금각사(金閣寺)》는 재미있게 읽었고, 그 정취를 만끽하느라고 재독을, 그것도 다른 역자의 번역본을 구해 읽은 바 있었고, 신문사에 있을 때, 일본 신문사와 잡지사를 일주일 동안 둘러보는, 연수라기보다 일종의 위로 출장을 단체로 간 적이 있는데, 그때 일행과 떨어져서 교토(京都)의 금각사 실물을 찾아보기까지 했을 정도였다. 조그만 연못가에 세워진 금각사는 먼발치에서 볼 때, 그 조촐한 조형미가 일본의 전통적인 목조 건축물의 균형감각을 그런대로 살리고 있는, 그러나 퇴색한 금색의 초라한 구조물에 불과한 것이었다. 그래서 미시마의 《금각사》에 표현된 그 빼어난, 주인공이 불을 질러버릴 만큼 도취할 수 있는 역사와 전통의 상징물은 아니었다. 실물이 그처럼 볼품없는 것이었으므로 미시마의 《금각사》가 더 돋보였다면 문학의 본령이 과장의 순수성에 달렸다는 말도 새삼 곱새기게 하는 정경이었다.

슈로더는 "긴가꾸지 좋지만, 이게 좀더 좋아요"라고 상찬을 아끼지 않았다. '이게'는 종이 위에 써둔 《풍요의 바다》를 가리키는 말이었다. 그리고 다시 종이 위에 '탐미(眈美)'라고 한글과 한자를 병기하더니 "이거 많아요"라고 덧붙였다. 알고 보니 슈로더의 약혼자는 맥아더 사령부가 일본에 진주해 있을 때 그곳에서 태어난 미군 장교의 딸이었고, 그녀의 모친이 일본 여자인지는 물어보지 않았지만, 일본 문학을 전공한 학자이며, 현재 미국의 어느 대학에서 강의를 맡고 있다고 했다. 말수가 적어 몽따기를 천성으로 누리는듯한 클렘스키도 일본과의 인연이 상당하다는 낌새였다.

그러나 그들은 한국 소설은 읽은 게 하나도 없었다. 호섭이 슈로더의 말을 흉내 내며 "한글 읽을 수 있잖아요?"라고 묻자, 둘 다 어깨를 으쓱해 보였고, 슈로더는 "논문 많이 읽지만 소설 힘들어요. 영어로 번역된 거 없어요"라고 응수하며 말을 줄였다.

이게 무슨 뚱딴지같은 망발인가.

한자투성이의 학술 논문은 뜯어 읽으면서 우리 소설은 읽지 않는다니. 읽을 여유가 없다는 말인가, 아니면 우리 소설은 읽을 가치도 없든지 읽기가 정말 힘들다는 말인가. 한 나라의 모든 수준을, 역사와 전통과 풍속과 제도와 생활상과 의식을 이해하는데 첩경이 현대소설 읽기가 아닌가. 우리는 영어의 문법과 어휘를 웬만큼 숙지하고 난 후 곧장 영문 소설을, 예컨대 서머싯 몸의 '비' 같은 단편소설을 읽으면서 영어권의 문화와 문명의 수준을 배워가지 않나. 그런데 우리말을 능숙하게 지껄이고, 읽고, 들을 수 있는데도 우리 소설을 모르고도 한국과 한국인을 이해한다면 말이 될까? 일본어를 모르면서도 일본 소설은 비록 번역본을 통해서지만 달달 욀 정도이다. 그러므로 그들이 진정으로 이해하고 경의를 표해마지않는 쪽은 일본과 일본인이고, 한국과 한국인은 수박 겉핥기식으로 이해하며, 일시적인 호기심의 대상으로 알고, 달러의 힘으로 간신히, 그러나 끈질기게 명맥을 유지해가는 별종의 소국(小國)으로 본단 말인가. 실제로도 대개의 미국인은 "한국의 발전상 놀랍습니다"라는 말을 의례적으로 하는데, 그 말의 저의

미국인 탐험가

는 우리의 문화적인 측면에는 문외한이며 앞으로도 그럴 것이다는 의사 표현과 다를 바 없다. 바꾸어 말하면 일본을 바라보는 시각과 대등한 입장에서 한국을 문화적으로, 인문주의적으로 파악하려 하지 않는다.

미국인만 그런 것도 아니었다.

도쿄(東京)에 엿새 동안 머물면서 호섭은 매일 저녁 일본의 몇몇 신문사 기자들과 술자리 회식을 진탕 벌였는데, 그들도 대개는 한국과 한국인을 피상적으로 이해하고, 치렛말로 "한국 사랑하무니다"라고 지껄였다. 개중에는 지한파(知韓派)를 자처하면서 한국어 읽기에는 능통한 기자도 있었다. 7년쯤 전 일이라 이제는 기억도 희미하지만, 다지마(田島)인지 시마다(島田)인지 하던 한 일본인 친구는 열 차례쯤 내한한 경력이 있어서 한국말을 능숙하게 구사하고 있음에도 불구하고 우리 소설은 한 권도 읽은 바가 없다고 솔직하게 털어놓았고, 그런 천박한 딜레탕트 같은 자세로 한국과 한국인을 이해하고 사랑하고 있는 터이라 '마침내 가을이 오셨습니다' 따위의 우스꽝스러운 문장으로 색칠한 편지를 보내와서 호섭을 꽤나 심각하게 몰아세운 바 있었다.

우리 소설 읽기에 등한한 외국인의 한국말 솜씨는 우리들에게나 그들 자신에게나 어릿광대 더 이상도 더 이하도 아니다. 그에 비하면 한국의 지식인은 상대적으로 훨씬 양호하게 미국과 일본을 이해하고 있다고 해야 맞는 말일지 모른다. 그런 맥락에서 슈로더의 원기 왕성한 한국 이해력은 철없고 덜렁대는 딜레탕트의 동분서주에 가깝다고 보면 서의 틀림없을 것이다. 진정한 의미에서 '친구'를 따져봐도 그렇다. 슈로더와 클렘스키는 서로가 고향도, 부모의 생존 여부를 모르면

서도 '우리 취미 비슷해요'라면서 막역한 친구 사이였다. 노가는 어떤
지 몰라도 호섭에게 그들은 친구가 아니었고, 그 '친구'들이 우리 소
설에 문외한임을 자처하는 한, 또 LA올림픽에서 금메달을 프랑스나
영국보다 더 많이 딴 나라가 한국이라는 따위의 천박한 상식을 주워
섬기는 딜레탕트로 자족하는 한 '우리의 친구'가 아니라고 극구 주장
하고 싶은 것이다.

↓

호섭은 거의 탈진 상태였다. 좀체로 약을 먹지 않는 성미였지만, 망
향의 동산에서 노가의 강권에 못 이겨, 또 외국인과의 동행중 뜻밖의
실수를 저지르지 않기 위해 호섭은 소화제 물약과 알약을 사 먹었다.
뒤이어 한 차례 설사를 쏟아냈고, 거의 기진맥진 상태로 지프 꽁무니
로 기어들었다. 전라도 밥을 먹고 싶은 생각도 간 곳 없었고, 선탑자
자리를 슈로더가 가로채 간 것이 차라리 다행이라는 생각까지 들었
다. 갈증이 심해서 그는 생수를 한 병 사긴 했지만, 그것이 곧바로 설
사로 만들어질까 봐 입안을, 목구멍을 축일 정도로 자주, 그러나 아껴
가며 마셨다.

슈로더는 연신 "아, 참 좋다" 같은 되다만 감탄사를 연발하기에 바
빠서 그런지 조갈증과 설사기를 이겨내느라고 진땀을 흘리는 호섭에
게는 관심도 없었다. 노가는 운전에만 열중하면서 슈로더와 뜸직뜸직
말을 주고받았다. 그의 학구열도 과연 정열적이어서 '김매기' 같은 말
을 이해하느라고 한영사전을 펼쳐 들었고, '날가리' '이삭줍기' '피뽑
기' '꼴머슴' '불목하니' 등을 설명하는 노가에게 "사전에 없어요"라면
서 포켓판 한영사전에 불평을 토로했다. 호섭에게는 노가의 그런 설

미국인 탐험가

명과 슈로더의 극성스러운 '우리말 찾기와 익히기'가 도로(徒勞) 같게만 느껴져서 '오두방정'을 찾아보라고 권하고 싶은 심정이었다. 그런 말씨름 중에도 슈로더는 탐험가처럼 예의 그 부실한 바캉스 안내용 지도를 펼쳐 들고 "이거 어떻게 읽어요?"라면서 온양, 삽교, 가야산, 천수만 같은 한자 지명을 노가에게 묻고는 했다. 과연 일등 국가의 절륜한 열정과 학구열이었다.

담배가 설사를 촉발하는 것 같아서 억지로 흡연 욕구를 자제하고 있는데, 예산을 지나 홍성으로 가는 길목에서 호섭은 '여기서부터는 나에게도 초행길이다, 이래저래 피곤하다'는 명분을 달아 지프에 올라타고 난 후 처음으로 담배를 피웠다. 담배 맛은 그런대로 구수했다. 어찌 된판인지 슈로더가 말을 걸었다.

"담배 한 개 얻을 수 있을까요?"

그는 담배를 피우지 않는 사내였다. 연구실에서만 간혹 담배를 피우는 노가도 덩달아 "야, 나도 한 대 불붙여 주라"라고 하명을 떨구었다. 곧장 슈로더의 말대로 '담배 파티'가 벌어졌다. 말들은 수다스럽게 늘어놓고 있었지만, 그들도 지프 속에 갇혀 있는 게 웬만큼 무료했던 모양이었다. 또한 단조로운 우리의 농촌 풍경, 올망졸망한 민가들에 싫증이 났을 것이다. 요컨대 우리에게는 시야가 확 트이는, 끝이 가물거리는, 광활한 풍경이 없다. 풍경 묘사에 상투적으로 따라다니는 그런 수식어가 과장법이긴 해도 우리의 과밀한 '전원'과는 이제 영영 멀어졌다.

노가가 그 염증을 깼다.

"미국에서 교수로 일한다는 약혼자 잘 지냅니까?"

슈로더의 대답은 언제라도 명쾌하고 정확했다.

"예, 잘 있어요, 부교수니까요. 일본 문학 박사예요."

"왜 결혼하지 않습니까?"

"우리 결혼하기 싫어해요. 나 아직 할 일이 많고 돈 많이 못 벌어요. 한국에서 사는 거 불편하지 않아요."

호섭도 물었다.

"논문은 다 써갑니까? 20세기 초 한국 자본주의 정착사라 했던가요?"

"스칼라십 1년 동안 더 받게 됐어요. 하버드에 있는 저 지도교수 정말 고마워요. 여기 1년 더 있다가 미국에서 또 1년, 또는 1년 반 동안 논문 쓰면 돼요. 아직 자료 많이 못 구했어요. 일제 강점기 때 한국 회사가 발행한 진짜 주권(株券)을 못 봤어요. 고무신 회사 주권, 실물이 없어요. 일본 잘 몰라서 큰일났어요. 한국에서 처음 주식회사 만들 때 일본말 사용했어요. 주권 전부 일본말이에요. 정권? 정관, 정관(定款), 그거 전부 일본말로 써 있어요. 잘 모르겠어요."

일본말을 해독할 수 있는 노가가 슈로더의 전공을, 또 그 배경을 설명했다.

"개화 초기에 방직회사보다 고무신 회사가 먼저 설립되었거든. 거의 동시지만. 아무튼 이하영(李夏榮)이라고 미국 선교사 집에서 하우스보이 노릇 하다가 영어도 터득하고 나중에 대한제국 외무대신까지 지낸 양반이 있는데, 그 양반이 퇴임한 후 고무신 회사를 차렸어. 일본인 실업가의 주선에 힘입어 주식회사 형태로. 지금 그 말이야. 물론 주식에 대한 개념이 부실해서 일가권속들의 이름이나 나열하는 정도였지만. 그 당시는 주식회사가 실은 자본금이라는 밑천으로 보름치 노임 주고, 종처럼 일 시키는 거였다고. 개화사 연구는 거창한 결론을 꾸릴 야심을 버려야지. 아무리 잘 써도 엉성해, 주제어들이 너무 커서 그럴 수밖에 없어. 가성만 넘쳐나고 육성이 없어. 일본이 그 육성을 반 이상 대변하고 있으니 우리 쪽이야 뻔할 뻔자지. 체제 모순에 자가 당착이야. 지금의 남북 분단 사태를 아무리 조리 정연하게 서술해봐 야 머리 좋은 사람은 도저히 이해할 수 없듯이 그건 그래. 개화사가 꼭 그렇다고. 석사든 박사든 제발 큰 주제를 잡지 말라고 신신당부해 도 요즘 학생들은 시먹어서 남의 말을 도통 안 들어. 알아서 하라고, 나야 말을 줄이고 말지. 지도할 거나 머 있나."

그거야 어쨌든 3년씩이나 장학금에 생활비까지 받으며 현지에서 연 구하고, 또 1년 이상 박사 학위 논문을 쓰게 하는 미국의 장기적 교육 투자는 미상불 부러운 것이었다. 호섭은 물었다.

"박사 학위 따면 학교에 자리 얻을 수 있습니까? 한국학 강의를 개 설하고 있는 대학이 미국 내에 많지도 않을텐데…"

"취직 말이지요? 취직, 나도 잘 몰라요. 미국 정부에서 일할 자리 있을지 몰라요. 나는 미국 정부에서 일하는 거 싫어해요. 거기 바보들 많아요. 월급 많아도 하고 싶은 일 많이 할 수 없어요. 한국 연구하는 미국 학자들 미디오커 많아요."

"미디오커?"

"예, 미디오커, 바보 많아요. 난 바보 되기 싫어요."

노가가 화제를 바꾸었다.

"약혼자 믿을 수 있습니까? 몇 년씩 떨어져 사는데…"

"하하하, 그 친구 나 믿지 않을 겁니다. 나 마찬가지예요. 그래도 좋아해요. 편지 많이 해요. 거짓말 많이 해요. 거짓말 편지 더 좋아해요. 편지 안 하면 싫어해요. 침묵? 침묵이 무섭다고 싫어해요. 그 친구 나 잘 알고, 나 그 친구 잘 알아요. 다른 사람 잘 몰라요. 한국 아가씨 걸 프랜드 나 잘 몰라요. 이해하지 못해요. 이해할 수 없어요. 취미 달라요. 그래도 좋아해요. 결혼할 수 없어요. 미스터 클렘스키 전화번호 가르쳐 달라고 해서 거절했어요."

호섭이 농조로 물었다.

"그 친구 미국 가고 싶은 모양이지요?"

"미국? 얼마든지 갈 수 있어요. 그러나 난 미국 싫어해요. 지금은 그래요. 앞으로는 알 수 없어요. 한국 더 좋아해요. 지금은 그래요. 내 걸 프랜드 그 친구 한국 별로 안 좋아해요."

"그 한국 아가씨가 미국 가고 싶으니까 클렘스키와 바람피울 모양이군, 아니면 무슨 부탁을 할려는지."

"아니, 그런 거 아니고, 내 걸 프랜드가 클렘스키에게 자기 친구 소개해주겠다고 그래요. 영어 회화 배우고 싶다고 그래요. 노 캔 두라고 했어요. 클렘스키, 자기 전화번호 다른 사람에게 가르쳐 주는 거 좋아하는지 나 잘 몰라요. 클렘스키에게 물어봐야 해요. 클렘스키는 영어 회화 선생이 아니에요. 돈벌이 할 수 없어요."

미국식 발상에, 개인주의를 존중하는 지식인의 '거리 두기'가 읽히는 대목이라 호섭은 짓궂은 질문을 던졌다.

"그 걸 프랜드 대학생입니까?"

역시 우문에 현답이 즉각 튀어나왔다.

미국인 탐험가

"하하, 비밀이에요." 슈로더는 일순간에 웃음소리를 뚝 그치고 지껄였다. "미스터 신도 만날 수 있어요. 소개해줄 수 있어요. 직접 물어보세요. 마이 걸 프랜드, 자기 직업 다른 사람에게 가르쳐주는 거 좋아하는지 싫어하는지 나 잘 몰라요. 가르쳐 줄 수 없어요."

슈로더가 호섭의 무안함을 살피려는 듯이 얼굴을 돌렸다. 짙은 녹색 선글라스 뒤쪽의 시선이 호섭의 안면을 쓰다듬는 듯했고, 먼지를 뒤집어쓴 헝클어진 실타래 같은 구레나룻이 햇빛을 받아 시들시들해 보였다. 호섭의 머릿속에서, 이런 얼치기와 동행하며 시간을 허비하다니, 영어를 지껄이면서 그 말값을 계산하는 약빠리가 장차 미국의 대학 강단에서 한국학을 떠들겠다니, 이것도 시트컴치고는 미상불 그럴듯하네 같은 상념이 마구 엉겨 붙었다.

↓

홍성을 지나 수덕사 입구에 다다랐을 때는 오후 세시쯤이었다. 거리에 비해 많이 지체된 셈인데, 노가의 조심스러운 운전 덕분에, 망향의 동산에서 거의 한 시간이나 어정거려서, 천안에서 온양, 예산으로 접어드는 좁은 국도 위를 달리자 진국의 농촌 풍경이 펼쳐져서 슈로더는 두 번이나 지프를 멈추게 하여 김매기하는 농부, 비닐 하우스 단지와 경운기, 소가 느릿느릿 논바닥을 거니는 오늘의 우리 살림을 찍느라고 부산스럽게 '니콘' 사진기를 들이댔기 때문이었다.

수덕사는 호섭에게도 초행길이었지만, 그는 사찰 경내를 둘러볼 마음이 전혀 없었다. 공복까지 겹쳐 배가 아픈지 쓰린지 무지근했고, 미주알이 꼼지락거려서였다. 뜨거운 햇살과 무더운 대기는 조갈증에 시달리는 그를 서서히 말려가고 있었다.

변소에 갔다 와서 호섭은 나무 그늘 밑에서 새우깡 봉지를 깔고 앉았다. 슈로더는 사찰의 연혁을 적어둔 안내판 앞에 서서 메모를 하느라고 꾸물댔다. 노가는 슈로더에게 무엇인가를 설명해대고 있었고, 합장 풍습을 손짓으로 가르쳐주자 미국인은 즉석에서 비구니들에게 실습해댔다. 이윽고 슈로더는 사찰을 원경으로, 단청은 근경으로 잡아 사진기를 눌러댔고, 호섭은 그들의 동선을 망연히 바라보았다.

저 선글라스 속의 파란 눈으로 미국인은 과연 무엇을 제대로 읽고 있을까? 눈썹까지 파묻히도록 푹 눌러쓴 저 후줄그레한 벙거지 속의 대머리에는 이 유현한 사찰과 비구니들의 삶이 어떻게 새겨지고 있을까? 생각보다는 행동을, 느낌보다는 메모로 모든 현상을 정리해가는 저 정력적인 미국인 탐험가에게 노가는, 나아가서 우리 한국인은 어떤 종족일까?

동두천에서 제주도까지 남한의 구석구석을 꽤나 돌아다닌 편인 호섭은 비단 취재 여행 중에도 사람 이름, 지명, 연대, 수치 등 꼭 필요한 사실 외에는 메모를 하지 않았다. 그의 버릇인데, 어떤 사물이나 사정, 현황에 대한 느낌을 머릿속에 간추리면서, 가능한 한 그 전후 맥락을 나름대로 곱새기며 취재 여행에 매달린 셈이었다.

언젠가 양공주의 사는 모습을 르포르타주로 구성하기 위해 동두천 일대의 술집과 색싯집을 두루 찾아다닌 적이 있었다. 그때의 자질구레한 사실들, 예컨대 동두천 일대의 양공주 숫자, 그들의 생활 수준, 화대와 술값과 집세, 미군 사병의 월급액, 피엑스를 통해 흘러나오는 미군용 면세품들의 암거래 시세 따위는 열심히 메모해 와서 기사로 써먹고는 이내 버렸지만, 그가 눈과 머리로 새긴 장면들, 이를테면 그

은성한 밤이 밝혀지자 곳곳에서 짐승처럼 웅크리고 흥정을 해대던 양공주와 미군 병사들의 거동, 영어와 한국어가 서로 질세라 어깨를 겨루던 상말 경염장, 반나체나 다를 바 없는 자극적인 옷차림, 요란한 벽 장식과 얼룩덜룩한 침대 말고는 썰렁하기 짝이 없던 그들의 살림살이 따위는 아직도 환하게 떠올릴 수 있다. 메모는 정확하지만 진실에 접근하기에는 일정한 정도로 방해물일지도 모르고, 느낌은 사실과는 거리가 있을테지만 적어도 진실에 다가가는 확실한 자료일 수 있었다.

그런 심사를 더욱 부추긴 게 어느 양공주가 농조로 지껄인 다음과 같은 솔직한 토로였다.

"아저씨, 그 뭣하는 짓이다요? 그 지렁이 글씨로 끄적거리는 게 아저씨한테는 밥이 되는지 몰라도 우리들 춥고 배고픈 사정하고는 무슨 상관이 있간디요? 무르팍만한 시커먼 민대가리가 연한 속살을 비집고 들어오는 사정을 안 겪어본 사람이 어떻게 그 곡경을 짐작이나 할 수 있간디요. 그건 씹도 아니고 방사도 아이고 그냥 흘레랑께. 그 몸서리를 안 당해본 사람이 어떻게 안당께. 우리를 색골로 보든지 의지가지없는 비렁뱅이로 보든지 그거야 아저씨 자유겠지만서도 아저씨하고 우리는 별개라고요, 별개, 사람의 종류가 다르다니까요. 별종이 먼 데 있는 게 아닙디다, 그걸을 아셔야 하는데."

아마도 마찬가지일 것이다. 우리의 풍속과 문화적인 수준, 그 역사적 배경들을 제대로 읽지 못하는 외국인이 우리의 사찰과 농촌 풍경을 아무리 열심히 메모하고, 사진 찍고, 눈과 귀에 담아가도 그것은 한낱 몬도가네식의 소갯거리거나 "아, 참 좋다"조의 문명인의 상투적이고 호들갑스러운 탄성에 지나지 않을 것이다. 그러므로 그들의 시선은 한결같이 문명인의 그것이고, 우리의 삶은 미개인의 누더기 그 자체이다. 서로가 별개의 종족이므로 피상적인 견문기거나 한때의 호기심만 자극하는 기행문이 될 것이며, 문화적인 또는 인문주의적인 접촉을 처음부터 사양한 그 경험담은 문명세계의 호사가들에게 시간 죽이기에 적합한 읽을거리거나 신기한 들을거리에 불과할 것이다.

호섭은 짜증스러웠다. 남의 나라의 문화적 습속에 대한 경외심이 턱없이 모자라는 외국인과의 여행에서, 쓸데없는 호기심만 휘두르는 딜레탕트와의 지겨운 여행에서, 무엇보다도 곁다리로서의 피곤한 여행에서 한시라도 빨리 벗어나고 싶었다.

↓

지프는 황무지 같은 낯선 벌판을 덜컹거리며 굴러가고 있었다. 지쳐서 혼곤하게 잠이 들었던 모양이었다. 호섭은 멍청히 차창 밖을 바라보았다. 머릿속이 떵하니 어지러웠다. 올망졸망한 갯마을이 나타났다. 멀리 보이는 짙푸른 바다가 햇빛을 받아 생선 비늘처럼 투명하게 번득거렸다. 메말라서 퍽퍽한 흙냄새가 풍겨왔고, 짠 바닷바람이 슈로더의 구레나룻을 흔들어놓으며 불어왔다. 호섭은 정신을 차리려고 미적지근한 생수를 한 모금 들이켰다. 그의 손목시계는 네시 반이 막 지나 있었다.

선하품을 깨물며 호섭은 물었다.

"꽤 노곤하네, 여기가 어디지?"

운전수가 대답했다.

"몰라, 어딘지." 호섭이 잠시 눈을 붙였던 걸 노가는 알아챈 모양이었다. "방금 상촌리라는 델 지나왔는데, 거기가 윗마을이었으니 아랫마을쯤 되나."

슈로더가 지도를 호섭의 코앞에 들이대며 말했다.

"여기, 여기 부근, 우리 이리로 왔어요. 여기 이름 없어요. 엉터리 지도 맞아요. 미스터 신 말이 맞아요. 사람 사는데 이름 없으면 어떻게 해요. 이 지도 문제 많아요. 좋은 지도를 구해야겠어요."

노가가 다시 설명했다.

"뭐라고 중얼중얼 가르쳐주는데 이쪽 사투리를 잘 못 알아듣겠어. 길은 맞게 들어섰나 봐. 간척사업 하는 데가 여기는 없대. 종 치고 끝났대. 벌써 물을 다 막은 모양이야. 경지 정리를 하고 있나 봐. 큰길이 나고 기계로 큰 농사 지을 땅이 불거졌다나 그래."

노가는 난감하지도 않은 듯 역시 무디고 늑장이 만만한 친구였다.

"허어 참, 그럼 여기까지 뭣하러 왔어. 먼지 덮어써 가면서. 어째 길도 길 같잖은 게 끝이 없네."

슈로더의 집념이 호섭의 투정을 가로막았다.

"바다 없어지고 땅 태어난 곳 있을 거 아니에요. 그거 봅시다. 그 땅 보고 싶어요. 예수님도 하지 못한 일입니다. 한국 사람, 미국 사람이 할 수 없는 일 많이 해요. 그거 알아야 진짜 한국 알아요. 미국에 있는 내 어머니 땅 부자예요. 외할아버지가 물려줬어요. 외할아버지 프랑스 사람, 친할아버지 독일 사람이에요. 나 땅 선물 못 받았어요. 미국 땅 넓지만 미국 사람이 만든 땅 없고, 토착민 인디언의 땅을 억지로 차지해버렸어요."

호섭이 슈로더의 어린애 같은 수다에 제동을 걸었다.

"땅이 넓어 주체를 못하는 형편인데 뭣하러 경제성도 없는 땅을 만듭니까. 미국이야 한국과 다르지요. 거기와 여기는 별개예요. 하늘과 땅 차이쯤 돼요."

"그래도 새 땅 만드는 일 위대해요. 땅 고마워요. 그거 모르는 사람 많아요. 사람은 땅에서 살잖아요. 땅 위에 집 만들고. 땅이 밥 주고, 식물 주고, 고기도 만들어요."

노가가 말허리를 잘랐다.

"다 왔나 보네. 저기, 저 번듯한 길이 바닷물 막은 길인 모양인데, 그럴 수밖에."

길도, 고샅도, 그렇다고 공터도 아닌 곳에 지프가 멎었다. 바닷물막이 둑으로 뻗은, 한참이나 둘러가는 널찍한 황토길이 있었으나, 노가는 시동을 꺼버렸고, 슈로더는 기다렸다는 듯이 "자, 갑시다"라며 활달한 동작으로 차에서 내렸다. 미국인은 역시 자동차 같은 기계 주위에서 움직여야 멋이 있다. 그에 비해 한국인은 노가처럼 꾸물대고, "바다 위에 새 길이 난 모양이니 과연 천지개벽했네"라며 느직하니 걸어야 어울린다.

호섭도 움막 같은 곳에서 내렸다. 가물가물한 수평선이 한눈에 들어차고, 바닷물이 줄어들면서 거뭇거뭇한 진흙 구덩이가 땅으로 떠오르는 간척지도 둘러본다. 장관이라면 장관이다. 바다를 쭉 곧은 선(線)으로 잘라버린 둑길이 까마득한 저쪽 마을까지 무슨 두루마리를 펼쳐놓은 듯한데, 그게 둑이라기보다도 바로 넓은 땅이고, 저 먼바다와의 경계다.

셋은 그 두두룩한 둑 위에 올라섰다. 사금파리를 뿌려놓은 듯한 바

미국인 탐험가

닷물이 졸고 있다. 저 멀리서 경지 정리를 하느라고 불도저와 삽차가 꼬물거리는 광경도 보인다. 슈로더는 이제 감탄사도 잊은 듯 넋을 놓고 바다 쪽과 간척지 쪽을 번갈아 가며 한참씩이나 둘러본다. 이윽고 그 바다와 새 땅 바라기를 끝내고 그는 자신의 고유한 직분을 찾은 사람처럼 허겁지겁 사진기를 아무 데나 들이대고, 셔터를 마구 눌러댄다. 땅 부자인 그의 어머니에게 보여줄 구경거리를 찍고 있다. 마침 자전거를 타고 둑길 위를 굴러오는 학생들의 의아한 표정도 마구잡이로 잡아댄다.

미상불 저런 조잡한 '기록 사진'들이 수십 년 후에는 우리의 신문에 역수입되어, 그때는 우리가 '이런 시절도 있었네' 하며 호들갑을 떨어 댈 것이다. 사람은 부실한 기억력을 기리는 동물이고, 과거를 기억하기 위해 기록에 매달리고, 그 실물을 이제는 사진으로 보관한다. 기록은 기억의 구체화이지만, 그 정확성에 비해 무성의하다. 사진을 찍어버리고는 그 정확성을 신뢰한 나머지 태무심하게 되고, 그것을 나중에 점검하는 사람들도 그 기록물에 나타난 피사체의 겉만 전적으로 믿어버린다. 기록을 믿어야 하지만, 기록은 현상의 일부에 지나지 않는데도 그 정확성 때문에 전부라고 착각한다. 우리의 오늘은, 현실이라는 이 거대한 객체는 기록물 속으로, 그 테두리 안으로 들어가기에는 덩치가 너무 크고, 투명하지도 않다. 소설에서 사실주의, 현실주의 운운하는 짓거리는 사진의 피사체, 그 실물의 현장감 앞에서는 즉각 과장스러운 허위문자(虛僞文字)가 되고 만다.

슈로더가 사진기를 어깨에 걸며 다가왔다. 어느새 그의 손에는 시도가 들려 있었고, 햇볕에 타서 새빨개진 팔뚝을 뒤덮고 있는 검누런 털이 그의 정력적인 활약상을 대변하며 꿈틀거렸다. 그가 지도에다 시선을 박고 또 진지한 탐험가 흉내를 냈다.

"여기, 여기 이름 알았습니다. 학생이 가르쳐주었어요. 국리, 궁리."

노가가 고개를 끄덕이며 말했다.

"아까 길 물을 때 들은 것 같네. 지명에 나라 국(國)자는 잘 안 쓰니 궁리지 싶어. 궁궐처럼 들앉은 마을이란 소리겠지."

"됐어요. 기억할 수 있겠어요." 그가 다시 바다와 간척지를 휘둘러 보며 말했다. "쪼금, 쪼금 실망했어요. 그래도 좋아요. 잘 온 것 같애요. 한국 다시 알게 됐어요."

이번에는 호섭이 말했다.

"간척사업 현장을 직접 못 봐서 실망이 크다 이거지요? 실제로 바닷물을 막고 흙으로 바다를 메우는…"

"아니, 됐어요. 알 수 있어요. 저기, 저쪽이 중국이지요."

"물론 그쪽이 중국이고, 저게 아마 안면도일걸요." 호섭이 지도와 수평선 한가운데에 떠 있는 시커멓고 길쭉한 섬을 번갈아 보며 말했다. "우리나라 땅입니다."

"예, 알아요. 중국 아주 멀리 있어요. 해 저쪽에 있잖아요." 탐험가가 앞길을 재촉했다. "자, 갑시다. 사진 다 찍었어요. 지금부터 우리 어디로 가지요? 지도 여기 있어요. 나 한국 잘 몰라요."

슈로더가 호섭에게 펼쳐진 지도를 건넸고, 호섭은 노가를 난감한 표정으로 쳐다보며 "남도 천리길을 다 밟겠다며?"라고 물었다.

↓

홍성, 대천, 부여, 논산을 거쳐 전주에 다다랐을 때는 저녁 여덟시

미국인 탐험가

가 조금 지나 있었다. 내장산을 꼭 보겠다는 슈로더의 의사를 십분 참작하여 호섭이 일방적으로 결정한 행정이었으나, 둘은 수굿하니 따랐다. 오는 도중에 유람선이 오락가락하는 석양의 백마강을 보고도 슈로더는 아무런 감흥이 없는지 "바다 좋아요, 강 작아요"라고 역시 대국인다운 말을 심드렁히 지껄였다. 짐작컨대 슈로더는 백제 시대에 대해서는 관심이 없는 듯했고, 삼천 궁녀의 투신 자살 같은 설화을 들으면 "이상합니다. 왜 싸우지 않고 자살합니까, 여자도 싸울 수 있어요"라고 자문자답할지 몰랐다. 나라가 망해본 적이 없는 미국인의 발상을 어떻게 탓하랴.

셋 다 웬만큼 지쳤는지 말들이 없었고, 콜라만 홀짝거렸다. 슈로더는 낮 동안의 희귀한 경험을 더듬고 있는 것 같았고, 노가는 운전 기량이 부쩍부쩍 늘고 있음을 자각하는 듯 차 몰기에 전심전력 중이었다. 지사제와 소화제, 생수의 효력, 무엇보다 속을 깡그리 비워낸 나름의 처방이 주효했는지 배앓이와 설사가 숙지막하게 가라앉아 호섭은 안도의 한숨을 내쉬었다.

물어서 찾아간 향토 음식점에 좌정하자 슈로더는 "나 육개장 좋아해요"라고 설쳐서 호섭을 웃겼다. 그의 부언에 따르면 육개장이 단맛, 매운맛, 짠맛이 골고루 섞인 일종의 '쇠고기 수프'인데, 이 세상에서 유일한 음식이라는 것이었다. 가당찮은 칭찬이었으나 새겨듣자니 멋쩍어지는 말이었다. 두 친구는 정식에 불고기와 소주를 곁들여 먹기로 했다. 물론 전라도 밥이었으므로 호섭의 입맛을 돋우는 젓갈이 따라나왔다. 슈로더는 콤콤하고 소금 덩어리인, 그야말로 이 세상에서 드문 삭힌 음식에는 손도 대지 않았다. 호섭은 미국인의 능란한 젓가락질을 눈여겨보고 있었지만, 젓갈에 대해 설명하지도 않았고, 권할 의사도 전혀 없었다. 그러나 속으로는 '저 파란 눈의 친구가 이 젓갈 맛을 알아야 한국을 제대로 아는데'라고 중얼거리면서, 소주를 한 잔 입에다 털어 붓고는 '내 입에는 이게 맞다'는 표정을 좀 과장스럽게 지었으나, 두 동석자는 아무런 내색이 없었다.

어느새 슈로더 앞에 놓인 누런 놋그릇 속의 육개장은 씻은 듯이 말끔히 비워져 있었다. 어느 쪽이 몬도가네식 식습관에 길들여져 있는지 분간할 수도 없을 지경이었다.

무궁화 두 개짜리 호텔의 카운터 앞에서 호섭은 방금 소주 한 병을 거의 다 마신 술기운을 빌려 노가에게 "하나는 꼭 온돌방으로 잡아"라고 처음으로 그의 의사를 드러냈다. 그는 침대에서 잠을 못 자는 체질이었고, 예의 그 일본 위로 출장에서 돌아온 후 한동안 허리 둔통에 시달린 원인을 전적으로 그 푹신거리는 침대 탓으로 돌리고 있는 터였다. 슈로더가 "나도 온돌방 좋아요"라고 참견했고, 노가가 "그러면 큰 방 하나만 잡아도 되잖아"라고 의견을 모았고, 호섭은 즉각 "아니야, 두 개 달라고 그래, 잠은 따로 자는 게 편해, 각자 생각도 정리할 겸"이라고 받았다. 눈치가 빠른 슈로더가 "그래요, 나 혼자 자겠어요. 그런데 둘 다 1층 방 주세요, 2층 괜찮아요, 그 이상 곤란해요. 방 없으면 다른 호텔 가겠어요"라고 말했다. 자신의 의사를 분명히 말하고 나서 슈로더는 카운터에 기대서서 또 한영사전을 뒤적였다. 음식점에서 나오며 노가가 들려준 '대구아가미젓갈' 따위를 찾아보는지도 몰랐다.

셋이 투숙하게 된 방은 2층의 귀퉁이 방 두 개였다. 슈로더가 자진해서 길 쪽의 구석방을 택했다.

우리의 장삿속이 대체로 거칠어빠졌지만, 숙박업을 조만간 때려치우겠다는 시위를 노골적으로 드러내고 있는 객실 속으로 호섭은 성큼 들어섰다. 방은 남루했고, 온수 수도꼭지는 아예 없었고, 전화기는 번호판도 없는 것이었고, 옷장과 옷걸이조차 보이지 않았고, 욕조에는 물바가지가, 세면대에는 물컵도 없었지만, 텔레비전, 꾀죄죄한 이불과 칫솔, 딱지만한 비누 따위는 비치해두고 있었다. 호섭은 여관이나 호텔에 투숙했을 때, 이불과 물 이외에는 가급적이면 이용하지 않고, 없는 비품을 굳이 요구하지도 않는 성미였다. 그러나 노가는 원시인처럼 그렇게 살 수는 없는 사람이었다.

방바닥에 퍼대고 앉자마자 노가는 송수화기를 잡고 "우리 옆방 217호실 대주시오"라고 하명했다. 뒤이어 엉거주춤하게 서서 세심한 구석이라고는 찾아볼 수 없는 방 안을 두리번거리는 호섭을 힐끔 올려다보고 "나가야 될까 봐"라고 말했고, 송수화기에다 대고 "계속 신호를 넣어보세요, 벌써 욕실에 들어앉았나"라고 말을 흘렸다. 호섭이 무심코 "돈 다 줬는데 어딜 나가"라고 받자, 노가는 "줄 돈 다 주고 이런 불결한 곳에서 자야 해, 망신스럽게, 잠이라도 푹 자야 내일 행정이 수월하지"라고 운전수로서 불만을 터뜨렸다. 노가는 고개를 갸우뚱거리며 "왜 전화를 안 받지, 수상한데"라면서 송수화기를 내려놓았다. 호섭은 여전히 맹한 눈길로 바퀴벌레라도 찾아낼 것처럼 방 구석구석을 살폈다. 노가가 벌떡 일어났고, 문도 열어놓은 채 옆방으로 달려갔다. 문 두드리는 소리가 다급했다.

"슈로더, 미스터 슈로더, 문 열어요, 벌써 자요?"

잠시 후 슈로더의 느긋한 음성이 들렸다.

"왜 그래요? 무슨 일 생겼어요?"

"왜 전활 안 받아요? 신호를 계속 넣었는데."

"무슨 전화요? 내 방에 전화 없어요. 전화 필요 없어요. 전화 없는 게 더 좋아요."

노가가 슈로더의 말을 못 믿겠다는 듯이 구석방으로 들어가는 낌새였다. 호섭도 그제는 복도로 나가보지 않을 수 없었다. 슈로더는 난감한 듯 호섭을 보자 두 손을 쩍 벌려 보였으나 웃통을 벗고 있어서 털이 밀생한 널찍한 가슴팍부터 돋보였다. 노가가 양미간을 잔뜩 찌푸리며 복도로 나왔다.

"이 방에 진짜 전화기가 없어. 멍청한 것들. 전화기가 없는 줄도 모르고 신호를 계속 집어넣는 놈은 머고, 혹시나 일이 터졌나 해서 헐떡거리는 나는 머야. 야, 이런 게 무슨 코미디야."

우리의 엉성궂은 장사 수완을 환히 꿰찬 호섭은 '망할 것들'이라고 씨부렁거리며 쓰디쓴 체념을 베물며 슬며시 비켜섰다. 이런 소극(笑劇)도 모른 채 열심히 제 할 일을 하고 있을 엄숙한 전화 교환수처럼 두 한국인의 무안을 두리번거리는 슈로더를 차마 면대하기가 머쓱해서였다. 한국 사정에 워낙 통달하다고 자부하는 미국인이 '이해하지 못하겠다'는 표정으로 두 동행인을 번갈아 쳐다보았다.

"무슨 코미디긴, 가장 한국적인 우수한 코미디지. 교환수의 맹한 얼굴만 여기다 갖다 놓으면 완벽한 코미디로 당장 떠오르겠네 머."

노가가 먼저 어설픈 웃음을 거두었고, 슈로더에게 말했다.

"나갑시다, 깨끗한 여관 찾읍시다. 이 호텔 너무 불결해요."

슈로더가 다시 두 손을 쩍 벌리며 단호하게 제 의견을 표시했다.

"그럴 수 없어요. 나 괜찮아요. 전화 없어도 좋아요. 우리 돈 벌써 줬잖아요. 내일 호텔 요금 내가 내겠어요. 우리 나갈 수 없어요. 손해 많아요. 잠잘 수 있어요. 시끄러워도 괜찮아요. 지금부터 나 할 일 참 많아요. 전화 없는 거 참 잘 됐어요. 한국 사람, 미국 사람이 하지 못 하는 일 많이 해요."

슈로더는 여전히 전화기 미비의 진상을 제대로 파악하지 못한 채 해박한 한국통으로서의 자신을 드러내기에 바빴다. 호섭은 표정을 굳히면서 '이 친구야말로 대다수의 자칭 지한파(知韓派) 인사들처럼 똑똑한 바보가 아닐까' 하는 평소의 소회를 잠시 떠올렸다가 머리를 흔들었다. 그따위 확인은 아무런 가치도 없는 되새김일 뿐이었다.

↓

그런대로 숙면을 한 모양이었다. 호섭은 누운 자리에서 담배를 찾아 물었고, 머리맡의 손목시계를 차면서 8시 40분임을 확인했다. 버릇대로 그는 화장실로 들어갔다. 실직 이후 그는 이런저런 잡일로 객지에서 잠을 자주 자는 터이지만, 그럴 때마다 여관의 변기 위에서 공연히 초조해지는 마음자리를 다독거리곤 했다. 그 초조함은 먹고 살기에 급급해서 떠안은 잡일의 과부하에 진절머리가 나서였다. 그에 따라붙는 자괴감은 자신의 본업에, 곧 소설 쓰기에 전심전력하지 못하는 처지, 무능, 태만, 해이, 타성 등을 따져보라고 집요하게 닦달하는 것이었다. 그러나마나 '이제는 변비야 뭐야' 하며 하얀 변기 속을 일별하고 나서 호섭은 화장실을 빠져나왔다.

부스럭대는 소리 때문에 노가가 노곤한 신음을 지절거렸다.

"비가 올라나 보네. 또 허리가 이렇게 아픈 걸 보니."

"운전 탓이겠지. 고단할 거야. 길을 얼마나 헤쳐왔는데."

"아니야. 비 올 날씨야. 틀림없어. 내 허리가 일기예보야."

"그래도 어떡해, 가야지. 이왕 나선 길인데." 호섭은 지금이 호기다 싶어 별러온 말을 무심히 중얼거렸다. "아, 노가야, 나는 오늘 올라살 까 봐. 할 일도 잔뜩 밀려 있고. 내 팔자에 이게 무슨 당치도 않는 유 람이야. 더구나 미국인에게 말이나 가르치면서."

노가가 여전히 누운 채로 중얼거렸다.

"붓대롱 같은 니 좁은 속내는 예전이나 지금이나 어째 변할 줄을 몰 라, 좀 느긋하게 살아 보려마."

"속도 여전히 안 좋아. 변비와 설사가 오락가락이야."

"마음이 그러니 몸도 붓대롱이지. 좀 꾸불꾸불해야지. 나잇살이나 먹어 가지고 뭘 그렇게 허겁지겁 사냐."

노가는 시계를 보았고, 화제를 바꿨다.

"이 친구를 어떻게 하지? 벌써 일어났을까? 전화가 없으니, 또 어 젯밤처럼 소동을 벌여야 하나."

"이번에는 정중하게 노크를 똑, 똑, 똑 두드려. 또 죽었나 살았나 알 아보는 것처럼 헐떡거리지 말고."

기우였다. 길 떠날 채비를 갖추고 복도로 나오니 문짝 아래 슈로더 의 쪽지가 끼워져 있었다. 달필의 영어로 씌어진 슈로더의 전언은 '굿 모닝, 지하의 커피숍에서 기다리겠음. 지금은 정각 8시임, 슈로더'였 다. 노가는 호섭과 잠시 눈을 맞추고 빠른 걸음으로 긴 복도를 빠져나 갔다.

이제 한국에서 '굿모닝' 같은 인사는 생략할 줄 아는 슈로더가 두 한국인이 자리에 앉자마자 "벌써 커피 두 잔째예요. 아침에 커피 안 마시고 일 못해요. 커피 중독자 됐어요. 큰일 났어요"라며 머리를 절레절레 흔들었다. 그의 대머리가 유난히 번들거렸고, 텁수룩한 수염도 머리 감듯이 비벼 빨고 빗질도 했는지 물기를 머금은 듯 단정했다.

지칠 줄 모르는 탐험가가 바지 뒷주머니에서 지도를 꺼내면서 다시 다변과 오늘의 행동반경을 풀어놓기 시작했다.

"내장산 가지 않았으면 좋겠어요. 오늘 토요일, 사람 많을 거에요. 시간 참 많이 걸리고, 구경 많이 못 해요. 바다로 가면 좋겠어요."

노가가 호섭에게 잠시 눈을 주고 응수했다.

"바다? 또 간척지 볼라고요? 비가 올 날씬데…"

"예, 알아요, 텔레비전에서 비 온다고 했어요. 비 오는 바다 더 좋을 거 같애요. 한국에 처음 왔을 때 부산에서 비 오는 바다 보려고 광안리, 영도 다리, 해운대 같은 데 참 많이 다녔어요. 바다로 갑시다. 내 고향 시애틀 바다 볼 수 있어요. 태평양이 시애틀까지 들어와 있어요. 항구 도시예요. 비 올 때 참 좋아요."

슈로더는 뻥 뚫린 두 사람의 시선을 번갈아 쳐다보며 여행용 가방을 뒤적였다. 그리고 빨갛고 파란 점선 테두리가 인쇄된 해외용 편지 봉투를 여러 개 끄집어냈다. 편지 봉투는 무려 세 개나 되었고, 각 봉투마다 제법 두툼하기까지 했다.

"어젯밤에 편지 많이 썼어요. 뉴욕에 있는 약혼자. 하버드에 있는 선생님, 시애틀 부근 올림피아에 사는 여동생에게 편시 썼어요. 쪼금씩 거짓말했어요. 그런데 어머니에게 편지 못 썼어요. 오늘 바다 보고 나서 편지 써야겠어요. 어머니에게 거짓말 편지할 수 없어요. 바다 보아야 편지 쓸 수 있겠어요. 내일 편지 보내야겠어요."

과연 슈로더는 기록을 남기려고, 나름의 생산적인 여행을 무슨 사명감에 쫓기듯 착실히 수행하고 있는 중이었다. 잠을 쫓아가며, 그것도 낯설고 지저분한 호텔 방에서 똑같은 여행담을 세 번씩이나 썼다니, 놀라운 열정이었다. 그런데 호섭은 어쨌는가. 찜부럭을 부리면서, 몸 타령을 지절거리며, 밥 타령을 구시렁거리며, 미국인의 기록이 오죽 피상적일까 하고 오지랖 넓은 참견이나 중덜거리면서 가장 방만한 여행을 일삼지 않았나. 무엇보다도 그 부지런한 글쓰기 습관 때문에라도 편지를 쓰는 사람은 존중해야 한다. 명색 글쟁이임에도 불구하고 호섭은 편지를 안 쓴 지가 오래되었다. 편지할 데가 많음에도 불구하고 이 들뜬 산업사회의 피곤한 삶을, 그 폐쇄적인 인간관계를 변명거리로 내둘리면서. 부처처럼 입도, 글도 봉하고 사는 일상이야말로 미개인의 삶이 아닌가. 인간관계의 정상화에 요긴한 것으로 편지 말고 무엇이 있을까. 전화? 말이 글만큼 진지할 수 있을까. 제 물건을 하나라도 더 팔기 위해 아무 말이나 헤프게 지껄이는 약장사의 성품이 오죽 신중할까. 상대방의 해독 수준을 고려하면서 가장 적당한 어휘를 골라내는 편지 쓰기는 자기 투시적일 수밖에 없으므로 말의 크기를, 글의 무게를 촘촘히 달아보는 저울이지 않은가. 호섭의 마음이 원고지 앞에서처럼 바빠지기 시작했다.

호섭의 입에서 좀 이상한 탐문이 흘러나왔다.

"혹시 아버지에게도 따로 편지 씁니까? 어머니에게보다 더 솔직한…"

미국인 탐험가

"아버지 돌아가셨어요. 베트남에서 전사했어요. 그때 미국 정부 많이 잘못했어요. 사과해야 해요. 그런데 잘못했어도 정부는 사과할 수 없을 때 많아요. 변명 많이 해요. 미국 정부 바보일 때 많아요. 나 미국 정부, 미국 군대 싫어해요. 그래서 평화봉사단원 지원했어요. 그렇지만 베트남 전쟁 영화 보는 거 좋아해요. 미국 영화, 미국 정부보다 일 많이 해요. 미국 정부보다 바른말을 솔직히 하니 얼마나 훌륭해요." 슈로더는 편지를 여행용 가방 속에 집어넣고 제 의사를 관철하기 위해 서둘렀다. "자, 우리 어디로 가야 바다 볼 수 있습니까? 전문가 미스터 신이 가르쳐주면 참 좋겠어요."

슈로더에게는 호섭이 가끔씩 여행이나 다니면서 여유만만한 칩거 생활을 영위하는 미국 작가처럼 비치는 모양이었다. 심드렁해져서 호섭은 지도도 보지 않고 지껄였다.

"정주로 가서 선운사 쪽으로 내빼야지요. 그 길밖에 없어요. 선운사보고 동호리로 나가야 해요. 거기 바다 있어요. 간척지도, 염전, 소금 만드는 데도 나와요. 선운사 좋아요. 손 안 댄 목조 건물이 아주 그럴듯해요. 대웅전 앞뜰이 넓찍한 게 요즘 지은 오밀조밀한 절하고는 아주 달라요."

"미스터 신, 선운사? 여기 지도에 어디 있어요? 바다 옆에 있습니까?"

노가가 지도 위에 행선지를 그어가다가 선운사를 지적했다. 알려진 대로 선운사 일대는 도립공원이므로 초록색 얼룩이 번져 있었다.

"선운사, 가봤어요? 여기 바다 옆에…"

"가보다 말다. 여러 번 갔어요. 동백도 좋고. 지금이야 꽃을 못 보겠

지만. 선운사 입구의 숲이 또 장관입니다. 뜰에 몇 포기 심어둔 상사
화도 잎이 아주 싱그럽고 좋아요. 바다로 갈려면 선운사를 거쳐야 해
요. 작년에 한창 포장하고 있었으니까 길도 좋을 거예요."

　1970년대 말, 그러니까 유신 치하의 철통같은 세상이 그토록 허무맹
랑하게 끝나기 전해 봄이었던가? 연휴를 맞아 이웃 나라를 둘러보러
온 일본인 친구 둘을 선운사로 데리고 간 적이 있었다. 그중 한 친구
는 호섭의 예의 금각사행 여행을 줄곧 동행해준, 제법 사려 깊고 기생
관광 따위를 싫어하는 어느 잡지사 기자였다. 그 친구는 일본인들이
체질적으로 꼬박꼬박 치르는 '분빠이', 곧 모든 비용의 각자 부담을
호섭이 슬쩍 무시해버리고 술값, 밥값, 찻값 등을 치르면 꼭 그만한
액수의 보답을, 예컨대 택시비, 공원이나 사찰의 입장료를 재빨리 내
는가 하면, 심지어 호텔의 카운터에 '어제 저녁에 술 잘 마셨습니다'
란 쪽지와 함께 맥주 캔 두 개를 슬그머니 맡겨놓는 얌체였지만, 일본
적인 모든 풍물을 은근히 자랑해대는, '속기(俗氣)가 잘 어우러진 국수
주의적 딜레탕트'였다. 그의 그 세련된 딜레탕트 기질이 여실하게 드
러난 대목은 교토의 어느 공원을 찾았을 때였다. 마침 밤이었다. 공원
입구에 간이 의자와 탁자를 놓아두고 점을 치는 여자 점쟁이 앞에 젊
은 여자들이 장사진을 치고 있는 광경을 호섭이 한참이나 쳐다보고
있어도 그는 어떤 설명을 덧붙이지 않았다. 전자제품을 전세계에 팔
아대는 최첨단 공업국가인 오늘의 일본을 곧장 보여주는 일면이었는
데, 그것이 그는 난센스 같은 풍경이라고 생각하는 눈치였다. 둘 사이
에는 한동안 어색한 분위기가 감돌았다. 이윽고 아기자기하게 꾸며놓
은 연못 앞에 이르렀을 때, 그는 아연 반색하며 "신상, 이 물 흐르는

미국인 탐험가

소리가 일본 시(詩)의 모티브입니다, 일본 단가 아시지요? 율격이 딱딱 들어맞는 짤막한 단가의 영원한 주제예요"라고 어설픈 영어로 주절주절 설명했다. 생각하기에 따라서는 적절하고 자연스럽기까지 한 풍물 소개였다. 그러나 점쟁이의 거리 진출과 그 성업(盛業)에는 냉담하다가 앙증맞은 물레방아를 감돌아 대나무 대롱 속으로 굴러와서 고운 자갈이 깔린 연못 속으로 졸졸졸 떨어지는 물 흐르는 소리를 두고 굳이 '일본 시의 영원한 모티브' 운운하는 게 호들갑스럽다 못해 국수주의자의 자기자랑 같이 보여서였다. 그래서 호섭은 "아, 알아요, 일본 시 담백하니 썩 좋은 게 많지요. 일본어는 한자를 활용하여 산문보다 시에 더 잘 어울리는 특이한 국어를 만들었어요"라고 즉석에서 필담으로 응수하여 일본인의 낯을 우쭐하게 세워 주었다.

그런 사연이 있었던 걸 한일의 두 젊은 기자가 똑똑히 기억하고 있던 터이라 해거름에 선운사에 도착해서 대웅전 뒤 둔덕에 피어 있는, 붉게 타오르는 노을 같은 우리의 참동백꽃이 일본의 희멀건 겹동백꽃에 비해 얼마나 선연하게 아름다운지를 말없이 보여주고 돌아서려는데, 쪽마루 아래에서 연기가 스멀스멀 기어 나오고 있었다. 꿉꿉한 이른 봄 날씨여서 군불을 지피고 있는 모양이었다. 뱀의 무리처럼 땅바닥에 찰싹 달라붙어 슬금슬금 흩어지는 그 연기를 보고 딴에는 '한국 서정시의 주제' 운운할 수도 있겠다 싶었으나 막상 입이 떨어지지는 않았다. 일본인 친구는 엄지를 끄덕여 보이며 굴뚝을 찾느라고 쪽마루 아래를 기웃거리다가, 그 연기를 사진기에 담느라고 법석을 떨었다. 그런 기록을 끌어모으려는 일본인 친구에게 윤선도(尹善道)의 '어부사시사(漁父四時詞)'를 설명해봐야 무슨 소용에 닿겠으며, 이처럼 이국정서에 개감스레 덤비는 딜레탕트와의 교우에는 열없음과 부자연스러움이 저절로 갈마드는 것이었다.

기연이라면 기연이겠는데, 그 진땀 나는 선운사 기행을 또 외국인 앞에서 되살리고 있다는 게 점직해서 호섭은 노가에게 '정력적인 미국인 탐험가'에게 길 안내나 잘하라는 투로 지도를 가리키며 빠르게 설명했다.

"고속도로를 타고 일단 정주로 나가. 정주에서 고창으로 빠지는 국도를 타고 가다가 선운사로 가는 이정표를 쫓아가면 돼, 선운사 둘러보고 여기 동호리로 접어들면 오래전에 간척사업 해서 천일염 만드는 질펀한 소금밭이 나와. 여기야. 변산반도도 바로 눈앞에 보이고, 위도(蝟島)도 가물가물하니 보여. 송림이 좋은 백사장도 나오고. 여기서 영광, 함평, 영암 쪽으로 쭉 빠져 여기 대흥사까지 가보지 뭐. 원래 지명에 신령 령(靈)자 붙은 곳이 지세나 풍광이 볼만해. 그러고 고속도로 타고 올라오는 거야. 이 코스가 좋아. 곳곳에 널려 있는 포실한 마을들이 전형적인 우리 농촌 그것이야. 두어 차례 가봤지. 내소사(來蘇寺)가 아담하니 참한 절인데 누구 말대로 주제를 이것저것 크게 잡았다간 욕심 사납다고 욕먹겠네. 볼 때마다 괜찮더라만. 글이고 머시고 다 때려치우고 그 근방에서 고구마 농사나 지으며 살고 싶더라고. 외국인이야 어떻게 생각할지 모르지만. 일단 한번 가봐. 좋은 경험이 될 거야."

노가가 듬직하니 받았다.

"바다를 보겠다니 그거나 보여주고 가는 데까지 둘러보다가 내일이나 모레쯤 올라가지 머. 그건 그렇고 정말 올라갈 거야?"

"응, 올라가야겠어. 영 송곳방석이라 아주 불편해. 속도 거북하고. 할 일 때문에 집구석에라도 처박혀 있어야 마음이라도 덜 보대끼겠어."

"미스터 슈로더, 이 친구 지금 서울로 올라가겠대요. 몸이 불편하대요."

"알아요. 어제 약 먹었잖아요."

"바다 구경 잘하세요. 한국 바다 보고 고향 생각 많이 하고, 어머니 생각하며 편지 길게 써세요."

"그래요, 한국, 좋아하지만 내 고향 될 수 없어요."

"한국 사람과 미국 사람이 고향이야 같을 수 없지요. 우리는 서로 다른 민족이에요."

"맞아요. 그래도 친구 될 수 있잖아요."

"글쎄요, 그 친구가 서로 진지하게 상대방을 이해하면 좋을텐데…"

대화가 심각하게 번지는 것이 못마땅했든지 이번에는 한국인 딜레탕트가 서둘렀다.

"자, 가자. 어디 가서 아침밥이라도 함께 먹고 고속버스 터미널까지는 태워줄테니까. 우리도 어차피 그쪽으로 가야 할테고."

호텔 밖으로 나오니 비가 주룩주룩 쏟아지고 있었다. 장마가 시작되려는지 대기가 잔뜩 뿌옇게 흐려져 있다. 그 뿌연 장막이 한국의 사정을 이 잡듯이 뒤져보려는 힘 좋은 한 미국인과 그 덜렁대는 탐험가 기질에 질려 있는 한 글쟁이의 사이를 맞춤하니 갈라놓고 있는 듯하다.

잠시 빗속의 신작로를 바라보다 차고 쪽으로 뛰어가던 슈로더가 지프 앞쪽에서 주춤거렸다. 그러다가 뒤꽁무니 쪽으로 되돌아와서 여닫이 차문을 활짝 열어 그 속으로 잽싸게 기어들어 가서는 "갑시다, 미스터 신, 나 한국에서 손님이에요"라고 소리쳤다. 호섭은 점점 세차게 쏟아지는 빗속에서 꼬물거리는 두 사람을 바라보며 발을 떼놓을 엄두가 나지 않아 한참이나 서서 무인가를 노려보았다. 느센 너울 위로 내려꽂히는 장대비 너머의 흐릿한 먼바다는 과연 장관일 것이었다. 진정한 '산문'의 글감이 막 떠오르는 풍경이다.(313장)

군소리 1 – 미국, 미국인, 영어가 한국, 한국인, 한글에게는 영원한 글감이자 수시로 글품을 늘려주며, 글발에 힘을 실어 끌어올리라고 닦달하는 전면교사이기도 하다. 우리의 '근대화'에 대해서라면 누구라도 말이 길어지지만, 그 구지레한 정신적 풍토성에 일대 경종을 울리면서 위생과 교육으로 한반도 전체에 개전의 정을 불러일으킨 미국인 선교사의 역할은 필설로 아무리 과찬해도 모자란다고 해야 옳다. 관청과는 일정한 거리를 두면서 오로지 서민과 밀착하며 '의식의 근대화'에 이바지한 그들이 우리의 오늘에 밑거름이 되었음을 '역사'는 흔히 간과하고 있다. '역사'의 기술은 늘 불충분하고 그마저도 반 이상이 허상인데도 달리 볼 수 없도록 쾌치는 완력의 강제력을 지니면서 그 막강한 정서에 국수주의가 달라붙어 선동을 일삼는다. 그 폐해를 자각하는 우리의 '역사서'가 귀할 뿐만 아니라 일이관지하는 주제어를 놓치고 물덤벙술덤벙에 빠져 있는 기록물들은 흔해빠졌다.

군소리 2 – 큰것을 섬기는 '사대주의'에 각성할 기회를 포착한 19세기 말 조선인 개화파의 진정한 '의식' 수준을 의심할 수밖에 없지만,

미국인 탐험가

그들에게 자극을 지펴 준 사람은 외국인이었다. 본질적으로 말하면 모든 식자의 사고방식마저 박제품이거나 그 재생품인데도 '주체'를 운운하는 사이비 먹물들이 수두룩하다는 오늘의 우리 현실을 한때의 선교사들은 어떻게 대처할지, 궁금하기 짝이 없다. '실천'을 기피하는 근성도 나쁜 '사대주의'가 뿌리내린 흔적이 아닐런지. 유전인자로서의 '사대주의'가 곳곳에 서식하는 한 우리의 의식 일체는 절뚝발이일 수밖에 없다. '달리 보기'를 실천하기는 실로 어렵다, 우리의 현재 집단 심성, 의식 수준으로는.

풍속의 꺼풀

1

기름때에 절어 빠진 새카만 아스팔트 바닥에 희끗희끗한 살얼음이 빛을 죽이고 있다. 예닐곱 대의 버스가 차부(車部) 아가리에다 꽁무니를 처박아두었다. 널찍한 아스팔트 바닥 너머에는 차바퀴 자국이 어지럽게 추상화를 그려놓은 공터가 뿌연 겨울 산자락을 배경으로 질펀하다. 듬성듬성한 잡목의 가두리에는 비닐하우스가 하얀 띠를 펼쳐놓고 있다. 인기척은 없는데도 버스들이 쉴새없이 공터 속으로 들락거리고, 희끄무레한 눈을 뒤집어쓰고 있는 버스가 수십 대나 투그리고 있기도 하다. 그 공터의 한쪽 구석에 붙박여 있는 남루한 건물 한 채가 희미하게 다가온다.

2층짜리 블록 건물의 위채를 쇠 난간이 친친 동여매고 있어서 군대 막사 같기도 하고, 그 쇠 난간이 딸린 복도가 아래채를 납작하게 깔아뭉개고 있어서 창고 건물 같기도 하다.

"어, 조심해. 웬 빙판이야. 층계가 온통 얼음판이네. 정초부터 무슨 물청소야. 군대도 아닌데."

누르께한 가방을 어깨에 둘러멘 사내가 옥외에다 붙여놓은 층계에 뭉툭한 구둣발을 올려놓으면서 혼잣말을 중얼거린다.

뒤따르던 홀태바지 입은 여자도 쇠 난간을 잡으면서 발길을 조심조심 옆으로 모아가며 말한다.

"군대에서는 매일 물청소해요?"

"매일 하지야 않지만, 일주일에 한두 번씩은 꼭 시멘트 바닥을 흥건하게 적셔대지. 고참병이 꼭 하라고 졸병들한테 시킨다고. 나중에는 그 축축한 누기 때문에 영 미치겠더라고. 골병들어."

"아이, 지린내야."

여자가 코를 쥐고 호들갑을 떤다.

건물의 한쪽 모서리가 문짝도 달아두지 않은 변소다. 검누런 버캐를 뒤집어쓰고 있는 소변기가 서너 개쯤 벽에 등짝을 붙이고 있다. 변소 바닥이 싯누런 물기로 질퍽하다.

"미스 조는 코도 밝아. 깡깡 얼어붙은 이 겨울에 냄새는 무슨…"

변소에서 잠바때기를 걸친 사내가 허리띠를 추슬러 올리며 걸어 나온다. 앞챙이 달린 감색 모자를 눌러쓰고, 깡마른 하관에는 하얀 수염이 더부룩하다.

가방을 둘러멘 사내가 복도 한쪽으로 비켜서며 길을 내준다. 잠바때기 사내도 엉거주춤하니 물러서며 묻는 눈매가 딴딴하다.

"유갑주씨를 만날라면…"

"내가 유갑쥐요. 어제 오전에 연락했던 분들이네."

여자가 얼른 대답한다.

"네, 안녕하세요? 생각 좀 해보셨어요?"

잠바때기 사내가 모자를 벗어든다. 희끗희끗한 머리칼이 정수리를 더부룩이 뒤덮고 있는 노인이다. 훤한 이마 위로 흘러내린 몇 올의 하얀 머리칼을 손바닥으로 쓸어올리며 모자를 다부지게 눌러쓴다. 대번에 몰라볼 정도로 젊어 보인다. 노인이 투박한 손등으로 기다란 하관을 쓸어내리자 서걱거리는 소리가 들린다.

"생각하나 마나 일접어서 그렇지. 그 무슨 첵이라 했소? 우리야 책이라고는 도통 안 보고 사는 상놈이라서."

"그냥 저희 회사에서 만들어 약국, 은행, 병원, 관공서 같은 데다 진열해두는 홍보지예요."

대답 따위에는 관심도 없는 노인이 여닫이 문짝을 밀고 들어선다. 중간에 통로가 나 있고, 양쪽으로 나무 침상이 붙박인 군대 내무반 같은 운전사 대기실이다. 실내는 후텁지근하다. 저쪽 구석에서 화투짝을 두드려 패는 소리가 들려온다. 고스톱을 치는 모양인데, 옹기종기 모여 앉은 무더기가 서넛은 되는 듯하다.

"좀 앉읍시다"라고 말하면서 노인이 먼저 침상에다 엉덩이를 걸쳐놓는다. 사내는 가방을 내려놓고, 여자는 수첩을 끄집어낸다.

"참, 난감하네. 어쩐다, 어떻게 알고서⋯ 정초부터 이게 무슨 설레발인지 모르겠네."

여자가 수첩을 펴서 들여다보며 글 읽듯이 말한다.

"전국 버스운송사업조합연합회 서울 지부에다 물어봤더니요, 대번에 유 선생님을 추천해주더라고요."

"그놈들이야 멀 알아. 손가락이나 까딱거리며 버스 회사들 회비로 월급 받는 것들인데. 나잇살이나 먹었다고 나를 지멋대로 호명했겠지. 아무려나 그 머 인터뷰라는 거 안 할 수는 없소?"

풍속의 꺼풀

"왜 그러세요? 잠시 시간만 내주시면 되는데요."

"아, 글쎄, 저기 고스톱 치는 젊은 친구들 중에도 똑똑하고 말 잘하는 사람이 많아. 그중에서 한 사람 골라 쓰면 어떨까 모르지. 나는 큰 차만 몰아놔서 크고 작은 차 사고도 숱하게 냈어. 사람만 안 죽였다 뿐이지, 아, 이건 정말이야. 모범 운전사로 표창은 몇 번 받았지만. 차 사고하고 표창장 받는 거하고는 다른 일이잖아. 몰라, 저희들이 제멋대로 표창한다고 그러데. 넥타이 매고 나오라고. 우리는 암 말도 않고 가만있었어."

사내가 가방에서 사진기를 끄집어낸다. 노인의 무표정한 얼굴에 잠시 난감한 기색이 고인다.

"그 사진 같은 거 안 찍을 수 없소? 우리 애들이 보면… 애들한테 물어봐야 해. 자식들 때문에 이러는 거라고."

"왜요? 자제분들이 잡지 같은 데 아버지 사진 실리는 걸 싫어하세요?"

"싫어하다 말다. 아, 머 잘나터진 일한다고 그런 데다 지 얼굴을 팔아. 어젯밤에도 노상 그 이바구로 가족회의 했어. 쓸데없는 전화질 해대고."

사내가 사진기를 만지작거리면서 여자의 할 일을 적극적으로 도와주려고 말을 거든다.

"점심때도 됐는데, 약주라도 드시면서… 일은 다 끝났지요?"

"공연히 이 일 때문에 잠도 못 자고 이러잖아. 눈이 까칠해서 죽겠는데, 아무 데서라도 고수박잠이라도 자야 쓰것는네. 이 일은 눈싸움질이라서 잠을 푹 자야 해. 잠이 보약이야. 나 술 못 먹소."

"한 방울도 안 하세요?"

"왜 많이 하지. 술 먹은 날이 안 먹은 날보다 훨씬 많게 살아온 사람인데. 지금 피부병이 좀 있어서 그래. 멀 잘못 먹었는지 지난 신정 초하룻날 저녁부터 온몸에 빨긋빨긋한 꽃이 피더니 참기 좋을 만하게 가려워. 한참 정신없이 긁어놓으면 꽃이 또록또록해지고. 알레르기성 피부병이래. 신약을 끼니때마다 한 움큼씩 먹고 있어. 벌써 열흘쩬가 그래. 고기도 먹지 마래. 이제 다 나아가. 정초부터 이래저래 별일들이 다 속을 썩여."

여자는 노인의 까칠한 얼굴 윤곽이 볼수록 선명하고, 말투도 뜸직뜸직하니 들을 만해서 호기심이 인다.

"연세가 올해 얼마세요?"

"나이? 예순넷이야. 많이 살았지. 정년도 훨씬 지났어. 내년부터는 진짜로 버스 안 몰아. 또 못 몰게 할 거고."

"댁은 어디세요? 가족은 얼마나…"

"이 양반들이 진짜로 일하라고 덤비네. 좀 생각해봐야겠어. 애들이 자꾸 이런 데 나가지 마래. 좋을 게 머 있냐면서. 서민의 머? 새벽을 깨우는 사람? 서민 아닌 사람이 어딨나. 다 서민이지. 새벽에 일어나는 사람이 나뿐인가. 노인들은 새벽잠이 없어. 도시락 들고 새벽에 집 나설라면 수염이 뻣뻣하게 얼어붙는 거 같아서 영 지랄 같지만. 나야 머 괜찮아. 회사에서도 우정 나가보라고 그러고. 솔직하니 하고 싶은 말 다 털어놓아도 괜찮다더만. 전에도 이런 일을 한번 당해봤어. 그게 무슨 잡지더라, 잊어먹었네. 우리가 엔간히도 무식하거든. 그때는 애들이 몰랐어. 그래서 일부러 이렇게 수염도 안 밀고 나왔어. 우리 집?

지금 저쪽 삼양동 산꼭대기에서 전세방 살아. 성남에서 내 집 지니고 살았는데, 아들놈이 사고를 쳐서 그 빚잔치 땜질하고, 자식들 공부시키느라고 날려 먹었어. 짝지가 없으니 정말 일어서기 힘들어. 하루걸러 한 번씩 동테나 잡고, 핸들 말이야, 똑같은 길만 왔다리 갔다리 하니 어떻게 일어서나. 별수 없잖아. 사람 행세하고 살라믄 견문도 넓고 안면도 숱하기 많아야 하는 거 아냐? 그런데 우리는 둘 다 젬병이야. 동테나 잡고 있으니 그럴 수밖에. 직업이 팔자를 만들어. 살아본이 알겠더라고."

"자제분은 몇이세요?"

"자식들? 복잡해. 내가 이래봬도 장가를 정식으로 세 번이나 갔어. 그 말 다 할라믄 수월찮게 길어져. 글로 써도 책이 몇 권은 될 거야. 일곱이야. 반반씩은 배가 다르고, 하나는 원래 박씨 성이야. 지금 우리 내자가 데리고 온 거야. 걔가 인물이 제일 나아. 나는 잘해준다고 했는데 엇길로 나가더라고. 지금은 딸 하나 데리고 남의 시앗도 아이고, 그렇다고 정실도 아이고 그냥저냥 어정쩡하게 살아. 요즘은 내왕도 잘 안 해. 서로 살아가는 길이 다르니까. 자연히 그렇게 돼버리데. 나는 아들 넷에 딸 둘 낳았어. 별아별 놈이 다 있지. 큰놈은 겨우 고등학교만 나와서 지 힘으로 세리가 됐어. 지 막내 삼촌이 세무공무원으로 있었거든. 잘살아, 세리니까. 그런데 아, 이 큰놈은 지 형제 신원보증도 안 서줘. 무서운 놈이야. 우리는 아직 그렇게 지독한 놈은 처음 봤어. 그런 놈이 어떻게 내 자식인지 알다가도 모리겠어. 지 손 아래 처남놈이 은행에 취직됐다고 재정보증 서달랬더니 민전에서 돈 5만 원 집어주면서 보증보험 들라고 쫓아보내는 놈이야. 피도 눈물도 없는 놈이라서 우리는 당최 정이 안 가. 그래도 그놈이 제일 미덥지. 지 어미가 이북 여잔데 성질이 꼭 그랬어. 둘째가 걸물인데 이게 또 알건달이야. 인물도 그만하면 훤하고. 그놈은 안 해본 장사가 없어. 술집은 기본이고 다방, 여관, 짜장면집, 생맥줏집, 만홧방에 대본집, 시계 점포, 동대문 시장에서 단추 장살 다 하더만. 장가도 숙으라고 안 들더니만 서른다섯에 오다가다 만난 해사한 년을 불러들이데. 이 탠가 잘살더니만 그년이 여관 전셋돈을 빼내서 야반도주를 놓더라고. 그 통에 그놈은 홀애비 신세 되고, 나는 집 한 채 고스란히 날려 먹었어. 내 둘째 마누라가 꼭 한 본이야. 인물이 고왔는데, 아무 말도 없이 도망질을 가버리더라고. 서로 정이 안 붙으면 못 사는 거지. 남한테서 돈 빌리기 좋아하던 그년은 애가 없어서 그랬던가봐. 둘째 놈이 잠시 데리고 살던 애 말이야. 돈 빌리다 눈 맞춰둔 놈이 있었던 게지. 필시, 그렇고말고. 내 둘째 여편네도 그랬던 모냥이야. 성질도 꼭 닮데, 겪어본이 알겠더라고."

"지금 그분은 어디 사시는데요?"

사내가 사진기를 만지작거리며 웃지도 않고 건성으로 묻는다. 다변을 유도하느라고 부추기는 추임새다.

"누구? 둘째 놈 말인가. 도망질 간 그놈 처 말인가?"

"아니, 유 선생님 두 번째…"

"내 둘째 여편네? 모리지 머. 남의 서방을 벌써 두 번이나 갈아치웠을 텐데. 옛날에 저기 경기도 광주에서 집 장사하는 이하고 산다대. 자식이나 낳았나 모리지. 정신이 가끔씩 혼잔한 구석이 있었어. 인물은 그렇게 고와, 코도 상큼하고 눈매가 그윽해. 사람들이 그림처럼 풍경이 시원하다고 꼭 서너 번씩 말하고 그랬어. 멍한 눈찌에도 착한 기운이 뚝뚝 떨어지고 그러더니만. 인물이 고우면 머해, 눈이 똑바로 박여 있고 머리가 있어야지."

"둘째 아드님은 요즘 머 하세요? 도망간 그 여자는 찾았어요? 전셋돈을 찾아야 할 거 아니에요?"

받아쓰기하던 여자가 노인의 얼굴을 빤히 쳐다보며 묻는다.

"찾긴 멀 찾아. 찾는다고 사람이 돌아오겠어, 돈이 제 자리로 돌아와. 곱다시 둘 다 날려 보내고 말아먹은 거지. 여자는 아무리 어수룩해도 한 번 가버리면 그 길로 그만이야. 지도 무슨 낯짝으로 돌아오겠어. 여자는 정에 살다 정에 죽는다 어쩐다 그러잖아. 정이 떴다 하면 죽어도 못 돌려세워. 사내들 안 일어서는 신근(身根) 세우기만큼 힘들어. 그 이치를 빨리 깨달아야지. 미련일랑 버리고 후딱 손 털고 일어설 줄 알아야지. 어쨌든 그때부터 남남이고 끝이야. 돈이 꼭 그렇잖아. 내 손아귀에 있을 때 내 돈이지, 남의 손에 건너가면 그것으로 끝이야. 미련 가져봐야 헛일이야. 그놈은 지금 성남에서 돼지갈비 구워 파는 술장사하고 있어. 잘 된다대. 믿을 수야 있나. 말짱 거짓말일 거야. 밥 챙겨주는 여자는 있는갑더만. 큰딸은 시집가서 우유 대리점 하고 있어. 지금 우리 내자가 그년 키운다고 욕 많이 봤지. 남의 자식을 말이야. 젖이 당최 나와야지, 과수댁이 무슨 젖이 나나. 데리고 온 지 애는 그 당시 벌써 다 컸거든. 가만, 저 친구들이 지금 왜 저러나. 마 대강대강 하지. 우리는 투전하는 놈은 내 자식 아니라고 키웠어. 투전하다 패가망신하면 다 아편 찔러. 많이 봤어, 그런 이들. 마약이 그렇게 무서워. 마약은 한번 먹었다면 영영 못 끊어. 결국 다 거리 귀신으로 떠돌다가 어느 날 죽었다는 소문이나 들리더라고."

화투 놀이를 하던 사람들끼리 말시비가 붙은 듯하다. 쌍소리가 오락가락하더니 한 사내가 천 원짜리 서너 장을 전단 뿌리듯이 화투판 위로 날려버리고 자리에서 벌떡 일어선다. "돈 잃고 성질 좋은 놈이 이있나. 에이, 니미 시팔, 정말 약이 올라 더 못 치겠다. 니 다 해처먹어라." "야, 권가야, 니 말 다했어?" "다 했다, 와. 와 자꾸 남의 화투장을 들춰보고 지랄이야 지랄이. 김새게." "어, 어, 이 새끼 좀 봐. 화투판이라고 니나들이 할라고 덤비네. 아, 설혹 좀 봤기로서니 니 옆에 사람은 가만있는데 니가 왜 언성 높이고 지랄이야. 개새끼, 돈 잃었으면 가만히 꿋발이 오르기를 기다려야지. 니만 늘 따는 화투판이 조선 천지에 어딨나. 잃기도 하고 따기도 하는 거지. 저 개새끼는 돈 잃으면 꼭 성질낸다고. 좆만한 새끼가." "교육시키고 있네. 촐싹거리기는 원." "저 개새끼를 그냥. 개값을 물어줘? 에이, 정말 성질나네. 새까만 새끼가. 지금 내가 니하고 같이 놀게 됐어?" 한 사내가 우르르 일어서려고 거짓 폼을 잡자 옆의 사람들이 다리를 잡는가 하면 어깨를 눌러대기도 한다. 방금 돈을 집어 던진 사내는 통로에다 침을 뱉고는 운동화를 질질 끌며 걸어 나온다. 그의 유들유들한 표정도 방금 짓궂은 짓을 한 어린애를 닮아있다.

"여기서는 아무래도 안 되겠다. 식당으로 내려가야겠네. 밥도 밥 같잖지만 요기나 하고."

유씨가 먼저 자리에서 일어선다. 마침 지나가는 사내에게 말을 붙인다.

"권 서방, 자네는 어째 화투짝만 잡으면 시비를 붙나. 제발 투전 좋

풍속의 꺼풀

아하지 마라."

"쥐새끼 같은 놈이 자꾸 약을 올리잖아요."

"그런이 무슨 떼돈을 번다고, 그 짓을 머하러 해. 팔에 힘 올리라고?"

"장난삼아 심심풀이로 하는 거지요. 시간도 어중간하고. 일요일에다 비번일 텐데 영감님은 머하러 나왔어요?"

"몰라, 정초부터 쓸데없는 일이 사람을 이래 들들 볶네. 돈 안 생기는 일인데. 무슨 책자엔가 남의 얼굴 좀 내자 해쌓고."

옥외 층계는 그 사이에 살얼음이 뻔질뻔질한 얼음판으로 변해 있다. 사내는 춥지도 않은지 끝내 운동화 뒤축 속으로 발뒤꿈치를 집어넣지 않고, 잠바때기 앞도 여미지 않은 채 내복 바람으로 차부 쪽을 향해 휘적휘적 걸어간다.

구내식당은 아래층에, 변소는 반대편 귀퉁이에 있다. 길쭘한 나무 식탁이 서너 줄 늘어서 있고, 그 앞에는 도마 의자들이 가지런히 놓여 있다. 여기저기 두어 사람씩 마주 앉아서 머리를 숙이고 소처럼 꾸역꾸역 음식들을 먹고 있다. 운전사들인 모양이고, 일부는 정비공들인 듯하다.

여닫이문 입구에는 유리 칸막이 위에 '식권'이라고 써 붙인 매점이 있다. 매점 속에는 음료수와 과자 봉지들이 촘촘히 포개져 있고, 울긋불긋한 표지로 싸 바른 주간지들이 잔뜩 널려 있다. 새카만 머리통 하나가 그 아래에서 움직이지도 않는다.

"머하시까?"

유씨가 맞은편 주방 쪽의 벽을 바라본다. 그 벽에는 하얀 플라스틱

판이 붙어 있고, '오늘의 식단'이라고 네모난 글씨가 굵은 테두리 안에 갇혀 있다. 점심은 칼국수이고, 저녁은 김치찌개이다.

"맨날 이 모양이야. 1백30여 명이나 거느리는 회사가. 우리가 한 달에 18일 일하거든. 그런데 식대가 하루에 2천 원씩 나와. 3만6천 원을 월급에서 공제하기로 하고 미리 받아. 다들 새벽밥 먹고 나오니까 점심 저녁은 천 원짜리를 여기서 사 먹으라 이거지. 나는 점심을 싸 가지고 다녀. 이 밥 먹고는 허기져서 일 못해."

여자가 5천 원짜리 한 장을 매점 구멍 속으로 냉큼 밀어넣는다.

"식권 세 장만 주세요."

"왜 이러시까, 이 젊은 손님이?"

"괜찮아요."

새카만 머리통이 약간 움직이면서 화투짝만한 하얀 뿔 조각 세 개를 구멍 밖으로 밀어낸다.

유씨가 점직한지 엉뚱한 공치사를 지껄인다.

"이런 거 많이 해본 솜씨야. 처녀가 말이야. 내 막내 딸내미가 이 처녀만 할 거야. 국가대표 배구 선수야. 걔 코빼기를 잘 못 봐. 어찌나 바쁜지. 노상 합숙 훈련이야. 어디 아파트를 큼지막한 걸로 얻어놓고 거기서 오골오골 묵고 자고 한다데. 소속 회사에서 고용한 드난꾼을 몇 명씩이나 두고. 밥해대고 추리닝복 빨아대는 아주머니들 말이야."

"따님 이름이 머예요?"

"알 만할 거야. 알아보지 머. 우리가 희성이니까. 주전으로 뛰지는 못해. 선수 교체 때 한 번씩은 꼭 들어가고. 재작년까지만 해도 제 깜냥은 했지. 걔도 올해가 마지막이야. 나이가 벌써 스물다섯인데. 지

짝이라도 맞춰놨는지 모리겠어. 키만 멀대같이 커서 지 짝 찾기도 쉽 잖을 거야. 내 자식이라도 당최 얼굴을 볼 수 있어야 짝을 맞춰보든지 물어보든지 하지."

세 사람은 노란 계란채와 시커먼 김 부스러기가 수북이 얹혀 있는 스테인리스 국수 그릇을 각자가 들고 구석 자리를 잡는다. 식탁 위에 는 검붉은 양념이 담긴 흰 사발이 놓여 있다.

어디선가 노랫가락이 희미하게 들려온다. 라디오에서 흘러나오는 소리인데, 어느 여자 가수의 악쓰는 유행가 가락이다. "내 젊음의 빈 노트에…" 노랫가락이 갑자기 커졌다가 제풀에 놀랐는지 화들짝 음향 을 낮춘다. 틀림없이 매점 구멍에서 쏟아지는 소리다.

여기저기서 문문한 시선들이 유씨 일행을 힐끔힐끔 훔쳐본다. 국수 가락이 그런대로 구뜰하다. 그런데 젊은 사진가는 입맛이 갖은지 뻑 뻑한 국물만 자꾸 숟가락으로 훌쩍거린다.

"조선 음식은 반찬 말고는 뭣이라도 뜨거운 맛에 먹는데, 어째 미적 지근하네. 남의 음식이 다 이렇지. 며느리 밥도 꼭 이 짝이데. 다 같은 한솥밥인데도 그래."

유씨의 흘리는 말을 못 들은 체하고 사진가가 우스개를 내놓는다.

"유 선생님 인물이 아주 좋습니다. 이목구비가 선명하니 곱게 늙으 셨고요."

"정말 그래요. 미남이세요. 젊었을 때는 여자들이 많이 따랐을 거 같애요. 키도 크시고."

"그 참, 젊은 친구들이 늙은이를 아주 가지고 노네 그래. 키 커서 멀 해. 난쟁이라고 애를 못 낳나. 키 큰 거는 운동할 때나 잠시 필요할까 아무 짝에도 쓸모가 없어. 짱배기에 머리숱이 빡빡할 때는 바람도 좀 피우고 그랬지. 이래 봬도 젊을 때는 여자들이 우리를 많이 따랐어. 팔자에 그렇게 써져 있대. 우리가 마음이 선하거든. 거짓말은 잘 둘러 대도 남에게 해코지를 못 해. 사람 마음을 푸근하게 해주지. 돈 드는 일도 아인데 입에 발린 말로 쓰나듬기야 여반장이지. 그런이 여자들이 좋아할 밖에. 여자들은 젊으나 늙으나 사기그릇처럼 곱게 다루면 저절로 따라와. 정이 들고 지 물건이 되고 나면 참하게 길이 들어지는 거고. 이제는 꺼죽밖에 남은 게 없어. 심이 쑥 빠졌어. 아랫도리가 흐물흐물거리고. 심 빠진 사내를 여느 여자가 좋아하나."

"운전은 언제부터 하셨어요?"

여자는 국수 가락을 더 입술 안으로 빨아들일 마음이 없고, 취재 수첩을 밥상머리에 펼쳐놓았지만 받아쓰기를 할 생각도 없다는 투다.

줄기차게 국수 가락을 입에다 거머넣고 있는 유씨의 살점 없는 콧잔등이 그런대로 보기 좋고, 기다란 턱을 덮고 있는 뿌연 서릿발 같은 수염 자국이 방금이라도 자라고 있는 것 같다.

"한 40년은 넘었는가봐. 왜정 말기 때 배웠으니까. 우리가 저 아랫녘 경상도 청도 사람이야. 그때가 경부선을 한 줄 더 깔 때야. 왜놈들이. 토목공사지. 농사일도 그렇고, 무슨 일이든지 일 하나는 왜놈들이 군더더기 없이 잘해. 농사든 공사판이든 주위가 깨끗해, 정리 정돈을 아주 잘하지. 남의 말 안 듣고 각자가 맡은 일을 깔끔하게 군말 없이 잘 빚어낸다고. 조선 인간들은 당최 엄벙덤벙 설치기나 하고 시끄러워. 일을 벌릴 줄만 알지, 매닥지게 조져내지를 못해."

"복선을 놓았군요?"

"그렇지. 복선을 깔고 있었어. 그때 나는 경방단이라고, 요즘 말로는 소방서지, 그 경방단에서 급사로 살았어. 왜놈 밑에. 소학교도 못 마치고. 어쨌든간에 경부선을 한 줄 더 까니라고 우리 동네 사람들이 철길 주변에 하얗게 깔렸어. 울력을 나갔지. 급사가 늘 할 일이 있는 것도 아이고, 바쁘지도 않은이 놀이 삼아 머시든 배워서 남 주나 싶어 구경 간 거지. 그때 황해도 재령 사람인데 박씨 성을 가진 이가 미제 포드 화물차로 침목도 실어나르고, 철까치도 어디서 실어 오고 그랬어. 그이가 그때 우리 집에서 잠시 하숙을 했어. 아이다, 하숙이 아이고 방 하나 얻어쓰고 있었어. 밥은 나가서 먹고. 하숙 칠 형편도 못 됐어, 우리 집은. 하루는 그이가 나보고 그래, 경방단에 다니면 머하냐, 돈도 못 버는 일이고 불 안 나면 할 일도 없은이 그 꼴이 머냐, 불 끄는 일이 무슨 기술이냐, 사람은 어떡하든지 기술을 배워야 산다 이래. 이녁은 소학교 마치고 나서 측량기계 파는 왜놈 가게에서 사환으로 있었다고 그래. 재령, 은율 일대에는 광산이 많거든, 그런이 측량기계 점포도 있어야 될 거 아냐. 사환 노릇을 해봤자 그게 무슨 장사 기술을 배우는 것도 아이고, 싹수가 노랗다고 생각했던지 때려치우고 운전을 배웠다고 그래. 왜놈 밑에서. 광산에서 철광 실어 나를라면 차가 있어야 될 거고, 운전사도 있어야 될 거 아냐. 내가 그이 조수 노릇을 꼬박 3년 했어. 열다섯 살 때부터. 그이가 홀애비였어. 우스운 이야기 하나 할까. 그 양반이 인물은 별거 없었어도 본바탕이 괜찮은 이였어. 본 바 있는 집안 출신이야. 왜고 하니 술도 못 자시고, 노름도 안 해. 그때나 지금이나 조선 사람들은 노름을 좋아해. 둘러앉으면 노름이야. 게으르고 돈 욕심이 많아서 그래. 그이는 또 기집질도 안 했어. 그래도 어째, 여자 아는 사내가 혼자 잠잘라믄 싱숭생숭한 법이지. 그런데 어느 해 겨울이야. 하루는 잠을 자고 있는데, 내 궁둥이에 무슨 몽둥이 같은 게 자꾸 비비적거려. 뜨듯미지근한 게 필시 그이 신이야. 사내들 핏덩어리 말이야. 비역질을 할 모양인가봐. 대번에 눈이 또록또록해지데. 밤마다 그 양반이 빳빳한 지 신을 불끈 거머쉬고 자는 걸 우리가 자주 봤거든. 가만히 있어 봤어. 어떻게 하나 볼라고. 곧장 그이가 알았나봐. 내 숨소리가 없어졌으니 알아챌 수밖에. 슬그머니 돌아눕데. 그때 남의 사내 연장을 처음으로 내 것처럼 만져봤네. 요즘은 어떤가 몰라도 그때는 비역질이 흔했어. 우리가 이렇게 싱거워. 다 배운 것이 없어 무식해서 이래. 키 큰 사람이 싱겁잖아."

유씨가 국수 그릇을 한쪽 옆으로 밀쳐버리고 나서, 앞에 앉은 두 사람을 번갈아 바라보며 '알 만하지'라고 동의를 구하듯이 벙긋 웃는다. 사진가는 무덤덤한 얼굴인데, 여자는 보일 듯 말 듯 한 웃음을 잔잔히 피워올린다.

"그이가 자꾸 나보고 장가들라고 그래. 이녁 고향에 참한 색시가 있다면서. 내 첫 여편네가 그래서 이북 여자야. 사람이 살다 보면 동고동락하는 이들끼리는 남자나 여자나 팔자도 닮아가나봐. 그럴 거 아냐. 나도 그이처럼 홀애비 신세가 됐으니 말이야. 그이도 상처한 사람이었거든. 면허는 장가들고 부산에서 땄어. 그때부터 조선 천지 안 돌아다닌 데가 없어. 큰 차만 몰면서."

"그분과는 언제 헤어졌어요?"

"해방되기 전에 이북 갔어. 우리 마을에 살던 처녀와 새 장가 들어서. 죽었을 거야. 육이오 동란 때 만나지는가 싶어서 그이 처갓집에 안부도 물어쌓고 했는데 안 만나지데. 육이오 동란 때 우리는 군대서 차만 몰았어. 고향에도 자주 들락거리고, 차 타고, 미제 군용차로. 기름 빼내 팔아묵을라믄 아무래도 고향 사람이 제일 미덥지. 그때가 호시절이었어. 그런데 돈은 안 모아져. 여편네 옷 한 벌 못 해줬다니까. 공돈이 늘 주머니에 수북한데도 그래. 그 돈이 전부 남의 돈이야. 내 주머니 속에 들어 있어도 보는 놈이 임자라니까. 돈이란 게 그래서 요물이야. 지 마음대로 섬길 주인을 찾아간다니까. 겪어봐야 알아."

유씨는 노인답게 주름이 말하는 대로 무표정한 얼굴이나 말투에는 신바람이 제법 붙어 있다.

"나무 때는 목탄차를 몰아본 사람은 요즘 세상에 흔치 않을 거야. 왜정 때 그랬어."

"나무를 때요?"

"숯을 때지. 숯 포대를 싣고 다니면서. 숯이 나무를 일부러 불에 태운 거 아냐. 고갯마루에서는 영 맥을 못 써. 나무가 무슨 힘이 있어야 말이지. 눈이 와도 지랄이고. 왜놈 말로 하도메라고 각목을 연방 뒷바퀴에 공가야 돼. 뒤로 굴러가지 말라고. 조수를 그런 일이 써 먹을라고 달고 다니지. 해방되고 나서도 한동안 그랬어. 해방되고 나서는 정어리, 꽁치, 동태 같은 생선, 미역, 간고등어, 마른 명태 같은 건어물 실어나르는 수산회사에 다녔어. 그때도 우리는 보너스라는 걸 받았어. 별일이 다 많았지. 오며 가며 길 가는 사람도 태워주고. 또 부수입이 수월찮았어. 밤에 한참 달리다 보믄 길에 장정들이 모닥불을 피워놓고 옹기종기 서 있어. 벌목꾼들이야. 잠시만 차 좀 빌려 쓰자 이거지. 그러면 운임을 곱으로 주고. 그 돈이야 내 꺼지. 가는 길목이니까.

그때는 나뭇값이 금값이었어. 땔감이니까. 추운데 어째. 불 때고 살아야지. 한번은 밤인데 웬 여자가 탈래탈래 걸어가데. 우리가 인정스럽고 장난이 좀 심해. 태우고 싶데. 그런데 태우고 보니 인물이 아주 고와. 지 말로는 친정에 간다고 하는데 논다니 같애. 눈매를 보면 대번에 알지. 슬슬 말을 걸었지. 말도 척척 잘 받아. 또 치맛자락을 자꾸 옆구리에 끼면서 지 통통한 몸매를 보여줘. 엉덩이도 들썩거리고. 일이 되겠어. 일부러 차를 세웠어. 차가 고장났다고 거짓말하면서. 실은 차도 못 몰겠어. 온 정신이 한군데만 쏠리는 판인데 차고 머고 아무 생각이 없어. 일을 벌였어. 일을 후닥닥 마치고 나니, 아, 그년이 친정이고 머시고 아무것도 소용이 없대. 집에 안 간대. 같이 살아야겠대. 큰일 났어. 그때 우리가 막 새살림을 차렸으니 신혼이나 다름없는 판인데 말이야. 그년이 회사 앞에서 죽치고 있는 거야. 도무지 갈 생각을 안 해. 그년을 떼는 데 몇 달 걸렸네. 나중에는 이럭저럭 색정도 들더라고. 친정에 갔다가도 짬짬이 나한테 들르고. 우리가 이렇게 싱거워빠졌어. 그 일이 있고 나서 집은 멀수록 좋겠다 싶데. 그래서 우리는 형편 되는 대로 집은 셋방 살아도 직장하고는 멀찍이 떨어진 데다 얻어 살았어."

"사모님 성함은 어떻게 되세요? 나이는요?"

"순임이야, 김순임이. 첫 여편네는 남순이었고, 황씨 성에. 나이? 한참 생각해야 돼. 올해 쉰여섯 되는가봐. 지가 데리고 온 딸년 때문에 한평생 마음고생을 사가며 허위허위 산 사람이야."

여자가 수첩을 훑어보며 묻는다.

"나머지 두 자제분은 멋하세요?"

"둘 다 아들이야. 하나는 이름만 대면 다 아는 큰 회사에 다녀. 한 놈은 군대 갔다 와서 대학에 다니고 있어. 일류대학이야. 그놈도 코빼기 보기가 어려워. 멀 하느라고 그렇게 바쁜지. 군대도 안 갈라는 놈을 억지로 보냈어. 데모하다가 끌려갔어. 지 형들이 죽인다 살린다 하는 바람에. 그 두 놈이 자꾸 이런 데 얼굴 팔지 마래. 창피하다고. 우리는 늘 너무 무식해서 탈이야. 말깨나 할 줄 알고 학벌이라도 있어 봐, 누가 감히 이런 일에 얼굴 내밀라고 하겠어. 다 못 배우고 무식한 죄지. 많이 배운 것들이 원래 이름 팔라고 앉으나 서나 들썩거리고 설레발을 떨잖아. 이름이 나야 돈이 따라오잖아. 못 배운 것들이야 이름 나고 얼굴 팔아봐야 창피만 덮어쓰잖아, 세상 이치가 그런데 머."

사진가가 아까부터 멀찍이 떨어져서 사진기 셔터를 눌러대다가 다가와서 직업 근성을 드러낸다.

"유 선생님, 광고 같은 데 나가봤습니까?"

"그게 무슨 소린가?"

"왜 신문이나 잡지 같은 데 보면 광고에 인물 사진이 나오잖습니까. 그런 광고에 얼굴이 나온 적이 있느냐고요?"

"없어. 멋하러 그런 데다 얼굴을 팔아. 내가 무슨 기생인가. 내 아는 이가 그런 데 한번 얼쩡거리데. 싱거운 소리 하면서 쓸데없이 웃고서는…"

"유 선생님 얼굴이 워낙 윤곽도 선명해서 어디 그럴듯한 데다 추천해보려고요. 제 작업실에 그런 일거리도 더러 주문이 오거든요."

"이 양반들이 가만히 보자 보자 하니 혹을 점점 더 붙이려고 딤비네."

"참 좋을 거 같애요. 저희 회사 광고에 한 번 나오시면 좋겠어요. 윗사람에게 물어봐야겠지만요."

"미스 조가 어떻게 잘 좀 말해봐. 나는 아주 좋아."

"일없어. 공연히 점점 더… 곱게 살다가 죽으려고 그래. 우리가 죄를 많이 졌어."

유씨 얼굴이 일시에 벌겋게 달아오르고, 낭패감과 수치심, 민망함이 뒤섞인다. 유씨는 잠시 생각을 간추리는 듯 눈을 깜빡이다가 담배를 꺼내 문다.

"아니야, 가만. 지금 내가 한 이야기는 죄다 거짓말이야. 아, 정말이야. 그럴듯하잖아, 거짓말이니까. 내가 사는 실제 형편과는 영 달라. 진짜야. 실제로 거짓말 같지? 말키 다 거짓말이야. 정말 거짓말처럼 살았어. 어떻게 살아왔는지 도통 모리겠어. 그러니 거짓말이지."

"아니에요. 아주 재밌어요. 실감도 나고요. 참말 같애요."

"이 멀쩡한 처녀가 정말 남의 늙은이를 갖고 노네. 거짓말이야. 참말로 듣던 말든 그것은 알아서 해. 내가 거짓말처럼 살아온 거는 내가잘 알아. 글을 어떻게 쓸라는지 몰라도 그건 거짓말이야. 하기야 글로쓰는 그런 게 다 거짓말이더라만서도. 안 믿어. 우리는, 그런 글을. 누가 믿겠냐고. 전에 무슨 광고에다 얼굴 내밀던 그놈이 한때 내하고 같은 회사에 다녔는데 얼마나 개차판이라고. 지 월급을 마누라한테 통째로 갖다주는 법이 없는 놈이야. 그런데 광고에는 모범 가장에 착한남편에 온통 칭찬이 늘어졌어. 그럴 리가 있나."

"미스 조, 대충 됐어?"

"네, 정말 머가 뭔지 모르겠네요. 정말 거짓말을 써야 할까 봐요."

"그래, 적당히 거짓말을 지어내서 쓰라고. 마누라도 자식도 있는 듯 없는 듯 쓰고. 나는 아무렇지도 않아. 책이야 보내줘도 읽지도 않을 텐데 머. 사진이야 보든지 말든지 할 거고. 늙어서 귀신 같은 얼굴을 바봐야 한심할 거 아냐."

"유 선생님, 나가시지요. 밖으로 나가서 버스 안에서 몇 장 더 찍지요."

"네, 그래요."

사진가와 여자가 자리에서 일어서고, 유씨도 엉거주춤 일어서는데, 여전히 난감한 기색이 떨어지지 않는다. 그러면서도 여자를 빤히 쳐다보며 중얼거린다.

"하라면 해야겠지만. 내가 시방 거짓말을 너무 많이 했어. 그리 알아. 이 나이에 거짓말이나 시부렁거리고 머하는 짓인지 모리겠네."

"괜찮아요. 제가 워낙 못 쓰는 글이지만 좋게 잘 쓸 거예요. 절대로 유 선생님 신상에 피해 끼치는 글은 안 쓸 거예요. 저희 제약회사가 그런대로 양심적이고 좋은 일도 더러 하는 회사거든요."

"그렇게 잘 쓴다니 더 못 믿을 거 아냐? 누가 그걸 믿어. 잘 쓸수록 못 믿지. 아무도 안 믿어. 곧이곧대로 써야 믿지. 우선 나부터도 안 믿겠는데. 그러니 나는 머가 돼. 우습잖아. 얼굴이나 파는 거 아냐. 지꼴이 말이 아닌데. 실력 없는 맹탕들이 지 잘난 체하며 거들먹거리잖아. 건달들처럼 떼지어서. 나 원 참, 다 거짓말로 싸발라놓으면 나는 머시 되냐고?"

파랗게 질린 겨울 날씨가 청명한 햇살 속에서 잔뜩 성이 나 있다. 활시위를 메운 듯한 팽팽한 바람이 반짝거리는 눈가루를 온 사방에

344

마구 흩뿌려 댄다.

유씨는 싸늘한 웃음을 입가에 흘리며 말을 잇는다.

"제약회사? 내가 처음 서울로 올라와 저쪽 돈암동에 살 때, 제약회
사 사장 집에 세 들어 살았어. 담벼락에 차고처럼 붙은 방 하나 얻어
서. 그런데 그 제약회사 사모님이 아주 중병이야. 배가 산만하게 부어
오르는 병이야. 복수가 그렇게 차올라. 오줌보에 탈이 단단히 났나봐.
그 부인네가 매일 아침마다 그 널찍한 정원에서 뒤뚱뒤뚱 걸음마를
하는데, 그게 무슨 도라무통인지 몰라. 혈색은 뿌여니 좋아. 그러나마
나 아랫배가 해산할라는 여편네보다 더 불러오니 그 일을 어째. 오래
못 살지 싶데. 그런데 좋다는 약이란 약은 다 쓰고 하니 결국 안 죽고
오래 명은 이어가더라고. 배도 차차 타이아 바람 빠지듯이 꺼지고. 그
집 주인 양반은 내놓고 시앗을 보고 있었어. 그런데 우스운 거는 그
주인 양반이 지 마누라한테는 지가 만든 양약을 죽어도 안 써. 노골적
으로 국산 양약은 못 쓴대. 그게 머야. 엉터리 중에 상엉터리지. 돌팔
이고. 바른말로 하면 지 회사에서 만든 약을 지 새끼 지 마누라한테
먼저 멕이고 병을 고쳐야지. 그런데 지가 만든 약을 지 가족한테는 죽
어도 안 멕이고 남부터 먼저 멕여? 그게 말이나 되는 소린가. 말이 안
되지. 그 양반이 한번은 나보고 자기 회사에서 일하래. 지 회사에 들
어와서 지 자가용도 몰면서 차량 담당 책임자를 맡으라고. 오일륙혁
명 나고 얼마 안 지났을 땐데, 그때도 그 회사에 차가 많았어. 방세도
안 받을 테니 그냥 있어라 그래. 열심히 일해주면 나중에 집칸이라도
마련해주겠다고. 그동안 행랑아범 노릇 하라 이거야. 내가 못 하겠다
고, 안 하겠다고 그랬어. 딱 분질러 말해버렸어. 그냥 버스나 몰겠다

풍속의 꺼풀

고 했어. 집도 기한이 차면 나가겠다고 그랬어. 그런 엉터리 회사에서 내가 어떻게 일해. 지금 이 회사 사장도 지 자식한테는 버스 안 태울 거야. 그런이 말이 되나. 조선 종자들이, 원래 있는 것들이 대개 다 이렇게 경우가 없어. 엉터리 아냐. 그 집 부인이 험한 중병이 들어서 그랬던지 후덕했어. 우리 집사람한테 참 잘해줬어. 음식도 꼭 나눠 먹고, 그 양반 회사가 지금 일류회사 된 거는 순전히 그 부인 덕일 거야."

"아무 버스에나 좀 올라가시지요. 이게 진짜니까요."

"그라까, 귀찮네."

유씨는 잠바때기 호주머니 속에서 땟국이 흐르는 목장갑을 꺼내 낀다. 그 행동거지가 익숙해서 대번에 기술자다워 보인다. 사람이 곧장 시커먼 기름을 덮어쓰고 일관 동작만 반복해대는 무슨 기계의 부속품 같아진다. 유씨는 몸도 가뿐하게 운전석에 올라앉자마자 모자챙을 삐딱하게 돌려쓰면서, 이어 약간 뒤로 젖혀 쓴다. 얼굴이 드러나도록 그러는 배려라기보다도 시야를 틔우려는 몸에 밴 동작이다.

사진가는 승객들이 오르는 앞문을 활짝 열어놓고 마구 셔터를 눌러댄다. 여자가 등 뒤에서 말을 건다.

"이 회사에서는 언제부터 일하셨어요?"

"이제 7년째 접어드는가봐. 박통이 죽었을 그 당시 일루 옮겼으니까."

"월급은 얼마나 받으세요?"

"복잡해. 끝다리가 이루 말할 수도 없이 지저분해. 공제금도 많이 붙고. 세금 떼고 내 손에 쥐는 게 이럭저럭 40만 원은 좀 넘을 거야.

박봉이지. 적당히 거짓말로 써넣어."

"네, 알아서 할게요."

"곧이곧대로 써야지, 무슨 말이야, 미스 조? 글이 거짓말하면 곤란하지."

사진기는 말을 하면서도 연빙 사진을 찍어댄다.

"서로 챙피한 노릇인데 머하러, 회사로 보나 나로 보나. 머리가 허연 이 나이에, 40년 넘게 한 우물만 판 사람이 쪼가리 돈이나 받고 사는데. 이 짓도 이제는 기술이랄 거도 없어. 월급 적게 받을 때가 그래도 좋았어. 왜정 때가 기중 호시절이었어. 돈 액수가 커질수록 쓸 게 없어. 세상도 워낙 바삐 돌아가니 돈도 가치가 떨어지나봐."

"됐습니다. 내려오시지요."

유씨가 버스에서 내려서자 저만큼 멀찍이 떨어져서 대기하고 있던 사진가는 또 기다렸다는 듯이 셔터를 여러 번 눌러댄다. 정색한 노인의 표정이 뻣뻣하게 얼어붙어 있다. 집채만한 버스를 배경으로 화석처럼 붙박인 노인의 파랗게 질린 안색도 아랑곳없이 사진가는 시각을 바꾸느라고 종종걸음을 쳐댄다.

"이제 정말 다 됐습니다. 그만 찍지요. 잘 나오면 사진은 한 장 보내드리겠습니다."

"수고하셨어요. 쓰다가 부족한 대목은 전화로, 참, 전화를 잘 안 바꿔주데요."

"전화 받을 시간이 어딨나, 담배 태울 짬도 없이 뺑뺑이를 돌리는데."

"그럼 댁으로 찾아뵐게요. 전화번호 좀 가르쳐주세요."

유씨가 정색하고 바싹 다가선다.

"안 돼. 정말 그렇게는 못 해. 이것도 너무 설레발을 치는 것 같아서 영 찜찜해 죽겠는데. 자식놈들이야 머라든지 말든지 여기서는 말썽없이 있다가 정년퇴직하고 나면 택시나 한번 굴려보다가 죽을라고 그래. 그래서 우정 이러는 거야. 후딱 해치워버리지 머. 아무려면 어때. 거짓말로. 그래야 애들도 못 보고 지나갈 거고. 정말 심란해, 별거도 아닌 일에 마음이 이래 쪼들리니, 세상이 너무 개판에 복잡해. 어젯밤에 잠을 못 잤어. 눈꺼풀이 따끔거려 죽겠어. 우리가 그런 데 얼굴 나가면 우스워져. 말이라도 번지르르하게 잘하는 이들이 그런 데 나서야지. 왜 그런 거 좋아하는 이들이 있잖아. 우리는 자격 미달이야. 그런 이들과 견주면 우리야 법당 뒤에서 겉도는 인간들이야. 세상 주인은 그 사람들 아냐. 돈도 많이 벌고. 우리와는 딴 세상에서 사는 이들인데, 그런 유식한 양반들을 잘 모셔서 좋은 말을 하도록 시켜야지. 우리는 싱거워빠져서 안 돼. 살다 본이 별일을 가지고 통사정을 다하는구먼. 이러니 다들 겉돌고 헛살고 거짓말처럼 붕붕 떠돌고 사는 거야."

"네, 알겠습니다. 미스 조 편에 연락드리겠습니다."

"안녕히 계세요."

"정말 부탁이야. 제발 아무렇게나 써버려. 곧이곧대로 밝히지 말고. 우리가 나쁜 짓도 안 했지만 좋은 일이라고는 평생 한 번도 못 해봤어. 그리 알아. 어쩐다, 손님 대접이 이래 시원찮아서."

"아, 괜찮습니다. 들어가세요. 주우신데, 수고하셨습니다."

명색 두 취재기자는 살얼음이 군데군데 박인 차바퀴 자국을 경중경중 건너 넘으며 공터를 가로질러 간다. 어디선가 매운바람이 살 같이 달려온다. 사진가는 잽싸게 노인 쪽으로 몸을 돌린다. 노인은 선명한 피사체로 붙박여 있다. 사진가는 그 풍경을 미리 염두에 두고 있었던 것처럼 부리나케 사진기 렌즈를 피사체에 맞춘다. 유씨는 이내 알아채고 '아니야, 아니아, 자꾸 그러지 마'라는 손짓을 내서으며 뒷걸음으로 물러서다 돌아선다. 사진가는 득의에 차서 "실물이야, 풍경이 되겠어. 이제 겨우 한 장 건졌네"라고 중얼거리며 막무가내로 사진을 찍어댄다.

"진국이에요. 자기가 한 말이 전부 거짓말이래잖아요."

"그러니까 실물이지. 거짓말처럼 살아왔대잖아."

"괜찮은 영감 같애요."

"미스 조가 광고에 한번 써보라고 위에 말해보지 머. 드링크류에는 안성맞춤일 건데. 사람을 물색하고 있다면서? 내가 보기에는 괜찮아. 사진빨도 좋고, 다리품도 덜고."

"스튜디오에서 알아서 할 일 아니에요?"

"우리야 거기서 주문하면 사진만 팔 건데? 사람이야 그쪽에서 골라야지. 우리야 힘이 있나."

노인이 희끄무레한 무채색의 건물께로 다가가자 그 배경 때문에 실물이 감쪽같이 없어진다. 이제야 막 이쪽의 수작을 알았다는 듯이 제 실물을 감춰버린 것이다.

사진가가 돌아서면서 말한다.

"거짓말을 써. 영감 말대로 적당히 지어내서. 그래야 광고에 쓰더라도 말이 맞고. 저 영감은 글이나 말이나 전부 거짓말이라는 거 아냐.

많이 배운 사람들일수록 거짓말이 심하고, 못 믿는다잖아. 자기가 살아온 것만 실물이고, 믿긴다는 거지."

"웃기는 영감님이에요. 저렇게 꽁꽁 얼어붙은 사고방식으로 어떻게 살아왔는지 모르겠어요. 세대 차인지도 몰라요."

"세대 차? 그래도 저쪽이 우리보다는 낫고 진실에 좀 가까울걸."

두 사람 앞에는 갑자기 풍경이 없어져버린다. 공터가 끝나고 신작로와 그 주위의 인가와 바쁜 걸음을 떼놓고 있는 행인들만이 빼곡해서, 그 흔한 도시풍경은 시야에 있으나마나 한 실물로서 감쪽같이 사라져버린 것이다.

2

일요일 오후가 희주에게는 애매하고, 심란하기 짝이 없다. 우선 수미가 점심 밥상머리에 앉으면 어김없이 "오늘 아빠 올라오셔?"라고 물어와서이다. 딸내미가 그런 말을 물어오는 것이 고마웠던 적도 있긴 했다. 이제는 매번 대답이 궁해져서 귀찮기도 하지만, 그래도 '저 것마저 없었다면 어떻게 됐을까'라고 자문해보면 새삼스럽게 초등학교 2학년짜리인 딸이 대견스러워 보이고, 시댁에서 따돌리는 자신의 몰골이 퇴물로, 말 그대로 꿰다놓은 보릿자루처럼 여겨지는 것이다. 한편으로 그런 느낌은 달착지근한 자기 위안이기도 하다.

요즘 희주는 딸에게서 어떤 행복감이랄지 충일감을 찾으려는 자신의 변모에 흠칫 놀랄 때가 있다. 그럴 때마다 '저게 미끼다'라는 생각도 들고, 자신이 비굴하게 매달리고 있는 것 같아서 씁쓰레하다. 특히나 "못 올라오실지도 몰라. 연말이라 워낙 바쁘시다잖아"라고 말해놓

고, 그런 부정적인 말을 하면 애 아빠가 틀림없이 오리라는 자기최면
과 숨바꼭질을 할 때가 그랬다. 실제로도 그는 몇 번이나 불쑥 들이닥
치기도 했으니까.

　정초니까, 게다가 서둘러 내빼는 듯한 짧은 일요일 낮이 지나고 땅
거미가 나그쳐오고 있는 지금 희주는 한껏 비굴해져 있다. 딸에게, 이
런 어중간한 삶 자체에.

　"엄마, 우리는 왜 이렇게 갈 데가 없지? 외갓집도 못 가고."

　무료감이란 가족이 없는 어린애에게는 때를 가리지 않고 불쑥불쑥
얼굴을 들이미는 마음의 생생한 동요인 듯하다. 모녀가 외딴 섬에 갇
혀서 살아가니 가족이란 말이 어설프기 짝이 없다.

　"못 가나 안 가지."

　"왜 안 가?"

　"니하고 놀아줄 사람도 없는데 머하러 거길 가니?"

　"외할머니가 있잖아."

　"술 많이 마시고 담배 냄새나서 싫다며, 아빠처럼."

　"참 그렇지. 외할버진 오늘 일하는 날이야?"

　"몰라. 그러시겠지. 전화로 한번 물어봐. 일 안 나갔어도 잠만 주무
실걸. 수미 넌 왜 텔레비전 안 보니?"

　"만화도 안 하는데 머."

　희주는 식탁 위에 성경책을 펼쳐놓고, 투명한 뿔자를 대고 연두색
수성 볼펜으로 성경 구절 위에 줄을 그어대고 있다. 지난 월요일 오전
중에 두 시간 동안 성경 공부를 한 흔적을 이제야 복습하면서 색칠을
입히는 것이다. 벌써 《공동번역성서》의 10페이지와 11페이지에는, 곧

　　　　　풍속의 꺼풀

마태오 복음 6장에 나오는 '주기도문' 위에는 연두색 벌판이 파릇하게 펼쳐져 있기도 하다.

'남을 판단하지 말아라. 그러면 너희도 판단 받지 않을 것이다. 남을 판단하는 대로 너희도 하느님의 심판을 받을 것이고, 남을 저울질하는 대로 너희도 저울질을 당할 것이다.'

희주는 묵독을 끝내고 다시 정성스럽게 줄을 그어간다.

'어찌하여 너는 형제의 눈 속에 있는 티는 보면서 제 눈 속에 있는 들보는 깨닫지 못하느냐? 제 눈 속에 있는 들보는 보지 못하면서 어떻게 형제에게 "네 눈의 티를 빼내어 주겠다"라고 하겠느냐? 이 위선자야! 먼저 네 눈의 티를 빼내어라. 그래야 눈이 잘 보여 형제의 눈에서 티를 빼낼 수 있지 않겠느냐?'

희주는 문득 어떤 노파의 짱짱한 모습을 떠올린다. 반듯하고 빤질거리는 이마, 무테안경 속에서 늘 깜빡거릴 줄도 모르는, 상대방을 깔보고 헐뜯는 듯한 찬찬한 눈매를. 그런 성경 구절을 미리 알고 있었다면, '어느 귀신의 씨종자인지도 모르는' 자신을 어떡하든지 이씨 가문에서 떨쳐내버리려던 외곬의 노파에게 나직나직한 목소리로 대거리할 수 있었을 것이다. 남을 얕보지 말라고, 남을 아무렇게나 비판하지 말라고. 재산이 탐나서 좋아했고, 애 낳았고, 시답지도 않은 살림을 산 게 아니라고. 이혼해야 상속 절차를 밟겠다는 것은 내 문제와는 아무런 관련도 없는, 일의 선후가 잘못된 처사라고. 무엇보다도 결혼식만 올리지 않았을 뿐인데, 왜 나를 당신 눈의 티처럼 여기냐고. 또한 수미 아빠도 이미 결혼한 전력이 있으니, 그게 허물이라서 내게는 함께 살 때까지 늘 따라다니는 흠일 수 있다고. 그러나 그런 대거리가 벌써 남을 판단하고, 비방하는 것 아닌가. 성경의 증언은 언제나 이처럼 무작정, 일방적으로, 단정적으로 '하지 말라'는 경구만 남발한다.

다행인지 어떤지 희주는 지금, 일요일 밤에는 성경 구절의 그 뜻을 소중하게 새기지 못한다. 마음이 들떠 있기도 하려니와 막연한 기대감에 설레어서, 머리 회전이 나름대로 이성적인 작동에 휘말려서 시끄러운 것이다. 그러니 그를 기다리고는 있지만, 그를 반갑게, 소중하게 맞을 마음의 준비가 되어 있지 않다. 하릴없는 시간을 죽이느라고 두툼한 성경책이 놉을 부리고 있을 뿐이다.

"또 저녁은 뭘로 해 먹지?"

"난 안 먹어. 배 안 고파."

희주는 딸에게라기보다 자신에게 다짐하는 말을 무심코 내뱉는다.

"밥은 제때 먹으라고 아빠가 그러셨잖아. 점심때 성준이네 집에서 뭘 먹었니?"

성준이는 연년생의 맏이이고, 바로 옆동에 사는 같은 반 사내 친구인데, 부모가 다 초등학교 교사이다. 걔 엄마는 희주와 같은 교회에 다니고, 1만7천 원짜리 로봇을 애에게 못 사주는 형편을 감추느라고 "교육상 그런 값비싼 걸 사주면 절대로 안 돼요"라고 역설하면서 "무엇을 가지고 싶어 하는 원망이 있어야지, 그런 원망도 없는 충족 상태는 지능 개발에 절대로 도움이 되지 않아요"라고 덧붙이는 여자이다. 이 '절대로' 여자는 무위도식하며 교회 나들이를 업으로 삼는 희주를 싸늘하게 비방하는 낌새가 뚜렷하다. 그렇든 말든 희주는 교사직이 무슨 대단한 직업이나 되는 듯 말끝마다 "여자도 남자들이 모르는 자기 세계를 가져야 해요" 식의 주장을 '절대로' 받들 수 없는 이쪽의 사

풍속의 꺼풀

정은 함구로 일관하고 있다.

"성준이 걔는 이상해. 어떻게 실수도 하지 않고 시험을 늘 백 점만 맞지? 걔 엄마가 선생님이라서 그럴까?"

수미는 그림 동화책을 쉴새 없이 뒤적거리고 있다. 물론 읽지도 않고 그림도 낯익은 것들이라서 수미의 시선을 붙잡을 수 없는 것들이다.

"걔 본 좀 봐. 너는 죽었다 깨나도 그렇게 못할 거야."

"공부해서 머하지?"

"머하긴, 똑똑한 사람 되지. 멍청한 바보가 좋아?"

유치원에 다닐 때도 "나는 커서 간호사가 되고 싶어요"라느니, "청소부 아줌마가 하기 싫은 일을 해주니 얼마나 훌륭해요"라고 해서 제 친할머니로부터 '출신은 못 속인다'라는 싸늘한 눈총을 받았던 만큼 수미는 좀 이상하게 머리를 굴리는 애다.

언젠가 희주는 밥투정하는 수미를 식탁에서 끌어 내려 놓고 먼지떨이로 엉덩이를 서너 대나 두들겨 팬 적이 있었다. 매는 한번 들기가 어렵지, 패기 시작하면 어린애에게마저도 가학성 도착 증세가 발동하는지 등줄기에도 매질이 쏟아졌고, 수미도 바락바락 말대꾸해대며 매를 맞아냈다. 잠시나마 어른이 오히려 무서울 지경이었다. 매질도 성희(性戱)처럼 늘품성이 좋다는 것을 희주는 그때 처음으로 알았다. 게다가 매질은 때리는 사람이 더 힘겹게 치르는 일이었다. 땀을 뻘뻘 흘렸으니까. 이윽고 매질이 멎고 으름장을 늘어놓기 시작하자 수미는 잽싸게 제 방으로 달려가서 문을 잠가버렸다. 악에 받친 울음소리를 내면서, 엄마가 너무 싫어, 다신 안 볼 거야 같은 으름장을 놓으면서. 가

당치도 않은 말이었으나 곰곰이 새겨보니 예사로 여길 게 아니었다. "죽어버릴 거야. 밥 안 먹고 죽어버릴 거야. 죽어버리면 심심하지도 않고 배고픈 것도 모르잖아. 예수님 믿는 사람이 어떻게 사람을 때려. 엄마는 나빠. 죽어버리면 때릴 일도 없으니 얼마나 좋아. 심심해서 죽어버릴 거야. 예수 실컷 믿어라." 어린애의 으름장이 훨씬 실감났다. 할 수 없었다. 달래야 했다.

이번에는 그녀가 으름장을 놓았다. "문 열어. 문 안 열면 열쇠로 따고 들어갈 거다." 방문까지 열쇠로 딸 마음은 없었다. "부엌칼 가지고 오면 문 열어줄 거야." 당돌한 말이었다. 일시에 머리카락이 쭈뼛거릴 정도로 온몸에 소름이 끼쳤다. 정신이 번쩍 들자 문에 붙어서서 방 안의 동정에 귀를 기울이고 있는 희주 자신이 연속 방송극의 연기자 같다는 생각이 들었다. "수미야, 알았어. 엄마가 때린 건 잘못했어. 그래도 밥은 먹어야지. 밥을 안 먹는 건 네 잘못이야. 그렇잖아."

역시 어린애였다. 수미는 울음소리를 그치자마자 슬밋슬밋 거실로 나와서 "나, 오늘 목욕할 거야"라고 밝게 말하고는 곧장 발가숭이가 되었다. 더운물이 나오기 시작할 때, 수미는 변기에 올라앉았다. 어린애인데도 변비 증세가 있어서 2, 3일에 한 번씩 똥을 눴고, 그 된똥이 부엌칼 손잡이만큼이나 굵고 길어서 변기 구멍이 막힐까 봐 겁날 정도였다. 지난해 가을에 수미 아빠는 우연히 그것을 보고 나서 턱에다 비누 거품을 하얗게 묻힌 채로 거실로 나와 "어, 쟤 똥자루가 왜 저래, 어른들 거보다 더 굵고 길어. 야, 수미야, 너 국 같은 거 잘 안 먹더니 똥자루가 저 모양이잖아. 계집애가 창피한 줄도 모르고"라고 우스개를 했다. 그 변비 증세 때문인지 이틀에 한 번씩은 꼭 뒷물을 시켜주는데도 수미의 아랫도리에서는 늘 쿰쿰한 냄새가 났고, 팬티가 더러웠다. 그래 저래 희주는 수미에게 목욕을 자주 시키는 편이었다. 사나흘에 한 번씩은 집의 욕조에서 비누 목욕을 시켰고, 한 달에 두어 번씩은 꼭 대중목욕탕에 데리고 가서 때를 밀었다.

그날 머리를 감기자 수미는 엉뚱한 말을 내놓았다. "엄마, 머리를 너무 세게 문지르지 마. 머리칼이 빨리 안 자라면 어떻게 해?" "머리를 자주 세게 감아야 머릿결이 고와지고 머리숱도 많아져." "시실은 말이야, 오늘 머리를 너무 짧게 깎아서 울고 싶었단 말이야. 밥도 먹기 싫고 머리 자랄 때까지 너무 심심할 걸 생각하니 억울해서 미치겠어. 그래서 울고 싶었단 말이야." "별소릴 다하네, 얘가. 너 머리 모양이 어때서? 넌 짱구에다 대갈통이 커서 앞머리 뒷머리를 다 바싹 짧게 깎아야 어울려. 쪼그만 게 벌써 멋 부릴려고 그래, 그러면 아빠한테 일러바쳐서 혼내주라고 할 거다. 알지, 변비 있다고 야단맞았을 때 기억나지?" 그때 수미 아빠는 밥상머리에서 짐짓 정색하고 "수미, 넌 정말 속에다 똥만 넣고 다닐 거야? 애한테 앞으로 빵, 과자, 라면 같은 거 절대로 사 먹이지 마. 똥자루 될까봐 겁난다, 얼굴색도 똥색 같다."라면서 윽박질렀고, 수미는 그 말에 고개도 못 들고 곁눈질만 해대는 암코양이가 되었다가 종내에는 콧물까지 훌쩍거리며 눈물을 흘렸다. "아빠는 왜 우리와 떨어져 살아?" 번번이 당하는 질문이라 희주는 곤혹스러웠다. 목욕을 시키고 있어서 아무렇게나 대답했다. "엄마가 너처럼 말을 안 들어서 미운가봐." "할머니가 더 미워한다면서? 엄마가 전에 그랬잖아?" "그게 그 소리지. 마찬가지야. 너도 어른이 되면 알게 될 거야. 점점 한통속이 되어가나봐. 그러니 자주 안 올라오

356

시지. 엄마도 아빠가 미워 죽겠어." 말해놓고 보니 어린애는 몰라도 될 쓸데없는 푸념이었다. 얼른 덧붙였다. "아빠한테 지금 엄마가 한 말 일러바치지 마. 아빠가 또 할머니한테 말 전할지 몰라." "어른들도 그렇게 말을 옮겨?" 희주는 또 궁지에 몰렸다. 엉뚱한 말이 따라붙었다. "그럼, 그럴 수 있지. 옛날에는 그랬어. 아빠는 엄마 얘기를 너무 많이 했고, 엄마는 아빠 얘기를 할머니한테 너무 안 했어. 그게 화근이었어. 자꾸 말이 눈덩이처럼 불어났어. 없었던 일도 보태지고. 아빠는 효자야. 효자 노릇을 잘하려고 애를 많이 써. 할머니한테 잘 보이려고 하니 자기만 손해를 보는 거야." "연극배우라면서?" "언제 엄마가 그런 말을 했어?" "싸울 때 그랬잖아. 슬쩍슬쩍 나타난다고." "그 때는 싸울 때가 아니야. 아빠가 이뻐 보여서 놀리느라고 그랬던 거야." "그러면 지금은 무어 같애? 엄마, 지금 화나 있잖아." "화는 안 나 있지만 미운 건 사실이야. 수미, 너 인형극 봤지? 거기 나오는 인형들 같애, 아빠가 말이야." "왜?" "남의 말을 잘 듣고, 일만 열심히 잘하니까. 인형을 움직이게 하는 사람이 무대 뒤에 있잖아."

수미와 말을 나누다 보면 늘 어린애의 솔직한 물음에 뜨끔해지고, 말대꾸에 궁해져서 쩔쩔매곤 한다. 어느 순간 수미는 팽팽한 탄성을 가진 공으로 변해 있고, 희주 자신은 누룩처럼 속으로 부글부글 끓으며 제 형체를 없애 가는 추물이 되고 만다.

그 모든 정황과 입씨름이 권태의 되새김질이었다. 커피는 언제라도 제맛이 없고, 텔레비전과 신문은 진부하기 짝이 없다. 누룩덩이는 이제 발효할 기력도 없어져서 흉물 같은 찌꺼기로 변해 있다.

"수미야, 너 자니?"

"응, 자야겠어."

"또 성준이네 집에서 뛰어다니며 놀았구나."

"아빠 오시면 깨워줘. 아빠에게 꼭 할 말이 있어."

"무슨 말이야. 스케이트는 엄마가 사준다고 했잖아. 이번 주에 아빠가 안 올라오시면 다음 주에 엄마가 사줄게."

"그게 아니고 엄마가 사람들을 싫어하는 것 같다고 이를 거야."

희주는 곧장 뜨끔해진다. 얼결에 성경책도 덮어버린다. 지금 시각에 성경책은 텅 빈 실내를 채워주는 장식물에 불과한데, 수미의 말솜씨는 긴장을 몰고 온다.

"수미야, 너 그게 무슨 말이야? 엄마가 언제 사람을 싫어한댔어? 교회에 나가는 것도 사람이 그리워서 그러는 건데."

"난 다 알아. 엄마는 사람을 보기 싫어해. 나 여기서 잘 거야. 내일 오전에 성경 공부하러 갈 거지?"

"그럼, 가야지. 아빠가 오시더라도 갈 거야."

"진짜?"

"애는 정말 점점, 엄마가 언제 거짓말하는 거 봤니? 말을 잘 안 할뿐이지. 쪼그만 게 별걸 다 의심하네. 누구 안 닮았달까봐."

"엄마는 늘 거짓말하는 거 같애. 아빠는 그렇지 않은데. 엄마는 목욕할 거야?"

"추운데 목욕해서 머하니."

"저러고선 꼭 하잖아. 그러니 거짓말쟁이지. 아빠는 안 그러는데."

희주는 말문이 막힌다. 얼핏 자신이 오래전부터 가식의 삶을 살고 있다는 생각이 든다.

한때 어느 탄좌(炭座)의 동업자였던 이 영감은 일찍이 독립하여 갱목(坑木) 납품업자로서 떼돈을 벌어 요소요소에 땅을 사두었고, 그 땅들마저 지가가 뛰자 풍광 좋고 교통 편한 데다 좀 작은 땅으로 바꿔치기를 몇 번 했더니, 어느새 온천장이 그럴듯하게 형성된 중심가에 별 두 개짜리 호텔의 주인이 되어 있었고, 서울에서는 권리금을 주고 산 진주 관광주식회사까지 운영하는 졸부가 되었다. 돈복도 타고났고, 일 욕심도 끝이 없는 영감은 중년에 접어들자 일요일에도 쉬지 않고 낚싯대를 둘러메고 땅을 보러 다녔다. 낚시는 핑계였고, 눈에 보이는 것은 땅밖에 없었다. 하천 부지라도 널따란 흙밭만 보이면 영감은 즉석에서 "거 좋은데, 널찍하니. 앞이 탁 튀었고, 평당 500원꼴이나 할라나"라고 웅얼거렸다고 한다.

석탄 가루 묻은 돈으로 탁부(濁富)가 되었다가 흙 묻은 돈을 손도 대지 않고 굴리게 되었으니 엄연한 청부(淸富)가 된 꼴이었다. 땅만 눈여겨 봐두면 만사형통이었고, 땅은 영감을 배신하는 법이 없었다.

돈이란 모일수록 허전하니 부족했고, 땅이란 불어날수록 탐나는 것 천지였다. 그러나 서운하게도 영감의 그런 끝없는 욕심을 비웃기라도 하듯 부족한 게 딱 하나 있었다. 그것은 인슐린이라는 눈에 보이지 않는 하찮은 호르몬이었다. 돈 욕심과 땅 욕심보다 더 심한 조갈증으로 물을 아무리 마셔도 성에 차지 않았고, 음식은 아무리 게걸스럽게 먹어도 속이 허전했다. 중병이었다. 한창 돈 같은 돈과 땅다운 땅이 불어나고 있는 판에 당뇨병 환자가 되었다니, 난감을 넘어 사색이었다. 워낙 희한한 병이라서 몸에 좋다는 약도 없었다. 아무거라도 안 먹는 게 약이었고, 식욕을 깡그리 말려 죽이는 게 유일한 치료법이었다. 쉰 고개를 갓 넘긴 나이에 욕심을 죽이라니. 욕심은 죽일 엄두가 나지 않았고, 먹고 싶은 것은 한이 없었고, 그에 정비례하여 인슐린 부족증은 채워지지 않았다.

희주는 때때로 자의 반 타의 반 영감의 전담 간호사가 되었다. 그것도 스카프 등의 뇌물을, 더불어 뒷돈까지 공공연히 받는 간병인 노릇까지 겸해야 했다. 이씨 집안 식구들은 졸부 가정답게 다들 천방지축으로 바빴다. 특히나 노파는 한복을 잘 차려입고 벌채권을 따내기 위해서 산으로, 관청으로 자가용을 몰아 달려가곤 했다. 노파는 이씨 집안의 재산을 일군 공이 반 넘어는 당신 것이라고 믿는 용심꾸러기였다. 그러니 가까운 친척에게 맡겨두고 있는 벌채업도 당신의 정성스러운 고사가 있어야만 여러 벌채꾼의 일솜씨가 촘촘해진다고 믿었으며, 살림 모은 집을 안 팔 듯이 그 업종을 가업으로 지킬 국량이었다. 관광회사 부사장인 맏아들은 병원에서도 전화질만 해댔고, 일일이 노파의 승낙을 받는 책임 회피형 인물이었다. 시집간 두 딸은 "뻔히 아는 병인데 퇴원하셔야지요, 집에서 식이 요법으로도 충분히 나을 수 있대요"라고 쫑알거리며 병원측의 치료와 간호를 철저히 무시했고, 의사마저도 우습게 여기는 시건방진 여걸들이었다. 학생들인 막내아들과 딸 둘은 꼭 짝을 지어 운전사에게 묻어왔다가는 화목처럼 바싹 말라가는 제 아버지가 화장실에 한 번 갔다 오기를 기다렸다가는 이내 한마디 말도 없이 돌아가곤 했다. 둘째 아들이 유일하게 바쁘지 않았다. 간혹 입에서 술 냄새도 풍겼고, 늘 넥타이 차림이 아니었다. 그는 무너지듯 소파에 너부죽이 앉자마자 누구에게 묻는지 "괜찮아요?"라고 영감과 희주를 번갈아 쳐다보곤 했다. 그는 환자의 욕심과 짜증

과 권태와 의심증을 반쯤씩 나눠 갖고 있었다. 그녀가 "합병증만 조심
하면 장수도 할 수 있대요. 음식 조심을 하셔야지요"라고 말했을 때,
그는 대꾸하지 않았지만, 이내 소년처럼 표정이 밝아졌다. 그때 그녀
는 시내버스 운전사인 의붓아버지 밑에서 눈칫밥을 먹고 자란 자신의
신분을 까맣게 잊고 사장님 둘째 아들인 그를 좋아할 만한 남자라고
생각했다. 감히 외람된 감정임을 잘 알면서도 그가 잠시라도 병실에
있을 때, 그녀는 영감에게 눈에 뜨일 정도로 성의를 다하는 자신의 심
정적 경사를 똑똑히 의식했다. 자신도 모르게 언행이 조심스러워졌
고, 그도 그것을 눈치채지 못하는 얼간이는 아니었다.

　어느 날 밤에 내과 전문의가 아닌 그의 친구의 친구가 우정 병실로
찾아와서 "신부전증은 아직 없고, 시신경도 정상이라는군요. 합병증
이 그것부터 시작되거든요. 이 상태를 유지하면서 섭생을 잘하셔야지
요. 좋아지기를 기대하기보다도 합병증 없이 지금 상태를 유지하면
웬만한 활동을 하시기에는 불편하지 않을 겁니다. 이 사장님, 많이 좋
아지셨지요? 낫는다, 좋아진다고 생각하세요. 음식 가려 자시고요"라
고 조언했을 때, 그는 선생의 말을 잘 듣는 학생 같았다. 나이를 따져
보았더니 그는 희주보다 불과 세 살 위였다. 그는 화장실에서 영감을
부축하고 나오는 희주를 열심히 관찰하는 한편 그녀의 살색 스타킹
속에 감춰진 쪽 곧은 종아리를 힐끔거리는 시선을 거두지 않았다. 그
시선에 무심할 수 없었던 희주는 설레는 가슴을 다독거리곤 했다. 그
런 긴장 속에서도 희주는 시커먼 거웃 속을 삐져나온 영감의 힘없이
드리워진 다갈색 신근을 그의 아들보다 또 노파보다 더 자주, 더 자세
히 보고 지내는 자신의 처지에 묘한 득의 같은 걸 되새기고 있었다.

　　　　　　　풍속의 꺼풀

그 감정은 어떤 비밀을 자신 혼자 알고 있을 때 느끼는 앙큼한 설렘이었다. 그녀는 오줌소태에 걸린 특실 환자가 오래도록 입원해 있기를 내심 바라고 있는 자신의 마음자리를 훔쳐볼 수밖에 없었다. 영감은 엄살이 심해서 득병 전의 싱싱하던 기력을 떠올리는 듯 눈도 힘겹게 뜨면서 피로감을 호소하고 있었으나, 당신이 이때껏 살아온 내력처럼 강단은 좋은 양반이었다. 짜증과 무력감을 아무렇게나 터뜨리는 성격이야말로 역설적으로 당뇨병 따위를 지니고도 장수할 수 있다는 확실한 징후였다. 배꼽 부위의 시커먼 털북숭이를 송두리째 드러내놓고 "몰라, 왜 자꾸 나한테 물어싸, 아무 년이나 데리고 살아라 그래. 다지 복이지. 아무라도 복불복 아냐"라든지, "죽고 나면 그만인데 중병 걸린 나보고 어떡하란 말이야"라거나 "돈지랄이다, 돈을 도배하듯이 처바르고 있네"라며 손을 휘휘 내저을 때, 영감의 얼굴은 물론이고 몸 뚱아리 전체에는 성한 사람에게서도 보기 힘든 어떤 결기가 늠름했다. 잔뜩 엄살을 피우면서 몸을 일으켜 창가에서 해바라기를 할 때도 영감은 "참 지랄 같네. 아픈 데도 없이 오줌이나 찔끔거리며 말라가는 이게 도대체 무슨 병인가. 세월이 아깝네. 시간이 돈인데 말이야. 미스 유, 자네는 지금 어떻게 생각하나? 내가 지금 죽어가는 건가, 살아가는 건가"라고 웅얼웅얼 내뱉고는 했다. 그 정도의 기력만으로도 오래 입원해 있어야 할 환자도 아니었고, 오래 못 살 병을 가진 것도 아니었다.

영감의 지병은 느슨히 진행되고 있었으나, 둘 사이의 거리감은 신분 따위를 거듭 되뇌면서도 빠르게 좁혀졌다. 젊음이 죄라서 어느 쪽도 하루에 두 번 이상씩은 이성을, 남녀 사이의 교접을 떠올리는 일상에 물리는 적이 없었다. 영감이 집에서 권태에 찌들어 시난고난하고 있을 때, 두 남녀는 두서없이 바쁘게 움직여야 했다. 그는 지방의 어느 온천장 호텔에서 기본요금으로 택시를 주워 타서 고속버스 정류장까지 달려갔고, 그녀는 비번 시간을 일요일 오후부터 월요일 오전까지 몰아두기 위해 여러 눈치를 살펴야 했다. 그는 영감에게 병문안을 갈 틈도 없었고, 그녀는 의붓아비와 의붓형제들 밑에서 자랐으므로 눈치놀음에는 출중했다.

알고 보니 그는 미국의 친정으로 잠시 살러 간 후, 거짓말처럼 감쪽같이 소식을 끊고 있는 게 아니라 아예 종적을 감춰버린 마누라를 둔 홀아비였다. "공부한다며 날아가 버린 그 겉멋 들린 년"이 다시 돌아오지 않기를 바라지만, 실종 신고조차 못 하는 딱한 신세라고 자신의 신분을 간단명료하게 정리하는 위인이었다. 고맙게도 그에게는 자식도 없었고, 어느 한 여자의 체취가 남아 있지도 않은 듯했다. 똑똑하며 학벌 좋고, 미국과 미국적인 모든 경향에 미쳐 있으며, 잘사는 집안 출신의 안하무인에 대해 비아냥거리기를 입에 달고 사는 그에게 "남을 욕하지 마세요, 상대방은 다 그럴 만한 이유가 있다고 둘러댈 텐데, 그러면 일부러 열 받는 꼴이잖아요"라고 권면하면 한동안 그 멍한 응시의 눈길을 돌릴 줄 몰랐다. 말을 막 바로 못 했을 뿐이지 그의 심란한 처지는 희주에게 견물생심이었고, 배가 불러오고 있어서 이래저래 이심전심이 저절로 떠오르는 판이었다.

황새가 제 발로 뛰쳐나간 스물다섯 평짜리 둥지에 뱁새가 들어가서 살게 되었다. 호텔이 한가해지는 일요일 밤늦게 그는 먼 길을 헐레벌떡 달려오곤 했다. 구기자차나 설록차를 대령하는 배불뚝이 희주를 건너다보는 그의 눈길에 자상스러운 기운이 넘실거렸다. 그녀가 한쪽 무릎을 세우고 다소곳하게 앉아서 시선을 내리깔고 "지난주에도 바빴어요?"라고 물으면, 그는 소파 등받이에 양팔을 올려놓고는 "잠시만 자리를 비우면 속이려 들어. 일들도 대충대충 눈가림으로 해치우고. 밥장사, 물장사, 방 장사가 정말 더러운 직업이야. 종업원이 아니라 삥땅 뜯어먹는 뜨내기들이라니까, 막벌이 일꾼들보다 질이 더 나쁘다고"라고 받았다. 서울의 거처에서야 안도하는 그의 처지를 이해하는 그녀의 심성에는 벌써 신뢰가 듬뿍 스며들어 있었다.

그러나 애초부터 어그러진 노파의 심술은 갈수록 배배 꼬였다. 그녀가 영감의 병을 더 중증으로 몰아간 애물단지라고 단정했고, 수미도 덤으로 '굴러온 액'이라고 치부했다. 낌새를 알아챘다면 진작에 둘 사이를 갈라놓을 부적을 제 자식에게 지니고 다니게 하거나, 그녀가 '남의 집 차지'를 못하게 액막이굿이라도 했어야 옳았다고 후회막급이었다. 더욱이나 불어가는 돈을 단속하는 데 허둥거리느라고 둘째 아들의 화간(和姦)을 미리 못 막은 당신의 집안 두량을 두고두고 한탄했다. 하루빨리 또 다른 황새를 노파 자신의 주선으로 불러들일 참이었는데, 차질이 나버린 것이었다. 노파에게는 그들의 엉거주춤한 동거 생활이 이씨 가문에는 '눈꼴 사나운 행패'였고, 다들 애지중지한다는 손녀인 수미마저 '눈엣가시'였다. 제 모친의 그런 설레발에 학질을 떼고 있던 그는 만사태평이었다. 희주로서는 그의 그런 골병든 선입견이 고마울 뿐이었고, 더욱이나 다행하게도 만사에 "내가 지금 어떤 몸인데 너희들이 알아서 해"라며 엄살로 소일하는 영감의 답답한 응원에 기댈 수밖에 없기도 했다.

세월이 병이고 약이었다. 그것도 다행인지 어떤지 영감의 숙병은 아무런 차도도 비치지 않았다. 차일피일 머무적거리는 병이, 너무 빨리 흘러가는 세월이 원수 같았다.

노파는 일찌감치 상속 문제를 들먹였고, 영감의 "알아서 해"라는 내락을 받았다. 노파의 속내 깊숙한 곳에는 침침한 국량이 곳간의 곡식처럼 차곡차곡 갈무리되어 있었다. 그에게 "어느 씨 종자인지도 모르는 의붓자식과 갈라서지 않으면 땅 한 뼘도 네놈 이름 앞으로는 못 물려준다"라는 선언이 그것이었다. 도무지 무슨 억하심정인지 알 수 없었다. 짐작건대 노파는 희주의 의붓아비네 일가가 거지 떼처럼 몰려들 것이라고 여겼을 테고, 그들이 이씨 가문의 재산도 곳감 빼먹듯이 들어먹을 것이라고 조바심을 내고 있지 싶었다.

영감은 지병과, 노파는 재산 상속권과, 아들은 사실혼 자체의 인지와 지구전을, 줄다리기를, 심리전을 각각 심각하게, 암팡지게, 팽팽하게 벌이고 있는 셈이었다. 영감은 한결같이 눈만 껌뻑거리며 축 처져 있었고, 노파는 점점 더 의기양양해서 쌍심지를 돋우고, 아들은 날이 갈수록 제 속을 태우고 썩이며 모친의 일거일동을 비아냥거렸다.

판세는 노파가 이기게 되어 있었다. 영감은 눈만 끔뻑거리다가 서서히 죽어가게 마련이었다. 아들은 이혼 절차를 밟을 작정이었다. 노파는 바쁜 지체라서 둘째 아들의 일거일동을 매일 따라갈 수는 없는 노릇이었다. 아들은 비록 생이별 수를 겪고 있긴 했으나 엄연한 사실혼 관계를 유지하고 있으므로 호텔만 물려받은 다음에는 곧바로 정부(情婦)를 두 번째 본부인으로 삼겠다고 다짐했다.

영감이 돌아가시기 전의 어느 해 정초에 희주는 수미를 데리고 몇 번 병문안을 간 적이 있었다. 그때마다 노파의 부재(不在)와 영감의 안거(安居)를 가정부에게 미리 염탐했음은 물론이었다. 소파에 폭 파묻혀 있던 영감은 당신의 외양과는 어울리지 않게 무언가를 골똘히 생각하고 있는 자태라서 좀 섬뜩했다. 그러면서도 얼굴, 몸, 거동, 말씨 등이 중환자다운 기색을 떨치도록 버둥거려서 곁에 사람의 동정을 불러일으켰다.

"아버님, 무얼 생각하세요? 수미가 내년에는 학교에 들어가요."

"생각? 지금? 내가? 모르겠어. 무얼 생각했는지. 멍해. 죽음이 소걸음으로 느직느직 다가오고 있으니 아주 심란해. 속에서는 천불이 나고. 허망해, 세상만사가."

그 지경에는 다들 그러듯이 억울하다는 낌새가 얼핏 서렸다가 곧장 지워졌다. 입원실을 매일 들락일 때마다 목격하던, 무언가를 붙잡으려고, 그러면서도 물리치느라고 안간힘을 써대던 환자들의 그 거동을 이제는 생눈으로 바라보자니 병은 저만큼 멀어지고 사람의 거죽과 속이 뿔뿔이 바싹 다가들었다. 그나마 이씨 집안에서 희주와 수미를 사람으로 대접해주는 이는 영감이 유일했다.

"현미밥은 끼때마다 잡수시지요?"

"몰라, 그깐 게 다 무슨 소용이 있을까 싶어. 먹다 말다 하나봐."

영감이 온몸에 엄살을 잔뜩 끼얹어서 어기적거리며 화장실로 걸어갔다.

"헛살았다 헛살았어. 벌써 햇수로 7년쨀가. 이 병에 걸린 지가. 세월이 유수라더니."

영감이 둘째 아들의 명색 소실짜리를 만난 지가 어느새 그렇게 되었다는 기억을 불러오고 있으니 정신도 멀쩡한 편이고, 잠시나마 이 래저래 서로가 안도할 만한 계제였다. 마침맞게도 노란 유자차가 날라져 왔다. 머리를 좌우로 연거푸 흔들고, 오른손을 어깨 위에서 휘휘 내젓는 버릇은 영감이 특실 환자로 장기 입원하고부터 생긴 무료 퇴치법이었다. 아마도 그런 부지런한 몸놀림이 돈벌이에 저돌적으로 매달린 영감의 본성일지도 몰랐다.

"나가봐야겠다. 좀이 쑤셔서 죽을 맛이다. 내 나이가 민망하다."

"무리하지 마세요."

"무리? 무리 안 하고 어떻게 돈을 버나. 그 무리에 무리가 병을 불러들인 거 같다마는. 수미 애비는 요즘 마음을 잡았나? 사내새끼가 여자 문제로 꿍얼대는 꼬락서니하고서는. 지 에미 하나를 못 구슬려? 철딱서니 없는 것."

영감은 방금 한 당신의 말을 잊어먹었는지 다시 소파에 깊숙이 몸을 묻었다. 몸 전체에 권태와 짜증과 무력감이 골고루 무르녹아 있었다.

벌써 밤 열한 시가 다 되었다. 이사를 잘못 온 건가? 희주는 작년 여름에 제 돈을 반 이상 보태, 직장생활을 하면서 결혼 비용 따위를 염두에 두지 않고 무작정 푼푼이 모은 돈이 새끼를 쳐서 2천만 원쯤 된 것을 허물어 민영 아파트를 분양받아 명색 '새 집'으로 이사를 왔다. 사고가 났으려나. 그럴 리야. 제 몸 간수에는 워낙 소심한 사람이고, 피곤도 닥칠 기미가 보이면 한사코 웅크리고 꼼짝도 안 하는 성질인데. 친구나 거래처와 저녁 회식을 이렇게 오래 하나? 좀 늦을 거라는 전화가 온 때는 밤 아홉 시 10분 전쯤이었다. 하기야 정초이긴 하다.

늘그막에 상부(喪夫) 귀신에 시달리는 노파가 온갖 간섭을 시시콜콜히 디밀며 발목을 잡고 있을지도 모른다.

그는 별스럽게도 전화 받기를 싫어하는 편이다. 특히 집안 식구들의 전화와 늙은이의 전화질과 여자들의 수다스러운 통화에는 진저리를 친다. 대개 간섭이고, 지시고, 하소연이고, 병문안 재촉이나 졸도 연락이나 수술 전갈이거나(그의 형이 백내장 수술을 받았는데, 그는 그 노인성 병증도 유전적 소인이 있는지 알아보느라고 3도 인쇄의 '건강 정보' 책자를 두 권이나 사서 통독했다), 임종을 지키라는 득달같은 채근이어서였다. 그의 귀가에는 언제라도 일정한 속도감이 없다. 꾸물거리는 게 아니라 거짓말처럼 불쑥불쑥 들이닥치는 식이다.

요즘 희주의 일상도 그를 닮아가고 있다. 교회에 다니기로 작정한 때도 이삿짐을 대충 꾸려놓은 어느 일요일 저녁이었다. 삶은 또는 일상은 서서히 진행되어가는 어떤 속도감을 유지해야 하건만 둘 사이에는 그런 흐름이 없는 것 같았다. 각자의 성격마저도 이제는 얕은 물이 괴어 있는 바닥처럼 지치지도 않고, 능글맞도록 차분해져버린 것이다. 한사코 기다릴 뿐이고, 마냥 기다릴 수밖에 없으니까. 수시로 노파가, 그가, 수미가 무언가를 기다리는 그 잔잔한 수면에 돌을 던질 테고, 그 파문이 저절로 사라지기를 우두커니 바라보아야 한다.

역시 별안간이라고 해도 좋을 정도로, 영감의 죽음처럼 갑자기 돌이 날아온다. 다급한 가짜 새 울음소리다.

"누구세요?"

당연한 관용어를 그는 정감을 섞어 나무란다.

"누구긴, 이 한밤에. 말본새가 수상하기 짝이 없어, 나야."

"늦었네요. 걱정하고 있는 참인데."

늘 그런대로 그의 온몸에는 담배 냄새가 커커이 배어 있다. 술 냄새가 나지 않는 걸 보니 노름을 하다가 귀가한 모양이다. 솜옷처럼 누빈 갈색 윗도리를 어깨에서 벗겨내면서 그는 불쑥 말한다.

"택시를 타고 오는데 말이야, 누런 개새끼가 죽어 자빠져 있더라고. 길바닥에, 저쪽 남부순환도로에, 어찌나 섬찍하던지."

분명히 뜻밖의 큼지막한 돌이다.

"아, 네…"

"그 운전사가 한다는 소리가 걸작이야. 머라는 줄 알아? 몇 사람 몸보신 잘하게 생겼네 이래. 그래서 저렇게 차에 깔려 죽은 것도 누가 집어갑니까 했더니, 대뜸 한다는 소리가 주워 가다 말다요, 사람이 칼질한 것보다 더 깨끗한데요 그래. 그럼요, 오히려 더 낫지요, 비명횡사잖아요. 생전의 몸도 성했을 테고 얼마나 끝이 깔끔한데요 이래. 개고기를 잘 잡숫는 모양이군요 하고 물어보았더니, 그 고기 이상으로 좋은 육미는 없습니다 그러고. 전쟁 때 개 잡아먹은 이야기를 한참이나 들었네. 내 차비도 받는 둥 마는 둥 하고 내빼는 걸 보니 문득 그 개를 주우러 가지 않을까 싶대. 지 말대로라면 누가 지금까지 그 자리에 놔두나. 고기가 무슨 쓰레긴가. 덕분에 집까지 심심찮게 빨리 왔네. 아무리 개새끼지만 주검이 길거리에 번듯하게 깔려 있다니. 좀 징그러운 세상이 됐어. 고속도로를 깔아놓은 양반을 원망했다가는 공연한 생트집이라고 코대답도 안 할 테지만. 옛날에는 시골 신작로에서 개새끼가 차에 치여 많이 죽었대. 그걸로 온 마을이 포식했다나. 쉰두살이라는데 나보고도 깍듯이 예 예하고, 말씨도 서글서글하니 제대로

풍속의 꺼풀

굴러가더라고, 그런 사람도 다 있데. 허풍은 아니지 싶은데 왠지 구라가 심한 듯싶고."

"차 드세요. 요즘 손님은 많아요?"

희주가 왜 화제를 자연스럽게 돌리는지 그는 물론 눈치채지 못한다. 택시 기사의 입에서 나온 간접경험조차 신기하고 이상하게 여기는 그의 비좁은 출신 환경이 마땅찮아서, 역시 자가용을 손수 운전하지 말라고 당부한 희주 자신의 간섭이 되돌아 보여서다.

그녀는 어릴 때, 어머니의 손에 끌려 차 사고를 낸 의붓아버지를 만나러 경찰서로 찾아간 경험을 지금도 생생하게 떠올릴 수 있다. 그때 의붓아비는 "재수 없이"라는 말을 여러 번 내뱉으면서 '쟤는 귀찮게 머하러 데리고 다니나'라는 홀대의 시선을 시종 거두지 않았다. 그즈음의 엄마는 의붓자식 때문에 늘 구박받고, 기죽어 지내고, 혼잣말을 웅얼거리고, 곁눈질로 힐끔거리는 풀죽은 모습이었고, 의붓아비는 짜증과 피로와 성가심과 귀찮아 죽을 맛이라는 불쾌한 몰골이었다.

"응, 정신이 없어. 요즘은 다들 겨울에, 정초에 놀러 다니는 모양이야. 진짜로 만방(滿房)이야. 지난주부터 손님들한테 사정사정하며 돌려보내느라고 난리야. 살기 좋아졌어. 제 집 놔두고 밖에서 자겠다고들 법석을 떨어대니. 세상이 좋아진 게 아니라 돈 씀씀이가 헤프진 거지. 사람도 꼭 그만큼 천박해졌고."

그는 무슨 음식이든 소리를 많이 내며 먹는다. 적당히 따끈한 구기자차조차도 시끄럽게 마신다.

"수미 할머니 만났어요?"

"오늘?"

"네."

그는 말솜씨를 짐짓 드러낸다.

"거짓말을 할까, 바른말을 할까? 자기처럼 아무 소리도 말고 할끔할끔 동정을 두고 볼까."

"아무래도 좋아요. 나중에 알게 될 텐데요 머. 수미가 저녁답에 나 보고 엄마는 요즘 사람 만나기 싫어한대요. 그런 낌새가 있대요. 그래서 자기도 그럴까 봐 물어본 거예요."

이제 동문서답에는 서로가 웬만큼 길들여져 있다. 넘겨짚기도 앞다투어 잘하게 된 것은 그녀의 배가 한창 불러올 때, 일종의 염탐질로 서로의 성장환경, 가정 형편 등을 어렴풋이 알아차릴 수 있게 되면서부터이니까. 물론 그는 구름처럼 형체를 깡그리 감춘 명색 아내라는 첫 여자의 그 젠체하던 '미국풍 맹신자'와 그 슬하에서 1년 반이나 기신거린 자신의 처신에 치가 떨린 나머지 바로 코앞에서 얼쩡거리는 살가운 체취에 잔뜩 취해 있긴 했지만.

"요즘 교회에는 안 나가?"

구름 잡는 이야기일망정, 조만간 떨어져 살게 될지라도 서로가 사는 보람을 누리자는 이심전심이 통하고 있다.

"이리로 올라앉아봐."

"됐어요. 여기가 편해요. 나, 요즘 걱정이 생겼어요. 임신했는가 봐요."

둘은 한동안 피임을 해왔다. 그는 귀찮아하지도 않고 꼬박꼬박 병거지를 물총 자루에 덮어씌우는 식이었는데, 하루빨리 아들자식이라도 낳아서 사실혼을 집 안팎에다 알리고 싶다는 내색을 드러낼 줄도 몰랐다. 친정이랄 것도 없지만 그쪽이나 시가 쪽을 보더라도 자식을 많이 두고 싶은 생각은 추호도 없었으나, 자신의 몸도 시원찮아서 그녀는 서너 해 터울이 좋을 것 같다고 막연하게 속셈을 차리고 있었다. 다행히도 고아 의식 같은 것은 미처 모르고 자랐는데도 그녀는 알게 모르게 부모와 자식의 관계를 짐스럽게 여기는, 자신의 그 못난 열등감을 눈칫밥으로 일찌감치 터득한 애늙은이였다. 사람은 근본적으로 더불어 살아가게 되지도 않을뿐더러 세파는 언제라도 제 한 몸을 꾸려가기에도 벅차다는 생각을 언제라도 물리칠 수 없었다. 제 혼자 살아가기가 힘겨우므로 여러 식구와 함께, 또 여러 사람이 다 같이 공존 공생해야 한다는 빛 좋은 개살구 같은 말은 겉만 그럴싸할까 쓸모없는 상품을 팔려고 설치는 사탕발림 같은 수작이 아니고 무엇이겠는가.

자신에게는 불감증이 현저하다는 자각증세도 없지 않았다. 비정상적인 동거생활이 몰아온 정서적 불안감, 엉거주춤한 이런 사실혼이 얼마나 지속될 수 있을까 하는 심적 동요가 몸을 한 동아리로 이어붙일 때면 꼭 덮쳐왔다. 그렇다고 이때껏 절정감도 모른다면 내숭스러운 거짓말이겠으나, 그때마다 썩 내키지 않는 일을 제대로 마무리도 못 했다는 미흡감은 여실했다. 그 여파인지 영감이 돌아가시기 이태 전부터는 서로 맨살로 엮여도 임신이 되지 않았다. 그것조차 그녀에게는 근심거리였으나, 법적인 이혼부터 닦달해대는 노파에게는 갈라서게 하는 구실로는 안성맞춤이었다.

언제나처럼 한쪽 무릎을 세우고, 눈을 내리깔고 나직나직 할 말만 쏟아내는 희주의 머리 위에 그의 동문서답이 스멀스멀 내려앉는다.

"노친네 혈압 오르게 생겼네. 형님은 눈이 많이 좋아졌대. 걱정거리랄 게 머 있나. 낳지 머. 우리 내외는 생각이 늘 좀 달라서 탈이야."

"그게 어디 쉬워요."

"머가? 낳는 거 말인가? 다 힘든 거 아냐. 의사를 믿어야지. 우리가 벌써 자식을 더 못 볼 나이들이야? 우리 영감은 스무 살부터 마흔한 살까지 줄기차게 애를 낳아가면서 돈 벌 궁리만 했다는데."

엉뚱한 대답인 줄 알고 그가 멋쩍게 웃음을 깨문다.

"이번에는 진짜 사생아가 될 판인데요."

"머 어때서. 당신 자식이고 내 자식이면 그뿐이잖아. 그게 머 대순가."

간호사로 일하기 전까지는, 그러니 성장 기간 내내 시무룩이, 말을 입술에 베문 채로 부루퉁하니 살아왔다기보다 그렇게 참고 견뎌 온 여자다운 말씨가 실내에 찬찬히 깔린다.

"자기한테는 머가 대수로운 일이에요? 다 대수롭잖지요. 저는 심란하고 입이 써서 죽을 맛인데요. 저녁도 안 먹었어요."

"자자고. 나 좀 피곤해. 어젯밤에는 무슨 지방 청년회의소라든가, 돈푼이나 있는 촌놈들이 신년횐가 한다고 밤새도록 떼지어 술 처먹고 노래하고 난리였어. 아침에 일찍 나가보니 그중 한 놈의 로열 승용차 옆구리를 어느 개새끼가 대못으로 북북 긁어놨다고 고래고래 고함 지르고 있어. 지배인이 보상해주겠다고 사정사정하면서, 혹시 간밤에 무슨 언쟁이 없었냐고 묻자, 그놈이 지 이마빡을 탁 소리 나게 치며, 정초부터 비싼 오입 한번 잘했네 그랬대. 끼고 잔 호스테스한테 몹쓸 쌍욕을 했나봐."

풍속의 껍풀

또 차 타령이다. 돈깨나 만지는 남자들은 꼭 차를 들먹인다.

"나 졸려. 어젯밤에 잠을 설쳤어. 고단해 죽겠어. 자는 게 남는 거야. 좀 이상한 직업병인데, 죽은 듯이 자고 나면 만사가 명명백백하게 드러나 있어. 더 개판이 되었거나 그런대로 풀릴 실마리가 보이든가."

그는 소파에서 선뜻 일어선다. 그 동작조차도 영감을 닮고 있다. 화장실로 걸음을 떼놓던 영감은 늘 나른한 표정을 억지로 지어 보이곤 했다.

"주무세요. 전 잠을 못 잘 것 같애요." 희주는 일어서며 덧붙인다. "정말 혼자 살아야 할까 봐요. 그래야 사는 것 같고 기가 다시 살아날 것 같애요."

"지금도 혼자 사는 거나 마찬가지잖아. 왜, 내가 벌써 지겨워서?"

희주는 막무가내로 그의 품속으로 뛰어들어서 거머리처럼 매달린다. 그의 가슴은 부잣집 둘째 아들이어서인지 따듯하지도 차갑지도 않다. 그는 앞으로도 세상을 그렇게 살아갈 게 틀림없다. 그녀가 이때껏 어디다 뿌리도 내릴 수 없어서 사방을 두리번거리며 시늉으로 살아왔듯이.

"정말 제가 지겹지도 않아요?"

"왜, 도망질 갈려고? 놔달라고? 신경질 나게 놔줄 수도 없는 형편이잖아."

숙박 손님을 무조건 입으로만 깍듯이 모셔야 하는 사람답게 그의 말투에는 진정을 적당히 포장하는 건성이 배여 있다. 그 말투마저 그의 아버지를 많이 닮아 있다.

"간다면 못 놔줄 것도 없어. 서운하기야 할 테지만. 나야 이미 유경

험자 아냐. 이런 살림이 좋을 것도 없지만 그렇다고 나쁠 것도 없지
싶어. 내 신상이 일단 어느 정도까지는 정리가 된 느낌도 들어서 홀가
분하기도 하고."

"왜 그런 생각이 들어요?"

"몰라. 어떻든 한쪽은 엉거주춤한 채로나마 정리가 된 거라고, 최면
을 걸고 있기도 하고. 이리로 이사 온 후로는 왠지 안정감을 느껴. 안
도감이 맞을까."

희주는 예전의 엄마처럼 그도 까마득하게 멀어져가고 있다는 느낌
을 얼핏 추스른다.

둘은 어느새 침대 위에 나란히 널브러져 있다. 바퀴벌레 한 마리가
커튼 옆의 미색 벽지를 타고 속도감 좋게 내빼고 있으나, 호들갑스럽
게 나부대지도 못할 지경으로 순식간에 자취를 감추어버렸다.

"삼양동에는 한 번씩 들러보나?"

그는 개고기를 좋아하는 어떤 늙은 운전사를, 길바닥에 죽어 자빠
진 누런 개새끼를 떠올리고 있는 듯하다.

"안 가요. 머하러 가요. 수미는 방학 중에 거기라도 못 가서 안달이
나 있지만."

"내일 오전에 교회 갈 거야?"

"수미는 아빠가 오시더라도 교회에 갈 거라고 했더니 그럴 수 없을
거래요."

희주는 의붓아버지가 빙글거리며 반쯤 거짓말을 보태서 둘러대던
말버릇을 그대로 따른다.

"거짓말이래요. 두고 보라고 내기했어요. 내가 내기에 져야 할까 봐

풍속의 꺼풀

요. 내일 일찍 나가셔야 하지요?"

"형님 사무실에 들렀다가 곧장 내려갈 거야. 점심 같이 먹기로 했어. 할 말이 있대. 오래 비워둘 수 없잖아."

"요즘은 잠도 내 마음대로 못 자요. 멍하니 허송세월하고 있는 기분이에요. 내 뜻대로 할 수 있는 게 하나도 없어요. 아, 정말 머가 먼지 모르겠어요. 매일 뭘 하고 있는지, 어떻게 살아가고 있는지, 내가 누군지도 모르겠어요."

그는 방 팔고 음식 파는 사업가답게 핵심을 피해 가며 요긴한 대목을 경중경중 건드리는 말솜씨를 발휘한다.

"언제는 머 안 그랬나. 늘 그래 왔잖아. 오늘도 다들 그 얘기들이야. 친구 놈들이 말이야. 이럭저럭 살아온 대로 살다가 죽자 이거지. 당최 시끄러운 게 싫대. 죽는 한이 있더라도 생활의 변화가 싫대. 실감이 나대. 별 뾰족 수도 없다는 거고. 사실 이 나이에 뭐든 화끈한 걸 바라는 것은 망상이지. 나잇값도 못 하고."

그는 입술에 또 눈가에 비아냥을, 할 수 없잖아 하는 낭패감을 피우며 말을 이어간다.

"정 물리면 헤어져야 하고, 물리지 않도록 각자가 코앞에 닥친 자기 일에 매달리며 살아야지. 다들 짓물러 터져 있다는 하소연이야. 마누라 거느리고 자식들 데리고 아득바득 살아가는 게 말이야. 방법이 없다는 게 아니라 기껏 내놓는 대책도 대화니, 집착을 버리라느니 식으로 한가로운 소리 아냐. 우리 형편이 그것보다는 한결 긴장할 수 있어서 좋지 않나 싶기도 해."

"정말로 그래요? 정말로 그렇게 생각하세요?"

"당신은 머가 또 정말로야. 실제로 그렇고, 그렇다는 말인데."

"그렇잖아요. 아, 모르겠어요. 언제부터 내가 이처럼 분간을 제대로 못 하는지, 헷갈리고, 도무지 판단이 안 서니 말이지요. 생활에 쪼들리지 않아서 그런지, 머가 좋고 나쁜지, 재미있는 게 먼지 분간을 못 하겠으니, 김치를 꺼내다가도 한참씩 멍청해 있다니까요. 교회에 나가고부터 이렇게 됐나 봐요. 수미한테는 거짓말쟁이라는 말이나 듣고."

"알고 하는 거짓말인데 그까짓 것도 큰 문제야. 하기야 자식과 그런 시비라도 나눠야 생활에 탄력이 붙는 거 아냐? 자자, 시체 꿈이라도 꿀지 몰라. 그 꿈이 좋다잖아. 요즘 왜 그 꿈이 자주 꾸이는지 알 수가 없어. 돌아가신 영감도 자주 나타나고. 잠자리가 불편해서 그런지, 며칠 전에는 내가 해골을 짓주무르다가 소스라쳐 깨어났어."

그가 체면치레나 한다는 듯이 희주의 젖가슴을 상투적으로 주무른다. 그 익숙한 손길은 언제라도 무미건조하다. 희주는 오래전부터 제 몸과 마음이 낡아빠진 옷 같다고, 삭아서 그 외형이 허물어졌다고 여긴다.

"몇 개월이나 됐어?"

"3개월쯤 됐나 봐요."

"병원에 가서 알아봤어?"

"아니요, 그런 델 머하러 가요. 병원이라면 진절머리가 나는데. 뜻밖이지요, 어때요, 기분이?"

"그냥 덤덤한데. 뜻밖이긴 하지만. 아무런 느낌이 없어. 요즘 갑자기 이래. 열이 없어. 열이 안 올라. 돈을 벌고 사업을 더 떠벌려봐야 내 돈도 아니란 생각이 늘 앞을 턱턱 가로막고."

언제나 그렇듯이 둘은 상대방의 말을 귀담아듣고 있으나, 막상 각자의 말만 내놓는다.

"7개월 후가 까마득하다는 생각만 되뇌고 있네요. 이상하게도 애를 낳고 안 낳고가 막상 내 문제가 아니라 남의 일 같아요."

그의 손길이 눈치를 보며 슬며시 내려와서 희주의 아랫배를 조심스럽게 어루만진다. 희주는 문득, 이 뿌연 무채색의 시간이 속절없이, 개숫물 빠지듯이 어디론가로 흘러간다고 생각한다.

"배에도 벌써 감이 와 있어? 애가 선 기미가 말이야?"

희주는 그 말이 어색하고 우습기도 해서 그의 시선을 붙잡고 쿡쿡거리며 가슴으로 웃는다. 그녀의 젖가슴이 호들갑스럽게 흔들리자 그는 깜빡 잊어버리고 있었다는 듯이 여자의 몸을 바싹 끌어안는다.

마침 침대 곁의 화장대 위에 올려둔 전화기가 느닷없이 진저리를 치며 울어댄다. 요즘은 사람도, 사물도 호들갑스럽다. 세상이 자발없이 바뀐 것이다.

그는 놀란 사람처럼 벌떡 상체를 일으킨다. 뒤이어 화가 난 듯이 바짓가랑이를 쑥쑥 뽑아버리고 알몸이 된다.

"이게 뭐야, 한밤중에. 받지 마."

"교우가 하나 생겼어요. 틀림없이 그 여자일 거예요. 딸만 셋을 뒀는데 남편이 늦바람이 단단히 났대요. 생활비도 한 달씩 건너뛴다 어쩐다 하더니만."

남의 사정을 들려주며 희주는 몰라보게 생기를 찾고 있다.

"뭣하러 그런 무책임한 사내와 살아. 당장 갈라서고 말지."

"자기는 무능력자라서 아무런 대책도 없대요. 밉상은 아닌데 좀 촌스럽게 생겼어요. 쌍꺼풀 수술을 너무 굵다랗게 파서 얼굴을 영 망쳐놓았다고 툴툴거리고, 화장을 진하게 해서 그런지 내놓는 말마다 믿기지 않아."

전화는 끈질기게 울어댄다.

"받아봐."

"목욕하고 있었다면 돼요. 내가 머 자기 전화를 기다리는 사람으로 아는지 밤에 한참씩 너스레에 수다를 늘어놓아요."

침대가 크게 출렁인다. 전화기 울음소리가 갑자기 뚝 그친다.

"곧 다시 걸어올 거예요."

기다렸다는 듯이 전화기가 다시 운다.

"잠깐만 받을게요."

희주는 일어서서 화장대 앞으로 다가간다.

"여보세요. 그래, 나야, 상익이구나. 이 밤중에 웬일이니? 엄마? 아니, 안 왔어. 왜 그래? 응, 그랬구나. 아빠는 계셔? 오늘 일 안 나가셨구나. 큰누나네 집에 연락해봤니? 여러 군데 더 알아봐. 어디서 세상 모르게 주무시고 있는 거 아닐까? 응, 안 자고 있을 테니까 전화해. 지금 시간에 내가 어떻게 가니. 내일 아침에나 갈 엄두를 내지. 정말이라면 이게 무슨 날벼락이니. 끊는다."

희주가 전화 송수화기를 내려놓자마자 그가 묻는다.

"무슨 일 났어?"

"엄마가 또 술을 너무 자셨나 봐요, 아직 집에 안 돌아오고 있대요."

"안 돌아오고 있다?"

"그래요, 안 돌아왔대요."

"가출인가, 늙은이가?"

"모르겠어요, 동생은 벌써 가출, 가출 그러고 있네요. 아빠 점심 도
시락 걱정부터 앞세우며…"

"집집마다 늙은이들이 말썽이야. 오늘 일수가 영 망조가 들었네. 다
들 노망이나 들어서 아랫사람을 걱정시키고."

이번에는 희주가 근심 어린 얼굴로 묻는다. 물론 짐작이 가는 일이
라서 건성으로 내놓는 말이다.

"무슨 일이 있었어요?"

"늘 하는 그 타령이지 머. 전화질해대고. 올라오라고, 늦바람이 났
나 하고 염탐질해대고. 어제 오전에도 전화 왔댔어. 올라와서 얼굴 좀
보이라고."

노파는 뚜쟁이처럼 그에게 여자를 '붙여주지 못해' 안달이 나 있다.
그는 노파에게 어떤 여자라도 마음에 안 드는 체하는 모양이고, 희주
로서는 두 모자의 그런 짓거리가 자신과는 무관하게 느껴지고, 어떤
질투나 증오의 감정이 일지 않는다. 노파는 어떤 대상(代償) 행위로 그
에게 매춘을 권하고 있는 꼴이며, 늙은이의 속내를 업신여기는 그의
고집이 희주에게는 작은 의지이지 생활에 긴장을 불러온다. 그의 성
격에 아직도 얼마쯤 기릴 만한 것이 있다면, 그것은 그 속기 없는 고
집이고, 나이 들수록 다들 앞다퉈 누리는 여자들의 속물다운 간섭, 집
착, 태도 등에 대해 시뻐하는 생활감정이다. 마치 죽음에 달관한 듯하
면서도 살아갈 날이 꼬박꼬박 줄어들고 있음을 매시간 똑똑히 의식하
던 영감의 그 널부러진 자세, 수수방관하며 뇌까리던 말투, 소파에 앉

았다 하면 꼼짝 않고 멍하니 시선을 내둘리던 방만한 거동처럼.

희주는 짜증스러운 얼굴을 연극배우처럼 단숨에 거둬내고 옷을 홀홀 벗는다. 곧장 알몸뚱이라고 해도 좋을 정도로 두 개의 가리개만 간신히 몸에 붙어 있다.

"자요."

그녀는 벽에 붙어 있는 전기 스위치를 눌러 끈다. 뒤이어 혼잣말을 중얼거린다.

"전화가 와도 안 받을 거야."

희주는 대번에 자신의 거짓스러운 가짜의, 착한 체하며 살아온 이때까지의 삶을 아무렇게나 내팽개쳐버리고 싶은 욕망에 들뜬다. 자신의 몸과 마음이 깃털처럼 무게라고는 없는, 빛이 바래버린 희끔한 간호사 복장 같다는 생각도 저만큼 물리친다.

3

몽둥이와 수갑이 볼썽사납게 덜렁거리는 검은 가죽 혁대를 풀어서 책상 위에다 아무렇게나 올려놓은 순경 하나가 제자리 앞에 우두커니 서 있다. 그의 멍청한 자세를 다잡는다는 듯이 전화기가 요란하게 울린다.

"예, 예, 별일 없습니다. 일이 생기면 즉각 보고드리겠습니다. 아, 그야 여부가 있겠습니까. 별일 없습니다. 정촌데 무슨, 예상외로 조용합니다. 예, 텔레비에서도 그렇게 보도했군요. 오랜만에 사실을 제대로 보도한 것 같습니다. 예, 푹 쉬십시오. 알아서 조치하겠습니다. 없는 것으로 해야지요. 예, 맞습니다. 그렇습니다."

전화기에다 꾸뻑 고개까지 숙이고 송수화기를 내려놓자 실내가 생뚱맞은 정적에 휩싸인다. 그러나 한쪽 벽에 붙어 있는 기다란 나무 의자 위에는 별일과 별난 사람들이 여럿씩이나 구겨진 넝마처럼 웅숭그리고 있다. 그는 대번에 피로와 짜증을 얼굴에 잔뜩 피워올리며 천장이 나지막하게 내려앉은 실내를 휘둘러본다. 취기가 알알하게 오르는 판이라 그는 일하기가 한껏 싫어져서 늘 되씹는 생각으로, 이 바닥은 공연히 시끄럽다고, 다들 웬만큼 똑똑해야지, 같잖은 인간들이 배울 만큼 배웠다고 말만 길어빠졌다고 하는 심정을 안면에 잔뜩 그리고 있다.

순경은 제자리에 무너지듯 앉으면서 감색 점퍼의 지퍼를 북 갈라 그 껍데기를 헤쳐놓는다. 그는 두 손으로 손바닥과 손등을 연신 비비다가 그 투박한 손길로 얼굴을 쓱쓱 세수질해댄다. 기다렸다는 듯이 그의 좁다란 시야에는 희미한 무성영화의 한 장면이 얼쩡거린다. 마침맞게도 스팀 파이프에서 퍼져 나오는 수증기마저 무채색 영상의 배경으로 어울린다. 어쩔 수 없이 그는 그 흐릿한 실내 풍경에다 멀건 시선을 내맡긴다.

꾀죄죄한 넥타이 차림의 한 사내와 살이 찐 집고양이의 누런 털가죽 같은 반코트를 입은 젊은 여자가 저마다 무르팍을 끌어안고 서로 뭐라고 소곤대고 있다. 그 가운데에는 팔짱을 끼고 멀거니 천장에다 시선을 비꼬러매고 있는 강골의 중년 사내가 돋보인다. 작부인 듯한 그 젊은 여자 옆에는 두툼한 돌가루 색 스웨터에 역시 손뜨개질한 목도리를 두르고 있는 한 중늙은이 여자가 홀태바지 차림의 두 다리를 시멘트 바닥 쪽으로 내려뜨리고 누워 있는데, 다들 술에 취해서 그녀의 콧김에서 뿜어져 나오는 술내를 맡지 못한다. 그 옆에는 네댓 명의 젊은 사내들이 번갈아 가며 앉았다 섰다 바장이다가, 저희끼리 무슨 시비를 가리다가는 쌍소리를 지껄일 때마다 일제히 키들거리는 소음을 쏟아낸다.

입이 찢어지게 하품을 빼문 순경은 자신의 시선에 가득한 그 넝마 뭉치에 웬만큼 익숙해져서 관심도 없고, 태연하기 이를 데 없다. 자기 신분을 놀랍도록 감추고 있는 그의 착해 빠진 얼굴에는 권태, 무료, 침묵이 제법 잘 어우러져 있다. 일하기 싫은 사람이 대개 다 그렇듯이 그는 별난 사연으로 붙들려온 별종의 인간들이 방금이라도 행패를 부린다 해도 수수방관할 수밖에 없는, 그 의무를 엄숙주의로 따를 위인처럼 보인다. 이 모든 정황이 술 탓인데, 그는 물론이고 붙들려온 별종의 넝마들도 술기운 때문에 그것을 모르고 있어서 그나마 다행이다.

순경이 애써 젊은 여자와 눈을 맞추며 말을 붙인다.

"그 사람들은 왜 후딱 안 와. 언니라는 그 여자는 머리빡이 많이 깨졌소?"

"아니에요. 이마에 혹이 좀 불거졌을 뿐이에요."

"그게 말이 될까. 얼굴에 피를 철철 흘리며 병원으로 갔다는데. 그 옆에 할머니 좀 깨워요. 늙은이가 무슨 잠을 저렇게 자나."

젊은 여자가 순경의 지시를 이내 따른다.

"아줌마, 아줌마, 꿈쩍도 안 하네. 술이 많이 됐나 봐요. 이마에서 피가 좀 흘렀어요. 유리 조각이 박혔었나 봐요."

"이마도 잘 터지네. 이마 깨졌다는 그 언니도 술 했소?"

풍속의 꺼풀

"그 언니 술 약해요." 젊은 여자는 배를 움켜잡고 있는 사내에게 동의를 구한다. "맥줄 서너 병 마셨나?"

"몰라, 내가 어떻게 알아. 술은 둘 다 많이 취했어. 화토패도 잘 못 섞던데."

"맥주 서너 병? 적지도 않네. 술 내기 화토를 쳤다고? 헷갈리네, 화토를 쳐서 술값 내는 사람을 가린다고."

팔짱을 끼고 있던 강골의 중년 사내가 점잖게 일어서서 순경 쪽으로 다가간다. 그는 시종 눈을 감고 있었지만, 동행의 수작을 귀담아듣고 있었던 모양이다.

순경은 기다렸다는 듯이 책상 앞으로 다가앉는다. 책상 앞에 우뚝 선 사내는 의외로 허우대도 멀쑥하고, 얼굴색이 거무튀튀해도 의젓하고 절도가 배어 있다.

"다 제 불찰입니다. 수양이 덜 돼서 이 지경이 됐습니다. 버릇 고친다고 손찌검을 한 게 그만 이런 낭패를 보게 된 것입니다. 이해해주시고 선처를 바랍니다."

"여편네 버릇을 술병으로 매로 어떻게 고쳐요, 안 그렇소? 알 만한 양반이. 진짜 이런 몽둥이로 고쳐야지."

순경이 제 혁대에 매달린 경봉을 한 손으로 툭툭 건드리며 말하자 젊은 사내들이 저희끼리 눈을 맞추며 킥킥거린다. 순경은 그 같잖은 농담을 알아준 그들이 흡사 응원군이나 되는 듯 득의의 표정을 잠시 얼굴에 묻히고, 그들의 때맞춘 웃음소리가 실내의 뿌연 무료를 다소 걷어낸다.

"지금 함께 안 살고 떨어져 사요, 그 이마 깨졌다는 여자하고는?"

"별거고 자시고도 없어요. 영업장소와 살림집이 따로 떨어져 있으니 자연히 그렇게 살지요. 암튼 사사로운 부부싸움이고 하니 어떻게 적당히 선처를 해주셔야겄습니다. 없었던 일로 하고설랑."

"선처요? 머리칼 쥐어뜯긴 여자는 고발한다는데, 어떻게 없었던 일로 마무리해요. 우리가 할 일이 없어서 남의 부부싸움에 끼어들것소, 싱겁게. 병원에서 진단서도 끊어올 텐데."

"아, 진단서, 그까짓 거야 별것도 아니고."

"별것도 아니라니, 이 양반이 시방 누굴 놀리나, 정초부터 말씨 한번 늠름하네."

"정초는 무슨… 벌써 이레나 지났는데…"

"당신 머해요, 직업이?"

중년 사내는 잠시 주춤하다가 불쑥 말한다.

"집 장사로 겨우 밥이나 먹고 삽니다."

"상호도 있소?"

"명의는 동업자 이름으로 올려놓고 있지요. 저기 앉았는 쟤가 내 밑에서 일하는 앤데 쟈 이름이 나 대신에 행세하는 구도지요. 돈이 꽉 막혀서 지나 나나 요즘에는 이렇게 새들새들 녹아나는 판이고요. 짧은 밑천으로 비비적거리니 정말 힘듭니다. 암튼 내일 집에 제사가 있어요. 그래서 여편네보고 큰집엘 한번 들러보라고 아침 밥상머리에서 그렇게나 일렀는데, 저 친구보고 낮에 한 번 밤에 한 번, 두 번이나 어찌 됐는가 가보라고 했더니, 아, 글쎄, 그 소갈머리 비좁아터진 년이 하루종일 화토짝을 두드리고 있다고 하잖습니까. 나중에는 큰집에 갔다 왔다고 뻔한 거짓말을 씨부렁거리고. 어찌나 부아가 끓던지. 돈도

풍속의 꺼풀

없어서 근신하는 사람의 역정을 돋우려고 아예 작정을 했는지. 속병까지 있다는 년이 술을 퍼마시질 않나, 술기운으로 바락바락 대들지를 않나, 화토짝 두드리다 푼돈 까 잃은 게 내 탓입니까."

"그거야 댁의 사정이고. 이마 깨졌다는 그 여자가 진짜 팔팔 카페 주인이오? 댁의 후처고? 둘이서 머리칼 쥐어뜯고 몰매 놓았다는 그 여자와는 어떤 사이요?"

"후처고 머시고 그냥 살아요. 벌써 언제쩍 얘긴데. 십수 년도 넘은 자유당 때 얘기를. 여편네가 그 여자하고 돈거래가 있는 모양입디다."

순경은 이 별일의 처리와는 무관한 호기심에 휩싸인다. 술기운이 성감대를 집적거리고 있어서이다.

"돈거래요? 딴 거래는? 가령 몸 거래라든지…"

중년 사내는 벌컥 역정을 내며 책상 위를 손가락으로 톡톡톡 쳐댄다.

"어허 참, 기도 안 차네. 방 봐가며 똥 산다고 여자도 여자 나름이고, 말이든 몸이든 머시 통해야 색심이 동하지. 저희끼리 돈 주고받은 사실을 내가 어떻게 알아요. 관심도 없고, 알아본들 내가 뭘 어떻게 해줄 수도 없고. 그 여편네 돈을 나는 구경도 못 했어요. 그런데 나보고 그 돈 내놓으라니, 안 팔리고 있는 연립주택이라도 한 채 명의 변경시켜달라니, 그게 말이나 되는 수작입니까. 말 같잖은 소리지. 그 집들이 내 이름으로 임시 등기돼 있지도 않고, 내가 요즘 마누라 빚 탕감해줄 여력도 없는 처진데."

"우리 방범대원이 그러는데 사연이 구구절절 복잡다단하기 짝이 없다고, 당신 소행도 그렇고, 험담이 늘어졌더라고. 여자들 말을 믿을 수 없기야 하지만, 평소 당신 행실이 엉망이었다고. 빚 받을 여자가 근거 없는 말을 여기저기 옮기고 다니겠냐고. 그러다가 빚을 영영 못 받을 건데라면서."

"점점 엮어서 죄를 만들 작정이네. 내 평소 행실이 어쨌게요. 나는 돈이 꽉꽉 막혀 집구석에서 옴짝달싹 못 한 죄밖에 없습니다. 또 이건은 복잡할 게 하나도 없어요. 왜 남의 영업장소에서 정초부터 바쁜 사람 잡아놓고 시시덕거리며 화토나 치냐고, 나가라고, 집에 가서 살림이나 살라고 언성 높인 것밖에 없어요. 그런 말이야 들어도 싸지요."

순경이 비로소 히물쩍 웃으며 말을 낮게 흘린다.

"그때까지는 성인군자네."

"말이야 바른 소리지요. 그 통에 삿대질도 하고, 남의 여편네한테 쌍소리도 좀 퍼부은 것은 사실이고요. 남의 여편네가 악담하는데 가만히 듣고 있을 사내가 어디 있겠습니까. 그랬더니 우리 집사람도 기가 나서 그 여편네에게 바락바락 대듭디다. 빚 독촉도 받았겠다, 화토 치다가 돈도 수월찮이 깨졌겠다, 제사 준비도 하러 못 갔으니 나보기도 낯이 안 서서 자연히 그랬을 거 아닙니까. 그래서 내가 나서지 말라고, 당장 때려죽여도 성이 안 차겠다고 잔소리하다가 우리 여편네 이마빡을 맥주병으로 슬쩍 쳐댄 것뿐입니다. 그랬더니 아, 이것들이 댓바람에 한통속으로 뭉쳐서 나한테다 달려듭디다. 불을 확 질러뿔라다가… 엎치락뒤치락했지요."

"완전히 육박전을 벌였더군. 카페 안에 석유도, 물도 흥건했다고 그러대."

"두 여편네 다 술들이 많이 됐어요."

"술 취한 머라는 말도 있는데 뭣하러 상대를 했소?"

"상대 안 하게 생겼습니까, 사내 얼굴이 안 서는데, 조상 제사는 모셔야 거 아닙니까."

"아까 그 애가 두 분 사이 소생이오?"

"예, 내 자식입니다. 꼭지라고 지금 중학교에 다닙니다. 방학이라서, 제사도 있고 해서 나를 데리러 왔습니다. 지금 여편네는 돌계집이라서 애를 낳지 못한다는 진단이 났어요."

"본처는 어찌 됐소?"

"그냥 왔다리 갔다리 하고 살지요. 초등학교 댕기는 머슴애도 데리고, 그놈이 지 누이를 보냈어요."

순경이 희극배우처럼 웃음기를 말끔히 지우며 말한다.

"힘 떨어지고 늙으면 본처한테 돌아가겠구먼. 다들 그러데. 어찌 됐건 자식을 봐서라도 그러면 써요? 어, 그 아줌마 좀 깨워봐요. 여기가 자기 집 안방인 줄 아나. 됐어요, 저기 가서 앉아 계세요. 피해자하고 당신 후처가 와야 처리가 돼도 될 테니까. 아무리 부부 사이라고 해도 사람을 함부로 개 패듯이 패고, 빚쟁이한테 발길질하고 칼을 휘두르면 어떡해요. 카펜가 먼가 여편네 영업장소에 불 지른다고 문제가 해결돼요? 또 여자 아랫배가 무슨 동네북인가, 알 밴 복쟁인가. 칼 들이대게. 또 데리고 사는 여자 이마빡에다 빵꾸 내놓으면 돈 들잖소. 돈도 없다면서 생돈 들 일만 자꾸 만드네."

비로소 파출소가 제법 틀을 갖춘다. 입으로 말로 살아가는 사람이 파출소에 있고, 파출소를 그런 사람이 지키고 있다는 것이 잠시나마 갇혀 있는 사람들에게 제대로 알려져서이다.

"그러면 곤란하지요. 요컨대 나는 멀쩡한 맨정신인데, 그것들은 술에 취해서 험한 말을 먼저 마구 퍼부었다 이겁니다. 내가 강조하고 싶은 요지는, 어느 사내가 그걸 그냥 듣고 있겠으며, 화토와 술이 분란을 자초했고, 별스런 일도 아인 것이, 진짜로 아무 일도 아인 기 말썽을 부려서 돈만 깨지게 생겼다는 거지요. 돈거래야 저희들끼리 원만히 해결해야 할 민사 문제고요. 내 말이 어디가 틀렸습니까?"

"민사? 그 양반 말씨 한번 수월하네. 별스럽지 않다니, 살인 날 뻔했다는 거고, 동네 불 지르려 했다며? 저 양반들이 바로 코앞에서 얻어터진 증인들 아니오. 내가 보니 당신이 술 취했고, 이성을 잃은 사람 같애."

"하기야 제정신 바로 가지고 제 여편네를 두드려 패는 사람이 어디 있겠습니까."

순경이 한껏 피곤한 몰골로 기지개를 켜고 나서, 멀뚱하게 앉아 있는 중늙은이에게로 다가간다. 희끗희끗한 머리칼을 곱슬하게 볶은 중늙은이는 맥을 놓고 조는 듯이 눈을 감고 있으나, 방금이라도 모로 쓰러질 것 같다. 아니나 다를까, 순경이 그녀의 어깻죽지에 손을 대려하자 폭격을 맞은 남루한 집채가 어느 순간 갑자기 스르르 내려앉아 버리듯이 중늙은이는 힘없이 무너진다. 용하게도 방금 누워 있던 제자리로 쓰러져서 무너진 집채가 깔고 있던 제 땅을 지킨다. 순경은 틈을 주지 않고 폭삭 고꾸라진 집채를 흔들어 더 납작하게 짓뭉개버린다.

"아줌마, 일어나요, 일어나. 이 양반이 지금 연기를 하나, 어리광을 부리나. 정초부터 여자가 무슨 술을 이렇게 퍼마시나. 딸린 식구도 없나. 요즘 여자들은 겁이 없어. 겁주고 호통치는 사람이 없어졌으니 무서운 것도 없어. 인간이 달라졌나, 세상이 바뀐 건지 헷갈려."

구김살 없는 청색 바지에 누르께한 홈스펀 양복 상의를 걸친 젊은 사내가 순경 옆에서 얼쩡거리며 구경꾼으로 말을 거든다.

"요즘 여자들은 젊으나 늙으나 다들 술을 너무 바쳐서 탈이야. 할 일이 없어서 그런지 마음이 싱숭생숭해서 그런지 알다가도 모르겠어. 세상이 개판이라서 그럴 텐데. 남자들보다 깡다구가 더 좋아. 죄다 거꾸로 됐어. 누가 그러데, 세상을 거꾸로 봐야 잘 보인다고."

순경이 힐끔 거들떠보며 퉁바리를 놓는다.

"남 말하고 있네. 자네 같은 백수건달이 술이나 처먹고 힘도 못 쓰고 기신거리니 그렇잖아. 하기사 그래서 세상이 뒤바뀐 꼬라지지만."

젊은 사내는 순경이 말을 받아줘서 고맙다는 투다.

"아, 형님, 왜 자꾸 그러십니까. 올해부터는 마음잡고 몸 깨지는 일은 철저히 안면 몰수주의로 살라는데. 나는 무슨 팔잔지 마음잡고 몸조심 할라면 꼭 애매한 일로 덩달아 넘어지고 자빠진단 말이야. 팔자에 근신할 패가 없나봐."

"근신? 그럼 뭘 먹고 살아? 뻔한 통박 굴리고 있네. 가진 것 없는 놈이 몸으로나 때워야지. 몸 안 깨지고 사는 길은 딱 하나밖에 없어. 먼지 알아, 공갈이고 사기야."

"그것도 들통나면 결국 몸만 박살나잖아요. 큰집에 들어앉아서. 들통이 잘 나면 상거래에다 민사가 되는 거고. 형님, 농담하지 말고 좀 보내주소. 애매한 사람 잡아놓지 말고. 누구 말대로 사건을 자꾸 만들

390

어 불고 까탈스레 이것저것 혹을 붙이면 어쩝니까. 아닌 말로 사법기
관이 무슨 정치하고 예술하는 뎁니까. 아, 아줌마 일어나요. 정신을
차려야지. 멀쩡한 양반이. 손자도 여럿 봤을 점잖은 노친네가. 여자
하나 죽었다고 왜 우리가 붙잡혀 오나, 원 재수가 없을라니까, 혼자
사는 여자가 제 명대로 살기가 쉽나, 요즘 같은 세상에."

중늙은이의 머리 꼭대기가 유독 하얗다. 염색한 모양인데, 그 부분
만 웃자라 물들인 머리칼을 솎아낸 듯하다. 순경이 하릴없이 제자리
로 돌아가며 젊은 사내에게 일을 맡긴다.

"좀 깨워봐, 자네들하고는 이해 관계없는 양반이지만. 점잖은 사람
같애."

젊은 사내와 함께 시시덕거리던 일행 중 하나가 말한다.

"야, 넌 오나가나 일복 하나는 타고났네. 좋은 팔자야."

순경이 신문으로 얼굴을 가리며 대꾸한다.

"그것도 일인가. 인정 내는 일이지. 이해관계가 끼면 정이 안 가. 정
낼 필요도 없고. 저러니 어떻게 몸이 안 깨지나. 손끝도 까딱 않고 놀
고먹을 궁리나 하고 앉았으니. 깨워. 집 없는 사람도 아닌 모양인데.
거지 대신에 저런 잠시 인사불성자가 많아진 세상이야. 이름짓기도
곤란한 인간들 천지야."

말을 할수록, 움직일수록 건달기가 점점 드러나는 젊은 사내가 무
너진 집채를 억지로 떠받들어 일으켜 세운다. 중늙은이는 표정을 지
을 기력도 안 보인다. 말을 웅얼거릴 기운은 간신히 붙어 있다.

"나, 가야 돼."

"그럼요, 가야지요. 여기가 어딘데, 아줌마 같은 양반이 출입할 데

풍속의 꺼풀

가 아닙니다. 정신 차려요. 아줌마, 빨리 적당히 이실직고하고 나가세요. 춘데, 술이 좀 깨요? 집 나온 지 얼마나 됐어요? 자식들은 있습니까?"

중늙은이가 쓸어올릴 것도 없는 짧은 머리칼을 두 손으로 매만진다. 이목구비가 아주 반듯하다. 그러나 붉어진 한쪽 광대뼈에는 크레용으로 색칠을 하다 만 것 같은 검붉은 핏자국이 화투짝만한 크기로 앉아 있다. 거친 시멘트 바닥 같은 데에 얼굴이 긁힌 흔적인 듯하다. 중늙은이는 입술을 축이려고 혀를 연신 내둘려대는데 그럴 때마다 한쪽 볼이 홀쭉해지고, 그 볼 속에는 송곳니와 어금니가 뭉텅 빠져서 시커먼 구멍이 드러난다.

순경이 신문을 내리고 저쪽의 얼굴을 향해 불쑥 묻는다.

"너희들 차 있어?"

"차요? 우린 차 굴릴 형편도 안 되고, 여기 운짱 출신 없습니다. 빨리 경찰서로 넘겨주쇼."

그 볼멘소리에 동행이 말을 받는다.

"피해자가 없는데?"

"그날 그 술집에서 깽판 쳤다면서?"

"변상할 거 다 하고 화해술까지 얻어 마셨는데요."

"오늘은 뭣하러 갔어?"

"술 마시러 갔지요. 누가 죽은 줄이야 우리가 어떻게 알았겠어요."

또 실내에는 뿌연 정적이, 황당한 액땜을 당했을 때처럼 어이없는 침묵이 잔뜩 내려앉는다. 순경은 다시 신문으로 시선을 가린다.

중늙은이가 신발을 찾아 신으려고 몸을 구부린다. 발뒤꿈치가 드러나는 슬리퍼 같은 합성수지 신발인데, 그나마 한 짝뿐이다. 젊은 사내가 그 한 짝을 빠질거리는 구두코로 밀어준다.

"아줌마, 신발 한 짝을 어디다 버렸어요?"

순경이 아득한 소리로 대신 대답한다.

"원래 여기 올 때부터 없었어."

"나, 가야 돼."

"가야지요. 가만 보니 여기는 죄다 당장 나가야 될 사람만 끌어다 모아놓았어요."

"아줌마, 이리 오세요. 여기로 좀 모시고 와."

젊은 사내가 중늙은이의 팔 겨드랑을 끼려 들자 그녀는 그 손길을 걷어내며 무릎을 짚고 엉거주춤하니 일어선다. 신발 한 짝을 신고, 어쩔 수 없이 절뚝거리는 걸음으로 중늙은이는 순경 앞으로 다가간다. 두툼한 스웨터의 앞자락을 여미는 품이 여자답다.

등받이만 있고 팔걸이는 없는 의자를 끌어당겨 놓는다. 중늙은이는 그 의자에 앉자마자 한쪽으로 기우뚱 쓰러지려 한다. 젊은 사내가 바지 주머니에 손을 찌른 채로 담벼락처럼 중늙은이의 몸을 막아준다.

순경이 젊은 사내의 그 짓거리를 놓치지 않고 우스개를 한다.

"자네, 지금 어디서 머할라고 덤비나, 여기가 헐렁한 여자들 꼬시는 뼁뼁이 돌리는 덴가."

"에이 참, 형님도, 경우가 뻔한 사람 앞에서…"

나지막한 파출소 안이 이내 후텁지근해지고, 다들 비시식 웃음을 머금는다. 그러나마나 중늙은이는 귀가 먹은 듯하고, 이번에는 반대편으로 나무토막처럼 쓰러져버린다. 젊은 사내가 일으켜 세울 틈도

풍속의 꺼풀

주지 않고 중늙은이는 벌떡 일어서고, 또 머리칼을 귀볼께에서부터 걷어올린다.

"나, 가야지 돼요."

"이제 정신이 좀 드나 보네. 아줌마, 어디 살아요?"

중늙은이는 동문서답한다.

"여기가 어딥니까?"

"답십리예요."

중늙은이는 순경의 대답에는 관심도 없고, 끄떡거리는 의자에 제 몸을 의지하고 있어서 불안한 눈치다.

"내가 실수를 많이 했나 보네요."

"실수요? 여기 와서 실수한 일은 없고, 길에서 죽다가 살아났어요. 신문에도 못 나고 죽을 뻔했어요. 아, 지하 차고에서 잠자던 차라도 불쑥 튀어나왔으면 꼼짝없이 깔려 죽지, 별수 있습니까, 기억납니까?"

중늙은이가 잠시 기억을 더듬는 눈매를 짓다가 머리를 힘껏 도리질해댄다. 비로소 조금 산 사람 같아진다.

"여기가 어디쯤 됩니까?"

"어허, 또 같은 말 자꾸 시키네, 답십리라니까요."

"가봐야겠어요."

"지금 어딜 가려고 그래요?"

"딸년이 아직 기다릴지 몰라요."

"따님이 이 동네 살아요?"

"예, 전농동 로터리만 찾아가면 걔들 집을 찾을 수 있어요."

"저 밑인데. 좀 걸어가면 되지만. 그 몸으로 갈 수 있겠어요?"

"지금이 몇 시예요?"

"밤 열한 시 가까이 됐네요."

"모르겠네요. 도통 머가 먼지. 이 동네가 왜 이렇게 낯설지요? 사람들도 낯설고."

순경이 너부죽이 인정을 낸다. 그의 거동에는 마지못해 시간이나 때우려는 낌새가 역력하다.

"소지품을 한번 뒤져봐요. 잃어버린 거 없는가, 술이 그렇게 취했으니 머가 제대로 남아 있겠나."

중늙은이가 스웨터 앞자락 밑에 불룩하니 튀어나온 주머니로, 뒤이어 바지 주머니도 뒤진다.

"아무것도 없어요. 지갑도 없고, 거기에 버스표 세 개 하고 돈이 7천 원 들어 있는데."

"안 되겠어. 나중에 또 무슨 말을 들을지 모르겠어."

순경은 비로소 일감을 얻어 생기를 찾는다. 책상 위에 포개져 있는 서류 뭉치들을 뒤적거리고, 그중에서 한 양식 묶음을 챙겨 간추린다. 곧장 신문을 젊은 사내 쪽으로 비행기로 띄워 보내며 "독서 좀 해. 언제 좋은 일로 신문에 한 번 나봐. 천날만날 떼지어 다니면서 술이나 퍼마시고, 여자나 건드리고, 그렇게 허송세월하다가 날벼락을 맞든지 늙어서 고생할 거다. 왜 고발을 당해"라고 강단 실린 말솜씨를 부린다.

순경은 흐리멍덩한 표정을 풀고, 딱딱한 말씨로 제 직분을 찾는다. 길 잃고 술 취한 중늙은이의 신원을, 행적을, 분실물을 밝힐 채비를

풍속의 꺼풀

갖춘다.

"아줌마 이름이 머요?"

중늙은이는 대번에 기가 질린 표정을 짓다가 곧장 시선이 없는 눈초리로 순경을 되쏘아본다.

"김순임이요."

"나이는요?"

"쉰여섯인가, 인자 신정 넘겼으니 일곱인가 여덟인가."

"어디 살아요, 댁이 어디요?"

"저쪽 삼양동 꼭대기에 살아요."

"딸 집에 얹혀사는 게 아니고요, 주소 대보시오."

"주소요? 모르지요. 남의 집에 전세 사는데"

순경이 뚱하게 쳐다보다가 검은 볼펜을 서류 양식 위에 내려놓는다.

"남편은 있어요? 머해 먹고 살아요?"

"있지요, 버스 운전사예요."

"몇 번 버스 몰아요?"

"그건 모르네요. 전에는 오십 몇 번 몬다던데."

"그 버스 회사가 어디 있는가도 몰라요, 회사 이름도 모르고?"

중늙은이는 당연하다는 듯이 대답이 단호하다.

"모르지요. 벌써 20년도 넘게 버스 몰고, 직장을 하도 자주 옮겨다녀놔서요."

"이 양반이 지금, 아니, 남편 직장도 모른단 말요?"

"모르지요. 회사가 자꾸 저쪽 변두리로 들어가나 보데요. 요즘은 시내에서 더 멀어졌는가 봅디다. 새벽에 더 일찍 나가니까."

젊은 사내가 벽 쪽에 붙은 은빛 스팀 파이프 위에 엉덩이를 걸쳐놓은 채로 아는 체한다.

"버스 종점이 구석으로 더 기어들어 갔다 이거지요. 도시가 점점 커지니깐. 버스노선도 길어질 수밖에."

순경이, 건달 주제에 세상 물미는 제법 꿰차고 있네, 라는 표정을 짓는다. 그는 생김새대로 좋은 게 좋다는 주의로 살아가는 위인처럼 보인다. 순경도 각인각색이고, 예전의 거칠고 투박한 선입견의 탈은 멀끔히 벗어 던지고 있다.

"그게 종점인가 시발점이지."

"그게 그거잖아요. 차나 사람이나 일단 집구석에 들어갔다가 나와야 하니까 밤에는 종점 됐다가 새벽에는 시발점 되고 다 그런 거지요."

"저렇게 똑똑한 친구가 왜 대학을 못 갔을까. 아줌마, 집에 전화 없어요?"

"있어요."

"몇 번이오?"

중늙은이가 대번에 또 난감한 기색이다. 순경이 받아쓰기하려다가 어이가 없다는 투다.

"망신살이 연거푸 뻗치려면 지 애비 성도 까먹는다더니만, 아줌마, 요즘 세상에 자기 집 전화번호도 안 외우고 다니면 어떡해요. 그것도 올림픽 개최지 서울 바닥에서. 참, 사람도, 어째 요긴한 것은 죄다 까먹고도 어떻게 살아요? 용하네, 참으로 편한 팔자네."

"몰라요. 암것도 모르겠어요. 전화번호요? 요즘 내가 이래요. 영 정신이 없어져버렸어요. 내 것 같은 살림이 하나도 없어서 그래요. 나는 1년 가야 전화 쓸 일이 한 번도 없어서 그래요. 길에 나오면 젊은것들은 전부 내 자식 같은데 그것들이 전부 날 해코지할 못된 것들로 보여요. 아무 집이나 집 속에 들어앉아 있을 때가 제일 편해요. 죄다 불한당들이라서."

"그래, 자식들은 머해요? 연락할 데가 있어얄 거 아뇨."

"자식요? 많아요."

"큰자식은 머해요?"

"공무원이에요. 어떻게 사는지 잘 몰라요. 집 나가 산 지가 오래됐어요. 제사도 지 집에서 지낸다고 우리보고 오라고 해요. 명절 때도 우리가 가야 하고. 집 없어지고부터 그래요. 전세 살다 보니 사람 취급도, 부모 대접도 못 받아요. 그런 지가 벌써 오래됐네요."

"큰자식이 무슨 공무원인데 부모한테 하는 짓이 그 모양이오?"

"세무서에 다녀요. 옛날에 시험 쳐서 들어갔어요. 걔가 지 마누라 몰래 이빨 해넣으라고 돈을 줬는데, 걔는 지 동생들을 짐승만도 못한 것들이라고 보지도 안 해요."

"돈을 잘 벌 텐데 왜 그러나. 세무서가 요새는 여기보다 더 겁나게 무서운 덴데."

"돈을 잘 버니 그럴 수밖에요."

누군가가 불쑥 말을 받는다.

"돈이 있으면 다 그런 거잖아요. 그게 서로 편하고. 안 봐야 서로 마음이 편하니까. 싸울 일도 없어지고. 편하게 살다 죽자 이거지."

"저런 친구들이 어쩌다 공부 머리가 없나, 군대 갔다 와서 무슨 재수를 하나, 머리가 얼마나 약아빠졌을 텐데. 그 썩은 머리로…"

그 남루한 행색에도 불구하고 중늙은이는 어느새 파출소 안의 이목을 한 몸에 받고 있다. 물론 그녀는 그것을 알지도 못하고, 알아도 개의할 사람도 아니다.

순경이 여기저기서 말참견하려는 입들을 미리 막으려는지 꾸준히 쑥덕공론으로 말을 맞추고 있는 젊은 여자 쪽에다 하명을 떨군다.

"그 젊은 색시, 쓸데없이 입 맞추지 말고 민중병원인가에 한번 갔다 오지. 몇 바늘이나 꿰맸는지 알아보고. 우리 방범대원에게도 빨리 오라고 그러고. 머한다고 거기서 얼쩡거려. 일하는 꼬락서니들하고선. 무슨 장한 인연 만들라고 꾸물대나…"

젊은 색시가 부스스한 뒷머리 타래를 맵시 좋게 반코트 깃 밖으로 걷어내고, 몸을 잔뜩 움츠리며 파출소 밖으로 빠져나간다.

"둘째 자식은요?"

"몰라요, 요즘은 어디 있는지."

순경은 또 받아쓰기를 포기해버린다.

"지금은 감방에 있을지 몰라요. 내 이빨 해 넣을 돈도 개가 가지고 갔어요. 큰애는 짐작으로 알고 있어요. 이번 신정 때 지 마누라 몰래 나한테 물어요. 그 돈을 왜 줬냐고. 지 마누라한테는 절대로 비밀로 하라고. 지가 감방에 면회 갔더라는 소리도 입 밖에 내지 마라고."

갑자기 파출소 안의 모든 사람이 긴장한다. 다들 중늙은이를 주시하고, 그 아무렇게나 내뱉는 말씨에 귀를 기울인다. 중늙은이는 울먹이면서 말을 이어간다.

"그 자식 때문에 내 것 같은 물건이 하나도 안 남았어요. 그놈이 남의 집문서를 잡혀먹는 통에 살림이 거덜나버렸어요. 지 형이 보증만 서줬어도 집은 살아남는 건데. 일류 건달에다 떼지어 다니는 노름꾼이에요. 저것들 말로는 땅따먹기 한다대요. 집문서도 잡히고 남의 멀쩡한 땅도 화토짝으로다 제 것 만들고 그러는갑디다. 내가 푼푼이 모아 장만한 그 집을 그 자식이 화토짝 밑에다 깔아뭉개버렸어요. 그 자식은 모질어빠져서 죽지도 않아요."

중늙은이는 코를 훌쩍이다가 책상 위에 놓인 두루마리 휴지를 풀어 아예 물코를 시원하게 푼다. 그 코 푼 휴지를 꼬깃꼬깃 접어 눈가도 꾹꾹 찍어낸다.

"그 자식이 내 집 날려 먹고부터는 이 세상에 내 물건 같은 게 없어져버렸네요. 전부 다 남의 것 같고, 남의 살림집 같아서 집에 들앉았기가 무서워지데요. 집에 있으면 또 그 자식이 들이닥쳐서 북새통을 칠까 봐서요. 그 생각만 하면 분하고 치가 떨려요. 억울해서 억장이 무너져요. 감방에서 나오기만 하면 집칸이라도 장만해준다고, 돈 좀 쓰라고, 검찰청에 가서 뭉칫돈을 좀 안기라고 해싸도 쓸 돈도 없고, 써본들 그 허풍을 어떻게 믿겠어요. 빨리 죽기라도 했으면 좋겠어요. 감방 안에서. 귀한 자식들은 일찌감치 죽기도 하던데. 그 불한당은 왜 안 죽는지 모르겠어요. 허풍에 세도 지 애비는 차 모는 기술이라도 있고, 직장은 죽어도 안 놓쳤는데, 그 자식은 세상 물정이라는 것은 모르는 게 없어도 기술도 없고, 직장이든 직업이든 하루도 다녀본 적이 없어요. 자식을 못 믿는 부모가 나 말고도 흔해빠졌지만서도, 시답잖은 살림에 그 자식 때문에라도 내가 먼저 죽고 싶은 생각뿐이에요."

"아, 됐어요. 아줌마는 요즘 멀로 소일하세요, 머하고 지내냐고요?"

"나요? 영감 새벽밥 해대고 살림 살지요. 억지로 살아요. 또 언제 그 불한당이 살림 들어내 갈지 알 수가 있어야지요. 그 생각만 하면 가슴이 쿵쿵거리고 숨이 가빠져요."

"이 동네는 어떡하다 왔어요? 내 말은 이 동네에 무슨 볼일로 왔냐 이겁니다. 딸네 집에 그냥 다니러 왔습니까?"

"낮에 파출부로 살아요. 저쪽, 거기가 어딘가, 고층 아파트에 단골 집이 몇 집 있어요. 매일 거기 나가서 일해요. 남의 집 살림 살아주다 보면 그래도 시름을 좀 잊을 수 있어요. 남의 집 안에 꽁꽁 숨어서 일 이나 하고 있으면 마음이 덜 부대껴요. 이런저런 생각도 안 하게 되고 요."

순경은 검은 볼펜으로 글자를 긁적거리는 시늉만 할 뿐이다. 아예 중늙은이의 넋두리를 경청하려는 자세가 뚜렷한데, 그게 그의 넓적한 하관과 어울린다. 그러나 다들 술을 마셨고, 술집에서 행패를 부리다 붙들려온 사람들이라서 순경의 조용한 술주정을 알아채지 못한다.

"술은 어떡하다 그렇게 인사불성이 되도록 잡수셨나, 정초부터. 그 집에서 잔치했소? 파출부로 나간다는 그 집 말이오?"

중늙은이의 넋두리가 메마르게 쏟아진다. 한참씩 쉬어가며 걸음을 떼놓고, 또 끝났는가 싶으면 무더기 똥을 쏟아내는 소처럼 그녀의 말품은 느직느직하고, 방향도 없고, 쇠똥처럼 냄새조차 쉬 흩어진다.

"오늘 낮에 일한 집은 해산할 집이에요. 내 집 뺏기고부터 술 배웠어요. 그 집 주인이 사람을 잘 못 믿어요. 평소에도 그래요. 아파트 살림이라 그런지. 오늘 아침에 일찍 갔더니 텅 빈 집에서 나를 빤히 쳐

풍속의 꺼풀

다보며 아랫배가 살살 아파 온다면서, 산통이 있다고 그래요. 여섯 해
만에 어렵사리 둘째 애를 뱄다고 그러면서, 어서 병원에 가보라고 했
더니 나한테 집을 맡기고는 선뜻 못 가겠다는 눈치예요. 그 집에는 지
난달부터 일주일에 두 번씩 나가다가 올해 들어서는 이틀에 한 번씩
들르고 있어요. 어쩌는가 하고 베란다 바닥을 물청소하면서 들어봤더
니 여기저기 전화로 연락해서 사람을 부르는가 봅디다. 배를 움켜잡
고요. 독하대요, 요즘 젊은 여자들은. 다 의사보다 똑똑해서 그렇지
요. 요즘 잘사는 집들은 사람이 귀해요. 못사는 집에는 쓸데없는 인간
들이 득시글거리는 거하고는 꼭 정반대예요. 집 봐줄 사람도 없다니
까요. 지 남편도 연락이 안 되는 모양이고, 예정일보다 일주일이나 빨
리 진통이 왔대요. 나한테 돈을 3만 원 건네주면서 밑반찬을 좀 해봐
달라고, 오늘 애를 낳게 되면 이틀쯤 병원에 누워 있다가 오겠다고,
오늘 저녁답에는 친정엄마가 전주에서 올라올 거라고 그래요. 또 지
남편한테서 전화가 오면 병원에 갔다고만 하면 알 거라고 그래요. 그
러마고, 걱정하지 말고 빨리 병원에나 가보라고 그랬지요. 빨래해놓
고 슈퍼에 장 보러 갔어요. 그런데 아파트 경비하는 아저씨가 나보고
웃으면서, 술 많이 자시지 말라고, 무슨 소린가 하고 쳐다봤더니 집주
인 여편네가 애 낳으러 병원에 가면서 그렇게 일렀다고 그래요. 내가
술꾼인 것 같다고, 아침마다 술 냄새가 난다고 경비 아저씨한테 귀띔
을 해뒀나 봐요. 내가 지 없는 새 술 많이 먹고 실수할까봐 겁난다고.
내 사는 형편을 그 여편네가 좀 알아요. 가만히 생각해봤어요. 그런
줄도 모르고 그 여편네가 나를 의심하는 거 같아서 은근히 심사가 틀
어져 있었거든요. 헛살았다 싶어요. 우리가 평생토록 아득바득 피가

402

나도록 열심히 살았다 해도 요즘 똑똑한 젊은 여자들에 비하면 눈치 볼 줄도 모르고, 생각도 종잇장처럼 얇아빠졌고, 조심성도 없지요. 앞 뒤를 재보지도 않고 아무렇게나 엄벙덤벙 산 거지요. 헛살았어요. 사 람도 아니에요. 닥치는 대로 아무 계획도 없이 정이나 헤프게 주고받 으면서. 짐승이나 마찬가지로. 부모 잘못 만나고 못 배우고 팔자가 드 세서 못산 게 원통해 죽겠어요. 밑반찬을 장만하는데 눈물이 뚝뚝 떨 어져요. 이게 다 집 없는 쥔가, 남의 자식 잘못 키운 탓인가 싶어요. 우리는 소주밖에 못 마셔요. 술이란 음식이 원래 한 잔만 마시고 돌아 설 수 없잖아요. 남자들은 어떻게 생겨먹은 건지 니 것 내 것이 없어 요. 그게 분합디다. 남의 자식이라 그런지."

"남의 자식? 그게 무슨 소리요? 누구 말이오, 시방?"

"화토짝에다 집 잡혀먹은 그 자식 말이지요. 그 자식은 내 자식이 아니에요."

"아니, 그러면 아줌마가 재취댁이오?"

"예, 젊을 때 딸아이 하나 데리고 살러 왔어요."

"그 딸이 이 동네 산다 이겁니까?"

"아니오, 맞아요. 그 딸을 젖먹이 때부터 내가 키웠어요. 젖도 없어 서 미음으로 키웠는데 남의 자식이라도 그 자식이 제일 인정머리가 있어요. 친딸이나 다름없어요. 너무 못살아서 고생만 하는 게 보기 딱 할 뿐이에요. 나한테는 그 자식밖에 없어요. 부모자식간에 서로 걱정 해주는 건 개뿐이에요. 그 자식이 파출부나 나가라고 여기저기 다리 를 놔줘요."

"그 딸이 머해 먹고 사는데 발이 그렇게 넓소?"

"손수레 끌고 다니면서 요구르트 우유 같은 거 배달해요. 새벽같이 일어나서. 그쪽 아파트 동네는 매일 한 바퀴씩 돌아다녀요."

넋두리를 늘어놓고, 그것을 듣는 데는 중늙은이나 순경이 좀처럼 지칠 기색이 아니다. 어느새 두 사람은 흡사 밤새워 술을 마시는 고주망태들이다.

"남자는 없소? 딸린 자식도 없고?"

"누구요, 내 딸자식이요? 왜요, 있지요. 건달이에요. 청계천에서 무슨 장사를 하다가 부도를 냈다고 그러데요. 오래됐어요, 그 난리를 부린 지도. 그런데 알고 보니 빚쟁이를 피하러 다닌 게 아니라 그동안 샛살림을 차렸던가 봐요."

"그런이까 따님은 그것도 모르고 열심히 다리품 팔아 지 서방놈 오입질시켰네."

"그랬던가 봐요. 그 통에 개도 청계천에 있던 그 아파트 한 채를 고스란히 날리고 시방은 전세 살아요. 지 집 팔아서 두 집 살림을 전세로 차린 거지요. 어리숙해서가 아니라 사람으로 착하게 살다 보니 자꾸 당하고 못살게 되데요. 요즘 세상은 경우 찾고 착하게 살라고 하면 부처 앞에 나가 절도 못 올리고 법당 뒤에서만 얼쩡거리는 신세가 돼요. 우리는 지 것 챙기고 지 복만 다독거리는 예수쟁이도 못 되겠데요."

파출소 안의 모든 사내들이 얼떨결에 숙연해져버린다. 자신들의 삶과 다를 바 없는 사연을 웬 중늙은이가 대변하고 있고, 서럽고 찌든 일생을 오직 인내로 살아내려고 버둥거리면서도 모진 응어리를 챙기는 결기가 느껴져서이다.

"요컨대 몇 년 전부터 모녀가 집 날리고 사는 신세조차 똑같아져 버렸다 이거네요. 젊은 건달한테 치여서."

"예, 다 팔자소관이지요. 어떻게 팔자까지 그토록 닮아가는지. 불쌍해 죽겠어요. 요즘은 젊을 때 한번 불쌍해지면 평생 팔자를 바꾸기가 어려워요. 한번 팔자가 피면 평생 잘살고요. 돈이란 게 그렇게 만들어요. 돈은 벌기도 어렵지만 한번 벌어놓으면 까먹기도 힘들어요."

순경이 다시 볼펜을 잡는다.

"아까 잃어버렸다는 물건이 머라 했어요?"

중늙은이는 까맣게 잊고 있었다는 듯이 허겁지겁 스웨터 주머니와 바지 주머니를 뒤진다.

"머시 없어졌나, 손수건이 없네요."

"그건 필요 없고, 또요?"

"지갑이 없어요."

"그 안에 머머시 들어 있었어요. 기억나요?"

"버스표 세 개에 돈이 7천 원요. 소주 사 먹고 남은 동전도 몇 닢 들어 있었어요."

"7천 원? 왜 하필 7천 원이요, 그건 웬 돈이요?"

"오늘 품삯이지요. 친정 마나님은 결국 안 왔어요. 나한테 거짓말을 했나 봐요. 돈을 부치겠다고 전화만 왔어요. 바쁘대요. 해 떨어지고 나서야 병원에서 연락이 왔어요. 바깥양반이 나를 불러요. 수고스럽지만 병원에 와서 돈 받아 가라고. 돈은 나중에 받겠다고 했더니 기어이 왔다 가래요. 젊은 양반이 돈도 잘 버는 모양이던데 그 집에는 당최 사람이 귀한 갑아요. 여섯 살짜리 유치원에 다니는 애가 텔레비 앞에 앉아서 그 큰집을 지키게 생겼어요. 쥔 양반이 열흘 동안만 자기 집에서 먹고 자고 일해줄 수 없겠냐고 물어요. 못한다고, 나도 기다리는 사람이 많다고, 낮에만 오겠다고 했더니 곧장 얼굴에 낭패 본 기색이 가득해요. 안됐어요. 우리가 그랬거던요. 첫딸 낳고 찾아오는 사람이 하나도 없어서 얼마나 울었는지 몰라요. 냉돌방에서. 그때 애 애비도 군대 끌려가고 없었어요. 결국 그 딸년도 그 꼴이 되데요. 천날만 날 독수공방으로 지낼 팔자는 태어날 때부터 타고나요. 그 생각도 들고 해서 마음이 안됐어요. 그래서 엉거주춤 서 있었더니 산모가 아줌마, 술 잡수셨어요 하고 물어요. 누가 불쌍한지 모르겠데요. 산후 조리해줄 사람 하나 없는 산모 신세가 불쌍한지, 남의 젊은 여편네 산후 수발들 내 신세가 더 처량한지. 그러고는 산모가 울어요, 눈을 뻔히 뜨고서는, 구슬 같은 눈물을 뚝뚝 흘려요. 낮에 순산한 여편네가."

"아, 됐어요. 이제 그만하고요. 다른 물건 더 잃어버린 게 없나 찬찬히 살펴봐요. 지금 남의 걱정 하게 생겼소?"

"없어요. 열쇠는 경비 아저씨에게 맡겼어요."

"지금 집 찾아갈 수 있겠어요?"

"어느 집요?"

순경은 한참이나 중늙은이를 쳐다본다. 풀어진 눈동자에는 눈물이 어른거리고, 그 시선은 처연하다기보다도 쳐다보는 사람에게 찬바람 같은 싸늘한 한기를 안겨준다.

"어느 집이라니, 전세 산다는 당신 집에 가얄 거 아뇨."

"누가 언제 날 여기 데려왔어요?"

점점 의사소통이 안 되는 줄 순경은 퍼뜩 알아채지만, 어찌해볼 수가 없다.

"누가 깨워서 버스 종점에서 내렸는데요."

"그거야 우리가 어떻게 알아요. 기억이 가물거리는 모양이네. 어떡할 거요? 돈도 없고 신발도 떨어졌고 연락할 곳도 모리고."

"여기서 전농동 로터리가 먼가. 개한테서 아파트로 연락이 왔어요. 들르라고, 와서 가래떡을 좀 가지고 가라고요."

"아, 됐어요. 궁상스럽네. 정신 좀 차리시고. 지금 그렇게 한가할 때가 아니에요. 실성기가 있나. 점점 헷갈리게 하나. 그 딸네 집에라도 찾아갈 수 있겠어요? 전농동 로터리는 이 앞으로 똑바로 내려가면 나와요. 그 딸네 집에는 언제 가봤어요?"

"오래됐어요. 만날라면 매일이라도 만날 수 있으니까."

중늙은이는 발작적으로 의자에서 벌떡 일어선다. 머리가 어지러운지 잠시 서 있다. 그리고 실내를 천천히 휘둘러본다.

젊은 사내들은 가랑이를 쩍 벌리고 태평한 얼굴로 꾸뻑꾸뻑 졸기도 하고, 담배꽁초를 빽빽 빨아대고, 순경의 동정을 고양이 눈으로 붙잡고 있는가 하면, 정신이 오락가락하는 중늙은이를 무심히 바라보기도 한다. 술을 안 마셨다고 우기던 강골의 중년 사내는 여전히 팔짱을 낀 채로 참선이나 하듯이 눈을 감고 있고, 그 옆에는 한사코 말을 못 붙이게 하는 제 동행의 수행 자세를 헐뜯듯이 힐끔거리는, 나이를 짐작할 수 없는 까무잡잡한 사내가 무르팍을 가슴에 끌어안고 있다. 아무래도 가슴팍보다는 술 탈이 단단히 난 모양이다.

순경은 문득 생각났다는 듯이 담배를 꼬나물고 창밖을 내다보며 무슨 착상을 정리하는 눈매다. 창밖에는 시커먼 밤이 이쪽의 동정을 염

풍속의 꺼풀

탐질하듯이 그 험악한 얼굴을 바싹 들이대고, 가끔가다 택시들이 희뿌연 선을 그어대며 고삐 풀린 말처럼 어디론가로 내달리고 있다.

순경이 멀뚱한 시선으로 중늙은이에게 말을 건넨다.

"사정이… 지금 당장 돈이 필요한 건 아니네요, 그렇지요? 차비도 당장에는…"

"돈요? 필요 없어요. 우리는 돈 없이도 살아요. 여자는 몸만 있으면 돈 없이도 살아요. 남자들 때문에 죽을 맛이지요."

신문을 들고 있던 젊은 사내가 순경에게 낮은 소리로 말한다.

"거 참, 편한 사람이네요. 사람은 가끔씩 제정신이 아닐 때도 있어야 될란가봐요."

중늙은이는 못 들은 체하고 인사도 없이 돌아선다.

"아줌마, 어디 가요?"

"나, 가야지 돼요."

"글쎄 어디로 갈 거냐고요?"

"밥해주러 가야 돼요. 영감 성질이 개떡 같아요. 허풍만 세고, 딸년이 그 성질을 잘 알아요. 배달 나가기 전에 딸년 얼굴이라도 봐야 돼요."

"갈 데 많아서 좋네."

"우리는 늘 바빠요. 몸이나 마음이나. 마음이라도 덜 바쁘라고 술 마시지요."

중늙은이는 절뚝이며 여닫이 출입문 쪽으로 다가간다. 걸음을 몇 번 떼놓자마자 가슴이 콩콩 울리는 투명한 기침 소리를 연거푸 쏟아내면서 어둠 속으로 맨발부터 디밀어놓는다. 차가운 바람이 개떼처럼 마구 몰려와서 그녀의 목덜미를 할퀸다. 그래도 그녀는 아랑곳하지 않는다. 어디로든지 갈 수 있는 길이 사방으로 뻗어 있으나, 사나운 짐승처럼 투그리고 있는 시커먼 밤이 그녀의 갈 길을 겹겹으로 막고 있다. 그 두꺼운 장막의 한 자락을 중늙은이는 불구자 같은 걸음을 떼 놓기 시작한다. 매서운 바람이 이번에는 그녀의 얼어붙은 마음도 할 퀴려고 덤비지만, 화투짝만한 생채기가 앉은 얼굴을 곧추세우고 절뚝 거리는 걸음부터 앞세운다.

순경은 중늙은이의 희미한 자태가 어둠 속에서 완전히 갈힐 때까지 눈만 껌뻑이고 있다. 자신을 비롯한 모든 사내들이 작은 울 안에 갇혀 있는 것도 모르고 그는 속으로 혀를 끌끌 차면서, 방금까지 작성한 한 중늙은이의 신원과 분실물 따위를 적은 서식을 슬그머니 구겨서 휴지 통에다 힘차게 던져버린다. 술에 취해서도 거짓말을 할 줄 모르는 중 늙은이의 소행이랄지 근본이 다시 한번 떠오르지만, 너저분한 실내의 밑바닥 인생들이 못마땅해서 머리를 휘휘 내젓는다.

4

도대체 내가 머리에 이고, 손에 들고 있었던 그 물건들이 뭐였지? 무슨 보퉁이였고, 무겁지는 않은데도 목이 아프고 손에 쥐가 내렸다. 귀희는 어디다 맡겨두고 그렇게 싸돌아다녔을까? 귀희를 낳기 전이 었겠지. 그 호랑이 굴 속 같은 시커먼 토굴이 도대체 어디란 말인가. 헛간 같기도 하고 부엌 같은 음침한 구석이었고, 빨랫줄 위에는 손바 닥만한 여러 색깔의 팬티가 수도 없이 걸려 있었다. 골목 깊은 창신동 의 어느 창녀 집이었을지도 모른다. 거기서 이태쯤 살았으니까. 그다음에는 또 무슨 장면이었나. 웬 사람들이 여기저기서 우르르 몰려나왔다. 하얗게 차려입은 그 얼굴도 모르는 사람들이 하나같이 장애인이였을까. 성한 사람은 나뿐이었고? 나도 말을 못 하고, 그들도 내게 말을 걸지 않았다. 길을 걷고 있는데도 왜 내가 갈 길은 한사코 나타나지 않았을까. 벌판도 아니고 인가도 없는 그 길 같잖은 길은 왜 그토록 끝도 없이 이어지고 있었을까. 성남에 살 때였는지도 모른다. 그 많은 시체가 어디서 불쑥 나타났을까. 길이 붓지 않아 그렇게 동동걸음을 치고 있었는데, 왜 나는 천연덕스럽게 퍼대고 앉아서 그 시체들 사이를 헤매고 있었을까.

미순은 간밤의 사나웠던 꿈자리를 되새기면서 바지런히 발걸음을 떼놓고 있다. 손수레를 한쪽 손으로 끌고 가지만, 그 일은 몸에 배어 힘들지 않다. 그녀는 시방 강추위가 사납게 몰려오는 고층 아파트 단지를 빠져나가고 있는 참이다. 촘촘한 아파트의 창틀마다에는 하얀 성에가 앉아 있고, 그 희끗희끗한 얼룩이 아침 햇살을 받아 사금파리처럼 반짝거린다. 외풍도 없을 그 집들이 죄다 깡깡 얼어붙어 있고, 무슨 묘비석처럼 뻣뻣하게 서서 위엄을 거느리고 있다.

우유 대리점까지는 20분을 좋이 걸어야 하는데, 다행하게도 그 중간에 연립주택이 두 군데나 몰려 있고, 그곳에 여덟 가구의 단골이 있다. 연립주택은 고층 아파트보다 복도가 더럽고, 그래서 좀 시끄럽지만, 그 집들은 연탄보일러를 때므로 대개 다 깨어 있고, 집집마다 사람의 훈기가 감돌아 일할 맛이 난다.

엄마는 오후에 만나기로 했다. 약속을 한 게 아니라 그녀 스스로 그렇게 마음을 먹고 있을 뿐이다. 수금하기 위해 오후 네 시쯤 집을 나와서 대리점에 들렀다가 다시 아파트 단지를 한 바퀴 돌려고 작정한 것이다. 우윳값을 차일피일 미루고 있는 가구가 열서너 집쯤이나 된다. 그중에서 세 집은 우유를 찾아와야 할지 모른다. 아무런 말도 없이 신정 연휴가 끝나고부터 집을 비워둔 것 같아서이다. 또 서너 집은 우유를 꼬박꼬박 받아먹고 있는데도 오후에는 꼭 집을 비운다. 자식도 없이 남의 앞에 사는 해사한 미모의 여자가 있는가 하면, 집세를 받아 사느라고 여벌 집에서 인기척을 죽이고 사는 식모댁이 같은 중늙은이도 있고, 술집 같은 데 나가는 계집년도 있고, 내려가는 엘리베이터 속에서 우연히 마주쳐 돈을 건네주던 안경잡이는 "보름만 우유 넣지 말아 주세요. 지방에 가 있어야 해서 그래요"라고 조잘거렸는데, 벌써 달포 가량이 지났는데도 동기간은 아닌 듯한 젊은 아가씨로부터 "언니가 아직 안 돌아왔어요. 며칠만 더 기다려주세요. 벨 누르지 말고 우유는 넣어주시고요"라고 헷갈리는 말을 듣게 하고 있다.

"귀희야, 귀희 에미야"라고 아득한 곳에서 들려오던 엄마의 목소리가 잊을 만하면 미순의 귓가에 달라붙고 있다. 그 소리는 아기의 칭얼거림처럼 여리지만 또록또록하다. 간밤의 꿈속에서 본 하얀 팬티들은 기저귀였을지도 모른다. 사창가가 아니라 색주가 골목이었던 동대문너머의 어느 구석 집에서, 그것도 아래채 단칸방에서 살 때 "이 동네에서는 애 키우며 살 데가 아니야"라고 되뇌던 자신의 가위눌림을 떠올린다.

간밤이었다. 긴가민가하며 잠에서 깨어났고, 이불을 차던지고 네 활개를 쭉 편 채 누워 자는 귀희를 멍하니 내려다보며 그녀는 무슨 소리가 들려오기를 기다리고 있었다. 머리맡에 놓아둔 자명종 시계는

풍속의 꺼풀

똑딱이며 또박또박 움직이고 있었고, 그때가 11시 20분쯤이었다. 곧 장 "귀희야, 희야 에미야"라고 부르는 엄마의 나직한 목소리가 들려왔다. 정신이 번쩍 들었다. 부리나케 방문을 밀쳐댔고, 서리 유리창이 달린 부엌문을 열었고, 담벼락에 붙은 쪽문을 잡아당겼다.

역한 술 냄새가 와락 풍겨왔다. 미순이 "또 술 자셨군요?"라고 묻자, 피딱지가 새카맣게 앉아 있는 엄마의 얼굴이 코앞으로 바싹 다가왔고, "그래, 술을 너무 마셨는갑다"라고 웅얼거리는 엄마의 풀죽은 소리가 귀에 매달렸다. 신발도 신고 있지 않은 한쪽 발이 수챗구멍을 덮었다. "여기까지 오는 길이 왜 이래 멀고 힘드는지, 길이 가물가물하고, 지갑도 신발도 어디다 흘려불고." 미순은 어이가 없었다. 무엇에 홀린 것 같았다. 잠시 꿈인지 생시인지 분간할 수도 없었다. "물 좀 다고, 따신 숭늉을 한 그릇만 다고." "지금 어디서 오는 길이에요? 집에 들렀다 오는 참이에요?" "파출소에 누워 있다가 오는 길이다. 내가 술에 취해서 길바닥에 자빠져 있었던가봐. 순경이 그래. 나는 암것도 모르것고, 기억도 없고, 정신줄도 놓쳐불고."

미순은 뿌연 숭늉 대접을 엄마에게 내밀었다. 흙 묻은 손이 잠시 수전증에 걸린 듯 파닥파닥 떨어댔다. 화장품 그릇 속에 담긴 연고를 찾았고, 무슨 용도인지를 알아보지도 않고 어렵게 쥐어짜서 생채기에 두껍게 발라가자 엄마의 안면이, 눈 밑의 볼록한 살주머니가 파르르 떨어댔다. "그 집에서, 천백오 호에서 몇 시에 나왔는데 술을 그렇게 많이 자셨어요?" 엄마는 눈꺼풀을 소리라도 낼 것처럼 껌벅거리며 수월수월 중얼거리기 시작했다. "그 집에서 빨래하면서부터 찔끔거렸나봐. 병원에서 그 여편네 서방이 부르데. 딸 낳았다고. 구완할 사람이 없다고 그래. 자꾸 훌쩍거린다고, 지 각시가. 마음이 짠해서. 그 서방이, 날 보고 일주일만 먹고 자며 일해달라고 통사정이야. 그 서방이 입이 무겁고 눈매에도 배운 티가 흘러. 무슨 연구소에 다니나봐."

"내가 전화할 때 그러면 벌써 애 낳았겠네." "모리지. 그랬을 거라. 내 짐작으로는 니 배달 우유를 많이 받아마시더니 조산(早産)에 순산하는가 보다 싶대. 아침에 내가 가자마자 바로 산통이 있다 해서 한참 전화질하더니 병원에 갔어. 인자 됐다. 손목을 삐었는가봐. 거기가 시큰거리네. 나 갈란다. 차비 좀 다고. 그 서방이 직접 건네주던 파출비도 어디서 잃어버렸나봐. 해산구완하면 수고비를 더 줘야 한다면서요 하고 그 서방이 묻데. 그거야 어떡하든지 내가 집에부터 갔다 와야 한다고 했더니 또 울어. 그 여편네가 울음소리도 내지 않고 눈물만 글썽거리면서. 발바닥이 시리고, 팔이 저리대. 산모 몸이 원래 다 그렇지. 사람이 너무 귀해. 나 갈란다, 가야겠다." "지금 시간에 어디 갈라고 그래요. 여기서 자고 가든지 해. 저녁도 아직 안 먹었겠네." "점심도 못 먹었다. 먹고 싶은 마음이 있어야지. 잠도 없고." 미순이 신경질을 버럭 낸다. "제발 술 좀 마시지 말아. 파출부살이하는 노파가 술이나 퍼마시고 얼굴이나 땅바닥에 갈아붙이고 다니면 누가 좋아라 해. 노망든 할망구라고 욕하지. 늦게 배운 도둑질에 날 새는 줄 모른다더니 어째 제정신이 없도록까지 술을 마실까. 그것도 남의 집에서. 밥도 제때 안 찾아먹고서는."

엄마는 귀희의 몸부림을 멀거니 쳐다보다가 숭늉을 찔끔 한 모금 마셨고, 혼잣말을 중얼거렸다. "눈이 멀어서 사람이야 못 알아봤지마는 귀희 노할매가 그 나이에도 사람이 아주 적당스러웠어. 어째 그 생

풍속의 꺼풀

각이 자꾸 드네. 니 집 찾아오면서. 그 노친네가 눈은 그랬어도 정신은 지금 나보다 더 멀쩡했어." 사나웠던 방금의 꿈자리를 털어놓을까 어쩔까 하고 입속에서 말을 굴리고 있는데, 엄마가 또 케케묵은 이야기를 불쑥 끄집어내서 미순은 퉁바리를 놓았다. "자꾸 술 자시니까 그렇지요. 환갑도 아직 안 지낸 양반이 벌써 망령이 들었나, 노망기가 있나. 신발까지 어디다 흘리고 다니고. 엄마, 제발 술 좀 끊어요. 그런다고 날아간 집문서가 돌아와요?" "몸이 성하면 노망부터 드는가봐. 몸이 시원찮으면 정신은 멀쩡하고. 귀희 노할매는 그 나이에도 망령기가 없었어." 미순은 쉰내 나는 이야기여서 속으로 머리를 휘휘 내저었다. 그래서 아무렇게나 대꾸했다. "거기다 노망까지 들었으면 어떡했을라고. 제 자식, 제 손자도 머리를 절레절레 흔들던 판이었는데." "그러게 말이야. 늙어가면서 자식 자랑할 거 없지. 그저 키우는 재미 하나뿐이야. 자식 복은 오복에도 안 든다잖아. 가진 돈 없으면 서로 귀찮아. 없는 것보다 못해. 물 좀 다고." "파출소에서는 아무 일 없었어요?" 미순은 주전자를 기울여 물을 따랐다. 누런 보리차 물이었다. 속이 더부룩할 때가 자주 있고, 새벽부터 낮 동안 내내 다리 품팔이를 하는 터이라 갈증이 심해서 보리차 물은 늘 상비해두고 있다. 우유 배달 일은 먼지 마시면서 동동걸음치는 단순 노동이니까 목이 칼칼할 수밖에 없다. "몰라. 정신도 오락가락하는데 자꾸 머라고 말을 시키데. 싱겁게 생긴 순경이. 니 둘째 오래비 같은 건달들이 고리짝처럼 앉아서 넙죽넙죽 말 간섭하고. 그냥 간다고 하고 나오니 암 말도 않고, 그 순경은 장승처럼 우두커니 서 있데. 남들한테 해 안 끼쳤는데 지까짓 것들이 어쩔라고. 아무래도 그놈들 중에 누가 내 지갑을 손봤을 거라. 버스에서 내릴 때도 지갑이 있었거던. 방범대원인가 하는 것들이 슬쩍 후무렸을지도 몰라. 파출소로 끌고 오면서 빼냈을 거야, 아니면 건달들이 파출소 안에서 훔쳤을 테고." "왜 그 말을 곧이곧대로 하지 그랬어요?" "사람을 의심했다가 무슨 막말을 들을라고. 그 여편네가 나를 자꾸 의심하는 것 같애서 오늘 술 마셨는데." "누구, 오늘 애 낳은 그 집?" "그래, 내가 파출부 나가는 집 여편네." "그만둬요. 일 나갈 집이야 흔해빠졌어." "그래도 사람 인정이 그렇잖지. 나, 갈란다, 차 좀 태워다고. 이래저래 빚만 지고 사네."

미순은 헌 운동화 한 켤레를 찾아서 부엌 바닥에 코를 맞춰 내려놓았다. 늙은이여서, 발목께를 잘룩하니 조이고 있는 홀태바지 차림이라서 운동화는 어울리지 않았다. 미순은 속으로 '술이 죄다, 멀쩡해야 할 사람의 심신이 이렇게 엉망이 되고 말았으니' 하고 비웃었다. "내일 아침에도 그 집에 일 나갈 거예요?" "가야지, 가겠다고 그랬어. 아홉 시 반에 애를 유치원에 보내달라고 그러데. 병원에 며칠 누워 있을란가봐. 돈만 병원에다 부조하는 꼴이야. 멀건 미역국을 반찬 그릇 같은 데다 담아주데. 그것 먹고 빈속을 어떻게 채우나." 미순은 '미역국' 소리를 듣고서야 자신의 산후조리를 그런대로 잘해준 엄마를 새삼스럽게 찬찬한 눈길로 뜯어보았다. 쪽문이 뻘쭘하니 열려 있다. 엄마가 목도리를 여미면서 담벼락에 차곡차곡 쌓아둔 연탄을 보며 말했다. "연탄 한번 잘 들여놨다. 이게 모두 몇 장인가?" "3백 장 들여놨어." "해산 준비는 니가 한 것 같다. 이 집이 니가 살기는 꼭 맞다. 문도 돌아앉아 있고. 주인댁도 좋다며?" "귀희가 주인집에서 살아요."

빈 택시 한 대가 두 사람을 빤히 쳐다보면서 주춤거리다가 쏜살같

풍속의 꺼풀

이 내빼버렸다. 미순은 이쪽의 행색 탓인가 짐작하며 5천 원짜리 한 장을 엄마의 스웨터 주머니 속에 집어넣었다. 그녀는 메리야스 운동복 바지에다 내복 위에 배달복을 걸치고 있다. 엄마가 "들어가라, 들어가, 춥다"라고 말하며 손에 쥐고 있는 투명한 비닐 봉다리를 흔들었다. 그 속의 가래떡이 무슨 벌레처럼 꿈틀거렸다.

청계천 7가의 남루한 아파트에서 살 때였다. 아들 없는 며느리 집에서 사시던 시할머니가 세 딸과 한 아들 집을 놔두고 맏손자 며느리 집에 '잠시 다니러 왔다가' 거의 넉 달쯤이나 죽치고 지낸 적이 있었다. 귀희가 막 두 돌을 지났을 때였고, 늦은 가을이었다. 시할머니는 이미 팔순을 받아놓은 쪼그랑 바가지였고, 손자도 제 할머니 나이를 몰랐다. 게다가 밤눈이 깜깜 절벽이었다. 낮에는 방 한쪽 구석에 무슨 정물처럼 앉아서 걸음마가 실팍해지고 있는 귀희를 가만가만히 어르며 지냈다. 그러다가 앉은 자리에서 귀희를 끌어안고 고꾸라져 잠을 잤고, 잠에서 깨면 복도 쪽으로 붙어 있어서 더 시커먼 바깥방의 한쪽 벽을 독차지했다. 이불장 바로 옆 구석이 그 자리였고, 귀희의 저지레를 바루어놓고는 이내 어김없이 앉은걸음으로 당신 자리로 돌아가서 무릎을 세우고 가만히 앉아 있었다.

그즈음 미순은 걸어서 10분쯤 걸리는 가게로 나가 만화책을 도산매하는 귀희 아빠의 일을 도와가며 낮시간을 보냈는데, 점심때 시할머니 밥을 차려주기 위해 집에 들르면 당신은 언제나 먼저 먹을 것을 손수 챙기고 있었다. 노친네는 스스로 천덕꾸러기임을 알고, 밥을 챙겨주는 그 일 같잖은 일로 손주며느리를 집으로 오게 하는 걸음품이 미안하다는 눈치였다. 도대체 온종일 말이 없는 늙은이였다. 느릿느릿

앉은걸음으로 소일하는 짐짝이었다. 그래도 눈치는 뻔해서 맏손자가 무엇해서 밥을 먹고 살아가며, 손자며느리의 심덕이 어떤가도 훤히 짐작하고 있었다.

그 아파트는 나란히 붙은 방 두 개에 현관문을 열면 바로 널짝만한 좁다란 부엌뿐이었다. 그 부엌마저도 쪽마루가 두 방의 길이대로 깔려 있어서 비좁아터진 달개였다. 쪽마루 밑에 두 개의 연탄 아궁이가 뚫려 있었고, 거기에는 연탄을 빼곡이 재워둬야 했다. 연탄을 백 장만 들여놓아도 부엌 속이 시커먼 아궁이 같아졌고, 연탄광 같은 곳을 헤집고 들락거려야 하는 판이라 아랫도리 옷에는 늘 검댕이 묻게 마련이었다. 노친네가 와 있고부터 방과 쪽마루와 부엌이 차츰 멀끔하게 인물이 나기 시작했다. 미순이 집을 비우고 있을 때, 노친네가 물걸레질을 해놓아서였다.

어느 날 해거름에 귀희 외할머니가 들렀다. 귀희를 좀 봐달라고 전화로 연락하면, "이 성냥갑만한 집이 숨통 막힌다. 나는 하루도 못 살겠다"라면서도 곧잘 들르시던 양반이 노사돈댁이 와서 계시고부터는 딸네 집 걸음을 딱 끊고 지내던 터였다. "귀희 외할배가 요즘은 니가 전화도 안 한다고, 자꾸 한번 들러보라고 해싸서 왔다."

엄마의 손에는 미순이 좋아하는 시루떡과 인절미가 묵직하게 들려 있었다. 불도 켜지 않아서 방 속이 시커맸다. 복도 쪽으로 붙은 바깥방을 거쳐야 안방으로 들어갈 수 있었다. 쪽마루의 한가운데에 찬장이 가로막고 있어서였다. 안방은 늘 밥상을 펴놓는 주방이자 노친네가 누워 지내는 방이었고, 노친네는 낮 동안만 예의 바깥방 한쪽 구석 차지를 하고 있다가 해가 지면 안방으로 건너와서 밥상을 챙기고는

풍속의 꺼풀

했다. 짐작컨대 낮 동안에는 사람이 그리워서 복도를 내왕하는 인기척도 들을 겸 현관문이 열리는 소리를 들으며 집을 지키느라고 그랬을 것이다.

노친네는 부엌에서 두런거리는 손주며느리와 사돈댁의 말소리를 들었던 모양이었다. 안방 문이 가만히 열렸고, 노친네의 시선 없는 눈길이 사돈댁을 빤히 건너다보았다. 노친네의 들릴락말락한 소리가 웅얼거렸다. "사돈댁이 오셨구먼. 좀 들어오시지 않고실랑." 엄마가 시루떡을 쟁반에 담으면서 대답했다. "귀희 외할매예요. 불을 켜놓고 계시지요." 미순이 말을 받았다. "밤눈이 어두워서 해 떨어지고는 암것도 안 보여." "그래? 그러면 니가 불이라도 좀 켜드릴 것이지." 엄마가 고함에 가까운 소리를 내질렀다. "떡 좀 드세요. 귀희 에미가 떡을 워낙 좋아해서 좀 사 왔어요." "귀는 밝으셔." 형광등을 켰다. 뒤이어 안방과 바깥방 사이에 가로질러놓은 미닫이 문짝을 활짝 열어젖혔다. 낮 동안에는 그 문짝을 열어두고 있으나 어두워지면 손자며느리 내외의 꼴같잖은 밤일을 못 본 체하느라고 노친네는 그 문짝을 틈 없이 닫아버렸다. 안방에서 자고 있던 귀희를 내려다보며 엄마가 노친네에게 듣기 좋으라고 "지 애비 쏙 빼닮았어요"라고 말했다. 노친네는 아무런 대꾸가 없었고, 여전히 그 시선 없는 눈길로 손주며느리가 떡을 한 입 가득 오물거리는 모습을 쳐다보고 있었다. 노친네는 식량(食量)이 새보다 조금 더 먹는 터이라 떡 같은 군것질에는 손을 대지 않았다. 현관문을 열고 거친 시멘트 바닥 복도를 한참이나 걸어가야 하는 용변출입이 불편해서 그럴지도 몰랐다.

나무랄 데가 없는 노친네였다. 노친네는 말을 하지 않음으로써 집안의 모든 불편, 불만, 불안을 거대한 빨판처럼 빨아들이고 묽게 풀어 가고 있었다. 그 고집스러운 침묵이 손주며느리의 짜증스럽고 힘겨운 삶 자체를 더욱 돋보이게 하는, 딱딱하고 견고한 널빤지 같았다. 미순이로서는 노친네의 시름이 얼마나 깊은지를 알 길이 없었다. 아니, 알고 싶지도 않고 모르는 게 약이라고 치부했다. 시골에서도 내몰렸고, 도시에서도 밀려난 가장이, 노친네의 그 맏아들이 폭음과 화병으로 죽어버리자 뿔뿔이 제 살길을 찾아 나서는 가족들을 예의 그 빨판 같은 침묵으로, 망연자실의 몰골로 바라봤을 노친네의 시름은 웬만큼 그려볼 수 있었지만, 그런 흘러간 과거사는 이제 남의 일이었고, 허망해지는 꿈결이나 다름없었다.

이윽고 엄마가 선걸음에 돌아가려고 일어섰다. 노친네가 그 인기척을 알아챘다. 노친네는 당신의 사돈댁 대접이 끝났다고 생각했는지 앉은걸음으로 물러날 채비를 차렸다. "정신은 멀쩡하시네. 저는 이만 갈랍니더. 마음 편하게 자시고 손부한테 이것저것 일 많이 시키세요." 노친네가 알았다는 시늉으로 머리를 보일 듯 말 듯 주억거리고 나서 이내 벽을 차지하느라고 물러앉았다.

그 아파트는 6층짜리였는데, 한 동에 출입구가 두 개나 있었고, 미순네 부엌은 한 출입구의 벽을 의지로 삼고 있었다. 현관문을 밀고 돌아서면 출입구였고, 곧장 먼지가 풀풀거리는 길바닥이었다. 길에 나서자 엄마가 의미심장하게 말했다. "귀는 밝다고? 콧구멍만한 방에서 너거들 잠자리가 불편하겠다." "하루종일 말 한마디 없는 노인넨데 머. 낮에는 손수 빨래도 하고." 그날 엄마는 집에도 전화를 놓았다고 아빠 회사로 전화할 거 없다면서 좀 들뜬 기색이었다.

노력에는 한계가 있었고, 돈은 운이 따르는 사람의 품으로만 뛰어드는 요물이었다. 특히나 큰돈도 없이 벌인 장사에는 노력을 쏟을수록 장애물이 속속 불거졌고, 운이 나 몰라라 하는 장사는 억지 부리기나 마찬가지였다. 욕심을 죽이고 살면 비지땀을 흘린 만큼 겨우 밥이나 제때 먹고 살 수 있었다. 남편은 밑천도 넉넉잖은데도 욕심이 많았고, 돈독이 올라 있어서 제정신이 아니었다. 돈에 걸신이 들리자 머리 굴리는 사람이 더 내 것과 남의 것을 분간할 줄 몰랐다. 그는 동업자 중의 한 사람일 뿐이었다. 하수인에 불과했으나 말깨나 했으므로 책임은 도맡아야 하는 모양이었다. 상호신용금고를 찾아다녔고, '당일로 쓸 수 있는' 일숫돈을 손쉽게 얻어냈다.

노친네는 겨울이 닥치자 올 때처럼 아무 말도 없이 성남의 며느리 집으로 가버렸다. 남편은 직원을 세 사람이나 고용했다면서, 그들 중 두 사람은 젊은 아가씨라고, 그들이 온종일 고개도 들지 못하고 일본 만화책 위에다 한글을 도배하듯이 붙이는 작업에 매달린다고 했다. 그는 외박을 하루걸러 한 번꼴로 하기 시작했다. 어느 날부터 갑자기 만화책이 산더미처럼 쌓이기 시작했는데, 그 짐짝은 '팔 수 없는 물건'이라는 딱지가 붙은 폐지였다. '가게 권리를 할 수 없어서' 동업자에게 양도했다고 했고, 우선 '사람부터 살고 봐야 하니 집을 넘기자'라고 했다. 기원으로 찾아갔더니 매일 "저 구석에서 죽치고 지내더니" 며칠 전부터 발걸음을 끊고 있다는 것이었다. 길에서 빚쟁이한테 닦달질을 당했다고, 잠바때기의 한쪽 팔이 덜렁거리는 채로 월세방에 들렀다. 알고 보니 그 모든 말이 거짓말이었다. 어디서부터 어디까지가 거짓말인지, 당사자도 몰라서 횡설수설이었다. 뜬 거지 신세가 되자 사람이 달리 보였고, 생판 다른 사람으로 변하기 시작했다. 주제꼴이 그 지경이었으므로 몸도 말이 아니었다. 밤이면 남자구실도 못 했다. 꼬깃꼬깃 마련해둔 월세방 값을 몰래 가져가고서는 며칠씩 코빼기도 비치지 않았다. 세월이 모질게도 더디 흐르고 있었지만, 다리품을 팔 때는 시간이 물 흐르듯 지나갔다.

간밤에 잠을 설쳐서 미순은 시방 눈이 아리다. 시커먼 땟국이 줄줄 흐르던 움막이긴 했어도 그 아파트는 '내 집'이었고, 그 집을 내주고부터 불쑥불쑥 불한당처럼 나타나서 돈을 뜯어 가던 남편 등쌀에 가슴이 벌렁거리는 증세가 생겼다. 그 통에 먹은 것이 잘 얹히는 소화불량증도 생겼다. 그래도 다리 품팔이에 이력이 붙어서 몸은 그런대로 생기에 차 있다. 그런데 엄마의 술주정으로, 사나웠던 꿈자리로 눈동자가 푹푹 쑤신다. 거짓말같이 살아왔고, 거짓말만 믿고 살아와서 웬만한 일은 믿지 않는 버릇이 생긴 터이라 갑작스럽게 아리기 시작하는 눈병마저 긴가민가하다. 덩달아 마음은 더 쫓기고 있다.

출근 시간이 지난 모양이다. 길에는 행인이 훨씬 뜸해져 있다. 삽시간에 길이, 사람 사는 꼴이 달라진 것이다. 그러나 한결같이 다리품을 팔아야 하고, 걷는 노동이 미순의 진짜 삶이다. 엄마가 파출소에서 둘러댔다는 말솜씨가 문득 떠오른다. "처음에는 정말 아무 것도 모르겠어. 잠에, 술에 취해서 내 정신이 깜빡했던가봐. 깨워서 일어나니 낯선 데야. 아무래도 안 되겠어서 아무렇게나 입에서 나오는 대로 주워섬겼어. 니 둘째 오래비도 지금 감옥소에서 콩밥 먹고 지낼 거라고, 귀희 애비도 부도내고 도망질 가버렸다고 거짓말했어. 대번에 알 만하다는 눈치야. 저희들끼리도 말을 만들데. 속으로 엔간히도 할 일이

풍속의 꺼풀

없다 싶데. 파출소에서 나오니까 정말 이 동네 지리를 모르겠어. 도무지 낯설어. 한참 맥 놓고 걷다 보니 낮이 익어가. 엎어지면 코 닿을 데를 놔두고." "다 바른 말이지 머." "그게 다 언제 쩍 이바군데. 니 오래비만 해도 감옥소 갔다 온 지가 언젠데, 안 그러냐. 난생처음 거짓말했다." "한수 오빠는 정초에 큰오빠네 집에 왔댔어요?" "지가 무슨 낯짝으로 거길 오냐. 연락도 통 없고. 귀희 애비는 들렀냐?" "코빼기도 못 봤어요. 돈푼깨나 만지나 보데요. 이제 남의 남자 다 된 사람인데 머. 잊어버리고 살아야지." "그게 마음먹은 대로 되냐. 갈라서지 않은 다음에야 구들목 장군 노릇하면서 안사람 달달 볶지 않는 것만도 다행이지. 남자가 집구석에 있으면 밥도 제대로 안 넘어가." 미순은 눈을 껌벅이며 아스팔트 포장이 잘 되어 있는 낯익은 골목길에 들어선다. 길을 한 번 더 꺾어들면 골목길이 반으로 좁아진다. 골목길이라도 먼지가 일지 않아 좋다. 이윽고 고샅 같은 갈림길이 나오고, 콘크리트 전봇대가 그 모퉁이에 서 있는 집이 미순이 세 들어 사는 주인집이다. 전봇대에는 외등이 달려 있고, 밤이면 그 벌건 불빛이 쪽문 앞에 선 사람의 그림자를 기다랗게 끌어다 놓는다. 작년 5월의 어느 일요일 오후에 방을 보러 왔을 때 담장 너머로 하얀 라일락 꽃이 활짝 피어 있었는데, 이제는 그 앙상한 가지가 추위에 진저리를 치고 있다.

남의 집 단칸방을 무람없이 둘러보기도 귀찮아서 미순은 해거름에 아예 마음을 정하고 낮에 본 그 집에 다시 들렀다. 넓적넓적한 시멘트 블록 담장이 보기에 좋았고, 라일락 꽃뭉치가 여전히 탐스러운데다 향기도 짙었다. 미순은 주인집 대문 앞에서 한참이나 얼쩡거렸다. 복덕방에서 따라온 중늙은이가 문을 두드렸다. 주인집 내외는 돌아와 있었고, 등산복 차림이었다. 그들은 산에서 부엽토를 여러 개의 비닐 봉지에 퍼담아온 모양이었다. 대문 옆에는 이끼가 거뭇거뭇 앉아 있는 황토 화분이 여러 개나 널려 있었고, 이름도 알 수 없는 화초잎들이 싱그러웠다.

청바지 차림의 안주인이 "바깥양반은 머하세요?"하고 물었고, 미순은 "지방 공사 현장에서 일해요. 한 달에 한두 번 들를까 말까 해요"라고 스스럼없이 거짓말을 했다. 주인집 여자가 대번에 뻔한 거짓말임을 알아챈 눈치였다. 이내 그쪽에서는 딸 하나 데리고 사는 젊은 여자의 사연 많은 팔자를 대충 짐작하겠다는 듯이 시선을 돌렸다. 중늙은이에겐 주인집 여자가 "제 값 받을 만큼 받는가 모르겠어요?"라고 물었고, 중늙은이는 "아파트 전세값만 뛰지 일반 주택 방값은 늘 그래요"라고 대답했다. 그쯤에서 주인집 바깥양반이 흙 묻은 손을 탁탁 털며 일어섰고, 놀면한 코르덴 등산모를 벗자, 미순의 행색을 찬찬히 훑어보면서 담배를 꺼내 물었다.

미순은 주인집 남자를 어디서 많이 본 듯했다. 초승달 모양의 새카만 눈썹 사이가 우묵하니 넓적했고, 두툼한 팔자 입술과 살점이 붙어 있지 않은 주걱턱이 돋보였다. 더불어 윤곽도 없고 입술처럼 두두룩한 코가 덩실하니 얼굴 한가운데 올라앉아 있었다. 주인집 남자가 현관 입구께의 계단을 성큼성큼 올라갔다. 쉬 생각이 떠오르지 않았다. 엘리베이터 속에서 흔히 마주치는 특징 없는 중년 남자들의 얼굴은 아니었다. 소개소 중늙은이는 "무슨 사업을 하는가 봅디다"라고 주인집 남자에 대해서 알려주었으나, 그 딱딱하고 자기주장이 셀 것 같은 침묵과 분갈이하던 모습이 묘하게 대조를 이루고 있어서 끗발 좋은 공무원일지도 모른다고 미순은 생각했다.

 이사를 오고 난 다음다음 날 전화기가 놓여졌다. 미순은 친정엄마에게 제일 먼저 전화번호를 알려주었다. 이어서 전화 걸 데를 더듬어가자 불현 듯 어디서 많이 본 듯한 주인집 남자의 인상이 오롯하게 떠올랐고, 곧장 언니에게 전화를 걸었다. 희주 언니는 마침 집에 있었다.

 희주 언니가 서울의 변두리나 다름없는 어느 군청 소재지의 보건소에 다닐 때, 미순은 어린애들에게 예방주사를 줄기차게 놓아주던 언니 곁에서 퇴근시간을 기다린 적이 있었고, 며칠 후 둘째 오빠가 휴가를 나와서 하얀 간호복 차림의 언니와 함께 보건소 앞에서 냉면을 사먹고 영화 구경값을 우려낸 적이 있었다. 그즈음 미순은 '항시 두 편 동시 상영'을 못박고 있는 삼류 영화관에 이력서를 내놓고 채용 통보를 기다리고 있는 중이었다. 시장 안에도 점포를 여러 개나 갖고 있다는 영화관 주인은 면접한 지 한 달이 지나도록 연락을 주지 않았다. 개인소득세과에서 일하던 큰오빠에게 다시 연락했더니, 큰오빠는 당장 "그래? 알았다. 어디 나가지 말고 기다려라, 나는 벌써 근무 잘하고 있는 줄 알았는데"라고 말했고, 그다음 날부터 그녀는 매표원으로 출근하게 되었다. "보건소에 있을 때 언니 잘 봐주던 무슨 주임인가 하는 분 있었잖아? 여기 바깥양반이 그 사람을 꼭 닮았어" 언니는 잠시 놀라는 눈치였다. "그래? 나 선생 말이지? 옛날 이야기다. 인사를 하지 그랬어?" 언니는 함께 클 때부터 남의 일에는 말귀가 어두운 쪽이었다. "그런데 아니야. 그 나 선생인가 하는 분하고 꼭 닮았어. 인부들 데리고 하수도 뚫는 토목사업 하나봐." "그러면 아니다. 나 선생은

424

외동아들이었어. 그때 곧장 시립병원으로 전근했어. 몰라, 오래돼서. 지금쯤 개업했는지도 모르지. 홀어머니를 모시고 살았어. 날 잘 봐줬지. 귀여워하고. 그분 덕 많이 봤어. 대학병원으로 옮길 때도 추천서 써줬고, 결혼한다고 연락도 왔어. 싱겁게. 성깔도 없고 말도 없고 좋은 남자였어. 잘살 거야. 사람을, 아랫사람을 편하게 해줬어." "이 집도 잘살아. 전봇대 있는 집이야. 피아노 학원 앞집이고. 언제 수미 데리고 놀러 와. 오기 전에 꼭 전화하고. 전번에 빌린 돈 이제 20만 원 남았지? 언제라도 와서 받아가." "떼먹어라. 내 돈이야 떼먹어봤자지. 한수가 내 돈이나 갚았으면 좋겠어. 돈이나 적나. 걔는 정말 못 믿을 애야. 외국 같으면 벌써 정신병원에 보냈어야 할 애야, 나이가 몇 살인데." "믿지 마. 그 허풍을 어떻게 믿어. 형부는 자주 들러?" "몰라. 오다 말다 해. 형부 돈이라고 했는데도 한수 걔는 니 것 내 것이 없어." "원래 그렇잖아. 다들 남자 등쌀에 지지리 고생이야." 엄마의 관찰에 따르면 희주 언니는 미순이 자신과는 달리 평소에 한숨을 쉴 줄 모른다. 여자의 팔자를 알아보는 척도가 엄마에게는 한숨이다. 그래서 희주는 놀고먹는 팔자다. "그러게 말이야. 귀희 많이 컸지?" "응, 병치레 안 하니 잘 크는가 보다 하고 있어." "엄마는 요즘도 술 많이 자셔? 왜 나한테는 통 연락이 없지. 노망기가 있나? 제 자식도 몰라봐." "애먹이고 못사는 자식 걱정만 하니까 그럴 테지." 언니는 "나도 이사나 해버릴까. 남의 집에서 살려니 사는 것 같지도 않아"라고 배부른 소리를 중얼거렸다.

쪽문은 늘 열려 있다. 주인집 쪽으로 돌아가는 처마 밑에는 녹색 플라스틱 차양이 담장 위에 걸쳐져 있다. 그 차양 아래에 연탄을 비롯한 온갖 잡동사니가 빼곡하니 들어차 있으니 도둑이 들어와도 주인집은 까맣게 모를 수밖에 없다. 부엌문에는 문고리 아래에 자물쇠가 매달려 있다. 미순은 그 자물쇠를 늘 잠그고 바깥출입을 하므로 귀희는 주인집이 사용하는 나무 대문으로만 나다닐 수 있다. 간혹 자정이 넘은 시간에 전화로 두어 시간씩 신세 타령을 주고받는 터여서 미순은 언니에게 전화를 걸까 어쩔까 하고 망설인다. 낮이라 주저가 앞서고, 사나웠던 간밤의 꿈자리 때문에 평소에 하지 않던 짓거리를 하기가 싫은 것이다. 그래도 가만히 앉아 있자니 조바심이 나고, 눕기도 그렇고, 잠 잘 엄두도 나지 않을뿐더러 마음이 뒤숭숭하다. 이래저래 주인집 방에서 놀고 있을 귀희를 불러올 마음도 내키지 않는다. 귀희는 꼬불거리는 퍼머 머리를 이마 위에 소복하게 얹고 있는 제 또래 주인집 머슴애와 어린이용 침대 곁에서 저지레를 늘어놓고 있을 것이다. 주인집 여자는 은근히 아는 체, 있는 체하는 떠세가 몸에 배어 있으나, 미순은 그런 자세에 심통을 부릴 기력도 없다.

귀희의 손이 닿지 않게 서랍장 위에 올려놓은 전화기를 미순은 방바닥에 내려놓는다. 차렵이불 밑은 언제나 따뜻하다. 그 온기는 미순에게 자신이 겉늙었으며, 세파에 몹시 찌들었고, 마음도 주름살투성이임을 일깨워준다. 미순의 어수선한 마음을 헤아리고 있다는 듯이 전화기가 그녀를 빤히 올려다보며 울어댄다. 미순은 속으로 '언니다'라고 탄성을 지른다. 어느새 그녀는 눈이 한결 덜 아린다고 느낀다. 눈동자도 추위와 찬바람을 타는지 모를 일이다. 눈꺼풀이 가벼워진 게 신기해서 그녀는 기분이 조금 느긋해진다.

"언니구나. 나야. 엄마? 난리가 났어. 잠에 취했었나봐. 길바닥에 곯아떨어져서. 잠 쫓을려고 술 마시다가. 아니야, 술에 취해서 길바닥에서 누워 잤나봐. 손목도 삐고, 얼굴도 피딱지가 시뻘겋게 앉도록 갈아붙이고. 몰라, 그만한 게 다행인지 어떤지. 곧장 갔지. 상수가 전화했어? 지금 일 나갔을 거야. 누구 집이라도 집 속에 들어앉아서 손에 일을 잡고 있어야 속이 덜 부대끼는데. 점? 언니가 점은 웬일이야, 정초부터. 형부가 사업하니까 그런 것도 즐기는 모양이지? 그래 뭐래? 그러면 좋은 거 아냐. 돈 쓸 팔자라니, 수레는 또 머야. 자동차도 아니고. 점쟁이들 말솜씨 하나는 알아줘야지. 그 위에 올라타기만 하면 된다고? 손수레는 누가 끌고? 그래? 몇 개월째야? 우리집 식구들 혈압은 정상이잖아. 그건 언니가 더 잘 알 거 아냐. 혈압도 사주팔자에 나온다고? 진맥까지 본다고? 점쟁이가 아니라 의사네. 공연히 남의 여자 손목 한번 잡아보자는 수작 아냐? 혈압이 정상이라야 순산을 해? 오지 마, 내가 짬을 내서 언니 집에 갈게. 형부는 내려갈 거야? 간밤에 꿈자리가 시끄러웠어. 온몸이 욱신욱신 쑤시고 아파서 죽을 맛이야. 글쎄, 오지 마. 이 방에서 사람 보기가 싫어서 그래. 나는 엄마와 달리 길에 나가야 마음이 편해."

부엌에서 "귀희야, 귀희 있나?"라는 소리가 들린다. 귀희가 없는 줄 뻔히 알면서도 헛기침 삼아 불러대는 그 거짓 목소리의 임자가 누구인지 미순은 대번에 알아챈다. 미순은 곧장 가슴이 벌렁거린다.

"언니, 집에 빨리 가. 내가 거기로 갈게. 꿈자리가 맞나봐. 지금 막또 일이 터졌어. 나는 집에 들어앉아 있으면 늘 이렇게 당해. 속도 편찮고. 정말 엄마 팔자와 꼭 반대야. 길에 나가야 편해. 끊어."

엄마가 한 번도 '이 서방'이라고 부르지 않고 '귀희 애비'라고, 혈연

풍속의 꺼풀

의 끈만이 간신히 붙어 있는 사람이 방 안으로 어깨를 엉거주춤하게 구부리고 성큼 들어선다. 그 행색에 꼴 같잖은 행태는 늘 주눅이 들어 있고, 몸은 두 여자 사이에서 쫓기고 있음을 단적으로 드러낸다. 남의 남자가 다 된, 점점 낯설어지는, 그 모습을 얼핏 쳐다보는 것만으로도 진저리가 처지고 가슴 한구석도 답답해 오는 우중충한 지체가 차렵이불 속에 발을 디밀어 넣어보고, 이내 펑퍼짐하게 앉자마자 엉덩이 밑에 두 손을 끼워넣는다. 방 안에 성가신 돌덩어리가 놓여진 것 같은 느낌 때문에 미순은 자신의 주름살투성이 살갗이 무더위에 지쳐서 녹아내리는 것 같다.

그는 넥타이 차림이긴 하나 행색은 그대로다. 만화책 속에서 살아가는 거간꾼이라서 언제나 먼지를 뿌옇게 뒤집어쓰고 있는 것 같고, 그 형상은 희뿌연 유리창 너머의 물체나 다름없다. 외등 불빛이 끌어다 놓은 기다란 그림자에는 온기도, 체취도 없다. 먼지가 그렇듯이.

그 흐릿한 형상만큼이나 힘없는 남자의 목소리가 방 안에 슬그머니 깔린다.

"웬 신발이 한 짝뿐이야?"

굽은 달려 있으나 뒤축이 없어진 엄마의 합성 피혁 신발을 그가 유심히 본 모양이다. 미순은 새벽에 부엌을 나서면서 그 신발 한 짝을 쓰레기통에 버릴까 하고 한참이나 망설였던 기억을 얼핏 떠올린다. 그 신발을 들고나오다가 쪽문 앞에서 도로 부엌 속으로 던져버렸으니까.

미순은 방문을 열고 "귀희야, 아빠 오셨다"하고 소리친다. 귀희가 자신의 대꾸를 대신해주기를 바라고, 그의 동정을 드문드문 엿듣기

428

위해서이다.

"엄마가 간밤에 잊어버리고 갔어요."

"신발을 한 짝만? 무슨 소리야, 무슨 일 있어?"

"엄마가 다리를 다쳤어요. 어제 저녁답에."

미순은 거짓말을 자연스럽게 내뱉고 있는 자신이 떳떳해서 은근히 들떠 오른다.

"그랬어? 병원에 갔댔어?"

"왼쪽 발에 깁스까지 했구마는."

"어쩌다가?"

"얼음판이 넘어져서 발목을 삐었나봐. 노인들 뼈는 금이 잘 간다나 어쩐다나."

"어디서, 일진이 사나웠나 보네."

"일하러 갔다가 여기로 돌아오는 길에 그랬대. 버스도 잘못 타서 길도 제대로 못 찾고, 공돈 내버렸다고, 그 돈이 아깝다는 생각만 하다가 헛디뎠다고…"

"요즘도 일 나가시나, 이 추운 날씨에."

미순은 수금 수첩을 꺼내든다. 볼 것도 없지만, 그의 시선을 피하려고, 눈덩이처럼 점점 커져가는 자신의 거짓말에 의지를 삼으려는 심사에서다.

"일해야 속이 덜 보대긴다니까. 그나마 남의 집에서라야…"

어느새 그는 담배 연기를 길게 토해내며 남의 집 같은 데 앉아 있는 자신의 어색한 몰골을 희미하게 감추어가고 있다. 대체로 그는 늘, 아니 이때껏 자신의 몰골과 행적을 먼지처럼 희미하게 감추어 왔고, 지우면서 살아가려고 작정한 사람 같다. 지내놓고 보니 그런 행색이 묘하게도 어울리고, 실물보다 그림자가 한결 돋보이는 물건이기도 하다.

"신정도 제대로 못 찾아먹었네, 바빠서. 어제도 야간작업까지 하느라고 몸살을 했네."

'야간작업'이란 말에 미순은 즉각 '또 지 무능을 감추고 덮어버리는 게 아니라 되레 들추어내는 거짓말 수작'이라고 속으로 역정을 낸다. 이제는 예전과 달리 그 역정에는 열기가 없다. 말싸움하기도 귀찮고, 만화책 위에다 한글을 도배질해대던 여자를 떠올리기도 싫어서이다.

"어째 구정은 제대로 찾아먹어야 할 텐데… 신정은 설도 아니야."

변명치고는 명절을 들먹여서 제법 그럴듯하다. 저런 핑계에 녹아나고 있는 어떤 여자가 불쌍하다는 생각도 든다. 그런 동정심은 이미 오래 전부터 쓰다듬던 것이어서 케케묵고 낡아빠진 것이다.

"귀희는 어디 갔나?"

미순은 아무 대답도 하지 않고 열어놓은 방문을 나선다. 2층으로 올라가는 층계참이 그녀의 전세방을 납작하게 깔고 앉아 있다.

신문사에서 주최하는 무슨 문화강좌 같은 걸 부지런히 들으러 다니며 '교양'으로 온몸에 도배질하기를 즐기는 주인집 마누라는 하루걸러 한 번꼴로 들락이는 젊은 파출부에게 "진작했어야지"를 남발하는 여편네인데, 의외로 화초 가꾸기는 좋아해도 빨래하기와 청소하기는 철저하게 놉으로 때운다. 집에 있을 때는 늘 '허리가 끊어질 듯이 아파서' 침대를 등에 지고 산다. 바깥양반과 일요일마다 서울 근교의 산을 타는 게 낙인데, 그 취미마저 없었다면 그녀는 일찌감치 침대 속에 파묻혀 골골거렸을 것이다. 그러나 다행하게도 그녀는 "좋은 말도 못 듣고 큰일 날 뻔했다"라고 문화강좌를 상찬하며 파출부에게 집과 애들을 맡기고, 성장 차림으로 대문을 나설 때는 허리를 유달리 꼿꼿하게 펴서 교양 있는 유부녀의 미태를 한껏 시위하는데 극성스럽다.

생활의 격식을 그처럼 폭 좁게 마름질해대고 있는 주인집 마누라는 또 집을 비운 모양이다. 귀희와 제 막내둥이를 앞세우고 피자집에라도 갔는지 모르고, 그 선심 자랑을 늘어놓으면서 오후에는 집을 미순에게 또 맡길지 모른다.

"주인집에서 데리고 나갔나 봐요."

"자, 고깃국이라도 한 그릇 끓여줘. 열 일 제쳐놓고 잠부터 좀 자야겠네. 몸이 얼었나, 왜 이렇게 온몸이 가렵지. 정말 밤일은 할 게 못되네. 야근에 사람 골병들어. 몸이 찌뿌드드해서 영 죽을 맛이네."

방바닥에는 하얀 자기앞수표가 한 장 놓여 있다. 그 종이쪽지가 반으로 접혀 있는 걸 보면 미순이 방을 잠시 비운 사이에 지폐 속에서 달랑 한 장만 꺼내놓은 게 틀림없다. 미순은 속으로 '저런 야지랑스러운 머리로 부도도 내고, 은행에다 사취계를 떠넘기고, 외간 여자와 샛살림도 차렸겠지'라고 비웃는다. 아무려나 그런 남의 일은 다 지나간 과거사다. 미순은 그 종이쪽지를 선뜻 집어 들 마음이 내키지 않지만, 순간적으로 '귀희를 누가 키우며, 목돈을 기다렸다가는 애달아 지레 늙는다'라고 머리를 굴리며 얼른 줍는다. 목돈 훑어가고 푼돈 내놓는, 생색 안 나는, 하잘것없는 짓거리여서 그까짓 거야 없어도 살아갈 수 있는 인연의 끈을 집어든 것이다.

그걸 기다렸다는 듯이 그는 양복 상의를 벗어서 방금 미순이 집어

든 종이쪽지처럼 그것을 반으로 구겨 서랍장 곁에 뉘여놓고 모로 누
워버린다.

"베개나 좀 줘."

"언니가 오늘 내일 한데요. 애 낳을 날이. 가봐야겠어요. 엄마가 거
기 가 있을지도 몰라요."

미순은 무심결에 튀어나온 거짓말이 꽤 그럴듯해서 속이 좀 설렌
다. 마음이 덜 부대낄 집 밖으로 나설 구실이 맞춤하게 마련된 것이
다.

"그래? 지금 무슨 애야. 처음 듣는 소리네."

"우리 돈이나 빨리 갚아야 하는데."

물론 언니에게 갚아야 할 돈은 없다. 그는 까맣게 잊어버리고 있을
테지만, 그놈의 얼어죽을 '야간작업'을 입에 달고 살 때, 미순은 언니
에게 돈을 꿔다 쓴 적이 여러 번 있고, 그것을 작년 여름에야 다 갚았
다.

미순은 자리에서 단호히 일어선다. 다리 품팔이를 할 때 입는 누런
근무복을 벗어버리고, 벽에 걸린 허름한 반코트를 걸친다. 수금을 나
갈 때의 차림이다. 부엌으로 나간다. 선반에서 단화를 집어서 내린다.
엄마의 신발 한 짝을 그 대신에 선반 위에 올려놓는다. 거짓말 같은
신발 한 짝이 고이 모셔졌다고 생각하며, 그녀는 방 안의 '남의 사내
로부터' 쫓기듯이 쪽문을 나선다. 미순은 제 갈 길이 어디인지도 모른
채 마음이 한결 가벼워져서 여느 새벽처럼 발걸음을 잽싸게 떼어놓기
시작한다. 어느새 그녀는 방금 방 속에서 뱉어놓은 거짓말도 잊어버
리고 있다. 추운 겨울 한낮이라 그녀의 그림자는 한 뼘도 없다. 홀몸

이 된 것이다.(428장)

군소리 1 – 요즘에는 특정 계층의 집중적인 동향/경향/유행/타성태 같은 뜻의 전와어(轉訛語)로 쓰이지만 '밈'의 원래 뜻은 사회적, 문화적 습속으로서 우리말로는 '풍토성'과 맞먹는다. 그것은 '획득형질'처럼 철저하게 '환경'의 산물이며, '단련'과 '반복'을 거듭함으로써 유전인 자와 유사하게 대를 이어간다고 한다. 그러나 '환경'도 변하고, 모든 '반복'은 외부의 영향으로 또 내부의 간섭으로 바뀌게 마련이다. '풍토성'이든 '밈'이든 그것들이 유행, 대세, 트렌드와는 그 말맛이 다르지만, 그 '시한'을 눈여겨 봐야 할지도.

군소리 2 – '풍토성'의 변화 양상을 가장 예민하게, 또 주도면밀하게 대변하는 '시대 풍조'는 혼인 '제도'와 '결혼생활'임은 당장 목격하고 있는 바 그대로이다. '살림살이' 자체가 사람의 사고 형태, 의식, 이념 등을 결정한다기보다 간섭하고 있는데도 흔히 간과하는 언행이, 특히 그런 글줄이 난무하고 있다. 관념소설, 종교소실이 공허하게 다가오는 것은 그 처신론 일체에 '살림살이'로서의 의식주 관행을 미미하게 다루거나 그 소홀한 대범성 때문이 아닐지.

군소리 3 – '닫힌 공간'을 다루는 이른바 '상황소설'의 조작에는 어쩔 수 없이 연극적인 또는 영화적인 장치, 미장센, 시류, 시공간을 과도하게 빌려쓸 수밖에 없다. 이제 영상적 감각은 소설의 본질적 동력인 언어/문맥의 감칠 맛을 송두리째 빼앗아가고 있다. 영상은 찰나적, 감상적이고, 언어는 유기적, 합리적인데도 그 분별조차 영화의 과장성이 무찔러버린 일종의 '밈' 현상을 주목하면, 이것을 나지리 봤다가는

풍속의 꺼풀

옳게 쓸 말이 그렇게 많지 않음을 절감한다.

군소리 4 – 모든 소설에는 '분위기'가 있다. 그것은 '무늬'이기도 하고, 좀 이상하고 특이한 '얼룩'이기도 할 것이다. 통속소설에는 대개 다 그것이 없거나 어슷비슷하다. 어휘/문장/문맥의 선명성이 미흡해서 그럴 텐데, 그렇다면 한 작품의 몇몇 주제어에는 색상만 겨우 비칠까 채도(彩度)가 흐릿하다는 소리다. 순도(純度)는 밀도의 충실성을 드러내는 단위일 뿐이다. 문체의 밀도는 결국 어휘들의 조합이 이끌어내는 음향 같은 것일 텐데, 그 밀도의 짙고 옅음을 알아보는 잣대에 객관적 분별은 통하지 않는 듯하다.

군소리 5 – 단편, 장편 같은 장르 구분에 얽매이는 것이 마뜩잖아서 이른바 연쇄소설도 여러 편 썼는데, 이 작품도 그중 하나다. '거짓말', 허위의식 같은 주제어에 매달리면서, 찌든 삶이란 '공간 의식'을 배경에 거느리고서, 공적 공간과 사적 공간을 번갈아 대비하면서.

이미지를 쫓아가니

1

솜털 같은 버들개지가 어지러울 정도로 유리창에 마구 엉겨 붙고 있는 광경을 내가 멍청히 노려보고 있던 지난 4월 중순의 어느 날 오후였다. 지구의 온난화 현상 때문인지 봄 가뭄이 심하고, 지레 여름 날씨가 들이닥쳐서 내 작업실 속까지 아열대성 기후의 특징이라는 사막의 무풍대가 밀려와 있었다. 그 사막이라는 느낌은 특히 오후에 뚜렷해서 언젠가부터 나는 2리터짜리 주전자에 물을 철철 넘치도록 받아 와서 실내 바닥에다 흡사 액션 페인팅이라도 하듯 아무렇게나 뿌려대는 기행까지 벌이곤 했다. 겨울이면 후끈거리는 난방 열기가 마뜩잖아서 건조한 실내 공기를 좀 축이려고, 무슨 글이라기보다 그림을 그리듯 물줄기를 볕 바른 창가 쪽과 라디에이터 쪽에다 쏟아붓는 그 좀 우스꽝스러운 나의 행태가 꽤 과학적이기도 한 것은, 퇴실할 때쯤 커피포트의 코드가 뽑혀 있는지 따위를 확인하려고 실내를 두리번거리면 제법 흥건했던 바닥이 어느새 보송보송해져 있기도 하다.

실내의 사막화를 막느라고 그런 의식적인 행위를 치를 때마다 한낱 문필노동자에 불과한 나는 무의식적인 자동 행위미술의 비근한 실례라 할 잭슨 폴락의 이른바 '얼룩 만들기', 곧 캔버스에 '물감 내던지기'라는 태시즘 기법을 떠올린다. 또한 동양화에서도 이미 오래전부터 폭넓게 써먹고 있는 투묵법(投墨法)의 사례도 그려본다. 나의 그 자발적인, 그러나 자발 없는 건조 예방책을 굳이 오토매티즘 기법의 미술 행위와 견주어보는 것은 재미도 없는 얼치기 말장난과 다를 바 없지만, 실내의 열기가 가장 뜨겁게 달아오르고 그에 비례하여 나의 보잘 것없는 창의력도 그만큼 고양감을 누려야 할 오후 두 시쯤부터 나는 오히려 글쓰기에 철저히 지쳐버려 투필(投筆)한 상태에 들어가 있으므로, 실내 바닥에 물 뿌리기와 예의 그 캔버스에 물감 내던지기는 어떤 상투성과 진부성에 싫증이 나서 내지르는 발작적인 행위라는 점에서는 웬만큼 상동(相同)할지 모른다.

그날도 나는 지쳐 있었다. 오후 한 시쯤에 쇠고기국밥 한 그릇을 사먹고 난 후, 소화를 돕느라고 발길 닿는 대로 20분쯤 어슬렁거리다가 5층짜리 건물의 맨 꼭대기 층 구석방에 처박히니 만사가 귀찮아졌고, 오전 내내 글감, 글맛, 글발을 고른답시고 매달린 흔적이, 원고지와 잡기장 위에 끼적거린 메모, 단상, '당신 몸에서 비린내가 나' 같은 흔적이 아주 꼴사납게 비쳤다. 그렇긴 해도 혼자서 웅크리고 지내는 게 내 생업이고, 혼자 내버려 두면 하루가 서른 시간이라도 심심한 줄 모르는 좀 이상한 성정답게 나는 창가에 붙어서서 이런저런 궁리를 엮어가기에 바빴다.

고층 건물들 사이로 까마득히 보이는 테헤란로의 빼곡한 차량 행렬 위에는 아지랑이가 아물거리고 있었다. 그때 나는 그즈음 막 기고하려는 어떤 중편소설에서 '설명'과 '표현'을 가리기, 화자 시점(視點)의 편식 깨기, 이야기 차례를 엇바꾸기 등에 대해서 머리를 한껏 굴리고 있던 판이었다.

　그러나 그런 궁리도 막상 써나가다 보면 방금까지 머릿속에서 들끓던 그 모든 착상이 사막처럼 하얗게 삭아버린다는 사실을 경험으로 잘 알고 있으므로 이내 긴장을 풀었고, 맨손체조 하듯이 팔을 흔들어 댄다고 해도 좋을 정도로 주전자를 내둘리며 물 뿌리기에 전념하느라고 실내 여기저기를 어정거렸다. 그 짓은 심심해서 시간이나 때우려는 소행과는 조금 다른 것으로, 차라리 어떤 진전, 몰입, 전개를 기약하느라고 잠깐의 휴지, 방임, 일탈에 심신을 부려놓는 일상의 한 토막이기도 했다. 그 짓거리야말로 낮 동안만 독방에 갇힌 수인인 내가 누리는 단조로운 낙 중 하나라면 과언이 아니었다. 낙이란 원래 기릴수록 단조로울 수밖에 없고, 그런 의미에서도 골동품 수집가와 나르시시스트는 자기 물건, 자기 얼굴만 볼 수 있는 시력만 괜찮으면 그뿐이며, 명색 예술가의 그런 유아독존적인 처세가 반사회적인 것은 아닐지라도 공동체적인 삶과는 일정하게 겉돌고 있다는 지적에서 무한정으로 자유로울 수는 없을 듯하다.

　아무튼 그날 오후 두 시쯤 두 주전자째의 물 뿌리기를 거의 끝냈을 때쯤 전화기가 울었다. 내가 전화를 걸 데도 별로 없고, 걸려올 전화는 그보다 더 없는 나의 대사회적인 형편은, 마음먹고 기억하기로 들면 지난 일주일 동안의 통화 수와 그 일시, 통화 내용까지 대충 되살릴 수 있는 정도라서 뜬금없는 전화였다. 당연히 빈 물 주전자를 한 손에 들고 전화 송수화기를 귀에다 댔다.

　매번 무슨 꿍꿍이속이 있어서 비나리를 치는 게 아니라 천성이 싹싹해서 어리광을 부리는 듯한 음성이 들렸다.

"아이콘 갤러리예요, 아시지요?"

그녀는 화랑 주인이었다.

"아, 예, 오랜만입니다. 잘 되시지요?"

"예, 늘 머 그렇죠. 잘 아시면서 한결같이… 어쩜 인사가 늘 즉각 똑같으시죠? 그게 매번 좀 우스워요."

"예, 늘 그렇지요 머. 단조로운 건 사실일 거예요. 화랑 운영은 아주 활발한 거 같데요."

"그 인사마저도 아주 한결같으신데요. 팜플렛 받으셨지요?"

"예, 잊지 않고 보내주셔서 한결같이 잘 받아보고 있습니다. 꼬박꼬박…"

"오늘 오픈해요. 와주실 거죠? 일곱 시쯤에 오세요. 쬐끄만 세레모니를 준비했어요. 그때처럼 마구 떠들고 흠뻑들 취했으면 좋겠어요. 조 화백도 김 선생님이 꼭 참석해주시면 빛이 나겠대요. 언제부터 두 분 사이가 그렇게나 밀착되었는지가 정말 궁금해요. 은근히 질투도 나고요."

무식해서가 아니라 성격상 또 직업상 유식한 말을 골라 쓰는, 방금 듣자마자 대번에 와 닿는 '세레모니, 밀착, 질투' 같은 문잣속이 화자의 전반적인 속성과 함께 바로 비치는 위선을 곱게 포장하고 있다는 느낌은 자나 깨나 말을 고르고 사는 나의 생업상 어쩔 수 없이 겪는 생리적 반응이다.

"공연히 하시는 빈말로 알아듣지요."

슬리퍼 바닥 밑에서 물이 질퍽거리는 소리가 들렸다.

438

"공연한 말씀이라니요, 섭섭해요. 제가 언제 이런 특청을 넣는 걸 보셨어요? 꼭 나오시게 만들어 보래요. 아까 점심때 조 화백이 제게 떼를 썼는걸요."

"솔직히 말하면 전 그 양반을 볼수록 잘 모르겠대요. 안면이야 익지만. 그림도 팜플렛에서 처음 봤는데요."

"아, 그러세요. 미처 몰랐네요. 그러니 더욱이나 오늘 원화를, 오리지널을 좀 찬찬히 봐주시면 좋지요. 현대의 신화까지는 몰라도 활달한 생명감이 가득 넘쳐요. 우화, 환상 같은 거 있잖아요. 선도, 색채도 모두 다채로운데 원색을 자제해서 분위기가 착 가라앉아 있고요. 아우라가 화폭에 배어 있다고 해야 하나…"

"그렇기는 하나 보데요. 제가 뭘 볼 줄 알아야 말이지요."

"또 공연한 겸손의 말씀을… 오실 거지요? 기다릴게요. 젊은 화가들을 김 선생님 같은 분들이 격려도 좀 해주시고 그러셔야지요."

"저야 문외한인데요 머. 세칭 기라성 같은 미술 감상가들이 얼마나 많은데. 아무튼 거치적거리기만 하고, 배돌다가 서로 거북해지고, 우물쭈물하다가 버석버석해지고 말 텐데… 이래저래 착잡해지네요."

"절대로 심심하게는 안 만들게요."

"그 말을 누가 믿겠어요. 하기야 책임을 따질 말도 아닌 줄이야 알고, 심심하고 안 하고는 전적으로 제 문젤 테지만."

"믿어보세요."

"그러고 보니 이 선생을 본 지가 꽤 오래됐네요."

"예, 정말 그렇지요? 애 대학 입학 어플라이 때문에 미국 좀 갔다 왔어요. 벌써 지지난달 일이지만요."

"아니, 그쪽은 언제 대학입시가 있길래…"

"미국 대학은 대개 9월에 입학, 개강하나 봐요. 6개월 전부터 미리 지원하고, 추천하고, 심사하고, 면접하고, 통보하고 그러나 봐요."

"아, 그렇군요. 역시 대국이라서 느긋하니…"

"대국이라서가 아니라 선택의 폭이 워낙 넓은데다 일류 대학들도 많아서 입시제도를 여유롭게 운영하나 보데요."

"그게 결국 그 말 아닙니까?"

"결론은 그런데 좀 많이 다르데요."

"결과는 좋았습니까?"

"예, 예일대에서 받아주려나 봐요. 스포츠에 좀더 적극성을 보였더라면 하버드에 집어넣을 수도 있었는데…"

"아이고, 축하합니다. 예일이라면 초일류지요. 부시나 클린턴 같은 대통령들도 다 그 대학 출신들일걸요, 아마."

"그 건달 같은 대통령 따위야 한 다스가 나온들 무슨 상관이겠어요. 예일에도 가봤는데 잔디도 안 깎아놓고 캠퍼스가 칙칙하니 우중충하데요. 얼마 전에 거기서 무슨 살인사건이 일어났다나 어쨌다나 하면서. 하버드는 싱싱하니 활기가 철철 흘러넘쳤어요. 생명력 같은 게 퍼덕퍼덕 꿈틀거리데요."

"아무튼 이제 홀가분하니 한시름 놓았네요."

"대충 그런 셈이지만, 애가 또 제 기질에는 예일이 맞대요. 누굴 닮아서 그런지 음침한 걸 좋아하고. 아이 참, 애 말만 나오면 제 수다가 이렇게 길어진다니까. 바쁘신 시간 빼앗아서 죄송합니다. 조 화백 좀 바꿀까요?"

"아니요, 됐습니다. 날씨도 좋고 하니 오랜만에 슬슬 나들이나 한번 해보든지 하지요."

"고마우셔라, 기다릴게요."

실내에 좀 촉촉한 기운이 감돌았다. 내방객이 한 달에 한 사람 있을까 말까 한, 좋게 봐줘도 개인용 아지트 같은 작업실이라 전화기가 그나마라도 사람의 훈기 같은 걸 일구는 유일한 통풍구이자 나 자신과 외부를 이어주는 가느다란 통로였다.

화랑 이름을 거창하게 '아이콘'이라고 걸어두긴 했지만, 화랑 주인 미세스 리는 어떤 '도상(圖像)'의 윤곽이 선명하게 잡혀 오지 않는 여자였다. 도상을 화가의 꿈, 출신 환경, 기억, 이미지, 상상력 등을 어떤 유형으로든지 평면에 형상화한 미술작품 그 자체, 나아가서 그림의 어떤 표현형식 곧 화폭 위에 드러난 선과 면과 색깔의 형체로 한정한다면 그녀에게는 실물감으로 다가오는 조각 그림들은 제법 풍성하나, 그 형상 전체의 분위기랄지 어떤 원형은 모호했다. 일련의 흐릿한 무정형의 그림 같은 여자라는 그녀에 대한 첫인상은 만난다든지 전화 통화를 길게 나눌수록 점점 더 뚜렷해진다. 하기야 겉으로 드러난 그녀의 신분은 너무나 분명하다. 그런데도 그녀는 화폭의 크기도, 그 속의 형체도 불확실한 게 아니라 불확정적이어서 자꾸 달라 보이기도 한다. 가령 소라고둥 같은 나선형 계단 때문인지, 아니면 입체감이 나도록 창틀을 외부의 벽면에서 한 뼘쯤 깊숙이 안으로 파 넣은 민틋한 건물이어서 그런지 그녀는 막상 그 건물의 주인이면서도 "지하층 빼고 6층이랄 수 있을까, 화랑 건물치고는 좀 괴상하게 지었어요, 뜯어고칠 수도 없게"라고 말하고 있다. 그녀의 자식 중 하나는 파리에서 무슨 공부인가를 하는 재원(才媛)인 모양이고, 국내에서 중학교를 마칠 때가 되자 자진해서 유학을 보내달라고 졸라대 미국 동부의 어느 명문 사립고등학교에 집어넣은 아들은 수영도 즐기고 테니스도 곧잘 친다고 한다. 그녀 자신은 대학 때 불문학을 공부했다는데, 언제인지는 몰라도 파리에 있을 때부터 붓을 잡기 시작했다고 하며, 나와 처음 만났을 때는 1년쯤 후에 여기 '아이콘'에서 자신의 두 번째 개인전을 갖겠다고 지나가는 말투로 다짐까지 했으나, 바빠서 그런지, 그림그리기에 어떤 진경이 없어서인지 아직은 종무소식이다.

↓

이태 전 늦가을에 가깝게 지내던 후배 시인 하나가 세 번째 시집을 펴내자, 평소에 그의 '쉽고 여운이 긴 시'들을 좋아한다던 또래의 한 여류 화가가 '시와 그림의 랑데부 전시회'를 벌였다. 문단의 후배 몇몇과 그 시집을 펴낸 출판사 발행인, 그 회사 편집부원 두어 명 등속에 껴묻어 나는 처음으로 강남의 아이콘 갤러리에 들렀다. 10여 년 전 그 언저리만 해도 나는 국전이나 유명 화가들의 개인전 등을 꽤 부지런히 찾아가곤 했으나, 마흔 줄을 반이나 넘긴 이즈막에는 살기가 바빠서 마음만 뻔할 뿐 일부러 짬을 내서 '찾아가며 보러 다니는' 열정을 내팽개쳤다. 그새 화랑이 아니라 갤러리도 두 배 이상 늘어났고, 그것들이 서너 배나 살찐 졸부들의 경제력에 힘입어 오로지 돈벌이에만 눈깔이 까뒤집힌 듯한 몰골도 보기 싫은데다, '좋은 그림'보다 '인기 좋은 화가'만 우려먹는 듯한 매스컴의 조명발에 신물이 나서였다. 내친김에 사적인 연유도 들이대자면 가까운 친구 하나와 나보다 한 살 많은 친가 쪽 일가붙이 하나가 그림그리기에 나름대로 미쳐 지내다가 전자는 풍뎅이처럼 싸돌아다니며 이런저런 돈벌이에 여념이 없는 사교가로 전락했다면 그의 명성에 비방은 아닐 테고, 후자는 미대 입시의 실기 시험에서 두 차례나 낙방의 고배를 마시고 나서는 한 사립대 건축공학과에 입학, 대형 건설회사에 들어간 후 지방의 공사 현장에서 플라스틱 작업모를 쓰고 일하다가 모태 간염으로 마흔 고개를 넘자마자 새파란 처자식 셋을 남기고 허둥지둥 이 세상과 멀어지고 말았다. 고종사촌 형뻘이었던 그의 병상 생활을 두어 해쯤 멀찍이 떨어져서 지켜본 계기가 '미술이든 그림이든 좀 알아봐야겠는데' 하는 충동에 휘말리도록 부추겼다.

그거야 어떻든 나이가 중년에 들수록 돈 쓸 일이 많아지고, 이래저래 생존에 허덕거리다 보니 그냥저냥 두서없이 바쁘게, 여유 없이 살아가는 속물의 대열에 주저앉아버리고 나자 미술 감상이야 그림 속의 떡이었다. 다들 그렇듯이 하기 좋은 변명도 따라붙어서 당장 눈앞의 즉물적인 세상도 제대로 못 읽는 주제가 화랑 순례라니, 멋 부림이 아니라 사치고, 일신에 닥친 일상의 의무 방기일걸 하는 심사를 쫓아내기도 버거워지고, 그런 허영기가 거슬려서 책상 앞에 웅크리고 앉아서 미술 관련 책자의 도판을 돋보기로 들여다보는 취미만으로도 감지덕지하게 된 것이다.

어떤 취미든지 제대로 즐기려면 알고 덤벼야 한다는 말은 맞지만, 우선 시간 가는 줄 모르고 탐색하는 데만 철저히 빠져야 조금씩 안목이 생긴다는 말도 마땅한 허튼소리임은 조형미술의 감상에서는 더욱이나 그럴 것이다. 내 독서 경험을 솔직히 털어놓으면 글자만 빼곡한 소설류, 인문학 서적, 평전 등과 이런저런 잡서를 글쓰기에 써먹을 자료로서 닥치는 대로 뒤적거리다 보면 이내 진력이 나며, 대개는 그 너덜너덜한 서술의 가락과 술술 읽히지 않는 문맥에 투덜거리다가 중도에서 '정신병도 여러 가지야, 이 말 했다 저 말 하고, 횡설수설이 먼 데 있는 게 아니네' 하고 미련 없이 내팽개쳐 버릇하면서, 이래저래 미술 서적의 화려한 도판이나 그 해설을 들여다보는 재미에 빠져서, 그럭저럭 미술사와 미술 감상에 요긴한 책들을 산발적으로 읽어가다 보니 그림에도 좋고 나쁘고 모자라고 지나친 데를 알아보는 '시각적 눈'이 차츰 뜨이는 듯하고, 그 제자리 뜀뛰기식 감상 수준은 결국 남의 눈을 통해 보게 되므로 내 나름의 허술한 안목에는 언제나 잘 알려진 편견이나 권위적인 칭찬 일변도의 차단막이 앞을 가리고 있음을 깨닫는 데 이르게 되었다. 따라서 그런 남의 시각에는 독자적이라기보다 부수적인 눈만 얼쩡거리고, 일컬어 식민지 지식인의 시각이랄지 곁다리 추수주의자의 단조로운 분별에서 벗어날 수 없다는 한계도 자각하니, 세상과 그림의 '허영'이 고루 치르는 야합 같은 경계도 어렴풋이 눈씨에 먹혀들었다. 조촐하나 따분하게 기존의 평판에 시비를 거는 그런 안목은 딜레탕트의 엉성한 공론에 부화뇌동하는 혐의를 지울 수 없긴 해도 다빈치와 피카소가 왜 다르게 그렸는지 대중하는 순발력을 열어준다. 그렇긴 해도 그런 정열 절약형 취미와 그에 따르는 소양의 개발을 깎아서 말할 수는 없겠으나, 독보적인 감상의 눈을 개발하지 못하는 그 미진, 미숙, 미달은 아마추어가 쉽게 벗어던질 수 없는 허물임은 분명한데, 자연스레 '잘 그렸다'라는 말을 삼가면서, 어떤 그림이 과연 좋은 것인가라는 본질적인 물음 앞에서 늘 우왕좌왕하다가 멍청해지는 낙을 놓치지 않는다.

아무튼 그림 보는 재미를 찾아다니는 데도 나이가 있는 듯하다. 특히나 나 같은 국외자가 그렇지 싶은데, 30대에는 연극의 동작보다도 일상 중의 대화와는 동떨어진 그 대사의 교환에 귀를 맡기는 재미가 수월찮더니만, 그 주거니 받거니조차 들을수록 '울림'이 허술한데다 무대 전반에 넘쳐나야 하는 긴장감이 '작정이라도 한 듯이' 느슨해 빠져 있는데 질려서 곧장 시시해져 버렸다. 번역극이든 창작극이든 그 소위 미장센의 공소성(空疏性)도 그렇고, 대사의 억지스러운 조작이 거슬리는 배경에는 관객을 끌어모으려는 상업성에다 감상성(感傷性)을 자극하는 선정적인 연출 같은 기획력 따위가 너무 노골적으로 들여다보여서 역겨워졌다.

말을 줄이면 중년의 나이 탓으로 축축 늘어지는 게으른 기동력에 '그 정도야 모를 바도 아니고, 대사와 연기 일체가 대체로 때문은 가락이라서 싱거운 데야 어떡해' 하는 자기 족쇄형 겉늙은이로서의 냉소벽까지 덧붙어서, 그나마 제대로 추스르지도 못하는 문학에만 '의무적인 열정과 까짓것의 성실로' 매달리는 골방 샌님이 되고 만 것이다. 그러니 미술, 연극 같은 인접 예술이 드세게 내뿜는 첨단적인 활력의 현장을 남의 집 불구경하듯 멀찍이 떨어져서 쳐다보는 신세에 달라붙는 체념은 상대적인 열등감의 심화를 재촉할 뿐이었다.

강남의 요지치고는 좀 외진 도산공원 인근에 자리 잡은 끌밋한 화랑을 빌려 구시대적인 '시화전'을 벌인다니까 아마추어 화가의 소박한 전시회 정도를 예상하고 갔는데, 막상 아이콘 갤러리에 발을 디밀자 나는 그 현란한 장치 미술의 한가운데 푹 파묻혀서 나조차 작품의 재료가 된 듯한 착각에 잠시 어리둥절했다. 쪽빛에 가까워서 오그라

이미지를 쫓아가니

드는 듯한 짙은 보라색, 경망스러운 노란색, 한껏 자랑스러운 자주색 등으로 물들인 망사 천들이 마름질하지 않은 피륙째로 천장에 들쭉날쭉 매달려 있고, 바닥에도 좀 뻣뻣해 보이는 피륙이 아무렇게나 구겨진 채로 바닷가의 물거품처럼 모서리마다, 한가운데는 그 원색의 코러스가 쓰러지기 직전의 낟가리처럼 쌓여 있었다. 금방이라도 떨어지고 쏟아질 듯한 그 피륙의 아우성에다 사방에서 은은히 쏘아대는 간접 조명이 음영을 부드럽게 드리워서 실내가 터질 것처럼 부풀어 보였다.

벽면에 붙여놓은 30점 안팎의 크고 작은 시화 패널도 망사 천을 입힌 위에다 노란색 바탕에는 검은 글씨로, 보라색 바탕에는 흰 글씨로 시를 적어두어 그 글자 자체가 기하학적 문양으로 돋보이고 있었다. 패널의 형태도 둥그런 것, 마름모꼴, 삼각형, 장방형 등으로, 그 두께도 가지각색이라 흰 벽면을 부조(浮彫) 장식으로 꾸며놓은 듯했다. 패널 속의 반추상화 그림들을 눈여겨볼 여지조차 진작에 앗아가 버리는 시화전 전체의 '육성'은 대단히 요란해서 시가, 아니 문학이 들러리임을 자처하고 있는 꼴이었다.

많이 본 바가 없어서 잘 모르긴 하나, 장치 미술은 우선 그 발상의 대담성이 바로 메시지이므로 의미 부여 이전에 와락 달려드는 느낌 자체가 작품의 생명감과 그 가치를 웅변하지 않나 싶다. 세련된 도시적 감수성으로 유년의 기억들, 예컨대 매미 울음소리, 뭉게구름, 자전거, 들길 가에 무더기로 피어 있는 억새, 강아지풀, 패랭이꽃, 예배당, 고추잠자리 떼, 연보(捐補)로 내는 찹쌀 한 됫박 등등을 일종의 점묘법으로 노래하고 있는, 어느새 시력(詩歷) 10여 년에 이른 장모 시인의 시에 비한다면 그 이벤트식 랑데부 전은 어떤 상투를 멀찍이 떼놓았다는 점에서는 의표를 찌른 것이었으나, 그 노골적인 과장성에는 탐탁잖은 구석도 없지 않았다. 하기야 미술작품이든 장치 미술이든 그 의미를 읽고 이해, 해석하기로 들면 군말이나 길어질까, 얼비치는 '아름다움'의 적실과는 점점 멀어진다. 그 난감이야 감상자가 삭이면서 적당히 소화해 갈 수밖에 없기도 하다. 언어예술의 감상도 그렇듯이.

그때 관람객은 거의 없다시피 하고, 이런저런 인연으로 몰려온 축하객이 스무남은 명이었던 듯하다. 그들은 일회용 종이컵에 받아 온 음료수를 하나씩 손에 들고 끼리끼리 모여 서서 고개를 꾸뻑거리고, 악수들을 하고, 인사들을 주고받기에 바빴지만, 그 이벤트의 목적이 그렇게 짜여 있듯이 누구도 패널 앞에 붙어서서 시와 그림을 건성으로라도 읽고 보는 사람은 없었다. 미술이, 시가, 사람이 이벤트의 곁다리로 어정쩡하니 둘러서 있는 판이었다. 그 실내 풍경을 영화 화면으로나 그림으로 옮겨놓아야 제격이지 싶었고, 그것에도 풍속 리얼리즘으로서의 풍자가 살아 있어야 비로소 '아, 이게 우리 일상이지, 거들먹거리거나 말거나, 이 멀쩡한 광경을 우리가 놓치고 있었네, 아름다움이 이거지 별건가' 하는 허풍스러운 감상을 내놓지 않을까 싶었다. 아무튼 그림이든 시든 우선 즐겨야 하고, 그 상대적 우열 가리기에도 각자의 눈금을 들이대기 나름일 테니까.

이럭저럭 축하객이 자꾸 불어났다. 이른바 여류시인들도 떼를 지어 몰려와서 덕담을 나누다가 아메바처럼 저절로 뭉쳤다가 흩어지곤 했다. 그들은 혼인 여부와 관계없이 유별난 한 자아의 정체성을 새삼스럽게 찾아 나섰다고 온몸으로 외쳐대고 있었으나, 그들에게 과연 잃

이미지를 좇아가니

어버린 자아가 있었는지, 지금도 잃어버릴 자의식이 있기나 한지 나로서는 분별할 수 없어서, 그 무리와는 적당히 거리를 두는 처신이 마땅하지 않을까 하는 성가신 생각만 되뇌었다. 따질 것도 없이 그들도 시인답게 나름의 '얼굴'을 여러 개씩이나 가지고 있을 테고, 그 개성을 때와 곳에 따라 자유자재로 바꿀 수 있는 현역 배우이기도 할 터이나, 성장(盛裝)한 그들의 차림새가 무색하게 '외로움을 타고 있다'라는 몸짓만은 어딘가에 꼬불쳐두었다가 각자의 체취로 은근히 풍긴다는 점에서 동류항들이기도 했다. 그런 몸짓의 자연스러운 노출이야말로 지금도 시작(詩作)에 열심히 매달리고 있으며, '이런 예술적인 사교 자리에서'는 머리가 멍청하니 사납다는 선입관을 불러일으키게 하는 마력이 아닌가 싶었다.

그런 느낌이야 어떻든 내가 얼굴이나마 알고 지내는 여류시인들은 불과 서너 명뿐이었는데, 키도 크고 잔잔한 눈웃음을 잘 지어서인지 장 시인에게는 뜻밖에도 여류시인 팬이 많았다. 그들은 어김없이 장 시인 곁에서 얼쩡거리다가 증정 시집에 저자의 사인을 받아내는 '통속적 관행'을 잊지 않고 챙기는 데도 빈틈이 없었다. 중인환시(衆人環視)라고 해야 할 장 시인의 그런 일면을 막상 코앞에서 보고 있자니 얼핏 '저런 이벤트도 문학을 업으로 삼았기 때문에 누리는 보상이자 자세(藉勢)란 말인가'라는 생각이 떠올랐다. 나로서는 평소에 글을 써서 겨우 밥이나 먹는 것만으로도 오감해서, 그 밖의 어떤 보상을 바란다면 그것은 죄악이라고 할 것까지는 없을지라도 좀 유치한 허영일 것이라는 소신으로 살아오는 터이지만, 방명록 옆에다 증정용 신간 시집을 무더기로 쌓아놓은 입구의 밝은 조명 아래 무리 지어 서 있는 장 시인 일행이 새삼 세속의 한 풍경으로 돋보였다.

그때쯤 화랑 주인 이광숙씨가 내 쪽으로 다가왔을 것이다. 나는 아이콘 갤러리에 들어서자마자 장 시인의 소개로 그녀와 인사를 나누면서 그녀의 명함도 받은 바 있었다. 그녀는 소매를 걷어붙인 카디건 안에 자디잔 꽃과 이파리들을 프린트한 청색 바탕의 원피스를 치렁치렁하니 받쳐입고 있어서인지 좀 후줄근하달까 축축 늘어진 인상이었다. 그 수수한 차림새야말로 여느 주부와 달리 자기 일이 있고, 그 업을 열심히 즐기며 산다는 노출증 같았다. 그러고 보니 좀 두드러지는 새빨간 루주를 짙게 발랐고, 우뚝한 콧대도 자못 이색적이었다. 뾰족하지도 않으면서 살점이 많은 그 회화적인 코가 화랑 주인의 얼굴 한가운데 버티고 있는 데다 이마도 시원스럽지 않아서 눈도 상대적으로 작은지 어떤지 분간하기도 어려울 지경이었다.

유달리 높고 기다란 코를 굵은 선으로만 별나게 희화화한 모딜리아니의 그림 속 여자보다는 훨씬 두두룩한 콧등을 앞세우고 성큼 다가선 화랑 주인이 좀 저돌적으로 내게 물었다.

"어떠세요? 김 작가님 감상을 좀 듣고 싶어요."

만만한 친구들과의 대화에서도 흔히 엄범부렁하거나 시답잖은 기색을 비치는 듯해서 방금 한 말을 거둬 넣고 싶어지는 때가 허다하므로, 도저히 고쳐지지 않는 내 언행을 의식하면서도 역시 말이란 평소의 본새를 허물어뜨리기는 어려웠다.

"머, 당장 보기로는 압도적이긴 하네요. 시와 사람을 하찮게 온통 파묻어버리고. 무슨 아우성 같기도 하고. 너무 큼직큼직하달까. 저 천구김살, 주름의 난무가 메시지인 것 같기는 하지만, 역시 힘이 너무 좋달까 싶고…"

돈, 인맥, 사교술, 그림 매매를 오로지 추구하는 사람들이 대체로 그렇듯이 화랑 주인도 얼른 아전인수격의 응답으로 동의를 재촉했다.

"그런대로 볼 만은 하다는 말씀이지요?"

"그럼요, 화랑에 와서 아무 느낌도 없다면 말이 안 되지요. 헛걸음 만 쳤다면 취향이나 편견이 심하다는 노골적인 독백일 테고. 재미있 네요. 역시 젊어서 힘이 펄펄 넘치고요. 작정하고 덤비는 단조로운 힘 이라서 깊은 맛은 아직 미흡하지 않나 싶고요."

옆에 있던 출판사 사장이 화랑 주인을 직시하며 끼어들었다.

"장 시인은 언제부터 아셨어요?"

화랑 주인이 목을 젖히고 천장으로부터 흘러내려 온 구김살투성이 의 망사천이 흔들릴 정도로 크고 밝은 웃음을 터뜨렸다.

"박 사장님도 참, 그렇게 이상한 눈길로 보지 마세요. 이번에 처음 알았어요. 장 시인 시도 요즘에사 좀 찬찬히 뜯어 읽어봤는데, 알쏭달 쏭한 대목이 많더라고요. 사랑 결핍증 같은 게 비치고, 그렇게 읽었다 니까 누가 장 시인이 혼자 산다고 하길래 내가 아직 시 보는 눈은 그 런대로 있구나 싶었고요."

박 사장은 사업가답게 좀 끈질긴 구석이 있어서 팸플릿을 눈으로 더듬으며 진지하게 캐물었다.

"이번 이벤트 기획하고 연출, 제작한 이중희씬가 하는 저분과는 그 럼 어떻게 되는 사이입니까?"

"이 화백이야 저를 따르는 후배지요. 장 시인과는 오래전부터 좀 아 는 사이라데요. 더는 저도 잘 몰라요. 아이디어가 괜찮은 것 같아서 제가 파트롱 하마고 자청했어요."

생업이 그런 성격을 만들었는지 박 사장은 어떤 말이든 돈 액수를 확인하듯 다짐을 받아야 직성이 풀리는 모양이었다.

"스폰서요?"

"예, 스폰서하고는 뉘앙스가 조금 다르지만, 파트롱요."

등 뒤에서 프랑스 말을 아는 듯한 여자 음성이 비집고 들어왔다.

"이 선생님은 파트론느겠지요."

화랑 주인이 내 어깨 너머로 하얀 이빨을 활짝 드러내 보여주며 받았다.

"예, 맞아요. 파트론느예요."

박 사장이 자신의 셈속을 간추렸다.

"그럼, 장 시인은 이 화백의 이벤트에 들러리란 말이 되고, 물론 시가 들러릴 테지만 어쨌든 그런 셈이고, 장 시인의 시집과 이름은 덕분에 좀 홍보가 된다 치고, 스폰서 이 선생님은 무슨 실속이 없잖아요?"

"실속요? 아주 많지요. 저희 아이콘 갤러리를 이렇게, 김 선생님 단평처럼 압도적으로 휘둘러감은 작품 자체로 채운 이 실물이 실속이잖아요. 더 무엇을… 돈요? 파트롱은 돈 쓰는 사람이잖아요."

"하긴 그렇네요. 시 패널도 누가 사갈 것 같지는 않고, 이 이벤트야 일종의 아이디어 전시일 뿐 팔고 자시고 할 것도 아니니…"

화랑 주인이 객쩍게 두 사람의 진지한 주거니 받거니를 듣고 있던 내게 시선을 돌리며 말했다.

"전 돈 같은 거 잘 몰라요. 알아봐야 머해요. 김 선생님, 술 좀 하세요. 양주도 있는걸요."

"아니, 됐어요. 볼 것 다 봤으니 이제 슬슬 가봐야지요."

"가지 마세요. 젊은 친구들과 좀 어울리세요."

"마흔 전에는 한 살이라도 늙은 사람들과 사귀고, 마흔 넘으면 한 살이라도 젊은 사람과 어울려야 머라도 남는 게 있다지만, 우리는 사람이 빙충맞아서 그런지 사람 사귀기에 영 소질이 없어요."

"오늘 또 하나 배웠네요. 미술 하는 친구들이 나이보다 젊게 사는 건 사실이에요."

"그럼요, 싱싱하지요. 그게 정열인데 그것 없이는 미술을 제대로 못 하지요."

"술 가져올까요? 온더록스로…"

"아니요. 안 마실라고요. 저는 서서 마시는 술맛을 잘 모르겠대요."

"한국 사람들은 다 그렇지요. 좀 있다가 앉아서 마시도록 하세요."

차분한 사교가, 그 사교의 매개는 미술과 화랑 운영. 수수한 옷차림만큼이나 수더분한 인간관계 맺기가 생업인 듯하고, 의미가 있다면 있고 없다면 맹물 같은 이 좀 초현실적인 이벤트를 후원하는 저 초인 격적인 화랑 주인의 실상은 도대체 어떤 것인가 같은 생각을 떠올리면서 나는 한동안 아이콘 갤러리 입구에서 담배 연기를 뿜어대며 서성였다. 책걸상과 캐비닛, 냉장고와 소파, 파티션과 화집들이 정갈하게 제자리를 차지하고 있는 화랑 사무실 안이 전면 통유리 창 너머로 훤히 들여다보였다. 샴페인을 터뜨리는 소리가 들렸다. 청바지에 회색 티셔츠, 그 위에 단추도 안 채운 희끄무레한 남방셔츠를 입고 있는 이 화백이 연방 생머리를 갈기처럼 너풀거리며 장 시인과 어깨를 비벼대고 있었다. 불과 두어 걸음 너머에는 이제 내게서 깡그리 소진되어버린 젊은 열기가 넘실거렸다. 축하객으로 왔건만 나는 훤히 열려 있는 그 출입구를 넘어서기가 망설여졌다.

때맞추어 나의 좀 어정쩡한 처신을 잡아채 주는 사람이 다가왔다. 역시 화랑 주인이었고, 축하객 중에는 내가 나잇살이나 좀 먹은 축이라서 그녀는 신경이 쓰이는 눈치였다.

"여기 계셨군요. 재미없으신가 보죠? 제 화실 구경 좀 하시겠어요? 몇 달째 청소를 안 해서 지저분하지만…"

"좋지요."

발목까지 내려온 원피스 자락을 슬쩍슬쩍 걷어 올리며 화랑 주인은 활기 있게 나선형 계단을 앞서 올라갔다. 소라고둥처럼 맴을 돌며 올라가는 계단인 만큼 층계참은 없었으나 층마다 미색의 사무실 철책 문짝은 두어 개씩 보였고, 임자들이 안 가지고 간 전시회 축하 화분이었을 소철 같은 큼직큼직한 관상용 정물들이 곳곳에 듬직하니 놓여 있었다.

화랑 주인이 문짝에다 열쇠를 쑤셔 박았다.

사방 벽을 온통 유리창으로 둘렀고, 기둥도 없는 맞배 천장에 뚫어 놓은 네모반듯한 채광창 다섯 쌍이 까마득해서 화실은 휑하다는 느낌부터 와락 다가오는 널찍한 공간이었다. 맨 꼭대기 층을 화실로 쓰기로 작정하고 지은 건물이었다.

"먼지투성이예요."

"널찍하니 좋은데요. 낮에는 아주 밝아서 좋겠고."

채광창에는 쪽빛의 기운이 감도는 시커먼 밤하늘이 액자 속의 추상화처럼 붙박여 있었다. 화실 출입문 위에는 또 나선형 실내 계단이 휘

이미지를 쫓아가니

감고 있는데, 그 위에는 일종의 다락방 같은 거실이 있는 듯했다. 화실 한복판은 텅 비어 있고, 다락방 밑에는 주방, 화장실 등이 붙박였고, 여기저기에 책, 오디오, 도자기, 질그릇, 화구, 액자 두른 캔버스들이 아무렇게나 널려 있었다.

"이런저런 인연으로 저도 30대부터 화실들을 여러 군데나 둘러봤는데, 이렇게 본격적으로 시원한 작업실은 처음 봅니다."

"그러세요? 좀 아는 사람이 전적으로 자기에게 맡겨달라고 떼를 쓰더니 이렇게 꾸며줬어요."

"실내 구도를 말이지요?"

"설계한 양반이 인테리어도 자기 친구에게 맡기라고 해서 알아서 하라고 내버려뒀어요. 제가 뭘 알아야 말이지요."

그러고 보니 실내 바닥도 아이콘 갤러리의 그것처럼 푹신한 연갈색 카펫으로 덮여 있었다. 탁자, 나지막한 책꽂이, 의자도 그렇거니와 꽂혀 있는 화집, 미술 잡지, 시집들도 웬만큼 알려진 것들이어서 화실 주인의 안목을 짐작할 만했다. 남향 채광창으로 들어오는 햇빛을 한껏 받게 되어 있는 곳에 거의 70호가량은 됨직한 그림이 이젤 위에 얹혀 있기도 했다. 높낮이를 조절할 수 있는 이른바 아틀리에용 이젤은 두툼한 통나무 받침대에 칠을 먹인 견고한 도구로서, 그것마저 보기에 좋을 정도의 뿌연 먼지를 덮어쓴 소묘용 이젤 하나도 정물로서 그 옆에 보였다.

내 발길이 그림 옆에 멎었다.

"이 선생이 그린 겁니까?"

"예, 그리다 만 거예요."

454

화재(畫材)는 꽃이다. 화폭 상단의 5분의 1쯤은 띠처럼 가지런히 밝은 청색으로 비워두고 나머지 부분은 자잘한 두상화(頭狀花)들이 겹겹으로 빼곡히 채워져 있는데, 그 자디잔 꽃무리의 실경이 잔디처럼 질펀하게 깔려 있고, 그 아래에는 위의 울긋불긋한 색채와 대조적으로 녹색, 검은색, 흰색의 선들이 털 덮인 줄기인 양 대상(帶狀)으로 펼쳐져 있다. 싱싱한 이파리만으로는 망초꽃인지 엉겅퀴인지 옥잠화인지 알 수 없지만, 유화로서는 그 실물의 세목들이 제법 실감을 빚어낸다.

팔짱을 끼고 숨소리도 죽인 채 내 곁에 서 있던 화실 주인이 일고여덟 점가량 포개서 세워놓은 캔버스 중에서 바깥 것을 돌려 세워놓았다. 그것도 꽃 무리인데, 화폭은 민들레 같기도 하고 씀바귀 같기도 한 노란색 일변도가 중경을 뒤덮고 있고, 원경에는 붉게 타오르는 황혼이 역시 같은 계열인 밝은 갈색의 근경을 압도하고 있다. 그것 역시 꽃으로서의 사실감은 두드러졌으나 꽃들은 잘았다. 소묘 실력은 알 만하고, 자부심을 드러내고 있는 그 묘사가 수단이자 목적이기도 한 그림이다. 그림 두 점만 보고 색채 감각이 유별나다고 한다면 망발일 테고, 하늘의 변화무쌍한 크기와 그 색감, 요컨대 그 여백의 변화를 통해 화재가 어떻게 기능하느냐는 게 화의(畫意)인 듯하다.

"꽃만, 꽃 무리만 그리시는 모양입니다."

"예, 대충 그렇다면 그런 셈인데, 내 식으로 재미를 일궈보고 있어요."

"담배 피워도 됩니까?"

"아, 그럼요. 먼지 구덩인데요. 저도 한 개비 주세요."

납작한 유리 재떨이는 팔레트 나이프 옆에도 있었고, 의자 위에 쌓

이미지를 쫓아가니

아둔 책더미 곁에도 동그마니 놓여 있었다. 화실 주인이 내뿜는 담배 연기는 화폭만큼이나 길었다.

"꽃 한 송이란 말은 어째 말이 안 될 것 같애요. 꽃 한 송이란 말에는 제도, 관습, 의례, 인위, 문법, 언어 습관 같은 게 껴묻어 있어요. 더 직접적으로는 상투적인 표현이라는 그 클리세에 가까울 거예요. 자연이 없어요, 그 말에는. 꽃은 그 한마디 말로 벌써 무수한 복수로 다가오잖아요. 내 느낌으로는 그래요. 그 복수도 두 개보다 훨씬 많은, 10배수 단위로 많은 그런 어떤 형체로 다가와요."

"무리겠지요. 꽃밭도 그런 뜻일 테고요."

"예, 꽃은 늘 무리라야 맞아요. 한 포기에 꽃 한 송이만 피는 종류도 있지만, 그것도 어차피 군락하잖아요. 그것만 그릴 수도 있지만, 초상화 같아서 질리고, 정물화 속에도 꽃은, 또 사과 같은 것도 대개 다 여러 개가, 복수로 놓여 있잖아요. 풍경화와는 완전히 다르고요. 꽃 그림은 풍경화의 반대말이 아닐까 싶어요. 야외의 자연을 어떤 식으로든 확대하고, 또는 집약하면 남는 것은 결국 꽃과 하늘밖에 없지 않을까 싶은데, 태양이나 달, 구름 같은 천상의 형체는 꽃 이전에 있었을 테니까 과감히 들어내고… 꽃 무리를 어떤 측면에서 바라보든 그 시선에 햇빛이야 스며들어 있을 테지만, 풍경화 속의 태양은 추상화되어 있는 셈이고, 머, 대충 그렇다는 식으로…"

"조지아 오키프라는 미국의 여류 화가를 잘 아시지요?"

"예, 알지요. 얼마 전에 죽었지요, 아마? 그 양반 그림이 실린 화집이 어디 있을 거예요."

화실 주인이 책더미를 이리저리 살폈다.

"됐어요, 찾지 마세요. 그 양반은 수선화 같은 꽃 이파리 큰 꽃을 화폭 가득히 딱 한 송이만 그렸지요. 부분도나 세밀화처럼요. 이 선생 그림은 오키프와 아주 적극적으로 대조적인 거 같다는 느낌이 들어서요. 오키프와 달리 추상화로 나아갈 여지도 없을 정도로. 물론 너무 다른 그림들이라서 둘을 단순 비교할 것도 없지만요."

"내 담배가 어디 갔나…"

나는 담뱃갑을 아예 화실 주인에게 맡겼다.

"오키프야 여러모로 초일류 화가고 화제를 몰고 다닌 양반이라서 감히 내 따위와 견줄 것도 없지만, 그 양반 그림에는 숨어서 씩씩거리는 관능 같은 게 너무 노골적으로 비쳐요. 좋다면 그게 그런대로 괜찮고, 까발리는 게 너무 징그럽고 싫다면 이내 진력이 나지요."

"꽃을 위에서 봤을 때 꽃술 속 같은 형상이 대뜸 여자의 생식기를 유추하게 만드는 일종의 마력 같은 건 있지요. 거기에다 꽃 이파리의 자연스러운 곡선, 꽃잎 바탕의 은은한 질감 등에 꽁꽁 숨어 있는 여성 일반의 본능, 관능, 무의식의 몸짓 등으로 해석할 여지는 있을 테지만, 글쎄요, 반추상화 쪽으로 나아간 그림들은 그 농밀한 꽃의 색감이 은근히 자극적이긴 하지요. 아마도 오키프 자신의 사생활이 그렇게 반사(反射)되었다고 봐도 무리는 없겠지요."

알 만한 애호가들에게는 널리 알려진 오키프는 그 그림보다 미술가다운 생애가 더 극적으로 재미있다. 성장기에 자주 겪은 병치레에도 불구하고 여든아홉 살까지 수를 누린 긴 생애, 일찌감치 드러낸 타고난 재능, 미술에의 집념, 광기, 야심, 다다 같은 유럽의 전위미술의 전초기지로 한창 떠오르고 있던 1920년대의 뉴욕에 살던 한 친구에게

이미지를 쫓아가니

그동안 그린 자기 작품을 몽땅 부쳐 보내면서 누구에게도 공개하지 말라고 당부한 야비다리치기로서의 쇼맨십, 그 요청을 즉각 뿌리친 친구의 주선과 그 그림을 한눈에 알아본 사진가 겸 화랑 주인 알프레드 스티글리츠의 상업적인 안목과 사교적인 수완에 따른 화려한 데뷔, 그들의 예정된 결혼과 미술 애호가들의 화제 끌어모으기, 어떤 유파와도 일정한 거리를 유지하면서 사진가 남편의 영향을 천연덕스럽게 자기 작품으로 꾸며내는 그녀의 고답적인 또는 권력 지향적인 처세술, 본인의 그런 세속적인 명성과 권력욕에 부응하느라고 거의 남성적인 미모를 자랑하던 자신의 전라 사진을 작품화한 남편의 조력, 따라서 그 부창부수(夫唱婦隨)의 자가 발전형 홍보 전략, 그러면서도 평생토록 여행광이었으며, 원시에의 향수라기보다도 비문명권에 대한 생리적 애착으로 뉴멕시코의 한 시골구석에서 칩거한 작위적, 위선적, 자가선전적 예술가 기질 등으로 간추릴 수 있는, 그녀의 작품의 진가를 논외로 치더라도, 생전에 최고의 유명세를 드날린 여류 화가가 오키프이다.

그녀의 화려한 생애, 늘 비등했던 명성, 천정부지의 부의 축적 등은 남편의 전폭적인 후원, 상업적인 수완에 온전히 힘입은 것이다. 그러니 오키프의 모든 세속적인 위상은 스티글리츠의 헌신적인 역량에 꾸준히 기대고 있었다고 해야 정곡을 찌른다. 명성, 팔자는 타고나야 하지만, 용하게도 스스로 만들어내기도 하는 사례를 보여준 화가, 그것도 미술사나 미술 시장에서는 극히 드문 여류 화가. 그런 각본대로 조명 받는 관계를 흔히 예술혼끼리의 불가피한 밀착, 서로가 알아본 재능의 상호 극대화, 떨어지래야 떨어질 수 없는 종속적인 분신 사이로 미화할 수도 있다. 다른 예술 장르와 비교해볼 때, 유독 미술 분야에서 유명한 여류 화가가 희귀한 사례만 보더라도 패트런으로서 스티글리츠의 역할은 단연 특별나고, 오키프의 숙명적인 명성은 한낱 부수적인 것으로 밀려난다. 이런 지점에서는 흔히 모든 명성은 오해의 확산이 빚어낸, 매스컴이 화제를 조장한 덕분에 걸머쥔 '얼토당토않은 허상'에 불과하다는 금언을 곱씹지 않을 수 없다.

그런저런 생각들을 쓸데없이 떠올렸다가 지우면서 나는 화실 주인과 엇비스듬히 마주 앉아 맞담배질에 빠져 있었다. 등받이가 편안해서 탐나는 걸상의 손 받침대를 쓰다듬고 있자니, 커피를 마시겠냐고 그녀가 물어서 나는 "커피야 언제라도 좋지요"라고 즉답했고, 그녀는 주름 많은 원피스 자락을 펄럭이며 주방으로 갔다가 곧장 돌아왔다. 원두커피는 양이 적었으나, 그 향기는 역시 은은하고 구수했다.

"시집이 많군요?"

"시 읽기가 취미예요. 시인들이 무슨 생각을 하고 있는지, 소위 그 사물이 내게 말을 걸었다는 식의 시선을 더듬어보면 재미있어요, 그림의 사실감을 유추할 수 있달까…"

"대체로 삐딱하게 볼걸요?"

"맞아요. 그 뒤틀린 시각이 배울 점인 거 같아요. 삼류 화가들의 고정된 시선에 시비를 걸어본달까, 머 그렇지요."

"시각이야 유별날수록 볼 만하겠지요."

"김 선생님은 늘 작업실에서만 계세요? 한번 구경하고 싶네요."

"팔자라기보다도 버릇대로 책상 앞에 앉아 있는 게 제일 편하긴 해요. 천성도 게을러터져서 사람 만나기가 고역이라서요. 그래도 심심

이미지를 좇아가니

한 줄은 몰라요. 쥐구멍만해서 머 볼 것도 없어요."

"언제 날 잡아서 한번 찾아갈게요."

"그러시지요. 언제라도 전화 먼저 주시고."

다 쓸데없는 대화였다. 나의 궁금증은 그녀 자신의 패트런이 누구인지, 젊은 화가들의 뒤를, 또 앞날을 내다보고 일정한 후원을 마다하지 않는 재력이랄지 그 물질적, 정신적 여유의 숨은 옹달샘이 어디에 있는지 등이었다. 그런 물음은 누구라도 가지게 마련인 세속적인 관심사였으나, 막상 대놓고 물을 수는 없는 금기였다.

우리가 어쩔 수 없이 맺고 살아가야 하는 여러 인간관계, 그 교제상의 대화 중에 무심코 튀어나오는 돈에 관한 말, 그것의 축적 과정, 그 씀씀이에 대해서 주거니 받거니 하는 속된 몰풍경이 거슬려서 얼른 피해버리는 사람이 있을 수 있다. 늘 궁기를 면치 못하는 내가 그런 부류이다. 수출만이 국부(國富) 성장의 관건이라며 밀어붙인 경제개발계획의 공을 마구 매도하는 소행은 철부지의 망동이겠으나, 그 과는 결국 황금만능주의의 단물에 휩쓸리느라고 정신의 공동화(空洞化)를 불러왔고, 그 천박한 집단 심성을 풍속으로까지 끌어올렸다. 돈이 많아지고 점점 불어나자 땅은 비좁고 한정이 있으니 지가(地價)가 천방지축으로 날뛰고, 부동산 투자의 골격인 아파트 사들이기에 다들 미친 듯이 돌아갔다. 돈에 걸신들린 한탕주의 광풍이 온 나라를 뒤덮었다. 그 전리품은 너무 생생하고 알찬 생활 현장의, 그래서 '그려진' 인생의 실과였다.

먹물이 짙게·밴 것들일수록, 심지어는 오늘의 이 수렁 같은 현실을 나름의 '리얼리즘' 기법으로 그리라는 주문에 이바지하는 글쟁이들조차 '돈 벌기'가 나쁘다니 말이 되나 식으로 남의 치부 수완에 흠집을 내고 돌아서서는 스스로 땅을 사고, 되팔아서 인플레 덕을 얼마라도 보겠다고 설치는데 게으르지 않았다. 좋게 말하면 상대방의 치부(致富) 내력, 어차피 누구에게나 치부(恥部)일 수밖에 없어서 감추려 드는 그 대목에 몽따는 생활신조야말로 한 편의 좋은 시의 비전(秘傳)을 탐색하려는 자세와 맞먹는 것이 되었다. 틀린 말일 수는 없지 않을까 싶건만, 그 정해진 답 같은 시적 발상이 과연 얼마나 옳을까.

그러니 아이콘 갤러리 주인이자 여류 화가인 이광숙씨의 전모는 숨겨진 보물처럼 내버려두는 것이 그녀의 인격과 나의 처신에 득이 될 것이다. 하기야 나는 언제라도 눈만 껌벅이는 관람객에 그치고, 가까이 다가가서 볼수록 꽃의 형체는 사라지고 온갖 색깔의 덧칠에 불과한 그 얼룩을 내 식으로 뜯어 읽는다 한들 무슨 소용이겠는가. 나는 나만의 그 돋보기를 그녀의 눈에 띄지 않는 곳에다 숨겨둘 수밖에 없다.

"이제 개인전을 한 차례 여셔야겠습니다?"

"첫 개인전 때 워낙 망신을 당해놔서 어쩔까 망설여지네요."

무명 화가로서 화단의 주목을 전혀 못 받았고, 대개 다 그렇듯이 첫 개인전의 홍보가 허술했을 테고, 그때 작품 수준이 그림을 벽에서 거두자마자 너무 창피하게 여겨졌다는 시사로 들렸다.

우리 화단도 이제는 대단히 넓어지고 말아서 웬만한 화가의 개인전 정도야 냉대가 아니라 숫제 무관심 일변도로 따돌리고, 그런 현황을 뻔히 꿰차고 있으므로 가깝게 지내는 동호인들만 불러 모아 조그맣게 치르는 화업(畵業) 전시용의 자축연회 마당인 일종의 재력 드러내기거나 안면 넓히기용의 카타르시스 행태로서, 일취월장하는 국력 나누기에 부응하는 '문화 행사'로서 치러지고 있는 현실이 오늘날의 일반적인 개인전 풍경이다.

그런 살벌한 홀대를 뛰어넘기 위해서는 화랑 숫자에 버금가는 화가 자신의 장단기적 전략과 수단, 더불어 어떤 노고와 집념과 열정이 필요할지 모른다. 가령 그림이 살아 오르지 않아서 서서히, 마침내 철저히 미쳐버린 고흐의 경지까지는 못 미치더라도 원시인이 그 텅 빈 공백의 압도감에 질려서 단조로운 문양을 촘촘히 새겨갈 수밖에 없었다는 이른바 '공간외포(空間畏怖)'의 심리상태에 옥죄어 휑한 화폭 앞에서 붓을 잡고 뜬눈으로 밤을 밝혀야만 그래도 마음이 편해지는, 그런 나날을 기약도 없이 살아내야 하는 투철한 정신 자세, 누구도 자세히 감상해주지 않을망정 '내가 본 세상도 실상일 수 있다'라는 고함으로서의 전시회 횟수 이어가기, 유무명의 국내전이거나 국외의 비엔날레로부터의 출품 요청을 받아내기 같은 공식적인 경력 쌓아 올리기 등에 정력적으로 매달려야 한다. 모든 예술 행위가 다 그렇지만, 그런 작품 외적인 작업 일체는 육체노동이며, 그런 사교 행위는 여류 화가로서 감당하기가 벅차고 성가신 중노동이다. 머리보다 몸으로 때워야 하는 그 고행을 성공적으로 꾸려내자면 좋은 의미에서의 스티글리츠 같은 물심양면의 짝지가 무겁처럼 두두룩하게 에워싸서 막아줘도 소기의 목적을 넘겨다볼 수 있을지 말지다.

"첫 개인전을 언제 벌써 여셨길래?"

"오래됐어요. 파리에서 귀국한 지 얼마 안 돼서요. 그동안 애들 뒷바라지하느라고 정신없이 바빴기도 했고, 골치 아픈 제 개인적인 문제가 좀 많았어요."

둘러대는 말일 리야 없겠지만, 듣기에 따라서는 애매한 구석도 없지 않았으나, 그 내막을 들여다보자고 돋보기를 들이댈 수는 없는 노릇이라서 나는 접어두기로 했다.

"건강이 안 좋았습니까? 그림그리기야말로 공사판의 벽치기보다 더 고된 중노동일 텐데…"

"그래요, 정말 고단하지요. 그래도 전 이때껏 감기 한번 앓아본 적이 없어요. 그럼 생각에, 일에 빠져 지내서 그런가 봐요. 정말 나는 지금 건강하잖아 하는 생각만큼 뿌듯해지는 자랑거리도 없지 않나 싶네요."

"다행입니다. 그럼 이제는 마음먹고 성에 차도록 두 번째 개인전을 준비하셔야지요."

"글쎄요, 내년 이맘때쯤에나 해볼까 어쩔까 그러고 있어요. 예닐곱 점 정도는 더 그려야 하는데 이래저래 바빠서 집중력도 떨어지고, 신명도 안 올라붙어서요. 열정 미흡인데, 여자는 이 대목에서 남자에게 밀려요. 뭐든 내 멋대로 못하니 결국 삼류로 굴러떨어지고 말지요."

"긴장을 늦추지 않는다는 게 막상 말처럼 쉽지 않지요. 그림이 된다, 나아지고 있다는 자기 암시가 관건일 테지만, 역시 말과 실천은 다르고 그 중간에 심정적 갈등, 외부의 간섭 등을 떨쳐내기가 정말 고역이지요. 남녀 구별은 별 의미도 없고, 핑계에 불과할 거예요."

"무슨 이미지 같은 게 머릿속에서 뭉글뭉글 똬리를 틀다가도 막상 캔버스 앞에 서면 그 연상들이 하얗게 바래버려요. 계속 매달려서 끝까지 밀어붙이는 일련의 추구벽이 부족한 거지요. 재능 부족도 있고,

이미지를 쫓아가니

벌여놓은 일 걱정에 치여서 열정이 흩어지고 있는 게 보이는데도 멍청해지고, 그러니 체념만 늘고 머 그렇네요."

허리까지 올려놓은 화폭과 그녀와 나 사이의 정삼각형 구도 속에는 맹한 침묵이 아부라도 하듯 멀뚱거렸다.

"힘들고 어렵지요. 그래서 더 매달리고 싶고, 달려들면 또 멀어지고… 내려가 보셔야지요, 이 화백과 장 시인이 기다릴 텐데."

"괜찮아요. 어차피 술판을 벌일 텐데. 날 찾으러 올 거예요."

좀더 늑장을 부리고 싶다는 말투였으나, 그녀는 커피잔을 들고 일어섰다. 덕분에 화실 구경을 다 하고라며 내가 말을 흘리자, 그녀는 도움말도 많이 듣고, 앞으로 종종 격의 없이 만났으면 좋겠어요, 라고 늠품을 보였다.

심연 속으로 잦아드는 듯한 느낌을 추스르면서 나는 나선형 계단을 터덜터덜 밟아 내려가며, 작업실이 부럽네요, 라고 중얼거리니 등 뒤에서 종종 놀러 오세요, 라는 말이 들렸다.

나는 농담조로 무심히 말을 흘렸다.

"사전에 꼭 전화를 걸고 쳐들어와야겠지요. 서로 낯 붉힐 일을 미리 방지하려면…"

그 주름 많은 원피스 자락 때문인지, 고불고불하게 볶아 치렁치렁하니 어깨까지 늘어뜨린 머리 모양 때문인지, 오키프의 그것 이상으로 우뚝한 그 코 때문인지, 아니면 강남의 요지에다 덩실한 건물을 지어 화랑을 운영하는 그 막강한 재력 때문인지 내 머릿속에는 얼핏 승리의 여신 니케가 이 땅에도 '바로 여기에 있다'라는 속물적 발상이 떠올랐다.

"기획전이다, 그룹전이다, 설치전을 열겠다고 후배들이 자주 진을 치고 설치지만 대체로 나 혼자 있을 때가 더 많아요."

모범 답안이라 나는 잠시나마 무색해졌다.

그날 밤, 술을 마실수록 아무에게나 좀 엉겨붙는다 싶게 넉살 좋은 장 시인의 들뜬 권주에 못 이겨 나는 아이콘 갤러리 바닥에 퍼대고 앉아서 맥주를 제법 홍겹게 벌컥였다. 역시 그들은 젊어서 캠프파이어나 하듯이 빙 둘러앉아서 문학, 미술, 음악, 영화 등에 대해서 고만고만한 자기주장들을, 여행, 출판 기념회, 전시회 쫑파티 중에 저지른 일과성 돌출 행태 따위에 대한 회고담을 끝없이 떠벌렸다. 예의 그 현란한 장치 미술 속에 파묻혀, 사면 벽에는 조잡한 인테리어 기교 같은, 그래도 잘 봐주면 고딕 건물 안의 벽감(壁龕) 속에 꼭 새겨두는 단조로운 시어(詩語)와 그 울퉁불퉁하니 돌출한 시 패널들이 들쭉날쭉 내걸린 삼차원 공간 속에서, 무엇보다도 사방에서 은은히 비추는 간접 조명에 휩싸여 술을 마시는 홍취는 그런대로 괜찮았다. 둘러앉은 시화전 축하객들은 열댓 명 남짓이었고, 미혼인 듯한 여자들의 숫자만도 반이 훨씬 넘었다. 각계각층에, 어떤 모임에도, 어느 때라도 한국 현대 여성들의 보무당당한 행진은 거의 질주를 넘어 돌진에 가깝다는 평소에 내 소회가, 그런데도 우리 소설에서 그려지는 여성상은 여전히 '성숙한 자의식의 자각이거나 분출'이라는 근대성의 성취에서는 족탈불급이라는 분별이 떠들고 나섰으나, 우정 털어버렸다.

이윽고 박 사장이 분위기도 괜찮으니 여기서 술을 더 마시자며 자기 출판사 직원들을 시켜서 맥주, 음료수, 안주들을 사 오게 하여 모닥불 장작처럼 한가운데다 수북하니 부려놓았다. 자리가 잡히자 박

　　이미지를 쫓아가니

사장은 장 시인에게 축하한다, 아이콘 갤러리 주인에게는 고맙다, 이 화백에게는 시를 살리는데 장치 미술이 이처럼 역동적인 부조를 보탤 수 있는지 미처 몰랐다, 미술이 시와 배다른 형제 아니면 씨가 다른 자매 같으니 장사꾼에 불과한 나도 미술 쪽에, 저쪽 시 패널에 적힌 문자대로 '어섯눈이라도 떠야겠다' 싶다, 늘 이렇게 말만 앞서는데 과연 실천할지는 나도 잘 모르겠다 따위로 요약할 수 있는 인사말을 주절주절 엮어 내렸다. 술판이 어우러지자 박 사장은 기다렸다는 듯이 내일 일정 때문에 먼저 실례하겠다면서 일어섰다. 출판사 직원의 귀띔에 따르면 박 사장은 '주말 골프 투어에 부킹이 되어 있다'라고 했다. 미술, 갤러리 같은 말조차도 이래저래 가난, 고역, 궁기 등과는 거리가 먼 별세계의 풍요를 떠올리게 하는 신조어가 아닐까 싶었다. 우리의 생활세계도 바야흐로 이처럼 두동지는 경지가 풍경으로서 눈앞에까지 다가와 있는 것이었다.

박 사장 일행이 빠져나가자 둘러앉은 축하객들 사이에 좀 여유가 생겼고, 내 양쪽으로는 장 시인과 조 화백이 엉덩이 걸음으로 다가앉았다. 안 딴 맥주병과 음료수 팩과 마늘, 참치 같은 통조림 깡통들이 자욱하게 진을 치고 있는 좌중의 한가운데 너머에는 아이콘 갤러리 주인과 이 화백이 나란히 붙어 앉아 이쪽의 동정을 힐끔거렸다. 술 마시는 품을 보니 두 사람 다 맥주 정도는 아무리 마셔도 얼마든지 바른 정신으로 술자리를 끝까지 지킬 수 있는 실력자들 같았다.

조 화백과 나는 이미 출입구에서 장 시인의 소개로 건성의 인사를 나눈 바 있었다. 검은 뿔테 안경을 꼈고, 기다란 생머리를 손수건으로 질끈 묶어 그 말총 같은 머리 다발이 뒤꼭지에서 나풀거리고 있는 조 화백의 신원을 장 시인이 좀더 소상히 알려주었다. 요약하면 은행 같은 데서 손님용으로 비치해두는 그런 월간지 두어 군데에 그녀는 '주문배수'로 삽화도 그리지만, 피카소 풍의 '뒤틀린 반추상화'가 볼 만하다고 했다. 청바지 무르팍에 누런 물감이 묻어 있는 걸 보니 화실에서 껴입은 채로 뛰쳐나왔다는 말이 그럴듯하게 들렸고, 이 화백이 그녀의 5년 후배지만 동생처럼 따른다고 했다. 장 시인은 조 화백이 이 화백보다 더 만만한지 말도 서로 트고 지냈다.

조 화백이 내 쪽으로 시선을 돌리지도 않고 줄담배에 일회용 라이터 불을 오래도록 붙이고 나서 대들 듯 지껄였다.

"무슨 호구 조사를 하나, 미주알고주알 까발리기는. 왜 제일 중요한 소개는 빼먹냐. 유부녀에 애도 하나 딸렸고, 애 아빠는 지금 중국 출장 중이고, 오늘 밤은 프리라는 것도 알려야지…"

웃지도 않고 자기소개를 늘어놓으면서 조 화백은 담배 연기를 연방 무슨 망사 띠처럼 기다랗게 내뿜었다. 그제사 주목하니 맞춤하게 얄따란 입술 양쪽으로 선명하게 파인 한 가닥 주름살이 매끄럽고 예쁜 턱에 집념처럼 단단하게 엉어리져 있었다. 골초인 모양이었고, 이해할 만한 기호 아니냐는 도발도 얼쩡거렸다.

장 시인의 품평이 따랐다.

"김 선배, 이 친구 좀 웃게 생겼지요? 살림 사는 것도 제멋대로예요. 길 건너에 화실 놔두고 거기서만 죽치고 사는데, 막상 집구석에서는 장이 끓는지 죽이 끓는지도 몰라요. 자기 서방님 바짓단이 터졌다면 꿰매주기는커녕 스카치 테이프로 붙여주는가 하면, 바짓단을 찌지직 소리 내며 붙였다 뗐다 하는 거, 군대 야전잠바 소매 끝에 달린 단추 대용품 섬모 끈끈이 부착제를 달아 입으면 좀 좋을까 하고, 그것도 무슨 아이디어라고 주절거린다니까요. 정말 저러고도 밑천은 달고 있으니까 여자고 아내고 엄마라니. 제 남편이 들어오거나 말거나 자기 집에서 퍼대고 앉아 남자 친구들과 술판을 안 벌이나."

"머가 웃겨, 마누라 뺏긴 너보다는 낫다."

"내가 뺏겼나, 지 발로 걸어 나갔지. 말 좀 똑바로 해. 소문나겠다. 넌 언어 감각이 거의 천치야."

"그 말이 그 말씀 아냐. 얽은 거나 곰보나 그게 그건데. 걸어 나갔으니 뺏긴 거지. 어느 여자가, 나 도저히 못 살겠으니 지금 집 나간다 하고 갈라서나."

"그건 엄연히 달라. 가르쳐주랴?"

"시줄이나 쓴답시고 같잖은 변명은. 제 여편네 하나도 건사 못하는 주제에 남 흉보기는. 야, 시인 장가야, 넌 시 말고는 거의 구제 불능인 줄이나 알아라. 내가 살림을 못 살아 못 사나, 안 살아 못 살지. 넌 앞으로 나만큼 칠칠한 여잘 만나기도 힘들걸. 그걸 넌 늘 겉으로는 부정하지만, 속으로는 내 말이 과연 그럴듯하다고 머릴 끄떡이며 살걸. 내가 왜 모를까, 잘 알지, 용용이다 용용."

술에 취하지 않은 듯한데도 그녀의 말투가 그 모양이었고, 목소리도 창(唱)하기에 딱 좋을 정도로 걸걸한 허스키였다.

그때쯤 조 화백의 오른쪽 옆자리에 붙어 앉아 있던, 커튼 자락처럼 헐렁하고 주름도 그만큼 드문드문 잡힌 스커트를 입은 여자 하나가 엉금엉금 기어가서 좌중의 한가운데 놓인 맥주병과 먹을거리들을 주워 나르느라고 시커먼 팬티스타킹의 허벅지가 훤히 드러났다. 살이

탱탱하니 올라붙어 보기 좋은 엉덩이의 아래쪽 곡선이 드러나버린 그 광경이 우리 세 사람의 시선에 확 붙잡혔다.

조 화백이 즉각 그녀의 미끈하게 잘빠진 다리통을 붙잡아 끌어당기며 말했다.

"얘는 시방 술판에서 누굴 꼬실라고 색을 쓰나. 잘난 엉덩이를 내둘리고선."

장 시인이 낄낄거리며 초를 쳤다.

"야, 진숙아, 화면에 갑자기 섹시하기 짝이 없는 니 시커먼 말 궁둥이가 떠올랐다. 별거도 아닌데 말이다."

"언니, 왜 그래? 머가 보였어? 왜 날 잡고 난리야?"

조 화백이 눈을 내리깔고 후배의 깡뚱한 스커트 자락을 잡아끌어 내려주었다.

"얘, 너 이런 데서 색 쓴다고 누가 알아주냐? 천박하다고 찍히지."

"어머, 내가 그랬다고? 몰랐어. 별꼴이야. 망신스럽게. 저 장 선배 능글맞은 눈매 좀 봐. 저런다고 누가 잭 니콜슨 닮았달까봐. 언니, 나 정말 술 안 취했어."

"안 취했다는 말이 벌써 맛이 반 이상 갔다는 소리야. 술 심부름은 바지들한테 시켜라. 바지들 놔뒀다 어디다 써먹니. 아무리 술이 고프다기로서니 여자가 추하게 그게 머야. 욕심 사납고 게걸스럽게 보이잖니."

이쪽에서 그런 짓궂고 외설스러운 신소리를 흩뿌리고 있는데도 출입구를 등지고 있는 이 화백 쪽은 말할 것도 없고, 우리 바로 옆자리 축하객들도 저희끼리의 언성 높이기 경쟁에 여념이 없었다.

그때 내 시선에는, 아마도 술기운이 제법 거나해서 그랬을 텐데, 아이콘 갤러리 실내를 비누 거품처럼 부풀리고 있는 그 구김 많고 뻣뻣한 천 조각투성이의 장치 미술이 살아서 꿈틀거리고 있는 것 같았다. 비록 80평 남짓 되는 실내 공간일망정 그 차분한 배경을 방금이라도 터뜨려버릴 듯한 장치 미술의 부풀어 오른 긴장감이라니. 처음 보는 광경에다 느닷없이 당하는 별세계였다. 미술의 소재 확장력은 과연 환타지의 자유자재한 실험 정신의 구현이자 기상천외한 발상의 실천이 아닌가 싶었다.

이어서 그런 착시에 살을 붙여야 한다는, 말하자면 이 광경을 언어로써 어떻게 표현할 것인가 하는 골몰로 나의 심사가 적잖이 어수선해졌음은 당연한 추이였다. 졸가리를 가려보면 그 의식은 사물의 변형, 변주가 어떻게 예술 행위로 이어지며, 그 표현물에서 아름다움을 발굴하는 인간의 감정을 어떤 말로 구색을 갖춰 가느냐 하는 것이었다. 물론 오랫동안 그 방면의 서적을 섭렵, 정독하며 상당한 사유의 축적을 이어가야겠으나, 그 대종은 시나 소설에서의 특이한 표현, 나아가서 미술작품에서의 우열, 그 출중한 미의식의 근거를 어떤 말로 규명할 것인지였다.

그러면서도 그즈음 우연히 한 다리 건너서 말을 트게 된 한 지인에게서 들은 '아름다움을 대량으로 파는 돈 벌기' 방법이 떠오른 것도 내 의식이 얼핏 순서를 좇은 것이었다. 곧 그는 섬유공학과를 졸업하고 폴리에스테르 섬유를 '불철주야 휴일도 없이' 생산하는 대기업체에서 부장 직위에까지 오른 내 또래의 월급쟁이였는데, 방적과 방직 분야의 전문가로서 각종 직물업체에 '실빵구리'를 판매, 그 직조(織造)와 용도와 수요처를 주선해주는 직책에 걸맞게 대충 다음과 같은, 곧 싸락눈을 덮어쓴 듯 희끗희끗한 스노 진 천을, 이 이색적인 섬유가 이상하게도 시방 '천시가 나게 잘 팔리는 인기 상품'이라며 그 제작 공정을 요령 좋게 들려주었다.

이중으로 색상을 돋보이게 하는 스노 진은 의외로 그 공정이 '간단하고도 복잡하다.' 곧 파랗게 물들인 면사(綿絲)로 짠 피륙의 색상을 바래느라고 다시 염직(染織)의 공정을 거친 후, 그 천을 아무렇게나 구겨서 압착기로 짓누르면 그 구김살에 염색이 덜 배는 부분이 생김으로써 얼룩이 자연스레 살아나고, 따라서 염색한다기보다 차라리 물들인 천을 일부러 구김으로써 탈색에 주력하는 셈인데, 공정 단계별로 품보다도 공을 많이 쏟아부어야 한다. 피륙을 곱게 탈수하는 데도 그렇고, 그 후 자연스럽게 펴는 일종의 '다림질'에 세심한 손길이 미쳐야 비로소 상품 가치가 높아지고, 그 효과는 시장에서 매출액의 상승으로 드러난다. 스노 진 바지가 청바지 곧 진보다 더 보기 좋은지 어떤지는 구매자가 판단하기 나름이고, 그 취향이 매번 또 매년 같을 수도 없다. 그렇긴 해도 그 제작 공정이 진보다는 훨씬 더 어려운 스노 진을 굳이 생산하는 업자가 요즘에는 속속 나서고 있다. 유행이라는 변수를 괄호 속에 묶어 놓아도 품을 두 배로 들인 그 생산품이 손쉽게 만들어진 동종의 기성품 불루 진보다 소비자로부터 더 호응을 받는다는 보장도 없지만, 생산자는 무엇에 홀린 듯이 그 작업이 훨씬 힘들어도 굳이 '이중적인 색상'이 묻어나는 변종의 피륙 만들기에 매달린다. 요컨대 면이나 양모나 명주 같은 자연 섬유와 폴리에스테르나 아크릴이나 나일론 같은 인공 섬유의 혼합 비율에 따라 만들어진 피륙을 그

실용성의 점검 이전에 일단 미감부터 먼저 '들쑤셔놓아야' 돈벌이가 되는 직물업과, 그런 섬유를 어떻게 활용할까로 고심하는 패션업이야 말로 미적 안목의 개발과 유행 창조의 선구자들이니 "유명한 그림 속의 주름 많은 옷가지도 실은 이차적인 모방 기술에, 품과 정성, 솜씨가 뒤섞인 합작품에 지나지 않지요"라고 특정 직업을 은근히 비웃었다.

그러나 마나 미술작품은 진 바지 같은 소비재와는 격을 달리하는, 마음과 머리와 눈이 한꺼번에 즐기는 고가의 순수한 향락재(享樂材)이기도 하다. 보다시피 모든 예술 행위는 우선 어떤 보상도 기대하지 않으면서 오로지 그 창작과정을 즐긴다. 물론 나중에는 엄청난 보상이 따르는 수도 있지만, 그 드문 예는 유명세를 드날리는 화가의 최종적인 사례일 뿐이고, 사이비가 아닌 다음에야 그 보상을 기대하면서 작업에 매진하는 예술가는 없다고 봐야 한다. 죽을 맛으로 고역을 치르며 추구하는 그 예술 행위의 최종 목적이 지극히 개인적인 '아름다움'에의 심취에 지나지 않는다고 하더라도 그 절대적 가치는 시각에 따라, 시대적 조류에 따라, 지역별 풍토성에 따라 판이하게 마련이다. 그런 여러 조건을 미리 꿰차고 작업에 임하는 탁월한 작가도 이론적으로는 있을 수 있겠으나, 극소수에 불과하다. 귀재다 천재다 해대는 찬사가 당대의 허풍스러운 개그로서 물거품처럼 사그라지고 만 실례는 얼마나 흔한가.

어디서나 섣부른 천착기를 발휘하는 내 멍청한 기벽을 조 화백이 거둬갔다.

"전 아직 김 작가님의 작품을 단 한 편도 읽은 게 없어요. 너무 무식해서요. 화가로서도 그렇고, 나만 그런 것도 아니지만, 어쨌든 이렇게 바로 곁에 앉아 있으려니 실제로 좀 쫄아들고, 죄송스럽고, 무식해서 쑥스럽네요."

"당연하지요. 다 무식하지요. 바쁘실 테니 앞으로도 꾸준히 읽지 마시라고 권하면 억지스럽지만, 제 글이 의외로, 실제는 그렇지도 않지 싶은데, 어렵고 재미없다는 소리는 많이들 하대요. 물론 제대로 안 읽고, 오해해서 그렇지 않나 싶고, 긴 글이란 게 원래 요사스러워서 절대로 옳게 읽히지 않는 변덕쟁이인 건 맞을 거예요. 지금 이 말도 공연히 어렵게 풀이하는 꼴 같은데, 저는 막상 재미없다 어떻다 하는 그런 품평에 괘념치 않습니다. 제 작품이 진짠지 가짠지 저도 잘 몰라요."

역시 조 화백은 솔직했고, 외모나 말씨가 일러주는 대로 그 성정이 가짜의 탈을 진작부터 벗어던지고 있다는 체취이기도 했다.

"뭘 모르겠어요. 엄살이 심하네요. 재미있고 쉬운 거야 독자의 수준하고 관계가 있을걸요. 아무리 깎아 보더라도 김 작가님은 우리처럼 헤매고 있는 것 같지는 않아 보여요. 제 눈에는 그래요. 믿거나 말거나 제 눈에 차는 대상이 드문 건 사실이고, 자기 안목이 빌빌거리는 화가도 실은 너무 많은 건 맞아요. 명색 화가들은 두 종류밖에 없을 거예요, 무식한 줄도 모르는 치들과 유식한 체하면서 지 작품만 잘났다고 설치는 부류로요."

"험담인지 뭔지, 꼭 저 보고 하는 말로 들립니다. 저야 배운 도둑질이 이것밖에 없고, 하기 좋은 말이 아니라 평소에 쓰다듬는 생각대로 말하면, 소출도 보잘것없을 게 뻔한 자갈밭을 가는 농부가 이렇지 않을까 싶은 심정으로 낑낑대는 셈인데, 또 엄살떨지 말라고 할 테지만, 저는 비교적 바른 소리를 잘하는 편이고, 우리나라 사람들이 대체로 거짓말을 너무 많이, 또 정말로 자주 하는데 아주 진저리를 내는 사람입니다. 아무튼 글이 왜, 어디서부터 유치해지는지를 알면서 쓰자고 딴에는 기를 쓰기는 하는데, 결국 쓸데없는 너스레를 일삼고 있는 줄이야 잘 알지요. 물론 자기 자랑도 겉멋도 아니지만."

같잖은 말을 아무렇게나 술술 늘어놓고 있는 게 마땅찮아서 곁눈질을 힐끔거렸더니, 장 시인은 어느새 제 옆자리 친구와 다른 화제로 열을 내고 있었다. 장 시인이 빚어내서 얼버무리고 있는 엉성한 자기 방어성 시론에다 연방 떡고물을 묻혀서 그럴싸한 문학론인 양 씨부렁거리는 작자는, 내가 읽은 바로는 뒷북치기 전문가로서 그 뒷북마저도 앞 페이지에서 했던 말을 두 번 이상씩 해대는 데다, 그런 가락과 어울리게 두 눈을 자꾸 여기저기로 두리번거리는 그 또래의 신예 평론가였다. 문단의 내로라하는 글쟁이들이라면 한결같이 기피하고 싶은, 이른바 문학사적 시각도 미처 갖추지 못한 단견의 안목으로 '단죄성 재단평가'을 일삼는 그런 유의 문학평론가들을 볼 때마다 나는 시사만화가들이 흔히 부화뇌동 형 인물을 희화화할 때 상투적으로 먹칠하는 동그란 눈알을 떠올리게 되고, 그 고정할 줄 모르는 시선과 눈 마주치기가 차마 민망스러워서 가능한 한 그들의 주위에서 멀찍이 떨어지려고 애쓰는 쪽이다.

나는 내심 아직 피곤하지는 않다고 우기며 종이컵에 누렇게 고인, 피로에 전 사람의 오줌 색깔 같은 맥주를 단숨에 들이켰다. 숨 돌릴 틈도 주지 않고 조 화백은 내게 인기 작가로 널리 알려진 박 아무개를

아느냐고 물었다. 만나면 서로가 안부를 묻는 정도는 된다고, 최근에
는 그의 글을 읽은 바가 없다고 솔직하게 대답했더니, 그녀는 그의 월
간지 연재소설에 "빌붙는 삽화 나부랭이"를 벌써 8개월째 그리고 있
다면서 그와는 한 달에 한 번꼴로 원고 수교 때문에 만나고, 그때마다
그와 함께 저녁 대신에 술을 마시곤 한다고 실토했다. 그 연재 삽화,
매달 크고 작은 걸 석 장쯤 그려 소설 원고와 함께 잡지사에 넘겨주
는, 그 알량한 삽화료에 매달려 그린다기보다 "잘 아시다시피 그냥 제
이름이나 안 잊히자고 끼적거리는 수준이지요"라는 그 채색 그림을
보고 싶었고, 그녀도 내게 그 정도의 관심은 가져주었으면 하는 낌새
가 슬쩍 비쳤으나, 그에 따르는 여러 수작이 귀찮아서 대꾸를 자제했
다.

　"소설은 재미있어요?"

　"머 밍밍하달까 좀 그렇대요. 물론 불륜으로 만나 사랑하는데, 헤어
져야 한다나 봐요. 그 역설이야 새삼스러울 게 없지만, 잡지사도 그렇
고 작가 자신도 물리지 않나 봐요. 요즘 애틋한 사랑이 과연 있기나
한지 어떤지 저는 박물관 형 사람이라서 도통 감이 안 잡히데요. 쉽게
그려야지 하면서도 속에서 이게 무슨 짓이야 하는 소리는 매번 지르
고 있어요."

　그녀는 의외로 눈치가 빨라서, 내가 심드렁해하는 줄 알고 덧붙였
다.

　"늘 바쁘시지요?"

　"아니요. 머리는 이런저런 생각들을 공글리느라고 바쁜 체하지만,
몸은 늘 한가해요."

그녀가 좀 도전적으로, 그 말투조차 당돌하게 나름의 단정을 디밀었다.

　"거짓말인 거 같아요. 요즘은 한가하다는 사람이 멋쟁이야. 설마 그것도 모르는 글쟁이가 있을까만. 언제 시간 좀 내서 제 화실에 구경 좀 오면 안 돼요?"

　"힘들겠는데요. 화가가 말귀조차 너무 빨라서 내가 가진 별것 아닌 밑천이 이내 다 까발려질 것 같아서 겁나요. 이건 진심이에요."

　"소심하시고 겁도 많으셔라. 역시 글쟁이들은 달라. 우리 환쟁이들은 제 작품, 제 정보를 못 팔아먹고 못 보여줘서 안달이 나고 난린데."

　"사람마다 다를걸요?"

　"그 말은 아무 경우에나 두루 써먹을 수 있는 격언 아니에요?"

　"그 말은 맞습니다."

　그날 밤 나는 아이콘 갤러리에서 어떻게 빠져나왔는지 모른다. 아이콘 갤러리 주인의 말에 따르면, 그녀가 운전기사 딸린 자가용 승용차 뒷좌석에다 고주망태가 된 나를 짐짝처럼 실어 내 집이 한가운데 폭 파묻혀 있는 한 아파트 단지 입구에 떨구어주었다는데, 물론 내 기억에는 그 전후 대목이 여태 새카맣다.

2

　무슨 성주(城主) 같다면 돈도 많고 열심히 일도 하는 그쪽의 신분과 능력을 무조건 시기하는 뉘앙스가 짙어진다. 그냥 밋밋한 직사각형의 붉은 타일 박은 건축물에다 오목조목 밀회의 보금자리를 욱여넣었다는 '메종 드 플레지르', 곧 잠시 들러 쉬는 별장이라기에는 그 꼭대기

476

층의 작업실이 제구실을 반쯤만 떠맡는 셈이 되잖아. 오늘날 서울의 젊은 예술가들이 부담 없이 모여드는 살롱이라면 그 건물 전체의 위상은 다소 이색적으로 떠오를지 모르나, 집주인이 암암리에 모색, 추진, 현시하고 있는 자칭 '혈기 왕성한 예술혼' 일체에 대한 투자 의욕을 무시하는 뭇따래기가 되려나. 비록 정치, 경제, 이념, 학문 등에 대해 나직나직한 담론은 없을망정 담배 연기 속에서 떠벌리는 좀 시니컬한 대화도 그럴싸하고, 게다가 지난해 연말엔가는 바이로이트 음악 콩쿠르에서 입상한 후 카네기 홀에서도 독주회를 베풀었다는, 국내외를 통틀어 최정상급이라기에 충분한 젊은 플루트 및 하프 연주자가 앙상블로 라벨의 '죽은 창녀를 위한 파반'과 마스네의 '타이스의 명상' 등을 연주했다니, 아이콘 갤러리야말로 바람직한 딜레탕트들의 사교장이 아닌가.

우리 사회 일각에서 알게 모르게 조용히 떠들고 일어서는 이런 '예술을 즐겨야 사람답지' 열기와 그 기원을 나 몰라라 하면, 그런 행태는 상아탑 연구실에 파묻혀 계몽기 소설이나 뜯어 읽는 골샌님 형 학자거나 제 물건만 싱싱하다고 외쳐대는 생선 장수와 다를 바 없지 않을까.

나는 가기로 했다. 정식으로 초대까지 받았으니까.

그새 해가 많이 길어졌다. 오후 일곱 시 반이 넘었는데도 어둠살이 유리창에 간신히 매달려 있다. 대로변의 '라이브 쇼, 노래하는 역마차'라는 네온사인 물결이 뽕짝 가락대로 생기를 찾는 듯이 천천히 깜빡거린다. 무슨 소굴 같은 작업실을 빠져나오려니 물기 마른 미색 타일 바닥이 사막처럼 출렁인다.

연립주택지의 가로수 길을 빠져나와 나는 곧장 택시를 주워 탔다. 아이콘 갤러리까지는 택시로 15분쯤, 퇴근 차량 행렬에 길이 막혀도 기본요금에 5백 원쯤 얹어주면 닿을 수 있는 거리다. 어둠이 감쪽같이 거리를 덮어버려 불빛들의 위세가 쌍쌍하다. 바야흐로 강남의 여흥이 온갖 명분을 앞세우고 무르익어가는 시각이다.

↓

요즘 서울에서 우연히, 또는 필요에 따라 맺어가는 인간관계는 대체로 그쯤에서 흐지부지 끝나게 마련이고, 그러다가도 어떤 계기가 돌출하면 또 단발성 만남이 이루어진다. 조 화백이 우리의 만남을 두 번째로 이어붙이려고, 그것도 자청해서 나에게 나오라고 부른 때는 아이콘 갤러리에서 그처럼 치열한 술타령 끝에 헤어지고 난 후 두어 달쯤이 지나서였다. 좀 어슬어슬한 한기를 느껴 두툼한 잠바를 입고 있었다는 기억이 남아 있으니, 그때도 초봄이었을 것이다.

그날은 작업실에서 일곱 시쯤에 퇴실하려니 그녀가 전화로 발목을 잡았고, 별다른 약속이 없으면 술을 한잔 나누자고 했다. 예의 인기 작가 박 아무개가 월간지 연재소설을 탈고하여 그녀에게 넘겼으므로 둘이서 따분하게 일종의 쫑파티를 벌이고 있는데, 문득 내 생각이 나서 부른다는 것이었다. 박 아무개가 나와 동년배의 동업자이긴 하지만, 오랫동안 노는 물이 달라서 서로 모른 체하며 지내는 사이라 합석하면 서로가 좀 버석버석하지 않을까 싶었지만, 굳이 피한다는 것도 옹졸하게 비칠 듯해서 그러자고 했다. 택시를 타고 역시 강남의 한복판에 있는 멸치회 전문의 생선 횟집을 찾아갔더니, 박형이 카운터 앞에서 만 원짜리 거스름돈을 여러 장 손에 들고 나를 맞았다.

"어, 김형, 마침 잘 찾아왔네." 박형은 이른바 '콤비'라는 얄따란 예물용 금장시계의 깜찍한 자판을 손가락으로 톡톡 쳐대며 이쪽의 인사말을 받지도 않고 제 말만 다급하게 주워섬겼다. "내가 오늘 긴한 약속이 있는 걸 깜빡 잊고 여기서 퍼대고 있었네. 젊도 늙도 않은 것이 벌써 이렇게 건망증이 심해 낭패야. 아주 심란해. 조 화백은 저 안쪽 방에 있어. 조 화백 저 친구가 보기보다 재미있는 여자야. 속에 악이 좀 끓고 있다고 봐야지."

"그러나 마나 남의 유부녀를 이렇게 일방적으로 떠넘겨버리면 어떡하란 말이야. 경우에 없는 행패 아냐."

"좀 봐줘. 김형, 얼굴이 존데. 보기에 좋아. 자기 관리가 출중한가 보네. 좋은 일이지."

줄무늬 와이셔츠에 좀 야하다 싶게 울긋불긋한 목도리를 둘렀고, 고동색 바탕에 연두색 체크무늬가 박힌 홈스펀 윗도리를 입은 박형은 숱 많은 고수머리를 올백으로 빗어넘기고, 굵고 검은 뿔테 안경을 걸치고 있어서 점잖은 부티와 중후한 먹물의 세련미가 온몸에서 우러났다. 역시 인기 작가다웠고, 그 집이 단골집인지 카운터 앞에서 두 손바닥을 그네 밑신개처럼 늘어뜨리고 공손히 서 있는, 해사한 얼굴에 반달눈썹을 곱게 그려 붙인 주인이 박형의 좀 덜렁대는 수작을 호의 넘치는 눈매로 지켜보고 있었다.

"무슨 역작을 쓰느라고 요즘 통 안 보이데. 여기 술값은 냈어. 김 마담, 앞으로 마시는 것도 내 앞으로 좀 달아줘. 언제 짬 내서 오붓하게 한번 만나. 나 먼저 가, 또 봐."

박형이 한 손을 들어 보이며 출입문 밖으로 사라져갔다.

내가 맞은편에 잠시 서 있는데도 조 화백은 멍한 시선을 풀지 않더니 방석 위에 앉자 그제야, 아, 오셨군요 하며 무간한 사이처럼 말했다. 가식 없는 그런 대인 친화력이 그녀의 개성으로 돋보였다.

"박형이 바쁜 약속이 있다면서 횡하니 가버리네요."

"아, 그랬어요. 아까 여기서 핸드폰으로 김 작가님을 불러냅시다고 했을 때도 좋다고 하더니만."

"괜찮아요. 나야 머 박형이 있으나 없으나 상관없어요. 이런 경우야말로 부담 없는 양도일 테니까."

"남자들은 집에서나 밖에서나 거짓말 보따리를 지갑처럼 늘 갖고 다니다가 적당하게 풀어 보이면서 사는 거 아닌가 싶어요."

듣기에 따라서는 남편의 어떤 위선에 일방적으로 부대끼는 그녀 자신의 사생활의 일면을 어림짐작하게 하는 말이었다.

"그러려니 하고 살면 그뿐이지요, 머. 한쪽에 피해만 안 주면 거짓말이야 쌍방 간의 불편 해소 백신 같은 거니까. 사람이 먹고살자고 일하듯이 편하게 살려고 머리들을 굴리잖아요. 결국 헤어졌습니까, 박형 소설의 주인공들 말이에요."

"몰라요. 아까 화실에서 마지막 원고 넘겨받고 대충 훑어봤더니 내일 엄마와 스키장에 가려는 애를 피자집으로 불러내서 아빠가 해외 장기 출장을 가게 됐다고 일러주나 보데요. 멜로 드라마라서 공식대로 애 때문에 당분간 별거한다는 거지요, 머. 박 작가님도 너무 안이하게 끝냈다고 중얼거리기는 하데요. 뒷이야기를 써보면 어떨까 하고 나한테 묻기도 하고… 여성지 연재소설이 잘 써본들 머시 나오겠어요."

"재미있는 멜로 드라마인 모양인데…"

"오늘날 한국판 크레이머 대 크레이머 같은 최루성 러브 스토리랄까, 머 그런 내용이지요."

"그 정도야 패스티시랄 것도 없고, 통속소설이야 다 그렇고 그런 패러디고, 서로 알게 모르게 베끼고, 우려먹고 그러지요. 결국 사람살이의 애증 빚어내기니까."

"그 잠바 좀 벗으세요. 답답해 보이네요."

나는 턱밑까지 채운 지퍼를 가슴패기 밑으로 쭉 갈라놓았다.

"그 남방셔츠 단추도 두 개쯤 끌러놓으면 다소 여유가 있어 보이겠네요."

나는 울대뼈 밑의 첫 단추를 끌렀다. 그녀는 여전히 바지 차림에 앞이 터진 스웨터를 걸치고 있었다.

"그림은 잘 되고 있습니까?"

"머 그러고 있어요."

"부군은 돈 잘 버시고요?"

"그런 거 전 잘 몰라요. 생활비는 꼬박꼬박 물어다 날라줘요."

몇 마디 말을 나눠 보면 이내 이쪽의 심상에 어리는 저쪽의 이미지는 묘하게도 즉각 덩두렷이 떠오를 뿐만 아니라 다른 계기를 통해 다소의 수정이 보태질 때까지 처음으로 수습한 그 첫 체취는 좀처럼 지워지지 않는다. 조 화백도 예외는 아니었다. 인물이나 외모가 좀 빠진다는 자신의 취약점을 정확히 의식하면서 한편으로는 명민하며, 자신의 주특기인 그림 솜씨마저 아무리 발버둥쳐봐야 한계가 속속 드러나고, 그 '천부적인 재능의 결함'은 노력으로 극복할 수도 없으려니와 불시에 들이닥치는 '운'의 조명 세례에도 불구하고 그 엉터리 수준은

이미지를 쫓아가니

어쩔 수 없다는 체념에 겨워 사는 여자. 살림도 워낙 잘못 살지만 어떻게 잘 꾸려보려는 생각도 단념하면서 자신의 그 어리눅은 처신조차 선선히 받아들이는 반풍수로서의 화가.

여느 삽화와 달리 사실화를 거칠게 그린다는 조 화백에게는 나처럼 소심한 작가가 어떻게 비칠까를 얼핏 떠올리면서 나는 입에 익은말을 구사했다.

"그럼 됐지요 머. 안에서 자꾸 더 많은 생활비를 바라는 건 죄악이라면 좀 거시기할 테지만, 행패일지도 몰라요. 마약처럼 점점 약효가 센 걸 바라듯이 돈 단위도 커질 게 뻔하니까요. 전문용어로는 자극 기아지요. 바깥양반에게 부의 독식, 편식은 물론이려니와 한탕주의를 사주하는 빌미이기도 하고요."

때 이르게 달관한 조 화백의 폼이라고 해도 좋을, 턱을 쳐들고 길게 내뿜는 담배 연기가 길었다.

"알 듯 말 듯 하네요. 돈에 관한 한 내가 남편을 좀 편하게 해줄지도 몰라요. 이때껏 주는 대로 살림을 꾸려 왔으니까요. 아무튼 서로가 자기 세계를 일절 간섭하지 말고, 열심히 살자는 자율성, 독자성만은 유지, 존중하자는 주의로 버티고 있는 셈이랄까 머 그래요."

"제멋대로 살 수만 있다면 그렇게 사는 게 가장 바람직하고 또 보람도 있을 테지만, 막상 생활에 부대끼다 보면 생각 따로 실천 따로에 부닥치고 말지요. 그 정도의 갈등도 못 견뎌낸다면 생활도, 그림도 포기해야 편해질 테고요."

그 집에서 우리는 멸치회, 잡어회를 안주 삼아 맥주를 다섯 병쯤 마셨다. 추가 술값은 당연히 나를 불러낸 사람이 냈다. 그녀가 자주 들른다는 강남 구청께의 카페 '빈센트'까지 택시를 타고 가서, 조 화백을 언니라고 부르는 그 술집 주인을 옆자리에 앉혀두고 우리는 역시 맥주를 한 시간쯤 찔끔찔끔 들이켰다. 그때 그녀는 땅콩과 딱딱한 껍질이 뻘쭘히 벌어진 수입품 견과인 피스타치오를 지겹도록 까먹어댔는데, 내 속짐작대로라면 위장이 튼튼하며 성적 불만을 의식하면서도 자신이 '이성적(理性的)으로 또 회화적으로 그리고 있는 연애 대상자나 정부(情夫)로서의 이성(異性)'은 어차피 이 세상에 있을 수 없다는 자각을 오래전부터 쓰다듬고 지내는 여자였다. 술김일 테지만 내 추단에 점점 힘이 실리는 심정을 억누르기는 그렇게 어렵지 않았다. 박색에 가까운 외모와 여류 화가로서의 출중한 개성이 이쪽의 심경에 부담스럽다는 생각도 떠올렸을 것이다.

물론 우리는 이런저런 말을 두서없이 주고받았다. 그때 내가 들은 그녀의 말 중에는 문득문득 떠올라서 그녀 자신의 이미지에 제법 선명한 색칠을 덧대는, 말하자면 내 심중의 어떤 형상이 점차 뚜렷해지는 일화와 신언서판도 없지는 않았다.

이를테면 성냥을 켜서 담배에 불을 붙여야 담배 맛이 한결 낫다는 말도 그중 하나였다. 또한 술집 주인의 전언대로라면 신촌 소재의 한 미대에서 대학원까지 마쳤고, 어떤 신문사가 주관하는 공모전에서 특선한 실적도 있다고 했다. 본인의 군말로는 어느 여자 대학의 서양화과에 시간강사로 붙들려가서 데생 요령도 "실기실에서 오락가락하며 주절거리고 있어요"라고 해서, 그 말 품팔이 노릇이 나의 임시 형상에 덧칠하는 재료로는 기중 쓸만한 것이었다.

나의 심상은 조금씩 무르익어갔다.

　　이미지를 쫓아가니

확실히 좀 무너져 있는 여자다. 화가로서도 드물게 똑똑하니 무너져 있을 수밖에 없다. 여성적 매력을 스스로 적당히 뿌리치곤 하는 언행 일체가 성적 불만과는 전적으로 무관하다. 그 성정에 어떤 열등의식도 없다. 오히려 그 반대로 남성, 그중에서도 먹물이 좀 들어서 말이 통하는 또래의 이성에 대한 호기심은 유별나서 그쪽으로는 아무라도 무조건 사귀려는 의욕도 남다르다. 키만 홀쭉하니 클 뿐 납작한 가슴 때문에라도 여류 화가로서의 예술혼을 불태워야 한다는 의무감이라기보다 그 결핍감으로 늘 안달하고 있다. 그런 갈등이 세속사와의 불가피한 교섭 일체에 적극적으로 반발하려는 능동적 자세에 제동을 걸어서, 다른 한편으로는 '이런다고 내 그림에 무엇이 달라져?'라는 회의를 곱씹도록 몰아간다. 그처럼 분명한 '의식'이 좋은 그림을 낳지는 않을 테니까. 하기야 무작정 그려서야 자기 복제의 반복일 테고, 이름깨나 날리는 화가일수록 똑같은 그림만 그려대지만.

↓

나의 회상은 맥없이 풀어졌다. 택시가 멎었다. 길 건너의 아이콘 갤러리 건물은 그 좀 뽐내는 듯한 자태가 주변 상가에서 흘러나오는 밝은 불빛 속에서 단연 침착한 좌상(坐像)으로서 두드러지기는 했다. 나의 발걸음은 느렸다.

도상(圖像) 곧 아이콘을 어떻게 말로 정의할 수 있을까. 그것은 결국 어떤 형상과 색채로 드러난 1차원적인 형태이다. 아이콘의 근원이 마음과 머릿속에서, 뭉쳤다가 흩어지는 구름이 그렇듯이, 어느 순간 홀연히 사라지곤 하는 심상의 그림자랄까 얼룩 같은 이미지임은 재론의 여지가 없다. 이미지의 생성과 작동은 흔히 꿈 또는 원망, 그러니까

무의식의 심층에서 분출하는 무형의 정신적 사유의 상(像), 그것의 운동이거나 단속적인 활동이라고 한다. 그것의 연장선에 상상력의 맹아가 있고, 그러므로 미술사적으로는 그림이 사회상의 일정한 반영 양식이 아니라 인간 의식의 점진적 발전 양상이 먼저 화면에 깔려 있다고 봐야 한다는 이론도 있다. 곧 상상력은 이미지를 간직했다가 되불러내는 기억력의 총합으로서 인간만의 제한적인 능력이라고 한정할 수 있으며, 그것은 어떤 형식으로든 형상화의 길을 밟을 수밖에 없다는 추론을 걸러낸다. 따라서 아이콘은 어떤 필연적인 의식의 산물이므로 보는 사람의 안목에 따라 자의적인 의미를 부여할 수 있다. 그래서 화가의 이미지가 반영된 그림을 이해하면서, 비록 짐작일망정 그 근원까지도 유추해내는 은밀한 재미야말로 미술 감상이 누리는 소득이자 보람이다.

시중의 비근한 책자를 주섬주섬 읽고 나름의 이해와 임의로운 확대해석에 이른 내 식의 그런저런 정보를 되새기면서 아이콘 갤러리 입구에 닿았다. '축 조혜리 제3회 개인전' 댕기가 붙은 키 큰 관상목 화분들이 키재기를 하는 문턱을 쭈뼛쭈뼛 들어섰다. 눈이 부시는 조명 때문에 사람과 사물의 음영이 더욱 선명한 한가운데 우뚝 서 있는, 꽁지가 몸통보다 더 큰 칠면조 형상의 얼음 조각이 눈에 띄었다. 축하객들이 기다란 테이블 주위를 겹겹으로 둘러싸서 그 기름진 뷔페식 개장 행사를 어떤 환호성도 따르지 않는 현대판 축제로 띄우려고 술렁거렸다.

나는 방명록에 사인했다. 안내를 맡은 젊은 여자가 그림 해석, 화가의 화력, 도판 등을 실은 묵직한 팸플릿을 집어주었다.

이미지를 쫓아가니

화랑 주인 이광숙씨가 소리 없이 다가와 그 듬직한 콧잔등에 솔잎 같은 잔주름을 끌어모으며 내게 활짝 웃었다.

"맞춤한 시간에 오셨어요. 눈이 빠지게 기다리는 오늘의 주인공부터 먼저 보셔야지요."

"그러지요."

칠면조의 부리가 가리키는 한쪽 구석에서 칵테일 잔을 두 손으로 모아 잡고 서서 또래의 중년 부인과 말을 나누고 있던 조 화백에게 나는 손을 내밀었다. 까무잡잡한 살갖이 아른아른 비치는 성긴 망사 천 속에서 기다란 팔이 느직이 내 쪽으로 내밀어졌고, 나는 촉촉한 손바닥을 거머쥐었다.

"축하합니다. 축하객이 북적거리고, 아주 성황인데요. 성장까지 하시고. 여러모로 돋보입니다."

"고마워요. 바쁘실 텐데 공연히 떼를 써가며 나오시라고 해서 민망스럽네요. 박 작가님도 나오셨어요, 저기 계시네요."

"네, 천천히 보도록 하지요."

조 화백이 입고 있는 옷은 가슴과 등에 그물처럼 얼금얼금한 굵은 끈이 교창(交窓) 살 무늬로 파여 있고, 그 시커먼 내리닫이 옷자락은 속살이 은은히 비치는 이른바 '시스루'인데, 까칠까칠하고 하늘하늘한 그 천 속에는 같은 색의 희미한 망사 옷이 속곳처럼 겹겹으로 몸을 감싸고 있었다. 엉덩이 바로 위까지 등짝을 통째로 그물이 덮고 있는 그 한가운데에 한 줄기로 떨어지는 폭포 같은 등줄기 솔기가 뚜렷해서 그것이 움직일 때마다 크게 꿈틀거리는 몸이 제법 선정적이었다. 젖꼭지나 겨우 붙어 있을 것 같은 민짜 가슴에 어울리지 않는, 젖통이 우람하고 팔등신의 늘씬한 여자가 입어야 제격인 야회복이었고, 물감이 묻은 청바지나 스웨터를 두르고 있던 그녀의 평상시 땟국이 몽따듯이 없어져 버려서 과연 옷이 날개라는 말을 새삼 실감했다.

"화폭이 다양하네요. 좀 둘러볼게요. 그럼 이따가…"

"예, 그러세요. 목도 마르시고 시장하실 텐데…"

"괜찮습니다. 내버려두셔도…"

위에서 또 아래와 옆에서 이중 삼중으로 쏘아대는 간접 조명을 한껏 받는 그림들은 30점가량 되지 싶었다. 치장을 걸친 실내가 두 배나 넓어 보였다. 작은 그림은 스케치북 두 개만한 것도 있고, 큰 것은 교자상 크기만 했다. 하얀색 블라우스 속에 실매듭 모양의 금줄 목걸이를 걸고 있는 젊은 여자가 슬그머니 내 곁으로 다가와서 칵테일 잔, 오렌지 주스 잔 들을 늘어놓은 차반을 디밀었다.

"무얼 드시겠어요?"

"이 화랑 큐레이터인가요?"

"아니에요. 언니 후배예요."

"조 화백이요, 아니면 이 화랑 주인 언니요?"

"둘 다예요."

"역시 그림 그리시고요?"

"아니요, 끌도 잡고 망치도 쥐고, 뺀치나 가위로 찌그러뜨리고 잘라내기도 하고 그래요."

"요란하네요?"

"별것도 아니에요. 놋쇠를 다듬고 깡통도 찌그러뜨렸다가 이어붙이고 머 그러는데, 요새 갑자기 헤매다가 머 그러고 있어요."

말이 길어질 것 같아 나는 그림 쪽으로 시선을 돌렸다.

주스 잔을 그녀에게 돌려주고, 나는 손에 든 팸플릿을 넘겨 발문(跋文)에 해당하는 그림 해설을 먼눈으로 주섬주섬 읽어가기 시작했다.

모든 글을 일단 분량부터 따져보는 내 버릇대로 2백 자 원고지로 열 장쯤 되는 그 해설을 쓴 이 아무개는, 그림의 양식사보다 영향사를 유독 강조하는, 그림 이전에 화가가 있으므로 아무리 다른 그림일지라도 그 형상화 과정에 삼투하는 화의(畫意), 화상(畫像)과 그 기법은 무한정으로 자유로울 수 없고, 따라서 한 개인의 탁발한 상상력만으로 좋은 그림과 나쁜 그림을 재단 평가하는 것은 위험천만한 일이며, 그런 안목이야말로 그림 정보가 활짝 열려 있는 근대 회화사를 읽는 한 방법이라고, 《미술관 순례》인가 하는 얇은 번역서의 명화 캡션으로 그렇게 뼈 있는 설명을 달아둔 미술평론가였다. 기왕의 해설을 참조하면서 동서고금의 명화들을 요령 좋게 설명하는, 그쪽으로는 워낙 다양한 책들이 많은 '그림 이해서'였는데, 누구는 누구의 일정한 영향 아래서 변화를 추구, 회화사에 남은 귀재였다는 식의 그 부지런한 기억력과 복고조(復古調)의 감식안에 공감할 수밖에 없는 영어판 저작물의 역서였다. '남의 말로 생색내고 남의 글로 장원하는 글쟁이의 수다야 늘 듣는 타령조'라는 독후감만 불식하고 나면 그런 책이야말로 친절한 '그림 읽기 지침서'에 값하는 명저였다.

'현대의 신화 또는 개인의 꿈'이라는 제목을 붙인 그 해설의 요지는 이런 것이었다.

— 뭉크의 유명한 석판화 '절규'는 결코 평지돌출이 아니다. 달리의

일련의 환상적인 사실주의 그림들이 사진처럼 이해하기 쉽다고 말해 버리는 감상안(鑑賞眼)은 클레가 구성한 굵은 선의 단순한 추상화와 대면하는 심안(心眼)을 놓아버렸다고 할 수도 있다. 누군가 단언했듯이 꿈이 개인의 신화임에는 군말을 보탤 여지가 없지만, 꿈은 어떤 식으로든 현대의 모든 신화적 실상들을 과감하게 드러내고, 한편으로 뭉개버린다. 이 양가적(兩價的)인 두 주류에서 현대 회화는 자유로울 수도 없고, 그러므로 자의적으로 해석할 여지도 무한히 누릴 수 있다. (…)조혜리 작가가 구사하는 현대 신화에의 접근법은 의식이라기보다 실경의 무작위적 해부도라고 불러야 옳을 듯하다. 그의 부드러운 황색에는 분명히 비경(秘境)에의 탐색과 피카소 풍의 청색에 대한 반발과 그 영향이 넘실거린다. (…)샤갈의 환상을 도해(圖解)하면서 멀찍이 떼놓으려는 의욕을 차단하는 일련의 여백(…), 주관적인 향수의 추구를 위한 벅찬 정진(…), 흔히 현실 또는 자연이라고 막연하게 지칭하는 그 속의 사물, 인물, 정경을 우리는 얼마나 정확하게 볼 수 있으며, 그 임의로운 선택에 인공물의 유무를 알아보는 눈길의 주인은 누구인가. (…) 기억을 베낄 때 그대로 옮기는 것이 과연 가능한 일이기나 할까. 추상의 의의는 필연적이 아니라 창작 중의 기교로도 필지(必至)라는 평범한 이 진리는 동어반복조차 불허한다. 조 화백의 고심은 베껴진 그 의사(疑似) 현실이 믿기지 않을뿐더러 어떤 환상이 보태져야만 비로소 더 실상, 실정(實情)에 근접하지 않을까 하는 의심을 끈질기게 불러와서, 그 추구를 못내 뿌리치지 않는다. 원색을 피하는 배경에서(…)

어떤 장르의 글이라도 글쓰기는 근본적으로 남들과는 다른 말을 하

이미지를 쫓아가니

기 위해, 더불어 달리 표현하기 위해 작가가 정신을 똑바로 차려서 그 진액을 쥐어짜야 하는 고심의 흔적인데, 대개의 글 뭉치들은 남의 말을 따오기에 급급하고, 어슷비슷한 말의 성찬에 불과하다는 느낌이 몇 문장만 읽어도 와락 달려들어서 중도에 내팽개치고 마는 내 고질의 버릇을 무작정 나무랄 수도 없는 노릇이다. 글맛이 없는 글발도 글이라면 의붓아비라도 괜찮은 양반이 더러 있으니 기다려 보자는 헛소리와 무엇이 다를까.

분명히 그 환한 누런빛의 조명등과 그 빛살들의 반사 및 충돌 탓일 텐데, 내 눈이 이내 침침해졌고, 시야가 흐려졌다. 글 읽기에는 부적합한 실내조명 때문이었다.

그렇다고 멍청히 서서 다른 관람객들의 감상권을 방해할 수는 없어서 나는 발걸음을 떼놓고 있었다. 그림들을 얼핏얼핏 음미하면서. 최초의 시큼하고 탁 쏘는 술 냄새를 잊어버린 채로 순도 높은 알코올을 목구멍으로 아무런 자극도 없이 꿀꺽 삼키듯이. 전번에는 아이콘 갤러리가 길쭉한 장방형 실내였는데, 칸막이로 공간을 바꿔서 기역 자로 변해 있었다.

예의 그 그림 해설을 읽지 않더라도, 설혹 꼼꼼히 읽었다 하더라도 어차피 마찬가지였겠으나, 조 화백의 그림에 대한 내 느낌, 그 꿈틀거리는 감상은 기역 자를 쓸 때 그어지는 일직선이 꺾어지기 직전에 '잘 맞물리려면 조심스럽게 그어야지' 하는 심정이었다. 실은 그런 생각을 얼핏 떠올렸을 텐데, 무엇이든 제대로 알수록 달라지는 느낌을 어떻게 받아들여야 하는 주저가 막고 나서서였다. 그림이란 어떤 전문가라도 한목에 다 볼 수는 없으므로 오래도록 뜯어 봐야 하고, '다 볼 수 없다'라는 신비감과 들여다볼수록 '이것도 있네'와 '여기도 이상하잖아'라는 경이감의 만끽을 누리면 그뿐이다. '이해'와 '해석'을 덧대고 싶은 의욕은 그림보다 부실한 말과 글의 표현상 한계를 의식하면 즉각 무르춤해진다. 생청스럽지만, 오래 볼수록 잘 모르겠다는 말은 일리가 있는 감상이다. 도판과 세부도로 설명해도 결국 '해설 불가능'과 '이해 불충분'에 이르고, 마침내 감상자의 시각과 지각이 슬그머니 뒤로 물러나면서 '아름다움'에 붙은 흠 같은 어떤 흉물과 마주하게 되니까.

  그것은 어떤 감상자라도 그만의 짐작을 헤아리도록 재촉하는, 그 어지러운 구도가 말하는 대로 반추상 계열의 형상들이었다. 감상자의 시선을 와락 붙잡는 다양한 색채와 그 색감들끼리가 빚어내는 미묘한 하모니만큼이나 다채로운 상상력을 펼쳐가게 강요하는 그런 형상들, 부분적으로는 구상적인 표현도 혼재하지만, 구성적으로는 철저히 추상적인 형체들의 집약, 곡선의 난무라면 나부(裸婦)의 육체적인 양감을 무시하는 꼴이 되고 마는 인상주의 화풍의 굵은 선들, 반원과 점으로 그 부피감을 죽여버린 젖가슴. 누운 나신의 서럽도록 큰 엉덩이. 두두룩한 치골(恥骨)을 가린 갈퀴 같은 손. 마티스의 나체보다 빈약한 누드의 병치. 세 사람 이상의 점경(點景) 인물들의 각각 다른 시선과 포즈를 통한 화면의 율동감. 황색 기조의 바탕에 원근법을 깡그리 무시한 여러 모양의 창들. 독서 편력을 과시하듯이 붙여놓은 제목들, '투명한 실내' '삶의 기원' '몽상의 잔해' '행복한 망상' '유치한 동화' '무해한 꿈' '꿈의 잔상'… 얼굴은 없고 부드러운 육신만 여실한 여자의 등짝들. 뭉크의 '생의 무도'에서 오른쪽에 멍청히 서 있는 이브닝 드레스 차림의 여자가 졸음에 겨운 시선으로 건너다보는 그 권태, 체념, 질시가 뒤범벅된 형상. 부분적으로는 라 프레네의 '부부생활'을 반추상 쪽으로 더 몰고 간 누드. 정신적으로나 육체적으로나 동거 또는 혼거 상태에 얽매여 사는 오늘의 싱싱한 나신(裸身)들. 다들 벌거벗고 있다. 옷과 장신구와 장식물이야말로 거추장스러운 제도란 항의인가.

가장 큰 화폭 앞에 발걸음이 멈춰 선다. 다행히도 주위에는 관람객이 없다. 등 뒤의 수런거림만으로도 축하연은 붐빈다고 할 수 있을 정도다. 여기야말로 나부들의 동거 현장일지도. 권태의 과시 축제장. 나부의 얼굴과 육체에 그려진 따분한 권태감은 부분적으로도 상투를 면하기 어렵지만, 만만해서 그런대로 봐줄 만하다. 동그란 눈알을 기형적으로 강조한 피카소의 정색한 나부들마저 그런 맥락으로 읽힌다. '알지에의 여인들'. 창과 문이 다 열려 있다. 한쪽은 그 지매가 파스텔조의 연녹색이고, 다른 한쪽의 그것은 '투명에 가까운 블루'다. 창과 문의 기능은 열거나 닫는 것인데, 어느 그림이라도 그 한쪽 기능을 제거하고 있다. 외짝의 편견이 심하다. 책꽂이 옆에 서 있는 멍청한 사내의 어설픈 자세. 실루엣처럼 또는 정물처럼 거세당한 남성. '권태기의 나날'. 그녀의 이미지가 웬만큼 다가온다. 나부는 대체로 구순적(口脣的)인 성격을 드러낸다고 알려져 있다. 무방비 상태의 무능력자이므로. 옷을 누가 집어주기를 기다리는 자태. 그들에게는 세상이, 일 따위가 안중에 없다. 자아가 미성숙 상태니까. 어떤 제도 밖의 삶 자체가 벌거벗은 몸뚱어리다. 자아가 그 싱싱한 몸뚱어리 속에 갇혀 있을 수도. 뛰쳐나왔다가는 벌써 사회화의 길에 들어서므로. 육체의 질감은 예의 그 지매처럼 연회색, 연갈색, 연녹색으로 이른바 파스텔 조로

얇게 촘촘하다. 알 만하다, 뻔하다고 하면 도식적인, 따라서 무제한의 상상력을 불허하는, 그래서 있을 수 있는 '그럴듯함'만을 굳이 추구하는 소설적인 상상력이라 천박하게 보일지 모르나, 달리 더 감상을 부연, 연장하는 것도 성가시고 어설프다. 월권이 아니라 더 자세히 설명, 해석해봐야 결국 그림일 뿐이다. 화가의 끈질긴 화의랄지, 그 이미지의 역동감이 선입관으로 자리 잡고 있으므로 더 볼 것도 없다. 한 문장, 한 문단, 한 문맥만 읽어도 소설의 전체적인 윤곽과 그 지배적 분위기 곧 아우라가 대충, 아니 뚜렷하게 떠오르듯이.

물러선다. 미련을 가지며 작은 화폭으로 다가간다. 마침 싸한 화장품 냄새가 풍긴다. 화랑 주인의 큰 코가 다가온다.

"열심히 보시네요."

"걸음품이나 파는 거지요 머."

"궁금하시지요?"

"머가요?"

"반라상에 집착하는 조 화백의 이미지가요. 뭐 하나에 과도하게 집착하는 사람을 카텍시스라고 하는 모양인데, 남자나 여자에 다 고루 있다고…"

"사람의 뇌가 원래 그렇지 않나 싶고, 화가들 작업이 대체로 다 그렇지요. 물방울만 줄기차게 그리는 화가도 있고, 세선(細線)을 끊임없이 그어대는 양반, 무당의 활갯짓만 그려대고, 청색 바다만 요리조리 바꿔 가는 화백들, 지푸라기 같은 선으로 화면을 가득 채우느라고 신고를 거듭하는 환쟁이 등등. 그 집착은 이해할 만하지만, 비정상적이기는 하지요. 그렇다고 연구나 분석 대상까지로 우러러볼 것까지는 없

　　　이미지를 쫓아가니

지 않나 싶고요. 조 화백의 작업도 막연한 짐작이야 있지만, 지금도 부글부글 끓고 있을 그 내막도 알 듯 말 듯한데, 그렇다는 것은 굳이 이해해야 한다는 강박 때문에 그렇지 싶고. 모르겠다면 불성실한 것 같기도 하고."

"한번 물어보세요. 착상의 연원이나 동기 같은 것을요."

"짐작만 가꾸고 있지 더 뭘 캐묻고, 그러면 재미없잖아요."

"별나시게도…"

"혼자서 꾸물꾸물 삭이는 재미도 수월찮아요. 어처구니없는 그림도 그런가 하고 내버려 두고 잠자코 있어야지 별 뾰족 수도 없잖아요."

"이쪽에는 어째 접는 의자를 다 치워버렸네. 부지런들도 하지. 피곤하시지요?"

"괜찮습니다, 번거롭게. 온종일 책상 앞에서 엉덩이 씨름만 하는 직업이라서 서 있는 게 더 편해요."

화랑 주인이 시선을 크게 내두르더니 출입구 쪽을 향해 손짓했다. 납작납작한 쇠붙이를 연이어 붙인 고대 이집트풍 겹장신구를 팔뚝 쪽으로 밀어 올리는 여자가 곧장 다가왔다.

화랑 주인이 부드러운 말씨로 통솔력을 발휘했다.

"얘, 여기다도 의자 몇 개 더 가져와서 늘어놔라. 사무실에 있는 탁자도 갖다 놓고 먹을거리, 음료수 같은 것도 날라다 놓으면 좀 좋니. 저렇게 떼거리로 몰려서서 개미처럼 먹을 것만 입으로 물어다 나르는 게 보기 싫잖아, 응? 참, 현주, 너 김 선생님께 인사드렸니? 제 후배예요. 인사하세요."

"알고 있습니다."

"진도도 빠르셔라."

"아까는 그 팔뚝 장신구를 안 끼셨던데요?"

"예, 방금 찼어요. 어때요, 괜찮아 보입니까?"

그녀도 역시 활달하고, 한낱 사물 같은 이성일지라도 상대방의 관심을 끌어모으기에는 능동적인 동선을 뛰어넘어 동물적인 저돌성을 과시했다.

"에그조틱한 분위기는 풍기네요, 금속이라서 그런지. 손수 만든 겁니까?"

"예, 아무렇게나 모작해본 거지요 머. 잠시만요."

화랑 주인과 나만 남았다.

"파티는 언제까집니까?"

"일곱 시부터 아홉 시까지라고 못 박아뒀지만, 그거야 지키고 말고 할 것도 없지요. 또 조 화백이 어차피 가까운 분들 모시고 한잔 더 살 테고요. 김 선생님도 꼭 끝까지 참석해주세요."

"분위기 봐가며 알아서 하지요." 나는 그림들을 휘둘러보며 물었다. "좀 팔리겠습니까?"

"모르지요 머."

"손해 보는 거 아닙니까?"

"투자하는 셈 쳐야지요. 전 돈 셈 같은 거 잘 몰라요. 돈 욕심도, 남들은 어떻게 볼지 몰라도, 사나운 편이 아니거든요."

↓

70년대 초 그 언저리부터 외화벌이가 본격적으로 시작되고 덩달아 부동산 투기열이 유행어대로 '광풍'처럼 전국을 휩쓸고, 특히나 한강

이미지를 쫓아가니

변 일대에 대형 아파트들이 우후죽순처럼 들어서자 신흥 졸부들은 저마다 기계로 찍어내는 홍보 인쇄물보다 더 빨리 쌓이는 돈을(하기야 돈도 정교한 인쇄물에 불과하지만) 마냥 쟁여두기가 애달고, 돈이 없을 때는 몰랐던 허무한 마음자리보다 더 허전하고 넓은 벽들을 채워가기에 급급하여 그림이라도 사들이기에 미쳐 돌아갔음은 이미 신문을 통해 널리 알려진 사실이다. 화가들도 메뚜기 한철을 맞았고, 화랑들도 한때의 역 주변 다방들처럼 늘어났고, 화랑 주인들도 황금 어장을 가진 선주들로 떠올랐다. 화가들은 그림을 인쇄물처럼 마구 찍어낼 수 없어 한스러웠다. 화랑들은 잡아둘 만한 전속 화가급들이 없어서 한숨이 저절로 터졌다. 화랑 주인들은 팔 그림이 없어서 안쓰러웠다. 기민한 선주들은 물감도 안 찍은 그림들을 입도선매하느라고 거금을 건넸고, 늘 궁색을 면치 못하던 화가들은 그 돈으로 꿈속에서나 그려보던 화실들을 교외에다, 또는 자기 집에 달개집처럼 덧붙이기로 널찍하니 장만하느라고 선의의 땅 투기에 불쏘시개를 디미는 꼴이 되었으며, 화랑 주인들도 그렇게 급조한 자기 모작이나 아류작들을 받아내기가 바쁘게 대형 아파트의 텅 빈 벽에 걸어주면 즉석에서 세금도 안 내는 구전이 뭉칫돈으로 굴러왔다. 그 거금의 구전이 또 다른 투기를, 예컨대 건물 사들이기, 주식 매입, 고서화나 골동품 찾아내기 등을 조장, 증폭시켰다.

굴릴수록 커지는 눈덩이처럼 돈 단위만 불어나는 그런 일련의 미친 듯한 치부(致富) 행렬에서 악어와 악어새 같은 화가와 화랑 주인 사이에 있었던, 내가 들은 바로는 결코 잊어버릴 수도 없고 또 믿기지 않으나 믿을 수밖에 없는 사례로는 이런 것도 있다.

그의 재력으로나 그 과감한 배팅 실력으로나(급하게 돈이 필요한 화가의 딱한 형편을 미리 알아내고 무이자로 얼마든지 돌려쓰시라고 건네는 두둑한 배짱을 뜻하는데) 국내에서 다섯 손가락 안에 드는 한 화랑 주인과, 그 유명세나 그림의 가치로도 국내에서 열 손가락 안에 드는 한 서양화가가 있었다. 그의 그림값은 부르는 게 시가라기보다 일정치 않다는 게 정설이었다. 그 현란한 색조의 추상화가는 한국전쟁 전부터 화단의 중진으로 군림했고, 환도 후부터는 잦은 폭음으로 건강이 안 좋아 한동안씩 붓을 내팽개치는 통에 그림값이 두서너 배로 껑충 뛰어올랐다는 통설도 있다. 그런데도 젊을 때 헐벗고 굶주린 경험을 되살린 '동네 풍경' 같은 화제작처럼 칙칙하고 중후한 처신, 그림값 책정과 그 수수(授受)에 따르는 대가다운 대범한 수완도 널리 알려져 있었다. 물론 그이는 오래전부터 모종의 인연으로 그 배짱 좋은 화랑 주인에게 매인 전속 화가였다. 그렇긴 해도 장담을 잘하지 않는 천성의 신실한 인품에다 개인전 따위를 차일피일 미루는 버릇이 그의 소문난 능사라서 화랑 주인으로부터 그림값을 입도선매한 적은 없었다. 다만 전속 화가인 만큼 급한 목돈이야 더러 화랑 주인으로부터 돌려쓰고 약속한 날짜에 어김없이 갚아오는 터였는데, 그런 거래 관행도 자신의 인품 관리와 그림값 매기는데 부조가 되었을 것이다.

그런데 그즈음 그의 그림을 큼지막한 것으로 꼭 한 점만 사들이겠다고 목을 매는 미지의 한 고객이 좋은 얼굴로 나타났다. 그 고객이 진정한 그림 애호가였는지, 단순한 수집가나 투자가인지, 텅 비어 있는 거실 속의 흔들의자에서 뒹구는 무료한 벼락부자였는지는 알 바 없다. 어떻든 그 고객은 화랑을 통하지 않고 다른 알음알이가 다리를

이미지를 쫓아가니

놓아 그이를 찾아왔다고 하니 그쪽으로는 자기 이름이 팔리지 않기를 바라면서도 일주일에 두세 번씩은 자기 이름이 신문에 오르내리지 않으면 서운해 여기는 신분의 유명인사였음은 확실하다.

쥐어짜도 안 되는 그림을 한사코 내놓으라는 통에 그이는 어쩔 수 없이 말미를 정하고, 성에 차지는 않지만 웬만한 걸로 완성을 시켜 그 유명인사의 품에 안겼다. 이제 명실상부하게 고객이 된 유명인사는 백배 치하를 곁들여 거금의 그림값을 디밀었다. 이런 대목에서는 그이가 '만부득이한 사정으로 그림을 다른 이에게 넘길 때는 이쪽에다 성가시더라도 기별이나 해주시오' 정도의 귀띔을 했는지 어쨌는지 우리는 알 수 없다. 그림이란 대가의 것일수록 환금성도 좋고, 세월이 흐를수록 오르게 마련이지만, 부동산과는 다른 격조가 덤으로 묻어간다. 그래서 그림의 소장자는 암암리에 망외(望外)의 유명세까지 누린다.

어쨌든 비록 모 화랑의 전속 화가이긴 했어도 이번의 거래는 전적으로 그이 자신과 모 유명인사와의 개인적인 매매행위일 뿐이어서 화랑 주인이 개입할 성질도 아니었고, 나중에 그 그림의 소재야 어차피 드러날 테지만, 쌍방이 입을 다물 수밖에 없고, 그림과 그림값의 맞바꾸기에 불과한 것이었다. 그러나 그이는 역시 대가다웠다. '하도 졸려서 붓 잡기가 죽을 맛인데도 큰 것을 간신히 마무리 지어' 넘긴 저간의 사정과 그림값을 정직하게 실토하며, 그 일부를 떼어 화랑 주인에게 건네주었다는 것이다. 화랑 주인도 그이의 평소 인품을 늘 상찬하는 바여서 아무 말 없이 그 수수료를 받아 챙겼다.

아마도 그이가 워낙 과작의 대가이므로, 또 화가보다 화랑 숫자가 많을 수는 없고, 생산자의 기득권이 뜨르르하므로 그 배분율은 화랑 3

에 화가 7쯤이 아니었을까 싶지만, 그 정확한 내막은 민완의 세리(稅吏)조차 도저히 밝혀낼 수 없는 '역사의 미궁'으로 빠져들 공산이 크다. 물론 그 배분율이 반반인 경우도 허다하고, 화가의 성가에 따라 팸플릿 인쇄비와 홍보비를 어느 쪽이 감당하느냐는 별도의 계약까지 규정한다고 알려져 있다.

차제에 남의 돈벌이를 염탐하는 하등에 쓸데없는 달콤한 환상을 즐겨보면 그 그림이 오랜 세월을 겪고, 또 제 팔자가 기구하여 공매에 부쳐질 때까지 그 일신에 따르는 숱한 일화가 더께 앉아 자신의 질적 가치와 무관한 유명세를 누리더라도 최초의 그 그림값은 불문에 부쳐질 수밖에 없을 것이다. 외국의 예는 어떤지 모르지만, 일종의 주문 생산에 따른 우리의 이런 실정은 그럴 수밖에 없고, 대체로 관행은 좋을 것도, 그렇다고 굳이 나쁘다고 할 것도 없지 않을까 싶긴 하다. 편견을 내두른다면 그림의 희소가치만을 따지는 '명작' 떠받들기나 허명무실한 '대가' 집착증을 애장자의 본색으로 대우하는 관행도 껄끄럽고, 화랑의 치부 수완과 역할을 가타부타하는 면면도 세상의 허접한 제도를 일단 헐뜯고 보는 소행으로 비칠 수도 있다. 그림의 수요가 옛날과는 판이하게 폭발적인, 그만큼 '되다 만' 예술작품이 낙엽처럼 발치에 나뒹굴고 있는 오늘의 실정에서야.

↓

"어느 쪽이든 서로가 의욕을 계속 살릴 수 있을 정도로만 팔렸으면 좋겠습니다. 덕담치고는 정답 같아서 재미도 없지만."

"그렇게 되도록 좀 밀어주세요."

"저야 힘이 전혀 없는걸요."

이미지를 쫓아가니

"힘, 힘, 그 힘은 만들기 나름일걸요."

"자극 나름이기도 할 테고요."

"물론이지요. 자극이 좀 옵니까?"

화랑 주인은 웃지도 않고 물었고, 나도 진지하게 응수했다.

"벌거벗은 여체들이 많은데요. 예쁜 나부들이 아니어서 한결 더 괜찮습니다. 그림 속의 나부들은 어째 못나고 마를수록 더 볼 만한 것도 좀 이상한 도착증 같고…"

의자 몇 개와, 커다란 화집이나 표구하지 않은 서화 등을 펼쳐놓고 돋보기를 들이대며 이른바 '팩튀르'라는 화필의 층을 뜯어보기에 알맞을 듯한 둥그런 탁자 하나도 날라져 왔다. 뒤이어 칵테일 잔들과 오밀조밀하니 먹을 것을 담아놓은 은박지 접시 따위도 탁자 위에 놓였다.

나는 말없이, 덩치에 걸맞게 평소의 처신대로 묵중하니 앉았다. 화랑 주인도 나와 엇비스듬히 앉자마자 무릎을 포개고 풍성한 스커트 자락을 펼쳤다. 나는 담배를 물었고, 화랑 주인에게 일회용 라이터로 담뱃불까지 붙여주었다.

스스로 '이것저것 건드려 보고 있다'라며 생청스레 대들지만, 금속공예의 자잘한 '표현'에 웬만큼 심취해 있는 듯한 현주씨가 시선을 출입구 쪽의 먼 데로 주며 말했다.

"언니, 남 사장님 오셨나 본데…"

화랑 주인이 담배를 연거푸 두어 모금 뻑뻑 빨고 나서 재떨이에다 기다란 담배꽁초를 비벼 끄며 부산하니 일어섰다.

"인사시켜 드릴게요. 조 화백 신랑이에요. 재미있는 양반인데, 마침

맞게 왔네."

화랑 주인이 무간한 사이처럼 내 팔을 잡았다.

"아니오, 정말 됐어요. 천천히 보지요."

언제나 봄바람처럼 살갑게 다가왔다가는 잡힐 듯 말 듯하니 몽실한 이미지만 후 끼얹고 방금까지 덩실하니 채우고 있던 그 자리를 안개처럼 텅 비워버리는 여자가 갤러리 주인이라면 과장이겠으나, 좀 작위적이기도 한 그녀의 싹싹한 대인관계, 깍듯한 태도, 그런 사교술 밑에 꿈틀거리는 근원이 내게는 여전히 오리무중이었다.

나는 그림 속에 파묻혀 아득해지는 기분을 가누면서 앉아 있었다. 속으로 화랑에서 이런 대접을 봤다니, 오감하네라면서도 내 입성이나 처신이 너무 소박해서 천격(賤格)으로 비치지 않을까 싶어 좀 조바심을 내다가, 아무런들 어떠랴 하고 멀뚱하니 시선을 고정시켰다. '권태기의 나날' 그림 속에는 제목대로 '노동'의 무풍지대다. 문패 같기도 하고 콘센트 같은 형상들, 올챙이 같은 또는 우죽이나 우듬지 같은 부러지고 꿈틀거리는 선들의 교차와 집합 아래 덧입혀져 있는 나상. 몽롱해지는 이쪽의 시선을 한사코 놓치지 않는 저 게슴츠레한 눈길에서 클림트의 영향을 떠올린다는 것은 오늘의 활달한 '정보 호환성'이 누리는 조촐한 수혜일 수밖에.

그림은 그것 자체로서 벌써 아름답다, 그럴 리야. 아름다움에도 정도와 차이와 갈래는 있을 것 아닌가. 어느 것이라도 자극의 기제이지만. 예술의 힘.

왁자지껄한 소음을 뚫고 터지는 폭소. 자극을 분별하는 지표도 있을걸. 모내기 철에 텅 빈 시골의 기역 자 기와집을 지키느라고 마른

이미지를 좇아가니

땅의 마당을 어슬렁거리는 누렁이. 아름다움의 눈금, 차이, 크기? 고요의 밀도가 두텁게 밴 뒷마당. 글 이전에 말이 있고, 말 이전에 느낌이 있듯이. 그 역순(逆順). 느낌을 말로, 말을 글로, 글을 그림으로. 감나무 밑 이끼 낀 시커먼 땅바닥에 솔가지로 도장 새기듯이 그리는 형상. 그림 이전에 형상이 있을 테고. 구도는 여백을 그냥 채우는 우연의 흔적? 느낌은 이미지의 분화와 집합에서 저절로 떠오른 어떤 형상인가.

더 시끄러워진 등 뒤의 소음과 웃음소리. 구름처럼 몰려다니는 스커트 자락들. 조 화백 주위에서 어슬렁거리다가 슬그머니 꽁무니를 사리는 박모 작가, 늘 바쁜 체하며 살아야 어울리는 개성도 있다. 갑자기 숨고 싶은, 증발해서 형체를 지우고 싶은 대인 기피증의 엄습. 미술은 결국 혼자서 탐닉하기를 재촉하는 개인적 버릇일 수밖에, 유사 이전의 동굴에서부터.

점점 벙벙해지는 처신을 거두느라고 나는 자리에서 일어섰다. 흔히 그러는 대로 대충 알 만하다는 느낌을 어루만지면서.

내가 의자를 탁자 쪽으로 밀어놓고 엉거주춤 돌아서니, 실내를 반으로 갈라놓은 칵테일 파티 테이블의 한쪽 귀퉁이를 돌아 대각선으로 다가오는 치맛자락이 보였다. 화랑 주인이었고, 오늘의 축하 파티의 안주인답게 두 팔을 활짝 펴들고 내 쪽으로 다가왔다.

"지루하시지요, 가세요."

그녀가 내 팔뚝을 끌었다. 그새 축하객은 반 이상 줄어버려 테이블 위는 지저분했고, 그 주위 사람들도 실내 바닥이 훤히 보일 정도로 듬성듬성했다.

화랑 주인이 소개했다.

"남 사장님, 서로 인사하세요. 김 작가님이시고 저희 화랑에 관심이 많으세요. 이쪽은 양파처럼 속을 벗길수록 껍질이 자꾸 나오는 사장님이시고요."

검은 양복에 녹색의 가로줄 무늬 넥타이를 맨, 앞머리가 희끗희끗해서 내 또래로 보이는 건장한 체격의 신사가 내게 손을 내밀었다. 어떤 사람과 첫인사를 나눌 때 숫기가 없어서 나는 눈을 맞추지 못한다. 악수도 상대방의 손에다 잠시 내 손바닥을 갖다 댔다가 뗀다. 그의 손바닥은 유독 두툼했고, 악력도 좋았다. 나는 남의 이름도 활자로 기억하는 쪽이 수월해서 귀담아듣지 않는 편인데, 그가 자신의 이름을 한 자씩 또박또박 새기듯 읊어 나는 일순간 정치 지망생인가라는 느낌을 떠올렸다가 얼른 지웠다.

"남기욱입니다." 그가 바로 옆에서 맥주잔을 들고 뻥 뚫린 듯한 얼굴로 나를 쳐다보고 있는 조 화백을 흘낏 쳐다보며 말했다. "처음 뵙는 분인데, 맞습니까?"

조 화백이 받았다.

"초면이 맞아요. 당신은 내 쪽에서 남자분을 소개하면 꼭 엉뚱한 다짐부터 놓는다니까."

"허어 참, 당신이 남자 친구를 좀 많이 가졌어야지. 인사할 때마다 긴가민가해서 머리 나쁜 나도 어쩔 수 없다고. 숨겨놓은 애인인가 흘러간 첫사랑인가 헷갈려서 일단 경계부터 하게 되는 내 고충도 상당하다고. 그러니 좀 봐줘. 아, 김 선생님, 이거 초면에 정말 실례했습니다. 우리 내외는 이렇게 계약 부부 비슷하게 대충 살아갑니다."

"정말 부럽습니다. 부부는 어차피 대충 살아가는 게 제일 좋을 겁니다. 하기야 저도 조 화백을 잘 모릅니다. 두어 번 만났나 그런 판이니."

조 화백이 즉각 정정하고 나섰다.

"얼마나 알아야 제대로 아는지 모르지만, 밤늦도록 둘이서 카페에 앉아서 신세타령을 늘어놓았으면 보통 사이는 넘잖아요."

"아, 좋다마다. 당신에게도 신세타령을 받아줄 남자 친구가 있으면 내가 고마워해야 할 일이지." 남 사장이 나를 직시하며 우스개 조로 말했다. "앞으로도 틈나는 대로 이 친구를 공개 장소에서 마음껏 데리고 놀아주십시오. 아, 이건 절대 농담이 아닙니다. 너무 보잘것없는 물건을 상납하는 것 같아서 생색도 안 납니다만."

그 정도의 농담에 응수할 임기응변이야 나도 못 할 리 없었다.

"데리고 놀다가 임자가 내놓으라면 언제라도 이쪽에서 빈손 털고 일어서야 하는 조건이라면 일찌감치 사양하겠습니다."

즉각 우리 쪽 테이블에서 삿대질 같은 말참견이 잇달았다.

"제 마누라가 물건이야 머야, 도대체."

"장난감이란 소리지, 머긴 머야."

"언니, 그 서방님 뭉툭코 한 대 쥐어박아버려."

"저 친구는 옛날부터 지 여동생을 아무한테나 팔아먹고 그랬어. 술 한 잔만 사주면, 야, 너, 내 동생 기순이하고 제일 잘 어울리는 배필 같은데, 어때, 소개시켜주까 어쩌까 해대며."

"아, 그러셨어요? 이제 보니 일찌감치 뚜쟁이질을 전공으로 삼았네요. 남 사장님 다시 봐야겠다."

"조 화백, 아예 여기서 양도식을 정식으로 하자고 해. 제 마누라 건사도 못하는 건달 같은 양반을 데리고 살아봐야 언제 생일상 받겠어. 싹수가 벌써 노란데, 어서 보따리를 싸는 게 좋을 것 같애. 살림에는 작량을 잘하는 게 제일이라고."

새 주둥이 같은 헌팅 캡을 눌러쓴 신원 미상의 해끔한 여자는 조 화백의 후배인 모양이었다. '화장은 이렇게 좀 짙고 야하게 해야 계집스러워 보인다고'를 시위하면서 계란형 얼굴에 옴팡눈을 내둘리는 여자는 이혼녀 같았다. 물빨래할 수 있는 후줄근한 신사복 윗도리를 소매까지 걷어붙이고 맥주를 벌컥대는 친구는 조 화백 내외와는 막역한 사이 같았다. 알록달록한 꽃무늬 실크 블라우스의 윗단추를 끌러놓아 가슴께의 계곡이 드러난 한 여자는 느닷없이 뒷꼭지에 질러놓은 큼지막한 나비 모양의 머리핀을 풀어서 입에 물자 어깻죽지까지 흘러내린 치렁치렁한 머리칼 때문에 다소 섹시하게 비치기는 했으나, 돈밖에 모르는 속물이었다.

일시에 좌중이 꽤 들떠버렸다. 역시 화가들의 자리라서 말 색깔을 재고 따지는 글쟁이들과는 달리 스스럼이 없었고, 화폭 위의 그림 색감만큼이나 자유분방했다. 불청객이나 다름없는 내가 그런 분위기를 띄웠다니, 좀 민망했다.

그처럼 진한 농담이 난무하는 중에도 남 사장은 아까부터, 내게 제 마누라를 마음껏 데리고 놀아달라 어쩌라는 청을 디밀 때쯤부터 조 화백의 하늘하늘한 시스루 옷을 곰살맞게 더듬듯이, 그녀의 잘록한 허리께에 올려놓은 손을 얼금얼금한 망사가 덮고 있는 등짝까지 슬슬 쓰다듬고 있었다. 내 눈에는 조 화백이 제 등줄기를 쓰다듬는 그 짓거리를 '권태기의 나날' 속의 방만한 벌거숭이처럼 아무런 느낌도 모르

이미지를 좇아가니

겠다는 투로 꼿꼿이 서서 받아내고 있었는데, 남 사장은 그 애무의 감미로움을 끈질기게 즐기고 있는 것 같았다. 별나다면 별나고, 뭇 사람의 시선을 끌어모으고 있는 판이라 난잡스럽게까지 보이는데도 다른 사람들은 그 애무 광경을 별거도 아니라는 듯이 내버려 두었다. 둘 다 무슨 예복처럼 검은 옷을 입고 있는 것도 이상스럽거니와 보란 듯이 치르는 저 애무는 노출증의 과시가 아니고 무엇인가.

대체로 말해서 남 사장은 소탈한 성품에 혈색도 불콰하니 좋았고, 떡 벌어진 어깨에 신뢰감도 실려 있는 데다 어떤 사람이라도 편하게 만드는 호남이랄 수 있었다. 그에게도 야망 같은 것이 있는지 어떤지는 당장 짐작할 수 없었으나, 좋은 게 좋다는 주의로 여자를 대범하게 다룰 줄 알고, 나처럼 하찮은 것에 집착하는 기질을 꾀죄죄하게 여기며 일이든 대인관계든 선선히 졸가리 잡아가는 머리도 있어 보였다. 그러나 내 눈에는 그가 '착한 사람'이 아니라 위선자였다. 나의 '착한 사람'에는 유별나다는 함의도 깔려 있고, 늘품 없는 사람이라는 비아냥도 꺼묻어 있다. 내 선입관이 맞는다면 그는 오늘의 이 미쳐 돌아가는 성 풍속에 적극적으로 편승, 적당히 이용할 줄도 아는 부도덕한 인물이었다. 나의 그런 편견이 점점 신념으로 굳어지는 장면이 속속 눈에 띄었다.

벌써 술들이 꽤 취한 하객들도 여럿 보였다. 철 지난 체크무늬 모직 헌팅 캡을 삐딱하니 눌러쓴 젊은 여자는 수상쩍은, 좋게 말해서 화가 다운 눈매로 남 사장과 나를 번갈아 노려보며 귀 앞에 갈고리처럼 찰싹 달라붙은 제 살쩍 한 가닥을 자꾸만 뺨 쪽으로 잡아당겼다. 예전 같으면 젊은 여자의 그런 노골적인 작태를 유혹으로 알고 즉각 설레는 가슴을 다독거리곤 했지만, 이제는 그런 제스처를 '흐트러진 성 충동의 무의식적인 배설'쯤으로 무시해버릴 수 있었다.

끼리끼리 뭉쳐서 지껄여대는 주사에 가까운 횡설수설들. 동성애자인 듯 옆 사람의 팔뚝에다 제 젖가슴을 지긋이 짓이겨대는 묘한 몸짓. 무슨 키네틱 미술의 현장에 와 있다는 느낌을 만끽하려는 듯 흐느적흐느적 걸어가서 "안 마셔?"에 이어 "더 마셔, 좀 취해봐"라고 말하고는 다음 사람에게로 헐렁헐렁 다가가는 산발에 뒷머리 한 가닥을 새 꽁지처럼 검은 고무줄로 묶어두고 있는 사내.

내 시야에 밀착해오는 그 모든 광경이 일종의 환상 같았다. 다들 조 화백의 '섹시한' 그림에는 어떤 관심도 없는 듯했다. 유동 인구는 6대 4의 비율로 여자가 더 많다는 통계수치를 어디서 본 것 같은데, 화랑 속에서는 7대 3으로 여성 우위 시대를 구가하고 있었다. 그 3의 반도 호모거나 성별도 종잡을 수 없는 중성 인간 같았다.

아무런 특징도 없으나 빗자루 같은 앞머리로 이마를 깡그리 가린, 소위 클레오파트라 형 머리 수세를 자랑하는 여자가 조 화백에게 대들 듯 말했다.

"얘, 니 신랑 그 넥타이 좀 풀어버려라. 시커먼 양복에 녹색 줄무늬가 도대체 뭐니? 꼭 무당서방 같다."

누군가가 바로 받았다.

"그럼 조 화백이 무당이란 소리 아냐?"

"무당 끼야 좀 많지. 요염한 무당 분위기가 없어서 아쉽지만."

"얘, 넌 오늘의 주인공 조 화백을 욕보일 일 있니? 왜 조 화백을 걸고넘어져? 남 서방을 그냥 박수무당 같다고 하면 그뿐인데. 조혜리도

이미지를 쫓아가니

화장만 짙게 해봐 요염이 철철 넘치지."

헌팅 캡은 술에 많이 취한 듯싶었다.

"맞아, 전적으로 동감이야. 아까부터 저 넥타이가 영 꼴 보기 싫어 미치겠어. 화가 서방님 주제에 넥타이 고르는 안목이 겨우 저 정도니 나머지는 뻔할 뻔 자지."

내가 듣기로는 그 모든 이기죽거림이 신언서판을 골고루 갖춘 기둥서방 하나를 앞다투어 집적거리는 짓거리였다. 오늘날 우리의 젊은 여성들이 아무 데서나 마구 거드럭거리는 남성 접근법은 공격적이 아니라 좀 천박하게 도발적이 아닌가 싶었다. '회화적 상상력'의 비근한 실물이 바로 여기에 있다는 실감도 생생하게 다가왔다. 그 분위기도 어떤 이미지의 원형으로 걸맞다며 나는 단단히 새겨두었다.

인물과 허우대가 나무랄 데 없는 남 서방이 양복 윗도리 안 주머니에서 검은 넥타이를 빼내 길이대로 흔들고 나서 말했다.

"좀 봐줘라. 조문 갔다가 여기 파티 끝나기 전에 맞춰 오느라고 허둥지둥 공항 면세점에서 산 거다. 고르고 자시고 할 시간도 없었구만서도."

사내들 몇몇은 남서방과 막역한, 대학 동기생들도 있는 모양이었다.

"무슨 조문이 그렇게 요란했냐?"

"서조모가 49일 전에 여든여덟 살로 돌아가셨는데, 그이 친손자가 부산에서 유명한 칼잡이야. 나하고는 동갑내기고."

"칼잡이?"

"남의 불행이 우리의 행복이라는 의사(醫師) 있잖아. 사람 배 따는 기술로는 한강 이남에서 자칭 타칭 제일이라는 내 사촌 동생이야."

"서조모라면 그게 니 할배 첩실이란 소리 아냐?"

"누가 아니래. 평생 첩살이하느라고 오금도 제대로 못 펴고 산 양반이지."

"알 만하네. 남 서방 바람기도 다 내력이 있었네."

"사십구일재? 부처님을 섬겼나?"

"독실한 양반이었어. 당신께서 평생 꼬깃꼬깃 모으신 거금 1억 원을 절에 시주하고 지난겨울에 자다가 돌아가셨어."

조 화백이 말을 보탰다.

"이이 집안에 인물 같은 사람은 그 노친네가 그나마 유일했어. 시집 오니 아주 곱게 늙으신 양반이 나보고, 한창이네, 꽃나이다, 나이가 인물이다, 나이가 있어서 그래도 한 인물 겨우 하네 이러면서 대뜸 니 머하고 접노, 말만 해라, 니 소원 내가 다 들어주꾸마 자꾸 그래. 어이 없어서. 명절 때 어쩌다 뵈러 가면 또 그래. 어째 나를 잘 본 모양이야. 하도 그렇게 치대길래 내가 하루는, 할머니, 제가 환쟁이니까요, 할머니 좌상 하나 그릴 테니 그리게 해주세요 그랬더니, 겨우 고게 니 원이가, 온야, 온야, 그리고 싶은 대로 그리보려마. 너거 집에 가서 나는 염주만 굴리고 가만이 앉았으만 되는 기제 이래…"

나로서는 귀가 번쩍 뜨이는 말이라 몸까지 기울이며 조 화백과 서너 명의 남녀 하객들이 조곤조곤 나누는 대화를 엿들었다. 코 밑은 말 끔하게 밀었으나, 턱 주변에는 곱슬곱슬한 수염을 잔디처럼 곱게 다듬어놓은 사내와 남 서방도 조 화백의 말을 귀담아듣고 있었다.

"그래서 그렸어?"

"그리긴 그랬지. 그이 둘째 손녀가 여기 서울서 결혼한다고 해서 올라오셨을 때 내가 우정 우리 집에 모셔서 앉혀두고 스케치를 좀 했어. 그런데 가만히 앉아 계시라니까 연방 염주를 굴려대면서 자꾸 말을 시켜대서 혼났어."

"그 신식 모델 할머니가 무슨 말이 그렇게 많아?"

"들어봐, 애, 장손 손부야, 니 담배 피우제. 나한테도 담배 한 대 붙여 다고 그러시는 거야. 또 한참 있다가 니 신랑이 니 말 잘 듣냐고 물어서 모르겠어요 그랬더니, 기집은 우짜든지 야시가 돼야, 여우란 사투리야, 서방 귀염 독차지한다 했다가, 또 머라더라, 참, 당신 신랑이 사람이야 곰살궂어 진국이었다나 어쨌다나 그리고… 또 염주를 굴리다가, 이 염주도 모감주 염준데 당신 신랑이 대팻밥 맥고 모자 쓰고 절에 갔다가 사다 준 거라면서, 자꾸 그렇게 말을 시켜대니 머 보이는 게 있어야지."

"그 할마씨 주책바가지네."

"아니야, 요즘 세상 돌아가는 속내는 멀쩡하게 꿰차고 있는 노친네였어. 텔레비전 연속극인가를 보다가는 대뜸 저기 얼쩡거리는 여편네들이 옛날로 치면 돈 받고 몸 파는 사당패나 화류계 것들이다 이래."

껄껄거리는 웃음소리가 길게 터졌고, 깔깔대는 소리를 뚫고 "텔런트들이 들었으면 당장 멱살 잡고 고발한다고 설쳤겠네"라는 말에 누군가가 "말이야 바른 소리지"라고 토를 달았다.

"모델이 그 모양이니 무슨 상이 잡혀야지. 그림이 도무지 안 떠올라. 이미지가 안 잡혀서 영 미치겠어. 염주만 보일까, 깔깔이 한복도 나무토막에 옷 걸쳐놓은 것 같더라고. 그러니 무슨 좌상이 살아 올라야지. 형용이, 거죽이 완전 광대야. 사람이 안 떠올라. 안 되겠어서 내가 할머니, 밑그림은 대충 그렸는데 모델 노릇도 하기 힘드시지요 했더니, 노친네가 대뜸 한다는 소리가, 내 속이 비나 하고 물어, 모르겠어요 라고 했더니, 용타, 용해 이래. 당신 속도 모르고 무슨 그림을 그리냐, 이 소리지."

"한 방 먹었네."

알 만한 사정이었다. 얼핏 내 머릿속에 어떤 '소설적 상상력'이 불똥처럼 튀었다가 사라졌다. 나는 테이블 위에 놓인 종이컵에다 맥주를 따라 단숨에 들이켰다. 일순간 조 화백에게 어떤 이미지를 심어준 한 노친네의 속이 오롯이 살아 오르는 듯한 착각에 빠졌다. 시선을 돌리니 남 서방은 또 보란 듯이 조 화백의 등짝을 은근히 쓰다듬는 그 애무의 손길을 풀지 않고, 여류 화가도 이제는 그 애무가 제법 감질난다는 듯이 어깨를 옹그렸다 폈다 해댔다. 그녀의 엷은 화장술이, 자잘한 모공을 감쪽같이 지워버린 두터운 분화장이, 몰골법으로 그려야 안색이 살아 오른다는 초상화를 떠올리게 했다.

이미지의 연쇄 반응이란 그런 것일지도 모른다. 이미지가 또다른 이미지를 낳고, 서로 보강하는, 결국에는 애초의 것과는 전혀 다른 형태의 이미지가 먼 산 위의 구름처럼 피었다가 이내 사라지는.

그때 내가 문득 떠올린 어떤 이미지 하나는 내 주위에서 덕담과 일화를 주거니 받거니 하는 조 화백 내외의 가까운 지인과 우인들 각자가 적어도 한 사람 이상의 이성(異性)과, 그러니까 바로 이 자리에 참석해 있는 남자나 여자와 한때 통정했거나 지금도 그런 간음을 '적당히' 즐기고 있지 않나 하는 것이었다. 물론 배우자의 눈을 감쪽같이 속이면서. 심증은 있는데 물증은 안 잡히는 그런 묵인 아래. 알아도 모른 체하면서. 하기야 나 혼자는 풀 수도, 단정 지을 수도 없는 의심이었지만, 신빙 망상인 것은 틀림없었다.

왜 그런 엉뚱한 망상이 떠올랐을까? 술 탓은 분명히 아니었다. 조 화백의 그림에 그려진 반추상의 여러 방만한 나부들이 내게 심어준 어떤 이미지 때문이었을까. 그럴지도 몰랐다. 적어도 그림에 드러난 대로라면, 또 꼬리에 꼬리를 물고 일어나는 억측을 쉴새없이 더듬는 나의 눈짐작에 따르면 조 화백은 지금 여러 특유의 성적 억압, 그 불가피한 불만에 따라붙는 뒤틀린 심상을 단단하게 거머쥐고 있다. 벌거숭이 몸의 곡선을 이중 삼중으로 겹쳐 그리는 수법이 자신의 성적 불만과 욕망을, 그 심상의 갈등에 얽매여 있음을 적나라하게 보여주고 있지 않나. 아니면 조 화백 내외가 들려준, 평생토록 첩살이로 자신의 생을 곱게 꾸려냈으면서도 생전에는 활달하고 다정다감한 성품의 탁 트인 신식 할머니였다는 한 노파의 일화를 내가 유심히 들었기 때문에, 한때는 공공연했던 첩치가(妾置家)가 그때까지의 조 화백에 대한 내 선입관에 촉매 역할을 맡아서 '현대판 중혼(重婚)'이나 내밀한 간음에의 희원(希願)을 그렸을까. 그 모든 불씨가 구름처럼 그 형체를 마구 바꾸는 이미지의 근원이란 말인가.

틀림없이 혼음 관계로 맺어진 여러 쌍이 지금 이 자리에 서서 평생토록 벗어버릴 수 없는 그 위선의 탈을 덮어쓰고 희희낙락하고 있다. 기다란 테이블을 가운데 두고 마주한 이 자리의 선남선녀가 혼음한 쌍끼리 선을 그으면 몇 가닥은 부딪쳐서 엑스 자를 그릴 것 아닌가. 조 화백의 그림 속에 그려진 무수한 선들처럼. 오늘날의 편리한 통신

및 교통수단, 교제상 쓸 수밖에 없는 돈 씀씀이와 그 헤픈 낭비벽, 당사자들은 시치미 떼기로, 지인들은 몽따기로 서로 간의 통정 사실을 비밀에 부치는 '교양'의 상식화. 그런 이중 삼중의 몸 섞기는 굳이 간음이라기보다 일시적인 유희일 수 있고, 그 중혼 또는 복혼이야말로 이 시대의 성 풍속이다. 그러고 보니 이 선남선녀들은 남녀 구별 없이 서로 말을 트고 있지 않나.

나는 잠시 부담 없이 지껄이고 있는 그들의 말 밑을 더듬어보았다.

"난 그림을 몰라. 뭘 모으는 수집벽도 없고, 집념 같은 게 부족한가 봐. 무슨 물건이든 싫증 나면 내버리는 버릇이 내 장기야. 완벽주의자도 아닌데 어느 순간 옷이나 허리띠가 그렇게 보기 싫어져. 무엇이든 버리지 못하는 수집가가 정말 부러워. 그림 산다고 돈 내놓으라는 소릴 안 하는 것만도 감지덕지하며 살아야지."

"현모양처 같은 건 바라지도 마. 그게 무슨 얼어 죽을 소리야, 그렇잖아. 남의 서방님."

"맞아, 남에게 제 여편넬 뺏기지만 않으면 나도 나중에 외유내강형 남편이라는 소리는 들을 거야."

"좀 좋아? 계 바람, 춤바람, 입시 바람, 종교 바람, 화토 포카 바람, 동호회 바람에 빠져 사는 여자들보다 그림에 미쳐서 혼이 빠진 채로 사는 여편네 둔 게 얼마나 고마워. 업어줘야지."

내가 환상의 유희 속에서 허우적거리고 있는 것 같았다. 묘한 경험이었다. 흔히 산문으로 써서 기록문으로 남기는 '글 묶음'은 새삼스럽게 세상과 사물과 인간을 반복해서 경험할 필요가 없도록 정리하기 위해서라는데, 개인의 심상에 어리는 어떤 이미지로서의 얼룩, 그것

이미지를 좇아가니

을 편리하게 '심리'라면 그 의식의 움직임도 최대한으로 수습해야 할 텐데, 어떤 필력이 과연 얼마나 감당할 수 있을까.

말을 할수록 남 서방은 자신의 직업을 다채롭게 불려갔다. 남의 돈의 규모를 먼저 헤아리는 수전노의 하수인, 원양어선 회사의 선상 물품 공급책, 다세대 주택을 지어 분양하는 집 장사의 자금 담당 상무, 단종 건설업자, 철판 수출입업자, 그는 호인이었다. 그래서 그런지 여류 화가를 아내로 데리고 사는 처지를 즐길 줄 아는 사교가로서도 손색이 없었다.

축하 상차림을 맡아 출장 나온, 나비넥타이 두른 청년들이 슬슬 뒤치다꺼리하느라고 부산을 떨기 시작했다. 아이콘 갤러리 주인이 내게 다가와서, 이차 가셔야지요, 가세요, 여기 있는 예쁜 여자들은 몽땅 다 따라갈 거예요 라고 다짐했다. 나는 좀더 알아볼 것도 있을 듯싶어 머리를 주억거렸다. 그때 '그림이나 한 점 선뜻 골라서 살 형편이면 얼마나 좋을까' 하는 궁상을 떠올렸지만, 누구의 말대로 내게는 수집벽도 없으려니와 변덕이 심한 천성대로 어떤 물건이든 사람이든 보기 싫은 증세가 덮치면 아예 그쪽으로는 눈길도 피해버리는 고질의 연원이라도 캐보고 싶었다.

촛불을 켜놓고 밤늦도록 조 화백과 맥주를 마셔댄 어느 날 밤 풍경을, 그때도 언젠가는 내 주위의 모든 여자가 거치적거리고, 내 몸도 거추장스러워질 시기를 앞당기고 싶다는 염원을 되뇌었다.

3

다음날 나는 따분한 일상을 지키느라고 오전 여덟 시쯤 집을 나섰다. 내 작업실 속에서 낮 동안의 불가피한 칩거를 위해서, 이제는 산 날보다 살아갈 날이 적어져버린 나이, 책상 앞에서 뭉그적거려야 그나마 마음이 덜 부대끼는 생업, 살아갈수록 사람 만나기가 귀찮아지는 기질에 가장 걸맞은 '웅크림의 자유'를 누리기 위한 출근길이었다.

조 화백은 집에서 엎어지면 코 닿을 곳에다 한 연립주택의 25평짜리 한 가구를, 그것도 발짝 소리 같은 소음을 피할 수 있고 일조량도 상대적으로 많은 맨 꼭대기 층 곧 3층의 한 공간을 작업실로 쓰는데, 주로 '오후반'으로 출근하여 대학 입시생처럼 밤 열한 시쯤에야 '아침까지만 동거하기 위해' 남 서방과 중학교 2학년짜리 아들 하나와 사는 아파트로 어슬렁어슬렁 기어들어 간다고 했다. 집을 지척에 두고 숨바꼭질하듯이 살아가는 그녀의 일상도 폭폭하기로야 나와 크게 다를 바 없겠으나, 어딘가 그쪽이 이쪽보다 훨씬 여유가 있어 보이는 것은 유사 이래로 환쟁이와 글쟁이가 서로 판이하게 누리는 작업환경과 보수와 시공(時空)을 분별하는 느슨하고도 긴박한 감각의 차이, 어느 쪽이든 제한적인 수요 창출에 부응하기 위해 맺고 끊어야 하는 잡다한 교제 범위 등과도 무관하지 않을 것이었다.

아무려나 내가 좌석버스 정류장까지 가려면 최근에 그것마저도 겉치레 위주의 고급화 추세에 편승하려는지 '익스프레스'라는 사체(斜體) 글자를 옆구리와 이마빡에 써 붙인 이삿짐센터의 대형 유개(有蓋) 화물차들이 밤새 빼곡이 진주해와 있는 아파트 단지 외곽의 간선도로를 빠져나와, 아카시아 같은 잡목만 잔뜩 우거져 있고 길쭘한 상자형 옥외 스피커를 외등 전주들에 매달아 놓은 두두룩한 근린공원을 끼고 돌아가야 했다. 비집고 들어갈 틈만 있으면 지적도를 냉큼 차고지(車庫

地)로 바꿔버리는 작금의 세태 그대로 요즘에는 화물차의 도열이 근린 공원 일대까지 깡그리 장악해버려 한때 한적했던 그 길의 운치를 말끔히 걷어내고 있다. 옥외 스피커에서는 50년대의 미국 서부 개척 영화에서나 흘러나왔던 유치한 행진곡 따위를 한사코 틀어대서 '저 저질의 군사 문화라니' 하는 투정이 저절로 새어 나오게 만든다.

그런데 그날 아침에는 그 옥외 스피커의 작동을 관리하는 근무자가 귀찮았던지 어느 방송국의 정규 프로를 켜두고 있어서 아주 나직나직한 음성의 한 목사가 무슨 설교인가를 엮어 내리고 있었다. 비록 술이 덜 깨서 개운찮은 머리로나마 그 설교를 주섬주섬 귀에 담아보니 이랬다.

우리 인간이 과학의 힘으로 자연을 어느 정도까지는 정복한 게 사실이고, 지금도 자연의 신비를 꾸준히 밝혀내고 있지만, 우리 인류가 파지하고 있는 과학적 지식이란 흔한 비유대로 바닷가의 모래 한 알에 지나지 않는다는, 그 뻔한 상식을 늘어놓은 후, 지금 한창 피어나고 있는 나뭇잎이 왜 하필 봄에 움을 틔우고 가을에만 잎이 지는지, 이 일련의 단순한 자연 현상조차도 과학은 일조량의 과다나 지열(地熱)의 휴지 여부 따위로 설명하고 있을 뿐 딱 부러지는 해명에는 이르지 못하는 것만 봐도 우리는 조물주의 섭리에 일단 경배할 이유가 만만하다, 그렇지 않은가.

어디서 보아도 우쭐우쭐 키재기를 하는 아파트 상가 건물, 육교 등을 배경으로 삼는 서울의 근린공원이야 풍경화의 모티프로 삼기에는 어딘가 미흡하다. 형태상으로도, 구도상으로도 그렇다. 이 낯익은 풍경에 어떤 물리적 매개가 덧붙여질 때, 예컨대 안개가 유독 짙어서 우듬지에 매달린 까치집도 한낱 미욱스러운 목사의 소음 때문에 아슬아슬하게 비치면 아연 달라진다. 각자의 감수성에 따라 배경이 일시적으로 지워져버린 그 풍경을 지각하는 정도는 천차만별이고, 이미 그 시점만의 유별난 충격으로 자리 잡은 이미지를 어떻게 재현하느냐는 것, 곧 그 기법, 양식, 색채, 구도의 천태만상은 이 세상의 화가들 숫자만큼이나 많을 수밖에 없다.

잎보다 그 꽃이 먼저 피었다가 불그죽죽하게 시들어가고 있는 진달래 울타리를 돌아가다가 나는 그 자리에 우뚝 멈춰 섰다. 행인은 나밖에 없었으므로 좌석버스가 저만치서 나를 곁눈질하느라고 멈칫거리다가 미련 없이 내빼버렸다.

아무래도 조물주의 막강한 섭리에 돈키호테처럼 덤벼드는 인간의 하잘것없는 지적 활약 운운한 어떤 목사의 그 한갓진 소음 덕분이었을 것이다. 아니면 긴장을 푼다는 허울 좋은 구실을 앞세우고 더러 술자리를 찾거나 만들기도 하지만, 막상 여러 사람과 어울려 술을 마시다 보면 나 자신과 세상이 겉돌고 있다는 또렷한 자각, 종내에는 원심분리기에서 바깥쪽으로 밀려 나오게 되어 있는 어떤 이물질 같은 나만의 하릴없는 실족감을 떨쳐버리려는 발악적 통음, 취기가 서서히 걷혀가는 시간대에 반드시 덮쳐오게 마련인 의식의 갈팡질팡과 까부라지는 심신이 한목에 나를 닦달질했기 때문이었을 것이다.

그것을 흔히 실물의 착시 현상이라고 하지만, 그때 나는 간밤에 떠벌리던 여러 사람의 말들이, 곧 그 청각 매체들이 근린공원 일대를 뒤덮고 있는 파릇파릇한 사물과 반듯반듯하게 각진 거대한 시각 매체들과 뒤섞여서 아우성치는 환상 속의 제2 풍경을 보았다. 내 눈앞에 갑

이미지를 좇아가니

자기 돌출했다가 서서히 본래의 제 모습으로 돌아가고 있던 그 '움직이는 실제 풍경'보다도 그 일시적인 환상에 불과했던 '찰나적 풍경'이야말로 '회화적 상상력'의 실체일 수도, 따라서 추상화의 한 모티프라고 할 수 있을지 모른다. 근린공원 가두리를 감싸는 축대 위에서 치열하게 움을 틔우고 있는 개나리, 쥐똥나무, 진달래 등의 울이 길 쪽으로 기우뚱하게 쏠렸고, 무슨 바리케이드 같은 화물 차량의 긴 도열이 그 자욱한 안개 속 자연의 생성을 철저히 가로막고 있는 것 같았다. 뒤이어 내가 그 착시감에 휘감긴 채로 근린공원 자락을 뒤로 물리자 쥐새끼처럼 어느 구석에 처박혀 있었던지 하얀 신형 '스쿠프' 한 대가 내 등 뒤에서 돌진하듯 튀어나와 어디론가 살 같이 달아났다. 놀란 채로 얼핏 보니 운전자는 기다란 앞머리를 쓸어올리는 철부지 청년이었고, 옆자리에는 생머리를 어깨까지 늘어뜨린 애송이가 바싹 붙어 앉아서 초콜릿인가를 운전자 입에 쑤셔 넣고 있었다.

당연하다면 너무나 당연한 서울 변두리 주택가의 아침 '실물' 풍경이었으나, 그 일련의 도시적 현상들이 하나의 충격파로 나의 심상을 심상찮게 얽어맸다. 자연히 상투어대로 '고삐 풀린 상상력'이라고 해도 좋을 뭇 상념들이 내 머릿속에서 들끓었다. 좌석버스가 다가와서 멎었다. 아침 햇살을 포대기처럼 두른 근린공원이 타박타박 뒷걸음질쳤다. 나는 좌석버스에 올라탔고, 빈자리가 많아서 차창 쪽 자리를 골라 처박히듯 몸을 던졌다.

↓

지난겨울의 어느 날 새벽, 그 시간이면 군불을 때는 소리는 늘 들려오지만, 그날따라 방바닥을 갈라놓을 듯이 내지르는 소음이 요란해서 나는 잠을 깼다. 아마도 잠귀 밝은 아파트 주민이면 누구나 겨울 한철 내내 당하는 그 작렬음에 진저리를 칠 텐데, 그 소음은 뜨거운 물이 식어가는 스팀관 속을 흘러감으로써 내지르는 비명이라서 제법 위력적이다.

아무튼 그 소음 때문에 새벽잠을 설친 셈이었고, 더 누워 있자니 허리도 배겨와서 나는 벌떡 일어났다. 곧장 화장실에서 이를 닦고 얼굴에 찬물을 끼얹었다. 곧장 찌뿌드드한 몸을 추스르기 위해 산책이나 하려고 운동화를 찾아 신었다. 복도에서 시커먼 하늘을 쳐다보니 가는 눈발이 나풀나풀 듣고 있었고, 땅바닥이 온통 하얗게 떠올랐다. 간밤에 숙면을 못 이룬 것은 날씨 탓이었다. 눈 오는 날씨가 새벽 산책에는 제격일 터이라 나는 좀 들떴다. 쌓인 눈은 발목이 덮힐 정도로 푸짐했으나 밤에도 잠을 잘 줄 모르는 차량이 차도를, 또 하릴없는 부녀자들의 새벽 기도 걸음들이 인도를 맞춤하게 다져놓고 있었다. 예의 근린공원 쪽으로 난 한적한 눈길을 한껏 즐기며 밟아가려니 새벽의 찬 공기가 아주 맑아서 심호흡이 저절로 새어 나왔고, 피로도 한결 풀어지는 듯했다.

그런데 근린공원의 외등 불빛마저 희미하게 비치는 축대 밑을 돌아서 공원 안으로 들어가려 할 때였다. 축대 밑에는 시커먼 승용차 한 대가 주차해 있었고, 그 옆을 무심히 지나치려니 뒷좌석에는 30대 후반쯤 되어 보이는 사내가 제 또래의 여자를 무릎 위에 올려놓고 그 짓에 열을 내고 있었다. 이른바 카 섹스였고, 상체를 들썩이는 여자의 등짝이 꽤 율동적이었다. 봐서는 안 될 남의 밀회 장면이었으나, 영화 화면 같은 승용차 뒤 차창을 가득 채운 여자의 힘주어 감은 눈과 발악적인 몸짓은 선정적이었고, 그 광경은 역시 포르노 영화 속의 그것처럼 후딱 바뀔 줄도 몰랐다.

제 방귀 소리에 놀란 짐승처럼 나는 뒤쪽의 화면을 힐끔힐끔 쳐다보며 걸음을 재게 놀렸다. 근린공원은 야트막한 둔덕에다 오솔길을 거미줄처럼 얽어놓고 있어서 발길 닿는 대로 오르락내리락 걸으면 진땀도 배어나고, 흐물거리는 다리에 힘살도 올라붙는다. 방금 보았던 그 '옷 걸친 포르노' 장면이 눈길 위에 자꾸 밟혔다. 여느 날에는 활갯짓하며 뛰다시피 걷곤 하건만, 그날 새벽에는 발목까지 차오르는 눈 때문에 그럴 수도 없었다. 마냥 천천히 걸었다. 이런저런 생각도 잡목들 사이로 뻗친 오솔길만큼이나 마구 얼기설기 얽혀들었다.

그즈음 나는 첸 카이거 감독의 '패왕별희'를 혼자서 대낮에 감상했는데, 문명의 탈을 뒤집어쓴 거대한 풍랑에 뒤채던 중국의 근대사 속을 단거리 경기 선수처럼 숨 가쁘게 질주하는 두 남자 주인공이 경극(京劇)을 매개로 빚어내는 애증의 갈등, 마작이나 아편이나 녹차 등에 미치기도 잘하는 한족(漢族) 특유의 펄펄 끓는 정서 등을 힘차게 재현시킨 몇몇 장면들에 압도되어 영화관에서 빠져나온 후, 거의 한 시간이나 강남 일대의 거리를 멍멍한 채로 헤맸다. 작의를 선명히 드러낸 영화의 짙은 호소력은 흔히 달착지근한 감상을 부채질하고, 그런 감상주의로 똘똘 뭉친 여러 사람의 재능과 물량을 한껏 욱여넣은 영화의 입지가 다른 예술 장르를 명실상부하게 즉각적으로 압도하는 관건이지만, '패왕별희'에서는 관객의 단색조 감상을 제어하는, 일종의 보색조(補色調) 에너지가 사방으로 활갯짓하는 형국이었다.

나의 배회는, 그 걸음걸이의 색채는 점점 짙어졌다. 여러 화면에 엉

기어 있던 그 에너지의 실체는 무엇일까. 세모(歲暮)에 들뜬 이 거리를 그대로 옮겨놓아 본들 무슨 소용이 있을까. 지극히 간소하게 꾸민, 아니 어떤 장치도 일부러 생략한 경극의 그 긴장미는 궁극적으로 상상력의 최대치를 촉구하는 웅숭깊은 연출력이겠는데, 그 작의 자체는 추상화에의 경도라고 해야 할 것이다, 그럴 수밖에. 부질없는 상상의 혼합, 착종은 결국 추상화에 이른다, 맞을까. 자꾸 설명해봐야 기왕의 상식적인 모든 서술의 재생에 지나지 않으니까. 나의 자문자답은 끝이 없었다.

그런 중에도 유독 눈에 밟히는 한 장면이 있었다. 곧 경극 속에서 항우 역을 맡은 주인공이 아내로 들어 앉힌 이른바 '거리의 여자'와 비 오는 밤에 술을 홀짝거리다가 이윽고 화면 한쪽 구석에서 폭발적인 정사를, 그것도 두 남녀가 빳빳이 앉아서 서로의 정념을 가장 빨리, 그게 가능하면 남김없이 불태우고야 말겠다는 듯이 상체를 들썩이는 그 활화산 같은 장면이 그것이었다. 그 화면은 박력 자체라기보다 아편 같은 마력을 지닌 추상화였다. 대개의 영화에는 질감스러운 정사 장면이, 너무 천박해서 즉각 눈을 감고 마는 성행위 화면이 나온다. 나는 그런 화면을 응시할 때마다 '제발 사기 좀 치지 마, 예술을 빙자하여 현실이든 실상이든 그 본질을 곡해하지 말라고, 재미없어. 세상과 인간을 피상적으로 오독, 오해를 사주, 증폭시켜가는 영화는 겉멋 들린 낭비야, 그걸 모르니 어쩌겠어, 관객을 우롱하니 우리도 입을 닫을 수밖에' 하는 구시렁거리기에 지치는 법이 없다.

영화 속의 두 실물은 물론 근린공원의 담벼락 밑에서, 그것도 승용차 속에 갇혀서 옹색하게 치르는 그 외양보다 작았다. 화면이 얼마든

이미지를 쫓아가니

지 더 크게 찍었을 수도 있었으나, 그러지 않음으로써 성교의 피상성과 상투성을 오히려 떨어냈다. 절정감으로 치닫는 일련의 동작의 강도에서는 두 쪽이 막상막하겠으나, 틀림없이 사련(邪戀)을 나누고 있었을 차창 속의 그 짓이 스크린 안에서 출렁이던 그 광경보다는 역동감도, 박진감도 약했다. 그 차이야말로 예술과 현실 사이의 메울 수 없는 간극(間隙)인지도 모른다. 굳이 두 '열정'을 단순 비교한다면 차창 속의 것들이 화면 쪽보다 오히려 더 뜨겁다고 해야 맞다, 한쪽은 연기니까. 도덕이라는 잣대를 들먹이지 않더라도 승용차 쪽이 덜 아름다운 게 아니라 보기 싫고, 관객을 옭아매는 힘도 떨어진다. 하기야 화면 속의 그 불가피한 사랑놀이 너머에는 숱한 곡절이 있고, 그럴 수밖에 없는 이해 범위는 관객들에게 미리 주입되어 있긴 하다. 당연하게도 승용차 쪽은 마침 그때 거기서 그래야 하는 사연이 드러나 있지 않다. 그러므로 영화는, 달리 말하면 상상력은 고만고만한 인위적 조작술에 따라 그 성취가 좌지우지되는 자극 기제거나 유도 매체일 뿐인가.

하늘이 뿌옇게 트이고 있어서 눈 덮인 하얀 오솔길이 훤히 드러났다. 스무 번의 제자리 뜀뛰기와 팔 흔들기를 마치고 나는 근린공원을 벗어났다. 호기심 때문에, 또 세상을 오독(誤讀)하지 않으려면 끝까지 두루 살펴야 한다는 핑계를 좇아 근린공원 주위를 한 바퀴 돌아가는 평소의 길목을 버리고 바로 그 검은 색 승용차가 주차하고 있는 쪽으로 뛰어가니 두 남녀는 머리를 반듯하게 시트 위에 눕혀놓고 널브러져 있었다. 그들의 한껏 나른한 피로감이야 짐작할 수 있었고, 손을 잡고 있는지 무슨 말을 나누고 있는지 어떤지는 알 수 없었으나, 뚝 떨어져 있는 두 머리통만 보아도 그들의 사련은 이제 막바지를 향해 치닫고 있는 게 분명했다. 그 장면조차 어떤 클라이맥스를 일부러 덜어내버린 듯해서 부자연스러웠고, 내 눈에는 추해 보였다. 구체적인 실물은 적절하게 생략해버려야 오히려 추상의 묘미가 살아날 텐데, 그 머리통은 훼방꾼이라서 지저분하고 진부했다.

↓

대개 오전 아홉 시쯤 내가 작업실에 들어서면 우선 이상한 냄새부터 훅 끼친다. 그 냄새는 흙내 같은가 하면, 먼지에 묻어오는 바람내와 비슷하다. 매번 열쇠를 손에 쥐고 조심스럽게 나무 문짝을 밀자마자 킁킁대며 콧바람을 들이마셔 보지만, 그 냄새는 종잡을 수 없다. 끝을 알 수 없는 사막을 사흘쯤 헤매다가 지쳐서 쓰러져 자고 일어났을 때, 뜨거운 모래 바닥과 이글거리는 태양이 빚어낸 냄새가 그럴지도 모른다. 상상력은 이처럼 부질없는 감각의 연쇄작용 같은 것이어서, 더 분별해보려면 냄새는 벌써 달아나고 없다. 서둘러 인스탄트 커피를 타 마시려면 코끝에 달라붙어 있던 그 냄새는 이제 기억으로 되돌려놓지도 못한다. 또는 그 냄새를 옮겨놓을 마땅한 단어가 없는 게 아닌가 싶지만, 역시 상상력은 언어로서 번역할 수 있는 영역 밖의, 그러니까 다른 장르의 시비거리 같다. 커피 맛을 한창 즐길 만하면 이미 커피는 동이 나 있다. 책상 앞에 앉으면 언제나 그렇듯이 자기 현시에 대한 거슬리는 혐오감에 따라붙는 싫증, 노동에 대한 보수로서는 너무나 박하고 하잘것없는 글쓰기라는 이 꼴같잖은 생업에 한 사람의 기능인으로서 매달려보려는 다짐, 그에 비례하는 역한 감정으로서의 무력감이 어깨를 짓누른다.

책상 위에 다리를 올려놓았다. 역시 봄은 애매한 계절이었다. 어떤 자극도 없는 무풍지대에 갇혀 있다는 느꺼움이 여실했다. 벌써 일주일 이상이나 근린공원 일대의 아침 산책을 거르고 있는 내 일상도 거슬렸다. 몸은 그런대로 간신히 평정을 되찾고 있었다. 단조로운 사막처럼, 또는 잔잔한 호수의 수면처럼. 그러나 머릿속은 무슨 발효식품이 들끓듯 부글거렸다. 밀림 속의 어수선한 넝쿨처럼, 또는 뜸 들이기 직전의 밥솥 밑의 괄괄한 불길처럼. 흔히 버릇대로 뜸 드는 시간을, 어떤 형상이 오롯이 떠오를 때까지 기다리는 시간대를 즐기는데, 그것도 내가 누릴 수 있는 일종의 정신적 기능이었다.

무수히 떠도는, 또는 명멸하는 이미지들은 사실상 버릴 것이 더 많다. 그것들끼리 뒤섞이고 밑바닥으로 가라앉아버리고, 어차피 시간의 흐름에 부대끼다가 꼴바꿈을 하게 마련이니까. 그 불가피한 또는 저절로 바뀌는 변형을 주관하는 매개는 작가 의식일 수도 있고, 그 모티프를 사방에서 얽어매는 다양한 조건이나 여건으로서의 시대 상황일 수도 있다. 그 제한적인 기득권을 어떻게 펼쳐 보이느냐가 소설가의 기능이자 소설의 재량이다. 그 기능과 재량을 무제한으로 사용(私用), 남용할 때, 그 반사회적 일탈은 과도한 상상력을 발휘함으로써 저지르는 단순한 지적 유희거나 현실과는 동떨어진 한낱 오락거리로 굴러떨어진다. 그런 장르를 권장하는 머리나 주도하는 사람은 별종이라서 다른 세상에서 놀면 그뿐이다.

그렇게 뜸 들이기 시작하면 어느 순간 거의 돌발적으로 튀어나오는 어떤 형상이 있다. 충동 에너지에 힘입은 그것은 여러 이미지의 결합에서 파생되는 듯한데, 그것들끼리의 화학적 혼합에서 생성됨으로써 훨씬 실물에 가까워져 있기도 하다.

상상력은 흔히 한계가 없다고 하지만, '제멋대로 산다'라는 말이 현실적으로 또 근본적으로는 지속이 불가능한 형용모순인 것처럼 '소설적 상상력'에는 일정한 제약이 따를 수밖에 없다. 그러면 대체역사소설이나 공상과학소설 같은 엄연한 장르까지 깔아뭉개냐고 대들지 모르겠으나, 그것들은 이 바쁜 정보 홍수 세상에서 '제멋대로 생각하기'와 '시간 죽이기'의 자발적 강제에 철저히 놀아나는 한편 소설 '전도사' 노릇을 자임하려는 헛된 수작과 다를 바 없다. 자기 신념을 전하려는 그 소임이야 거룩할지 모르나, 그 황당한 '내용'을 잠시 즐기는 독자의 정신적 기력까지 백해무익한 별세계 엿보기로 인도하는, 곧 개개인의 자율권에 대한 성마른 간섭일 것이다.

그런 장르와 멀찍이 떨어져 있으려는 소심한 작가에게는 '소설적 상상력'이 옹색할 수밖에 없다. 이른바 자업자득이고 자취(自取)에 불과해서 실물, 실정(實情), 실상(實狀), 실체(實體)만이 소설의 내용일 수 있다는 집착에 겨워 쩔쩔매고 마는, 좋게 말해서 현실 추수주의자로 기신거릴 수밖에 없다. 타당한 반발로서 '환상'은 한낱 허무맹랑한 '단군신화'와 동급이며, 그 시대착오를 어떻게 용납할 수 있나 하는 소신이 소설 쓰기에서의 제일 강령 맞잡이로서 시종 얼쩡거린다. 더불어 '관념'과 '사상' 따위도 가능한 한 풀어쓸 궁리로 머리가 뻑뻑해지며, 그런 추상명사에 매달려서 끙끙거리는 인물은 소설의 주인공으로 부적격이라기보다 그들의 이면 곧 실태(實態)를 주목하면서 그 심각한 '사유'들을 쉽게 풀어보자는 식으로 나아가다가 이내 그 일은 내 '미션'이 아닌 것 같다 하고 작파해버린다.

어떻든 '소설적 상상력'을 열어놓기는커녕 닫아버리려고 기를 쓰는

이미지를 쫓아가니

이런 시간대가 내게는 늘 유익하다. 그러나 그 시간이 너무 길고, 이 래저래 중도에 포기함으로써 자학을 일삼는 내 몰골이 처량할 뿐이 다.

내 머릿속에는 무수한 이미지들이 흑백 스틸처럼, 예고편 영화의 맛보기 영상처럼 후딱후딱 스치고 지나갔다. 물론 그 주종은 간밤의 제법 번거롭던 축하 파티에서 목격한 광경들이었다. 개중에는 이런 인상적인 장면도 있었다.

임신 8개월쯤 되어 보이는 배불뚝이 젊은 여자. 얼굴은 애호박처럼 작고, 온몸이 딴딴한 살로 똘똘 뭉쳐져 있는 오뚝이. 갈색 털실 뭉치처럼 잘게 찢어발긴 통돼지 바비큐 살점을 수북하게 담은 은박지 접시가 북통 같은 배 위에서 떨어질 줄 몰랐다. 게걸스러운 먹성을 과시하는 후안무치와는 생판 다른 앳된 얼굴. "쌍둥이는 아니래나 봐, 믿어야지." 발길질해대는 태아를 보여줄 듯이 두둥실한 제 뱃구레를 불쑥 내밀고는 엉덩이 위의 허리를 종주먹으로 꾹꾹 밀어대고. 임신부의 풍요로운 복부는 사내들의 어떤 난잡한 음담마저도 꾸역꾸역 포식한다.

부걱부걱 괴어오르는 내 머릿속의 발효 상태를 좀더 부추기느라고 줄담배를 지피고 있는데 전화기가 울렸다. 나는 얼핏 토요일 이른 오전에 내게 전화할 사람이 누군가, 조 화백인가, 아니면 아이콘 갤러리 주인이든가 장 시인일까, 염치가 뻔한 남의 내자가 이런 시간에 전화할 리는 없을 테고 같은 생각을 주섬주섬 떠올렸다. 가능한 한 대인관계를 기피하고 혼자서 웅크리고 지내는 사람에게는 흔히 예감을 저울질하는 버릇이 있고, 그 제육감조차도 좁다란 내 상상력의 폭을 뛰어

넘는 법이 없다.

내 예감은 너무 뻔해서 맞았다. 역시 장 시인이었다.

"어, 김 선배, 저예요, 장가요."

"장가도 못 가는 장가가 아침부터 웬일이야? 시집만 묶어내지 말고 시집올 여자나 두 눈 부릅뜨고 물색해보는 게 옳지 않을까 싶어. 찬찬히 그런 시상(詩想)이나 굴려봐. 시집에도 세상을 거꾸로 봐야 옳다 어떻다 해대고 있는데. 그러니 홀애비 신세를 못 면하는 거 아냐. 시참(詩讖)이란 말이 절로 떠오르데. 더 말해봐야 오해나 살 테니 막설해야지."

온종일 입을 닫고 책상 앞에서 뭉그적거리므로 말에 굶주린 듯이 나는 수월수월 지껄였다.

"이 바쁜 시절에 한가롭게 장가 타령은… 일찍 나오셨네요?"

"늘 머 그렇지. 죽치고 지내는 게 생업이니. 팔자지 머. 만만하니 견딜 만은 해. 아직 작취미성인 모양이네? 그대 음성이…"

"잠시만요, 담배나 한 대 물고서."

장 시인은 간밤에 파장 무렵에야 싱글벙글 사람 좋아 보이는 웃음부터 앞세우며 나타나서 조 화백과 남 사장과 번갈아 두 손을 부여잡고는 부산하니 떠벌렸다. 특히나 조 화백의 성장한 차림을 아래위로 찬찬히 훑고 나서 "거봐, 옷 같은 옷을 걸치니 한결 여자 같잖아. 앞으로는 니 깡마른 중성적 옷걸이를 너무 학대하지 마라" 어쩌구 하며 바로 옆에 선 남 사장이 곡해하기에 꼭 알맞은 말까지 주워섬겼다. 나의 고정관념에 따르면 조 화백의 응수는 즉각 "너도 시인이랍시고 사람 보는 눈은 있구나. 내가 옷이 없어 안 입나, 귀찮아서 안 걸치지" 정도여야 제격이었다. 그런데 조 화백의 대응은 장 시인을 동생 대하듯 그의 부스스한 머릿결도 쓸어주고, 더부룩한 턱 주위 털까지 오른손바닥으로 쓰다듬으며 "수염이나 좀 밀고 나오잖고, 왜 이래 늦었어? 술많이 했어?"였다. 세속적인 눈으로 볼 때, 두 사람이 잠시 드러낸 그 교환(交驩)은 오래전부터 통정해오고 있는 연하의 정부에 대한 노숙한 계집의 어른스러운 교태였다. 한편으로 그런 비이성적(非異性的)인 교감을 그처럼 다정다감하게 나누고 있는데도 남 사장은 질시의 눈을 희번덕거리기는커녕 내시나 후궁들끼리의 다사로운 동성애를 군자의 먼눈으로 완상하고 있는 듯했다. 세 사람의 살가운 눈빛이 교차하는 그 구도를 탐하는 내 시선을 의식하자 장 시인은 슬그머니 내게 다가와서 은은한 조명을 받아내는 벽들을 휘둘러보며 "어때요, 웬만한가요? 재학 중에 크로키에서는 동년배 중에서는 제일 앞섰다고 누가 그러던데, 붓질은 또 다른 거라서"라며 조 화백의 그림에 호의 넘치는 동의를 구해왔다.

"혼잔가? 혹시 여관 같은 데 널부러져 있는 거 아닌가 몰라."

누군가의 귀띔으로는 성남 들머리에서 논두렁 같은 흙길을 밟고 한참이나 들어가면 대로변에서도 남향으로 자리 잡은 그 집의 정면이 아스라이 보이는 슬래브집 2층에서 장 시인은 칩거하고 지낸다고 했다. 장 시인의 부언에 따르면 그 집은 아파트에서 살아야만 사는 것 같은 어느 돈 많은 그의 친척의 여별 집이라고 했고, 둘 다 새벽같이 직장 길에 나서는 과년한 두 딸만 데리고 아래채에 세 들어 사는 정년 퇴직자는 정비사 출신인지 기내식 주방장 출신인지 비행기에 대해서는 모르는 게 없는 정체불명의 영감이었다. 가끔씩 주말이면 들르곤 하는 머리 하얀 노파는 가느다란 금테 안경을 쓴 해사한 얼굴도 그렇지만, 차림새도 워낙 세련되어서 교양미가 출렁출렁 넘치는 마나님 같았으나, 대문간에서 대뜸 지아비에게 "또 술 많이 자셨구랴"하고 타박을 줌으로써 아무리 곱게 늙었어도 할마씨 꼴은 어쩔 수 없다는 느꺼움을 물씬 풍긴다고 했다. 그 대머리 정년 퇴직자는 당연히 알코올 중독자였고, 그것도 양주만을 주로 마시는 거식자(拒食者)로서, 미국 해군의 함상 전투기 F4 팬텀기 편제라든지 고속 기류와 음속과 마하의 차이점 따위를 시속 몇 킬로미터 식으로 종이에 적어가며 떠벌릴 때는 얼굴이 벌겋게 상기되어 있고, 뒤이어 아들 둘 중 하나를 공군사관학교에 집어넣어 전투기 조종사로 만들어 북한 상공에서 폭탄 세례를 퍼붓지 못한 천추의 한을 읊조릴 때는 눈물을 주르륵 흘려댄다는 것이었다. 장 시인이 그 주정꾼의 전처(前妻) 쪽과 가까운 친척 소유의 여벌 집에 무슨 연고로 빌붙게 되었는지는 수수께끼이며, 그것을 스무고개 알아맞히기로 풀어가려면 서로 민망해질 터이므로 이런 대목에서야말로 이른바 적당한 '소설적 상상력'을 한껏 펼쳐서 요즘 세상에는 다소 시대착오적인 '시화전' 주인공으로서의 그의 성격을 조명해야 하지 않을까 싶다. 그래 봤자 그 소설적 가치로야 허름한 주변 인물에 지나지 않겠지만, 그래도 나로서는 장 시인의 말버릇, 세속관, 시상(詩想) 속에 껴묻은 이념 같은 것을 그의 언행과 글을 통해 누구 못잖게 꿰차고 있으므로 현재의 그 '고도를 기다리며' 식의 실존을 최대한으로 보호해주어야 도리일듯싶다.

"모르겠어요. 전 남의 집이나 여관 같은 데서 잠을 잘못 자요. 빤스만 입고 빨가벗은 채로 자야 하는 버릇 때문에."

"그거 좋은 버릇이잖아. 싱싱한 몸뚱아리의 습관성 노출증은 유아기의 원망, 그 반사 작용쯤 될 거야."

"유아요? 원시 상태가 아니고…"

"몰라, 별로 중요한 것도 아니잖아. 무슨 말인지 몰라?"

"형님의 어법 중에 특이한 건, 물론 사용자도 충분히 인지하고 있겠지만, 그건 아주 중요한 문제야라는 건 틀림없이 하나도 중요하지 않고, 중요하지도 않잖아 할 때는 꽤 중요한 대목인데 귀찮아서 그러는지 아무렇게나 내버리더라고요, 그렇잖아요?"

"곧바로 말하면 이 세상은 어차피 상식적인 인물들이 주류 행세하면서 지들도 흐리멍덩한 사기를 치며 굴러가는데, 우리까지 뻔한 말을 씨부렁거릴 수는 없잖아. 그건 그렇고 어젯밤 아이콘에서 반추상화 누드들만 줄기차게 감상했더니 시방 눈앞에 헛것만 오락가락하네. 그 건달 같은 남 서방인가 하는 작자도 아주 요긴한 요주의 인물로 써먹어야 할 것 같고."

"소설 한 편 쓰시려고요?"

"몰라. 궁리를 모아가야지. 물건이 될지 어떨지. 써질 거라고 자기 최면을 걸고 있지만, 머리가 나빠서 뜸 들이는 시간이 좀 길어야지. 포기할 때가 더 많고. 기성품일망정 쥐어짜면 나오기야 할 테지. 머시 되든 말든 써야 먹고 살지. 좀 절박하게 말하면 난 늘 배가 고파. 허기져서 미치겠어. 물론 육체적인 반응으로만 듣지 말고. 아직도 죽기 살기로 매달리는 글쟁이 하나 입도 못 살리는 나라가 진짜 자유민주주의 국가라니, 맞아? 나는 어째 실감이 안 나. 실감이 없는데 무슨 글을 써. 그래도 지정곡만 불러야 하는 김씨 공화국보다야 여기가 천국인 줄이야 알지. 감지덕지야. 망할 놈의 얼치기 김씨 왕조와 공생하며 통일 팔이나 하는 이따위 체제도 나라라니. 명색 국민 평균 소득도 못 버는 내 능력이야 그렇다 쳐도 개인별 소득도 계산하지 못하는 김씨 공화국은 도대체 무슨 소굴이야. 이 평계 많은 무력감, 아, 정말 힘 빠져. 상대도 안 해주는 경쟁자 신세, 거지 같은 빈곤감 따위가 내 팔자라면 인정하겠는데, 시시껄렁한 편견으로 정당한 부의 분배까지 머라카는 내 시원찮은 머리도 이제는 지겨워, 헷갈려서 미치기 직전쯤이야."

"엄살은…"

"아니야, 사실이야. 겨우 입에 풀칠이나 할까 말까 하는 이 주제, 이 노릇이 정말 생각할수록 비참해서 간헐적으로 자살 충동에 빠진다니까. 정말이야."

"형님이 언젠가 술자리에서 설(說) 풀이한 말이 요즘 자주 눈에 밟히데요."

"무슨 말인데? 술이 망발, 망신, 만병의 화근이라니까."

"문학은 딱 두 종류밖에 없다. 외로움을 타는 문학과 씩씩거리는 문학이 그건데, 김수영은 씩씩거리다 보니 제 혼자인 줄 늦게서야 깨달았다. 그러니 얼마나 똑똑해, 영어를 읽을 줄 안다고 너무 으시댔지만 그러면서, 외로운 문학은 늘 힘이 쑥 빠져 있지만, 그 진정성을 나름대로 기교로 포장하고, 씩씩거리는 문학은 겉보기에는 힘이 좋은 거 같지만, 그 줏뿔난 편견을 기술하느라고 세련미가 없다고요. 대충 그런 말을 정말 씩씩거리면서 하다가, 결국 진짜는 하나도 없다고 시비를 걸대요. 결국 이념 경사와 실체 중시로 뭉뚱그려진다는 거. 그런데 형님과 이런 말이라도 나누다 보면 어느 쪽도 다 사기 같아져요. 한쪽이 다소 고급스런 포장에 급급하다면 다른 쪽은 촌스러워서 투박한 속살이 훤히 들여다보이고, 어쨌든 둘 다 밉상이지요. 실은 문학이 그러면 안 되는 거 아닌가요?"

"모르겠는데. 내가 언제 그런 고상한 말까지 지껄였는지. 누가 책에서 함부로 써먹은 말을 걸러 내지도 않고 감기처럼 퍼뜨린 모양이네. 자네가 잘 쓰는 클리세대로 사기는 맞을 거야. 사기도 늘 일정한 독창성, 창의력을 순발력 좋게 지참하고 설쳐야 그나마 속아 넘어갈 텐데, 머리가 나쁘면 눈앞에 뻔히 보이는 멀쩡한 보편성, 일반성을 모르고 안 봐서 이내 들통이 나더라고."

글쟁이들이라서 말이 많고, 말발이 경중거리는 게 아니었다. 농경 사회 때와는 달리 문화라는 껍데기를 뒤집어쓴 여러 현상과 제도와 욕망 같은 것이 먹물들의 의식을 끊임없이 얽어매버려서 온갖 허드레 정보가 전화 통화 수만큼이나 서로를 친친 동여매고 있어서였다.

"나야 그렇다 치고 자네는 밥이나 제때 끓여 먹고 사나 어쩌나?"

"모르겠어요. 여기저기다 잡문도 쓰고, 대필 같은 것도 닥치는 대로 하고 있으니 제 혼자 입이야 이럭저럭 못 살까 싶네요. 별로 낙천적인 성격도 아닌데, 전 늘 나사 빠진 놈처럼 이래요. 이건 형님 세대와 제 세대 차이쯤으로, 꼭 10년 차이지요, 호소할 성질도 아닐 거예요."

"무슨 말이야? 아주 중요한 말 같은데?"

"하나도 중요하지 않을걸요. 어차피 우리는 억지로 사는 건데 하고 생각하면…"

"문학을 일로, 생업으로 삼는 업보 때문에…"

"아니에요. 일반적으로도 그래요. 흐르는 강물처럼 제멋대로 굴러가는 세상에 부대끼며 살 게 머 있나, 적극적은 아닐지라도 적당히 부화뇌동하며 살자, 아웃사이드는 골병든다, 무의식도 의식의 한 조각이듯이 무신경도 정신의 한 기능이다는 식으로…"

"알 것 같기도 해."

"그건 그렇고 어젯밤 2차 간 술집에서 형님이 퇴폐야, 퇴폐. 거의 난교 상태야 그러던데 무슨 말이에요? 그 말이 귀에 쟁쟁해서 전화한 거예요. 기억납니까?"

널찍한 술집에는 불가사리 모양의 조잡한 샹들리에 불꽃들까지 주렁주렁 매달려 있었으나, 술에 절어 끈적거리는 두툼한 통나무 바닥이 술꾼들의 비틀거리는 발길을 바로잡아주는 듯했다. 한쪽 구석에는 카펫을 깔아놓은 칸막이 밀실이 여럿 있었고, 그중 들머리 쪽 밀실 두 개를 빌려 하객들이 나이에 따라 예닐곱 명씩 나누어 들어갔다. 그래도 앉을 자리가 없어 홀의 둥그런 테이블 하나를 차지했는데, 밀실 쪽으로 연방 들락거리던 장 시인과 조 화백이 잊을 만하면 내 곁으로 돌아와서 술을 따르고 말도 시켰다.

"내가 그랬어? 모르겠는데. 기억 이미지가 완전히 하얀 백지야. 아무 여자나 옆에 앉았다 하면 등줄기부터 쓰다듬어대던 남 서방 이미지는 생생하게 남아 있지만. 자넨 기억나?"

"어깨를 보듬기야 하데요."

"어깨만이 아니야. 다행히 히프까지는 안 만져서 다소 덜 외설스럽게 보였지만. 나는 술을 만취할 때까지 마셔야 마신 것 같은 술버릇이 병폐야. 공연히 잔칫집 술 걸레처럼 술주정만 한 거지 머. 그대는 무슨 뒤가 쿰쿰해서 켕기는 구석이라도 있나?"

이미지를 쫓아가니

시적 화자인 '나'하고 무슨 이해관계가 있느냐는, 소위 즉물적인 시를 쓴답시고 세상을 보는 눈에 어떤 고정관념을 걷어내느라고 그럴 텐데, 즉답을 피하는 장 시인의 말투에는 재치도 번득이고, 배울 게 더러 있으나, 산문과 운문만큼이나 서로 개성이 달라서 닮아질 수 없다. 가령 어느 평론가가 그의 시의 한계 같은 걸 '사물에 투영된 자아의 떨림이 때로는 위태롭고 반 이상은 모호한 채로 남아 있다'라고 알 듯 말 듯하게 졸가리 잡은 모양인데, 그는 시쁘다는 듯이 "시가 무슨 여론 조사를 발표하는 경연대회는 아니잖아요, 전 구성비(構成比)가 무슨 말인지도 몰라요"라고 둘러대고는, "시인은 모름지기 대인군자가 되어야지 소인배 근성을 버리라고? 얼어 죽을 독해법이 아니고 머야" 하고 시무룩해졌다. 언젠가 전화도 없이 내 작업실에 들러 제 시집 한 권을 증정하면서 탁자 위에 놓여 있던 어떤 문학지를 뒤적거리다가 그는 대충 그런 말을 투덜거렸다.

"요즘 섹스는, 이른바 혼외정사만 따로 떼서 말하자면 자의식 과잉이 빚어내는 일회성, 간헐적 발작일 뿐이예요. 면죄부도 각자가 아무런 양심의 가책도 없이 무제한으로 남발하고요."

"이혼당한 자네의 피해 정황에 대한 해설 같은데?"

"꼭 그렇지도 않을걸요. 혼인 파기야 혼인 서약만큼이나 호혜 평등한 계약이니까 피해 유무를 따질 것도 없는 거고요. 조 화백이 아마도 제일 정확하게 날 이해할 거예요. 내 의식, 내 생활방식을 이해하지 못하겠다면서 갈라서겠다는 거야 그쪽에 문제가 있는 거지 내 책임은 아니잖아요."

"모르겠어. 무슨 소린지. 별로 중요한 문제도 아닌 것 같아."

"잠시만요. 또 저 알코올 중독자 마하 투 영감이 올라오나 봐요."

"마하 투는 무슨 말이야?"

"제트기 속력이 현재 과학 수준으로는 마하 투까지, 대충 잡아 시속 2천4백48킬로미터까지만 낼 수 있대요. 다시 전화 걸게요. 어차피 조화백 개인전 쫑파티 때 만나야잖아요."

"몰라. 그건 그때 가서 챙길 일이고. 열심히 살아야지."

"물론이지요. 지금보다 더 어떻게 열심히 살아요? 그럴 마음도 없지만, 이보다 더 열심히 살다가는 미쳐버릴 거예요. 그럼 끊어요."

"어이, 이봐, 잠시만. 세상을 너무 삐딱하게 보지 마. 물론 끝없이 삐딱한 게 이 세상이지. 언젠 제대로 틀을 잡은 세상이었나? 그런 거라고 치부해버려. 이건 아주 중요한 문제야. 생활 태도와 시각, 의식의 문제니까. 세상을 맞상대하지 말고 거리를 두고 견뎌봐. 아무리 추근대더라도 말이야. 그래야 덜 부대끼지. 나만 불행하다는 생각을 떨쳐버리라고. 그래야 오만이나 자부심과 대적하는 힘이 생긴다고. 내가 경험해봐서 좀 알아. 나만 오독, 곡해하나, 너희들이 통을 짜고 나보다 낫다는 꼴이 나는 우습다고 바락바락 덤벼야지."

"그런 자세는 오기겠지만, 인간에 대한 신뢰감이 눈곱만큼이라도 남아 있을 때나 가능한 거잖아요. 잠시만요. 영감님, 들어오세요. 전 도저히 상식적인 눈으로 이 세상을 볼 수 없어요. 그렇게 안 보이는데야 어떡해요. 제 시 같은 건 이것저것 따지면서 진짜 육성을 반 이상 희석(稀釋)시킨, 말하자면 진액에 물을 반 이상 탄 사기고요. 이러니 내 식으로 살 수밖에요. 아래층 영감님 정보에 따르면 공군은 2차 세계대전 후에 등장한 전력(戰力) 편제래요. 그전에는 일본이나 미국 군대

이미지를 쫓아가니

에도 육군 항공대, 해군 항공대가 있었을 뿐이래요. 그래서 육군과 해군이 늘 찌그럭거리며 싸우기만 했다고 그래요. 나사못도 한쪽은 오른쪽으로 다른 한쪽은 왼쪽으로 돌리도록 만들었데요. 공군은 두 쪽 싸움을 막는 완충 역할을 위해서 만든 제도라는 거지요. 오늘날 우리 일부일처제에도 공군 같은 하늘의 심판자가 굽어살폈으면 좋겠어요."

"알 만해. 자네 최근 시에도 그 비슷한 언질이 보이던데. 이제서야 그 이미지의 임자를 알아보겠네. 또 연락하지."

전화가 끊겼다. 광풍에 휩싸인 고공 속을 곡예 비행기처럼 갈팡질팡 떠도는 한 시인의 의식 같은 것이 내 시야에 얼쩡거렸다. 창밖에는 칙칙한 회색 하늘이 건물들 사이사이에서 반듯반듯하게 갈라놓은 조각보처럼 파묻혀 있었다.

정신적인 외상의 흔적이 꽤 심각한 장 시인의 정황이 남의 일 같잖아 안타까웠지만, 나로서는 어쩔 수 없었다. 그는 한때 평범하게 살아가고 있는 보통 사람이면 누구나 알고 있고 또 그 내용대로 실천하려는 '교양'을 새삼스럽게 불러일으키려는 알량한 월간잡지의 편집부에서 일했고, 나는 그의 청탁을 좇아 잡문 열다섯 장인가를 팔았다. 그 연줄로 우리는 두어 번 만났고, 그때 목덜미를 덮어버린 예수 같은 그의 머리 모양새와 역시 사해 동포주의를 절규하던 그 선지자의 그것이 그랬을 것 같은, 조용하나 설움이 문득문득 고이던 그런 눈매가 지금도 내 눈에 선하다. 벌써 7, 8년 저쪽의 그 초상화가 이제는 퇴색한 유화처럼 균열을 일으키고 있다. 그의 가슴에 두터이 앉아 있을 어떤 분노의 앙금을 삭여내는 일이야 그가 한동안 감수해야 할 착잡한 감정의 얼룩으로 희번덕거릴 테지만.

내 짐작이 미치는 범위 안에서 말한다면 장 시인은 철저히 미쳐버리지도 못할 게 틀림없다. 일상 중의 파행이야 간단없이 저지르고 다닐 테고, 그런 평지 돌풍도 소박한 발악쯤에 그칠 게 뻔하다. 따라서 그가 말끝마다 덧붙이는 '제멋대로 살기'는 근본적으로 불가능하고, 그런 넋두리야말로 자기 정체성만은 내던질 수 없다는 역설적 다짐에 지나지 않는다. 만약 그 '제멋대로 살기'가 가능하다면 그는 적어도 눈치가 빨라야만 하는 '오늘의 시인'이 될 수 없고, 그러므로 '제멋대로 살기'가 불가능해야 남성으로서의 구실이 틀을 갖춰서 여자와 가정과 일을 건사할 수도 있게 되고, 일시적으로 그 소임을 내팽개치더라도 '시인이니까' 하는 양해를 불러들일 수 있다. 신혼 초에 성격 차이로 여자로부터 버림을 받고 기약 없는 별거 상태에 빠져버린 그의 처지가 난해하다면 이 복잡하고 착잡해지는 오늘의 삶과 시를 이해하기는 너무 벅차다고 두 손을 들고 뒷방 구석으로 물러앉는 꼴과 흡사하다. 물론 여자 쪽도 요지부동의 닫힌 '지금/여기'의 삶에 얽매여 있기는 마찬가지다. 그 점은 조 화백 같은 환쟁이의 드문 삶과 억지스러운 개성이 '이게 까짓것이다'라면서 구현하는 그 일상이, 그 부정할 수 없는 느낌이 대변하고 있기도 하다. 그러니까 강조하건대 남자든 여자든 각자가 매일 지고 날라야 할 짐 같은 뻔한 기능으로서의 일, 톱니바퀴처럼 정확하게 맞물려 돌아가게 되어 있는 모든 관계와 제도의 세련 등은 개인의 이른바 '내적 갈등과 심정적 드라마'를 철저히 억압, 강제하여 바닷가의 몽돌로 만들고 만다. 그 계박의 일부라도 선선히 물리칠 수 있어야 비로소 속물과 동석하지 않는 셈이 되는데, 그러지 못하는 시인이 8할 이상이라고 장담할 수도 있다.

자신의 어정쩡한 삶, 곧 따분하나 떨쳐버릴 수도 없는 지긋지긋한 일상, 한계가 뚜렷한 자신의 성실성과 시적 상상력, 그에 정비례하나 도무지 성에 안 차는 시작(詩作) 행위, 남자를 일방적으로 버리고 뛰쳐나간 여자를 비롯한 외부 세계의 무지몰각한 행패 등을 떠올리기는 어렵지 않다. 한 시인은 지금 그 세 꼭짓점에서 막막한 시선을 내두르다가 한숨을 간헐적으로 내쉬고 있을 뿐이다. 그를 패배자라고 한다면 처자를 거느리고 겨우 살아가는 김수영(金洙暎) 시에서 기염을 토하는 모든 시민은 하나같이 패배자든가 실패자들이다.

　결국 장 시인의 전화 안부라기보다 자신의 심경 토로까지도 나의 고삐 풀린 상상력을 겹겹으로 옭아매는 제약이 되었다. '잘나가는 소설가'라면 장 시인 같은 처지의 인물이 일시적으로 증발 또는 잠적해버리는 범죄적 발상을 일굴지 모른다. 아니, 그가 미치광이가 되고 마는 극단적인 경우도 떠올릴 수 있다. 그러나 다행히도 그런 부도덕한 상상력은 망상에 그치고, 그런 사회적 경거망동이 어불성설이라는 소설적 귀추를 모르는 작가는 있을 수 없다. 소설가의 상상력의 한계가 지니는 이런 두 측면을 환상과 지각의 암투로 분별한다면, 그 구체화 과정을 철저히 가로막고 있는 매개는 '현대'라는 괴물, 곧 이 복잡다단한 매커니즘의 살벌한 냉엄성이다. 다들 '극적인 드라마' 없이 고만고만한 크기로, '내면의 극적 갈등'에는 그냥저냥 시치미를 떼거나 알거냥하면서 일상을 이어갈 수밖에 없다. 그러니 현대의 픽션은 필경 과도하게 자기중심적, 반사회적, 반극적(反劇的), 심정 거세적, 비낭만적인 궤적을 즈려밟고, 회화 쪽도 그 미적 규범을 반추상에 비끄러매다가, 필연적으로 알쏭달쏭한 추상으로 줄달음칠 수밖에 없게 되어 있지 않나.

오전 중에 커피를 석 잔이나 마셨다. 줄담배를 피우다 보니 재떨이에 꽁초가 열 개비 이상이나 오글거렸다. 이윽고 기분을 돌리느라고 안 풀리는 실타래의 실마리를 책상 모퉁이에다 끼워두었다. 핑곗거리도 억지로 하나 만들었다. 그 핑곗거리란, 조 화백의 개인전 팸플릿에서너 점 실린 축소 도상을 책상 위의 사전들 꽂이에다 끼워두고 언제나 꺼내 볼 수는 있었지만, 그 원화의 실물은 벌써 아슴아슴할 뿐이어서 한 화가의 '내적 드라마'가 무엇이었을까 하는 물음이었다. 착상은 쉽지만, 그것이 어떤 식으로 형상화되는지는, 내 경험에 비추어보더라도 도저히 요령 좋게 설명할 수 없는 난해시 같은 것이었다.

색채 감각, 언어 감각. 형상의 안배, 인물의 크기와 그 동태. 조형의식과 작품의 정조 양각. 화의(畵意)가 도대체 살아 오르지 않아 자꾸 덧대기에 주력하는 무수한 붓질.

↓

오후에도 장 시인에게서는 연락이 없었다. 딱히 할 말은 없었지만, 궁금하다며 내가 전화를 걸 수도 있었다. 그러나 나는 기다렸다. 그의 전화가 아니라 저만치서 물결쳐오는 어떤 대상에 대한 조작 욕구, 그 파장을 헤아리는 초조감이 비등점에 이를 때까지. 실은 그나 나의 일상은, 또 생각거리들은 경험칙으로 추단할 수 있고, 예상을 벗어나는 의외의 언행 일체는 실상과도 별세계처럼 멀리 떨어져 있다.

구상이라는 구실 아래 치르는 나의 사유는 '무르익도록' 내버려 둘 수밖에 없다.

오늘의 미술에는 대상의 그럴듯한 복사 또는 재현이라는 오랜 전통

이미지를 좇아가니

적인 구각을 뛰쳐나와 의도적으로 비대상 회화에 주력하는 경향이 다분하다. 유행이기도 하나, 사조란 추수주의의 조변석개하는 의식이 그렇듯이 문물의 변화를 붙좇을 수밖에 없다. 형태와 색채의 구현에 대한 지나친 집착을 방기, 자동 기술적인 표현 욕구에 순종, 아니 의탁하는 극단적인 추상미술이 풍미하는 현상은 기왕의 모든 분별/제동을 따돌리면서 주류인 사실화의 자리를 강탈해버리고 있다. 막강한 미술 시장의 활력과 권력이 그런 경향/사조를 설명, 해석하려는 의욕조차 빼앗고, 보이는 바대로 즐기든 말든 내버려 두고 있는 데야 어쩌랴. 돈과 교환과 유행을 이기는 장사가, 아니 예술이, 장삿속이 어디 있으랴.

언어예술은 시각예술과는 그 표현 수단이 너무 달라서 비대상 회화의 그것처럼 난해한 어휘의 나열로 시종일관할 수는 없지만, 모티프의 발원지로서의 이미지 담보량은 두 쪽이 거의 대동소이할지 모른다. 그러나 소설적 상상력과 회화적 상상력은 근본적으로 같을 수도 있고 다를 수도 있지 않을까. 둘 다 인간이 장악, 향수하는 '정신의 생명'에서 같고, 그 표현 수단만 동떨어져 있으니까. 규격품인 원고지와 화가가 내키는 대로 그때그때 만들어 쓰는 화폭은 비교급이 아니고, 기껏 만년필이나 볼펜으로 끼적이는 따분한 형편과 팔레트 나이프나 손가락까지 동원하여 짓이기는 구색은 너무 판이하므로.

꼬박 하루를 혼 빠진 사람처럼 멍하니 흘려보냈다. 실내 바닥에다 물 뿌리기로 초조감을 달래던 예의 그 자발 없는 짓거리조차 잊어버렸다. 잡다한 이미지가 갈피도 못 찾을 지경으로 들끓어서 말썽이었다. 그것의 취사(取捨)는 이론적으로는 가능할 테지만, 일일이 설명하기는 쉬운 일이 아니다.

이미지는 다종다양하다. 미술 쪽에서 두루 쓰이고 있는 것만 골라 보아도 회화적 이미지, 구상적 이미지, 조형적 이미지, 비대상적 이미지, 기하학적 이미지 등등이다. 그림을 읽어가다 보면 비교적(秘敎的)인 것, 즉물적인 것, 초월적인 것, 이념적인 것 등을 대번에 알아볼 수 있다. 감상자가 적당한 한정사를 붙이기 나름이지만, 그것은 화가가 최초로 의도한 화의의 골갱이라고 봐도 무리는 없을 것이다. 보기 나름이지만, 글처럼 보잘것없는 그림도 많으니까. 흔히 '황칠'이라 하고 그래야 더 어감이 살아나는 '환칠'의 그림 앞에서는 인간의 망상/망집이 얼마나 비루하고 초라해지는가.

조 화백의 그림에는 '환상의, 일상 중의, 권태의, 실의의, 원망의' 같은 한정사를 붙여야 할 텐데, 그런 이미지들은 망사 옷자락을 휘감고 있는 싱싱한 몸뚱어리만큼이나 선명한 것이었다. 그 느낌은 파문처럼 수많은 다른 이미지를 파생시키고, 방금까지의 찰나적인 느낌을 지워간다.

↓

첫 대목을, 첫 문장을, 첫 문단을, 아니 첫 단어를 어떻게 풀어가느냐는 궁리를 굴리느라고 밤잠을 설쳤다. 결말은, 중간 대목은, 곳곳에서 출몰할 주인공의 언행 일체와 의식은 파노라마처럼 펼쳐져 있는데도 '발단'을 잡을 수가 없다. 나의 한계라기보다 버릇으로 만만한 도식이나 상투성 따위를 깨어보려고 끝없이 망설이고, 여짓거리고, 만지작거리고 있는 셈이다. 기억 이미지, 시각 이미지, 청각 이미지, 후각 이미지, 지각 이미지, 신체 이미지 등도 당연히 주물공의 소임으로 욱여넣고, 휘젓고, 빚고, 다듬으면 그럭저럭 쓸만한 물건이 만들어질 텐데, 그럴 수 없는 것은 모든 기술인(記述人)의 생리적 멍에일 수 있다.

하기 좋은 말로는 '상상력의 유연성'을 마음껏 발휘할수록 경직된, 어디서 본 듯한, 고만고만한, 진부한, 식상하기 딱 좋은 작품의 틀을 깰 수 있고, 그래야만 작품의 질감이, 또는 회화에서 자주 쓰는 양피감이 풍요로워진다고 한다. 요컨대 도식성에서의 탈피를 끊임없이 추구하라는 주문인데, 그 압박에 시달리지 않는 작가는 없다.

그러나 그 강요는 어디까지나 이론에 그치고 만다. 그럴 수밖에 없는 이유는 많고, 작가마다 다르기도 할 테지만, 가령 다음과 같은 원론은 어느 작가에게나 과부하되어 있다. 독창성을 추구하면서 보편성을 지향하라는 강령이 그것이다. 두 지향점은 모순관계는 아닐지라도 서로 대척점에 서 있는 이질적 관계다. 보편 속에서 독창을 찾아내기도 쉽지 않고, 그런 독보적인 눈을 가졌다 하더라도 독창성이 자연스럽게 받들어지려면 구지레한 설명을 곁들여야 하리라는 지레짐작으로 심드렁해진다. 평범한 장삼이사들의 입맛을 무슨 수단으로 골고루 맞춰간단 말인가. 게다가 세상과 인생은 늘 고만고만해서 진력이 날 수밖에 없는 긴 '시간대'일 뿐이잖는가. 일상과 형상은 보는 바대로 따분하기 그지없다. 흔히 아무렇게나 쓰는 '독보적인' 현실 의식과 역사의식은 상대적으로 다소의 우월한 가치를 누릴 수도 있겠지만, 실은 그렇게 유별날 리가 만무하다. '잘못 읽고 있다'라는 그 상대적 '차이'는 주로 이념적 편견이 어느 쪽으로 얼마나 기울어져 있는가로 가름할 텐데, 그런 분별도 당대의 기류, '사대주의' 같은 유전적 풍토성이 워낙 완강해서 공허한 고함에 그치고 만다.

이틀이 후딱 지나갔다. 그동안 글을 한 줄도 못 썼다는 자각 따위가 무슨 소용이 있겠는가. 나는 소처럼 눈만 껌뻑거리면서 커피나 찔끔 찔끔 마셔댔다. 조 화백으로부터 짤막한 전화가 한 번 있기는 했는데, 대뜸 "머 하세요? 저예요, 환쟁이"를 앞세우고는 이어서 "멍청해 있기는 저도 마찬가지예요"라며 한껏 풀어진, 그 특유의 좀 쉰 듯한 목소리를 나직나직 풀어놓아서 시방 소파 위에 나른하게 누워서 지껄이고 있을 것 같은 그녀의 동정이 그림 속의 예의 나부처럼 훤히 떠올랐다. 그러나 의외로 그녀는 지금 막 아이콘 갤러리로 나서려다가 문득 생각이 나서 전화를 건다고 했다. 뒤이어 그녀는 "어젯밤에 장가는 또 술이 억병으로 취해서 한 시간이나 전화기를 잡고 횡설수설해대다가 나중에는 코까지 훌쩍훌쩍 들이마시고" 운운해서 장 시인에 대한 나의 궁금증을 더 부풀려놓았다. 나중에는 "결명자차를 수시로 음용하도록 하세요"라는 잔정 끼얹기도 잊지 않았다. 속 보이는 계집스러운 내숭을 천성으로 떨 줄 모르는 그녀의 그 말투조차 그림 속의 벌거숭이처럼 '인격이랄지 개성 같은 것이 온전히 탈색되어버린 포즈' 같아서 나는 속으로 '과연, 이만하면 예외적이라고 할 수 있겠네' 하는 느꺼움을 뇌리에다 수습했다.

그녀는 작정한 듯이 속과 겉이 다른 말을 조곤조곤 들려주었다.

"아무런 맛도 없지만, 결명자차는 아주 부드럽고 순해요. 맛에도 부드럽고 순하다는 말을 할 수 있구나 싶어지고, 그 미각을 어떤 말로 옮길 수 있는지를 절감하게 돼요. 결명자 우러난 빛깔도 아주 투명해서 신기하고요. 담홍색, 담적색, 담커피색? 그 정도로 부르면 대충 맞을 거예요. 아주 싸요. 슈퍼에 가면 봉지로 포장한 게 메이커별로 많이 쌓여 있어요."

차란 게 다 투명한 것이고, 그것이 커피나 주스 따위의 서양 음료수와 다른 변별점일 텐데, 조 화백은 굳이 투명한 색깔 운운해서 내 말귀를 좀 어리둥절하게 돌려세웠다.

"글 쓰는 양반들이야말로 환쟁이 이상으로 눈이 좋아야 하잖아요. 그러니 매일 한 주전자씩 끓여 장복해보세요. 분명히 뭔가 보일 거예요."

보챈달까 떼를 쓰는 듯한 그녀의 권유를 나는 따돌렸다.

"그림은 좀 팔리고 있습니까?"

"모르겠어요. 누드화니까 몇 점이야 팔리겠지요. 돈 많은 여자들이 장식용으로 사갈 테니. 화랑 주인 이 여사가 보기보다 은근히 발이 넓어요. 한때는 금붙이 보석류와 패물을 사고파는 업에도 일가견이 있었다 그러고, 듣기로는 엔틱 가구나 옛날 장신구를 보는 눈이 남달라서 음성 거래한 실적도 있다니까…"

"호오, 그거 참 희한한 정본데요. 디테일을 좀 더 알았으면 어디다 써먹을 수 있지 싶은데."

"잘은 몰라요. 소문이 그래요. 원래 소문이 신문보다 더 믿을 만하잖아요. 돈 번 사람들 뒤에는 늘 유언비어가 따라다니는 것도 참 신기해요. 할 일이 없는 여자들의 입방아에 녹아나지 않는 사람이 어딨겠어요. 헛소문이야 떠돌아다니라지요. 속이야 아무려면 어때요. 겉에 드러난 리얼리티도 제대로 볼까 말까 한데."

"아무튼 그림이나 제값 받고 많이 팔려서 풍성해지면 좋겠습니다. 저야 먼발치서 구경이나 하는 재미로…"

"돈 생기면 여행이나 훌쩍 갔다 올 참이에요. 한 두어 달만 정처 없이 떠돌아다니다 와도 뭔가 보일 거 같아요. 갑갑해서 미치겠어요. 이렇게 멍청하니 살아서야 무슨 보람이 있겠어요."

"미치지 마세요. 그만해도 충분할 정도로 미쳐 있는 것 같은데요."

"너무 찌들어서 상식적인 사람이 다 됐어요. 내가 내 자신을 모르는데 누가 제대로 알겠어요. 아, 벌써 약속 시간이 지났네. 그림 사겠다는 사람이 한번 보자나 봐요. 끊어요, 또 연락드릴게요."

그렇게 살 수도 있지 싶었다. 돈만큼 살가운 향락재가 없을 테니까. 그림그리기가 돈을 버는 수단이고 목적도 된다니. 그림이 소비재이자 돈으로 바뀌기도 하는 소장품일 수 있다니. 그림값이 웬만큼 오르면 자기 복제 형식으로라도 그림을 양산할 수밖에 없는 금세기 이후, 그림 소유권 양도의 거대한 매커니즘과 그 시장을 봐도 단순 재생산을 조장하는 현대 문명의 한 척도를 알 만하다. 많이 그리고, 많이 팔고, 많이 써버리는 쳇바퀴. 맹렬한 기세로 돌아가는 이 쳇바퀴에서 낙오해버리면 영영 지하에 묻히고 만다. 그러지 않으려면 또 다른 소비재로서의 별종인 괴상망측한 그림 양식을 개발해서 어슷비슷한 그 변주, 자동 복제품을 줄기차게 양산하는 일종의 편집증을 과시하지 않으면 안 된다. 20년 동안 같은 그림만 줄기차게 그리면 대가의 반열에 끼일 수 있다는 말도 떠돈다. 비단 그림만이랴. 시나 소설도 한 우물만 파면 대가가 될지도. 그게 사기 아닐까. 허구한 날 같은 주제, 엇비슷한 소재만 주물럭거리는 예술가는 퇴영적이고 비창조적인 장인일 뿐일 텐데. 자신의 삶과 작품이 따분한 거야 전적으로 자업자득이겠으나, 수많은 소비자를 문맹 상태로 몰아가는 독과점 자영업자로서

철면피라고 불러야 하거늘.

막막했다. 기고를 못 하고 넋 빠진 사람처럼 멍청히 책상 앞에 앉아 있을 때라든지 길을 걸으면서도 문장과 어휘를 가다듬을 때, 내가 일쑤 떠올리는 회화 쪽의 실례로는 이런 것이 있다.

한창 자기 세계를 만들어가는 신출내기 화가들은 대개 다 거장들이 남긴 명화의 모사에 한동안 주력한다. 피카소도 그 수업기에 전심전력했다고 알려져 있다. 데생력도, 기법도, 구성력도, 조형 감각도 저절로 터득하면서 자기 그림을 개발하는데, 그런 모사 작품도 물론 팔릴 수 있는 작품이 된다. 반으로 줄이거나 두 배로 키워서 그린 '모나리자' 같은 그림은 어느 특정 지역에서는 꾸준히 인기 있는 상품일뿐더러 심지어는 주문자가 그림의 크기와 색조도 지정하는, 이른바 주문 제작도 드물지 않다고 한다. 좋은 그림을 나름대로 즐기는 문화적 풍토가 유전인자처럼 대대로 이어지는 나라에서 그렇고, 소위 '이발소 그림' 보다는 한결 나을 그런 모사 작품의 전신상을 찬찬히 이해하려는 일상적인 여유 자체를 가타부타할 여지는 없을 듯하다.

요컨대 그 모사 행위도 밥이 될 수 있으며, 주문이 밀릴수록 필경 열패감을 반추해야 할 터이나, 그 제작 동기가 어느 정도까지는 '기술'로서의 진전과 비약을 담보하고 있기도 하다. 그런데 소설 쓰기에는 그런 삭막한 열정을 불태울 제도 자체가 아예 없다. 어떤 틀의 원용, 차용으로서의 패러디, 특유의 가락 흉내내기와 베끼기 같은 패스티시로서의 기량 과시를 그림의 모사 행위와 대입할 수 있겠으나, 두 쪽의 기법 익히기는 근본적으로 다른 차원의 작업이다. 두 쪽의 제작자가 자기 이름을 공공연히 밝힐 수 있고, 모델이 엄연하다는 점에서는 같을 수 있으나, 그림 쪽은 추상화 이상으로 비역사적인/반시류적인 감각의 연마, 그 기량 개발에의 충성이라는 혐의가 짙다. 하기야 회화에도 당대의 아이러니를 담뿍 욱여넣은 패러디가 있긴 하지만, 그것도 모사 자체의 '변주'가 소설의 '응용'보다는 한결 수월하지 않을까.

문득 흙내가 맡아졌다. 오랜 가뭄으로 목마른 대지가 내뿜는 단내였다. 그 단내가 유독 내 작업실 속으로만 몰려오고 있다니. 불타는 대지라는 관용어처럼 내 머릿속이 달 대로 달아올라서 불붙기 직전이었다. 흙내 속에는 수많은 어휘가, 구름처럼 그 형상을 수시로 바꾸는 이미지들이 떼를 지어 떠돌아다녔고, 그것들이 내 머리통을 쪼아대기 시작했다.

4

그 심중의 갈등은 결국 조바심이었다. 조 화백과 나의 좀 기이한 만남, 그녀 주변의 여러 인물과 그들 나름의 별난 삶, 그녀의 그림에서 얻은 나의 지각 이미지, 그날 밤 전시회 개장 파티에서 내가 길러온 여러 시청각 이미지 등을 어떤 기법으로든 빨리 조합, 정리, 구체화해보자는 안달에 지나지 않았다. 내 심상에 어리는 여러 이미지의 원형은 그림 이상으로 뚜렷했다. 어떤 부분도는 '지금/여기'에서의 비근한 형상 자체가 아니라 동영상에 가까웠다. 캔버스의 중앙 부분은 어떤 추상화처럼 단조로운 색채 곧 모노크롬으로서 그 전반적인 분위기랄지 기운은 오래전부터 내 머릿속에서 암약을 거듭하며 떨어질 줄 몰랐다. 넓은 대지 위에서 펼쳐지는 느긋한 삶의 구체화를 성실히 '기록'해가면 될 테고, 아무리 낮춰보더라도 그만한 기량이야 없으랴. 일컫는 대로 '필력'에 기대서 어휘와 문장을 끌어모아 이어가면 될 테고, 성에 차는 문맥들의 조합에 시달리는 매시간의 끌탕이야 견디기 나름이잖나.

드디어 나의 의도는 '단상'의 적바림으로 나아갔다. 파노라마를 굽어보는 스케치처럼.

(평범한 소재다. 삶을 겸손히 받아들여야 하듯이. 남과의 교류에서 느닷없이 튀어나오는 자존 비대, 시기, 무시 버릇 등을 철저히 멀리하는 글쟁이/환쟁이의 소탈한 일상사. 그런 삶의 비정상성은 공동체 의식의 결핍이나 자기 성취의 미흡 때문이 아니다. 그들도 어떻든 성실히 살아가고 있으니. 겉으로만 교양 있는 체하는 중산층, 그들이 누리는 이성과의 교제는 우연의 조합에 기대지만, 현대 문명이 그 개인적 일탈과 자유를 재량껏 조장, 방조한다. 그 제약으로는 각자의 페이소스가 수시로 암약하고, 윤리 의식 따위도 심심찮게 즉흥적으로 날뛴다고 봐야. 허위의식은 언행에 묻어나고, 어떤 생업에라도 더껑이처럼 두텁게 달라붙어 있다.)

(물질적 기초로서의 가정 형편, 의복, 취향, 소비 성향 등은 상투적이라야. 상세할 여지가 없을 정도로 눈앞에 펼쳐져 있으니 추상화가 불가피하다. 그림과 그림그리기에 대한 현학은 삼갈 것. 문학은, 아니 모든 글쓰기는 현학의 과시나 현시일 수밖에 없지만, 학문처럼 미세한 분석에 이르면 전체도 놓치고, 부분도 지리멸렬을 면치 못하므로.)

(현대는 누구에게나 말을 많이 시킨다. 또는 극단적으로 벙어리처럼 침묵하도록 몰아간다. 편견이 심해서 할 말이 너무 많거나 오히려

불필요해진 것이다. 디테일은 대화로서, 또는 최대공약수를 취해서 내용=줄거리의 여백을 메운다, 그림처럼. 곧 감상을 철저히 빼버린 발언을. 주인공의 개성이나 인격을 굳이 한정하려 들면 모사화가 될지도.)

(현대소설에서 '이야기'는 결국 '이벤트/해프닝'의 길로 접어들고, 그 인과관계를 주관하는 기제는 환경적 또는 사회적 요인에, 더불어 풍속적 내림 곧 풍토성에 기대고 있다. 인간은, 주인공은 만들어지지 않고 줄거리의 진행에 따라 길들여진다. '성격'은 환경에 길들여지면서 변모해가며, 그것은 일종의 대상(代償) 행위이다.)

드디어 파노라마 중 한 장면을, 더 정확하게는 한 토막을 밑그림 그리듯이 적어갔다. 따분하고 심란한 삶의 허물을 벗어버리려는 충동적인 조작으로서. 더 손대기도 귀찮다고 여겨지면 두 번 다시 거들떠보지 않을 작정으로. 그런 먹칠도 기고 때 겪는 통과의례로 긴장의 제고를 도와준다. 날림 글씨가 못마땅해서 연방 투덜거리며. 볼펜의 부드러운 기능과 볼펜 똥이 뭉쳐져서 글자들이 망가지는 행패에 성화를 억지로 주저앉히면서.

↓

(시대 배경) 부산행 새마을호의 식당칸 속. 박통의 '깡다구' 통치와 군대식 '시범 케이스'로서의 구호 '잘 살아 보세'에 헐떡거린 덕분으로 그나마 밥술이나 뜨고 살려는데, '덜커덕 말도 안 되는 유신헌법을 터뜨려서' 기진맥진하고 있는 서슬에, '무슨 미국판 서부극인지 술집에서 똘마니가 하극상 권총질을 하도록 만드니 세상은 참 알다가도 모를 요지경이다' 운운하다가 '이런 쾌속 열차를 타보는 것도 다 다갈마

이미지를 쫓아가니

치 박통 음덕'이라고 주위의 먹보들이 들으랍시고 지껄이는 '보조 인물'은 화가로 행세하는 지모다. 그의 맞은편에 앉아 조소를 베물고 있는 '주요 인물' 남모는 시방 온종일 발틀을 밟아대는 여자 봉제공을 천 명 이상 고용하는 어느 재벌급 회사의 춘계 인사이동에 따라 부산 지사로 발령을 받아 임지로 첫걸음을 떼놓는 참이다. 그는 식당칸에서 "이기 도대체 누고"라면서 지가를 만난다. 지가는 지난 봄학기부터 부산의 모 여자 대학과 한 사립대학교에서 오전에는 미술사와 미학 이론을 주마간산 식으로 들려주고, 오후에는 이젤 사이를 어정거리며 먼지가 새카만 더께로 눌어붙은 석고 데생의 실기를 지도하는 시간강사이다. 둘은 한 시절 내내 지겹도록 신촌의 한 하숙집에서 동방 동무로 지낸 사이로 세칭 '구멍 동서' 사이기도.

(인물 소묘) 지가는 허풍기와 바람기를 온몸에 두르고, 왜 그러는지 무슨 일이든 스스로 만들어서 허위단심으로 살아가는 위인. '여자를 낚아챌라면 우야든동 아무 구실이라도 끌어와서 손부터 잡아라.' 졸업 후 대학원에 적을 걸어두더니 '하루라도 빨리 뉴욕으로 날아가야겠는데, 당최 간발의 차이로 뻥 사고가 자꾸 터져서 미치겠네'라는 하소연을 입에 달고 살았다. 어쩌다가 '그룹전'에 작품 세 점을 내놓았다면서 도쿄에 일주일쯤 머물다 돌아와서는, 한동안 '요조한' 취향의 생활화야말로 진정한 예술가의 암중모색 자세라고 입에 침을 튀기며, 평소의 장광설 버릇에 세련을 입혔다. 듣다 보니 '요조한' 취미는 다다미 네 장 반 곧 두 평짜리 방에 육신을 파묻고 자신과의 진지한 대면을 매일 치르는, 말하자면 칼싸움으로는 일급 무사로 출세하기가 글러진 사무라이가 가만히 자기 수양에 몰입하면서 세상과 세상사를

응시하는 기풍인 모양인데, 요즘 세상에 그런 생활방식이 얼마나 궁상스러운지야 당사자들이 더 잘 알 터이다. (세태 비판은 풍토성의 배음으로 늘 주효하다) 요컨대 주경야독하는 한편 틈틈이 자기 근신을 강화하는 그런 자세가 우리야 더 말할 것도 없으려니와 일본인인들이 무슨 수신제가 같은 한심한 처세훈인가. 지가는 하나를 보고 알아버리면 즉각 열 개로 부풀려서 아무에게나 또 어디서나 소비해버리는 떠버리다. 모르는 것이 없다는 그 과시 버릇이 실은 제대로 아는 게 하나도 없으면서도 알거냥하는 그의 기질을 대변한다. 당연히 이류 화가로 주저앉을 '보조 인물'로 포장해야. 그와 정반대로 남가의 성격은 월급쟁이답게 방정하나, 그게 또 화근이라 어설프게도 술집 새끼마담의 먹이 사슬에 걸려든다.

(세부도) 두 친구 앞에는 반쯤 먹다가 만 오무라이스가 치워지고, 맥주가 세 병이나 놓여 있다. 기차의 굉음에 따라 맥주병이 자주 흔들린다. 비너스, 아그리파, 오무라이스, 와이셔츠 봉제공. 세목은 정물화 속의 자잘한 화재(畵材)처럼 어지럽게 늘어놓을 것.

(사회적 환경) 차창 밖으로는 모내기를 끝낸 질퍽한 논바닥이 싱그럽게 펼쳐져 있다. 산야는 온통 짙푸른 녹음으로 뒤덮여서 신록의 5월을 실감하기에 딱 알맞다. 그 진원지가 대학가인지 정치권인지 알 수 없으나, 연례 행사로 불어닥치는 '4월 위기설'은 코르사코프 병에 걸린 정신병자의 주기적인 예방주사 형 작화증(作話症)임이 백일하에 드러났다. 군부 독재 정권의 강권 형 계획 경제는 목표 달성을 향해 그런대로 순탄 일로이며, 이상할 정도로 활기를 띠는 섬유산업, 가전업체, 조선업 등은 수출 전선에서 호황이라고 신문들이 거품을 물고 있다.

이미지를 쫓아가니

'영도에 마카오 배만 들어오면' 같은 어리석은 농담부터 떠올리게 하는 부산의 기후적, 지리적 환경을 난생처음 겪는 터이지만, 대기업체의 민완 월급쟁이로서 남가는 술집, 밥집 같은 데서 실물 경기의 빽빽함을 만끽하고 있는 참이다. 지금 그는 지난주 금요일 오전에 상경하여 부산지사의 독립채산제에 따르는 결재권의 상하한선을 본사 기획실의 실권자와 함께 조정, 타결하고 가뿐한 마음으로 귀임하는 터이라 월급쟁이 전성시대의 발 빠른 선두주자로서 가히 손색이 없다.

(그런 외부의 환경적 요인도 분명히 일조하고 있는데, 남가는 시방 지난 4월 초, 그러니 첫 부임 길에 지가를 만난 그날 밤부터 무슨 회오리바람처럼 갑자기 불어닥친 자신의 신변의 일대 변화에 스스로 어리둥절해 있다. 문득 그의 생각하는 눈매가 잔잔히 풀어지면서 입가에는 회심의 미소가 피어오른다.)

(그것은 일종의 공식적인 소유권 양도식이었다. 남가가 그 이유를 뜸직뜸직 널브려놓으며 양도의 타당성을 펴자 지가는 뜻밖에도 친구의 제의를, 아니 요청을 진지하게 듣고 나서 말했다.

"일단 일리는 있는 것 같다. 허나 이런 절차야 전적으로 고무래 정가의 의향에 따라 결정되는 거잖아. 말하자면 우리에게는 결정권이 없어. 그쪽만 좋다면 나야 니 말대로 형편이 형편인 만큼 너한테 불하해도 머 괜찮아. 다만 일종의 불하 절차로다 하룻밤 정도의 이별식을 한 차례 벌이고 넘겨줘야겠지."

"좋아, 나야 머, 불하든 양도든. 다음 주까지 너희들의 내연관계를 일단 청산해. 끝내라는 소리야. 네가 넌지시 그쪽에다 귀띔하든지. 그게 멋쩍다면 내가 떳떳하게 수용 의사를 밝힐 수도 있고."

지난 4월 둘째 월요일 밤에 부산 서면의 한 들어앉은 술집, 곧 2급 요정쯤 되는 곳의 건넌방에서 두 친구가 술상이 들어오기를 기다리며 한 여자의 소유권을 '불하'니 '양도'니 해대며 실랑이를 벌이고 있는 이 장면의 근원에 대해서는 간략한 스케치가 덧붙여져야.

　둘은 제법 취해 있었다. 출찰구를 빠져나오자 영도 쪽으로 내걸린 하늘이 붉게 타오르고 있었고, 봄 바다가 번들거리는 검은색이었다. 둘 다 갈 곳도 마땅찮았고, 여관방을 찾아들기에는 너무 젊은 미혼 사내들이었다. 남가에게는 하룻밤 신세를 질 집으로 서삼촌 댁이 있었지만, 상선을 타는 그이가 바다 위에 있는지 어떤지도 모르는 데다 6개월 배 타고 한 달쯤씩 집에서 배를 깔고 지낸다는 말을 들었으므로 그쪽 집안이 상이나 당해야 들릴 처지다. 윗대가 강원도 출신인 지가는 형제 중 저 혼자만 서울에서 태어났고, 비록 한 달 남짓 동안 시간강사 노릇을 했답시고 부산 걸음에 익숙하다지만, 여전히 낯선 타향이었다. 그러나 지가는 환쟁이의 탁월한 눈씨 덕분인지 늘품이 좋았고, 벌써 그 활달한 배짱으로 묘한 인연까지 만들어두고 있었다.

　남가는 지가가 끄는 대로 무작정 따라갔다. 택시 속에서 지가는 남가에게 '기차 속에서 만난 또 다른 기연'에 대해 들려주고, 그 내연의 관계는 어딘가 장난기가 풍기는 그런 것이었다. 생업이 화가라면 대개의 여자는, 더욱이나 술집의 새끼 마담쯤 되면 허영기가 다분하여 임시 동거자로서나 정부로 다리품을 팔게 하는 나름의 조촐한 공상을 일삼을 테니.

　지가는 '그래도 좀 만만해서' 미술사 전공으로 일단 박사 과정에 적을 걸어둔 덕분에 유독 부산에서 시간강사 자리를 떠맡은 처지이긴

　이미지를 쫓아가니

하나, 그림을 포기할지, 대학에 자리를 잡을지, 파리나 뉴욕으로 날아가 거기서 5, 6년쯤 버텨볼지 끝없이 망설이고 있는 판이기도. 그런 번민도 실은 어느새 몰라보게 달라진 우리의 시민의식과 개인 소득에 힘입고 있다.)

(강조할 점은 이런 배경이다. 무식한 독자들이야 왜 쓸데없는 사설을 자꾸 늘어놓는 거야 하고 대들 테지만.)

(한복을 곱게 차려입고 지가 옆에 나붓이 앉아서 맥주잔 가장자리를 훔친다든지 부침개 같은 안주도 앞앞에 놓아주는 이른바 '새끼 마담' 정양은 후줄그레한 지가의 차림새를 살가운 누이처럼 고즈넉한 눈길로 감싸고. 정양은 윗입술이 흑인처럼 말려져 도톰하고, 콧대도 선명한데다 눈에는 촉기가 있어서 똑똑해 보이는 서른 안쪽의 여자로. 남가가 그녀를 첫눈에 곱게 본 것은 '섹시하다, 모던하다, 이미지가 좋아요' 같은 말을 제법 정확하게 구사할 줄 알고, 짐작건대 집안 사정이 의외로 복잡한 것 같은데도 그 서글서글한 서울 말씨로 내숭을 떨 줄 모르는 기질이 튀어서이다. 그래서 손부터 부여잡는 예의 그 낡은 수법대로 지가는 자신의 '집도 절도 없는' 신세를 실토했고, 일주일에 한 번씩 만나는 동거인의 자리에 정양을 올려놓고 있다. 모든 계기는 심정적 반사 작용에 기댈 수밖에.)

(직업의 본색은 반드시 그 직분을 뒤바꿔야 통속 취향을 다소 비껴갈 수 있을지도. 페미니즘의 민낯을 에둘러 조명, 더불어 일부일처제의 가식도 까발리고.) 아무리 접대부라 할지라도 이런 대목에서는 "원 별꼴이야. 내가 무슨 보따리로 싸서 넘겨줄 물건으로 아는 모양이지. 자기들 멋대로 넘기라 마라 하게" 정도의 삐친 성깔을 내놓을 만

도 하건만, 정양은 사내들 속내라면 제 손바닥 손금 알 듯 훤하다는 듯이 잔잔한 미소를 피워 올리며 "그거 괜찮은 아이디언데요. 조건만 그럴듯하니 맞춰서 세 당사자가 오순도순 합의하면 더 이상 아무런 문제도 없을 것 같은데요"라고 즉석에서 받는다.

(여기서 지가와 정양이 한발 앞서 나눈 숱한 정서의 물결, 예컨대 차창 너머로 펼쳐지는 풍경을 힐끔거리며 동서고금의 유명한 환쟁이들의 기벽을 화제로 삼아 나눈 대화, 여관방 속에서 서로의 이미지를 샅샅이 더듬어댄 내막, 그 배경으로 떠올린 다른 이성과의 성적 경험과 더불어 우연이 빚어낸 이별의 경과를 반 이상 부풀려서 털어놓은 수다와 맞장구, 그 후 불어닥친 서로의 설레는 기다림과 환한 만남과 조마조마한 일시적 헤어짐 같은 사연들은 통속적이라서 '재현할 만한 그림의 소재'가 아니다. '사랑'이라는 말을, 단어를 작위적으로 또는 무작위적으로 남발하며 그 본래의 좋은 뜻을 허접스럽게 내몰 듯이.)

(어떤 대상의 섬세한 재현에 대한 기율은 작가의 현실 감각과 그 분별에 기댈 수밖에 없겠으나, 시대상의 과도한 압력과 맞닥뜨리면 즉각 '고발'과 '방기'로 대응하지 않을까. 그림이든 소설이든. 장 시인도 그런 비슷한 말을 흘렸지만, 우리의 삶과 일생은 순수성 나아가서 성실성 같은 잣대로만 설명, 평가할 수 있는 유기체도 아닐뿐더러 일상을 꾸려가면서 치르는 그런 덕목을 산문으로 그리려면 다른 동기 부여, 이미지의 증폭과 그 가감승제로 옷을 입혀야 실감이 살아난다. 인간의 모든 삶은 그런 옷 입히기로 반쯤은 왜곡되기 마련이며, 대체로 그 결과물은 과장과 위선으로 얼룩져 있기도 하다. 그걸 꼬치꼬치 설명해야 하는지 어떤지는 생각하기 나름일 뿐이다. 문학과 예술의 허

실은 그 과장/위선의 얼룩을, 그 자국들 사이에 스며 있는 부조화를 얼마나 톺아보며 줄여가느냐에 따라서 개별적 우열과 작품별 차이를 가름할 수 있을 뿐이다. 발악적으로 헐떡거리는 카섹스 중의 선남선녀가 대체로 추해 보이는 것은 과장스러운 '축도'거나 위악적인 '단면'일 뿐이어서 그럴지도. 결국 현실성의 실감 조탁에는 대상의 내적 필연성과 시대상의 유기성이 어우러지는 득의의 버무림 곧 창조력이 따라야 한다. 쉽게 말해서 현실의 좌우와 역사적 현재성을 동시에 볼 줄 아는 분별력과 기술력이 모든 언어예술의 관건임에랴.)

(그날 밤 두 친구는 통금시간이 임박해서야 갈지자걸음으로 인근의 한 여관방을 찾아들고, 방을 둘 잡고, 곧장 청바지 차림으로 지가의 방에 나타난 정양과 맥주를 권커니 잣거니 퍼마신다. 그리고 이튿날 새벽같이 일어난 남가는 썰렁한 얼굴로 택시를 잡아타고 부임지로 첫 출근길에 오르고. 말을 맞춘 대로 그날 오후 늦게 지가는 강의를 끝내자마자 남가에게 전화를 걸고. 남가는 하숙집을 구할 엄두를 내지 못한 채 심란한 얼굴로 부임지에서의 첫날 근무를 끝낸다. 전날보다는 한결 더 만만하게 정양을 찾아가서 그녀의 헐렁한 치맛자락에 휘감긴다.)

(젊은 객기가 한창 들끓는 환쟁이답게 지가는 자기 일상의 절도를 느닷없이 의식적으로 허무는 버릇이 있다. "그림은 조화야, 배분이기도 하고. 원근법이 그거야. 그걸 아는데 인류는 꼭 천육백 년을 허비했어. 엔간히도 미련하지. 우리 삶에도 원근법적인 하모니가 당연히 있어야지. 무슨 말인지 알아들을는지. 대충 감만 잡아. 어차피 인생은 반만 눈치로 때려잡으며 그냥저냥 살게 되어 있어."

"야, 남가야, 잘해봐. 구멍 동서란 말이 괜히 인구에 회자 되겠어. 그 혼음의 바꿔치기 절차도 생략하지 머. 우리는 이미 경험자들이니까. 걔 요즘 머하고 지내는지"라고 횡설수설하더니 그날 밤 막차를 타고 상경한다. 남가는 당분간 집도 절도 없는 뜨내기 신세인 만큼 회사 사무실 인근의 여관을 찾아들며 늦어도 열흘 안에 보금자리를 마련하겠다고 다짐한다. 소원대로라면 그 보금자리는 어느 쪽이 기식하는지 헷갈릴 정양과의 잠정적인 동거생활이고.

다음 날 퇴근 후, 남가는 임지 부서 직원들이 베푸는 부임 환영 회식에 참석했는데, 흔전만전인 생선회를 아무거나 집어 초고추장에 찍어 먹을 때마다 정양의 뽀얀 얼굴이 얼쩡거려 이내 들떠버렸다. 그는 동료 직원 예닐곱 명을 거느리고 2차 술자리를 자청해서 안내했다. 정양은 떼거리를 몰고 온 단골손님 남가를 반색했고, 언니 동생 하는 제수하의 해사한 치마들을 남가의 상관들 옆에 배정하는 눈비음을 발휘했다. 호주가 남가의 너름새가 즉각 사내에 호가 나고, 상관의 눈에도 들었다 운운.)

(거주환경의 소상한 소묘는 유기체로서의 소설이 누리는 구황식품과 다를 바 없다.)

여관 생활은 따분해서 지겨웠고, 시끄러워서 멀미가 날 지경이었다. 그에게 공무원이 되라고 한사코 졸라대던 부친께서 술이 거나하게 취하시면 들려준 금언 두 가지는, 집구석은 절간같이 조용해야지 시장 바닥처럼 시끄러우면 그 집에 사람 같은 양반이 못 산다는 것이고, 다른 하나는 도둑질이나 용두질을 하는 한이 있더라도 사람은 쉴 새없이 일을 하고 손을 놀려야지 멍청히 앉아 있으면 파리나 달려들까, 이내 바보가 되고 항심이 없어져서 이랬다저랬다 성깔만 괴팍스러워진다고 했다. 과연 맞는 말이었다.

남가는 난생처음 겪는 여관 생활이 무료하기 짝이 없었다. 색유리 현관문을 밀고 들어서면 세월이 지겨워서 살짝 돌아버린 듯한 멍청이 중년 사내가 눈만 껌벅이며 남가를 맞았다. 2층으로 올라가 카펫이 깔린 기다란 복도를 한참 걸으면 티 자 삼거리가 나오고 거기서 한 번 꺾어 들면 방들이 촘촘히 마주 보고 있는데, 무슨 토목공사 현장 직원 서너 명이 석 달째 장기투숙하고 있는 큰방 두 개와 붙은 명색이 구석 침대방이 남가가 머리를 눕히는 곳이었다. 춥지도 덥지도 않은 계절이건만 옆방의 작업복 걸친 노가다 십장짜리들은 밤낮 방문을 활짝 열어놓고 있었고, 방 한가운데에는 청사진 도면 같은 것을 언제나 펼쳐놓은 교자상이 단정하게 버티고 있었다. 출근길에 얼핏 훔쳐보면 교자상 주위에는 자리도 깔지 않고 등걸잠에 곯아떨어진 작업복이 여럿이었고, 그들의 발치에는 술병들이 빼곡했다. 그들은 밤늦도록 옆방 손님이 잠도 못 자도록 떠들어댔고, 마호병에 커피를 담아온 다방 아가씨와 농탕질에 시간 가는 줄을 몰랐다. 광안리 해수욕장의 파도 소리가 아련히 들려오던 어느 달도 없는 밤에는 분명히 '떡을 치는' 그 소음까지 벽을 걸터넘어와 색색거렸다. 1층의 구석방, 그러니 남가의 임시 거처를 천장 삼은 그 방은 꽤 이름난 도사 한 분이 택일, 평생운수, 일수, 작명, 사주 등을 봐주는 '청한거사 운명감정소'여서 아침부터 허리 굵은 여편네들이 기신거리며 장사진을 쳤다.

그런 주거환경이야 딱히 별나다고 할 것도 없었지만, 아침과 저녁을 장삿집 밥으로 때워야 하는 게 고역이었다. 시늉으로, 눈비음으로 만든데다 손도 작고 손끝도 모질어빠진 '피상적인 음식'을 물끄러미 내려다보고 있으면 남가는 건짜증이 저절로 끓어올랐다. 집에서 주선한 맞선 자리에 마지못해 서너 번 나가보았으나 매번 코가 쑥 빠져 돌아서곤 했는데, 그 꼴같잖았던 제 처신이 새삼 후회막급이었다. 이제는 그들의 코가 제대로 붙어 있었는지도 모를 수밖에 없지만, 하나같이 새침데기인 체하던 그 처녀들이 만화 속의 미녀처럼 아늑하게 그려졌다.

어느 계집이든 제 것으로 챙기려면 넉살이 좋아서 우선 손부터 잡아야 한다던 지가의 경험담은 진리였다.

남가는 부풀 대로 부풀어 화끈거리는 불두덩을 앞세우고 용약 정양에게 달려들었다. 이번에는 맑은 정신이었고, 점심을 샀다. 부산의 향토 음식 밀면은 냉면보다 덜 질기고, 고명 맞잡이로 얹은 넓적한 수육 두어 점도 고소하니 맛이 괜찮았다. 정양은 이틀에 한 번 이상 꼭 사 먹는 밀면에 거의 미쳐 있는 여자여서 나중에 돈 벌면 집에다 밀면을 뽑는 기계를 맞춰 들여놓고 말겠다는 시퍼런 결기까지 비쳤다. 그 수더분한 인생의 목표까지 여간 계집스러운 게 아니어서 필경 '살림 잘할' 요조숙녀로 떠올라 남가의 들뜬 마음이 일시에 뿌듯해졌다. 남가는 이래저래 외로움을 많이 타는 사내였지만, 외롭다는 말을 어디서나 또 누구에게나 털어놓으면 좀 헐렁하니 모자라는 인간으로 비친다는 '사회적인 내색'을 터득하고 있었으므로 여자 앞에서도 그런 한갓진 말을 자제할 줄 알았다. 그는 오로지 심심해서 미칠 지경이고, 따분해서 살맛도 간 곳 없다는 말 정도는 실토하고 싶었다. 정양은 굳이 말로 표현하지 않을 뿐 남가의 심경 변화를 즉각 꿰차는 슬기가 있었

이미지를 쫓아가니

다.

(그림에서의 디테일은 글 뜻 그대로 부분도에 해당한다. 돋보기를 들이대는 전문가가 아니라면 디테일은 화폭 전체가 압도적으로 쏘아내고 있는 미적 양감에 가려져서 제대로 보이지 않게 마련이다. 그래도 그것을 볼 수 있어야만 화가의 회화적 상상력, 운필의 원숙도, 구도의 독보성, 선과 점과 면의 터치에서 묻어나오는 '의미가 충만한' 색깔의 농담과 혼합의 적절성 등을 엔간히 읽어낼 수 있다. 그러려면 상당한 기간, 진부한 표현대로 '예리한' 눈씨 개발을 위해 나름의 숙련을 쌓아야 한다. 말은 쉽지만 여간 어려운 독법이 아니며, 진지한 집념의 경주가 이어져야 한다. 그래서 그림을 한눈에 다 읽어낼 수 있는 천부적인 재능을 가진 사람은 드물다는 말도 비록 헛소리지만 떠돈다. 따라서 그림을 오래도록 또 자주 눈여겨보면서 상감하듯이 새겨둔 색깔과 색감의 비밀을 눈대중으로 메모해가면서 디테일끼리의 조화와 부조화를 나름대로 발겨내야 한다. 그 세부의 난숙도야말로 그림의 육체고 신경이고 피이므로. 그 조화가 명화의 탄생을 보장하니까.)

다들 아는 대로 소설은 우선 시간과 공간을 한정하는 작업이 급선무다. 그 속에서 사람, 사물, 사건이 유기적인 결합을 맺어간다. 그 세 장치는 각각의 다양성, 반복성, 예외성을 지향 또는 지양하면서 기고하기 전부터 꾸준히 공글리고 있었던 작의와의 견제/화해를 치밀하게 암중모색한다. 그 경과를 어떻게 새겨가는지는 문장, 문맥이 관장하므로 그 가짓수 불리기는 작가의 세계관을, 좀더 분명하게는 지은이의 사유의 폭과 질을 일정하게 반영할 수밖에 없다. 통속 취향이 다분한 소설은 애초부터 작의를 상정하지 않았거나, '내용' 지어내기와 채우기에 급급해서 저절로 고상한 기운과 멀어져버린다.

그 실상 곧 남가가 정양을 양도받는, 아니 정양이 지가의 싸늘한 품에서 자발적으로 뛰쳐나와 남가와의 떳떳한 동거생활을 막 시작하려는 계기는, 그에 따르는 심리적 갈등은 워낙 복잡다단하다. 뿐얀 손등의 파란 정맥 같은 세목부터 훼방꾼으로 눈앞에서 얼쩡거려서이다. 이 대목에서 나의 저작(咀嚼)은, '잘 안 써진다'라는 상투적 고투는 언제라도 비등점을 향해 나아가며 수시로 볼펜을 내팽개치는 반발도 불사하게 된다.

(영화적 이미지들은 거치적거릴 지경으로 앞을 가로막고 나선다.)

정양이 앞으로 잘 모셔야 할 단골손님으로서의 남가의 위신을 새삼스럽게 의식하며 말한다.

"오늘 점심은 정말 잘 얻어먹었어요. 여기 찻값은 제가 내게 해주세요."

"쓸데없는 소리. 오늘 호스트는 나야."

"그야 앞으로도 쭉 그러실 거 아녜요. 저야 만년 호스티스 신세일 테니까."

말 밑을 새겨보니 좀 의미심장했다. '앞으로도 쭉'이 무심코 지껄인 말이라도 다분히 섣부른 예상을 떠올리게 해서였다. 그러나 남가는 에둘러 말했다.

"만년 운운할 거 머 있을까. 사람 팔자는 원래 한 치 앞을 못 본다는데. 무수리가 왕비 된다는 말도 못 들었나."

말해놓고 보니 듣기 좋은 말치고는 앞날을 예언한 것 같아서 그는

이미지를 쫓아가니

얼른 말을 바꿨다.

"그건 그렇고 지 화백과 정양이 새마을호에서 우연히 만나 알게 된 사이라던데 사실인가?"

"그이가 그렇게 말했어요?"

"그럼 아닌가? 지가가 즉석에서 지어낸 소설인가?"

"그렇게 믿기면 할 수 없지요."

정양의 입가에 조롱기가 너울거리다가 이내 사라진다. 남가의 시선에 황당이 고여 떨어질 줄 모른다.

"안 바쁘세요? 회사에 들어가셔야잖아요."

남가는 아무렇게나 말한다.

"안 바빠. 로컬 영업하고 있는 줄 알겠지. 수출 업무의 골격은 결국 국내 영업이야. 수출 실적은 최종적으로 많이 실어낸 양이 말하거든."

"전 세시부터 일본어 학원에서 수업을 받아야 해요. 월요일부터 금요일까지 단기 속성반에서요."

"그래? 이것도 참 묘한 인연이네."

"인연이라니, 무슨 말이에요?"

"나도 일본말을 막 배우기 시작해서 그래. 어째 지리적으로도 좁다란 강 하나 너머 동네라서 그런지 여기 부산 바닥은 일본말 학습 열기가 드센 거 같아. 일본말이 상대적으로 많이 들리는 것 같기도 하고. 아, 물론 회사에서 동료 직원들과 함께 회사 경비로 회의실에서 배우지. 근무 끝나고 어영부영. 어제 사흘째 들었네."

"배울 만해요?"

"아직은 잘 모르겠어. 저녁밥 사 먹고 멀쩡한 얼굴로 여관방에서 뭉그적거리려니 따분해서 시간 죽이기나 하는 거지 머."

그냥 무료해서, 또 배워서 남 주나 하는 심정으로 그는 회사에서 베푸는 강제적인 어학연수 과정에 편승해 있을 뿐이었다. 모든 배움이 다 그렇듯이 피교육자의 학습 열기가 교육의 질을 담보하는데, 수출 경기가 워낙 북적대고 있는 판이라 서른 명 남짓의 수강생들은 번번이 잔무와 피치 못할 술자리 핑계로, 또 과로와 집안일로 반 정도만 자리를 메우고 있는 형편이다.

(이야기는 얼마든지 부풀리고, 가짓수를 늘려갈 수 있으나, 소설은 어차피 일정한 '정보'의 호환 구조를 자생적으로 구축하고 있으므로 어느 정도의 '상식/교양/지식'의 적절한 배합과 전달은 기득권으로서 누려야 한다. 그것의 양적/질적 차이로 세칭 본격소설/통속소설을 가름할 수 있다.)

남가가 그 시답잖은 강의실에 두 번째로 들어가서 90분 동안의 열강을 들을 채비를 갖추고 있는데, 그날따라 머리가 하얗게 센, 말끝마다 자신은 일본어를 모국어로 알고 학력을 만든 불행한 세대라며, 비록 저서는 없고 역서는 60년대에 가명으로 여러 권 펴냈다지만, 한때 지역대학에서 출중한 일어 문법 학자로 행세한 그 강사가 빈자리를 둘러보다가 한담 한 토막을 늘어놓았다. 곧 아랫배가 너무 홀쭉해서 등짝에다 엑스자로 엮은 바지 멜빵을 수시로 들었다 놓았다 하는 그 멋쟁이 늙은 강사가 유창한 일본말로 5.7.5자의 이른바 17음짜리 하이쿠라는 특유의 단시 여러 수를 읊조리더니 "우리에게는 이런 차분한 생활의 멋이 없어요, 온갖 기 다 거창하고 너더분해서 번거롭기 짝이 없고, 그래서 아주 천박해요"라고 서글픈 음색으로 단정하는 것이었

이미지를 쫓아가니

다. 이웃 나라의 그 단정한 멋의 요체는 '요조한(四疊半) 취미'라는 것으로, 다다미 넉 장 반짜리의 비좁은 방에 일신을 옭아넣고 무언가를 기다리며 골몰하는 낙이었다. 낙엽이 마당을 휩쓰는 소리를 들으며 문득 그리운 이의 체취가 코끝에 매달려서 소스라치게 놀란다든지, 전쟁이 일어나도 창호지 문구멍 사이로 비치는 달빛을 볼 수 있다면 좋다는 식의 삶이 곧 '요조한 취미'라고 했다. 세상이 변했으니 회사 일로, 집안의 대소사로 바쁜 줄이야 잘 알지만, 그렇게 분주하게 돌아치며 허덕거리는 여러분의 일상을 진정으로 냉정하게 되돌아보라는 권유였다. "바보들이 왜 바쁘겠어요? 자기 자신을 되돌아보는 기회를 한사코 만들려 하지 않으니까, 그런 짬을 안 내니 바쁠 수밖에요. 멍청한 것들은 욕심이 많은데, 막상 자기 자신을 너무 믿고, 지 주제가 어느 수준인지 잘 몰라서 그래요, 그렇지 않겠어요? 여기도 그런 사람이 의외로 많을 거예요. 곰곰이 잘 좀 생각해보기를 바랍니다"라며 수강생들과 눈을 맞추지 않으려고 형광펜으로 쓴 판서를 지우던 늙은 강사의 강변은 그 울림이 자못 큰 것이었다.

그날따라 고만고만한 핑계를 앞세우고 자리를 비운 수강생은 반이 넘었고, 불과 여남은 명이 경청한 그 막간 한담은, 우리네 월급쟁이는 말할 것도 없고 뭇 장삼이사들의 삶이 쓸데없이 떼지어 다니고, 하등에 소득도 없는 일에다 언성을 높이고, 겉치레 사교로 설쳐대고, 인간관계가 너더분해서 불편하고, 허례허식으로 인정 챙기기가 얼마나 성가신 줄 잘 알면서도 서로 잘 봐주기와 생색내기로 그렇게나 부산을 떨어대니, 이 모든 허영기가 혼자서 자기를 돌아보지 않는 수선스러운 '우리의 헐레벌떡증' 때문이라니.

수강생이야 많건 적건 대기업의 사원 복지/후생 혜택으로 고액의 수강료를 다달이 받기로 되어 있는 멋쟁이 멜빵 강사의 지적, 곧 선머슴애들처럼 자기반성 없이 일만 저지르고 다니는 우리네 삶에 대한 맹성 촉구는 그 비교급의 대상이 일본인이라서 좀 못마땅했으나, 과연 적절한 지적이었다. 남가는 대학 졸업 후 4년 만에 강의 같은 강의를 비로소 듣는다는 느꺼움이 완연했다. 반 이상 일본말을 섞어가며 나직나직 토해놓은 멜빵 강사의 진의가 다른 데 있고, 남가도 그 점을 모르지는 않았으나, 즉각 그 '요조한 취미'를 엉뚱하게 비약 해석, 운용하고 싶은 욕심으로 들떠버렸다. 남가의 소년 같은 그 욕망을 자기 독백으로 풀어보면 이랬다.

누군가를 기다리면서 단정한 자세로 앉아 두보나 이백의 한시(漢詩)라도 번역본으로, 한자를 병기(倂記)해놓은 책을 새겨읽으면서 밤늦게 일을 끝내고 돌아오는 그리운 이의 피곤한 걸음걸이를, 술 취한 발짝 소리에 오만 신경을 곤두세운다. 고되지? 짓궂은 손님이 있었나, 얼굴이 반쪽이야. 저녁은 제때 챙겨 잡수셨어요? 응, 미역국이 아주 맛있던데. 원래 광어 미역국이 담백하지. 간도 잘 맞췄대. 다진 마늘도 맞춤하게 넣어서 깊은 맛이 우러나더라고. 그러셨어요? 정말 다행이야. 머 하고 지냈어요. 책 봤지. 망향(望鄕), 그리움이지. 그게 꽃이나 그림처럼 아름다움에 대한 집착이라는 거야. 정말, 나는 여태 왜 그걸 몰랐지. 날씨도 더워지는데 당신이 집에서 입고 지내게 모시 적삼에 잠방이 한 벌 지을까요? 좋지, 헐렁한 걸로다. 피곤할 텐데 빨리 씻어. 난 책 좀 더 보다 자겠어. 발 닦고 올게요.

동료 직원들은 다들 미친 듯이 하루가 36시간이라도 모자란다고 풍

이미지를 쫓아가니

뎅이처럼 퍼득거리고 있지만, 그럴수록 신참 전근자인 나야 별로 바쁠 게 없다. 그러니 이런 기회에 '요조한 취미'를 익히며, 자기 대면의 일상화를 통해 성숙한 남성의 틀을 몸에 배게 해야지. 버릇이 성정을, 결국에는 인생을 빛나도록 바꾼다고 하지 않나. 유전과 환경은 습관의 실천으로 달라지는 성격 앞에서 얼마나 무력하고 거추장스러운 장애물인가.

나는 이런 황금 시절을, 이처럼 굴러온 환경을 적절히 이용할 줄도 모르는 촌놈이 아니다. 남자는 오로지 머리를 까짓것 굴리고, 일을 자꾸 떠벌이며, 손을 한시라도 놀리지 않아야 그나마 실패한 인생을 모면할 수 있다는 선친의 가정교육은 얼마나 참담고 절실하게 와닿는가. 어떤 종교에 맹목적으로 매달려서 기도를 생의 구원이자 생활의 방편으로 삼은 나의 어머니 같은 양반을 당신이 하찮게 여긴 것은 손바닥만 비벼대는 나태와 책 한 권에 매달려서 동어반복을 일삼는 경천(敬天) 신조 때문이라고 하지 않았나. 나는 차라리 부대끼겠다, 한 여자에게. 물론 적당한 위선이 동거생활을 그럴듯하게 보호해줄 테지만, 수시로 번득거릴 애증의 교환에 그까짓게 무슨 대수랴. 하숙집에서는 그런 부대낌이 원천적으로 거세되어 있다. 그 자기 소모야말로 자가당착이며 시대착오적이기도 하다.

도무지 개선의 여지가 비치지 않는 우리의 생활양식 중에서도 유독 성인 남자의 여유 시간 낭비벽을 성마르게 꼬집은, 멋쟁이 멜빵 강사의 그 지론에 남가가 살을 제멋대로 붙여서 '이 몸도 차제에 실천해보려고 엄두를 낼까 말까 하는 계제'라고 하자, 정양은 좀 아리송한 채로 나름의 경청 자세만은 술 접대 자리에서 매일 수습하는 그대로 드러냈다. 그 듣는 태도는 수강생으로서 남가가 어제저녁 출출한 채로, 강의가 끝나는 대로 어디서 끼니를 해결하나 하는 궁리로 머리를 굴리던 그때와 여실히 닮아 있다. 그는 얼핏 술에 취해 지가를 역까지 전송하면서 나눈 농담을 떠올린다.

"잠자리는 따뜻했어? 정양 말이야. 서로 궁합이 맞아야지."

"이루 말로 다 할 수 없어. 차라리 서늘하다고 해야 옳을걸. 착착 감겨드는 데야 불감당이랄 밖에."

"됐다, 고만해라. 알 만하다. 걔는 이제부터… 이설(異說) 없지?"

"떼를 쓸 일이 따로 있지. 정말 살림을 차릴 국량이야?"

"두말하면 잔소리지. 형편상으로도 정양은 내가 니보다는 더 잘 보호해줄 수 있어, 그렇잖아. 넌 부적격자란 소리야. 앞일을 방정맞게 미리 말했다가는 망신살이 뻗칠지도 모르지만, 마음씨만 그만하면, 거짓말을 할 줄 모르는 천성만 비치면 결혼도 불사할 거야. 화류계 여자라는 이력이 자랑거리일 리야 없지만, 접대부는 남자를 대접할 줄 알아야 하는 여자의 본분을 일차적으로 실천하는 직업인 건 사실이잖아. 페미니스트를 모시고 사는 팔자? 나는 반대야. 부모의 반대 정도야 맞받아낼 배짱을 부려야지. 어차피 내 마누라고 내 자식을 낳을 텐데, 부모가 무슨 소용이야."

"엉터리 소설을 쓰고 있다. 소설은 자주 얼토당토않는 소리를 지껄이고, 그 반현실성을 좋아라하는 병폐를 즐긴다고. 작가나 독자나 서로 통을 짜서 공상가에 무지막지한 멍청이들에다 억지꾼 노릇을 자청하고, 천박한 소행이야, 알지?"

(소설은 거침없이 흐르는 강물처럼 자연스럽게 흘러가야. 정양은

이미지를 쫓아가니

한쪽의 딱한 처지를 동정했고, 예의 '요조한 취미'의 생활화로 '님의 밤늦은 귀가를 마냥 기다리는 서방짜리를' 미리 그려볼 줄 아는 상상력에서는 다른 여자들보다 꼭 한 걸음 앞서는 비상한 재주가 있다. 유유상종은 모든 독자가 미처 눈치도 못 채고 있는 소설의 핵심적인 요소이자 그것을 잘 버무리는 재주가 이야기 지어내기의 비결이다.)

"방 한 칸, 맞춤한 걸로다, 얻기도 막상 쉽지 않을 거예요."

"좀 알아봐 줘, 우리는 얼마든지 떳떳할 수 있어. 그만한 나이도 됐고, 능력들도 있잖아."

"진심으로 하시는 말씀이세요?"

"말하자면 계약 동건데, 무슨 약속이라도 자네 쪽에서 하자는 대로 다 들어줄 수 있어. 장담컨대 자네를 남에게 빼앗기지 않을 자신은 있어."

"빼앗으려 들면서도요? 뺏길 걱정이 웬 말이야. 단물 쓴물 다 빨아먹고 내뺄 궁리나 안 하면 그런 다행이 또 없을걸."

"그건 그때 가서 다리 몽댕이를 분질러버리든지 자네가 알아서 해야겠지."

"전 아주 복잡한 여자예요."

"복잡? 복잡하지 않은 여자도 있나. 그걸 간단하게 매듭 지으려고 이러는 거야. 살림이라는 게 결국 그런 걸걸, 아마."

"하긴 그렇긴 하겠네요."

"여관방 짐을 언제 꾸릴까?"

"몰라요, 정말 모르겠어요. 왜 이러는지, 이렇게 급하게 서둘러서 뭘 하자는 수작인지. 여러 군데 알아보고 연락드릴게요."

"안 해도 될 소리지만, 자네 돈 같은 건 터럭도 안 건드릴 테니깐 염려 따위는 붙들어 매라고."

정양의 눈에는 남가의 착해 보이는 눈에 열기가 뚝뚝 흐르고 있음을 즉각 알아챈다.

"점점 수상한 소리만 골라서 하시네요. 아이, 모르겠어요. 정리할 게 좀 많아야지요."

"또 같은 소리네. 정리하려고 이러는 거야."

"정말 그래요? 정말 그렇게 되는 거예요?"

"그래. 두고 보면 알 테지만."

"못 믿겠어요."

"믿으라고 이러는 거라니까, 그렇잖겠어? 속을 때 속더라도 믿을 때 화끈하게 믿는 게 여자의 미덕일걸. 사실상 속는다는 말은 피해 망상증이자 남녀 불평등을 여자들이 스스로 조장하는 일종의 미신이야, 그렇잖아?"

"이때껏 전 남자에게 무슨 기대 같은 걸 가지고 살아오진 않았어요."

"알 만해, 무슨 말인지. 좋은 성격이랄 수 있을 거야. 굳센 기상이랄 수도 있겠고. 여자들의 고유한 남자 의존증은 일종의 사회적 관습이야. 여성 특유의 허술한 자의식이기도 하고. 자네의 독립심, 생활력은 얼마든지 기림을 받아야지."

"여자들을 많이 꼬셔 본 솜씨 같아요, 그렇지요? 들었다 놓았다 어르다가 꼬집다가…"

"아니야, 잘못 봤어. 내가 이런 말을 주워섬기기는 난생처음이야.

이미지를 쫓아가니

하기야 솔직하게 털어놓으면 돈 주고 하룻밤 산 여자는 더러 있었지."

"솔직해서 좋긴 하네요. 회사에 들어가셔야잖아요?"

"그래. 밥벌이하러 가야지. 학원으로 바로 갈 건가?"

"네, 요조한 취미가 도대체 뭔지 좀더 생각해봐야겠어요. 저도 지금
좀 멍청해 있어요."

"좋지. 사람은 좀 자주 멍청해져야지, 그래야 똑똑해지는 거고. 일
주일 안으로 내 여관 생활은 청산한다, 그래도 되겠지?"

"그렇게 하도록 해볼게요. 실망이 크면 어쩔까 걱정이네요."

"누가, 내가? 난 실망 같은 거 하지 않아. 대범해져야지. 어차피 밑
져야 본전이야, 어느 쪽이나. 다만 내가 사기꾼은 아니란 걸 항상 염
두에 두면 다소 힘이 생길 거야."

↓

이쯤에서 머리로만 그리는 나의 밑그림은 붓질을 놓을 수밖에 없
다. 누구나 겪어보았듯이 공상, 망상, 환상은 지우기 위해 그리는 밑
그림과 다를 바 없다. 더러 미농지 위에 베끼듯이 그 위에 덧칠을 보
태기도 하나, 그때 드러나는 형상이 밑그림과 같을 수는 없고, 그것을
바라며 덧칠하는 작가도 없다. 대체로 그 애초의 밑그림을 자주 떠올
리면서 더 나은 미적 성취가 저절로 또 의도대로 떠오르기를 바라는
한편, 최초의 저의를 찢고 뭉개고 우그러뜨렸다가는 제풀에 삭아가는
정경을 물끄러미 노려볼 뿐이지만, 모든 화가는 낭패감을 추스르면
그 짓을 반복한다. 그 일련의 선병질적이고 편집광적인 작업이 고역
이자 즐거움이다.

한편으로 머리로, 메모로 그리는 밑그림은 흔히 그 형체를 알아볼

수도 없을 지경으로 짓뭉개지곤 하는데, 그 밑바닥에는 소설은 드라마여야 한다는, 또 그 연속이어야 독자의 시선을 붙들어 놓을 수 있다는 강박에서 놓여나고 싶어서, 아니 소설은 재미있어야 한다는 도식에 반발함으로써 다른 방법을 찾아보려는 고민을 사서 하고 있어서이다. 친구끼리의 혼음(混淫)을 조작한 밑그림도 그런 비상식적인 몰풍경이, 적자(嫡子)들이 네모반듯하게 꾸려간다고 짐짓 으스대는 이 세상의 위선적 질서에 투정이라도 보태야 하지 않을까 하는 소치에서 내놓은 하소연일 뿐이다. 대개의 '드라마'는 엄밀히 따지면 평범한, 누구나 곧장 알아듣는 '사투리'에 불과하다는 것이 나의 소신이다. 그래서 '이야기'의 재미 유무를 따지며 억지로 조작하려는 몸부림은 우선 거치적거리고, 흡사 남의 도착증을 염탐하려는 작태 같이 느껴진다. 그 고만고만한 재미를 바치고 저울질하는 독자가 우중이 아니고 무엇인가 하는 나의 편견을 어깃장이 심하다고 매도한다면, 이 통속적 세상의 통념에 늘 시비를 일삼는 반골도 필요하고, 그런 시각이 언어예술이든 시각예술의 근본적 자세가 아닐까 하는 지론조차 설 땅이 없어서야.

통칭 '드라마'를 만들어내지 못하는 작가는 없다. 구도가 엉성하든 말든 형상을 어떤 식으로든 그려놓지 못하는 화가가 없듯이. 그 드라마와 형상의 개별적 가치는 엄연할 테지만, 그것도 만화와 실물의 차이를 비교할 것도 없이 그 역할이 다르다는 것만 보더라도 장르 감각의 유치/정치 정도로 분별할 수 있지 않을까. 글로서 그릴 대상이 늘려 있다는 것은, 미술의 본령이 무엇이냐는 물음은 우문현답을 내장한, 자기 고민을 남에게 덤터기 씌우는 해괴한 발상이거나 자신의 작

이미지를 쫓아가니

업에 살살이 짓으로만 안겨들려는 수작이 아니고 무엇일까.

점점 가뭇없어지는 신바람을 다시 일궈서 이어붙이는 밑그림은, 늘 그렇듯이 곧장 지워버려야 할 거친 크로키에는 이런 것도 있다.

(남가와 정양의 동거생활은 곧장 파경에 이르도록 끌고 가서는 안 된다. 물론 더 요란한 우여곡절을 조작한다는 것은 창조가 아니라 기왕의 세상사를 도용, 남용, 오용한 복제물에 불과하다, 잊지 말 것. 남녀 사이의 성적 거래를, 그 시비를 어떤 식으로 규정해본들 무슨 소용일까. 어차피 풍속상의 테두리 안에서 따따부따할 터이나, 그 어질더분한 설왕설래를 다 그린다는 것은 결국 다변가의 농락 행태가 아닐까. 그래도 그 동어반복을 무던히 치르는 숱한 통속물의 대량 생산/유통을 비난할 수 없는 것은 그것도 소모품의 지위를 누린다는 자본주의의 횡포일지도. 하기야 모든 과정을 다 보여주겠다는, 할 말이 아직도 많다는 의욕은 작가 자신의 임시적 지식에 대한 부질없는 과신이고, 그 적바림이야말로 남루한 열정일 수 있다. 대체로 말해서 대개의 작가는 자신이 어리석기 짝이 없는데도 불구하고 그 결격 사유에 눈을 질끈 감아버리는 버릇에 길들어 있는 억척보두거나 반거들충이긴 하다. 대개의 직업인이 그렇듯이.)

↓

매번 지우려고 자꾸 덧칠을 보태는 듯한 그 밑그림 작업에 싫증을 내는 화가는 없다. 그것이 본업이므로 나도 머릿속으로 그리는 그 작업에 물리는 법은 드물고, 일종의 고질적인 생리 작용으로 치부하고 있으므로 시간 낭비도 아니다. 자주 '대충 쓰고 말자, 누가 이처럼 구질구질한 남의 사생활에 관심을 가질까' 하는 알량한 자기 방임에 놀아나서 엉성하게 끼적거리고 말지만, 이윽고 그 대목이 문득 거슬려서 이른바 개고, 가필, 개작 같은 덧칠이 제2의 본업이자 생활방식이 되어 있기도 하다.

조 화백의 그림을 당분간 볼 수 없게 되었으므로 그녀가 여러 점이나 그려놓은 반추상화풍의 나부들을 눈앞에 떠올리면서 소설적 상상력을 최대한으로 발휘해보겠다는 나의 창작 의욕은 차일피일 허물어지기 시작했다. 그 거웃 밑의 주름을, 아니 한 가닥 짙은 선으로서의 음부와 그 위의 두두룩한 치골을 송두리째 드러낸 벌거숭이 몸에서 여류 화가로서의 '자기주장'을 읽는다면 상식적인 발상이든가, 구체성도 없이 나대는 상투가 아니고 무엇인가. 소설의 몸은 적어도 거웃, 치골, 음부 등의 조합으로 이루어지지 않는다. 말이, 남과의 대화가, 상대방의 심리를, 한쪽의 귀찮아지는 정황이 유기적으로 얽어져야 비로소 사실감과 현장성이 살아 오를 터이건만.

주요 인물들의 말버릇, 교양 정도, 옷거리, 등신상 등도 머릿속에 그려져 있고, 그것을 실물처럼 어떻게 버무려서, 꾸릴는지도 별도의 창작 노트에 적어두었으나, 여전히 망설이고, 고질의 성정인 할까 말까 하는 주저를 일삼을 때, 아니 그것들을 또 어떻게 뒤바꿀지로 골머리를 썩일 때, 나는 일쑤 명화(名畵)들 속의 그 유별난 개성적인 인물상을 떠올려버릇한다. 기껏 일차원적인 평면에 불과한 화폭을 방금이라도 박차고 튀어나올 것 같은 그 형상들의 돌출감 좋은 구체성을 차분히 음미해보는 것이다. 진부한 동어반복이지만, 그 인물들은 색다르고, 유일무이하며, 평범하면서도 개성미의 발산에서 단연 독보적이다. 그 비결을 감히 배우고 베끼고 싶은 욕심은 시각예술과 언어예술

이미지를 쫓아가니

의 차이를 모르는 소치라고 할지 모르나, 글쓰기든 그림그리기든 어떤 대상에의 몰입이야말로 작품 탄생의 정액이 아닌가. 그것들은 코조차도 말을 하고, 가장 비천한 인물들도 신비스럽게 저마다 몸에 맞는 옷가지를 걸치고 거들먹거린다. 그림이 인상적이라면 소설은 감동적인데, 묘하게도 앞엣것은 실물처럼 구체적이고, 뒤엣것은 심상에 어렸다가 연기처럼 사라지는 추상적 영상이다. 독서는 어차피 오독을 전제하며, 편견으로 말미암은 곡해를 장기로 삼을 수밖에 없지만, 아무리 진지한 작품이라도 진정한 평가에서 늘 따돌리는, 독자가 읽기 나름이라는 이 모순 앞에서 작가들은 하나같이 좌고우면하며 전전긍긍한다. 누구의 말대로 텍스트가 교활한 것이 아니라 독자의 편향적 시각은 언제라도 저울로서 길이를 재려고 덤비는 꼴이기도 하므로.

주인공들이 내 둔한 필력에 짜증을 내지 않고 고분고분 따라와 주기를 바라면서 나는 가칭 '제멋대로 살아가기'를 기고했다. 조 화백의 개인전을 밤중에 둘러보고 온 지 닷새 만이었다. 때 이른 더위가 아우성처럼 우렁우렁 몰려와서 작업실의 바닥을 철판처럼 달궈놓고 있던 날이었다. 이마에는 굵은 땀방울이 맺혔고, 손바닥이 축축하게 젖어 왔다. 들끓는 내 심상이 어떤 화학적 반응을 일으켰는지 쇠라의 일련의 명화들이 눈앞에 얼쩡거렸다. 가령 '라 그랑드 자트 섬의 일요일 오후' '아니에르의 해수욕' '화장하는 여인' '서커스' 등인데, 동작 일체는 물론이거니와 표정까지 정지 상태로 붙잡아버린 그 광경들에는 브르주아의 일상이 묵직하게, 나른하게, 우아하게 그려져 있다. 그 분위기를 어�떡하든지 글로서 베끼고 싶다는 욕망이 미처 삭지 않은 음식처럼 뭉글거렸다. 지금 시민계급이 희구하는, 아니 마냥 무절제하게 누리고 있는 '안정된 사회', 좋은 옷을 입고 햇빛 속이나 형광등 아래서 노닥이는 가식투성이의 사교와 그에 빌붙는 성적 원망을 화가들은 오래전에 주목하고 그 체감을 그렸는데, 우리도 이제 막 그런 집단 원망을 아무렇게나 드러내고 있는데도 못 본 체한다는 것은 까막눈의 오해거나 맹문이의 무신경이 아니고 무엇이겠는가. 쇠라의 화폭에는 주지하듯이 곰팡이를 방불케 하는 무수한 점들이, 부드러우나 일부러 과장한 곡선이 화면 전체를 바위처럼 진득하게, 그러나 한 시대의 두드러진 풍토성 속에 깊숙이 스며들어 있다. 내 눈으로 '지금/우리'의 그런 속성을 며칠 전에 생생하게 목격하지 않았던가.

죽이 되든 밥이 되든 일단 달려들어야 했다. 촉이 날카로워서 글씨가 살아나는 기분이 와닿는 '플러스' 사인펜을 들고, 일필휘지의 염원을 누리려고 내 레이 아웃 감각대로 맞춰서 쓰는 4백자 원고지를 끌어당겼다.

5

엘리베이터에서 빠져나와 한 걸음만 떼놓으면 곧장 24시간 편의점처럼 대형 유리 칸막이 너머로 내부가 훤히 들여다보이는 사무실이다.

한때 주로 사무실용 칸막이를 치는 내장공사업을 꾸려가던 친구의 회사 구석에 책상 하나를 달랑 들여놓고 명색 오퍼상을 벌린 최 사장은 3개월 전부터 이 임대용 5층짜리 건물의 꼭대기 층 50평을 통째로 빌려 쓰지만, 아직도 출입 때마다 낯설다. 함께 점심을 먹고 앞서거니 뒤서거니 따르는 동업자 임 사장도 근무처에 대한 선입견이야 마찬가지다.

"어이, 최 사장, 이 건물 레이 아웃이 어째 숨통 막히게 쪼개 놓았네."

"누가 아니래. 다른 분야도 다 마찬가지지만, 건축 설계도 후져빠졌어. 공간 감각이 없다면 하나마나한 헛소리고, 지면이든 벽이든 알뜰히 다용도로 돌려쓰는 머리를 굴리지 않아. 책상이든 집기든 허세가너무 심해. 전반적인 사고가 참으로 얼빵하고 허술하다는 거지. 따지고 들면 속이 터져서 돌아버리겠어. 저쪽 계단을 옥외로 들어내든가한쪽으로 몰아두면 오죽 좋아. 남자 변기를 네 짝이나 박아놓은 화장실은 또 오죽 헤픈 짓이야. 돌대가리지."

"그러고 보니 듬성듬성해서 아기자기한 멋은 없네. 엉성하고."

"명색 사무실 임대용 건물이라는데, 공용면적으로 이것저것 다 빼고 나면 실평수가 반이나 남을까 말까 하니 얼마나 낭비야."

제일 안쪽에 남향으로 길게 들어앉은 최 사장의 방은 사무실이라기보다 쇼 룸이다. 사장용 책걸상과 여섯 명이 마주 보고 앉을 수 있는상담용 겸 회의용 탁자만 덩그러니 놓여 있고, 벽을 따라 기역 자로설치해둔 쇼 룸에는 알록달록한 블라우스 견본들이 스테인리스 봉 위에 두 줄로 빼곡하니 걸려 있다. 한쪽으로 몰아놓은 욕실 커튼 같은반투명 휘장막이 깡뚱하고, 미술관 조명등 같은 갓 쓴 형광 램프 세개가 블라우스 견본들의 볼륨 없는 어깻죽지를 노려보고 있지만, 그가지각색의 색깔들이 화려하지도 않다. 옷이란 옷거리에 맞게 걸쳐야어울리는 장신구이지, 한군데에 모아놓으면 허섭쓰레기 더미나 다를바 없다.

"중국 상황(商況)은 어때? 실어낼 만해?"

최 사장은 사흘 전에 중국 출장 겸 관광을 열흘 동안 갔다 온 터이라 아직 미열 같은 엷은 여독에 휘말려 있다.

"다들 돈들이 없는가봐. 관리나 장사꾼이나 그 말이야 안 하지만, 뻔하지. 눈이 보밴데. 물건이야 좋다고 해대도 견물생심이라 이거지. 양복, 승용차가 중고품이라도 제일 인기 품목인 모양인데, 흥정할 엄두도 못 내더라고. 돈 없는 시장이 크면 머해. 욕심을 내봤자지."

말은 느긋하게 풀어놓고 있지만, 사업가라기보다 한낱 자영업자로서 주문 배수하는 싸구려 의류 수출업자인 주제라서 최 사장은 늘 좀 초조하다. 남 밑에서 월급쟁이로 일하는 사람들이 대체로 신경질적이라면 어폐가 있겠지만, 많든 적든 남에게 월급을 주는 사람은 겉이든 속이든 늘 이중적이다. 돈이나 인정 씀씀이가 헤픈 듯싶어도 차갑고 사나운 셈속이 깔려 있게 마련이고, 그럴수록 산똥이나 싸듯이 속이 징건히 달아 있다. 탈바가지를 덮어쓴 듯, 또는 술에 취한 듯 몸 따로 마음 따로 돌아가는 언행을 짐짓 드러내기도 하는데, 그 살가운 처신에 따라 사업가로서의 그릇 크기와 질이 달라진다고 보면 얼추 맞다.

최 사장은 지금 물들인 검은 고수머리를 이북 사람들처럼 올백하고 있는 동업자 임 사장의 속내를 간파하느라고 머릿속이 좀 분주하다. 둘은 방금 생선회 한 접시에다 청주를 한 병씩 나눠 마시고, 뒤이어 대구 맑은탕으로 점심을 먹고 난 직후여서 포만감을 즐기고 있다. 식사중 내내 두 사람은 우리 사회에 만연한 촌지 풍습이 한쪽에서 잘 봐주는 데 대한 사례로서가 아니라 받는 쪽에서 숫제 구걸 조로 변한 일종의 '거지 문화' 같은 세태를 나직나직 성토하느라고 열을 올렸다. 그런 대화가 소화를 돕기는커녕 오히려 속을 푸만하게 돌려세우건만,

서로 말을 아끼는 법이 없는 사정도 돈맛을 겨우 알아가는 이 시대의 한 풍속이다.

임 사장은 지지난 주에 또 수출 금융을 3억 원 빼내 썼다고 하더니, 문민정부가 말끝마다 개혁을 부르짖고 있지만, 대출에 따르는 통상의 사례비는 오히려 그 단가가 좀 뛴 것 같다고 했다. "전당포 분위기가 그래. 눈치가 뻔한데. 그것도 개혁 비용이라면 장사꾼들이 당연히 물어야지." '전당포'는 일단 담보물부터 챙기는 우리 은행에 대한 사업가들의 비칭이다. 임 사장은 얼굴이 넓고 힘도 좋아서 어떤 종류의 사교 모임에도 부지런스레 걸음품을 파는 위인이라서, 명절이 다가오면 사우나를 하루에 세 번씩 해대며 앞앞에 촌지를 들이미는데 스스럼이 없는 사업가다. 언제라도 돈에 그렇게 쪼들리지 않은 것 같은데도 은행 돈을 굴리기에 극성스럽고, 그래서인지 '알돈' 건사에는 빈틈이 없다는 소문이 나돌고, 은근히 그 자세(姿勢)를 드러내곤 한다. 그의 그런 끈질긴 근성이 최 사장으로서는 부러운 장점이나 배운다고 당장 써먹을 수 있는 미덕도 아니라서 '장사꾼에도 온갖 잡종이 다 섞여 있으니까' 치부하고 있다.

그러나 임 사장을 동업자로서 물렁하게 볼 수 없는 사례가 작년 가을에 한 건 있었다. 곧 또 다른 또래의 동업자 이모 사장이 한때는 전국구 비례대표 국회의원의 직능별 영입 케이스였던 전국메리야스공업협동조합 이사장 자리에 동향의 대선배 한 분을 모신답시고 그 표밭 점검의 일급 참모로서 호텔의 조찬 뷔페식을 세 군데나 뛰어다닌 적이 있었는데, 그 통에 아침을 세 번씩 먹는 대식가로 소문을 퍼뜨린 그 이모 사장이 하루는 술자리를 마련했다. 또 무슨 표밭 단속이겠거니 해서 최 사장은 그 자리를 피하고 싶었으나, 임 사장의 뚝심 좋은 앙청을 물리칠 수 없어서 따라나섰다.

이모 사장은 그즈음 막 최신 음향시설을 갖춘 이른바 가라오케 스타일의 대형 노래방을 강남의 요지에다 떠벌여 쏠쏠한 재미를 일구고 있다는 말도 나도는 판이었다. 동업계에서는 그의 발 빠른 사업 수완과 그 확장에 대해 시샘 섞인 지탄이 제법 비등했다. 여덟 명쯤이 다들 양주잔을 얼음물 컵에 적셨다 들어내자마자 곧장 돌리곤 해서 술자리가 여느 때보다 흥겨웠다. 돈을 잘 버는 장사꾼치고 말 못 하는 사람도 없는 터여서 이모 사장의 구수한 언변도 그럴듯했고, 그날따라 그의 반쯤 벗겨진 대머리도 불콰하니 번들거렸다. 임 사장의 권주도 아첨에 가깝게 잦아서 생선회 접시의 하얀 무채 밭이 거의 드러날 때쯤에는 다들 취해서 주로 음담이 좌중을 누볐다. 바로 그때 임 사장이 좀 뛴다 싶게 술장사에 대해 화제를 모았고, 뒤이어 이모 사장의 새로운 치부 수단을 비아냥 섞어 상찬했다. 누군가가 그 화제를 돌려놓느라고 노래나 한 자락씩 깔자고 설쳤다. "노래, 노래야 노래방 가서 해야지. 나잇살이나 먹은 것들이 생선횟집에서 무슨 노래야. 이 사장이 노래방 주인인데 노래를 해도 거기 가서 해야지. 현찰 장사에다 코스트도 있는 둥 만 둥 한 술장사가 사업치고는 땅 짚고 헤엄치기야. 술장사도 옛날에는 여자 장사더니만 이제는 장치 사업으로 변했어. 돈 놓고 돈 먹기식으로." 좌중에 일시에 뻣뻣해졌다. 이미 동업자로서 주고받을 말본새가 아니었다. 누군가가 망발의 주인공을 누그러뜨렸는데, 임 사장은 기다렸다는 듯이 자신의 말을 막는 그 동업자의 어깨 너머로 양주잔을 집어던졌다. 겨냥이라도 한 듯이 이모 사장과 한 동업자의 어깨 사이로 날아간 양주잔은 장식용 문종이 창살을 뚫어 구멍을 내고 깨졌다. "야, 이 사장, 넌 이제부터 피륙쟁이, 옷쟁이가 아니라 술장사하는 주모야, 알아? 무역, 수출 금융, 섬유산업, 노사 분쟁 운운할 자격도 없어. 장치 사업 좋아하네. 내가 앞으로 술에미하고 식사든 음주든 같이 하면 개자식이다. 개새끼, 배알도 없고 자존심도 없는 놈이 어쩌다가 돈맛은 알아서 어따 대고 같이 놀자고 맞먹고 지랄이야." 임 사장은 말을 마치자 삿대질할 때와는 달리 아주 침착한 손놀림으로 지갑에서 수표를 여러 장 꺼내 술상 위에 놓고는 "오늘 술값은 내가 낸다"라고 말하고는, 옆자리의 한복 입은 접대부에게 "내 옷 다고" 하더니 횡하니 나가버렸다.

임 사장의 그 뜬금없는 성깔 부림이 그럴듯해서 그때 최 사장은 속으로 쓴웃음을 베물었다. 물론 일주일도 채 안 지나서 쌍방이 '임대가 안 나가서 놀리는 지하층을 누구에게 임시로 빌려준 것이 부풀려졌고, 노래방 업주야 웬 건달의 내연녀인데 누가 무슨 뒷돈을 댔다고 그래'라며 화해 술자리를 중재하는 통에 임 사장도 마지못해 '당최 과음이 탈이고 입이 걸어서 망신살이 든 거지 다른 죄야 머시 있을라고'라고 한풀 꺾어짐으로써 이모 사장의 겸업 소문은 숙지근해졌다.

노처녀 여사원 하나가 다소곳하니 들어서며 묻는다.

"차 드셔야지요?"

최 사장이 동업자의 의사를 묻지도 않고 말한다.

"그래, 커피가 아니라 차다. 중국 차 좀 다고."

최 사장이 회의용 탁자의 한쪽 구석에 여남은 개 얹어놓은 붉은 종이갑 하나를 임 사장 앞으로 밀어붙인다.

"명차(名茶)래. 차 맛이 심심하니 괜찮다나 봐. 사무실에 놔두고 대접 차로 생색을 내보면 말값은 할걸. 집사람이 늘 속이 답답하다며, 한숨을 달고 사는 통에 구기자차, 결명자차서껀 차를 장복해서 이번에 중국 차만 한 가방 사 왔네."

"이거 아주 좋은 선물이네. 최 사장 집사람이야 워낙 눈부터 챙겨야 할 테지. 참, 말이 나왔으니, 우리 집 막내가 미대를 가겠다고 한사코 저렇게 설쳐쌓는데 언제 짬 좀 내서 자네 집사람에게 감정을 받아보면 어떨까 싶어."

"그러지 머. 입시 전문 선생은 따로 있다더니만, 과외는 하는가?"

"한 달에 백만 원짜리로 하고 있지. 일주일에 두 번 지도 받고. 모 미대 전임강사라서 혹시라도 말썽이 날까 봐 그러는지 몸을 억시기도 사려대길래 겨우 인편에 말을 넣어 갖고실랑 과외 시간을 빼냈다고 그러데."

여사무원이 찻주전자를 탁자 위에 놓고 찻잔을 두 사람 앞에 밀어 놓는다.

"잠시 기다렸다가 따라 드세요." 여사무원이 뒷걸음질로 입구에 선 채로 차반을 그네 바닥처럼 늘어뜨리고 덧붙인다. "사장님, 전화 받으세요."

"누군가?"

임 사장은 비록 하청기업이긴 해도, 그것도 매제에게 맡겨두고 있으나 재봉틀도 50대쯤 돌리는 공장의 물주이기도 하므로 동업자가 조만히 보여주는 고용인과 고용주의 업무 분담을, 그 부림과 좇음의 원만한 수작을 탐하듯이 살핀다.

이미지를 쫓아가니

"노인네신대요."

최 사장이 엉거주춤 일어서서 책상 쪽으로 다가간다. 임 사장이 그 사이에 여사원이 서 있던 입구 쪽을 턱짓하며 말한다.

"볼수록 괜찮네. 나이는 좀 들었어도 다소곳하니 얌전하고 눈매도 좋은데."

"어디 중신 좀 해. 멍청하니 애인도 하나 못 만드나봐."

"얼마 줘?"

"지가 가지고 가는 건 월 한 장 이상일걸. 경리 일체도 다 맡기고 있으니까. 그 정도는 줘야지."

"사람만 신실하면 그 정도야 안 아깝지."

"그럼, 잠시만. 예, 전화 바꿨습니다."

송수화기 속이 시끄럽다. 최 사장은 대뜸 짚이는 바가 있다.

"누구야?"

좀 패악에 가까운 노친의 음성이다. 수화자도 낮술을 걸친 덕분이겠으나, 송수화기 저쪽에서도 술 냄새가 훅 끼쳐온다.

"접니다, 완근입니다."

"애비다, 중국은 잘 갔다 왔냐?"

"어젯밤에 말씀드렸지요. 무슨 일입니까?"

"니 서조모가 마침내 운명하셨는갑다. 딴 애들은 말고 너는 만사 전폐하고 꼭 내려오도록 해라. 후근이는 잔칫날도 받았으니 기별만 하고 절대로 내려오지 말라고 단디 이르고, 니 누이들한테는 알려서 하나쯤만 형편이 되거들랑 나서보라고 주선해 보려마."

"아, 그 짱짱하시던 양반이 어쩌다가 이렇게 갑자기 돌아가셨답니

582

까?"

"짱짱하시기는 머시 짱짱해. 속골병이 들 대로 들었을 낀데. 나보다 열두 살 많으시니 올해 여든 일곱인갑네. 호상 중 호상이지."

"장지는 어디로 모신답니까? 참, 시방 시신은 어디다 모시고 있답니까?"

"니 서숙(庶叔)이 술 취해서 아침부터 그 말부터 하더라. 선산에 모셔라 캤던이 화장하겠다고 빡빡 우기고실랑. 날도 더워 오니 영안실로 옮긴 모양이라. 니 동갑내기 효근이가 근무하는 대학병원이라 카더라. 삼일장 지낸다니 모레가 장례식이다. 비행기 타고 오니라."

"예, 알아심더. 아부진 택시 대절해서 내려가십시오."

"여서는 부르면 죽으라고 안 오는 기 택시다. 끊는다. 니 집사람은 굳이 데불고 올 것 없다. 그놈의 초상환가 먼가 그린다고 노란 얼굴에 분 바르고 설친 기 언제 적 이바구냐."

"아, 그럼요. 애 에미야 오죽이나 칠칠해서 일을 잘합니까, 곡이라도 할 줄 압니까, 지 몸치장도 귀찮다고 내팽개치고 허구한 날 붓이나 잡고 멍청히 앉아서 한숨이나 쉬지요. 아부지, 불효가 막심합니다. 술 많이 자시지 마세요."

"술 안 묵고서야 무신 힘쓸 기운이 나야 말이지. 기집 복은 다 타고 난다. 살림 사는 재미도 모르고 엉뚱한 데 신들린 여편네 데불고 사는 사내 심정이야 내만큼 잘 아는 사람이 또 있을란가. 사업도 사업이지만 니도 니 몸단속일랑 니가 알아서 잘 챙겨라. 니 서숙이 호텔 잡아났다고 내 잠자리부터 챙기는 거 본이 아무래도 선산에다 분골(粉骨)을 도자기 항아리에 담아서 매장할라 카는 눈치네. 어디라도 산자락 한

이미지를 쫓아가니

군데 비아 주는 거야 어러벌 것도 없지 싶우네."

"예, 맞습니다. 아부지가 그렇게 하라고 먼저 이르십시오. 저야 아무래도 좋습니다."

"그래도 우리 선산 주인이야 인자 애비 니 아이가. 그라고 본이 그 할배 소실짜리가 니 집사람한테 초상화 그려보라고 설친 기 당신 뫼자리 걱정 끝에 미리 양방을 선 기네. 하, 내 머리가 이래 둔하다. 하여튼 그 할배 적은이 머리 굴리는 거는 우리가 못 따라간다. 허, 참, 이제사 또 하나 배았다. 그래, 곧장 내리 오니라. 이차판에 니하고 말 맞출 일도 따로 챙겨야 되지 싶은이까."

"예, 알았심다. 바로 연락드리겠심더."

송수화기를 거칠게 내려놓는 소리가 먼 데서 들린다. 최 사장이 전화 송수화기를 멍청히 들고 있다. 임 사장이 동업자의 착잡한 얼굴을 훑는다.

"무슨 상을 당했나 보네?"

"서조모께서 올해 여든 일곱이신데 간밤에 별세하셨다 카네."

"서조모? 호상 중 호상인데. 어디서 임종하셨는가?"

"사촌이 부산에서 외과 의사로 꽤 이름이 나 있어. 나하고는 동갑내기네."

"가만, 내가 이러고 있을 때가 아니네. 부조를 지금 할까 어쩌나? 문상은 못 갈망정."

"쓸데없는 소리. 서조몬데."

"아, 그런가. 그럼 장례 모시고 올라오면 언제 날 잡아 위로 술자리나 한번 주선하지. 그리고 참, 조만간 자네 집사람 눈 좀 빌려줘. 내

딸내미 말이야, 소질이 있나 없나 점수를 매겨달라고."

"알았어. 전화로 말 맞추고 바로 찾아가면 될 거야. 내가 귀띔해놓을 테니. 오늘 점심 잘 먹었어. 멀리 안 나가네."

최 사장은 인터폰 버튼부터 누른다.

"집안에 상을 당했다. 조문 갈라 카는데 부산행 비행기 제일 빠른 시간 걸로 한 자리만, 아니, 두 자리, 세 자리, 아니, 일단 한 자리만 지금 당장 예약 좀 해줘. 곧장 일러주고."

최 사장은 말을 마치자 이번에는 전화번호를 마구 눌러댄다.

"어, 이게 누구야, 집에 건다는 것이. 정신이 없네." "여기도 집이야머, 웬일로 낮에 집을 다 찾아?" "방금 상을 당했다고 기별을 받았어 이래. 부산에 사시던 서조모 상이야." "서조모? 그게 무슨 말이야?" 임 사장도 그 말을 되뇌면서 입가에 웃음을 얼버무리던 걸 최 사장은 얼핏 떠올린다. "내 할배 소실이 서조모야. 자식도 둔 양반이야. 옛날에는 밥술깨나 뜨고 살면 다들 내놓고 일부양처제를 선용했어." "나도 따라가면 안 돼?" "너 미쳤냐?" "병원에 또 가봐야 될라나봐." "왜? 안 좋아?" "정기검진 날은 며칠 남았지만 또 망울이 여기저기 생기는 것 같애." 대개의 내연관계가 그렇듯이, 아니 모든 남녀상열지사와 부부의 인연까지도 여자 쪽의 교태와 말씨와 꾀에 홀려서, 남자 쪽이 알게 모르게 어벙한 채로 '꼬시켜서' 통정에까지 이르고 만다는 지론을 터득한 당사자인 최 사장의 회고에 따르면 그 최초의 발단은 "우리가 손잡은 거 언니한테 일러바치까요?"에서부터 시작되었다고 생각하는데, 이러구러 살을 섞고 지낸 지가 벌써 세 해째에 접어드는 요즘에는 "아무래도 언니한테 털어놓아야 할까봐, 우리 사이를 알고 있으면서

　　　이미지를 쫓아가니

도 내가 먼저 빌어 오기를 기다리는 것 같애, 그러니 더 내 마음이 안 편해"에 이르러 있는 판이다. "그것도 재발하나?" "재발이 아니라 제 거 수술이 시원찮았을 수도 있을 거 아냐." "야, 너 그거 신경성 같다. 종양이 아니라고 했다면서. 젖가슴을 자주 쓰다듬어 주라는 말은 의사가 지껄인 소리야 머야." "자기가 와서 마사지를 좀 해줘. 여자가 지 가슴을 주물러대면 그게 무슨 꼴불견이야. 아이고 보기 싫어라. 상복도 안 입고 내려가는 거야?" 최 사장이 쇼 룸 끝머리에 걸린 양복을 힐끔 쳐다본다. "넥타이만 검은색으로 매면 그런대로 괜찮겠어. 차 안에 여벌 넥타이가 있을 거야. 바빠, 끊어야겠어." "장례 끝나고 오자마자 전화 줘. 어느 순간 죽을지도 몰라서 이러는 거야. 난 아직 죽으면 안 돼." "허무 만상이 심하네. 그 어릿광에 속은 나도 한심한 인간이고. 이래저래 우리 둘다 골치 아프네."

마침맞게 여사원이 출입구에 조연 배우처럼 눈치를 살피며 슬그머니 나타난다. 최 사장은 전화 송수화기를 비로소 절도있게 내려놓는다.

"오후 3시, 4시 20분 발 비행기가 다 좌석이 있다는데요."

"3시? 공항까지 갈 수 있을까?"

"3시 걸로 예약해놨어요."

"충분할 테지. 집에다 전화 좀 걸어서 바꿔줘. 화실에 있을지 모르겠어."

등짝을 때맞춰, 주로 그 짓 전후에 곰살궂게 쓸어달라는 말을 곧잘 하는 그녀는 지난해부터 놀고 있다. 놀기 시작하자 병이 불거졌다. 밥도 먹기 싫은 병까지 옮아붙자 응석에 아양 떠는 말도 보태졌고, 그게 일상의 낙이 되고 말았다고 자위하는 버릇까지 늘었다. 젖가슴 망울 망상증이 생활습관병의 항목에도 올라 있는지 어떤지 알 수 없다. 헛구역질을 식후에 하게 되는 임신 망상은 흔한 부인병이라는데. 그녀의 현재 처지를 굳이 떠올리면 임신 망상이라야 어울릴 테지만, 다 부질없는 짓이다. 말은 흔히 의사소통의 수단이라는 데도 그 전에 느낌과 눈치가 더 생생히 양쪽의 생각을 발겨낸다. 조금 덜 부드러운 살덩이가 멍울로 뭉쳐져 있는 모양인데, 여자들은 왜 그 부위에 그토록 예민할까. 몰라도 괜찮은 의학 상식의 과소비 탓일 테지.

최 사장은 그때, 아무래도 내년에는 개인전을 열고 심기일전해야겠다는 집사람의 말을 떠올리며 '상처(喪妻)'의 진정한 의미가 무엇일까 하는 생각에 쫓겨 비지땀을 흘렸다. 도대체 '그림이 안 그려진다'라는 말의 진정한 뜻은 무엇일까. 이쪽이야 그렇다 치더라도 붓을 들고 시름에 겨워 지내는 화가 자신도 함부로 지껄이는 말이 아닐까. 내연녀를 잃는 슬픔, 그 고통? 말이 안 될 것도 없잖아.

↓

기고한 지 이틀 만에 이제는 죽이 되든 밥이 되든 시간이 해결해줄 테지, 좀 쉬어가면서 쓰자, 매일같이 일정한 넓이의 화폭이 채워질 때까지 붓을 재게 놀려대는 화가는 없을 걸, 하는 자기 위안을 쓰다듬을 때 문득 전화가 울렸다. 마침 점심을 먹고 난 직후여서 나는 전화 받기도 귀찮았다. 그때쯤이면 나는 늘 그렇듯이 기고한 글의 다음 행선지를 더듬어보는 버릇이 있었다. 가령 최 사장의 이중인격과 그 이중생활이 어떻게 어우러지는지, 일부일처제가 어떤 식으로 균열이 일어나는지, 그 파탄의 경과는 일반적인 예상과 달리 상당한 정도로 일관성도 좋고, 딴에는 이성적/합리적이라는, 어떻든 그 예외성이 화가라는 생업에 주눅이 들지는 않을 터이므로 두드러지지 않도록 평이한 문체로 그려보겠다는 다짐을 챙기느라고, 이제부터는 머리가 두 개라도 모자란다고 딴에는 허풍을 떨어대면서. 어떻든 한창 중년의 외도라는 그 반사회적 행태를 어떤 '반감도 없이' 사실적으로 그려내는 일종의 '수위 조절'에 나의 직업의식 같은 것이 배어 있기는 할 테지만, 화폭을 채워가는 붓질과 색감을 일일이 알아보는 눈씨를, 흔한 말로 평소의 기량에 맡길 수밖에 없다. 외부로부터의 어떤 훼방에도, 그러니 내 꼴난 상상력에 제동을 걸어오는 작은 자극에도 무신경해지는 몰입의 유지가 나의 본분이 되는 것이다. 당연히 화가들도 그 점에서는 별다를 수 없지 않을까 싶지만.

전화기가 제풀에 지쳐 경고음을 그쳤다. 책상머리에는 희미한 열기가 얼쩡거렸다. 그 아롱거림을 돋보기로 뜯어보면 이미지라는 숱한 효소들이 제풀에 이합집산하는 일련의 발효 과정을 한눈에 보여주지 않을까. 유기 화합물의 당연한 분해 과정으로서, 무엇인가로 태어나는 그 미지의 실물로서. 제멋대로 세상을 헤집고 살아가는 상상의 활성화 과정은 실로 불가사의한, 그만큼 불가피한 사람의 본색일지도. 그러기에 그 무익한 조홧속이 마땅찮다고 늘 툴툴거리기도 하므로. 그 모든 상상의 흔적은 비문법적일 수밖에 없을 터이므로.(617장)

군소리 1 – 이른바 '메타소설'도 여러 편 썼는데, 이 작품도 그중 하나로서 꽤 긴 중편이다(물론 장편도 있다). 보다시피 메타소설은 그 '내용' 자체가 작가의 자의식 토로이자 자기 희화화가 작의에 상당하므로 굳이 '허구'의 현실적 핍진감, 역사적 의미망 따위에 대한 어떤 감성/육성을 덧댈 필요나 이유가 없어진다기보다 엷어도 괜찮다. 그런 자위가 작품의 진척을 다소 도와주지만, 통속적 취향을 좀 색다르게 조명하려는, 이른바 패러디 감각을 어떻게 통제/분출하느냐 같은 난문 앞에서는 저절로 주춤거려진다.

군소리 2 – 시시껄렁한 그림이, 시비를 따지기도 민망한 소설이 8할이 넘는다는 평소의 소견을 늘어놓자면 끝이 없을 테지만, 출중한 화백의 소문난 '명화'를 한결같이 우대하는 관습, 그 밑바닥의 통념을 노려보면 의외로 이야깃거리, 메타소설의 글감들이 줄줄이 출몰을 거듭한다. 혼자서 다른 세상을 구경하려는 '책 읽기' 문화가 낡은 생활양식으로 밀려나고 여럿이서 함께 즐기려는 '관람 문화'가 대세를 이룬 오늘날 '감히 알려고 덤비는' 계몽주의 정신이 얼마나 제대로 작동하는지 의심스럽다. 고작 딜레탕트 수준에 그칠 테지만. 소설은 아무래도 이 시대를 그리기에는 불량하고 불충분한 장르인 듯하다. 이런 각성이야말로 메타소설이 지금 당장 써 먹어야 할 소재가 아닐까 싶지만, 어느 팔푼이가 귀를 기울일까.

눈길과 눈씨

책상 위에 두 다리를 포개 얹어놓고 (니코틴 중독증을 끊어보겠다는 핑계로 연구실에서만 피우는) 파이프 담배를 뻐끔거리고 있던 50대 중반의 소장 사회학자 송승덕 교수가 한 월간지로부터 뜬금없는 심사 위촉에 임했던 때는 지난해 11월 중순께의 어느 날 오후였다. 마침 점심 식사 후 곧장 시작한, 주로 학부 3학년생들이 듣는 세 시간짜리 '계급론' 강의를 두 시간쯤으로 때운 참이라, 그 종강이 여간 홀가분한 게 아니어서 그는 나른해졌고, 역시 담배 맛은 마력적이었다.

그런 심사에 기대서 그는 비교적 꼼꼼한 성격대로 이번 한 학기 동안 내가 학생들에게 무엇을 가르쳤나, 예컨대 계층과 계급의 차이, 그 본질과 현상의 구조화 과정, 부/소득/지위/성별 등에 따른 계급의식의 변별점, 계층의 사회적 이동양상, 절대적/상대적 빈곤의 개념 정의 따위에 대해서 얼마나 요령 좋게 강의했느냐를 잠시나마 더듬어보고 있었다. 그런 직업적 자기 점검은 '사회정책론' '사회사상사' 같은 다른 과목에 앞서, 그러니 이번 학기를 끝내는 첫 종강 강의였으므로 의례적으로 거치는 가뿐한 자기 대면의 시간이었다.

이제 그는 이른바 훈장질에도 웬만큼 이력이 붙어서 학생들의 강의 이해 정도랄지 전반적인 수준 따위에 대해서는 건성의 관심도 쏟지 않는다. 공부는 하고자 하는 학생이 각자 알아서 엉덩이 씨름에 끈질기게 매달리는 것이고, 요즘은 못 구해서 읽지 못하는 책은 없으며, 언제라도 읽을 만한 필독서들은 칠판에 판서해서 소개해주고 있는 데다가, 책 속에 없는 말은 안 가르친다고 자부하고 있어서였다.

그러나 그들의 소위 '사회화 과정', 이를테면 학부생에서 대학원생으로, 곧장 박사 과정을 밟아가는 일종의 신분 상승 추이를 먼눈으로 훑어보면 학생과 선생이라는 '계급의식'을 떠나서라도 그들이 사회/세상이라는 요란스러운 소용돌이 속에서 빠른 속도로 희석, 탈색/변색하는 경과를 나름대로 읽을 수 있다. 비록 고만고만한 차이일지라도 그들의 계층화 현상은, 눈에 빤히 비치는 각자의 실력이나 성격의 우열 따위를 들이대지 않더라도, 뚜렷해진다는 자신의 실감에 점점 힘이 실리고 있으며, 그런 항시적 점검이 훈장질의 잗다란 보람이라고 간주하는 쪽이다.

도저히 뿌리칠 수 없는 연줄의 요청에 못 이겨 어느 여자 대학에서 시간강사로 한 학기 강의를 마칠 때, 심드렁히 일어서는 수강생들의 자태에 버름히 시선을 던지고 있으면, '자비 부담의 준의무교육' 연한에 곱다시 묶이고 만 우리의 대학교육도 결국 중우(衆愚) 양산을 위한 과소비 현상이라는 반교육자적 억하심정마저 떠올리는 게 송 교수의 솔직한 체감이기도 했다. 그렇다고 그가 중뿔난 반체제주의자도, 매스컴의 조명을 유독 바치는 출세주의자도 아니지만, 우리 사회 전반의 동향에 대해 눈길과 눈씨를 곤두세우며 나름의 긴장 상태를 유지하느라고 사생활에서는 무재미로 일관하고 있다면 과찬도 폄훼도 아니다.

그날 종강을 통보했을 때도 마찬가지였다. 송 교수의 눈앞에서 자욱이 깔리던 소음은 시들하고 시끄러운 것이었다. 신명이 안 나서 송 교수는 서둘러 과제물의 범위와 주제어를 일러주고, 가령 '계급의식' '계급사회' '계급 이동/분화' 중 어느 주제 하나를 골라잡아 2백 자 원고지 15장 안팎의 리포트를 다다음 주 월요일 오후 여섯 시까지 연구실 문짝 밑으로 밀어 넣으라고 한 다음 서둘러 교재와 가방을 간추리고 나서, 쫓기는 걸음으로 낙엽을 밟으며 연구실로 돌아왔다. 책상 앞에 앉자마자 그는 궐련보다는 그 준비와 절차가 다소 번거롭고 귀찮기 짝이 없는, 그래서 조만간 이 성가심이 금연을 재촉하리라는 소망을 의식하며 파이프 담배의 가죽 쌈지를 찾았다.

구수한 하루방 살담배 연기가 연구실 공기를 뿌옇게 흐려 놓았을 때, 전화기가 울었다. 전화는 흔히 귀찮기 짝이 없는 사회적 소통 기구였다. 송 교수는 그 성가신 소통을 원활히 수행하기 위해 파이프 물부리에 묻은 끈적한 침을 핥았다.

박 차장이라고 자신의 직위를 밝힌 어느 월간지 기자의 요청은 이런 것이었다.

저희 잡지에서 연례 행사로 거금의 원고료를 내걸고 논픽션을 공모해오고 있다.

"아시지요?"

"본 듯합니다. 최근에는 무사분주(無事奔走)해서 별로 본 기억이 없습니다만."

그 심사위원으로 저희 회사 일간지 논설위원 한 분과 원로 소설가

눈길과 눈씨

최 아무개와 함께 송 선생을 모시려 한다.

"왜 하필 저를, 무슨 영문인지 모르겠네요."

"두 분은 잘 아시지요?"

"아직 면식은 없습니다만, 고명하신 분들인데 지면으로야 익히 잘 알지요."

"송 선생님은 학위도 독일에서 따셨고, 미국에서도 한동안 연구 생활하셨으니 시야도 그만큼 넓을 테고…"

객쩍은 말이라 그는 기자의 너스레를 잘랐다.

"요새 외국 학위야 흔해 빠졌지요. 저야 골초라서 공부도 하는 둥 마는 둥 했고, 여기저기를 그야말로 거름 지고 장 보러 갔다가 늦깎이로 어쩌다…"

"송 선생님은 글도 잘 쓰시잖습니까."

"금시초문인데요. 우리 글이야 무미건조해서 재미가 없지요. 그나마 게을러터져서…" 칭찬은 봄눈도 녹인다는 말대로 송 교수는 강의실에서 달고 왔던 짜증기를 단숨에 걷어내고 덧붙였다. "제 글이야 어떻든 저 같은 반풍수가 남의 세상살이를 제대로 골라낼지도 모르겠거니와…"

"아, 대학교수도 꼭 한 분 모셔야 여러 가지로 모양도 좋을뿐더러 사회학이 또 사회현상을 포괄적으로 거시적으로 관찰, 진단하니 아주 제격이지요."

"글쎄요, 사회학이야 아무리 그렇다 하더라도 제가 아무 밥상에나 오르는 김치 종지가 돼서야 쓰겠습니까? 전문가들이 보면 비웃을 텐데… 아무튼 백면서생일 뿐인데 제가 세상 물정에 뭘 알아야 말이지

594

요."

"의외로 미국에 이민 가서 정착해 사는 동포들의 생활 수기, 이색적인 경험담 같은 투고작도 많아서 송 선생님이 그쪽을 좀 감별해주면 금상첨화라서 그렇습니다."

"그것도 금시초문이네요. 직장생활까지 합치면 대략 5년 남짓 미국 동부 언저리에서만 꾸물대다 귀국해서 제 미국 견문은 보잘것없고, 워낙 게을러터져서 견문도 좁다랗고 사실 잘 모릅니다."

기자는 일방적인 설명으로 송 교수의 대응을 밀막았다. 논픽션 공모전은 이력저력 연륜이 쌓인 만큼 투고 원고는 이번에도 꽤 많은데, '문장이 제대로 안 굴러가서 도대체 말이 안 되거나 연애 타령 같은 진부한 이야기들은 저희 편집부에서 죄다 솎아내고' 난 후, 다섯 편씩을 세 심사위원에게 돌리고, 그중에서 한 분이 한두 편씩만 골라주면 그것들을 세 분이 바꿔 읽도록 저희 직원이 주선하겠으며, 세 분의 합석 본심에서 최우수작 한 편, 우수작 두 편, 형편에 따라서 가작을 두어 편 뽑아도 좋겠다고 했다. 알 만한 통상 관례였다.

"다들 사연들도 많군요. 아무튼 그 많은 일을 언제까지 다 해야 합니까?"

"한 보름이나 20일쯤 후에 세 분이서 편한 시간에 저희 회사 회의실에 모여 합심을 해주시고, 사진도 찍고 할 예정입니다만, 내년 신년호에 최우수작 한 편을 실을 예정이라서 시간을 많이 못 드려 죄송한데요, 막상 읽어보시면 예상외로 뻔한 이야기들이 많아서 골라내기는 어렵지 않을 겁니다."

"아이구, 글 읽는 재미도 좋지만, 저는 도무지 안 해본 일이라서 그

눈길과 눈씨

렇게 후딱 해낼 수 있을지 모르겠네요."

"종강은 하셨지요?"

"이번 주부터 슬슬 전을 거둘 작정이긴 하지만…"

"바쁘시지요? 방학 중에 어디 외국에 나갈 계획이라도…"

"바쁘기로 들면 한정이 없지요. 지난여름까지 꼬박 한 해 동안 여기 저기 빈둥거리다 와서 이번 방학에는 연구실에 눌어붙어 있을 작정입니다만."

"아, 작년에 안식년을 찾아 잡수셨구먼요."

"어쩌다 제게도 좋은 기회가 와서 잘 쉬었어요."

"그럼, 마침 잘됐네요. 오늘 중에라도 저희 직원 편에 원고를 보내도록 하겠습니다. 몇 시까지 학교에 계실 겁니까?"

"보통 여섯 시까지는 있습니다만."

"그럼, 잘 좀 부탁합니다. 논픽션이란 게 결국 특정 인간이 사회화 과정을 거치면서 겪는 파란만장한 우여곡절을 어떻게 수습했느냐는 것일 테니 송 선생님께서 그 진위를 잘 좀 감별해주셔야지요."

말투나 그 어휘량을 보더라도 기자는 사회학 '물'을 잡지나 대학에서 먹은 흔적이 여실했지만, 송 교수는 굳이 내색하지 않았다.

"글쎄요, 그런 원고를 점검하는 일도 일종의 사회화 과정이랄 수 있겠으나, 남의 대학 학위 논문 심사도 아닌데, 품을 들인 만큼 소득이 있을지도…"

"그렇게 힘들지는 않을 겁니다."

"결국 읽어내는 시간과의 지겨운 싸움이겠지요."

"맡아주시는 거로 알고, 선생님 주소는 학교로 하면 될 테고, 주민등록번호와 은행 계좌번호를 좀 불러주십시오. 심사료를 미리 청구해놔야 해서 그렇습니다."

"돈 생긴다는데 마다할 사람이야 있겠습니까만, 일을 제대로 추슬러낼지, 돈부터 미리 챙겨도 되는지…"

파이프 담뱃불은 벌써 꺼져 있었다. 송 교수는 숯덩이처럼 딱딱하게 굳어버린, 타다 만 시커먼 살담배 잿더미 위에다 일회용 라이터 불을 깊숙이 지피고 나서 그 빨가니 고운 불땀을 빤히 노려보며 물부리를 뻑, 뻑, 뻑 다급하게 빨았다. 뻑뻑한 니코틴이 억지로 빨려 들어오는 소리가 꾸르륵거렸다. 파이프 담배는 연기를 느긋하게 빨아들여 입 안에 가득 품었다가 슬그머니 흘리듯이 내뿜을 때의 구수한 내음이라든지, 담배통을 손바닥에 쥐고 있을 때의 따뜻한 촉감이라든지, 물부리를 이빨 사이에 물었다가 떼고 나서 다시 입술로 가져갈 때까지의 멋 부림이라든가, 담뱃재를 털 때 재떨이와 담배통이 부딪치는 맑은소리를 듣는 재미 따위를 즐기는 것인데, 궐련과 달리 파이프 속을 수시로 후벼파주어야 하고, 담배통에다 4분의 3쯤 살담배를 채워 넣다 보면 어차피 손에 담뱃가루도 묻어나고, 아무리 엄지로 꾹꾹 다져 넣어도 불땀을 좀 괄게 일구려면 쇠붙이로 만든 귀이개 같은 기구로(그는 이것을 '쟁이 쇠막대'라고 부르는데) 담배통 속을 짬짬이 눌러주어야 하니 귀찮기도 하다.

무슨 일이든 제대로 즐기려면 그만큼 자질구레한 노력과 성가심을 감수해야 하지만, 그것 자체가 하기 싫은 일거리로 둔갑해버리면 공연한 호사 취미에 길들어져서 이 고생을 사서 한다는 생각으로 건짜증이 인다. 그럴 때는 좀 피곤하거나 이렇다 할 까닭도 없이 기분이 언짢을 경우이기 십상이다. 그래서 파이프 담배질은 그에게 감정의 조증(躁症)과 울증(鬱症)을 재는 간단한 기구에 지나지 않지만, 궐련보다 훨씬 불편한 일용품이므로 조만간 담배와 영원한 결별에 이르려고 생고생을 사서 하는 셈이다. 모든 지겨움은 진지한 탐닉 끝의 하품일 테니까.

그 숱한 원고를 어느 세월에 다 읽어내나 하는 막막한 생각을 더듬다가, 그는 깜빡 잊고 있었던 일거리를 불현듯 떠올리고 허둥지둥 일어나서 책 볼 때만 쓰는 돋보기를 꼈다. 이어서 서가 아래 칸에 석박사 학위 논문집들, 신문 복사판 같은 자료철들, 연감들 따위를 꽂아둔 데서 두툼한《인명록》을 빼냈다. 그 책은 어느 해 연초에 나온 연감의 별책 부록으로 반양장본이었고, 개중에는 이미 이 세상 사람이 아닌 유명 인사들도 상당수 수록되어 있을 88년도 판이었다. 그는 새삼스럽게 그 책을 공짜로 입수한 경위가 떠올랐다. 89년도 봄에 그는 그《연감》과《인명록》을 발행한 한 통신사의 대주주이기도 한 어느 사립 학술재단으로부터 제법 요긴하게 쓸 만한 액수의 연구비를 받은 바 있었고, 그때 그 학술재단 사무실이 들어앉아 있는 통신사 사옥을 몇 번 들락였는데, 수혜자로서 "연구비뿐만 아니라 이 책도 요긴하게 쓰겠습니다"라며 증정받은 것이었다. 그 말이 의례적인 헛인사였던 것은 연구실에 돌아오자마자 그 책을 어쩌다가 찾아볼 자료에 불과한 활자 더미라고 치부하며 서가 아래 칸에 처박아둔 데서도 여실히 드러난다. 그런데 이제야 정말 요긴하게 써먹는다며 그는 방금 박 기자가 거명한 두 심사위원의 약력을 훑어보았다. 논설위원 쪽은 벌써 50대 말이었고, 원로 소설가 쪽은 논설위원보다 여섯 살이나 많았다. 그들이 그에게는 인생 선배들이었고, 두 분이 그런 종류의 글 심사에는 전문가들일 터이므로, 자신이 굽실거릴 것까지야 없겠으나, 솔직한 독후감 따위는 자제하는 한편 그들의 중론에 적당히 맞장구를 치면서 그중 상대적으로 좀 나은 글이야 쉽게 고를 수 있으리라고, 마른하늘에 번개같이 떠안긴 일의 졸가리를 잡았다.

뒤이어 그는 다시 책상 위에 두 다리를 포개 얹어놓고 찬찬히 생각해보니, 그즈음 자신이 한 신문의 청탁을 쫓아 '눈앞에 훤히 보이지만 해독하기는 난해하기 짝이 없는 대중문화'의 재생산을 촉진하기 위해 대학교육이 도맡을 역할에 대해 짤막한 시론(時論)을 쓴 바 있고, 지난 봄에는 또 다른 한 신문에서 주관하는, 우리 사회 각 분야의 문제점을 난상토의하는 '집중 토론'인지 하는 이른바 '연중기획 시리즈'에서 각각 다른 대학에 봉직하는 사회학자 세 명과 함께 참석하여, 후기 산업사회가 당면한 노동과 여가 선용, 인구 변동과 노령화 현상, 대중의 의사 소통구조와 교육제도 등에 대해서, 그가 생각하기에는 일종의 방담 형식으로 의견을 나누다가 급기야는 그 자리에서 주고받은 숱한 학술용어와 전문적 이론들을 쉬운 말로 풀어서 '대표 집필' 한 적이 있었으므로, 요컨대 활자매체에서의 그런 '얼굴 팔리기'에 부득불 불려다닌 자신의 최근 '사회적 활동'이 이번 심사위원 위촉에 한 구실이 된 듯싶었다. 그렇지 않고서야 잡지 편집자들이 이름도 별로 나지 않은 한낱 대학 접장인 자신을 그 자리에 천거할 이유가 달리 있을 리 만무했다. 그들이 보기에는 그의 그 마지못했던 글 품팔이가 만만했을 것이었다. 아무튼 이미 맡은 일이었고, 그는 날라져 올 논픽션 원고 뭉치를 기다렸다. 시부저기 한 일이 더러 망외의 소득도 집어주는 사례를 적잖이 경험한 데다 심사료까지 선불로 준다니까.

↓

막상 읽어보니 논픽션이라는 장르만큼 적극적으로 재미없는 글도 달리 없지 않을까 하는 의문성 자탄이 저절로 우러나서 송 교수는 여러 번이나 한숨을 쉬었다. 종내에는 시간 낭비일 뿐이라는 자신의 확실한 소견을 연신 되뇌었고, 이런 쓸데없는 '경험 나누기'가 왜 필요한지 알 듯 말 듯 해서 잡지 편집의 뻔한 발상과 진부한 관행에 역정이 났다. 자신의 귀중한 시간을 한사코 빼앗으려 드는 악의 같은 그 지겨운 '인생살이/세상살이'의 고역을 대충 간추려본다면, 술술 자동 기술하고 있는 문장/문체들은 아예 간이 제대로 배지 않은 반찬처럼 맛대가리가 쥐뿔만큼도 없었고, 구구절절이 풀어내는 안쓰러운 고생담은 씩씩거리는 적의(敵意) 같은 것이 쏙 빠져버려서 여느 독자라도 맥 빠지게 할 듯싶었고, 우리 사회 각 분야에 산재해 있는 어떤 제도/관행의 모순에 대한 한가로운 고발식 르포는 대체로 그 대상에의 역사적/사회적 인식이 부족해서 투덜거리는 일방적인 피해의식의 토로에 지나지 않는 것이었다.

그는 한 편씩 읽기를 끝냈을 때마다 글의 제목 밑에 독후감도 적어두었는데, '논외, 억지, 문장 모호, 시점 들쭉날쭉, 사회 인식 편향적, 주님/천사의 도움?—천국화 기도?—감상적 낙관론' 같은 '주관적 비평'에 이어 다른 심사위원들과 합석하여 등급 매기기를 할 때, 간추려서 언급할 글의 줄거리와 주제 따위를 몇 마디 단어로 부기했다. 그나마 인상적이었고, 그 자신이 잘 몰랐던 사회상의 한 단면이나 그 곡절로는, 전교조 운동에 지역 담당 책임자로 뛰어들었다가 해직당한 한 고등학교 국어 교사의 착잡한 생활 신고담, 의료 수가 조작 및 의약품 구매에 따르는 공공연한 뒷돈 거래 따위를 발겨내면서 종합병원 운영상의 비리와 불법 행태를 적나라하게 고발한 사회 정의 구현 호소담, 솔가하여 뉴욕으로 이민 간 무역상사 직원이 미국 사회의 저변에 면면히 흐르는 유색인종에 대한 뿌리 깊은 차별대우를 극복하면서 야채가게를 꾸려가는 성공 사례담, 헤엄도 못 치는 주인공이 참치잡이 원양어선의 승무원으로 일하며 겪는 적도 부근의 아프리카 해양 풍물 기행담 등등이었다.

그런 한심한 잡담/수다 듣기, 재미없는 남의 체험담에 귀 기울이기에 지쳐갈 때쯤에서야, 그러니 모두 열세 편의 글 중에서 그가 열한 번째 투고작을 막 읽기 시작했을 때, 박 기자로부터 맡긴 일거리의 채근성 전화가 걸려왔다.

"건질 만한 작품이 좀 있습니까?"

"모르겠는데요. 내 독후감이야 간단히 메모해두고 있으나, 다른 심사위원들이 어떻게 볼지…"

"저희 회사 정 위원께서는 본심에 올릴 만한 것이 없다고 송 선생님께서 네댓 편쯤 좀 많이 골라달라는데요."

박 기자의 부언에 따르면 마감 날짜에 임박해서 들어온 원고들의 수준이 전반적으로 높고, 일찌감치 투고한 작품들은 상대적으로 그 질이 좀 떨어지는 경향이 뚜렷한데, 원고 겉장에 굵은 매직 펜으로 일련번호를 써둔 데서도 알 수 있듯이 송 선생께서 보시는 원고들이 막판에 들어온 것들이고, 논설위원 쪽은 초반 투고작들을, 원로 소설가 쪽은 가운뎃것을 맡았다고, 일을 꾸리다 보니 그렇게 되었다고 했다.

눈길과 눈씨

"허어 참, 그렇다면 내 쪽 것이 대체로 양질이라는 모양인데… 제 쪽도 그렇게 썩 좋은 물건은 없는 성싶은데요. 아무튼 그쪽 사정이 정 그렇다면 두 배수쯤 올려보기야 하겠지만, 공연히 내 입장만 무거워지는 거 아닌지 모르겠네요."

"어차피 세 분이서 서로 돌려가며 읽을 텐데 책임이 무겁고 자시고도 없지요, 머."

"하기야 그럴 테지만, 가만, 지금 막 내가 보는 게 112번이니 서너 편 남았나, 그쪽에서 많이 걸러낸 모양이지요?"

"예, 예상외로 낙서 수준에 가까운 원고 뭉치들도 많아서요. 매년 그래요. 이런 경향은 꾸준히 개선의 여지가 전혀 없어요. 노인네들이 푸념 삼아 쓴 엉터리 문장들도 더러 있고요. 심지어는 옛 모음 아래아 한글로 쓴 원고도 있는데, 원고를 돌려달라면서 그 편리한 아래아 점을 웬 멍청한 국어학자 놈이 없애 가지고 사람을 이렇게나 성가시게 만드느냐고 떼를 쓰는 양반도 있을 지경이니까요."

"호오, 그래요? 그것 듣던 중 기문인데. 지금이라도 당장 배우면 쉽게 익힐 현대 국어 맞춤법을 가지고 그런 시비라니, 재미있네요. 사회화를 스스로 봉쇄해놓고 민주주의 운운하면 더불어 살지 않겠다는 생고집이지요. 하나마나한 싱거운 소리지만. 그거야말로 논픽션 소재로는 제목감 같은데. 글쓰기야 시민 된 도리로 국민 각자가 알아서 많이 할수록 좋지요. 아무튼 알겠습니다. 돌려 읽어볼 만한 수준이면 후하게 점수를 매겨 본심에 올려보지요, 머."

"여러 가지로 번거롭게 해서… 또 연락드리겠습니다."

"그럭하십시다."

그런데 접수번호가 112번으로 찍힌 그 원고가 읽어갈수록 작가의 육성 같은 것이 제법 찬찬하게 울려오는 글이었다. 제목도 논픽션의 그것으로는 좀 지나칠 정도로 무덤덤하게 '시각 교정자'여서 일단 이색적이라면 이색적이었는데, 송 교수가 얼핏 느끼기로는 그런 제목으로써야 작가 자신이 할 말도 별로 있을 것 같지 않았다. 그러나 앞질러 말하면 작가 자신이 할 말이 너무 많아서 탈이었고, 실제로 여러 등장인물을 통해 꽤 뼈 있는 말을 많이 해서 송 교수는 한 사람의 독자로서 어리둥절할 지경이었다.

대체로 말해서 '시각 교정자'는 송 교수가 요즘 관심이 많은 '가족사회학'의 한 단면이랄지 그 양상의 전개 같은 것을 중첩적으로 보여주면서 우리 사회 구석구석에 널리 뿌리 내리고 있는 아류주의자들의 눈치놀음, 곧 그 고질의 에피고넨적 시각만큼은 반드시 교정해야 한다는 메시지를 담고 있었다. 송 교수는 그렇게 읽었다. 또한 논픽션이라는 장르의 미덕이 보기에 따라서는 엉망진창 같은 여러 사회현상에 대한 힘찬 고발성에 있다면 '시각 교정자'는 특별히 후한 점수를 줄수 없는 작품이지만, 서술 주체가 나직나직 성토하는 그 '시각'의 울림은 생각할수록 여리지도 않았다. 송 교수는 독후감을 그렇게 간추렸다. 일반 독자에게는 번쇄한 느낌이 들 것이라고 작가가 지레 판단했는지 좀 더 소상하게 펼쳐 보였으면 좋았을 부부 중심 가족제도의 일탈 경과를 소루하게 취급한 점과 누구나 몰라도 될뿐더러 그런 형편과 맞닥뜨리면 자연히 알아질 소규모 자영업의 경영에 따르는 자질구레한 정보를 잔뜩 구겨 넣은 점 등이 '시각 교정자'의 고득점에 걸림돌이 되고 있긴 했으나, 바로 그런 독후감이야말로 온갖 쓸데없는

눈길과 눈씨

정보에 치여 사는 송 교수의 독단적인 편견일 수도 있었다. 합심 자리에서 그 아쉬운 점을 조심스럽게 개진하기로 마음먹고 송 교수는 '정보의 소루(疏漏)/소상(昭詳)이 대조적/편파적'이라고 메모해두었다.

학생을 가르칠 때와 글을 쓸 때 꼭 필요한 참고 자료를 챙기고, 그것을 어떻게 활용할까를 틈틈이 여뤄보고, 종내에는 그런 활자 더미와 그 처리에 빠져 허우적거리는 대표적인 사람이 송 교수 자신이라고 한다면, 물론 얼마쯤 어폐가 있을 테지만, 실제로 그는 이제 먼지를 덮어쓴 채로나마 갈무리해두고 있는 숱한 참고 자료의 눈치를 살피는 편이었다. 지난 한 해 동안 그가 30대 초반에 박사 학위를 받은 독일의 한 대학, 곧 모교의 방문 교수 연구실에서 책도 읽고 그곳 학부생들과 대학원생들의 합동 세미나 같은 데도 참석하면서 줄기차게 주물럭거렸던 다짐이, 귀국하는 즉시 자신의 한때 의욕만 시늉으로 과시하고 있는, 곳곳에 밑줄도 그어두고 부전지도 붙여놓은 국내외의 유무명 저작물, 잡지, 소책자, 스크랩, 카드 따위를 확 정리해버려야겠다는 것이었다.

그러나 그 다짐은 이때껏 차일피일 미루어졌고, 책과 자료에 대한 수집가다운 집착이 남들보다 그렇게 강한 편도 아니건만 그는 증정받는 대로, 또 사는 족족 활자 더미들을 모아왔다. 그래서 송 교수는 이미 읽은 책과 목차나 겨우 눈여겨본 책들을 구별해서 책장에 꽂아두고, 안 읽은 책이 당연히 더 많을뿐더러 가까운 시일 안에 읽어야 할 책은 점점 불어나고 있으며, 그것들의 눈치를 힐끔거리는데도 진력이 나 있었다.

강조하건대 연구실의 책장은 언제라도 자신의 무식과 나태를 질타

하는 죽비 같은 것이었다. 마음만 도사리는 그런 일상을 쫓아 그는 이번에도 혹시 언젠가 찾을지도 모른다는, 그러나 자꾸만 불어나는 새로운 읽을거리의 홍수 사태에 떠밀려 두 번 다시 거들떠보지도 않는 참고 자료를 하나 더 보탰다. 곧 조교를 불러 '시각 교정자' 원고를 복사해 오라고 이르면서 '다시 읽지도 않고 조만간 버려도 어쩔 수 없다, 못난 버릇에 치여 사는 인생이 비단 나뿐이랴, 용서해야지'라고 되씹으면서 자족했다.

↓

'시각 교정자'는 논픽션이라기에는 아무래도 허구 같은 데가, 픽션이라기에는 곳곳에 실화 같은 데가 많은 장르 불명의 글로서, 남의 시력을 교정해주는 필자 자신의 은둔자다운 생업과 그의 그 '둔한 시선'이 그렇게 읽히는 관건이지 싶었다. 복사 원고를 뒤적거리면서 새삼스럽게 느낀 송 교수의 그 추가 독후감은 아무래도 좀 각별한 것이었고, 새삼스럽게도 글/문장/원고에도 서로의 호흡과 체취를 교감하는 인연 같은 것이 있는 것 같았다.

글쓰기는 대체로 꼭 필요한 대목과 굳이 끼어맞출 여지가 없는 부분을 과감하게 넣고 빼는 정리벽을 드러내게 마련인데, '시각 교정자'는 전체가 6장으로 나누어져 있고, 장마다 소제목도 붙여둔 걸 보면 필자는 평소에 신문, 잡지 같은 것일망정 글 읽기 버릇에도 상당한 연륜을 투자한 듯싶었고, 기회가 오면 글쓰기에도 본격적으로 매달려보려고 단단히 벼르고 있는 듯했다.

그러나 그의 부친의 성함을 영자 'L'로 표기해놓고서도 필자 자신의 이름은 조강숙으로, 원고 말미에까지 필명인지 본명인지도 밝히지 않고 그대로 적어둔 걸 보면 '시각 교정자'를 공식적인 매체에 발표하고 싶은 욕심도 딱히 없는 게 아닐까 하는 의구심을 불러일으켰다. 그렇게 봐서 그런지 다른 투고작과는 달리 그의 주소도 애매했다. 곧 '서울특별시 영동 우체국 사서함'에 이어 접속 기호 대시(—) 양쪽에 각각 네 자리 숫자만 적어놓고 있었고, 직장과(그의 경우에는 물론 생업 장소인 가게가 될 테지만) 집 전화번호 같은 것도 밝혀두지 않았다. 송 교수로서는 사서함을 이용하는 사람이 그처럼 흔한 줄도 난생 처음 알았는데, 그거야 '시각 교정자' 속에서도 잠시 비치는 대로 통신의 자유를 한껏 이용하겠다는 뜻으로 이해할 수 있었지만, 1가구 한 대 같은 전화 보급률도 '보릿고개' 운운하던 시절의 통계수치이고, 바야흐로 모든 서민이 1인용 핸드폰을 지참하고 사는 시대의 도래를 코앞에 두고 있는 시점에서, 투고자는 자신의 신원을 곧장 알리는 그 전화번호조차 숨기는 저의가 수상쩍기 짝이 없었다.

원고를 논픽션이라는 말 그대로 믿는다면 '시각 교정자'의 필자는 자신의 신원을 보증해줄 만한 사람이 적어도 이 땅에는 없다고 알린 셈이었고, 따라서 그의 실존 자체를 오리무중 상태로 내몰아버린 것이었다. 독자로서 추측건대 조강숙은 필자의 부인 이름이 아닐까 싶었고, 그렇다면 작중의 주인공, 곧 그의 부친의 신원 일체도 엇비슷하게 지어냈을 소지가 다분하고, 그게 사실이라면 벌써 논픽션이 아닐 추단에 힘이 실린다.

하기야 모든 투고작은 입선 내지는 당선을 염두에 둘 뿐만 아니라 간절한 '염원'으로서 공식적인 활자화를 전제로 한 자기 경험의 고백일 것이다. 그러나 그 점에서 '시각 교정자'의 작가는 내심 그 발표행위 자체에도 여느 응모자들처럼 그렇게 아득바득 엉겨 붙는 낌새가 전혀 없는 셈이었다. 아니, 여러 가지 정황상 그렇게 비치고, 그런 함의가 오히려 그 작품의 질적 가치를 양각시키는 게 아니라 그 내용의 사실성 여부를 톺아보라고 강요하고 있었다. 실로 여러 구석이 의심쩍어서 오히려 논픽션으로서의 그릇과 그 함량을 좋은 쪽으로 돋보이게 하는 얄궂은 작품이기도 했다.

송 교수는 '시각 교정자' 원고의 그 모든 촘촘한 의도성을 더듬어보면서 속으로 혼잣말을 중얼거렸다.

"허어, 이걸 어떻게 읽어야 제대로 알아봤다고 하나. 겉짐작도 얼마든지 가능하고, 말 많은 가족사가 대체로 다 별것도 아니긴 하지만. 속속들이 다 털어놔도 긴가민가하는 대목이야 그러려니 하고 속단으로 땜질할 수밖에. 어쨌든 내게도 3분의 1의 권한은 주어져 있으니 두 심사위원의 눈치를 슬금슬금 살피면서 미적거리다가 우수작이나 가작 정도로 선에 올릴 수는 있겠네. 읽어주기만 해도 다행이고, 선에 안 올려도 상관없다는 외고집쟁이의 쌀쌀맞은 처신과 더불어 그 진짜 신원을 지상(紙上)에서나마 상면할 기회가 있으려나. 기다려보는 수밖에. 당락이야 팔자소관이지. 원고/작품이야말로 실력보다 팔자가 좌지우지하는 걸 좀 많이 봤나."

필자의 저의야 어떻든 송 교수로서는 앞으로 '가족사회학' 같은 강좌에 여담으로 써먹을 만한 '시각 교정자'의 사례를 통해, 이를테면 지식인의 공공연한 '성적' 이중생활과 겉/속이 다른 이중인격자로서의 처세를 어떻게 이해해야 하는지를 따져보았고, 억지로 떠맡은 이번의 심사가 뜻밖의 소득을 안겼다는 심사를 잠시 누렸다. 역시 자신의 못

눈길과 눈씨

난 버릇대로 자료로서의 '원고 복사'는 굳이 나무랄 것도 없다고 단정했다.

송 교수가 읽어가면서 고개를 갸우뚱거리곤 했던, 가필하고 싶은 부분/대목도 없지 않았던 '시각 교정자'의 전문은 다음과 같았다.

1. 시력과 시각

실제로는 이미 오래전부터, 그러나 법적으로는 1년 남짓 전부터 나는 적어도 자연인, 곧 지명수배자 신분에서 '법정 해제권'을 인정받은 한 사람의 평범한 시민이지만, 아직도 내 등 뒤에는 무수한 감시의 눈길이 따라다니고 있음을 이 시간에도 똑똑하게 의식하고 있다. 아니다, 좀 어폐가 있는 듯하고, 일컬어 과장법이 좀 심한 성싶다.

실은 요즘도 어떤 한 시점에는 나와 어차피 눈을 맞추기로 되어 있는, 그쪽에서 시력을 빳빳이 고정하고 내 눈동자를 직시하는 여느 손님들 눈길에서도 나는 내 심부랄지 마음자리 밑바닥까지 헤집고 들어오는 듯한 그런 감시의 시선을 느끼고 움찔움찔한다. 그럴 때 나는 범죄자거나 범의를 가진 사람이 그럴 법한, 우선 나의 눈길부터 바보스럽게 또는 부드럽게 풀어서 거둬내고 이어 상대방의 시선과 관심을 엉뚱한 곳으로 돌려세우기 위해 쓸데없는 날씨 타령, 신수 타령, 옷차림새 타령 등을 적당히 주워섬긴다. 물론 나는 그런 화제 바꾸기라기보다 시선 회피 유도술을 속 보이는 얄팍한 상술로서의 호들갑으로 비치지 않을 선에서 짤막하게 얼버무리고 말지만, 손님들은 대체로 나의 그런 신소리에 걸려 잠시나마 동공의 초점을 풀고 내게 호의적인 너스레를 떨어낸다.

한 사람의 자연인이라면 누구라도 이 복잡다단한 사회생활을 좀 수월하게 추스르는 일종의 요령으로서의 잔다란 기교를 하루에도 몇 차례씩 적절히 써먹는다. 여기서 기교라면 실로 다종다양한 사람들의 어떤 '술수'가 아니라 이 세상을 어떻게 보느냐는 '시각'이다. 세상살이를 위한 기교가 곧 시각이라는 말은 좀 괴상한 어법이라기보다 한 단계 건너뛰는 표현이라고 해야 맞을지 모르겠다. 어떻든 그 시각에 따라 세상살이의 기교가 천차만별로 세포 분열하므로 어떤 사람의 시각을 바르게 읽는 것이 그의 삶의 근본을 지탱하는 축으로서의 능력을 제대로 알아내는 지름길이 될 것이다. 그의 고유한, 그러나 알 만하다면서도 일쑤 놓치고 마는 그 유별난 시각을 모르고서야 그가 어떻게 살아가는지를 잘 이해했다고 할 수 있겠는가. 물론 '시력'은 이 시각 읽기에 관한 한 하등의 구실도 못할뿐더러 어떤 관련도 없다. 알다시피 시력은 얼마든지, 예컨대 교육 같은 보조 수단 내지는 사회환경 같은 집단적/개인적 수련장의 학습/숙련을 통해 교정, 개선할 수도 있다.

인생 유전이라고 해도 좋을지 모르나 나는 이때껏 꽤 많은 직업에 종사하다가 최근에서야 천직이라고 여기며 붙잡은 직종이 안경사(眼鏡士)이고, 서울 강남의 한 들어앉은 자국에다 차린 열두 평짜리 안경 점포가 나의 생업 장소이다. 지금 점포에다 전을 벌인지는 1년 남짓 되고, 서울의 위성도시 곧 부천, 동두천, 의정부, 안양, 구리 등지를 옮겨 다니며 안경알을 테 속에다 끼워 맞춰 넣고 산 지는 햇수로 여섯 해째를 맞고 있다.

　사람의 골격의 크기와 오장육부의 세기 등이 그렇듯이 눈매와 시력
은 타고 난다. 유전의 힘이 그만큼 막강하다는 말이다. 그 저항력은
가다듬기 나름이겠으나 눈병에도 어떤 특정한 내림이 작용하는 듯하
다. 노안(老眼)은 다소 예외인 것 같아도 그 조발(早發) 여부는 유전의 산
물이라고 나는 믿는다. 갓난애들은 한동안, 물론 몇 주 안팎이라는 의
학적 통계가 있긴 하지만, 고도의 원시(遠視) 상태인데, 예로부터 흔히
'눈을 떴다'라고 하는 것은 사물을 분별할 줄 아는 정상안(正常眼)으로
'돌아왔다'기보다도 자연스럽게 '열렸다'를 그렇게 일컬어오는 것이
다. 개중에는 조물주의 그런 기막힌 섭리를 비웃듯이 선천적으로 '눈
을 뜨지 못해' 입학하기 전부터 두꺼운 돋보기를 껴야 하는 어린이들
도 없지 않고, 다행히도 '바보상자'를 시청하는 자세에서 이 증상을
조기 발견할 수 있다. 아직도 그 원인을 규명하지 못하고 있다고 들리
지만, 고도 원시의 어린이 숫자는 요즘 날로 증가하는 추세이다. 최근
의 이런 '사회적 현상'도 내가 보기에는 유전인자의 돌연변이에 따른
부산물 같다. 가령 산모나 아비가 배태 전이나 임신 중일 때, 항바이
러성 및 항히스타민성 약물을 과다 복용했다는 등의 무작위적 원인이
유전 형질의 일시적 교란/반란을 불러일으키지 않았을까 하는 속가량
을 떼칠 수 없는 것이다.

　요컨대 눈이 선천적으로 나쁘거나 후천적으로 나빠진 사람은 어쩔
수 없이 안경을 껴야 한다. 술과 색과 담배와 식습관이 시력 약화에
미치는 영향에 대해서는 워낙 조리 없는 언설들이 허다하고, 그 내용
조차 잠시만 따져봐도 앞뒤 말이 서로 모순관계에서 허우적거리는 것

들이 많아서 무시해도 무방하다는 것이 나의 소견이다. 아무튼 안경 속의 렌즈의 정확한 뜻풀이는 불완전한 시력을 돕기 위해 투과율을 공기처럼 1백 퍼센트로 만든 시력 교정용 플라스틱 물질이다(옛날에는 주로 유리를 썼으나, 요즘은 플라스틱 사용률이 9할 이상이다). 곧 안경 착용의 최대 목표는 정상적인 육안상태로의 접근에 그친다. 그런데 안과 전문의의 처방전에 적힌, 또는 컴퓨터 시력 측정기에서 나온 안경알 도수를 맞추기 위해(시력 수치와 안경알 도수를 표시하는 수치는 전혀 다르다) 구멍이 뻥 뚫린 시험 안경테에다 시험 렌즈를 번갈아 끼워봐도 교정시력이 안 나오는, 좀 적극적으로 말하면 인류가 이때껏 정상 시력을 일반화/대중화하기 위해 쏟아부은 모든 과학적/기계적 노력을 송두리째 무시해버리는 이상한 '눈'을 가진 사람이 이따금 있다. 물론 희귀한 사례이고, 이런 예외적인 사람에게는 정상 시력 1.2에 가까운 교정시력 렌즈를 맞출 수밖에 없지만, 이 경우도 안과 전문의라면 어떤 병의 합병증 같은 기질적 전이(轉移) 상태거나 예후적 증상의 조기 출현쯤으로 진단할 텐데, 나로서는 유전 형질의 잠정적인 착란/혼란 상태의 일시적 돌출이 아닐까 추정한다.

시력은 그런 것이다. 좋으면 그뿐이고, 나쁘면 교정해야 덜 불편하다. 눈이 보배란 말은 백번 맞는 말이지만, 육안의 활용 정도를 관장하는 기관은 결국 머리일 뿐으로 눈은 세상을, 사물을, 인간을 제대로 응시, 인식하는 일차적 보조기능을 톡톡히 한다. 시력의 수단과 목적이 이 정도에 그치기 때문에 '시각'의 중요성이 단연 두드러지는 셈인데, 온갖 건공잡이들이 숱한 되잖은 언어로 인간의 이 감각 기능을 희롱하면서 장르 미상의 글들을 적바림해왔고, 지금도 쓰고 있다. 그러

눈길과 눈씨

므로 나름의 '시각'을 쫓아 작성해갈 이 글은 나의 소박한 의견의 토로와 진솔한 기록을 목적으로 삼고 있다.

나의 생업이 생업인 만큼 나는 어떤 인간의 시각을, 사람/세상과 사람살이/세상살이를 읽어내는 눈씨의 능력을 크게 셋으로 나눈다. 근시, 원시, 난시가 그것이다. 근시와 원시는 누구에게나 있을 수 있고, 때와 곳과 경우에 맞춰 번갈아 가며 잘 활용할 수 있는 재주만 있다면 아주 편리한 안목이기도 하다. 미리 단언컨대 근시와 원시는 결코 불구의 시각이 아니다. 그럴싸한 사례를 들면 먼뎃것을 잘 보아 득 될 때도 있고, 가까운뎃것을 못 보았다고 해서 손해 볼 일도 없는 경우가 그렇다. 그런데 난시는 그렇지 않다. 난시는 근시나 원시와는 무관한 비정상 시력인데, 물론 예외적인 몇몇 사람들에게는 이것이 근시나 원시에 덮치는 수도 있다. 그러나 일반적으로 나이가 들수록 눈이 나빠지게 되어 있는 것처럼 이왕에 안경을 꼈던 사람들은 서서히 난시에 이르는 경우도 흔하다. 노화가 불러오는 이 난시 현상은 의미심장한 인생사의 한 단면이지만, 물론 예외도 있기는 하다. 하기야 내 가게를 찾아오는 단골손님들에게 난시가 많다는 사실도 강조해야 할 듯싶고, 나이와 상관없이 난시의 증가 추세는 이미 '사회적 현상'으로 떠올라 있기도 하다.

굳이 거창하게 '사회적 현상'이라고 명명한 내 추단을 간단히 풀어보면 이렇다. 나의 고찰에 따르면 감수성이 한창 예민한 근시의 청소년들에게는 난시가 없다가, 이 근시들이 사회화 과정에 웬만큼 시달렸다 하면, (눈만으로 한정한다면) 그것의 혹사 경과가 장기간 지속되고 나서야 비로소 대개가 난시의 운명을 곱다시 수용해야 한다는 이 현상은 좀 상징적 의미도 지니는 것처럼 보이니 말이다. 그 원인을 학업/평가/시험 등으로 20년 이상씩 묶어놓고 있는 제도권의 '반자율적/반강제적' 교육 탓으로 돌려야 할지, 사회환경/사회제도의 제반 모순과 그 중층적/복합적 과부하 탓으로 돌려야 할지 나는 잘 모르겠다.

위의 의문에 대해서는 실례를 알아보는 것이, 그러니 '시각'의 착종이 어떻게 다변과 곡해/오해를 사주, 상대방과 우리 사회 전반을 왜곡/오진하고 있는지의 사례를 들어보는 것이 임시방편의 해답이라도 건지는 지름길일 듯하다.

낮 동안에는 늦더위가 여전히 극성스럽던 지난 9월 초의 어느 날 해거름이었다. 에어컨 바람을 죽인 지는 오래되었고, 간판등과 실내등을 모조리 켠 지는 불과 몇 분 전이었다. 언제나 손목걸이가 달린 검은색 작은 손가방을 손등에 감아서 달랑달랑 들고 다니는 민 사장이 여느 때나 마찬가지로 무엇엔가 쫓기는 듯한 걸음새로 내 가게 안으로 불쑥 들어섰다. 그때 나는 마침 학교 수업을 마치고 곧장 특별 과외를 받으러 가는 고3짜리 남학생에게 새로 맞춘 고도의 근시 안경을 내주고 나서, 주차 금지 구역에 세워진 어느 학원의 미니버스를 멀뚱히 쳐다보고 있던 참이었다.

민 사장이 쭈뼛거리며, 두꺼운 원시 안경 속의 눈을 말똥거리며 물었다.

"황 사장 여기 안 왔어요?"

나는 안경테 진열대 앞에 선 채로 무덤덤히 대답했다.

"아직은요. 여기서 만나기로 하셨습니까?"

민 사장이 나타날 때처럼 바쁜 걸음으로 내 가게 모퉁이를 돌아갔

눈길과 눈씨

다. 특별 과외 수업을 받으러 가는 학생들이 성원대로 다 탔는지 미니 버스가 휑하니 어디론가로 내뺐다.

불과 30초도 안 지나 민 사장이 다시 통유리 문짝을 벌컥 열고, 얼굴만 디밀고는 내게 말했다.

"이 사장, 오늘 저녁 약속 있어요?"

내게 약속이 있을 리 없었고, 그걸 알고 묻는 말이었다.

"오늘 저녁이나 같이 하십시다. 출출한데, 황 사장하고서. 내가 두루 술 살 일이 좀 있는 것 같고…"

민 사장은 늘 술 살 일을 지니고 뻘때추니처럼 쏘다니는 팔자 좋은 사람이다. 또는 평생토록 술 살 일을 만들어가면서 그 일을 생업으로 누릴 수밖에 없는 사람이라고 나는 이미 간파해 두고 있다.

"저는 빠지지요."

"아니, 아니, 그럴 건 없고요. 어차피 저녁은 어디서든 먹어야 하는 거고, 여덟 시에 새시 문짝 내리잖아요."

민 사장은 식복 많게 생긴 헤벌쭉한 입가에 연신 웃음을 피워올리며 떠벌렸다.

"차가 막히나? 대리 운전비도 꼬불쳐놨는데. 지금 몇 시요? 황 사장이 일곱 시 반까지는 온다더니만."

"이제 겨우 여섯 시 사십 분인데요."

"여기서 안경 맞추는 시간도 있으니까. 좌우당간 황 사장 여기 오면 붙잡아두세요. 저쪽 골목 안 일식집 죽도(竹島) 있지요. 죽도, 다케시만지 먼지, 그 집주인이 깍듯하지도 못하는 주제에다 너무 살살이 예스맨이라 좀 어수선하지만, 그래도 생선은 얇게 잘 칼질하니까, 그 집

카운터에다 세 자리 예약해놓을 테니 그리로 오세요."

민 사장은 대지가 2백 평쯤 되고, 연건평은 500평쯤 되는 지하 1층에 지상 5층짜리 길쭘한 건물의 주인이다. 내가 그의 건물의 한쪽 귀퉁이를 빌려 쓰고 있으니 그는 임대인인 셈이지만, 건물 관리비를 매달 제날짜에 꼬박꼬박 내는 내게 푹하게 인정을 써야 할 이유는 많다. 우선 그는 4, 5년 전엔가 월급쟁이 생활에 워낙 시달린 탓으로(바보스럽게도 또 팔자 좋은 서민답게 그는 철저히 그렇게 믿고 있다), 그의 상투어를 빌려 쓴다면 "골 아파서 때려치웠더니 덜커덕" 백내장이 덮쳐 일주일 동안 눈을 붕대로 싸맨 채로 암흑 세상을 경험했고, 그전부터 안 좋던 눈이 수술 후로는 더 나빠져서 고도 원시가 되었다. 내 기억이 정확하다면 그가 내게 처음으로 디민 안과 처방전에는 양쪽 눈이 다 +12.00디옵터에 난시도 심하여 두 눈 다 +1.75 디옵터일뿐더러 그 축도 150도로 기울어져 있었다(위에서 +를 앞세운 숫자는, 내가 렌즈 회사에 안경알을 주문할 때 흔히 플러스 1천2백 따위로 불러주는, 그나마도 요즘에는 하루치 주문량을 모았다가 팩스로 디밀어주지만, 교정시력용 주문 렌즈의 도수, 곧 그 두께를 뜻한다). 쉽게 말하면 그의 현재 육안으로는 신문의 굵다란 기사 제목 글자조차도 검고 흰 형체만 보이고, 차가 굴러오는지 멀어지는지도 짐작만 할 수 있을 뿐이다. 또한 그는 지금 통칭 '오메가'로 불리는 백내장용 렌즈를 끼고 있는데, 내가 마음만 느긋하게 먹고 권매(勸買)하면 즉각 코팅 처리가 상대적으로 다소 낮고 렌즈의 두께도 좀 얇은 '오타스' 끼운 안경을 맞추려 들 것이 분명하다. 좀 속되게 말하면 민 사장은 눈에 관한 한 내 앞에서는 하라는 대로 슬슬 기어야 하고, 돈, 자식, 마누라 따위

눈길과 눈씨

는 없이 살아도 안경 없이는 꼼짝할 수도 없는 50대 초반의 금리 생활자이다. 내가 할 소리로는 좀 머쓱하지만, 그는 내가 맞춰준 플라스틱테 '오메가' 렌즈 안경을 끼자 "훨씬 시원하네, 살 것 같네. 백내장은 재발이 없다는 말 믿어도 되지, 그렇지?"라고 탄성을 내지른 바 있다. 그때 나는 "그렇다는 거지요, 수정체에 낀 백태를 깎아내버렸으니까 렌즈를 갈아 끼운 거나 마찬가질 거예요"라고 말해주고 말았지만, 그후 그가 얼마나 내 가게 '명경안경점'을 나발 불고 다녔던지 또래의 안경잡이 손님들을 예닐곱 사람이나 몰고 왔다. 흡사 예수교 전도사들의 인도에 끌려 교회에 나오게 된 예비 신자들 같은 그 불쌍한 눈먼 이들이 이제는 다들 '명경교'의 충실한 신도가 되었음은 두말할 나위도 없다.

고도 원시인 사람에게 세칭 '맞는 안경'을 맞춰줬을 때는 보람도 크고, 내게 떨어지는 이문도 목돈에 가까울 정도로 많다. 흔히 "집었다 하면 부르는 게 금이고, 50만 원은 홀쩍 넘는다"라는 말은 고도 원시의 노인들에게 안경을 맞춰줬을 때인데, 그런 안경의 원가는 (물론 한낱 소매상이자 안경사인 나의 별것도 아닌 기술과 품값을 뺀, 또 영업장 월세, 영업세 따위의 온갖 세금까지 공제한, 그러니 안경테 회사와 렌즈 회사에서 위탁 판매로 내게 넘긴 금액만으로는) 판매가의 3분의 1, 더러는 4분의 1쯤 된다. 용돈에 째지 않는 중년의, 특히나 빠글머리 마나님들에게는 달리 받기도 하지만, 주문 렌즈의 경우는 대체로 그렇다. 여벌 렌즈, 곧 그 도수가 ±6.00 디옵터에서 ±2.00 디옵터 사이의 렌즈는 안경점마다 도수별로 수십 짝씩 상비해두고 있고, 이런 여벌 렌즈는 칠판 글씨가 제대로 안 보이는 흔한 근시들, 또 신문 글씨가 까뭇까뭇한 벌레처럼 보이는 정상 원시들이 주로 찾고, 그 고객 수의 비율도 거의 8할에 육박해서 이른바 마진(이문)을 높게 매길 수 없다. 내 경우는 수요가 많은 이 여벌 렌즈를 끼워 넣은 안경의 판매가를 원가의 두 배쯤으로 받는 것을 원칙으로 삼는다. 물론 손님의 질, 곧 그의 경제 수준이나 교양 정도를(하기야 '교양'만큼 막연한 말이 달리 없겠으나, 누구라도 나와 눈을 맞추면 그의 눈의 일일 평균 혹사 정도는 읽힌다. 또한 입시생, 각종 수험생을 비롯하여 직종과 나이에 따라 갈라지는 중장년층의 '활자 주시력'을 짐작하고 나서 가까운 장래의 시력 혹사 예상치까지도 알아볼 수 있다) 넘겨짚어 덜 받기도 하고, 더 받기도 한다. 그들은 내 수완에 따라서 1년 안에 다시 내 가게를 찾을 수밖에 없다. 여기서 내 수완이란 "한결 낫지? 테는 가벼울수록 좋은 한낱 장식일 뿐이야. 잘 고른 것 같애"라든지, "훨씬 돋보이는데요. 로뎀스톡 같은 비싼 외제 테도 좋은 점이야 많지만 권할 건 못 됩니다. 우리 한국 사람 얼굴에 안 맞아요, 콧수염도 기르고 혈색이 빨갛고 머리도 브라운이나 그레이에다 고수머리라야 그런 테가 어울려요" 같은 말주변, 여벌 렌즈를 끼우는 경우는 하루 말미를, 주문 렌즈로 맞춰야 할 때는 그쪽의 제작 시간과 배달 시간까지도 잡아야 하므로 보통 넉넉히 잡아 사흘의 말미를 지키는 인도일 엄수주의, 배보다 배꼽이 크다는 속담대로 렌즈 가격보다 안경테 값에서 흔히 '부르는 대로 매기는' 얄팍한 상술의 기피 정도이다. 이런 수완이란 약과다. 공급을 통한 수요의 촉진화, 쉽게 말해서 유행이라는 대세의 물결이 안경 시장의 호황/불황을 좌우하는데, 내가 보기에는 생산자나 소비자가 다 같이 '새것으로 바꾸고 싶은 줄변덕의 신드롬'에 걸려 있는

눈길과 눈씨

것 같다. 그러니 '가격을 잘해준' 안경점은 훗발이 좋게 마련이고, 상술은 사실상 이것이다.

아무튼 최근의 안경 패션이라면 안경알 크기가 작아진 것을 들 수 있다. 어찌 된 판인지 문민정부가 들어서자마자 이 유행이 삽시간에 불어닥치기 시작했는데, 그 통에 옥슙기(흔히 '도이시'라고 부르는 렌즈 테두리를 깎는 기계로서, 렌즈 회사가 안경점에 공급하는 원형 주문 렌즈나 여벌 렌즈의 지름은 66밀리미터에서 77밀리미터 안팎이다)가 꽤 바쁘게 돌아갔고, 민 사장도 당연히 '빵이 시계 자판만큼 작은' 이 유행의 물결에 올라탔으며, 나는 그로부터 '적정한 이윤'을 남겼다.

위에서 금리 생활자라는 말이 나왔으니 하는 말이지만, 민 사장은 실로 주체할 수 없이 많은 돈을 죽기 살기로 부둥켜안고, 내가 짐작하기로는 그 천문학적 숫자의 돈 액수를 머릿속에서 끊임없이 굴려대느라고 지레 늙어가는 중년 사내다. 돈 처리에 그처럼 골머리를 싸매고 사는 사람답게 그는 늘 빚을 못 갚아 쩔쩔맨다. 빚도 당연히 엄청나게 커서 30억, 50억이다. 그는 최근에 강남의 요지에다(셰칭 테혜란로의 대로변이다) 지상 15층짜리인가의 고층 건물을 일류 건설회사에 맡겨서 지은 모양이고, 그 건축 비용은 시공사인 모 건설회사가 은행 돈을 끌어와서 충당하고, 낙성 후 그 사무실 빌딩의 층층을 몽땅 전세 임대로 놓아 빼가게 한 듯하다. 큰돈을 끌어대 손수 일을 벌이기에는 숨이 찬 땅 부자들이 흔히 그러는, 이른바 재개발 활성화 촉진 시책이 이처럼 '은행 돈 이용하기' 사업을 조장하고 있는 셈이다. 토초세가(최근에 위헌이라고 판결이 난 바 있다) 이런 재개발 붐의 조성에 일익을 담당하고 있으므로 이 시책의 적부(適否)는 거시적 안목으로 따져봐야 할 테지만, 늘 돈에 기갈이 든 중소기업체 사장들이나 자영업자들이 보기에는 은행 돈이 생산활동에 녹아 들어가서 속속들이 굴러다니지 않고, 도시 미화라는 명목으로 불요불급(不要不急)한 고층 건물 쌓기에 번지르르하게 처발라지고 있으니 수시로 허탈해지는 국면인 것이다.

어쨌든 돈과 인부를 끌어모을 수 있는 시공자와 땅 가진 건축주가 계약하기에 따라, 또 경기를 타기에 따라 쌍방에 저절로 굴러 들어오는 돈 액수가 다르다고는 한다(나의 한때 직장 이력 때문에라도 그 내막을 알기로 든다면 계약 금액에서부터 시공사의 손익 분기점까지 모를 바도 없지만, 나는 오래전부터 그 방면의 돈 계산에는 관심을 두지 않고 살기로 다짐했다). 건축비에 은행 이자까지 당연히 계상할 건설 회사의 이문이야 알 바 없으나, 임대만 제때 되고 임대료도 시가대로 척척 걷히면 임대업자 민 사장은 건축비를 빼고도 빈 땅에 우람하게 올라간 건물 한 채를 거저 지니면서, 연간 수십억 원이나 되는 알돈을 챙길 수 있는 금리 생활자의 과실(果實) 액수의 다과(多寡) 말이다.

그런데 마침 요즘은 시절이 좋지 않다. 호경기라는 정부의 계수 보고는 신문마다 환하게 설레발을 쳐대지만, 물가는 뛰고, 절세와 탈세는 전산화 덕분에 여의치 않고, 금리는 덩달아 높아서 아무리 대기업체라 하더라도 2백 평 이상 단위의 사무실을 전세금 15억 원씩 주고 사용하기에는 벅찬 게 실물 경기이다. 하기야 그동안 재개발이 너무 빨리, 너무 많이, 너무 여기저기서 촉진됨으로써 사무실의 공급 과잉 사태가 빚어져 있기도 하고, 사무실만큼은 수요를 억지로 창출할 수도 없고, 그 소용도 경기가 자극하지 않는 한 반듯하게 일으켜 세울

눈길과 눈씨

수 없다. 멀쩡한 신축 오피스 빌딩에 당구장을 들일 수도 없거니와 10평 미만의 분식점을 지하층에다 끼워 넣을 수도 없으니 말이다. 아무리 빚에 몰려 있다손 치더라도 그랬다가는 건물 전체가 이내 지저분해지고, 입성이 추레한 사람처럼 빌딩의 인품까지 허름해 보일 뿐만아니라 건물의 이용자나 출입자의 신분조차 의심하게 될 테니까. 이제 민 사장의 처지는 손도 안 대고 코를 말끔히 푼 셈이라 손익 따위를 따질 계제도 아니다. 비록 묵언의 독촉이랍시고 은근히 '하자가 생기면 언제라도' 운운하는 건설회사에 갚을 빚이 "엄청 크고", 더불어 사무실 임대 세일즈맨의 신세로 전락해서 다소 어이가 없을 뿐이다. 더욱이나 사무실 임대업도 치열한 서비스 경쟁 시대를 맞고 있는 만큼 "토초센가 먼가 때문에 골 아파서 빈 땅 놀리느니 짓고나 보자고 떠벌였더니 덜커덕"이 그의 입에 늘 걸려 있다.

황 사장도 물론 민 사장이 손수 인도한 내 가게의 '눈이 먼' 손님이기는 하나, 그의 성품대로 아직 '명경교' 신자가 될 낌새는 전혀 없다. 그가 지금 사용하고 있는 안경은 두 개다. 지독한 짝눈이라서 그런데다 난시마저 시력이 극도로 안 좋은 왼쪽 눈에 덮쳐서 그렇다. 책을 볼 때 그가 껴야 하는 안경은 물론 원시용 렌즈이고, 텔레비전이라도 보려면 근시용 안경으로 바꿔 껴야 한다. 그런데 그는 평소에는, 그러니까 길에 나서 있다든지 사람과 만나 말을 나눌 때는 안경을 끼지 않는다. 오른쪽 육안이 정상이기 때문에, 또 그의 말대로라면 "버릇도 그렇고 세상만사 똑똑히 볼 것도 없어서" 그는 이럭저럭 버티고, 견디고 있다.

이쯤에서 황 사장과 나의 첫 대면을 미리 소략하게나마 소개해두는 것이 우리 세 사람, 곧 황 사장, 민 사장, 나의 각각 다른 시각을 알아 보는 데 도움이 될 듯싶다.

내가 지금 가게에서 '명경안경점'을 개업한 지 한 달쯤 지났을 때인 어느 더운 여름날 점심나절이었다. 그때 나는 삼선짬뽕인지를 시켜 먹고 난 직후여서 이쑤시개를 입에 물고 서성거리고 있었지 않았나 싶은데, 갑자기 내 가게 출입구 앞이 시끌벅적했다. 황 사장이 그의 털 많은 손등을 민 사장에게 붙잡힌 채로, 흡사 도살장에 끌려오는 소 처럼 버티며 한사코 내 가게로 안 들어가겠다고 실랑이를 벌이고 있 었기 때문이었다. 그들은 낮술들을 꽤 했던지 얼굴들이 불콰하니 좋 았다.

민 사장이 마지못해 끌려온 황 사장과 좋은 얼굴로 손님을 맞고 있 는 나를 번갈아 쳐다보며 떠들었다.

"하라면 하세요. 좋은 말 할 때. 아니, 이 양반이 안경 하나를, 글쎄, 5, 6년째 쓰고 있다지 뭐야. 나 원, 이런 원시인과 내가 같이 놀다니. 맞추세요, 지금 당장, 돈 걱정은 말고. 이 사장, 테 좋은 걸로다 하나 맞춰줘 봐요."

황 사장은 정말 성난 사람처럼 싸울 듯이 대들었다.

"아, 안 한다는데 왜 자꾸 이래요. 지금 안경도 아직 쓸 만하고 정이 들 대로 들어서 끼고 있는 건데. 허어, 이런 우격다짐은 또 난생처음 당하네. 남이 하기 싫다는데 무슨 똥고집으로 막무가낸지 도무지, 민 사장이 도대체 나한테 왜 이러는 겁니까?"

"하 참, 쓸데없는 소리 말아요. 아까 사무실에서 보니, 아 글쎄, 연 필 깎는 칼끝으로 안경 다리 나사를 조이고 있더라니까. 여러 말 말고

눈길과 눈씨

오늘 당장 맞추세요. 사람이 눈이 보밴데 나처럼 낭패 보기 전에 당장 하나 개비해요. 아 참, 안경도 안 갖고 왔네. 이 사장, 안경은 필요 없지? 여기서 시력 재서 맞출 수 있지?"

대충 그들의 승강이 내막을 감 잡고 권매에 나서려니 그제서야 나는 황 사장이 안경을 끼고 있지 않은 것을 알았다. 아마도 그의 좀 괴상한 풍모가 하 우스꽝스러워서 그때까지 내 시선이 엉뚱한 곳에서 직무 유기에 놀아났던 듯하다. 땅딸막한 키, 흰 바탕에 굵은 쑥색 가로줄 무늬의 티셔츠가 찢어질 듯 팽팽하니 딱 벌어진 어깨, 보기 좋은 은발의 숱 많은 머리 매무새와 대갈장군, 좀 탁한 붉은 혈색이 온통 뒤덮인 얼굴에 주먹코. 한때 기계체조 선수나 역도 선수였던 사람이 돈도 벌 만큼 벌어 중년 살이 골고루 쪄서 드럼통처럼 굴리기에 꼭 알맞은 그런 몸매의 사내가 황 사장이었다.

황 사장이 멋쩍은 기색으로 내게 다가왔다.

"평소에 안경을 안 끼고 지내시나 봅니다?"

"어릴 때부터 짝눈이라서…"

"사시(斜視)는 없었습니까?"

"외사시였어요. 이제 많이 돌아왔지만, 아직도 피곤할 때는 힐끔이라서 멍청해 보이지요. 집사람도 이쪽 한번 보라고 그러며, 볼수록 웃긴다고 그래요."

나와 그런 말을 주거니 받거니 하는 중에도 황 사장은 진열대 속의 안경테만 두릿두릿 살펴댔고, 그의 등 너머에서는 민 사장이 내게 권매를 밀어붙이라고 한쪽 눈을 깜박여 보였다.

"지금 시력은 알고 있습니까?"

"5, 6년 전에 재봐서 몰라요. 많이 나빠졌겠지요."

"차제에 검안(檢眼)부터 정확히 하셔야겠네요. 여기서 바로 컴퓨터 시력 측정기로 하셔도 좋겠고요."

그쯤에서 민 사장이 또 덜렁대며 나섰다.

"아, 그럴 거 없이 이왕 하기로 했으니 제대로 한 계단 더 밟지 머. 이쪽 클리닉 안과 전문의 박 박사를 내가 잘 알아. 처방전 끊어 오지 머. 황 사장, 가, 마음먹었을 때 하고 보는 거야."

"그러세요. 안과 처방전이야 2천 원이면 끊어주는데요."

두 사람이 20분쯤 후 내 앞에 나타났을 때는 황 사장의 풀이 완연히 죽어 있었다. 나는 즉각 짐작이 갔다. 안과 전문의 박 박사에게 된통 으름장을 맞았을 것이었다. 당장 안경을 상용하라고, 제 눈을 그렇게 학대하다가 한쪽 눈마저 나빠지면 어쩔 셈이냐고, 미련하게 도수도 안 맞는 안경을 끼고 다니는 사람이 어딨냐고.

대개의 안경점은 주변의 안과 전문의와 밀접한 유대관계를 맺고 있게 마련인데, 안경점은 안과 처방전을 반드시 끊어 오라고 권하고, 안과 전문의는 처방전에다 '명경안경점' 같은 상호를 적어줌으로써 서로 공생관계를 유지한다. 이런 상부상조의 일반화는 악어와 악어새 같은 관계라고 시비를 따질 게 아니라 직업들의 성격과 위신을 양각시키고, 유사 직종 간의 직업윤리를 '사용설명서'로 분명하게 다져놓는다고 나는 생각한다. 좀 귀찮더라도 고객들이 이런 일련의 절차를 밟아야 하는 성가심을 개인은 물론이고 사회 전체가 체질화/제도화하면 거기에 반드시 따라붙는 어떤 질서가 우리의 삶을 정화, 세련시켜줄 터이기 때문이다.

눈길과 눈씨

말이 연거푸 옆길로 새지만, 나는 지난 10여 년 동안 인내 곧 기다
리는 자세의 함양, 고수만이 인간관계의 원만과 성숙을, 나아가서 사
회 질서의 유기적 원활에 필요불가결한 제일 강령이 아닐까 하는 생
각을 나름대로 많이 뒤적거려온 사람이다.

그때부터 황 사장을 고객으로 깍듯이 대하기 시작하면서 나를 적잖
이 놀라게 한 사건이 연이어 일어났다. 우선 그가 슬그머니 내놓은 상
용 안경이 워낙 고물이어서 그랬다. 늙은이들이 흔히 돋보기용으로
콧잔등에 느슨히 걸치는 데 쓰는 누런 플라스틱의 굵은 테야(흔히 '뿔
테'라고 하는) 유행을 따질 것도 없이 당사자의 취향이라고 접어두더
라도 그 속의 플라스틱 렌즈가 말이 아니었다. 그 렌즈는 싸구려 제품
으로 도수도 대충 맞을까 하고, 투과율도 시원찮고, 코팅도 고르지 않
은 것이었다.

현재 국내에는 의료기구 제조 협회에 가입해 있는 렌즈 제작회사가
7, 8개쯤 되고, 그중에서도 시장 점유율이 20퍼센트 이상인 두세 개
회사들은 미국으로부터 반제품 렌즈를 들여와서(기술 협력을 받거나
더러는 합자회사 형태이다) 정확한 도수를 넣기 위해 그 반제품 렌즈
를 연마하고, 착색도 하고, 자외선 차단과 표면의 강도 높이기와 투과
율 강화를 위한 몇 단계의 코팅 끝에 완제품을 만들어 시중에 공급한
다. 이른바 믿을 만한 '메이커제'라야 사용자는 선명한 시야를 갖고
누리게 되며, 당연히 시력 약화를 어느 정도까지는 보호받을 수 있다.
그런데 황 사장의 것은 거의 불량 렌즈에 가까운 제품으로, 그나마도
얼마나 오래 사용했던지 렌즈의 코팅이 갈가리 다 찢어져서 수많은
균열이, 외래어이자 생활용어인 '기스'라는 자잘한 금들이 렌즈 전면

을 온통 뒤덮고 있었다. 도대체 이런 안경을 끼고 어떻게 툴툴거리지도 않고 살았는지 한심스럽고 불쌍할 지경이었다. 물론 렌즈에 먼지가 앉았다고 해서 사물을 못 볼 리야 없지만, 그의 시감(視感), 곧 눈의 감각적 능력이 정상인의 반 정도에 그치고도 꾸역꾸역 살아간다고 해도 과언이 아니며, 사람/사물을, 더 크게는 세상을 보는 기능 자체를 반 이상 뭉개고 사는 셈이 아니고 무엇인가.

"안경을 자주 닦아 쓰는 모양입니다?"

"일주일에 한 번씩 비누로 씻고 손수건으로 닦아서 쓰지요."

알 만했다. 그가 오래전에 무슨 연고로 안경을 맞췄을 어떤 안경점의 영업 수완까지 들먹일 필요는 없었으므로 나는 "진작 갔어야 했는데…"라고 말을 줄였다.

뒤이어 나는 그의 안과 처방전을 주시했다. 오른쪽 눈은 −0.25디옵터, 왼쪽 눈은 −3,75디옵터에 난시도 왼쪽 눈에만 −1.75디옵터, 다행히 난시축은 180도였으나 책을 읽을 때 쓸 안경의 양쪽 눈은 위의 평상시 안경 도수에 +1.25디옵터를 추가해야 했다. 간단히 말하면 그의 왼쪽 눈은 먼뎃것이나 가까운뎃것이나 물체의 흐릿한 형상만 보이고, 난시 때문에 어떤 형상도 그 가장자리가 짙은 안개 속의 그것처럼 뿌옇게 떠올라 보이는 형편이다. 다행히도 오른쪽 육안이 그런대로 쓸 만하지만, 그것 자체가 이미 유별난 비정상이기도 하다.

나는 속으로 적이 놀랐는데, 그의 대답이 또 비정상이어서 당사자를 다시 주목하지 않을 수 없었다.

"이때껏 이 안경 하나로 버텼습니까?"

"우리는 텔레비전이나 영화 같은 거 잘 안 봐요. 신문이야 경제지까지 뒤적거리지만. 쥐뿔이나 뭘 똑똑히 볼 게 있어야 말이지. 보나 마나 속짐작이 먼전데. 뻔한 세상에 머 재미가 있어야 바로 보든 말든 하지."

그것도 그만의 시각, 곧 세상을 보는 눈이라면 딱히 이해하지 못할 것도 없었다.

곧장 그의 눈을 턱받이에 붙들어놓고 나는 시험 렌즈를 번갈아 끼워대며 그의 시력 교정용 안경의 도수를 맞춰가기 시작했다. 그런데 그의 빳빳한 시선, 곧 두두룩한 눈꺼풀과 와잠(臥蠶)이라는 눈 아래의 불룩한 살주머니 사이에 깊이 박힌 눈이 오랫동안 미동도 없이 나를 응시하고 있었는데, 내가 잘못 본 것이 아니라면 그 사목(蛇目)에는 나의 전력(前歷)을 속속들이 꿰뚫어 보는 듯한 어떤 감시의 눈길이 유리구슬처럼 빳빳이 머물러 있었다. 내 경험에 따르면 그런 눈길은 흔치 않다.

눈매란 사실상 그 조용한 시선의 힘이 신비할수록, 예컨대 세속의 동태야 뒤죽박죽이든 말든 오불관언의 자세로 허구한 나날을 연구실 속에 틀어박혀 책 읽는 게 직업인 대학교수 같은 신분에서 더러 보게 되는 그런 침착한 동공의 엄격함이라야 사람다운 시선이란 게 나의 직업을 통해 터득한 일종의 눈썰미이자 나름의 눈금이다. 그런데 황 사장의 그 정색한 눈길은 어떤 주목의 대상이라도 일단 의심을 앞세우고 감시의 고삐를 늦추지 않겠다는 듯이 비정상적으로 번들거렸고, 연한 다갈색 홍채가 시정(視程) 거리를 무시하면서 이쪽의 속내까지 한사코 노려보는 것이었다. 아마도 그때 나는 그의 눈길을 슬그머니 피하고 말았을 것이다. 뒤이어 이번에는 내가 그의 전력이랄지 직업과 인생 역정 같은 것을 어림짐작하느라고 잠시나마 머리를 굴렸던 듯하다.

그의 시력 교정용 렌즈의 도수를 나는 주문 렌즈 양식에다 적었다. 물론 안과 전문의 박 박사의 처방전 그대로였고, 그의 두 눈의 초점거리는 66밀리미터로 정상치였다. 나는 "잘 보관하세요"라며 안과 처방전을 그에게 건네주었다. 그는 민 사장의 잔소리 같은 권유를 참작하면서 안경테 두 개를 골랐다. 하나는 은빛 도금이 은은한 철제였고, 책 읽을 때 낄 안경은 그 수품(壽品)을 고려했는지, 아니면 좀 더 근엄해질 인상을 미리 그려보았는지 자신의 홍채 색깔보다 짙은 갈색 플라스틱제를 골라잡았다. 둘 다 무난한 디자인 제품으로 값도 싸서 합해봐야 '명경안경점'이 정상적으로 받는 가격으로도 20만 원 안쪽이었다. 나는 둘 다 주문 렌즈로 맞춰야 하므로 15만 원, 12만 원은 각각 받아야겠다고 돈 낼 민 사장에게 말했다. 뒤이어 황 사장에게는 사흘 후에 안경 두 개를 찾으러 오시라고 덧붙였다. 거래가 일단 끝난 셈이었다.

그때 황 사장은 예의 그 폐기 처분해야 할 상용 안경을 집어 안경집 속에다 쑤셔 넣으며 엉뚱한 질문을 내게 디밀었다.

"이제 이 안경은 버려야 합니까?"

하찮은 물건 따위에 집착이 강한, 비정상적인 사람이었다. 내가 좀 질려서 '그럼 그딴 걸 버리지 않고 어쩌려고?'라는 뚱한 시선으로 그를 쳐다보았다. 연이어 쓸데없는 말을 어쩔 수 없이 덧붙였다.

"안경은 누구에게 줄 수도 없잖습니까. 대를 물릴 수도 없는 거고. 집에다 기념으로 보관하시든지요."

눈길과 눈씨

곧이어 민 사장이 "자, 자, 인제 갑시다. 안경값은 내가 치러놓을 테니 사흘 후에 황 사장은 찾아가서 쓰기나 하세요"라는 설레발이 그의 역도 선수 같은 근육질 팔뚝을 잡아끌자 황 사장은 느닷없이 그 손길을 뿌리치며 고함에 가까운 성토를 내질러 나를 또 놀라게 했다.

"아니, 그 개새끼가 왜 남의 멀쩡한 안경을 가지고 못 쓴다 어떻다 난리를 치고 공갈을 때려. 지깐 게 박 박사면 박 박사지 왜 사람을 깔보고 지랄이야. 가만, 이 개새끼를 당장 요절을 내고 말든지 해야 내 성이 풀리지…"

민 사장이 내 쪽으로 고개를 돌려 눈을 끔뻑이며 짐짓 황 사장을 말렸다.

"어허, 이 무슨 소도둑놈 같은 어깃장인가. 요절낼 건 당신 구닥다리 안경이야. 누가 황 사장을 깔봤나. 안경을 깔보고 피식 웃었을 뿐이지. 요즘 세상에 안경다리를 철사 박아 쓰는 사람이 어딨나."

"그래도 그렇지, 저 안경사는 지 물건 팔라고 남의 물건 험담은 안 했잖아. 박 박산지 하는 그놈 얼굴을 똑똑히 외워놨으니까 언제 나한테 걸리는 날이면 망신살을 안 주나 봐라. 에이, 개 같은 새끼, 화딱지 나게…"

그때 나는 왠지 된통 한 방 얻어맞았다는 기분뿐이었다. 정신을 차리고 나서 상도의에 대해서, 권매의 질적 수준 같은 것에 대해서 이런저런 궁리를 엮어갔다. 하기야 나도 안경다리의 이음매에 가느다란 철사심이 나사못 대신에 박혀 있는 것을 놓치진 않았으나, 안경테라면 그 품질이나 가격의 고하를 막론하고 빠삭하니 꿰차고 있는 데다가 그 시장 바닥의 조악(粗惡)에 시달릴 대로 시달린 뒤 끝에 영락한 신

628

세라 짐짓 모른 체할 수밖에 없기도 했다.

그 후 우리 세 사람은 나이가 앞서거니 뒤서거니 하는 대로 누가 먼저 청했달 것도 없이 서너 번에 걸쳐 저녁 술자리를 함께 나눴다. 최초의 술자리는 황 사장이 '명경안경점'의 물건을 찾아가던 날 '착경식' 운운하며 민 사장이 한턱냈고, 두어 달쯤 지났을 때 예의 죽도라는 생선횟집에서 나 혼자 소주 한 병을 시켜놓고 우두커니 자작 술을 홀짝이고 있으려니 두 사람이 들이닥쳐 합석한 바 있었다. 그렇게 몇 번 만나는 중에도 황 사장은 여전히 안경을 상용하지 않고 있었는데, 그의 우스개만은 아닌 지론에 따르면 "하던 지랄도 안 하면 병난다는데 내가 미쳤다고 내 버릇 개를 줄까"였다.

대체로 말해서 황 사장의 다혈질 성깔은 술집에서도 안하무인으로 시끄러웠다. 가령 자신이 왕년에 권투 선수로 전국체전에 출전해서 코피를 한 되는 좋이 쏟고 2회전에서 도중하차했다는 기염을 내 앞에서 두 번이나 토했는데, 그때마다 민 사장이 어쩌다 2회전까지는 간신히 올라갔네 하고 거들면, 그는 대뜸 1회전에서는 강원도 대표로 나온 선수가 여관 밥을 잘못 먹었는지 어쨌는지 배탈 설사가 나서 기권하는 바람에 부전승으로 올라갔다면서 껄껄거렸다. 그는 연방 트림을 뱃구레에서 꺽꺽 게워 올리면서도 술을, 소주나 양주나 맥주를 가리지 않고 벌컥벌컥 들이켜 대는 중년의 호주객이자 대식가였다. 세 번째 만났을 때는 무슨 말끝에 집게손가락을 입속에 집어넣어 양쪽 입술 언저리를 재빠르게 벌려 보이며, 두 쪽 아래위 어금니가 뭉청 빠져버린 시커먼 공동(空洞)을 보여주기까지 했다. 믿어도 될지 모르나 양쪽 어금니가 그처럼 험악하게 나가버린 것도 젊을 때 권투 하다 얻은 상

눈길과 눈씨

처라며, 갈비 같은 것도 대충 우물거리다가 삼켜버린다는 그가 도대체 그런 이빨로 어떻게 살아왔는지, 내게는 신기하다 못해 무슨 괴물을 보는 느낌이었다. 그런 다변 중에도 황 사장은 자신의 생업 따위에 대해서는 여전히 함구로 일관해서 나의 궁금증을 점점 더 부풀려놓았다.

내 짐작으로는 황 사장이 민 사장의 재산 관리인이거나 어음 할인 거간꾼이 아닐까 싶지만, 알 수는 없는 일이다. 한때 요직의 공무원으로 봉직하면서 믿을 것은 땅 밖에 없다는 졸부들에게 돈벌이 정보를 흘리다가 그 빈틈없는 일 처리 솜씨가 눈에 들었을 수 있을 테고, 그새 일약 수백억 원을 호가하는 대지를 여러 필지 움켜쥐게 된 임대업자의 집사 맞잡이일지도 모른다. 황 사장이 오히려 민 사장의 돈 씀씀이보다 더 활수(滑手)한 것도 수상하고, 민 사장의 어리광 같은 처신을 활달하게 쓰다듬는 그의 어른스럽고 너그러운 눈길만 봐도 알조다. 그렇지 않고서야 민 사장이 그를 그처럼 챙기는 곡절을 도저히 납득할 수 없을뿐더러, 더욱이나 한때 중앙 관서의 고위직에 있었다는 언질을 내놓고서도 막상 지금은 건달들의 두목인 양 그이의 실체에 대해서는 입을 다물어버리는 민 사장의 부친, 곧 '영감님'으로 일컫는 베일 속의 그 고명한 인물을 황 사장이 한사코 '인자하시고' 해대며 두둔하는 사연을 풀 길이 없는 형편이다.

시력은 물론이고 시각도 다른 세 사람이 오랜만에 '죽도'에서 자리를 함께 나눈 그 날도 말이 뿔뿔이 겉돌기는 마찬가지였다. 지독한 난시안들인 민 사장과 황 사장이 세상을 보는 시각은 이중 삼중으로 뒤틀려 있었고, 월급쟁이와 달리 상관이나 동료의 눈치 대신에 손님의 기분을 살피면서 내 재주껏 살아가지만, 세상이 아무리 마땅찮아도 나름대로 꿰고 운신해야 하는 자영업자임에도 내 앞가림에만 허둥거리는 근시안의 나는 얼치기처럼 그들의 눈길과 눈씨만 쫓느라고 분주했으니 말이다.

미리 밝히면 그날 민 사장이 나를 우정 술자리에 불렀던 것은 내 가게에 에어컨을 못 놓아줘서 미안하다고, 입에 발린 치렛말을 하기 위해서였는데 막상 듣고 보니 집주인으로서의 당연한 처신 같기도 했다. 민 사장네가 서울의 강남 땅에 본격적으로 진출하는 도화선이었던 듯한, 짐작건대 체비지거나 환지여서 헐값에 불하받았을 땅에다 한눈팔고 있으면 누가 그 땅을 떼메가기라도 할 것처럼 후딱 지어 올린 5층짜리 건물이라서 나와 임대차 계약을 맺을 때도 "당장이라도 헐어 다시 10층짜리로 지어 올려야 하는 코딱지만한 소굴이지만 목은 좋아요" 운운한 대로 내 가게에 냉난방 시설이 애초부터 갖춰지지 않았던 것은 차라리 당연지사였다. 그 통에 임대료가 다소 싸고, 또 그래서 쓰잘머리 없는 꼬투리를 잡아 임차인들이 자주 바뀌는 판이라 민 사장으로서는 내게 그 정도의 말 인심은 건네야 할 처지였다. 그러나 늘 듣던 노래여서 나는 심드렁하니 "말이라도 듣기 좋네요"라고 응수하고 말았다. 하기야 마침 그날 황 사장이 오너 드라이버로서 운전할 때 쓸 도수 있는 선글라스를 '명경안경점'에서 맞추기로 했으므로 늘 얻어먹기만 한 자격지심도 있어서 나는 "오늘 술값은 내가 한번 내도록 두 분이 양해해주세요"라고 덧붙였다. 그런 사죄성/사례성 인사치레가 한 자락 부풋하니 깔리고 나자 곧바로 민 사장의 그 들쭉날쭉한 난시안 시각이 뿌옇게 터뜨려졌다. 듣고 보니 내가 가게 문을 닫

눈길과 눈씨

느라고 한발 늦게 '죽도'에 왔으므로 민 사장과 황 사장은 그동안 그들의 몽몽한 시선과 시각들을 밑도 끝도 없이 얽어맞추고 있었던 모양이었다.

"개혁? 나는 개혁이 어렵다고 봐요. 개혁이 뭡니까? 제도를 뜯어고치는 거 아니에요. 그런데 그놈의 제도가 무슨 죄지었냐고요? 운영을 잘못하고 다룰 줄을 몰라서 탈이 난 거지. 우리 노동법, 왕년의 그 개차반이라는 유신헌법, 둘 다 원론적으로는 나무랄 데가 하나도 없다는 거 아닙니까. 전문가들이 외국의 훌륭한 법조문만 짜깁기해놨다는데 무슨 흠이, 웬 앰한 하자가 있겠습니까. 아이엘오, 국제노동기구지요, 이 기구의 국제노동조약이 만국 노동자들의 노동조건 개선에 혁혁하게 이바지했다고 노벨 평화상인가를 받았다지만, 사실상 그 골자는 저임금 국가들의 가격 경쟁력을 항구적으로 붙들어놓고서 꾸준히 골탕 먹이려는 꿍꿍이수작이 아니고 머예요. 선진국들처럼 유급휴가 다 주고, 노동환경 산뜻하게 꾸며놓고, 요컨대 줄 것 다 주고 갖출 것 다 갖춰서야 쥐뿔이나 남는 게 머 있어요. 자본 없다, 빌려 써라, 이자 장기 저리로 뜯어 가겠다, 이게 무슨 족쇄예요. 노동 착취? 누가 하고 싶어 합니까. 의료보험만 해도 그래요, 직장 의료보험에 들면 보험료 덜 내고, 일반의료보험은 많이 내라니, 이 불공평이 말이 됩니까. 어제오늘 조석간 신문이 다 1면 톱 기사는 행정권 광역화 운운하며 또 법 뜯어고치자는 거예요. 저것들 멋대로 뜯어고쳤다가 짜깁기해대고, 멀쩡한 것 허물고 하는 게 큰 일거리고, 그게 정치라니까요. 요즘 농촌에 사람이 없는데, 거기다 의료보험 때려 멕여서 어쩌자는 겁니까. 형평? 그 형평을 왜 그딴 것에다 덤터기 씌웁니까. 정부가 꼭 해야 하는 일이 멉니까. 아, 골 아파. 국민이 제가끔 잘살아보자는 걸 훼방이나 놓는 깡패하고 똑같은 종내기들 아닙니까. 훌륭한 국민, 이 국민을 흔히들 민족이라고 허황한 말로 포장해서 추켜세우는데, 이 선량한 국민을 꾸준히 빈민화시키는 데 혈안이에요. 난 직장 의료보험 같은 거 절대로 안 만들 거예요. 수위, 청소부, 보일러공, 전기공, 야간 건물 관리인들한테 직접 의료보조비 주고 말겠다 이거예요. 내 돈 내가 주고 말겠다는데 왜 지랄들입니까. 아, 골 아파. 난 골 아픈 거 제일 싫어해요. 빚이 적기나 하나, 자그마치 20억이에요. 정부가 제발 남의 제사상에 간섭이나 하지 말았으면 좋겠어요. 그 친구들이 똘똘 뭉쳐서 직장 의료보험 만들어달라는 게 도대체 무슨 심통이에요? 정 그러겠다면 황 사장이 알아서 잘라버리든지 어떻게 좀 조져 주세요. 난 그쪽 빌딩에는 에어컨이 나오든 말든 안 갈 거예요. 난 이쪽 코딱지 건물이 좋아요. 초토세가 위헌이면 금융실명제도 위헌이에요. 이자소득세, 종합소득세 다 뜯어 가면서 실명화해라 마라 할 게 머 있어요. 여기 이 사장도 잘 알지만, 난 아직 50평짜리 아파트에 전세 살아요. 이쪽 코딱지 건물이 작년에야 겨우 비상업지구에서 풀렸지만, 아직도 내 명의로 돼 있으니 어쩔 수 없잖아요. 1가구 1주택으로다. 모르겠어요, 황 사장이 직장 의료보험은 알아서 처리하세요. 아, 골 아파. 모르는 건 모르겠다, 하고 때리면 맞을 수밖에 없잖아요."

허풍이라고 알아서 들어도 민 사장은 모르는 게 없는 사람이다. 그러나 그가 아는 모든 세상만사는 그의 말투에 그대로 드러나는 것처럼 착종(錯綜)되어 있다. 곧 모든 사물의 상이 이중 삼중으로 뿌옇게 흐려 보이는 난시이기 때문에 그 잡다한 앎들이 제멋대로 뒤엉켜 있어

눈길과 눈씨

서 풀어갈 가닥을 찾을 수 없는 것이다.

　나는 그의 그런 뿌연 시각을 여러 차례나, 특히 불쑥불쑥 내 가게 문을 밀치고 들이닥쳐서는 지껄일 때마다 목격해온 바이라 시종 맥주 잔 거품에다 꾸벅꾸벅 머리나 조아리면서 듣기만 했을 뿐이다. 다만 제1 건물이라고나 해야 할 신축 고층 오피스 빌딩의 관리인 책임자로 승격한 듯한 황 사장의 위상만은 단연 귀가 번쩍 뜨이는 새로운 정보 인데다, 금리생활자 민 사장은 바야흐로 황금알을 낳는 사무실 임대 사업의 그 단순한 계수 놀이마저 '골 아파' 하는데, 내 좀 엉뚱한 시각 으로는 그가 구두쇠거나 허풍쟁이로 변신하지 않았나 하는 의구심을 뿌리칠 수 없다는 사실이다. 지금 그가 기껏 겁내고 있는 것도 서른 명쯤 된다는 그 제1 건물의 관리 노무자들이 노조나 결성해서 무슨 집 단 원성을 터뜨릴까 봐 조바심을 내는 심리적 강박증일 뿐이고, 세입 자에 불과한 내 앞에서 어수선하게 떠벌리며 머리를 절레절레 내두르 는 그가 처량한 코미디언 역을 그런대로 잘 연기할 수 있는 처지와 그 것이 그런대로 통하는 우리 사회의 색다르고 허풍스러운 성숙이었다.

　황 사장도 다변이라면 결코 지고 배길 위인이기는커녕 예의 그 권 투 선수다운 승벽(勝癖)까지 휘두르는 입담 좋은 사내였다. 물론 그의 시각도 한쪽 눈만 의안(義眼)에 가까운 사람답게 세상만사의 한쪽 측면 만 봐서 늘 말썽이라는 그 담판한(擔板漢)으로서의 위엄을 마구 휘두르 고 있다.

　"책임과 권한은 사실상 동전의 앞뒤예요. 일란성 쌍생아처럼 그 기 능은 물론 아롱이 다르고 다롱이 다르지요. 책임을 누가 져야 합니까. 권한을 준 사람이 책임을 져요? 천만에. 국민이 그 중한 권한을 위임

했다는 거 아닙니까. 그런데 국민이 무슨 할 일이 없어서 그 책임까지 떠맡습니까. 법이란 게 이렇게 앞뒤 말이 싸웁니다. 뜯어보면 전부 개판 5분 전이에요. 일언이폐지하고 권한을 쥐고 있는 사람이 책임까지 져야 옳은 개혁일 겁니다. 그런데 권한 따로 책임 따로 실행 따로 이것이 관료주의의 실체고 정체성 그 자체예요. 동유럽이 도미노식으로 나자빠진 것도, 구소련 연방이 사회주의 종주국 노릇을 제물에 포기한 것도 마르크스가 예상도 못 한 전자 문명의 완력 덕분입니다. 주먹 앞에서는 법도 꼼짝 못 합니다. 반(反)고르바초프 쿠데타가 왜 실패했습니까? 정보 통제력을 장악하지 못했기 때문일 겁니다. 정보를 누가 생산하고 통제하고 공급합니까. 전자 문명이 정보를 생산 즉시 안방에다 쏘아버리잖아요. 이 정보의 힘을 마르크스교 전도사나 졸개들, 공자 제자인들 어떻게 알아맞힐 수 있겠어요. 머리 좋은 것도 당시에나 남들보다 꼭 한발 앞서갔다는 거지 별겁니까. 정보가 잉여 생산물, 잉여 노동력의 공급, 수요까지 수위 조절해주잖아요. 빌딩 관리 노무자들 다루는 건 간단합니다. 법대로 해버리세요. 관리회사를 만들었으니 내규를 원칙대로 작성해버리면 그뿐입니다. 어차피 법률 수요는 잘사는 나라일수록 번창하게 마련입니다. 우리도 요즘에는 철거민까지 걸핏하면 법대로 하자는 말이 그 말이에요. 변호사가 많아지고 그 수임료도 덩달아 비싸지는 추세도 폭증하는 법적 시비 수요 때문이잖아요. 노무 관리에 빠삭한 변호사를 비상근 자문위원으로 초빙해서 이름만 걸어놓고 부리세요. 초빙료도 거마비 정도로 충분합니다. 요새 변호사들도 대개 다 춥습니다. 돈 한 푼에 바들바들 떱니다. 의료 보험 건도 마찬가지예요. 법을 적절히 가지고 놀면 돼요. 회사 부담금을 다른 항목에서 적당히 전용(轉用)해 쓰면 그만인데 머, 다들 그렇게 하는 게 엄연한 현실입니다. 이 사장은 어떻게 생각하십니까? 점잖으신 우리 민 회장님 생각도 마찬가질 겁니다. 기업 이윤이 적절하면 아무 마찰 없습니다. 임대업도 예외가 아니에요. 임대료를 백 프로 다 공개하겠다는데 누가 개지랄 떨겠습니까. 임차인들이 우리만 어떻게 좀 봐달라고 빌겠지만, 걱정할 거 하나도 없어요. 골 아플 게 뭡니까. 누구든 나서라 하세요, 내가 멱살 잡고 흔들다가 한 주먹에 박아뿔 테인까."

이게 도대체 무슨 껍데기 같은 정보란 말인가. 민 사장이나 황 사장이나 몰라도 될 잡동사니 정보를 '골 아프게' 너무 많이 깡통 머리에다 욱여넣고 있지 않나. 정보랄 것도 없는 것을, 포장만 요란하게 싸발라서, 그것도 세태를 반영하듯 세련이라는 이름 아래 아주 우락부락하게 처발라 설사하듯이 뇌까리는 것을 과연 '진정한' 정보라 할 수 있을지. 이 현상이야말로 난시 탓이 아니고 무엇인가. 주지하듯이 난시들은 어떤 사물/사태라도 그 본질은커녕 테두리조차 흐릿하게 보여 명확한 경계선을 볼 수 없게 되어 있다. 더 안타까운 현상은, 그들의 주장, 역성, 부정/긍정 자체조차 그 뿌연 시각끼리의 혼합/착종에 불과하므로 어떤 대립, 긴장, 해석도 흐지부지 끝난다는 엄연한 사실이다.

매사에 그러는 대로 나는 즉각 심각해졌다. 바로 내 코앞의 맥주잔 속에서 끊임없이 치솟고 있는 수많은 기포를 헤아리듯 또록또록 쳐다볼 수 있는 내 근시안의 시각은 과연 얼마나 바르고 올바른가. 나이는 어쩔 수 없어서 지지난해부터 내게도 경미한 난시가 덮이고 있다. 선

천성 난시가 아니었다는 사실을 새삼스럽게 확인한 것만도 다행으로 여기며 장차 꾸역꾸역 늙어갈 뿌연 장래의 내 자화상을 그리며 망연해졌다.

요컨대 우리 사회 전반에 걸쳐 점차 그 세력을 떨쳐가고 있는 이런 난시의 시각들에는 분명히 어떤 연원이, 좀 거칠게 말하면 한 세기 안팎 저쪽에서부터 형성되기 시작한 병원소(病原素)로서의 유전인자가 있었던 것처럼 보인다. 그것은 타의에 의해 전염된 '최근의 환경적 유전인자'일지도 모른다. 여기서 타의라면 자연스럽게도 정치적/사회적/경제적 요인을 들 수도 있겠고, 역사적인 피해랄지 그 의식적/집단무의식적 과부하도 당연히 추가할 수 있을 것이다. 인류 역사의 9할이 수렵 채취사회였고, 인류의 유전 형질이 대체로 그 시간대에 형성되었다는 최근의 인류사회학 쪽 가설을 믿는다면, 전체 유전 형질 중에서 극히 작은 부분에 해당하는, 그러나 그 중요성은 몸뚱어리 전체와도 맞바꿀 만한 시각 유전인자의 형성에 미치는, 나아가서 그것의 종족적 특성이랄지 그 돌연변이에는 사회환경적/역사적 여러 요인이 결정적 역할을 했다고 봐야 하지 않을까. 하물며 노예집단의 피난살이였다고 해도 무리가 없을 우리의 혹독했던 지난 한 세기를 상정할 때야.

2. 시각의 연원

나는 한때 모 대학 미술학부 부장과 국전 심사위원을 역임한 바 있는 서양화 화단의 원로 L 화백의 2남 2녀 중 막둥이로 태어났다. 큰 누님은 이제 그 나이에 걸맞게 수다스럽기 짝이 없는 중늙은이가 되고 말았지만, 남편 복과 자식 복을 골고루 다 타고나서 매형은 주로 금융기관의 역기능을 선별적으로 점검, 통제하는 감독기관의 둘째 책임자로서 그 한직이 오히려 '등따습고 배부른' 처지를 누리게 하고 있으며, 그 슬하의 1남 1녀는 일류 대학들을 나오자마자 인연을 잘 맺어 다복하게 살고 있다. 작은 누님은 아들 하나를 낳은 직후에 신 서방인가 하는 작자와 홀가분하게 갈라서고 말았는데, 그 싱거워빠진 골샌님의 팔자도 그렇게 점지되어 있었던지 엄연히 제 자식인 핏덩이를 본 둥 만 둥 내팽개치고 미국으로 내빼버리더니 화학 전공으로 박사 학위를 따고, 교수도 되어 그곳 동포와 재혼하여 자식도 둘인가 보고 미국 시민으로 잘살고 있다는 소문이 들린다. 다행히 작은 누님에게는 약사 자격증이 있어서 신약국 운영으로 유복자나 다름없는 그 아들 하나를 비교적 유복하게 키울 수 있었고, 더욱이나 말썽 없이 자란 그 자식이 제 아비 피를 제대로 물려받았는지 무기화학인지를 전공해서 조만간 도미 유학길에 오를 참이라는데, 죽어도 제 생부는 만나지 않겠다고 다짐하여 제 어미의 애간장을 적잖이 시원섭섭하게 했다고 한다.

내 형은 대학에서 응용미술을 공부했으나, 지금은 인테리어 전문 시공업체를 크게 꾸려가는 사업가이다. 형수의 친정이 국내 굴지의 화공약품 제조업체를 모기업으로 거느리고 있어서 그 사통팔달의 음덕도 없지 않을 테지만, 어릴 때부터 형은 여러 가지 점에서 나와는 비교도 안 될 정도로 싹수가 훤했고, 살아갈수록 사업 수단이나 사교

술이 돋보이는 풍채니 앞으로도 실내 주거환경 디자인 및 시공 업종에서는 계속 선두 주자 노릇을 자임할 게 분명하다. 그리고 내게는 이복동생이 둘 있다. 그중 큰놈은, 수녀가 되어 중남미 쪽에서 평생토록 선교 활동을 하려다가 독일 유학 중 한 친구의 설득에 넘어가 그 근엄한 꿈을 단숨에 접고, 사목(司牧) 신학 공부에 매진하다가, 독일말만 주로 쓰는 스위스인과 캠퍼스 커플로 인연을 맺어 이태 전엔가 눈알 파랗고 머리칼 노란 전형적인 게르만족 후예 하나를 낳았다. 작은놈은 화업(畵業)을 닦겠다고 출국하더니 최근에는 영화이론 공부에 미쳐 있다는 풍문이 들리는 명색 체불(滯佛) 유학생이지만, 십중팔구는 연애 공부에 더 열중할 게 틀림없고, 미구에 한때의 제 어미처럼 미혼모나 되지 않으면 그런 다행이 없을 것이다.

나의 부친 L 화백은 우리 집안의 장자였으나 서출(庶出)이었다. 당신의 이복 누님 한 분은 오래전에 돌아가셨고, 동복 누이 한 분도 일찍이 홀로 되어 두 자식을 고생고생하며 키운 보람이 있어 노년에는 큰아들이 큰마음 먹고 사다 바친 밍크코트의 색깔 타령을 해대다가 연전에 중풍으로 수를 마쳤다. 또한 당신에게는 이복 남동생이 한 분 계셨는데, 이 적출(嫡出) 삼촌께서는 가업을 이은 외과의였다가 손에 힘이 떨어지자 생업 터를 고스란히 정형외과 전문의인 그의 자식에게 물려주고 목축 농장을 크게 벌이고 있다. 나의 할아버지 학력이 고보(高普)까지만 나이 많은 일가친지들 입에 회자하는 걸 보면 한지의사(限地醫師)가 아니었나 싶은데, 거의 틀림없을 것이다. 그렇긴 해도 할아버지는 깡마른 체구에 신장도 꾸부정할 정도로 컸고, 얼굴도 팽이처럼 기다란 양반이었으며, 6.25 동란 전후에는 나의 고향인 경북 T시에서 꽤

눈길과 눈씨

용하다고 소문난 소아과 전문의사였다. 일제 치하의 그이 경력만큼이나 쉬쉬하는 일로는 무엇보다도 그 첩치가(妾置家)를 들 수 있을 것이다. 곧 그이의 소실, 내게는 친할머니가 되는 그분이 간호사 출신이었거나, 할아버지의 오른팔 노릇을 한 무면허 조수의 누님이었다는 설 따위가 분분하기 때문이다. 아무튼 큰 살림을 일궜다는 그분은 나이도 할아버지의 정실보다 두 살이나 많아서 제 자식 건사와 제 몫 챙기기에 빈틈이 없었다는 게 중론이며, 그 덕분에 나의 부친은 비록 사립미술대학이긴 했어도 일본 유학 중에 돈 아쉬운 줄 몰랐다고 전해진다.

본가에서 오자면 네거리를 네 군데나 거쳐야 하는 소아과 전문의원 뒤에 딸린 살림집에서(이 적산 이층집 가옥은 나중에 그 소유권 시비가 있었으나, 결국 나의 부친에게 넘겨졌고, 오래전에 반은 도시계획으로 잘려 나가고 나머지 반을 팔아 그 돈으로 환지 옆구리 땅까지 더 크게 사 넣었다가 최근에 팔았다) 소실 치레를 내놓고 하셨던 할아버지의 네모반듯한 상이랄지 그 이중생활에 따르는 숱한 추문은 이미 호랑이 담배 먹던 시절의 일이고, 그런 쉬쉬하는 사연들은 워낙 통속적인데다 나의 부친도 그 유전인자를 물려받아 더 솔직하게 재연한 바 있으므로 여기서는 일단 접어두는 게 좋을 듯싶다. 다만 할아버지께서는 자유당 시절 막판에 환갑 잔칫상도 못 받고 돌아가셨고, 나의 친할머니도 망부의 저승길을 허겁지겁 뒤쫓아갔으며, 그이가 말년에는 도불(渡佛)하겠다며 설쳐대는 환쟁이 아들보다 군의관으로 복무 중이던 본처 소생을 더 기렸다는 엄연한 사실만은 특기해두어야 할 것이다. 또한 그이 정실이었던 큰할머니께서는 미수(米壽)까지 사시다가 자던 잠에 눈을 감으셨으니, 내가 보기에는 이 양반이야말로 보살할

미의 맑은 눈빛으로 지아비의 생전 첩 치레 행티나 재산 분규로 빚어진 그 혈육들의 버성기던 띠앗머리를 마지막까지 다독였던 것 같고, 할아버지 기제사를 기업형 목장에서 당신 적자가 모시고 있음에도 불구하고 사촌들끼리도 거의 내왕이 끊긴 우리 집안의 '어쩔 수 없는 인위적 해체'에 안달복달하느라고 '머시기, 가는 불러봐라' 같은 말을 되뇌었다는 사실은 부기해두어야겠다. 사람의 한평생은 더 말할 것도 없고 모든 인연, 제도 등도 궁극적으로는 없어지거나 흩어지고 사라지듯이 한 가문, 한 집안도 '만부득이한 자연적 결별'을 담보하고 있음은 늘 숙지하고 있어야 할 협협한 세상사이자 구슬픈 인생사이기도 하다.

T시라면 6.25동란 직후에 한국 화단의 중진들이, 그래봤자 서양화가 중 알짜배기 여남은 명이 고스란히 진주해와 있었다는 그런 과장이 한동안 통했던 대처(大處)였다. 한국 문단의 중견작가들도 그 피난살이에 곁다리로 따라왔다가 이내 부산으로 줄행랑을 놓았음은 기정사실이기도 하다. 8.15해방 직전에 일본으로부터 귀국해서 애만 하나 만들고는 철새처럼 서울로 올라갔다가 철마다 옷이나 갈아입으려고 내려오곤 했다는 나의 선친도 그 한국 화단이라기보다 서울의 서양화 화단의 일행 중 한 사람으로 낙향했다고 전해진다. 그즈음 나의 할아버지께서는 시내 한복판에서 소아과 및 내과 개업의로 나름의 명성을 누리고 있었는데, 우리 집은 큰키나무들의 그늘이 짙었던 K 의대 부속병원을 지나 방천(防川) 둑으로 나아가는 길목의 한 자드락에 널찍하니 자리 잡고 있었다. 시내 쪽으로는 일제 치하 때 관사로 쓴, 정원수 많은 적산 가옥들이 즐비했고, 농림학교 쪽으로 뻗어 있는 넓은 차도

눈길과 눈씨

로 들어가자면 한쪽에 밋밋한 오르막길인 뚝방이 보였다. 그 뚝방 일대는 한참 후에 피난민들의 보금자리로, 또 그들의 하루살이 삶을 일구는 시끌벅적한 시장 바닥으로 돌변했다.

넓은 의미로서 사람살이의 '환경' 일체를 나름의 시각에서 살펴볼 이 글의 전개를 여의롭게 펼치기 위해서라도 '사회적/당대적 환경'은 간략하게나마 부언해 두어야 하지 싶은데, 우리 집은 당시에는 흔했던, 기다란 창고 같은 생사(生絲) 공장 두 채를 가두고 있던 붉은 벽돌담을 끼고 한참 올라가면 키 큰 오동나무가 우뚝했던 적산 가옥이었다. 짐작건대 할아버지가 아버지를 분가시키며 마련해준 집이었을 것이다. 그 오동나무 집에서 시외 쪽, 곧 농림학교 쪽으로 네거리 두 개를 지나면 톱밥과 생나무 냄새가 싱그러웠던 큰외삼촌 집이 나왔다. 큰외삼촌 집은 집 짓는 나무를 마름질하는 목재소였음에도 그 속에 들어앉아 있는 살림집이 마루 끝에 미닫이 유리창 문만 달려 있을까, 언제나 시커먼 굴속같이 괴괴했고, 큼지막한 기계톱 두 개로 통나무를 길이대로 잘라대는 목재소는 기와도 얹지 않은 판잣집이었다.

나는 6.25동란 발발 전전해 그 오동나무 집에서 태어났다. 초등학교 3학년 여름방학 때 서울로 전학하기 전까지 T시에서 살았건만 막상 그 유년 시절을 떠올리려면 내게는 그 모든 '부대 환경'이 가을 안개가 자욱하던 방천(防川) 저 너머의 황량한 풍경처럼 흐릿할 뿐이다. 내 머릿속에 기껏 새겨져 있는 풍경들은 생생한 것들끼리의 그 이음매가 없다. 뿔뿔이 겉돈다는 말이 그럴싸한 이 착각은 아무래도 시각이나 시력과는 무관한 기억의 저장 능력 때문이지 싶은데, 이 의문을 해소하려고 내 가족에게 물어본들 이렇다 할 소득이 없을 것은 자명하다.

아무튼 오동나무 집 담벼락 곁에서 함초롬히 키재기를 하던 맨드라미와 해바라기, 할아버지의 병원 건물에 촘촘히 달라붙은 윤기 좋은 담쟁이넝쿨, 까만 헝겊 테두리가 닳아 해어져서 짚북데기가 거스러미처럼 일어나 있던 다다미방들, 네모반듯하게 잘려져 있던 높다란 적재목(積載木) 더미 사이를 빠져 나올 때 맡아지던 송진 냄새 등등은 향수를 불러일으킬 만한데도 이내 메마른 감정만을 서둘러 채근하고 있다. 참으로 이상한데, 그 풍경들 속에는 정물화처럼 사람이 없고, 무성영화처럼 소리도 없다. 아래채에다 명색 화실을 꾸며놓고 띄엄띄엄 떨어지는 물감 때문에 그러는지 늘 '지카다비'라는 발모가지 달린 시커먼 운동화를 신고서 밤늦도록 캔버스 앞에 우두커니 앉아 있던 일본 유학파 화백의 실루엣, 국산 영화 속의 왜경(倭警)처럼 절도 있게 활갯짓하며 큰 보폭으로 빨리 걸어 다니기로 소문이 났던 할아버지의 흰 가운 차림, 아버지와 함께 서울의 한 사립학교 동기생으로 동경 유학까지 함께 했다는 큰외삼촌이 환도 후까지 총각 신세를 면치 못하면서도 늘 잔뜩 빼입은 신사복에 중절모 차림 등등에도 소음조차 끼어들 여지가 없다. 그 '어른'들이 내게만 과묵했을 리는 만무하지만, 그 당시의 성인 남성들이, 아니 우리 집안의 혈육들이 유별나게 근엄한 엄숙주의자였던 것은 사실이다. 그런 중에도 그 외삼촌 집에서 법자(벙어리의 사투리)로 식모살이하던 시집 못 간 늙은 처녀가 나를 좋아해서 톱밥을 지고 이고 나르며 우리 집에 수시로 들락였고, 심지어는 아무 말도 없이 나를 큰외삼촌 집 제 골방에 데려가 사타구니에 끼고 잤다든지, 군의관 복장의 삼촌이 건빵을 포대째로 우리 집에 부려놓고 지프차로 휭하니 내뺐다든지 하는 광경들은 후에 나의 양친을

눈길과 눈씨

비롯한 일가친지들이 주거니 받거니 한 그 시절의 고생담이거나 추억
담으로서, 내 기억 속에서 돌연변이를 일으켜 맷돌처럼 단정하게 제
자리를 잡은 것이지 싶다.

내가 어릴 때부터 유독 말이 없는 늦된 아이였다니까 제법 소쇄할
수도 있었던 유년기의 그런저런 장면이 희끄무레한 사진으로 남겨졌
을 것이다. 따라서 한참 후에 내가 한 위인전기를 통해 알고 깜짝 놀
랐던 저 유명한 일화, 곧 세 살 때의 기억을 죽기 직전까지 생생하게
떠올릴 수 있었다는 괴테의 비상한 총기가 나로서는 도저히 믿기지
않는다. 지금도 나는 괴테의 그 비범한 기억력이 문인 특유의 상투적
인 과장법이든지, 오랜 세월 동안 글을 쓰면서 몸에 밴 상습적인 수사
(修辭)거나, 경험의 과도한 저장량에 따르는 왜곡/굴절/착종 현상의 인
상적인 묘사일 뿐이라고 단정하고 있다.

하기야 내게도 그런 유의 기시감(旣視感)이 하나쯤은 남아 있다. 80년
대 초에 내가 사업을 한답시고 예의 그 고향을 누비고 다닐 무렵인데,
하루는 나 같은 소규모의 자영업자한테까지 저리(低利)의 수출 융자가
돌아올 리는 만무해서 신용대출이나 받아보려고 그동안 알음알이로
안면을 트고 지내던 그곳 지방은행 본점의 P 차장과 점심을 함께 먹는
자리가 마련되었다. 각 지점에서 올라오는 대출액의 적부를 형식적으
로 서류 심사하고 있던 그가 손수 차를 몰아 손칼국수와 파전을 잘하
는 음식점을 찾아간다고 예의 그 우리 집, 대로변에서도 그 우뚝한 자
태가 단연 돋보이던 오동나무 박힌 둔덕길을 스치고 지나갔을 때, 내
머릿속에는 갑자기 '여기다'라는 생각이 떠올랐다. 그 당시에도 벌써
거의 30년 저쪽 일이라 오동나무도 없어졌음은 물론이거니와 거리와

집들도 천지개벽했다고 해도 과언이 아닐 정도로 달라져 있었다. 그럼에도 불구하고 대규모 아파트 단지가 들어선 예전의 그 생사 공장 일대에서는 내 머리를 순식간에 바싹 긴장시키는 어떤 기억과 그 편린이 확연히, 그러나 뿔뿔이 잡혀 왔다. 그 되살아난 기억은 우선 냄새로 맡아졌다.

해거름에 생사 공장을 빠져나오던 직공들의 긴 행렬, 남자 공원들이 걸음을 떼놓을 때마다 누런 봉투에 집어넣은 도시락이 달그락거리는 소음, 머리에 흰 수건을 덮어쓴 부녀자 직공들이 도시락 속에 감춰온 번데기를 리어카 위에 서너 개씩이나 아가리를 벌리고 있는 가마니 속에다 쏟아붓는 잽싼 손놀림, 리어카꾼은 무슨 배급표라도 나눠주듯이 빨간 5원짜리 지폐를 아우성처럼 일제히 뻗쳐오는 손들에다 집어주고 나서는 엉덩이를 번쩍 치켜들고 자전거 페달을 힘차게 밟아댔다.

고깔 봉지에다 번데기를 소복이 담아주고 나서 어김없이 뽀얀 소금을 한 자밤 얹어주며 두 손가락을 비벼대고, 바닥이 보일 때쯤이면 번데기 국물이 봉지를 누렇게 적셔놓았고, 입 안에 남아 있는 번데기의 텁텁한 찌꺼기조차 고소했다. 언젠가는 그 축축한 고깔 봉지를 고이 펼쳐봤더니 뜻밖에도 총잡이 서부의 사나이 팔에 매달려 있는 금발의 서양 여자 젖통이 한 아름이나 되도록 커서 놀라기도 했다. 여전히 눈에 삼삼하다, 그 파란 눈의 여자가 입고 있던 흰 레이스 달린 분홍색 물방울무늬의 원피스와 잘록한 허리 맵시를. 그런 예쁜 여자가 인쇄된 고깔 봉지를 자꾸만 더 보고 싶어 생사 공장 담벼락 밑을 걸어가던 때의 설레던 마음을, 그런 내 마음을 놀리는 것처럼 수북이 꽂아두고

눈길과 눈씨

있는 천연색 백상지 봉지를 놔두고 누런 봉지를 빼내 김이 모락모락 피어오르는 번데기를 퍼담아주던 털실 모자 덮어쓴 번데기 장사의 심술궂은 심보를.

바로 내 코앞에서 얼쩡거리는 세상 물정만 주워 담기에도 벅찬 그런 나의 근시의 세월은 서울에서도 내내 변함이 없었다. 효창공원이 까마득히 올려다보이는 공덕동의 우리 집은 언덕배기에 있었다. 중고등학교 시절 동안 한강을 지척에 두고도 그곳까지 놀러 간 기억도 없는 걸 보면 나의 숙맥 기질이 그때 벌써 노랗게 싹을 틔우고 있었던 것 같다. 아버지의 술 심부름 다니느라고 한 되들이 누런 알루미늄 주전자를 들고, 나중엔 4홉들이 소주를 사러 언덕길을 오르내린 경험은 촘촘히 집어낼 수 있다. 명절날 할머니 차례만 모시듯 마듯 하던 우리 집에 인사차 찾아오는 아버지의 제자나 후배인 손님 중에는 그 당시 시속으로도 한참 앞서간다 싶은, 가령 베레모를 납작하게 눌러썼거나 차렵이불도 들어갈 만한 커다란 가방을 든 여자들도 껴묻어 있었다. 나보다 세 살 위인 형과 한방을 썼음에도 다정하게 말을 나눈 적도, 말다툼한 기억도 없다.

밥상을 차고앉아서 먹으려고 위채로 말없이 어슬렁어슬렁, 소걸음으로 올라올 때의 그 유령 같던 나의 부친이 빚어내던 공덕동 블록담 집 안의 풍경은 평면 화법의 그것처럼 원근이 천연스럽게 제거되어 있다. 그림자 특유의 흐릿한 회색 농담(濃淡)을 끌고 다닌다는 점에서는 나의 모친도 마찬가지였고, 당신은 일찍이 시어머니로부터 친정집 귀신에 홀린 여편네로 낙인이 찍혀 있었다. 방심하고 있는 듯한, 시력이 잠시 제구실을 잊어먹고 있는 눈들이 저마다 억양도 없는 말을 조심

조심 주고받으며 공덕동 언덕배기 단층집에서 꾸역꾸역 살아내지 않았을까 하는 지금의 내 가족 회상은, 모든 기억이 그런 것처럼 많은 부분에서 굴절/왜곡/단절/생략/삭제의 회로에 감겨 있기는 할 것이다. 그럴 수밖에 없는 것이 두 누님은 지금도 어머니가 살아 계시던 공덕동 시절이 우리 집으로서는 제일 행복한 한때였다고 기리고 있으니까. 그 당시 나의 부친은 모 대학의 미술 교육을 도맡고 있는 데다, 후에는 반(半)추상화풍으로 바뀌었지만, 신문 연재소설의 삽화를 그린 적도 있어서 우리 집은 적어도 경제적으로는 궁색하지 않았을 테니 말이다.

역시 많이 변형된 나만의 기억에 따르면, 우리 집에서 억양 있는 말 같은 말이 나돌았던 때는 내가 대학 입시에 이과를 지망하기로 작정했던 무렵이었던 것 같다. 내 이복 여동생과 나와의 나이 차를 따져봐도 그 시점은 분명하다. 그즈음 내 눈앞을 스치고 지나간 한 폭의 선명한 풍경화는 이렇다.

고등학교 2학년 겨울방학 중의 어느 날 학교에서 과외 수업을 마치고 이른 오후에 집으로 돌아오니 늘 닫혀 있던 녹색 철책 문의 새끼 문짝이 빠끔히 열려 있었고, 그 네모 구멍 저 너머에는 두툼한 흙색 코트를 입은 웬 젊은 여자가 손수건으로 눈물 콧물을 훔치며 현관문을 막 나서고 있었다. 그녀는 나와 눈이 잠시 마주치자 얼른 시선을 거둬버리고 종종걸음으로 내 곁을 스쳐서 새끼 대문을 빠져나가더니 돌계단 세 개를 콩닥콩닥 두들기고는 언덕길을 허둥지둥 뛰어 내려갔다. 얼핏 짚이는 바가 있었으므로 나는 한참이나 그녀의 자그마한 몸매가 굴러가듯 까맣게 멀어지는 광경을 쳐다보다가 이윽고 새끼 문짝

눈길과 눈씨

을 거칠게 처닫았다.

 햇볕이 다사롭게 비쳐드는 거실에는 어머니와 그해 가을에 중매로 시집을 갔던 큰 누님이 오도카니 앉아 있었고, 그 곁의 니스 먹여 광택이 좋은 널빤지 마룻바닥에는 방석 하나가 썰렁하니 놓여 있었다. 내가 아무런 내색도 없이 가방을 든 채로 "큰누나 왔어?" 하고 인사를 건네고 나서 어머니의 기색을 살피며 서 있으려니까, 큰 누님이 한참이나 뜸을 들이다가 나를 빤히 쳐다보며 "너, 그 여자 봤어? 니 동생 생길라나 봐. 아버지가 그 여자한테서 애 만들어났대" 하고 또박또박 말했다. '어쩌면 좋니?'라는 당혹스러운 큰 누님의 눈길이 좀 복잡하게 변해가고 있었다. 어머니의 앞으로의 처신과 아버지의 지난날 치정에 대한 원망, 탄식, 창피, 수치, 분노 따위를 한꺼번에 끌어모으고 있는 듯한 큰 누님의 그 눈길에는 아마도 근시안과 원시안이 무르녹아 있었을 것이다. 한동안 어머니는 내게 어떤 말도 건네지 않았고, 한쪽 무릎을 가슴팍에 끌어안은 채로 시선을 창밖에다 멀거니 묶어두고 있었다. 어미로서 사내자식 보기가 민망스러워서 그랬던 듯하다.

 형과 선 책상을 나란히 놓고 쓰는 내 방으로 들어갔다. 형의 책상 위에는 알오티시(ROTC) 유니폼이 단정하게 개켜져 놓여 있었다. 양쪽 벽에 붙여놓은 두 책상 사이의 공간에 우두커니 서서 창밖을 멀뚱히 내다보았다. 내 시선이 머문 곳은 삐뚤빼뚤한 징검돌 두 줄이 본채와 이어져 있는 스무 평 남짓의 별채, 슬래브 지붕 한쪽 가두리가 남의 집 담벼락 위에 걸쳐진 납작한 명색 화실이었다. 기다란 강당처럼 널찍한 통유리 창문이 양쪽으로 두 개씩 뚫려 있고, 무슨 창고같이 커다란 자물쇠를 채워놓은 외짝 여닫이 출입문이 달린 그 화실 속에는

648

먼지가 켜켜이 앉아 있는 화구 일체와 크고 작은 캔버스들이 겹겹으로 벽에 기대 세워져 있다. 또한 낡은 녹색 담요를 사시장철 깔아놓은 작은 널평상과 모자 수집 취미가 있어서 그것들을 아무렇게나 포개고 얹어두는 가지 많은 옷걸이, 캔버스를 짤 때나 아교풀을 끓일 때 쓰는 노루발장도리 같은 공구를 넣어두는 '가께수리' 두 짝이 볕 안 드는 벽 모서리에 붙어 있고, 접이식 철제 의자 두 개와 팔걸이 달린 나무 의자 세 짝이 흔히 술상으로 쓰이는 시커먼 쇠 장식 붙은 책궤 주위에 널브러져 있다.

그곳은 언제나 별세계였다. 술판이 벌어지는 곳도 거기였고, 우리 집에 자주 출입하는 아버지 손님 중에는, 심지어 여학생 제자들까지도 대문에서 아예 그쪽으로 한 가닥 곧게 깔린 징검돌을 도둑 걸음으로 밟아가면 본채에서는 감쪽같이 그 인기척을 모른다. 여름철에는 포도나무 덩굴이 덮인 거실 창문 앞에서도, 또 뒤로 돌아앉은 장독대와 부엌 쪽에서는 그곳에서 터져 나오는 웃음소리나 말소리가 까마득하게 들린다. 그림 그리는 시간대가 정해져 있지도 않아서 그랬을 테지만, 아버지는 주로 거기서 유령처럼 기거하다가, 홀연히 본채로 출몰해서 휘둘러보는 식으로 살았다. 술을 마시고 귀가한 날이면 아버지는 어김없이 그 사랑채에서 껴입은 채로 등걸잠을 잤다. 그러고 보니 아버지에게는, 아니 우리 가족에게는 잠옷이란 게 아예 없었다. 아침이면 술 허기를 밀막느라고 미리 끓인 북어국이나 콩나물국 같은 뜨거운 술국을 얹은 개다리소반을 큰 누님이 그곳으로 날랐다. 늘 부수수한 머리칼에다 꺼칠한 얼굴로, 그래서 대체로 동양화처럼 윤곽이 흐릿한 외모를 거추장스럽게 여기는 기색에다 할아버지처럼 큰 키를 잔뜩 우그러뜨려 꾸부정한 어깨가 경중경중 걸어가는 듯한 걸음걸이로 안채로 올라온 화백은 낯설다는 안색으로 고양이 세수하듯 물을 끼얹고, 수건을 펴서 얼굴의 물기를 훔쳐 닦는 게 아니라 손에 든 그 세수수건을 귀찮은 듯이 아무렇게나 뭉쳐 물방울을 찍어 없애고 나서 다시 화실로 내려가서는, 모자들을 이것저것 한참이나 골라서 쓰고는 출타하곤 했다.

되돌아보면 평생토록 의뭉한 눈매로, 심드렁한 과묵으로, 소탈한 턱짓으로 가족과 주위 사람들을 부려 먹은 아버지의 처신은 그것대로 연원이 있는 만큼 이해 못 할 일도 아니다. 비록 서출이긴 했어도 장자였던 만큼 할아버지께서 강단 좋게 분별해주신 경제적인 여유 때문에 아버지는 일찍이 당신의 팔자가 집 안팎에서 손끝 하나 까딱하지 않고도 이럭저럭 살아가게 되어 있다는 자기 암시를 걸었을 테고, 그것을 암묵적으로 드러내는 생활 태도야말로 화가라는 특수한 생업의 근본과도 어울리고, '나는 내 그림처럼 떳떳하게 살아간다'라는 일종의 신념을 뒷받침해주었을 것이다. 당신 자신의 그런 처세와 처신을 본으로 보여준다고 그랬을 텐데, 자식들에게 열심히 공부하라 마라는 식의 권유라기보다 닦달을 내놓는 법도 없었다. 사람은 자율적인 동물이므로 각자가 알아서 소신껏 살아가야 하며, 따라서 부모라도 이래라저래라 간섭할 수는 없고, 그런 잔소리로 가르쳐서 과연 옳게 성장하겠느냐는 것이 아버지의 답답한 훈육 방침이었다. 그 점에서는 나의 모친도 한통속으로 '사람은 어떡하든지 지가 알아서 스스로 돼야지, 일일이 머라칸다고 잘 될 밖에사 무슨 걱정' 같은 말을 푸념으로 되뇌곤 했다.

아마도 미술 교육이야말로 학생들이 알아서 자율적으로 터득해야 하고, 그러니 스스로 스승의 기법을 눈썰미로 깨쳐서 버릴 것과 살릴 것을 분별해야 하는 묵종의 본받기 경쟁이므로 '말로써 가르치지 않고 몸으로 배우게 하는' 당신의 그 자세가 상당한 존경과 화제를 불러일으켰을지도 모른다. 그렇긴 해도 미술 교육자로서는 뒤가 꿀리는 외도를, 그것도 큰 누님과 같은 대학(아버지가 봉직하고 있던 학교는 아니었다) 서양화과에 다니는 여학생의 학비를 몇 번 대주다 빚어진 명색 사제 간의 간통을 예의 그 과묵과 묵종으로 덮어씌우려면 그럴 듯한 사연의 내막을 송두리째 빼버린 껍데기가 되고 만다. 하기야 남녀 사이의 그렇고 그런 연사, 나아가서 화간이야 기정사실이 되고 나면 당사자들에게는 가장 만만하고 후끈한 춘정에 이르고, 주위의 온갖 비방과 추문 따위에는 뻔뻔스러울 정도로 대범해져서 '어쩌다가 이 지경에 이르고 말았네'로 주저앉고, 그냥저냥 개기며 시간의 흐름에 맡길 수밖에 없을 터이다.

앞에서 잠시 운을 떼놓은 대로 이 글의 목적이 가족 해체, 또는 사회나 공동체의 분열에 미치는 내 나름의 시각/생각을 따져보는 것이므로 그런 오입질 전말(顛末)을 따따부따해봐야 소득도 없고, 그렇게 요긴하지도 않다. 하기야 나의 오죽잖은 필력이 그런 남녀상열지사까지 다룬다면, 들으나 마나 뻔한 통속적 염문에 대한 염탐질로 비화할 것이므로 멀찍이 따돌려놓고 싶은 심정이다.

아버지의 이중생활이 본격적으로, 그러나 사회적으로는 친일파의 후예 가문인 우리 집안의 오랜 전통대로 쉬쉬하며 시작되었어도 공덕동에서의 그 살림살이는 뚝 불거지게 달라진 구석이 없었다. 술 평계를 끌어대는 아버지의 외박은 그 전부터 자주 있어 온 당신의 별스럽지 않은 생활 습관이었고, 어머니도 늘 그랬던 대로 그러려니 하고 지냈다. 아버지의 거처는 여전히 사랑채라고 할 그 화실로 묶여 있는 데다가, 그곳으로 출입하는 손님들의 숫자는 화단의 사교 범위를 말해 주듯 여전히 그만했다. 우리 가족을 대하는 아버지의 시선도 대개는 뻔한 사물을 건성으로 쳐다보듯 멀뚱거리다가 가끔 "그랬었나? 모르고 있었네"라는 식의 눈짓을 짐짓 크게 드러내는 게 고작이었다. 그런 과묵이야말로 당신과 가깝게 지내는 그림쟁이들이나 후학, 제자들을 둘러앉혀 놓고 좌장 노릇을 할 때는 상당한 무게를 거느리고, "그럴 수 있나, 내버려 둬, 말이 안 되는 소리야, 나는 관두겠네, 할 테면 해보라지" 같은 어정쩡한 촌사람 말투를 뜸직뜸직 뱉고 나서 좌중의 누구 하나를 예의 그 의뭉한 눈길로 쏘아보면, 해학 좋은 술벗 하나가 그 맹한 분위기를 짐짓 느슨히 풀어야 했고, 그러면 즉각 또 "그래? 그렇다고 봐야 하나" 식의 어설픈 동의를 입가에 묻혔다가 얼른 지워버리는 식이었다.

대체로 그런 억지스러운 가식과 위선의 처신으로 일관한 양반이었는데도 불구하고 나의 부친의 또 다른 프로필에는 이재(理財)의 관리와 그 씀씀이에 빈틈이 없었던 만큼이나 학교와 화단의 세력 안배, 곧 어떤 권력 행사의 향방 같은 데에는 언제나 당신 자신이 중심에 있어야 한다는 자기중심주의가 각진 어깨 위에 두툼한 외투로 걸쳐져 있어야 했다. 그런 욕심 사나운 일면이, 내가 위에서 허투루 쓴 '친일파'라는 한 역사적 계층의 속성, 말하자면 어떤 식으로든 살아남아야 하고, 살아남으려면 일정한 발언권을 행사할 만한 재력은 갖추고 있어야 한다는 요지부동의 세속주의를 대변하고 있는지도 모른다. 마침 좋은 실례가 그즈음에 일어났다.

이복 여동생이 태어났을 무렵이었지 않을까 싶은데, 그즈음 T시 일대에 흩어져 있던 세전지물의 상속 챙기기 말썽이 웬만큼 일단락지어져서 아버지는 그 물려받은 공돈으로 서울에다 부동산 두어 그루터기를 거저 줍다시피 장만했다. 겉말로는 장차 "쓸 만한 화실"로 쓰겠다면서 한강과 지척인 합정동과 뚝섬 건너의 강남에, 둘 다 집채들은 보잘것없었으나 대지들은 널찍한 부동산을 선뜻 사들여 두었던 것이다. 훤히 드러난 대로 그 부동산은 상속 재산의 공간적 자리바꿈에 지나지 않았다. 왜냐하면 그 부동산의 매수 자금에 그동안 미술 교육자로서의 월급 저축액과 원로급 화가로서 더러 팔리기도 한 그림값이 얼마라도 보태졌다면, 부잣집 아들다운 활수한 씀씀이와 당시의 한산했던 화랑 경기랄지 미미했던 그림 거래의 지명도별 호당 가격 등을 전적으로 무시한 주먹구구식 계산일 것이기 때문에 그렇다.

아무튼 그 시점부터였을 것이다. 어머니는 그 알토란 같은 재산이 혹시나 맏딸 또래의 그 작은댁 손에서 녹아나지 않을까 하고 노심초사한 나머지 머리가 어떻게 살짝 돌아버렸는지, 당신의 지아비를 "저 껍데기 같은 꺽다리 양반이 의뭉스럽기는 한량없어"라든지, "딴청 부리는 데는 아주 일급 고수야"라든지, "앙발구(앙바틈한 것의 경상도 사투리) 같은 게 선생님, 선생님하고 들락거리며 돈이든 뭣이든 빨아먹으려고 설치는데 안 녹아날 장사 없지, 그 통에 주책없이 흐물흐물 놀아나서 저 지경이지, 꼴에 사내 명색이라고 열 계집 마다할까"라든지, 그 밖에도 당신 시아버지의 소실 치레까지 싸잡아 헐뜯기 시작했

눈길과 눈씨

고, 그런 구시렁거림이 부엌 속에서나 장독대 곁의 수돗간 같은 데서 혼잣소리로 무람없이 깔리곤 했다. 실성기가 아니라 서글퍼서 내지르는 그 지아비 타박이 점차 심해질수록, 그 싸늘하고 위태위태한 분위기를 우리 가족은 마냥 조마조마한 마음으로, 무르춤하니 지켜보는 나날을 감수해야 했다. 이를테면 우리 형제와 작은 누님은 "밥상 나를 사람도 없다, 올라와서 자시든지 말든지 알아서 하라 캐라"라는 어머니의 지시를 받들어야 했고, 아버지는 예의 속짐작만은 훤한 얼굴로 독상을 거실의 양지바른 곳에서 받고 나서는 별로 내키지 않는 숟가락질에도 불구하고 철마다 뚜껑 덮인 사기그릇에서 누런 놋쇠 밥주발로 바뀌는 한 그릇 깎은 밥을 씻은 듯이 말끔히 비웠다. 술배와 밥배가 따로 있다는 말은 나의 아버지의 먹성을 정확하게 대변한다고 하겠는데, 그런 느긋한 자기 관리가 이중생활을 너끈히 영위할 수 있는 정신적, 신체적 스태미나의 지렛대였음에 틀림없다.

대체로 말해서 나의 어머니는 마냥 무엇인가를 기다리면서 속으로 울화를 삭이는 팔자를 저절로 길들여간 조용한 성품의 여자였다. 당신의 시어머니께서 일찍이 '친정 귀신에 홀린 여편네'라고 단정한 대로 나의 어머니는 하나 남은 바로 손위 친정 오빠가 하루빨리 장가들기를, 하는 일마다 시원찮은 그이의 사업 수완이 활짝 펴지기를 늘 안달했다. 어머니의 안태(安胎) 고향은 추풍령 밑자락에 붙은 K시였고, 당신은 일제 때 그곳 K고녀를 졸업한 재원이었던 만큼, 또 당신의 큰오빠가 그 고장 일대에서는 소문난 수재여서 일본 본토의 T제대를 다니다 병사했으며, 막내 삼촌도 역시 식민지 신민들이 선망해 마지않던 제1 고보를 거쳐 일본의 T상대를 마치고 6.25 동란 직전에 월북한 바 있는, 이른바 그 지역에서는 알아주는 지주 가문 출신이었던 대로 "그 삼촌과 그 오빠만 살아 있었어도 세상이 이 지경까지는 안 됐을기다"라는 믿음을 기리는 양반이었다. 아버지가 후에 당신의 노처를 '실어 증' 운운하며 단죄한 것은 그런 기다림과 하소연, 나아가서 어떤 인내의 각질화(角質化)에 따른 실없는 폄훼였다고 나는 생각하지만, 어떤 막돼먹은 세상이 닥치더라도 '자기 작품을 알아주는 사람이 단 한 명이라도 있다면 그건 그것대로 견딜 만하다'라는 예술가 특유의 알량한 자부 앞에서는 어떤 참한 아내라도 푼수가 되고 마는 그 좀 별쭝맞은 자기본위적 주장만은 매도해도 무방하지 않을까 싶다. 하기야 그런 자화자찬과 과신이 예술가 기질의 본색이기야 할 테지만, 남의 작품을 거들떠보지도 않는 그 안하무인의 자만에 따라붙는 허풍과 거짓 수작을 신뢰하는 사람은 소수에 불과할 테고, 그 '잠시'의 기고만장에 놀아나느라고 화폭 앞에서는 한껏 게으른 화가 나부랭이가 너무 많다는 점도 특기해둘 만하다는 것이 나의 소신이다.

하기야 그 방면에 문외한인 나로서는 장차 한국 현대 미술사가 어떤 식으로 굵은 획들을 그어갈지 알 수 없으나, 1970년대의 한국 화단도 예외 없이 그 당시 드세게 몰아붙인 '잘살아보세'라는 정치적 '탈기아(脫饑餓) 구호'에 휩싸였던 만큼 그림 자체가 장식품으로서의 가치나마 제대로 누렸는지도 의심스럽고, 화가들도 그런 반르네상스적인, 과장을 보태면 소박한 풍경화에 불과한 소위 '이발관 그림도 좋다, 시원하네 머' 하는 무식한, 과장을 보태면 반달리즘적 분위기에 부화뇌동하여 창작 의욕의 진정성조차 너나없이 지명도 높이기와 돈 밝히기로 분식(粉飾)하지 않았을까 싶긴 하다.

눈길과 눈씨

나의 아버지도 여느 화가들과 마찬가지로 그런 외풍에 시달리면서, 한편으로는 그럴수록 그 본연의 미의식을 발굴하기 위해 정진을 거듭해야 한다는 예술지상주의가 과연 그런 북새판 속에서도 통할 수 있는지를 시늉으로나마 숙고하기는 했을 것이다. 자기 작품에 대한 보상을 바라지 않는 예술가야 있을 리 만무하지만, 그 성취를 알아보는 대다수의 '눈씨'가 상대하기도 싫을 정도로 비천할 때, '아무거라도 다 좋다면 신명이 안 나잖아' 하고 잠시 손을 털고 일어서버리는 화가의 기개도 나름의 의미가 없지는 않을 것이다. 작품의 질적 고하와 그 성가를 누가 정확히 재단하며, 그에 부응하는 작품 가격이 인기에 따라, 지명도와 유명세에 좌우되는 현실에 환호, 수긍하는 예술가가 과연 얼마나 많은지를 둘러볼 필요와 이유는 워낙 만만하다. 하기야 일반 상품과 달리 그림에만 자칭 귀중품이랍시고 시세를 무시한 액면 초과액이 붙곤 하는 이 현상을 인간 특유의 수선스러운 호사(好事) 취미거나 시건방진 호사벽(豪奢癖)이라고 타박하면 '무식한 소리 작작해라' 하고 나서는 세력도 결국 무지몽매한 절대다수의 대척점에서 서성이는 딜레탕트인 유한계급일 뿐이잖는가.

3. 세속의 눈

비록 제2 지망에 붙긴 했어도 명색 일류 대학의 토목공학과에 나는 무난히 합격했다. 모든 합격자가 그러는 대로 별나게 수험 공부에 매달린 기억도 없는 걸 보면 나의 머리는 겨우 정상적인 수준에 그쳤던 듯하다. 어쨌든 건축공학과를 지망한 나의 입지는 내 머릿속의 '집'을 내 손으로 살뜰하게 지을 수 있는, 요컨대 자유업으로 살아갈 수 있는 능력을, 그 면허를 따두자는 것이었다. 사춘기 시절의 그런 실없는 공상은 대학에서 부전공으로 건축 구조학 같은 강의를 듣고는, 또 도면 제도 같은 실습으로 나의 그 미지의 직업에 대한 환상이 여지없이 무너지고 말았지만, 그럴수록 어떤 생업에 종사하더라도 남의 간섭을 상대적으로 덜 받고, 엄연한 주종 관계가 좀 느슨한 자유업에 대한 소망까지 허물어뜨릴 수는 없었다. 나의 그런 심정적 경사의 이면에는 화가로서 아버지가 한껏 누리는 그 생업 특유의 느긋한, 예의 그 자율성을 제멋대로 기리는 '배포가 유한' 세상살이에의 선망도 깔려 있었을 테고, 나의 꽁한 내성적 기질 덕도 받았을 것이다. 아무튼 '유명한 화가만이 살아 남는다'는 그 적자생존의 몸부림이 월급쟁이나 사업가와는 비교할 수도 없을 자유업 종사자로서 일생일업(一生一業)의 근본이라는 철부지다운 패기도 작용했을 테지만, 만용임을 알아채는 데 걸린 시간은 불과 10년 남짓이었다.

그러나 당신 자식들의 학업과 장래 직업의 선택에 대해서는 일절 간섭하지 않았다기보다 거의 방심으로 일관해온 아버지도 우리 형제와 자매 중 하나쯤은 대학에서 학생들을 가르쳤으면 하는 낌새는 현저했고, 그 대상으로 작은 누님과 나를 점찍었던 듯하다. 그 기대에 부응하느라고 작은 누님은 대학원 재학 중에 결혼했고, '생활반응' 분야에서는 국내 제일인자로서 매일같이 시체 검증으로 여기저기 불려 다니던 K 교수의 일급 조수로서 손색이 없었던 독물학(毒物學) 전공자였다. 남자들도 기피(忌避)하는 그 좀 별난 전공과 똘똘한 학구열이 여자

눈길과 눈씨

로서의 드센 팔자를 자초했을지도 모른다. 그럴 수밖에 없는 것이 신서방인가 하는 작자는 결혼식 당일에도 어딘가 열등감에 빠져 허우적거리는 듯한 기색으로 제 신부의 눈치만을 힐끔거리는 위인이었으며, 급기야는 마누라의 기에 질려서 도피성 유학길에 올랐던 꽁생원이었으니 말이다. 어쨌든 남자의 일방적인 혼인 파기가 작은 누님의 약리학자로서의 인생 행로를 도중 하차시켰고, 출가외인의 그 평지풍파도 우리 집안의 '가족적 냉기'에 한 빌미가 되었음은 사실이다.

직종이 불러일으킨 그런 혼인 파국을 목격하지 않았다 하더라도 나의 직업관은 크게 달라지지 않았을 성싶다. 아버지의 외도가 내게는 그 직업의 어떤 위선을 대변하는 것 같았고, 그런 이중적 삶을 의젓하게 벌여놓고 있는 아버지의 섣부른 기대 정도는 배반해야 마땅하다고 대드는 일종의 유치한 객기에 들떠 있었으니까 말이다. 그 당시 아버지 나이께나 이른 요즘에서야 나는 씁쓰레한 회오를 곱씹지만, 그런 치기도 없는 젊음이란 얼마나 삭막할 것인가.

나의 대학 생활은 대체로 심드렁하기 짝이 없는 것이었다. 재미난 연애와 시금털털한 실연의 낙도 즐기지 못했고, 술자리에는 마지못해 끌려다니는 꼴이었으며, 2학년 여름방학 때 학과 친구들 다섯 명과 함께 5박 6일 동안의 설악산 등반 및 동해안 도보 여행을 마치고 돌아온 날 밤에 종삼의 창녀촌에서 동정을 쏟아부은 경험 정도가 특기할 만한 추억거리이다. 3선 개헌 반대 데모가 연일 제법 드세게 벌어졌고, 하얀 페퍼포그의 집요한 추적에 캑캑거리며 돌팔매질도 힘껏 해보았으나, 다행하게도 아스팔트 바닥에서 산화한 대학생은 한 명도 나타나지 않았다. 4.19 학생 혁명 때처럼 대로 한가운데서 수십 명이 죽어가도록 방치하지 않는 것만으로도 군부 독재 정권은 영악하기 이를 데 없었으며, 그런 시속은 어느새 우리의 국력이나 치안 상태도 눈부시게 일취월장했다는 정황증거인데도 대학생들은 당대의 추이를 읽는 눈치에 관한 한 청맹과니나 마찬가지였다. 달리 말하면 예의 그 '잘살아보세' 이데올로기에 신들린 풍속/대세 앞에서 정치의식의 '환골탈태'는 무망하다기보다 차선의 어떤 '역사의식' 따위나 채근하는 음풍농월에 불과했을 것이다.

나는 학점 걱정 따위는 적극적으로 내팽개치고 명동의 중국 대사관 앞을 어슬렁거리며 《내셔널 지오그라피》 과월호를 한목에 서너 권씩 사 와서 영한사전을 뒤적거리기도 했다. 강의에서보다는 그런 잡지의 독해로 배우는 것이 더 많다는 확신이야말로 대학 생활의 역설적인 특혜였다. 점점 재미없어지는 대학 생활에 한창 진력을 내고 있던 4학년 봄학기 중반에 입영 영장이 날아왔다. 그 통보는 나 자신의 어떤 변모나 주변 환경의 변화를 머리로만, 또 입으로만 꾸준히 모색하고 있으면서도 돌파구를 찾지 못한 채 제 자리에서 헛소리를 내지르며 뭉개고 지내던 내게 무슨 암시 같았다. 거의 자정 무렵에 어머니로부터 입영 영장을 건네받은 그다음 날 오후 늦게 친구를 만나러 명동의 한 생맥주 집을 찾아가느라고 허겁지겁 교정을 빠져나오다 보도블록에 구두 코끝이 채어 안경을 떨어뜨렸고, 한 짝 안경알만 박살이 난 그 고물 안경을 끼고 술에 취해 을지로까지 거불거리며 돌아다녔는데, 그 일수 사나움조차도 내게는 모종의 변화를 일러주는 불씨처럼 여겨졌다.

입대 날짜는 5월 30일로 못 박혀 있어서 봄학기 등록금을 살리려면 미리 휴학계를 내든지, 학점을 챙기려면 입대 전에 담당 교수들을 일일이 찾아뵙고 3년 후 복학 때 리포트를 제출하게 선처해달라고 양해를 구한 후, 학과장에게 그런 학점 취득의 유예 경과 조치를 승낙받아야 했다. 나는 그 어느 것도 귀찮아서 내팽개쳐버렸다. 다들 그렇듯이 20대는 세월이 후딱후딱 흘러가 버리기를 촘촘히 바라는 나날의 연속이었다.

그런 일종의 질풍노도 속에서도 '지구는 여전히 나와 무관하게 저절로 돌아가며 내일도 해와 달이 지겹게 지고 뜨고 할 거야'라는 조바심을 어쩌지 못하는, 그 한때의 신경질 증상을 나만의 기질이라고 한다면 '예외적 인간'이 의외로 너무 흔하다고 해야 하지 않을까. 굳이 발겨내자면 까닭이 없지도 않을 그런 조울증이야말로 도시형 청년의 자질이며, 예술가 가장의 입김이 자욱한 집안에서 세상은 어차피 불공평하잖아 하는 신념을 쓰다듬어온 나 같은 위인의 후천적, 가정환경적 획득형질일지도 모른다.

그 당시 시중에서 떠돌던 '월남은 종 쳤다'라는 의미심장한 말 그대로 전후방 각지의 단위 부대들에는 그즈음 속속 귀국한 파월 장병들이 무리로 배속되어서 그중 반 이상은 소대장 이하 부사관까지도 우습게 보는 농땡이로 빈둥거렸다. 명색 전장(戰場) 바닥을 박박 기다가 사지가 성한 몸으로 귀환했답시고 거들먹거리는 그들의 기고만장은 차마 눈꼴이 시어 못 볼 지경이었다. 훈련병 시절을 끝내고 내가 배속받아 복무하던 P시의 건설공병단도 예외는 아니었다. 군대 생활을 2년 이상씩 한 병장급 귀국 사병들이 떼거리로 몰려와서 그들의 용병(傭兵) 시절 무용담과 그 허풍기를 요란하게 덧칠해대는 상전 노릇이 참으로 가관이었다. 콘크리트 블록 막사의 안팎에 검은 페인트 분무기로 새겨놓은 '구타행위 절대 금지'나 '장사병 애로사항 즉각 해결' 같은 지휘 방침이 무색하게 사병의 계급 서열이 온통 뒤죽박죽이었고, 자연히 기간 고참병/졸병과 전입해온 파월 장병들 사이에는 이른바 군기를 잡는답시고 집단 매타작도 심심찮게 벌어졌다. 나는 한동안 그런 고래 싸움의 새우로서 눈치놀음에 제법 이골이 났다.

공병대는 골병대라는 이칭대로 삽질이나 대패질, 못질 같은 일당(日當) 작업량을 어떤 요령으로 땜질하냐에 따라 골병이 덜 들기도 하는 노무자 부대일 뿐이다. 가령 모래 하역 삽질을 눈가림으로 하려 들면 삽자루는 쉴새없이 오르락내리락해도 10톤 트럭 한 대가 반나절이 지나도 제자리에 그냥 서 있게 마련이다. 땅을 판 잔토(殘土)가 고봉으로 실리지 않기 때문에 운전병은 시동을 걸 수가 없는 것이다. 이른바 투바이 포라는 마름질한 기다란 각목을 대패질할 때도 마찬가지다. 원래 대팻밥은 일정한 두께로 그 길이가 길수록 일급 목수의 일솜씨가 드러나는 법인데, 요령을 부리기 시작하면 대패질은 한눈도 팔지 않고 슬금슬금 밀어대고 있건만 톱밥처럼 잘아빠진 대팻밥만 땅바닥에 자욱하니 깔린다. 시멘트, 모래, 자갈을 일정한 비율로(흔히 1:2:4로 섞는다고 하지만, 작업에 따라서 천차만별이고, 그런 원칙의 재량권을 남용함으로써 부실 공사의 빌미가 되는가 하면, 군수품의 부정 유출을 사주, 유혹하는 미끼가 된다) 섞고 물을 부어 굳히는 콘크리트 치기도 세월아 네월아 하려 들면 구조물 기초가 울퉁불퉁해짐은 말할 나위도 없고, 삽 주걱이 한 짐이나 되도록 무거워진 채로 허공에 떠 있는 수도 비일비재하다.

눈길과 눈씨

게다가 전후방 각지로 공병을 배출하는 육군공병학교도(물론 나도 거기서 특과 교육을 이수했다) 거느리는 군단급 사령부 예하의 군수 지원부대들이 서른 개는 족히 넘고, 내가 배속된 부대도 상부의 명령을 쫓아 줄기차게 벌이는 크고 작은 각종의 건설/파괴 공사를 총괄하고 있었으므로 일거리가 미어터지게 많았다. 심지어 웬 기념행사는 그렇게 많은지 걸핏하면 현수막을 내거는 목조 아치 작업을 부대 정문이나 연병장 입구에다 부리느라고 여기저기로 불려 다녀야 했는데, 그때마다 하중(荷重)을 떠받치고 분산시키는 가로 세로의 나무토막들이 반원을 제대로 못 그리거나 못줄처럼 축 드리워지면 즉석에서 '조인트'가 깨진다. '기합이 빠져서' 못질이나 대패질에 요령을 부린 나머지 그야말로 조인트가 헐렁한 구조물을 만들어 놓아서이고, 그런 '찜빠'를 모면하기 위해서라도 공기(工期)를 행사 당일 직전까지 빠듯하게 맞춰내는 요령 피우기는 공병의 또 다른 주특기가 아닐 수 없는 것이다.

　누구의 배려인지 몰라도 내 주특기를 공병으로 정해준 군대 복은 정말 고마운 일이었다. 더욱이나 맞춤한 명령이 내게 연이어 떨어졌다. 곧 그즈음 우리 부대는 그 소용을 도저히 짐작할 수 없는 한 야산(시 외곽지구에 해발 3, 4백 미터 남짓 되는 연봉이 까마득하게 울을 치고 해안을 굽어보고 있었다) 밑을 연병장 두서너 개 크기로 파헤쳐 가는 대형 토목공사를 한창 벌이고 있어서 병장 이하 모든 졸병은 낮 동안 내내 시커먼 막장꾼으로 해를 못 보는 노역에 종사하고 있었다. 그런데 코에 주독이 빨갛게 올라 딸기코로 불리던 인사계 주임상사가 내 학력을 눈여겨보았든지 내게 행정반에서 일하겠느냐고 물었고, 나는 공병답게 목공 일이나 배우고 싶다고 대답했다. 그때 나는 천둥벌거숭이처럼 아버지가 캔버스를 짜는 모습을, 나아가서 나의 장래 생업에 다소나마 도움이 되는 일을 군대에서 익혀두자는 소망을 그리고 있었을 것이다. 주임상사는 연신 딸기코를 다섯 손가락 끝으로 쓰다듬으면서 "옆으로, 넌 당분간 내무반 대기야"라고 일갈했고, 가소롭다는 표정을 지었다가 얼른 거뒀다. 일주일쯤 다른 신병 서너 명과 함께 연병장 안팎의 잡초도 뽑고, 막사 주변의 낙엽도 쓸다가, 구멍 뚫린 철조망 담장도 때우면서, 하수도 오물도 치고 있자니, 하루는 인사계 주임상사가 나를 불렀고, 대뜸 "너 형이 지금 어디서 복무하냐?"라고 물었다.

나는 부동자세로 '공병의 수칙'을 목각 현판으로 내걸어둔 벽을 쳐다보며 고함을 내질렀다.

"알오티시 출신 장교로 지금 중부 전선에서 복무하고 있습니다."

엉성하기 짝이 없는 대답이었다.

"중부 전선 어디?"

"그건 모르겠습니다. 상황 장교라고 들었습니다. 제대 말년일 겁니다."

내 머리에는 얼핏 최전방의 새까만 중위 계급장의 '끗발'이 최후방의 이런 단위 부대에까지 미칠 수 있나 라는 의문이 스치고 지나갔다. 제 부하들은 영일 없이 땀을 뻘뻘 흘리며 땅굴을 파고 있는데도 심심해서 죽을 지경이라는 듯이 주임상사의 나직나직한 호의성 말이 행정반 책상 위에 깔렸다.

"전화가 왔어. 너 형한테서. 물어물어. 육본 인사 장교한테까지 조

눈길과 눈씨

회해봤다고 그래. 그랬을 거야. 넌 입대 후 집에 편지도 한 번 안 했다 그러고."

"예, 안 했습니다."

"왜 안 했나? 자네 학력에 글을 못 쓰나, 주소를 까먹었나?"

할 말이 궁했다. 편지를 안 한 내 심경을 풀어놓자면 우리 집안의 좀 예외적인 분위기를 설명해야 하는 만큼 장황해질 것이고, 그런 사설을 30대 중반의 직업 군인이 과연 제대로 이해할 수 있을지도 의심스러웠다. 진땀이 흘렀다. 간신히, 그러나 불쑥 튀어나온 나의 대답이 직업 군인을 좀더 웃겼다.

"돈 좀 부쳐달라는 편지는 할 참이었습니다."

"왜, 어디다 쓰게?"

군대란 대답하기 곤란한 질문만을 어김없이 들이대는 사람을 적재적소에 배치해두는 집단이었다.

"배고프나? 우리 부대는 자유 급식제를 실시하고 있잖냐?"

"배는 안 고픕니다."

"다른 게 많이 고파?"

"예, 그렇습니다."

나의 목소리가 꽤 우렁찼을 것이다.

"그게 뭐야?" 나의 대답을 주임상사가 대신해주었다. "알 만해. 자네 학력에 졸업만 하면 펜대 잡고 사람을 턱짓 손짓으로, 지 꼴리는 대로 부릴 텐데 못질 배워서 머할라고. 말하자면 넌 총보다 펜을 잡아야 어울리는 인테리잖아. 자네, 사회에서 꼴통이었나?"

"아닙니다, 모범생이었습니다."

"안경 벗어봐." 주임상사가 먼눈으로 내 안경의 도수를 읽더니 머리를 절레절레 흔들었다. "지독한 근시구먼. 이 눈으로 쇠 척자나 제대로 읽겠나?"

"잘 보입니다. 제도도 해봤습니다. 훈련병 때 특등 사수였습니다."

점점 뻣뻣해지는 내 대답에 주임상사가 쓴웃음을 베어 물었다.

"괴짜야, 알았어. 잘 봐주고 말고도 없어. 가봐. 파견 근무 내보내주지."

후에 안 사실이지만 오로지 밀대처럼 삐쩍 마른 내 허우대만 보고 호의를 베풀었던 그 인사계 주임상사는 월남전에서 군수품 보급을 담당하는 보직을 3년인가 누렸고, 그 통에 제법 알찬 목돈을 모아 귀국한 터여서 웬만한 영관급 장교들도 그의 재력을 부러워하는 데다, 그 알돈으로 술집이나 차리겠다는 궁심을 짓주무르면서 하루가 삼추같이 전역 특명만 기다리고 있던 양반이었다. 10년쯤 후에 나는 우연히 서울 강남의 꽤 소문난 한 소갈비 집에서 그 주임상사를 만났는데, 그는 대뜸 "안경이 바꼈네" 하며 나를 알아보았을 뿐만 아니라 나의 신상 명세도 훤히 꿰차고 있었다. 그 소갈비 집 주인이 바로 그였고, 2차에 나서는 내 일행을 안내한 강남의 한 매음굴 같은 2급 룸살롱의 사장도 그였으며, 그는 "이쪽(그 룸살롱을 그는 그렇게 지칭했다) 지분은 반이 내 큰딸년 거야"라고 내게 말했다. 그 후 나는 '십자성'인가 하는(상호와 영업장소를 수시로 바꾸고 그때마다 실내 장식도 확 뜯어고쳐 주는 게 그 '여자 장사'의 불문율이라고 했다) 그 룸살롱을 서너 번쯤 들렀으나, 그때마다 그 '월남에서 돌아온 김 상사'는 코빼기도 비치지 않았고, 그의 딸만은 꼬박꼬박 마담으로 내 앞에 나타나서

눈길과 눈씨

제법 칙사 대접에다 참한 호스티스를 내게 붙여주며 파흥 후에는 이른바 '자기 파트너'와의 매음을 교사하느라고 "콘돔은 제발 하나만 써, 두 개씩이나 쓰면 몸 버려, 몸은 젊을 때 아껴 써야 늙어서도 훗발이 좋대" 어쩌구 해댔다.

그 이틀 후, 나는 김 상사가 손수 운전하는 지프에 소위 '더플백'이라는 기다란 녹색 마대 자루를 실었다. 사령부 영내 직속 부대인 공병근무대로 전입 신고차 가는 길이었다. 건설공병단이 상급 부대가 아닌데도 병력이 남아돌아서 그랬던지 나 말고도 신병을 둘이나 선뜻 공병근무대로 떠넘겨버리는(이렇다 할 말썽만 저지르지 않으면 제대할 때까지 그 파견 근무는 보장되는 게 관례였다) 그런 인력 관리야말로 군대 행정의 장기라기보다 출중한 부사관의 인사 재량권이었다. 건설공병단이 주로 큼지막한 토목공사를 도맡고, 공병근무대는 사령부 예하의 여러 단위 부대들이 쉴새 없이 벌이는 각종 시설의 보수 및 건설 공사를 맡고 있었으므로 한쪽이 중장비를 많이 거느리고 있는가 하면, 다른 한쪽은 건축 기자재를 산더미처럼 쌓아놓고 있었다. 시멘트 포대나 길고 짧은 각목들은 창고마다 천장이 안 보일 정도로 쟁여 있었고, 창유리, 합판, 니스, 페인트 같은 도료(塗料) 깡통들도 흔전만전이었다.

김 상사가 나를 첫눈에 잘 봐서 파견 근무지로 내보내 준 호의야 물론 파견 근무의 으뜸가는 덕목대로 내무반 생활을 좀 수월하게 하라는 선의의 배려였을 것이다. 사실이 그랬다. 조회나 점호는 아예 없었고, 밤이면 내무반 안에 병력이 한 명도 없는 날도 비일비재했다. 공사 현장에서 작업 중이라거나 귀대 중이라는 둘러대기야 뻔한 거짓말이고, 대개는 건축 자재들의 자투리를 시중에 팔아 흥청망청 술들을 퍼마시고 있어서였다. 한동안 나는 썰렁한 내무반을 혼자서 우두커니 지켰다. 낮에는 목공장으로 가서 조수로 공구나 집어주며 고참병들의 일을 거들었는데, 그 일거리라는 것이 대개 다 단위 부대장급들의 개인적인 주문품 만들어주기였다. 지휘봉, 신발장, 전신상 거울, 상패함, 옷걸이, 부대기함 짜기야 군대의 특성상 어쩔 수 없다 치더라도 웬 놈의 다탁과 책꽂이나 책장을 짜달라는 주문이 그렇게 쇄도하는지 알 수가 없었다. 뿐인가, 찬장, 식기장, 이불장, 옷장, 장롱까지 만들어 달라는 주문이, 심지어는 실외 철봉대, 평행봉, 발모가지에 혁대를 걸고 윗몸을 일으키는 사물(私物) 운동기구까지 급히 짜 맞추라는 명령이, 까마득한 상부에서 내려오는 그런 억지 사사(私事) 하명이 흔히 그렇듯이 치수가 다양한 만큼이나 취향들도 별스러워서 소대장 한 사람이 아예 그 공무에 매달려야 했다. 소대장은 목공병들의 눈치를 봐야 했고, 간간이 술도 사주어야 제대로 짠 주문품을 제날짜에 갖다 바칠 수 있었다. 그 덕분에 나는 집에다 돈 좀 부쳐달라는 편지는 안 해도 되었지만, 못질, 대패질, 끌질 따위를 배우는 일은 뒷전으로 물러나고 틈틈이 페이퍼질, 옻칠, 니스칠이나 해대다가도, '위에서' 부르면 발이 안 보이게 달려가 소대장 꽁무니에 붙어서서 내게는 눈도 주지 않고 말도 걸지 않는 높은 계급장들의 주문품 제작의 내용과 그 골격을 바로 알아듣고 받아쓰기하는 한편 줄자를 빼서 치수를 재는 '꼬붕' 일을 해야 했다.

세칭 '군대 복'은 굴러오는 대로 누리면 그뿐이고, 그걸 끗발이니 뭐니로 제 복인 양 나대다가는 사고를 치거나, 여기저기서 치이다가 종내에는 몸을 다치고, 고문관이 될 확률이 높다. 공병 병과도 예외는 아니다. 가령 건축 기자재는 말할 것도 없고 공사가 미처 마무리되기도 전에 비계까지 민간업자에게 헐값에 넘기는가 하면, 값비싼 미제 드라이버 세트나 스패너 세트 같은 비품 공구까지 소모품으로 취급하여 들어내 먹는 데다 군 수사기관에서는 그런 군수품 유출의 관행을 못 본 체해준다는 구실로 시멘트 포대나 각재목, 심지어 야구공만한 구멍이 세 줄로 뻥뻥뻥 뚫린 담장용 및 교량용 피에스피 철판까지도 한 트럭씩 실어내다 팔아먹는 판이라 부대 분위기는 언제나 후끈후끈하니 달아올라 있는 형편이었다. 후방의 병력 통제를 어떻게 하는지 인원은 늘 부족했고, 창고가 비좁고 부족할 정도로 군수품은 지천이라 언제라도 시중의 수요를 일정하게 즉시 공급해줘서 민생 경제를 북돋워야 하는 과외의 횡령에 게으를 수도 없는 노릇이었다.

공병근무대에서 파견 근무를 6개월쯤 했을 때까지도 위에서는 그런 업무조차 까먹었는지 내게 휴가 명령을 떨구지 않았고, 기간 사병들도 부대 분위기가 워낙 푹하고 기름져서 다들 휴가 갈 생각도 안 했다. 그 대신에 아래위의 눈치를 봐가며 사흘씩이나 닷새씩 휴가를 찾아 먹겠다고 나서면 언제라도 갔다 오라는 증을 만들어주었다. 나도 부대의 그런 헐렁한 분위기에 감염되어서 집에 갔다 올 마음이 전혀 생기지 않았다.

공병근무대에서 9개월째 복무하고 있던 1971년 7월 21일 점심나절이었다. 점심을 먹는 둥 마는 둥하고 난 후, 날씨도 더워서 군복 상의를 벗고 공구함에 기대 졸고 있는데, 가끔씩 자대(自隊)에서 업무 연락차 들르면 우정 목공 작업장에 들러서 내게 "제대 날짜 얼마 남았냐?

년 아무래도 군복이 안 어울려" 어쩌구 해대고는 "마음이 콩밭에 가 있는 사람을 어쩌자고 이렇게 붙들어놓고 뭉그적거리는지 알다가도 모리겠어. 지겨워서 정말 군대 생활 못해 먹겠어" 같은 제 신세타령을 꼬박꼬박 덧붙이면서도 직업 군인으로서의 위신은 그런대로 챙기고, 말끝마다 "작대기 계급장끼리" 운운하며 수하 졸병들에게는 '이 상병, 장 병장' 같은 계급 호칭을 극구 마다하고 '야, 너, 너네들, 자네, 이군아'라고 불러대던 예의 그 인사계 주임상사가 내 앞에 나타났다.

김 상사가 광이 빤짝빤짝 빛나는 새카만 미제 군홧발로 내 흙투성이 국방색 베 조각 작업화 밑바닥을 툭툭 찼다.

"야, 야, 일어나."

나는 벌떡 일어났고, 선잠이 덜 깬 채로 그가 흔히 "군대 생활할 만하냐?"라고 물을 때마다 복창하는 대답을 고함쳤다.

"예, 할랑합니다."

"야, 야, 할랑이고 나발이고 귀청 떨어지겠다. 기합부터 빼라." 그가 제 빨간 주먹코 앞에다 손바닥으로 부채질을 하며 말을 흘렸다. "하이고, 촛병이 됐구나."

"예, 어젯밤에 좀 마셨습니다."

그 전날 밤 나는 고참병 서넛과 함께 부대 주변에서 삶은 돼지고기 안주에 막걸리를 한 말 이상은 마셨을 것이다. 그런 낭창한 술자리는 온종일 먼지 마시고 작업하는 공병부대의 특성상 자주 벌어지는 회식이었고, 그 비용은 후무리기 나름이긴 하지만, 실례로 숱하게 널려 있는 작업 현장 지원용 덤프트럭 한 대를 빼내 수성/유성 페인트 깡통 몇 개라든지 철근이나 시멘트 포대나 포 바이 포 각재목 등을 싣고 난

눈길과 눈씨

다음 그 위에다 모래나 자갈을 덮어 실어내고, 작업 현장 인근의 한적한 공터에다 그 건자재들을 부려놓으면 말을 맞춘 민간업자가 쥐도 새도 모르게 실어 가고 난 후, 어느 술집에다 맡겨둔 물품 대금으로 충당하는 것이었다.

"야, 너 빨리 너네 집에 가봐야겠다."

내가 멀뚱히 서 있으려니 김 상사가 내게 휴가증 쪽지를 디밀었다.

"너네 어머니가 돌아가셨대. 너 형한테서 전화 왔더만. 어젯밤에 건널목에서 차 사고를 당하셨나봐."

그야말로 눈앞에 헛것이 얼쩡거리는 아찔한 전갈이었다.

"몰라, 아 참, 서울 집으로 올 것 없이 외갓집으로 오라고만 전해 달라대, 그렇게만 전하면 알 거라면서."

외갓집이라면 그 당시에는 K시에 있었고, 외삼촌은 큼지막한 장방형 얼음도 만들고 식품을 얼려 보관하는 냉동 창고업을 향리에서 크게 벌려놓은 지방 유지였다. 그즈음에는 마흔도 넘어 늦장가를 들어서 본 손자 같은 아들자식을 둘이나 봐서 어머니는 친정의 대를 이어 준 오빠가 고맙다며 한시름 놓고 있던 참이었다.

김 상사가 보기에도 딱한 나의 낙담에 채찍을 먹였다.

"야, 신고할 것도 없다. 군화나 갈아신고 지금 당장 출발해. 참, 너 아직도 집에다 편지 안 했냐?"

"예, 전화는 두어 번 했습니다. 형이 제대했을 때도 전화했고요."

"야, 빨리 움직여, 애가 시방 넋이 빠졌나. 나 지금 방카에 가야 해, 피복 보급차. 내일 오후에 참모장과 단장 지휘 순시가 있어 그래. 고속버스 터미널까지만 태워다 줄 테니까 빨리 타라."

'방카'란 트럭 두 대가 한꺼번에 들락일 수 있고, 야산 밑자락을 온통 둘러 파서 유사시에는 방공 지휘부로, 평상시에는 군수품 비축 창고로 쓴다고 알려진 건설공병단의 예의 그 대형 땅굴 굴착 공사 현장을 그렇게 불렀다.

그러고 보니 김 상사가 졸병도 하나 안 데리고 손수 몰고 와서 목공 작업장 앞 공터에다 시동도 안 끈 채로 세워둔 무개(無蓋) 반트럭(흔히 에스피시 수송 차량이라고 부른다) 속에는 작업복, 작업화, 면 러닝셔츠 등이 새것으로 한 차 가득 실려 있었다.

내 눈대중이 그럴싸하다면, 김 상사는 행정반 안에서 업무를 보거나, 군기를 잡느라고 부대 영내를 어슬렁거리거나, 중대장 뒤를 따라다니며 작업장의 공사 진척 현황을 살필 때는 그림자처럼 말도 없이 군대 생활을 억지로 하는 듯한, 그러나 조용히 제 실속만 챙김으로써 오히려 자신의 직속상관들보다 더 위엄을 부리는 사람인데, 일단 운전대에 앉아 핸들만 잡았다 하면 물 만난 생선처럼 퍼덕거리는 이상한 체질이었다. 추측건대 월남전에서 군수품을 차떼기로 실어내 팔아먹는 데 이력이 붙으면서 그런 특이한 이중성격을 체질화시켰지 않았나 싶다. 눈물은 안 흘렸던 듯하지만, 멍멍한 정신을 간신히 가누며 어머니의 뜬금없는 비명횡사만을 애달파하고 있었을 터여서 그때 내가 그의 말을 얼마나 제대로 새겨들었는지 의심스럽지만, 지금도 선명히 기억하는 그의 말 중에는 이런 것도 있었다.

"야, 너네 영감이 동양화를 그렸으면 내가 어떡하든 두어 점 얻었을 텐데 말이야. 한식집을 차리든 선술집을 벌이든 유명 화가 그림이라도 한두 개 방에다 내걸어놓아야 소문이 나고 품위가 올라붙을 것 아

눈길과 눈씨

냐. 알 듯 말 듯 한 추상화라니 식당에는 좀 그렇잖아. 그림값이야 매기기 나름일 테지만, 너 안면 팔아서 너네 영감 하나쯤이야 막말로 못 구워삶겠어? 니미 시팔, 군대 생활 정말 못해 먹겠어. 술집이나 밥집을 해보다가 다 털어먹으면 운전대 잡지 머. 인생살이는 간단해, 나는 절대로 어렵게 생각 안 해. 1종 면허도 따놨어. 난 애국자야. 군대 생활 나만큼 충실히 한 놈 있으면 나와보라고 그래. 월남에서 군수품 빼돌려 돈 번 게 영창감이라고? 좋아하고 있네. 나 아니라도 미군 군수 물자는 누가 해 처먹어도 다 해 처먹게 돼 있어. 그게 미국의 월남 정책이야. 군수 물자로 월남을 구호하고 보호하는 거야. 꿀꿀이죽이 별 건가. 간신히 허기만 끌 정도로 찔끔찔끔 주는 구호식량을 원조라면, 원조 좋아하네. 천벌 받지. 양놈 부사관들은 역시 대국 놈들이라 간들도 무지 커. 숫제 부두 데포에서 부대로 안 가고 바로 월남 블랙 마켓으로 트럭이 수십 대씩 직행하는 판인데 머. 미국 본토불을 수십 자루씩 내가 차로 실어주기도 했다니까. 꿀꿀이죽이 베트콩까지 먹여 살린다 이거야. 아, 시팔, 그때가 정말 좋았어. 지금 당장 군복만 벗어부치면 뭣이라도 하겠는데 말이야. 나이 먹고 간이 쫄아 들면 아무것도 못해 먹는데. 걱정이야. 명색 고2 중퇴로 직업 군인이 된 팔잔데, 제대할라고 돈 쓸 수는 없잖아. 안 쓸 거야. 누가 이기나 버텨보는 거지 머. 도대체 왜 날 붙들고 안 놔주는지 알다가도 모리겠어. 병력 수급 체계가 엉망이야. 3선 개헌도 했겠다, 경제는 어차피 잘 돌아가게 돼 있잖아. 각자 살길 알아서 살도록 길을 열어주는 게 정치 아냐. 목숨 걸고 꼬불쳐온 미국 돈, 푼돈으로 녹아나기 전에 날 좀 풀어달라 이거야. 내가 머 잘못됐어?"

뒤이어 그는 월남에서 오입질한 생경험도 털어놓았을 테고, '긴급수송'이란 붉은 글자 팻말을 코빼기에 붙인 무개차 핸들을 좌우로 신나게 돌려댔을 것이다. 지금 되돌아보면 김 상사는 역시 먼뎃것을 천연스레 눈대중하면서 제 꿍꿍이속을 차곡차곡 여툰, 모랫바닥에 던져놓아도 너끈히 살아낼 생활력 좋은 양반이었던 듯하다. 한낱 부사관 신분으로 서양화 화단의 내로라하는 중진으로서, 명색 도쿄 한복판의 '제국(帝國)미술대학' 졸업생이었던 나의 부친의 그림까지 얻어볼 궁리를 차리고 있었으니 말이다.

어머니의 죽음은 정말 미스터리였다. 당신은 해거름에 K시 역 개찰구를 빠져나와 역사를 등지고 시내 쪽으로 한참 가다가 외삼촌 댁과는 남북으로 정반대 쪽인 철길 건널목을 건넜던 듯하다. 그 정황은 길이 곧이곧대로 말해주고 있고, 굳이 그쪽 길로 들어선 발걸음을 추리하자면 월북한 당신의 삼촌 댁, 그러니 그이가 전적으로 타의에 따라버린, 그러나 결과적으로는 무책임하게 떨구고 간 당신의 숙모와 사촌 하나가 성가(成家)해서 사는 그 친척 집에 먼저 들러보기 위해서였을 것이다. 그런데 마침 서울행 특급열차가 통과하려던 시점이어서 한참동안 키 큰 아주까리와 해바라기 같은 일년초가 울을 치고 있는 철길을 망자는 서너 명의 행인과 함께 멍하니 쳐다보고 있었다고 하며, 목격자의 증언에 따르면 차단기가 올라간 후에도 한참이나 건널목을 건널까말까 망설이는 눈치를 보이다가 이윽고 철길을 무사히 건넜고, 뒤이어 철길을 따라 난 1차선 차도를 넘어 인도에 들어서려는 찰나에 건널목을 개구리처럼 풀쩍 뛰어 달려온 대형 트럭에 받혀 튕겨 나갔다고 했다. 인명 사고를 낸 50대의 빡빡머리 운전기사는 피해자의 뒤를 받은 바가 없다고 펄펄 뛰며 극구 발뺌했고, 실제로 당신의 주검에는 그런 외상의 흔적이 보이지 않았다. 아무튼 출가외인이어서 어머니의 주검을 외삼촌 댁에는 들일 수 없다고 해서 K시 한복판의 한 종합병원에 안치해두고 있었고, 그 영안실에서 외삼촌 댁 쪽으로 3백 미터쯤 떨어진 곳에 외삼촌의 사업장, 곧 한때는 세전지물의 논밭이었던 터를 갈아엎어 지은 장방형 단층의 얼음 창고 및 냉동식품 보관창고가 있었다.

어머니의 상중에는, 또 유품 정리 중에는 작은 누님이 제일 쉽게 울었고, 고인에 대한 추모의 정을 애달프게 쓰다듬었다. 이미 자식 하나만 덜렁 떠안고 홀로 된 제 팔자가 서글퍼서 작은 누님이 그처럼 원통하게 호곡하는 줄 알았는데, 그게 아니었다. 나의 상복으로 쥐색 양복과(대학 입학 기념으로 집에서 사준 그 옷이 춘추복이어서 나는 상중 내내 땀을 뻘뻘 흘린 기억이 남아 있다) 와이셔츠를 손수 싸 들고 왔고, 부음을 통기하자마자 검은색 넥타이까지 손수 사 온 작은 누님은 가족 대표로 사체 검증에 입회한 사람답게 나의 손을 이끌고 어머니의 시신을 보여주었다. 나는 당신의 오른쪽 광대뼈에서 이마 일대에 두드러지게 퍼져 있는 검누런 피멍 같은 외상 흔적을 눈여겨보았다.

작은 누님이 통통 부은 눈을 치뜨며 내게 말했다.

"사인은 충격에 의한 뇌출혈이야, 맞을 거야."

소복 차림으로 벽에 기대 흰 수건으로 얼굴을 덮고 연방 목놓아 울던 작은 누님은 그날 밤 자정이 넘어 나와 함께 영안실을 지키면서 어머니의 근년 동정을 뜸직뜸직 들려주었다. 수년 전부터 어머니에게는 고혈압이 있었으며, 무릎 관절염이 꽤 심해서 잠들기 전에도 그 통증으로 고생했다고 했다. 내가 입대하기 전에도 당신은 기동할 때마다 거북한 동작을 보였고, 자주 종주먹으로 무릎 부위를 자금자금 다듬이질해대는 모습을 보였지만, 작은 누님이 꼬박꼬박 대주는 미제 아스피린을 거의 5년째나 장복하고 있었다는 사실은 금시초문이었다. 약으로도 잘 다스려지지 않는 이상 체질의 고혈압이 당신의 심각한 지병이었다는 것도 그때서야 처음 알았다.

내가 불쑥 물었다.

"아버지는 엄마의 지병이 그처럼 심한 줄 알고 계셨어?"

아버지의 또 다른 치부를 발겨내려는 듯한 나의 물음에 작은 누님은 울며불며 대들 듯 뇌까렸다.

"몰라. 몰랐을 거야. 알아도 말씀은커녕 내색이라도 하시는 양반이야. 엄마도 그런 말이야 하실 분이니? 우리가 엄마를 일찍 돌아가시게 했어. 다들 너무 무심했어. 병원에도 한 번 안 가보시고… 엄마가 싫어증 있다는 소리는 말짱 헛소리야. 정신이 얼마나 멀쩡하셨는데… 너 입대하고부터 엄마는 나와 제일 가깝게 지냈어. 수시로 부르고, 나도 답답해서 약 챙겨드린다고 집에 자주 들락거렸어. 밥상 들고 일어설 때마다 힘드시다고 해서 입식 부엌으로 개조하라고 내가 갈 때마다 말해도 엄마는 며느리 보면 하겠다고, 그때까지만 참겠다고 했어. 또 사랑을, 아버지 화실 말이야, 그때 가서 사랑도 내주겠다고 했어. 이가, 이가(離家)시키겠다고 했어. 언니나 너희들은 그 사정을 다 몰라. 넌 애가 인정머리도 없이 왜 집에 편지도 안 했니? 아버지는 원래 그런 양반이니 접어두더라도 엄마가 걱정하는 것도 몰랐니? 아빠가, 우리 식구 모두가 엄마를 죽였어. 고사(枯死)시킨 거야. 창살 없는 감옥이

675

별거니? 정말 분하고 원통해. 생각이 그렇게 깊던 양반이 남편 복, 자식 복도 지지리 없어서…"

할 말이 없었다. 자괴감이 내 머리칼을 쭈뼛쭈뼛 곤두세웠다. 아마도 그때 나는 우리 집이 오래전부터 가뭄 중의 논바닥처럼 쩍쩍 갈라지고 있었으며, 식구들도 뿔뿔이 제 살길을 찾아 나선 식민지 치하의 유랑민 같다고 여겼을 것이다. 어머니는 그런 균열을 촘촘히 헤아리면서도 유일한 의논 상대였던 작은 누님에게조차 당신의 신고를 조금도 내색하지 않았던 양반이었다.

상중에도 시무룩하니 내 자리를 지키는 데만 급급했고, 할아버지가 묻힌 경북 S군 소재의 선산에 당신의 시신을 거둔 후 곧장 서울로 올라가 공덕동 집에서 일주일 남짓 머물면서도 나는 작은 누님 말고 다른 가족이나 친지들과 말을 나눈 기억이 없다.

외삼촌의 사업장 입구에는 차부(車部)처럼 널찍한 공터가 있어서 거기다 차일 서너 개를 쳐두고 5일 상 조문객들을 따로 맞고 있었는데, 아버지는 뒷짐만 지고 어슬렁거렸다. 평소의 그 소문난 과묵에다 언제나 후줄그레해서 오히려 그 껑충한 몸피와 어울리는 양복을 입고, 뭉게구름이 보기 좋게 뭉쳐져 두둥실 떠 있던, 그러나 우리 가족과는 너무나 무연한 것 같던 그 새파란 여름 하늘을 한참씩이나 우러러보다가 이내 고개를 떨구고는 머리를 주억주억 끄덕이던 초로의 아버지 모습이 내게는 까마득하게 펼쳐진 어떤 풍경 속의 한 부분처럼 낯설게 다가왔을 뿐이었다.

그해 여름은 유독 가물어서 그랬던지 뿌연 차일 위로 빨간 고추잠자리 떼가 어지러울 정도로 가뭇가뭇하게 날아다녔고, 외삼촌의 얼음

창고는 성시를 만나 김이 무럭무럭 피어오르는 커다란 얼음덩이를 쉴 새 없이 어디론가로 실어 날랐다. 큰 누님은 낯선 곳이라 외숙모에게 일일이 물어가며 조문객들의 음식 수발을 하느라고 눈코 뜰 새 없는 중에도 내게 눈 좀 붙이라고, 밥 챙겨 먹으라고 하루에도 몇 번씩이나 채근했다. 형은 문상객들 틈에 끼어 앉아 있을 때도 저만치 떨어져서 오도카니 떠 있는 절해고도 같던 아버지에게 귓속말로 삼촌의, 또 외삼촌의, 더불어 고모들의 당부를 주워 옮기느라고 영안실의 비좁아터진 공간과 땡볕이 쏟아지는 차일 밑을 오락가락하며 다리품을 팔았다. 그때 외삼촌과 아버지가 서로 '자네'로 호칭하고, '하게'체로 주거니 받거니 하는 게 내 귀에는 어쩐지 어색하게 들렸고, 그에 비해 군의감까지는 못 지냈으나 나의 향리 T시 외곽에 있던 한 육군병원 원장을 지낸 삼촌이 아버지와는 데면데면하게 굴면서도 외삼촌에게는 깍듯이 '형님'이라고 부르면서 살갑게 구는 것이 제법 그럴듯해 보였다.

　어머니의 서글픈 주시(注視)가 어느 날부터 홀연히 사라진 서울 공덕동 집은 썰렁하기 이를 데 없었다. 입대 전까지 내가 독차지했던 방을 형이 쓰고 있었는데, 장교 제대자답게 새로 맞춘 신사복 세 벌이 가지런히 벽에 걸려 있었다. 남은 휴가 동안 나는 안방에서, 어머니가 하향 직전까지 깔고 지낸 돗자리 위에서 죽치고 지냈다. 천석걸이는 실히 되었다는 지주의 외동딸로서, 또 비록 서출이긴 했어도 T시에서는 제법 이름난 소아과 의사의 장자였던 화가에게 시집가서 중년부터는 명실상부한 '사모님'으로 살았으면서도 어머니의 유품은 당신의 혼백과 시신마저 길에서 떠돌다가 내팽개쳐졌던 대로 보잘것없었다. 패물로는 금비녀 하나, 금반지와 은반지 각 한 쌍, 작은 누님이 시집갈 때

눈길과 눈씨

두 딸의 역성에 못 이겨 샀고, 작고 직전까지 평소에도 늘 애지중지했다는 녹색 비취반지가 다였다. 작은 누님은 그것들을 방바닥에 늘어놓고는 한참이나 넋을 놓고 있다가 이윽고 "목걸이도 하나 없어"라고 읊조리고 나서 "엄마"라는 비명과 함께 목놓아 울었다. 아버지의 무심을 탓하는 작은 누님의 그 통곡은 한동안 서글프게 이어졌다. 서울에서 살고부터 어머니는 퍼머 머리에다 헐렁한 원피스 등을 입고 지냈으니 진주 목걸이는 못할망정 금목걸이 하나 정도는 지닐 만했고, 내가 알기로는 형의 제대 전후에도 아버지는 무슨 비엔날레에 참석 겸 미술관 순례 차 보름쯤 유럽 쪽을 돌아다닌 바 있을 텐데, 어머니에게 이렇다 할 선물 하나도 디밀지 않은 모양이었다,

돈 액수로 따지면 별것도 아니었으나, 유품으로서는 제격이고 길이 지녀야 할 사람이 가져야 하는 만큼 그 패물들은 작은 누님 몫이 되었다. 안방 다락을 뒤지니 당신께서 시집올 때 가지고 온 듯한 반닫이와 피롱(皮籠)이 각 한 짝씩 먼지를 켜켜이 뒤집어쓴 채로 나왔는데, 그 속에는 반짇고리, 자개 박힌 찬합, 참빗과 얼레빗과 음양소(陰陽梳)와 손잡이 달린 면경 따위를 넣어둔 경대, 이제는 누구도 못 입을 구식 한복 서너 벌과 그 갈피 속에 묻어둔 술띠 달린 염낭과 귀주머니가 각 한 쌍씩 들어 있었다. 한참 후에 알았지만, 그 유품들은 강남으로 이사할 때 몽땅 작은 누님이 챙겨 갈무리하다가 워낙 탄탄하게 짜서 앙징스럽던 상자형 경대만은 큰 누님의 극성스런 통사정에 떠밀려 넘겨주었다고 했다. 그리고 내의 같은 당신의 옷가지 속에 제법 비쌌을 얼룩덜룩한 실크 스카프 하나, 처녀들이나 멋 부린다고 어깨에 걸치는 체크 무늬 모직 숄 하나, 긴 털이 부풀부풀한 연보라색의 외제 모피 목도리

하나, 그 촉감이 천보다 더 보드라운 캥거루 핸드백 하나가 고이 간직되어 있었다. 작은 누님의 총평에 따르면 "엄마한테는 다 어울리지도 않는 것들이야, 이런 핸드백이야 30대 오피스 걸들이나 매고 다닐까, 엄마가 어디를 들고 나다녀. 아버지 안목이 늘 이렇게 달 보고 짚는 개 꼴이지. 속으로야 원망했을 테지만, 엄마는 평생 당신 마음을 툭 털어놓지를 못하고 사신 거야"라고 했다. 당신에게는 아무짝에도 쓸모없는 그 유품 네 짝만이 지아비가 생전에 내자에게 슬그머니 떨구었을 애정의 표시로서 까짓것이었다.

4. 감시의 눈매

세월이 가는지도 오는지도 모르는 흐리멍덩한 나날의 연속이었다. 그해 여름의 폭염은 지독했고, 또 끝이 없을 것처럼 길었다. 오랜 가뭄 탓인지 민간에서는 콜레라가 돈다고 시끌벅적했다. 사령부 정문의 경비 헌병들은 정시에 출근하는 사령관의 탑차까지(덮개가 세단처럼 깔끔한 지프를 특별히 그렇게 불렀다) 일단 정지시켜 별과 지휘봉이 뻔쩍이는 선탑자에게 뿌연 클로르칼크 소독약을 흠뻑 뒤섞은 대야 물에다 두 손을 씻고 출입하시라고 명령했다. 영내 식당 앞에도 역시 소독액 탄 드럼통 두 개를 양쪽에 붙박아두고 끼니때마다 들락이는 모든 사병의 두 손을 두 번 이상씩 뿌옇게 적시게 했고, 모든 작업장 주위는 말할 것도 없고 새들거리는 잔디밭 위에도 뽀얀 표백분을 금(禁)줄 긋듯 뿌려댔다. 땡볕 속에서 유령처럼 황망한 걸음들을 떼놓던 소복만큼이나 내 눈을 아리게 만들던 그 소독약 뿌리기 소동은 장장 한 달 동안이나 계속되었다. 그 대대적인 방역 캠페인 중에 내 군 복무를 더욱 시답잖게 몰아붙이는 두 가지 이변이 날벼락처럼 들이닥쳤다.

김 상사가 꿈에도 그리던 제대 특명을 받았다면서 우정 내 앞에까지 나타나 신바람을 내는 통에 그러잖아도 맥 놓고 그냥저냥 세월만 죽여내던 나를 거의 탈진하게 만든 사단이 그중 하나였다. 그는 농고 중퇴의 학력 콤플렉스를 얼핏얼핏 드러내면서도 속생각은 꽤 깊은 나의 직속상관이기도 했지만, 내 군대 생활 중 최초로 말 같은 말을 내게 건네준 직업 군인이기도 했다. 그러나 우리가 얼굴을 맞댄 횟수는 열 손가락으로 헤아릴 정도밖에 되지 않았고, 그 만남의 시간을 통틀어도 하루가 될까 말까 했음에도 그는 상스러운 욕설과 억지 명령과 무지막지한 군기(軍紀)가 뒤섞여 삐걱거리는 이상한 특수 조직사회 속에서 사람다운 사람에 대한 신뢰감을 내게 심어준 유일한, 그만큼 어른스러운 양반이었다. 햇수로 18년 만에 군복을 벗게 되었다는 그의 들뜬 언행은 촐싹댄다고 해도 좋을 지경으로 미쳐 돌아갔고, 앞으로 남은 나의 막막한 군 복무기간이 새삼스레 가물가물한 신기루마냥 아무리 쫓아가도 멀어지는 고행길로 보였다.

너무 허전해서 만사에 실감이 없던 나의 심사를 더욱 부채질하는 사단이 그즈음 일어났다. 김 상사가 한창 제대 준비로 설레발을 치고 있던 어느 날 오후였다. 넥타이 안 맨 양복 차림의 신사 하나와 김 상사가 역시 각진 지프처럼 생긴 시커먼 탑차를 타고(차 번호판도 민간용이었다) 내 앞에 나타났다. 아마도 그때 나는 텅 빈 목공 작업장을 혼자 지키면서 견과(堅果)처럼 어느 날 살며시 지상으로 떨어져버린 어머니에 대한 숱한 상념을 부질없이 떠올렸다가는 얼른 지우느라고 내 시야를 흐릿하게 물들이고 있었을 것이다.

목공 작업장은 대체로 문짝을 활짝 열어둔 창고처럼 어둠침침하다. 대팻밥이나 보이면 작업에 불편한 게 없고, 니스칠이 마르는 데도 그늘이 효과적이라 그렇게 해두지 않나 싶지만, 퀀셋 막사형(아연 입힌 골철판으로 벽과 천장을 이은 동그란 군대식 건물을 흔히 그렇게 부른다) 작업장 안에는 기다란 형광등이 천장에 띄엄띄엄 붙어 있어도 그것들이 조명 구실을 제대로 못 하고 있다. 그 지저분한 그늘 속으로 김 상사가 불쑥 들어섰고, 그의 미제 군화는 여전히 반들거렸다.

"야, 너 더플백 싸라. 특과 전출 명령이다. 야, 너 전출 보내는 것이 내 18년 군대 생활에 마지막 일이지 싶다. 군대 복은 원래 떨어지는 대로 어영부영 챙겨 먹는 놈이 장땡이다."

무슨 영문인지 몰라서 내가 멀뚱거리고 있는데, 두툼한 검은색 비닐 잡기장을 한 손에 든 사복 근무자가 성큼 들어서며 무슨 검열하듯 작업장 안을 휘둘러보았다. 밝은 데서 막 들어와서 그랬던지 사복 근무자는 내게 일별도 주지 않았고, 물론 말도 건네지 않았다. 비록 제대 특명을 받아놓은 반(半)군인이지만, 김 상사는 평소에도 상관 앞에서 알랑거리는 행동거지를 보이지 않았는데, 그날은 내게 어서 짐 꾸려 나오라고 지시한 후, 사복 근무자에게 굽신거린다고 해도 좋을 정도로 목공 작업장 안 여기저기서 키재기를 하는 여러 목가구를 손짓으로 가리켜대며 친절하게 설명까지 해댔다. 개중에는 물론 계급장 높은 분들이 사용(私用)으로 집에서 쓸 목가구들도 많았다.

파견 근무지에서 잃어버리거나 잊어먹을지도 모른다고 개인 병기

눈길과 눈씨

소총 칼빈도 본대 병기고에서 보관하는 게 그 당시 우리 부대의 관행이자 늘 시간을 다투는 건설 현장에서 부대끼는, 그래서 총대 한번 안 잡아보고도 제대할 수 있는 특권이야말로 공병부대의 재미난 병정놀이였다. 따라서 내 더플백은 여벌 군복 한 벌과 내의와 사제 양말 몇 장과 군화 한 짝만 들어 있어서 보리쌀 두어 됫박 담은 괴나리봇짐만했고, 파견 근무자였던만큼 내 관물대도 없어서 페치카 위의 천장 판때기 한 장을 미닫이 창문처럼 밀어붙이고 그 속에다 더플백을 던져두고 있던 형편이었다. 그 괴나리봇짐을 어깨에 걸치고 나서자 사복 근무자가 내게 탑차에 타라고 턱짓했다.

운전사도 머리를 기른 사복 근무자였고, 머릿기름까지 반질반질하게 바른 선탑자는 사령부 정문의 경계(警戒) 헌병이 절도 넘치게 거수경례를 해도 잡기장만 까딱 들어 보였다. 후에 안 사실이지만, 선탑자는 미국에서 특수교육을 받은 대민 담당 정보장교였다.

탑차가 부대를 벗어나자마자 선탑자는 김 상사와 함께 뒷좌석에 탄 나를 쳐다보지도 않고, 한때 4성 장군을 지내다 전역했으며 그즈음에는 한 관변 단체의 수장을 맡고 있던 막강한 정계 실력자의 함자를 호명하고 난 후, 그 Y 장군과 (그는 그이의 이름 끝에 꼬박꼬박 '장군'을 붙여 호명했다) 내가 어떤 관계냐고 물었다. 김 상사도 의외라는 듯 놀란 눈으로 나를 주시하고 있었으나, 그이가 우리 집안과는 아무런 연관도 없는 터이라서 나도 대답이 궁할 수밖에 없었다. 바싹 쫄아붙어서 나는 진땀을 흘리며 5.16 혁명 후에도 향리 근교에 있던 한 육군 병원 원장을 지낸 모 대령 출신이 제 삼촌이라고, 평소에는 들먹이기조차 싫은 내 인적 사항을 실토했다.

선탑자가 그제서야 고개를 반만 뒤쪽으로 돌리고 나서 긴장을 푸는 기색이었다.

"그래? 그분이 언제 전역하셨나?"

"정확히는 모르지만 65, 6년 그 언저리일 겁니다. 저희 집은 서울에 있고, 삼촌은 고향에서 지금 개업의로 있어서…"

"옛날이구먼."

김 상사가 이때라는 듯이 나의 아버지 직업과 재직 중인 대학 이름을 들먹였다.

"그래? 그것도 좋은 정보구먼. 이제 뭔가 감이 좀 잡힐 것도 같애. 대장 특명이라서 도대체 감을 잡을 수 있어야 말이지. 자네 군대 생활 얼마 남았나?"

나는 여전히 바싹 긴장하고 있었다.

"1년 7개월쯤 남았습니다."

"자네가 탈영할지도 모른다는데 그건 무슨 소리야?"

"무슨 말씀인지 모르겠는데요. 누가 저를 탈영 미수, 아니 예비 탈영 가능자라고 했습니까?"

"몰라, 그것까지 자네가 알 건 없고. 아무튼 대충 감 잡았어. 자네 남은 군대 생활 어디서 복무하고 싶나? 평소에 마음먹은 데 있으면 대봐. 머릿속에 그려본 그림이 있을 거 아냐?"

"그려본 게 없는데요. 전 지금 파견 근무지도 할랑하니 할 만한데요."

"쓸데없는 소리. 공병대가 골병댄데 머가 할랑해. 널 거기서 **빼내** 주라는 대장 특명이야. 그 외의 곡절은 나도 알 바 없고."

눈길과 눈씨

김 상사가 다시 최근에 나의 모친이 비명횡사하여 장례 휴가를 갔다 온 사실을 들먹였고, 선탑자는 고개를 크게 끄덕였다.

"알 만해. 애들 영어, 수학 가르쳐보겠어? 가정교사로 말이야."

"가정교사 해본 적이 없는데요. 성적 못 올려 찍히면 골치 아플 텐데요."

"자네 학벌에 성의껏 가르치면 돌대가리 아닌 다음에야 성적이 왜 안 오를까. 당번병이 싫다면 할 수 없지. 서울이든 여기서든 사복 근무 하겠나."

갑자기 휘몰아쳐대는 나의 신변 이상에 머릿속이 온통 뻣뻣해져 있는 판인데, '사복 근무'라는 말에는 이마가 아예 화톳불을 지펴놓은 것처럼 후끈후끈 달아올랐다. 사복 근무를 어디서 어떻게 하는 건지, 그 임무가 얼마 남지도 않은 나의 사병 복무기간에 어떤 평지풍파를 일으킬 것인지 더럭 겁부터 났다. 그런데 그 순간 정수리를 지그시 눌러대는 압박감은 홀아비 한 분과 장가 안 간 형이 꾸려내는 서울 공덕동 집의 썰렁한 분위기였고, 적어도 군대 생활 동안만이라도 거기에다 나까지 발을 디밀기는 싫을 뿐만 아니라 사복 근무에 따르는 용돈 구걸을 집에다 하기 싫다는 생각뿐이었다.

나의 그때 대답은 애원에 가까운 통사정이 아니었나 싶다.

"전 지금 근무지도 정말 괜찮아요. 막내로서 어머니의 갑작스런 비명횡사를 당해 슬프고 갑갑하고 살기도 싫은 건 사실이지만, 솔직히 탈영 같은 건 꿈에도 생각지 않고 있습니다. 만에 하나 탈영한대도 막상 갈 데도 없어요. 어머니 없는 집구석에 무슨 집발이 붙겠습니까. 제발 절 이대로 놔뒀으면 좋겠습니다."

승용차 이상으로 승차감 좋게 굴러가는 탑차의 선탑자가 머리를 끄덕였다.

　"자네 지금 그 심경이 사고 칠 징조로 보이는 거야. 자해는 말할 것도 없고, 모든 사고는 골치 아파. 우리 보안 업무는 항상 사전 탐지에 사전 예방이야. 암튼 알았어. 편한 군대 생활 시켜주겠다는데도 싫다면 할 수 없지. 나야 대장 특명만 받들어 결과 보고만 하면 되는 거고. 자네 정말 사고 안 칠 거지?"

　"맹세합니다. 도대체 저 같은 모범생이 군대서 무슨 사고를 칩니까. 저는 겁쟁이라서 사고 같은 위험천만한 데는 무서워서 다가가기도 싫습니다."

　"성격이 꽁한 모범생이 원래 대형 사고를 잘 치는 거야. 그래서 이런 예비 조치를 취하는 거고. 알았어. 시키는 대로 가만히 죽치고 있어. 군대는 명령이야. 보직도 명령이니 시키는 대로만 해."

　이틀 후 내게 떨어진 특명은 '승공 기념 전시관'의 관리병이었다. 사병으로서의 군대 생활이 편하기로만 친다면 최상의 근무지였다. 사령부의 한쪽 담을 허물고 지어놓은 그 디귿자 형 전시관에는 6,25 동란 당시 국군과 인민군의 다른 계급장, 넝마처럼 너덜너덜하고 퇴색한 아군과 적군과 쌍방 응원군들의 군복, 아카보 소총과 수류탄 같은 실물 화기, 인민군 남침 당시의 병력 및 화력과 아군의 그것 대비 도표, 격전지마다에 콩알만한 빨간 전구 알이 파딱이는 10만분의 1짜리 지리 모형도, 벽면 곳곳에 내걸어둔 한국전쟁의 참상 사진틀 등등을 진열해두고, 각 단위 부대 장사병들과 중고등학교 학생들의 단체 관람이나 하릴없는 노인네들 같은 일반인의 개인 관람 때, 그 음성만 들어도 이름과 외모를 떠올릴 수 있는 유명 아나운서의 기름진 녹음 목소리를 틀어주고 있었다.

'승공 기념관' 관리병은 언제나 깨끗한 복장에다 군화를 광내서 반들반들하니 닦아 신고서, 전시관 입구의 의자에 앉아 대기하고 있다가 관람객이 입장하면 녹음기를 작동하고, 관람객을 안내하는 일방 전시물의 손괴(損壞)를 예방하면서 오전 10시에 여닫이 통유리 문짝 두 개를 활짝 열어두고, 오후 5시에 닫는 게 주임무였다. 소등과 화재 단속도 물론 관리병의 책임이었는데, 나 말고도 이런저런 빽으로 그 직에 배치받은 사병이 둘이나 더 있었다. 한 사병은 제대를 3개월쯤 남겨두었고, 다른 한 사병은 막 훈련병 때를 벗은 신병이었으나, 둘 다 학력이 대학 재학 중이거나 대졸자인데다 집들도 유복한 듯 깔끔한 군복 복장이 도저히 어울리지 않을 만큼 인물들에 맑은 먹물과 뽀얀 기름기가 흘렀다.

그 승공 기념 전시관은 개관한 지 1년이 채 못 된 터여서 우리의 숙식은 사령부에 파견 나와 있는 보안대에 의탁하고 있었다. 작은 퀸셋 막사의 한쪽 구석에다 칸막이를 질러 간이내무반을 만들어두고, 늘 사복 차림으로 근무하던 보안대 사병 넷과 함께 기거하게 되어 있었으나, 그들의 주특기도 우리 관리병 셋과는 다르고, 또 그들의 막중한 '통상 정보'의 파지 업무가 바쁘기도 해서 우리를 열외로 취급했다. 그들은 물론 부대 밥을 안 먹고, 라면 따위를 끓여 먹거나 부대 인근 식당에서 매식을 일삼았다. 그 보안 파견대에는 낮 동안 부사관도 둘이나 근무했고, 좀처럼 얼굴을 비치지 않는 위관급 장교 한 명이 파견 대장으로 나와 있었다.

참으로 한심한 나날이었고, 심심해서 죽을 맛이었다. 도대체 누가 나를 이런 형극의 복무지에다 떨구어버렸는지 그가 원수 같았다. 추측해보면 그 모 4성 장군 출신의 유력 인사가 제 자식의 미술 교육을 나의 아버지에게 맡긴 학부모였든가, 아니면 그림 거래를 통해 알게 된 안면 때문에 한때 부하로 데리고 있던 한 지구 보안대 대장에게(통상 대령급이었다) 나의 인사 청탁을 디밀었을 텐데, 그 거침없는 실행 능력과 호의를 일단 논외로 친다면 막내아들에 대한 아버지의 기우성 걱정과 청탁질은 무관심 일변도인 평소의 당신답지도 않거니와 예술가 기질로서도 섣부르기 짝이 없는 덧칠이었다. 아니, 아버지의 그 노파심은 내게 만행이나 다를 바 없었다. 내가 언제 당신에게 그런 청탁을 구하기나 했단 말인가. 어머니를 그처럼 사지로 몰아간 사람이 누구이며, 그로 인한 막내아들의 미필적 고의 사고를 사전에 막아놓고 보자는 그 묵시적 배려야말로 나 자신의 평소 기질이나 성장환경에 얼마나 무심했느냐는 방증이 아니고 무엇인가.

하기야 공병대에서 복무하고 있다니까 형이 군 복무 중 안 단견으로 나를 동정했을 테고, 작은 누님도 아버지를 설득하는데 거들었을 게 틀림없다. 후에 내가 아버지의 그 인사 청탁에 대해 내막을 캐묻고 원망했더니, 아버지는 즉각 "다 지나간 일인데 그까짓 거 이제 알아서 머하냐, 니만 몸 성히 제대했으면 그뿐이지"라며 더 이상은 함구로 일관해서 나의 분통을 더 덧들인 일도 있다.

아무튼 전시관 관리병으로 떨어지자 비로소 탈영하고 싶은 마음이 굴뚝 같아졌고, 차라리 공병대에서 골병이 들도록 작업이나 하면서 제대 날짜를 손꼽아 헤아릴 짬도 없는 처지였으면 하는 원망 내지는

눈길과 눈씨

심통을 잠재우느라고 낑낑대는 나날이었다. 일 놓자 홧병 들고 죽는다는 말은 그 당시 내 입장을 어김없이 대변하는 상투어였다. 실제로도 감기에 몸살 같은 기운이 떨어지지 않았고, 전시관 안은 늘 한기가 들도록 추웠다. 나의 동료 둘은 집에서 용돈을 꽤 타다 쓰는 눈치였고, 누구의 간섭도 안 받는 처지인 만큼 그들은 매일 밤 외출했고, 전시관 관람객 중 해끔한 처녀를 꼬셨는지 임시 애인들까지 만들어 외박을 사흘거리로 해댔다. 실제로 제대 특명을 기다리던 동료는 그런 날라리 여자를 복수로 사귀면서, 밤 자리 교태가 어떻게 다른지를 허풍스럽게 떠벌이곤 했다.

그 후에도 내 인생 행로가 그처럼 타의에 부대껴서 비자율적으로 바뀌어버린 적이 두어 번 더 있었지만, 내가 전시관 관리병으로 한 달쯤 복무했을 무렵 오로지 심심해서 '자의 반 타의 반'으로 떠맡은 일이 그나마도 나의 사병 복무기간을 견딜 만하게 만들었고, 고맙게도 나의 무사한 제대까지 보장해주었다. 곧 보안대 사병 넷이 분담하고 있는 각종 업무는 워낙 많아서 온종일 헐레벌떡 뛰어다닌다고 해도 좋을 정도로 그들은 설치고 돌아다녔는데, 그런 업무 중 하나가 편지 검열이었고, 그 일을 내가 좀 도와주게 된 것이었다. 내가 심심해서 보안대 막사 안팎을 청소도 하고, 잠자리도 함께 챙기는 통에 그들과 '격의가 엄연한 친분'을 나누다 보니 그들이 폭주하는 남의 사연 염탐질을 내게 엿보아달라고 맡겨준 셈이었다.

요즘에는 사병들도 부대 영내에서 민간에다 전화질까지 할 수 있다니까 그런 업무가 있을 리 만무하겠으나, 그 당신의 편지 검열 요령은 나처럼 보안 특수교육을 받지 않은 사병도 만만하게 할 수 있는 일이었다. 곧 대나무를 얇게 빗어 만든 일종의 페이퍼 나이프로 풀칠한 편지 겉봉 덮개를 감쪽같이 뜯어 열고, 사연을 읽어가는 도중 좀 수상해 보이는 은어를 발겨내고, 특히나 문면(文面)이나 행간을 유심히 점검하여 부호나 숫자 따위가 적혀 있는가를 살피면 되었다.

나는 주로 민간에서 부쳐오는 편지만 검열했는데, 면회하는 방법을 확인하느라고 부대의 소재지를 물어대는 사신이 대부분이었다. 그 정도야 후방인 만큼 무사통과되었다. 돈을 부쳤다는 사연도 많아서 그 송금 장소는 주로 부대 인근의 술집, 야식집, 세탁소, 다방, 구멍가게 등을 이용하고 있었다. 그런 사연은 돈 액수의 고하에 따라 당연히 문제가 되었다. 잡비 수준이면 넘어가지만, 과다하게 많으면 일단 내사(內査) 대상으로 걸러냈다. 나라에서 배불리 먹여주고 따뜻하게 재워주고 깨끗하게 입혀주는데 왜 돈들이 그렇게 필요한지 나로서는 한동안 궁금하기 짝이 없었다. 나처럼 대학 재학 중에 입대했고, 제 삼촌이 현역 공군 장성이었던 보안대 손 병장이 즉각 나의 궁금증을 풀어주었다.

"약 사 먹느라, 술값이 딸려서, 군복 사 입느라고 돈 부치라는 거야."

내가 무슨 말인지 몰라 멀뚱해 있으니까 그가 부연 설명했다.

"임질 같은 거 걸렸다고 의무대 찾는 놈이야 고문관 소리 듣기 딱 좋지. 주색이야 어디서나 같이 동무해서 다니는 거고, 후방 좋다는 게 뭔데, 외출이라도 해서 연애 끗발을 세우려면 미제 군복 정도는 사 입어야 끗값을 떨 수 있잖아. 세탁소에 맡겨 풀 멕이고 다리미로 바지 줄부터 반듯이 세워야 폼이 나지."

물론 장교들의 서신 검열까지는 내게 안 맡겨서 그 내막을 잘 모르

눈길과 눈씨

지만, 대개 다 동기생들끼리의 안부 주고받기인 모양이었다. 그중에서도 보직 인사 및 진급과 전출 명령에 대한 불평불만이나 친목회 규합 같은 사연은 요주의 사단으로 찍히는 모양이었는데, 역시 보안대원들답게 그들은 나와의 '선 긋기'에 꽤 신경을 써서 무슨 말끝에도 수시로 내 눈치를 보며 화제를 바꾸곤 했다. 아무튼 그런 과외의 일이라도 맡으니 그런대로 밤 시간이 덜 지루했고, 생전의 어머니에 대한 온갖 자괴감, 어쩐지 지겹게만 다가오는 아버지에 대한 여러 포원 같은 망상들을 잠시라도 잊을 수 있었다. 이래저래 나는 군관민이 그 소리만 들어도 움찔하던 당시 보안사의 음덕을 톡톡히 누린 셈이었다.

차츰 내가 편지 검열병인지 전시관 관리병인지 모를 지경이 되었고, 따라서 그 당시에는 민간에서도 희귀했던 백색전화, 곧 명의 변경이 가능하여 그 소유자가 마음대로 팔 수 있는 전화번호를 두 개나 쓰고 있던 보안대 사무실을 낮에도 무상으로 출입했고, 야간에는 그 사무실을 나 혼자 지키면서 서울의 집에다 전화를(아버지가 오래전에 학생과장 보직을 맡은 덕분으로 우리 집에는 매매할 수 없는 청색전화가 있었다) 걸 수도 있었다.

어느 날 밤, 연말이기도 해서 나는 집의 동정을 알아보고 싶어서 전시관 관리병으로 전출 온 후로는 처음으로 전화를 걸었더니 웬 낯선 음성의 중년 여자가 대뜸 "누구세요?"라며 전화를 받았다.

"저는 그 집 막내아들인데요."

우리 집을 불쑥 '그 집'이라고 지칭한 내 말도 우스꽝스러웠지만, 상대방의 머뭇거리는 대답은 아리송하기 짝이 없었다.

"아, 말씀 많이 들었어요. 몇 번 보기도 했고요."

그 순간 나는 그 여자가 내 이복 여동생 둘을 낳은 아버지의 첩실인 줄 알았다. 그래서 이제는 명실상부한 후실로 들어앉았나 하는 생각이 떠올랐고, 아버지의 의뭉한 성격으로 미뤄볼 때 그럴 수도 있겠거니 하고, 그렇다면 내게 짱짱한 계모가 되는 셈이지만 내가 즉각 "어머니세요?" 같은 말을 건네기는 좀 머쓱하잖나 라는 연상이 내 머릿속을 아주 뻣뻣하게 만들었다. 평소의 내 팍팍한 성질을 보더라도 그녀를 당장 '어머니' 운운하기에는 상당한 저항감이 없지 않았고, 그녀가 아버지의 유야무야하는 권면에 못 이겨 구렁이 담 넘어가는 식으로 어물쩍 빈집의 안방을 독차지했다면 그런 절차야말로 '어머니'로서의 승계에 지울 수 없는 허물일 것이었다.

한동안 내 말문이 막혔다.

"선생님 바꿔드려요? 지금 화실에 혼자 계신데…"

"아니, 됐어요. 형은 아직 안 들어왔나 보네요?"

"예, 아직요, 요즘 늘 늦어요. 친구들과 사업하려나 보던데…"

'도대체 당신은 누구십니까' 라는 말이 목에 걸려서 내 주변머리로는 도저히 통화를 더 이어갈 수 없었다.

"전 복무 잘하고 있으니 걱정하지 마시라고 전해주세요."

"네, 알았어요. 집안 걱정은 마시고, 탈 없이 건강하셔야 돼요. 돌아가신 사모님을 봐서라도요."

전화 송수화기를 내려놓고 나니 내 눈앞에는 나와 우리 집의 앞날에 다사다난이 그야말로 파도처럼 끊임없이 몰려오는 듯했다. 비록 단짝 친구는 아니었어도 어쨌든 같은 대학의 동기생이기는 했던 큰누님에게 그녀 자신의 임신 사실을 통사정하고, 뒤이어 큰 누님을 앞장세워 자청해서 어머니를 찾아뵙고 조만간 미혼모가 될 자신의 딱한 사정을 울며불며 고해바친 계모의 위신을 내가 앞으로 어떻게 받들어야만 한단 말인가.

그날 밤늦게 나는 다시 집에다 전화를 걸어서 기어코 형을 찾았고, "그 여자가 누구야?"라고 알아보았다. 형은 술이 꽤 거나하게 취한 음성으로 수월수월 지껄였는데, 좋게 말하면 매사에 긍정적인 성격이지만 세상을 '어쩔 수 없잖아, 대들어봐야 나만 손해 볼 건데 뭐' 식으로 이해하고 마는 일면은 형의 천성이었다.

"아버지 옛날 제자야. 아버지 또 다른 애인인 줄 알았어? 아버지를 너무 편견으로 보면 좋지 않아. 초혼에 실패하고 혼자 사는 여잔데 잠시 우리 집에 와서 도와주겠다고 자청했어. 걱정하지 마. 이 집도 팔려고 복덕방에 내놨어. 집만 팔리면 강남 쪽에 아파트 사서 이사 갈 거야. 용란이(내 첫 이복 여동생의 이름이다) 엄마도 그때 가서 우리 집에 들어오지 않겠어? 내 짐작이 그래. 그쯤 알고 있어. 난 그 후에 장가가든 말든 할 테고. 작은누나는 자주 들려. 군대 생활 지겹지? 참아, 세월이 약이야. 아버지는 요즘 부쩍 그림에 매달리고 계셔. 색깔이 훨씬 복잡해졌어. 접장 노릇이 지겨우시대. 산 그림이 두툼하니 살이 많이 쪘고 선도 굵어졌어. 청회색도 어둡다가 밝아진 것 같아. 순도가 높아진 거지. 개인전 곧 하시려나 봐. 정년퇴직 때까지 학교에 남아 버틸 마음은 없다고 그러고. 너 군대 생활 얼마나 남았냐? 야, 제대할 때 기분, 그 홀가분한 기분이야 말로 다 못하지. 너도 조만간 그 기분을 맛보게 될 거야. 그동안만 꾹 참아."

참고 기다리는 일이라면, 그게 세상살이와 인간관계의 기본적인 그

물망이라면 나는 어머니로부터 그 겹겹의 지층을 배웠다기보다도 이미 단단하게 체질화시키고 있는 쪽이었다. 어머니가 그랬듯이 죽기 직전까지도 내 길만 더듬으면서 꾸역꾸역 걸어갈 작정이었다.

꼬박 1년 3개월 동안 밤마다 남의 사신 염탐질에 재미를 붙이며 지낸 덕에 이러구러 제대 날짜를 2개월 남짓 남겨둔 어느 봄날 오후였다. 그즈음은 그 전해 11월에 이른바 유신헌법이 공표되었고, 월남의 패망은 이미 파리 평화회담의 결과를 보더라도 정해진 순서를 착착 밟아가던 터여서 보안대원들은 어디선가 매일 한 자루씩의 편지를 들고 오는 통에 내 과외 업무량이 폭증한 판이었다. 이제는 뻣뻣하게 얼어붙어 있는 그런 국내외의 정세 탓인지 민간에다 부치는 편지, 곧 장사병들이 띄우는 사신들이 받는 편지보다 더 많이 검열 대상에 올랐다. 그처럼 업무량은 종전보다 거의 두 배나 늘어났음에도 사연들은 오히려 더 다소곳하니 조심스러워져 있어서 그동안 착실히 닦아온 나의 속독술이 한껏 기량을 발휘하게 되었다.

하기야 오래전부터 문맹률이 거의 제로 상태인 배달겨레 특유의 예민한 촉각으로도, 그 연원이야 익히 알다시피 식민지 백성으로서 익힌 '눈치 보기'라는 유전인자가 '알아서 기는' 기량까지 터득한 터이므로 등 뒤의 거친 협박조 공갈 수단에는 슬슬 기는 버릇에다 국가 존망을 건 유신 과업의 홍보 전략이 아주 구색을 갖춰 치밀한 판이어서 사신의 문맥들이 고분고분하기 이를 데 없기도 했다. 당연하게도 내 감시의 눈씨에 걸려 열외로 들어내는 편지 숫자는 더 적었고, 보안대원들의 내사 업무량은 한결 줄어든 가운데도 그들의 기민성과 철저성은 먹이 쫓는 해거름 표범의 용맹정진에 견줄 만했다.

눈길과 눈씨

어쨌거나 그날 나는 간밤의 사신 탐독에 너무 열을 내서 녹초가 되어 있었고, 그래서 오전에는 잠을 자고 오후 근무에 나가 전시관 입구를 지키면서 안경을 벗어놓고 눈의 피로를 풀고 있었다. 그런데 그런 뻔한 전시관 관람이야 개관 초에만 반짝 성시를 이루고는 이내 한산하게 마련이고, 주말 오후라야 그나마 파리를 날리지 않는 형편이었다. 마침 그날은 주중인데다 평소와 마찬가지로 일반인 관람객도 없던 터여서 전시관 조명등을 꺼놓고 꾸벅꾸벅 졸아도 괜찮았다. 물론 위에서 불시 근무 순찰이 덮칠 때도 있긴 하지만, 그런 사전 연락이야 동료 하나가 전시관 안팎을 서성이며 맡게 되어 있었다. 누구나 그러는 대로 망막이 욱신거리고 수정체가 따끔거릴 때는 눈을 감고 있으면 한결 그 뻑뻑함이 가셔진다.

늘 그러는 대로 관람객 숫자와 성별 및 연령대 따위를 형식적으로 적어가는 근무일지를 펼쳐놓고 나는 눈을 감고 있었다. 그런데 갑자기 전시관 밖의 공터가 약간 소란스러웠고, 곧장 재잘거리는 처녀 예닐곱 명이, 좋게 봐주면 갓 고교 졸업생이 되어 집에서 빈둥거리는 '오빠 부대' 일행이 빼쭉거리며 전시관 속으로 들어오는 게 내 시야에 뿌옇게 붙잡혔다. '군인 꼬시기' 나들이라고 해야 할 그런 바람난 처녀들의 관람 행차는 심심찮게 있던 터였고, 제대한 동료 하나는 그런 처녀들을 셋이나 건드린 실적도 올렸고, 그중 하나는 애까지 낳겠다며 매달려서 혼쭐이 난 바 있었다.

나는 부지불식간에 멀건 눈을 억지로 떴다. 그때 한 처녀가 나와 눈을 맞추자마자 비명에 가까운 소리를 내질렀다.

"어머나, 무서워."

잠시 후에야 나도 정색하고, 그러나 상대방의 심부까지 꿰뚫어 보는 듯한 내 감시의 시선이 사람을 그처럼 무섭게 했다는 것에 적이 놀랐다.

일행 주 하나가 핀잔을 놓았다.

"얘는 머가 무섭다고 그러니."

"저 군인 아저씨 눈 좀 봐, 무서워, 째려보는 눈매가 너무 험악해."

내게는 충격이었다. 그동안 허술해 빠진 '승공'을 홍보하기 위한 공개 전시물을 관리하고, 그것의 대중 관람을 안내하는 나의 떳떳한 소임이 너무 지루해서 반은 시간 죽이기의 한 방편으로, 나머지 반은 구지레한 남의 신상 토로를 재미로 엿보는 일에 매달렸을 뿐인데, '승공'을 시늉으로 둘러보는 자발적 관람자에게는 내 시선이 그처럼 험악하게 보였다니. 당연하게도 비명을 내지른 그 눈썰미 좋은 처녀는 나의 숨겨진 '음지 업무'를 모른다. 그런데도 나의 감시의 눈초리는 '양지 복무'에 성실히 임하고 있는 나의 본래의 얼굴까지 바꾸어놓고 말았다.

나는 안경을 꼈다. 눈의 피로도 잊었다. 눈매를 한껏 선하게 풀고 기다렸다. 이윽고 휑한 전시관을 겅중겅중 훑어보고 나오는 하이힐 같은 구둣발 소리가 또각또각 내 쪽으로 다가왔다. 동료 하나가 그 처녀 일행을 안내한답시고 '승공 홍보'와는 아무런 상관도 없는 싱거워 빠진 말을 주워섬기며 따랐다.

내가 그들 중 누구를 직시하지 않고 부드럽게 물었다.

"내 눈이 정말 그렇게 무서웠습니까?"

지금 나는 그때 그들의 얼굴이나 행색을 전혀 떠올릴 수 없지만, 동료가 그날 밤 내게 들려준 전언, 곧 그들이 모 초급대학 식품영양학과 재학생들이었다는 사실과 내 앞에서 잠시 주춤거리며 저희끼리 주거니 받거니 한 말만은 귀에 쟁쟁하니 남아 있다.

"안경을 끼니 한결 부드러워졌네. 아까는 나도 순간적으로 섬뜩했는데."

"아니, 더 무서워진 것 같애. 살기까지는 심한 말이고."

"바보같이 멍청한 눈이라서 그랬었나. 아무튼 난 무지 무서웠어."

"전시관 지키려면 심심하겠어요."

"전시관이 어디로 도망질이라도 간다니? 지킬 거나 머 있어? 관람객 기다리고 지켜보는 게 지루할 테지."

승공을 지키는 일도 어렵기야 할 테지만, 얼굴 없는 불특정 다수의 사신 검열은 그 감시자의 인상까지 확 바꿔버리는 모양이었다. 나로서는 난생처음 겪는 묘한 낭패감이 아닐 수 없었다. 나의 골몰은 연이어졌다. 일, 업무, 직무, 사무, 생업 등은 결국 똑같은 말인데, 그것에 매달리다 보면 그 '일'의 성질에 따라 종사자의 외모를, 그중에서도 '눈길'부터 바꿔놓는다. 참으로 의미심장한 경험칙이 아닌가.

그런 낭패감이 한동안 내 머리꼭지에서 떨어지지 않았다. 가끔씩 거울 속에서 이쪽을 빤히 노려보는 어떤 시선의 불량기가 그렇게 거슬렸으나, 이왕 맡은 일에는 최선을 다한다는 소신대로 나는 남의 사신 염탐질에 적극적으로 종사했다. 제대 날짜를 기다리는 장사병들은 나 말고도 무수히 많음을 보내는 편지에서보다 오는 편지에서 더 또록또록하게 집어낼 수 있었다.

나는 요즘도 손님들의 안경알을 안경테 속에 끼워 넣으면서 그때의 사신 속 글자들이 출몰하는 착각에 빠지곤 한다. 그런 착각에 잠시라도 휩싸일 때면 나는 어떤 직분이라기보다도 내 천성의 감별안 자체에 싫증을 내고 만다. 사람도 사물도, 심지어는 세상만사조차도 샅샅이 꿰뚫어 봐야 딱히 요긴한 것 같지도 않고, 나와는 전적으로 무관한 '남'의 일을 깜냥에 알고 거불거린다는 체념에 갑시고 마니까.

5. 암기의 눈

제대, 복학, 졸업, 취업으로 이어지는 일련의 내 신변담은 누구나 닥치면 그럭저럭 치르는 통과의례인 만큼 이 글에서는 마땅히 생략해야 옳을 것이다. 마찬가지로 졸업장을 받기도 전에 한 건설회사에, 그것도 연간도급액 순위가 당시로는 늘 5위권에서 오르락내리락하던 재벌급 회사에 취직하여 곧장 중동의 현장으로 팔려 갔고, 그곳의 오지 중 오지를 두더지처럼 파 들어가 4차선 국도를 까는 대규모 토목공사에 종사하다가 현지에서 직장을 바꿔 대학 기숙사와 학생회관을 짓는 일에 장장 5년 동안 매달린 나의 땀내 나는 이력도 굳이 시시콜콜하니 밝힐 필요는 없지 않을까 싶다. 그렇긴 해도 개인의 사회생활에 따라붙는 관성이라고 해도 좋을 그 경과를 내 나름의 단상(斷想)으로 간략하게 풀어놓아 보면 이렇다.

보안대원 부사관 하나가 그동안 과외의 서신 검열병으로 너무나 수고가 많았다면서 내게 큼지막한 보답을 디밀었다. 제대증을 받기 위해서는 누구나 5박 6일 동안 향토 예비사단에서 대기해야만 하는 마지막 고역을 면제시켜주고, 보안대 막사 안에서 어떤 의식 절차도 없이 내 손에 제대증을 떨구어준 것이다. 그 덕분에 나는 제대 당일 새벽까지 괴발개발 그린 말 많은 사연들을, 한글이 얼마나 해독하기 어려운 상형문자인지를 처절히 깨닫게 해주는 그 숱한 문맥들을 내 식으로 독해하느라고 기를 쓰는 통에 눈알이 빠져나오는 것 같았다. (이 논픽션을 작성하고 있는 내 문장력의 미흡/미숙/미달을 그나마 분별하는 안목이 내게 있다면 그 능력은, 역설적이게도 서신 검열병으로서 매일 밤 내 나름으로 해독해갔던 그 악문, 오문, 비문들에 크게 빚지고 있음을 차제에 밝혀두어야 할 것 같다.)

공덕동 집을 팔고 강남의 한 대단지 아파트로 이사한 줄은 알았지만, 막상 그 이사한 우리 집의 동과 호수를 몰라서 나는 작은 누님의 약국을 먼저 찾아갔다. 형의 예상대로 계모는 두 딸을 데리고 안방을 차지하고 있었다. 계모는 자그마한 몸피를 생동감 넘치게 움직여대는 귀여운 여자라고나 해야 할 양반이었다. 대학 재학 중에 벌써 자신의 그림 실력이 시원찮을뿐더러 장차 발전할 여지도, 어떤 경지를 설정, 추구할 정열도 없음을 알고 남의 캔버스를 우두커니 감상, '나는 못 따라가, 안 돼' 하는 자기 한계를 삭일 줄 아는 '되다 만' 화가였다. 어느 분야에서든 그런 반거들충이는 많고, 나를 비롯한 모든 대학 출신자들은, 남녀 구별 없이 대학 재학 중에 공부한 그 소위 전공 학문은 졸업과 동시에 하등에 쓸모없는 '간판'이 되고 말므로 굳이 어떤 재취가 붓을 내동댕이쳤다고 '벗쟁이'네 뭐네 하고 흉을 잡을 일도 아니다. 큰 누님의 말대로 '간판 따기'조차 지레 내팽개친 계모는 딜레탕트로서의 자기 가면도 홀가분하게 내려놓고, 곧장 적당한 남자를 적

698

극적으로 골라잡아 시집이나 가버릴 궁리를 초조하게 엮었을 게 틀림 없었다. 그런데 주위를 아무리 꼼꼼하게 둘러봐도 자신의 다부진 외모를 알아봐 주는 젊은 남자는 없고, 나잇살을 지긋이 먹은 남자들 가운데서는 그래도 화가들이 속속 눈길을 사로잡고 있으니 답답한 노릇이었다. 개중에서도 학비를 대준 친구의 아버지가 단연 협협한 남성상으로 다가오는 심정적 경사를 어떻게 마음대로 뿌리칠 수 있단 말인가. 게다가 그녀에게는 결혼에 따라붙는 가문, 양친의 구존, 혼인 비용 같은 성가시기 짝이 없는, 그러나 결정적인 그 기본 조건들을 자신은 하나도 제대로 갖추고 있지 않았다. 그 처량한 처지는 어느 쪽으로든지 스러지든가, 누구라도 붙잡아주기를 간절히 바라는 염원으로 무르익어 갔을 것이었다. 팔등신 미녀가 아니라는 신체적 트라우마를 시샘 많은 옴팡눈이 그나마 덮어주고 있었으나, 어떤 경쟁에서라도 늘 뒷줄에 서서 앞쪽으로 나서는 짝들을 우러러야 하는 일종의 자격지심은 건드릴수록 커지는 약점이자 치부였다. 그런데 의외로 그 모든 결핍 사유를 모른 체하며 쓰다듬어주는 '양반'은 바로 곁에 있었다.

나의 그런 범상한 속짐작과 편견을 더욱 굳히도록 그녀는 아버지의 밥상을 안방의 돗자리 위에다 보고, 형과 내 밥은 싱크대 곁의 홈바 탁자 같은 식탁에다 차려내는 한편, 여동생 둘에게는 식사를 따로 차려주는 눈비음에서도 출중했다. 미리 예습, 준비해둔 그런 연기를 능란하게 구사할 줄 아는 능력도 귀한 것이기는 하다. 관객과 주위의 반응을 촘촘히 의식하는 듯한 그 성격이 색다른 공간과 개성적 색감을 캔버스의 크고 작음에 따라 달리 펼쳐 보여야 하는 기량의 개발에는 하등에 불필요한 강박증일 수 있다.

그런저런 나의 내심을 훤히 알고 있다는 듯이 계모는 "음성도 성격도 아버님을 너무 닮았어요"라고 나를 촌평하면서 형보다는 내게 더 곰살궂게 굴었다. 자고 일어나면 형의 침대가 비어 있을 때가 많아서 나는 형의 양복을 아무거나 손 닿는 대로 주워 입고 학교로, 면접 장소로 뛰어다녔다. 큰 누님은 작은 누님을 통해 꿍한 막내둥이인 나와 오사바사한 계모의 친소(親疏) 여부를 끈질기게 캐물었고, 작은 누님은 나를 통해 아버지의 동정을 더듬었다. 술에 취해 작은 누님 집에서 자고 있으면 계모의 걱정 전화가 어김없이 날아왔고, 조카는 작은외삼촌의 처지가 동정을 살 만하다는 투로 "내 친구 누나가 억수로 미인인데 소개해줘?" 어쩌고 말을 시켰다. 형은 회색 줄무늬 와이셔츠에다 녹두색 넥타이를 매고는 우리 형제가 따로 쓰는 화장실 거울 앞에서 "거북하면 말해요"라는 계모의 격의 없는 말을 의미심장하게 해석해야 한다면서 나의 반응을 넌지시 떠보곤 했다. 나는 변기 위에 올라앉은 채로 머리를 주억거리며 "노가다는 직업상 생리적으로 뜨내기 신세야, 형, 알지, 무슨 말인지? 어느 때라도 현장을 후딱 벗어나야 하는 게 노가다 기질이야"라고 받았다. 노가다는 일을 따라 언제라도 떠나가야 하지만, 그들이 일을 벌이고 실업률을 떨어뜨리는 한편 인간관계를 다양하게 펼쳐가도록 짓조른다.

월남 경기가 '외세'의 광풍에 떠밀려 하루아침에 후줄근하니 식자마자 열풍처럼 들이닥친 중동 경기로 건설업체들은 저마다 기름 묻은 떼돈을 자루에 쓸어 담으려고 이전투구를 벌이는 판이었다. 노무자들을 짐짝처럼 비행기로 실어나르는 여행사 직원들은 여권 다발을 커다란 비닐백이 미어터지도록 쓸어 담았고, 책상 위에 잔뜩 흩뜨려놓은 목도장을 이름대로 찾느라고 야단법석을 떨었다. 땀이 흘러내릴 겨를도 없이 하얀 소금기로 말라붙어버리는 열사의 땡볕 더위는 지독했다. 양고기 바비큐는 씹는 맛만으로도 먹을 만했고, 얼음 채운 조니 워커 블랙 라벨은 마실수록 감질났다. 설계 시공을 따낸 원청 사업자는 미국의 유수한 건설업체여서 감리 감독관으로 나와 있던 웹스타인은 13일에 금요일이면 숙소 밖으로는 한 발자국도 떼지 않고 온종일 양주와 콜라만 찔끔찔끔 마시다가 낱장 치즈를 씹어대며 쉬었다.

별로 인기도 없었던 아버지의 그림값이 호당 30만 원을 호가한다는 형의 안부 전화가 날아왔다. 정부의 경기 부양책의 반 이상을 토목 건설공사가 주도하고 있음은 언제라도 주지하는 바인데, 그 관련 사업은 노가다들의 뒤꽁무니만 쫓아다녀도 밥은 먹게 되어 있다. 그 통에 형은 밥보다 접대 술을 찾아다니느라고 몸이 두 개라도 모자라는 듯했고, 곧 결혼한다고 알려주었다. 나는 일이 바빠서 결혼식장에는 얼굴을 못 비치겠다고 즉석에서 통보했고, 왕복 비행기 삯으로 형이 좋아하는 필립스 오디오 시스템을 귀국 때 결혼 선물로 들고 가겠다고 하니 형수 될 양반이 그건 자기가 쓰던 것을 가지고 오기로 되어 있다고 했다.

단언할 수 있지 않을까 싶은데, 적어도 해외 근무 중에는 가족이라는 만부득이한 가정적/억압적 보호막이 멀찍이 떨어져 있는 만큼 거치적거릴 것도 없고 성가시지도 않다면, 나름대로 이국 취미에 빠져서 그럭저럭 현지의 사정과 자기 기질이 그런대로 호흡을 맞춰가며 살았다는 고백일 수 있다.

우선 새벽마다 아랫도리가 싱싱하게 발기하는 생리 현상, 토목 및 건설 현장에서 날마다 새로 맞닥뜨리는 작업 경험에 쫓기는 의무감과 그 득의의 성취감은 각별한 것이었다. 그러나 한편으로는 한 가정의 한낱 파출부 내지는 주부이자 아버지에게는 성적인 노리개일 뿐인 계모가 내게는 골육이 아닌 만큼 '어머니'일 수 없으며, 따라서 그 '여자'를 미워할 것도 없지만, 좋아할 것도 없는 그런 어정쩡한 사이만 유지하겠다는 나 자신과의 약속 등이 내게 가족을 한시적으로나마 저만치 물리쳐버릴 수 있었을 것이다. 그래도 우리 가족들이 자나 깨나 나에 대한 어떤 기대를 쏟아붓고 있음을 나는 똑똑히 의식하고 있긴 했다.

그러나 식민지 지식인을 고분고분하게 길들이려는 종주국의 관리 같은 그런 시선은 얼마든지 무시해야 마땅하고, 그 특권이야말로 내 나이만이 누릴 수 있는 어떤 장식품이라고 나는 내심 우겼을 것이다. 실제로 나는 사막 한복판의 작업 현장에서, 또 에어컨 성능이 좋은 숙소에서 밤늦게 동료들과 포르노 비디오를 보면서도 내 가족이 얼핏 떠오르면 머리통을 크게 내저었다. 좀 자극적인 예를 하나 들면 보름 동안의 현지 휴가 중, 고등학교 때 배운 제2외국어 독일말을 내 귀로 직접 들어보고 싶어서 즉흥적으로 함부르크로 날아가, 그 유명한 부둣가 현지 공창에서 발악하듯 사정(射精)하면서도 나는 가족을 짐짓 내 관심권 밖으로 내몰았다. 그 당시 나의 무책임한 이기적 작태를 지금 떠올려보면 쓴웃음밖에 안 나오지만, 자기 본위의 젊은 나이 탓이었던지, 아니면 월급을 국내에서보다 거의 두 배쯤 받아 쓸 데도 없는 저축액을 꼬깃꼬깃 움켜쥐고 있어서 그랬던지 가족만 떠올리면 하기 싫은 숙제처럼 짜증이 치밀었다. 나의 전신을, 나의 외곬 성격을 만든 그 가족이 귀찮게 여겨졌고, 나 자신도 그 일원이라는 생각에 미치면 내 삶을 아무렇게나 내팽개치고 싶었다. 만사는 유전 형질이 관장한 다고 믿는 만큼 나의 행태는 어떤 체제나 제도 아래서도 눈만 끔뻑거리며 못 이기는 체하는, 그 과묵의 수동적 엄숙주의를 붙좇는 내 부친의 그 식민지 시민 근성의 복사판이었다.

사람은 누구나 조만간 닥칠 자기 자신의 팔자에 비끄러매여 있는 존재라고 한다면 각자의 인생살이에서 부딪치는 몇 번의 전환점은 조물주의 '예정된' 섭리라고 이를 만하다. 부연하건대 그 원인과 결과를 들먹이지 않더라도 우연 자체가 곧 필연이고, 그것이 운명이고 팔자다. 귀국하면서 나는 국내외 건설공사의 연간 수주액이 늘 열 손가락 안에 드는 당시의 내 직장을 조만간 그만두어야 하지 않을까 하는, 내 삶을 어느 정도까지는 모험의 구렁텅이로 내몰아서 최대한으로 닦달해야 그나마 사람답게 사는 길이 아닐까 하는 들뜬 자신감을 우정 추슬렀다. 가라는 대로 국내외 건설공사 현장으로 달려가서 그곳에서 짧게는 1, 2년, 길게는 3, 4년에 걸쳐 거대한 구조물을 쌓아가다 보면, 그런 뜨내기 삶을 15년 안팎쯤 꾸려내다 보면 나도 어느 회사의 중역이 되어 있을 것이고, 결국 그런 월급쟁이 생활은 내 인생이 뜨내기에 지나지 않음을 확실하게 보여줄 것이었다. 생각해보면 아버지가 중뿔나게 과시하면서 그 '내로라한' 자유업에의 막연한 선망 같은 것이 내 의식 속에서 꾸준히 내연하고 있었기 때문에 나는 귀국 휴가가 끝나자마자 선뜻 사표를 내지 않았나 싶다.

계모는 늙은 지아비를 모시고 살아서 그런지 겉늙은 노티가 제법

눈길과 눈씨

어울리게 몸에 배어 있었다. 꼭 두 번씩 '오빠, 오빠'라고 호명하는 단발머리 중학생인 큰 여동생과 빨간 방울로 묶은 머리 다발이 어깨 위에서 달랑거리는 작은 여동생은 귀여웠다. 아버지는 한때 세전지물로 바꿔치기한 예의 그 강남땅에다 5층짜리 건물을 지어 올려 형의 솜씨로 그 3층의 반쪽에다 환한 화실을 꾸며두고 낮 동안은 주로 거기서 지냈다.

그즈음 나는 퇴직금과 중동에서 뭉쳐온 목돈을 솔솔 까먹으면서 포니 중고차 한 대를 사서 한 친구의 건축 설계 사무실에도 들락거리고, 형이 하청받은 대형 건물의 내장 공사 현장도 둘러보고, 귀국 때 공항의 환전소에서 만나 사귀기 시작한 지금의 내 아내를 사회복지관으로, 장애인 재활센터로 실어다 주느라고 한껏 쓸데없이 바쁘게 돌아다니고 있던 참이었다. 아버지에게는 나의 그 빈둥거림이 당연히 못마땅했다. 계모가 당신의 그 간섭을 "밤늦게 차 몰고 다니면 위험하잖아요"라고 대변해주었다. 그즈음인지 그 1년쯤 후 내가 결혼할 채비로 분주할 때인지 확실치는 않으나, 나는 계모의 심부름으로 밤참을 화실에 전하러 간 적이 있었다.

어떤 계절이었는지도 기억에 남아 있지 않다. 화실은 우리 집 아파트 단지에서 네거리를 세 개 건너고 우회전해서 언덕배기를 잠시 기어 올라가면 첫 삼거리가 나오는 그 한쪽 모서리를 차지하고 있다. 지금의 청담동 한 모서리이다. 어떻든 부동산 가격으로 친다면 목이 좋은 건물이었다.

아버지는 바닥에 떨어진 물감이라도 노려보듯 고개를 빠뜨리고 그곳까지 매일 걸어 다니며, 그 출퇴근 길에서도 담배를 서너 대씩 피운다고 했다. 봄이든가 가을이었던지 아버지는 회색 남방셔츠를 입고 나지막한 사다리 위에 올라앉아서 담배를 태우고 있었다. 실내는 형광등 불빛으로 대낮같이 밝았다. 아주 밝아서 창살 속에 갇힌 네모반듯한 여러 색깔의 밤들이 더 새카맸다. 좌측 창으로는 실내 야구장의 그물망이 보였고, 알루미늄 배트가 야구공을 때리는 경쾌한 소리가 딱, 딱 하며 일정한 간격을 두고 울려왔다. 아버지는 사다리 위에 앉은 채로 담뱃재를 타일 바닥에다 털었고, 꽁초를 끄러 내려왔다. 한쪽 벽의 높이를 거의 다 채운 화폭에는 쪽빛 바탕에 녹색과 감청색이 거친 터치로 뿌연 정적에 휘감겨 있었다. 먼 산의 윤곽은 천장 속에 숨어버린 듯했고, 산등성이는 방금 아버지가 발을 딛고 내려선 사다리 허리께에 걸려 있는데, 희미한 산길이라기보다도 구도상으로 주목할 만한 가로줄들이 지그재그로 어지럽게 이어졌다. 팔레트를 탁자 위에 내려놓은 지 얼마 되지 않은 듯 물감에 물기가 많았다.

"앉아, 왜 서 있냐?"

나는 딱딱한 나무 의자에 앉았다.

"차 몰고 왔냐?" 나의 대답을 듣지도 않고 아버지는 내게 다른 지시를 떨구었다. "거기 냉장고에 맥주 있다. 한잔 따라다오."

냉장고 속에는 병맥주와 캔맥주가 빼곡했다. 주위의 고요를 한껏 끌어모아서 조용히 술잔을 집고, 그 속의 액체를 은근한 눈길로 노려보면서 술을 길게 들이켜고 나서 절도있게 술잔을 내려놓는 아버지의 음주 버릇은 언제라도 멋이 있다.

"너도 한 잔 하려마. 차는 여기다 버려두고 걸어서 가도록 하고. 여깃다, 잔 받아."

눈길과 눈씨

나는 내 잔을 가져와서 술을 받았고, 아버지 잔에다 술을 따랐다.

"장가나 가지. 그 처자 음성이 배처럼 서걱서걱하다며?"

"사우디 현장에서 함께 일한 동료의 사촌 누이예요. 귀국 때 뭣 좀 전해준다고 공항에서 만났어요. 나이가 저와 동갑이에요."

"과년하구먼. 나이야 아무려면 어떠냐. 이때껏 머했대냐?"

"사회사업학과를 나온 모양이고 평생 남을 위해 봉사하며 살겠대요."

"남을 위해서?"

"헐벗고 버림받은 사람들, 정신박약아, 지체부자유자 머 그런 사람들이 불쌍해서 못 견디겠대요. 좀 별종이고 신경이 무쇠처럼 단단하고 씩씩한 여자 같애요."

아버지의 대화술이란 게 늘 혼잣소리거나 근청자(謹聽者)를 의식하지 않는 술회 같다. 들을 때는 그럴듯하나 돌아서서 되새기려면 귀에도 걸고 코에도 걸 수 있는 그 어투의 부실함부터 다가온다. 하기야 차분한 말 조리와 정연한 이론보다는 실기를, 구도를, 테크닉을, 색감을 좀 산만하게, 그러나 대체로 서늘하게, 그것도 손짓으로 익게 하면서, 더 근본적으로는 가르치기보다는 알아서 배우든 말든 하라는 주의로 임하는 미술교육자로서 오히려 그런 화술이 더 어울릴지도 모른다. 그때도 분명히 그랬다.

"여자는 그래, 다 똑같지. 남한테 잘 보이려는 비위 맞추기에 아주 능해, 남자보다 아무래도 그쪽으로 술수가 앞서지. 질투가 심하고 의심부터 앞세우고. 의심하는 자기 자신을 자랑스럽게 여겨. 얄밉고 말고도 없이 그러고 사는 동물이 여자야. 그런데도 화분 하나, 목도리,

모자 같은 걸 선물이랍시고 들고 오면 꼼짝없이 붙들리고 마는 거야. 내 마음에 안 들어도 받기는 해야잖아. 그러고 나면 이래저래 말이 많아지고 정이 생기고 그렇게 되고 말아. 좋다 나쁘다 할 것도 없이. 한동안 그래. 이내 재미없고 시시해지지만. 그때는 이미 늦은 거야. 서로가 떼치기에는. 남만치, 여자만치 귀찮은 게 이 세상에 다시 없지. 요새 이 젊은 여편네가 딸린 자식 수발로 바쁜지 여기 청소도 안 해주네. 아이고, 지저분해. 젊을 때 깔끔해 보이는 것도 다 시늉이야. 나중에사 가짜라는 걸 알지."

당신 자신의 오랜 이중생활에 대한 술회 같아서 "저희는 아직 손도 안 잡았는데요"라는 말이 목구멍까지 치밀어올랐으나 나는 참았다. 서둘러 맥주를 들이켜고 나서 나는 기다렸다.

"아무튼 그렇게 되고 마는 거야. 귀찮지. 대체로 그래. 어차피 이 세상은 자기를 위해서 있는 거야. 신군분지 먼지 하는 저 패거리들이 저렇게 개판을 치고 있잖아. 그것들도 결국은 지 목숨 하나 살자고 저러는 거지. 떼를 지어서. 나는 무리 지어 몰려다니는 데는 아주 질색이야. 예술은 혼자서 끙끙대는 거잖아. 친구도 귀찮을 때가 더 많아. 그래도 세상은 혼자서는 못 사는 거라서 꾹, 꾹, 눈을 질끈 감고서 참는 거지. 그림도 마찬가지야. 명색 예술이란 것이 모다 지가 좋아서 하는 거지만, 결국에는 남이 알아주기를 바라는 그 속셈이 얄망궂어서 당장에라도 때려치우고 싶은 생각이 굴뚝 같지. 그래도 내 마음에 찰 때까지 붓질이나 해야지 하는 심사에 쫓겨 씩씩거리는 거야. 이제 2년도 채 안 남았어. 내 정년 말이야. 기어코 여기까지 왔다는 심정뿐이야. 아주 심란하지. 당뇨도 있어서 벌써 때려치우려 했지만, 세상을 내 멋

눈길과 눈씨

대로 살 수는 없는 거고. 이래저래 쪼들리고 성가셔서 술이나 한잔 마실래도 이런저런 눈치부터 살펴야 하니 얼마나 귀찮아. 사는 게 이렇게 생고생이야. 우선 착잡한 내 심사한테다 먼저 아첨부터 떨어야 하니 이게 어디 할 짓이냐고? 세상살이가 다 이 지경이야. 꼴사납다는 말이지."

처음 듣는 말이 속속 불거져서 나는 불쑥 다잡았다.

"방금 당뇨라 그러셨어요? 언제부터요."

"그렇대. 심하지는 않나봐. 2, 3년 전부터 갑자기 그랬어. 자고 일어나면 발이 부어 있고, 술 때문인지 어떤지. 약은 안 먹어. 몸이 약을 좋아할 리가 있나."

"조심하셔야지요. 동생들도 아직 어린데…"

"몰라, 그까짓 것들이야 어떻게 공부나 제때 시켜주면 될 테지. 눈 어두워지기 전에, 술 마실 수 있을 때까지 내 성에 차는 그림 같은 그림이라도 제대로 한번 그려봐야지 하고 마음은 도사려 먹고 있지만. 뜻대로 안 되지 싶어. 그럴 거 아냐. 그건 알아. 이 바닥이 워낙 후져서 그럴 수밖에 없기도 하고. 안목이야 다 똑같다지만 손도 눈도 다 한통속으로 떼지어 설쳐대서 딱 보기 싫어 죽겠어. 내 속짐작이 그렇게 돌아가. 맞다 말다. 짐작은 대체로 맞게 마련이지. 이때껏 한 번도 마음 놓고, 내 들끓는 심사를 차분히 가라앉혀서 붓을 잡아본 적이 없어. 변명이야 많지. 소심한 게 아니라 겁이 워낙 많았고, 인정에 모질지도 못했고. 쓸데없는 욕심에도 치였고. 학교나 화단 같은 데서 어른 대접 받고 싶은 허영 말이야. 이제 와서 후회해본들 소용없는 일이지만. 물론 내 탓만도 아니야. 이 지긋지긋한 우리 풍토에서는 개인이

708

뭘 제대로, 마음껏 해볼 수 있는 게 하나도 없어. 꼭 못 살아서 그런 것도 아냐. 사람이 천박해지는 게 꼭 없이 살아서 그렇다면 돈이고 교육이고 다 필요 없는 거잖아. 조선 백성의 8할을 상놈으로 묶어놓고 나라를 꾸려 갔으니 그 행짜가, 그 천민 근성이 유전인자로 박여 있는 거야. 생각, 근성, 처신, 태도 등등이 이웃나라보다 한 수 아래야, 일컬어 천격이지. 한심 천만이야."

아버지의 관자놀이와 광대뼈 주위에는 주독과 니코틴의 해독 때문이지 싶은 붉은 반점이 무슨 얼룩처럼 점점이 앉아 있었고, 갈퀴처럼 기다란 손가락 사이에 간신히 매달려 있는 담배에서 재가 소리 없이 떨어졌다.

누구나 일상적으로 무심코 지껄이는 하나 마나 한 의사를 적극적으로 삼감으로써 우리 집안을 긴장 상태로 몰아가던, 예의 그 과묵 중에 벼르며 차곡차곡 챙겼을 말을 '흘리기' 시작하면, 화폭의 어느 한 구석이 '꼭 이래야 한다'라는 식으로 성에 찰 때까지 잔 붓질을 겹겹으로 덧붙이듯이 아버지는 이 말 저 말을 무순(無順)으로 마구 늘어놓는 버릇이 있었다. 두서도 없으므로 그 요지를 간추릴 수도 없으려니와, 반이라도 그대로 베낄 수 없는 그 무용(無用)의 '중얼거림'이 그날따라 오랜만에 풀어져 나왔다.

"젊었을 때 우리가 자주 한 말이 지금에사 그럴듯하게 생각혀. 퇴계(退溪)가 말이야, 마르크스도 마찬가지지, 제 자식들이 하나하나 앞서 죽어가는 걸 보면서도 책만 읽고 글만 썼어. 일본에서는 시마자키 도손(島崎藤村)이라는 소설가가 있었어. 그이도 제 자식이 죽어가고 있는 걸 보면서도 무슨 장편소설인가를 썼다고, 후에 득의양양하게 고백했

눈길과 눈씨

어. 근대 미술가 중에도 그런 양반들이야 부지기수야, 일본 말이야. 제 여편네, 제 자식 내팽개친 미치광이들을 대자면 열 손가락으로도 모자라. 아무튼 그런 걸 우리는 부러워하고 그렇게 살아야 한다고 떠들어댔지만, 그것도 그런 팔자를 타고나야 하나 봐. 하려고는 했지. 마음뿐이지 그게 어디 쉽나. 그 별것도 아닌 제 작품 하나 남기려고들. 어차피 한평생인데, 반풍수 노릇만 했으니 참담한 심정이야. 우리 풍토에는 언감생심이지. 택도 없는 소리다 마다."

길게 들이켜는 당신의 음주 버릇이 내 시선에 오래 머물렀다. 돌 지난 어린애의 주름 많은 고추와 토실토실한 허벅지와 장딴지 살점을 실물 이상으로 생생하게 사생하여 일본인 미술 교사로부터 일제(日製) '돔보' 4비(B) 연필을 두 자루나 받았다는 당신의 전설 같은 재능을, 해방 후 서울에서 국내 서양화가들이 뭉쳐서 첫 그룹전을 열자며 말을 모을 때, 부랴부랴 당신 작품도 출품했으나 반(半)추상화여서, 또 그 칙칙한 분위기가 별로여서 그랬든지 이렇다 할 반응도, 세평도 얻지 못했다는 이력을 나는 얼핏 떠올렸다.

"이제는 내 멋대로 죽을 수도 없는 나이가 되고 말았어. 내가 이런 말을 하면 좀 우습지만, 우리는 다들 눈이 멀었어. 어느 눈이라도 좋고 나쁜 거야 모리겠어. 우리 그림 수준 말이야. 한참 멀었지. 이렇게 지고 만 이유야 대라면 간단해. 남의 눈으로 보고 있어서 그래… 제자, 제 눈금은 엉뚱한 데다 놔두고, 제 말도 제대로 못 하고, 제 눈이 있어도 그건 그냥 시늉으로 달고 있을 뿐이고… 우리 환경이 너무 열악하고 조악해, 인심도 소양도 개판이고. 이런 풍토에서 무슨 예술을 해. 늘 툴툴거리는 나만 나무라고 머라 카는 기 말이 돼? 엉터리 같은 것들. 머리도 없는 개차반들하고 같이 말 섞으며 살라니 이렇게 죽을 고생이야. 아주 떫어, 쓰다고. 만사가 시시껄렁해서 서글프고 착잡하기 짝이 없어. 붓이라도 잡고 있을 때가 그래도 한결 덜 보대낄까."

아무리 술김이라 하더라도 여자도, 가족도, 자식도 귀찮았을 뿐이었다는, 그렇다고 자신의 화업(畵業)마저 성에 안 차서 앙앙불락하고 있다는 고백은 겸손을 가장한 가식이 아니었을까. 그냥 어쩌다가 그림이 마음먹은 대로 잘 안 그려지고 있던 차에 마침 막내아들이 들렀고, 그래서 지나가는 말로 자기 위안 삼아 지껄였다면 그때 당신의 어투에는 여러 가지의 세속적인 여유가 많이 무르녹아 있었다. 미술교육자로서나 화가로서나 당신은 누릴 만큼의 성공을 거둔 셈이 되지만, 그 부족한 성공조차도 자기 본위의 삶을 영위하는 데는 여전히 일정한 장애물일 뿐이라는 가치관이야말로 가장 세속적인 욕심의 토로일 것이었다. 아버지는 그런 양반이었다. 따라서 화가로서 부지불식간에 터뜨린 "남을 위해서?"라는 탄성 속으로는 자식은 물론이고 어떤 세상도 비집고 들어갈 틈이 없고, 그런 의미에서도 당신의 그림들 속의 모든 사물이 추상적인 형태로 드러나는 것은 당연한 추이인지도 모른다.

나는 연애에 본격적으로 매달리기 위해서, 아니 결혼을 염두에 두기 위해 취직했다. 한 여자를 사귀고 그에 따르는 비용을 충당하자면 직장을 가지고 있어야 여러모로 편리할 것 같았다. 건축 설계 사무실에서 밤새워 도면을 그려대던 한 친구가 다리를 놓아준 직장은 역시 건축공학과 출신의 7년 선배가 한창 사세(社勢)를 불리고 있던 N 종합건설회사였다. 내게 대뜸 건축 부장 직책을 맡긴 N 사장은 지금 모 재

눈길과 눈씨

벌 그룹의 계열사에서 월급쟁이 사장 노릇을 하고 있지만, 이 양반이야말로 내게 일종의 '암기의 눈'의 능력과 한계를 제대로 가르쳐주고, 종내에는 곱다시 세뇌당한 나까지 자기 자신의 전철을 밟게 만든 장본인이었다.

내가 입사할 당시 N 건설회사는 국내에 건설 현장을 네 군데 가지고 있었다. 서울 외곽지의 한 시장 바닥을 무슨 회랑처럼 니은 자로 둘러막는 3층짜리 상가 건물은 한창 칸막이 내장공사를 하던 중이었고, 지방에 벌여놓은 현장은 사립중고등학교 교사 두 동, 2백 세대 남짓 되는 서민 아파트 신축 공사, 목욕탕, 레스토랑, 다방 등이 지하층과 1층에 들어갈 예정이었던 5층짜리 예식장 건물은 그 지분을 반반씩 나눠 가지고 있던 두 땅 주인의 줄변덕에 따라서 소형 호텔로 개축하느라고 겨우 땅 파서 철근만 꽂아두었는데도 시방서(示方書) 책자가 벌써 세 권이나 걸레쪽이 되어 있던 판이었다.

본사 건축 부장은 그 네 군데 현장의 공사 진척에 따라서 적기에 하도급업체, 곧 땅 파고, 철골 세우고, 콘크리트 치고, 비계 엮고, 방수하고, 블록 쌓고, 배관 넣고, 전기 달고, 칸막이 지르고, 타일 붙이고, 페인트 칠하고, 유리창 끼우는 등의 이른바 전문별 단종 회사들을 선정, 계약하는 업무를 맡기로 되어 있었다. 각 현장의 소장이 이미 거래를 터오고 있는 단종 회사들을 천거하고(때로는 그들이 아예 지정하고, 대금 결제 때 통보한다) 본사에서는 대개 그대로 따르지만, 품값에다 자재 대금의 지급은 원칙적으로 본사에서 통괄하게 되어 있다. 따라서 단종 회사 사장들은 미장공, 비계공, 벽치기공, 전공 등을 거느리고 철새처럼 오락가락하고, 공사를 따고 대금을 받으려고 사교를 벌인다. 회사 일로 바쁘다는 것은 당사자가 관장, 판단해야 하는 업무가 많고, 꼭 만나야 하는 사람도 아래위로 줄을 서 있다는 말이다.

N 사장 밑에는 할 일이 없어 신문만 뒤적거리는 머리칼 흰 전무가 하나 있었고, 명색 수주 담당과 자금 담당의 상무가 각각 하나씩 있는데다, 회삿돈을 제 돈처럼 쥐락펴락하는 사장의 친척뻘 경리 부장도 있었다. 그 밖에도 여직원이 예닐곱 명, 내 밑에도 남녀 직원이 다섯 명, 운전기사가 세 명이나 있었는데, 회사 창립자인 N 사장이 워낙 모르는 게 없는 양반이라 혼자서 장구 치고 북도 두드리는 판이었다. 그는 나를 후배 중에서도(전무는 그의 고교 동기생이었고, 상무 하나는 그의 대학 1년 후배였다) 특히 좋게 보았고, 경리 부장보다 나를 더 신임했다. 회식이 끝나면 그는 내게 2차 술자리로 앞장서라고 눈짓했고, 장광설을 늘어놓으며 혀가 돌아갈 때까지 나와의 통음(痛飮)을 마다하지 않았다. 두주불사에 청탁불문은 그의 인품을 매기는 상투어였고, 그의 '말술' 주량은 실로 자타가 인정할 만했다.

더욱이나 신기하게도 N 사장의 기억 용량이랄지 그 범위는 가히 무진장에 가까웠다. 그는 '인왕산 정기' 운운하는 서울 토박이였음에도 전국 방방곡곡의 지명을 훤히 꿰차고 있었다. 가령 장호원(長湖院)에서 음성(陰城)까지의 국도변에 널려 있는 숱한 지명들을 그 방위와 이수(里數)까지 정확히 꼽아대며 줄줄이 엮어 내렸다. 심지어 그 숱한 지명마다의 주위에 찡박혀 있는 못, 저수지, 내, 산 이름은 말할 것도 없고, 어느 마을의 전설과 이칭, 예를 들면 생극(笙極)과 무극(無極)의 유래 따위도 주워섬겼다. 민물 낚시질이나 등산이 그의 취미가 아니었는데도

눈길과 눈씨

전국 어디나 그의 현미경적 시선 앞에는 꼼짝없이 붙잡혔다. 정말 혀를 내두를 지경이었다. 그는 대학 졸업 후 엉뚱하게도 사법고시를 준비한답시고 양평군 소재의 용문산 자락 한 암자에서 1년쯤 지내다가 꼬박 10년 동안 한 대형 건설회사 본사에서만 근무했으므로 지방의 현장 경험이 전무(全無)한 자가 발전형 인물이었는데도 그랬다. 그의 비상한 기억력에 매번 탄복을 금치 못했는데, 나의 궁금증이 곧장 풀렸다. 한번은 술에 취해서 밤늦게 그의 집에 끌려가 서재 방 소파에서 하룻밤 신세를 진 적이 있었는데, 천장에 닿아 있는 책꽂이 한 짝이 온통 《광주군지(廣州郡誌)》《양천읍지(陽川邑誌)》《경주시사(慶州市史)》 같은 인문지리 책들로 가득 차 있었고, 그의 취미가 누구도 거들떠보지 않는 그런 책을 수집하고 그 속의 불요불급한, 하등에 쓸모 없는 명색 '정보'들을 주워 읽는 것이었다. 내 추단에 따르면 요긴한 어휘와 법률 용어만을 간추려 외워야 하는 고시 공부가 그의 천성의 관심사와는 완전히 겉돌고 있었으니까, 그가 법조인으로 출세하려는 꿈을 진작에 접은 것은 현명한 용단이었다.

그의 별난 기억력은 그에 그치지 않았다. 고금동서의 유명 인사들 이름은 말할 것도 없고, 그들의 생몰연대에도 해박했다. 가령 "그이는 BC. 8세기 사람이야. 다만 실존 여부도 추정이지만"이라든지 "이토는 하얼빈 역두에서, 정확히는 요즘의 그 플랫폼이지, 거기서 암살되기 직전에 이미 자기 죽음을 예언했어. 한일합방 바로 한 해 전이야. 그때 예순여덟 살이었어. 일본 사람들은 원래 뱃속 나이는 안 쳐"라고 들먹였다. 특히나 그는 금세기 우리의 글쟁이, 환쟁이의 이름 들먹이기와 그들의 친소 관계 따지기를 좋아했고, 그중에는 나의 부친 함자도 당연히 섞여들었을 뿐만 아니라 내가 모르고 있던 '그 양반의 우인' 관계마저 빠삭했다. 일례로 6.25 동란 중 재경 화가들이 삼삼오오 나의 향리 T시로 몰려와 내일을 모르는 피난살이에 영일이 없던 당시에 이미 전설적 지위를 선점하고 있던 L 화백과 나의 부친 사이가 버성겼으며, 그 내막은 두 양반의 출신, 화풍, 일본에서의 미술 수업 이력, 학력, 술버릇 등이 너무 판이해서 그럴 수밖에 없었다고 본 듯이 지적하는가 하면, 내가 그즈음 우리 집의 위치와 화실 분위기를 어렴풋이 기억나는 대로 들려주자, 그는 대뜸 "그랬을 거라, 그럴 수밖에. 일본은 이미 중일전쟁 때 종군 화가, 종군 작가단을 버젓이 꾸려, 특파했는데, 우리는 멍청하게 옳은 기록화, 옳은 종군기 하나를 못 남겼어. 엉터리 전사(戰史)나 끼적거리고, 전쟁에 이기고 살아남았다고 헛소리나 내지르면 머해, 누가 알아줘, 흔적이 없는데"라면서 그 특유의 예언적 자조를 흘리는 데는 기가 막히지 않을 수 없었다.

또한 그는 계수 외우기에도 출중해서 결재서류를 들고 사장실에 들어갈 때마다 경리 부장은 내 앞에서 "또 한참 깨져야지"라고 시부렁거리도록 족쳐댔고, 실제로도 벌겋게 닦인 나머지 바닥에 떨어진 서류를 주섬주섬 집어서 나오는 경우도 다반사였다. 그런 비상한 총기의 소유자들이 대체로 그렇듯이 편애도 자심해서 사람들을 멍청이와 제 밥그릇이나 겨우 챙길 줄 아는 '딱 두 부류'로 갈라버릇했다. 구변이 그런 만큼 그는 사교술도 좋았다. 경리 부장이 도저히 안 되겠더라는 은행 대출을 받아내기도 하고, 을지로 바닥에서의 '두 달짜리 어음 할인'도 그가 나서면 곧장 급전을 돌려왔다.

내가 입사한 지 1년쯤 지났을 때 N 건설회사가 사운을 걸고 떠맡은

눈길과 눈씨

일거리는 서울 사대문 안의 한 대형 건물 시공이었다. 대지가 4백 평 남짓에다 연건평이 5천 평쯤 되고, 지하 3층에 지상 15층짜리 오피스 빌딩의 신축은 당시로는 큰 공사였고, 아마도 그 건물의 신축 수의 계약액은 38억 원 안팎이었을 것이다. 그 당시 내 월급이 30만 원쯤이었고, 각 현장 직원과 임시 고용원까지 합쳐 전 직원이 50명 안팎이었으니 통산 1할을 받게 되어 있는 그 공사 대금의 착수금만으로도 N 건설회사는 적어도 임금 걱정 없이 석 달 열흘 정도는 흥청망청할 수 있는 셈이었다.

주로 건축 면적의 크고 작음과 설비 구조의 복잡 여부에 따라 차이가 심하지만, 신축 건물의 공사 기간은 통상 한 층에 1개월로 잡는다. 우리나라의 경우는 그렇다. 내진(耐震) 구조를 의무화하고 있는 일본은 우리보다 2배 이상 걸린다고 알려져 있는데, 내진 설비의 노하우 살리기는 말할 것도 없고 재료도 규격대로 맞춰 쓰면서 일을 그만큼 꼼꼼하게 하기 때문일 것이다. 그쪽 사정이야 어떻든 우리는 공사 기간을 그나마 지킬 수 없게 되어 있다. 변수가 여기저기서 돌출하기 때문인데, 내가 보기에 그것은 우리의 쉬 끓고 곧 식는 집단 심성과 사회적/경제적 제반 구조와 연동하는 데다, 계약 당사자들의 뭇따래기 심보가 천방지축으로 날뛰어서 그렇다.

가령 시멘트 품귀 현상 같은 건축 재료의 엉성한 수급 체계는 언제나 복병으로 깔려 있으므로 물건값이 뛴다 싶으면 일주일씩 현장이 개문 휴업 상태로 겉돌아버린다. 유행가 가사대로 '비 오는 날은 공치는 날'보다 이처럼 건축 자재가 없어서 일당 노무자들을 놀려야 하는 날이 더 많은 게 변함없는 실정임은 당연히 참조 사항이라는 소리다.

노임 따라 미련 없이 보따리를 싸버리는 벽치기공 같은 명색 기술자들의 수급은 누구도 장담할 수 없게 되어 있기도 하다. 시공자는 온갖 시시콜콜한 세부까지 다 규정해놓고 있는 현행 건축법을 들먹일 수밖에 없는데, 그때마다 건축주는 나중에 삼수갑산을 오르는 한이 있더라도(관으로부터 준공 검사를 받을 때 건축주와 시공자 쌍방간 시비의 트집거리가 된다) 자기가 책임을 질 테니 그걸 무시하라고 졸라대고, 그러면 설계도면을 다시 뜯어고쳐야 한다. 그 모든 계약 위반의 요인들도 뒤죽박죽으로 풀어가는 관행이 있고, 웃돈이 들쭉날쭉 왔다 갔다 하고, 눈먼 뒷돈이 앞앞에 건네짐으로써 이럭저럭 쌍방의 붉은 낯과 삿대질을 제자리로 돌려놓을 수는 있다. 그러나 밤일을 독려해서라도 공사 기한을 맞출 수 없는 절대적인 요인은 딱 하나밖에 없다. 건축주가 시공자에게 계약대로 공사 대금을 안 주는 것이 그것이다. 통상 3개월마다 공사가 진척된 만큼 기성 공사 대금을 주고받는다고 계약서에 못 박아두지만, 그 계약을 이행하는 주체는 당연하게도 사람이 아니라 돈이다. 벌겋게 헐벗은 철골만 올라가 있을까 아직 시멘트 옷을 못 입고 있는 공사 중단 상태의 구조물은, 그 내막이야 구구할 테지만, 결국 건축주가 시공자에게 공사 대금을 안 내놓든지 못 내놓아 그런 것이다.

그 이름도 거창한 천마(天馬) 빌딩의 건축주는 지방 곳곳에 땅도 많고, 금배지를 가슴팍에 달고 싶어 거의 미쳐 있는 유지로 알려져 있었다. N 사장의 말에 따르면 건축주 C 회장은 주먹패 출신에다 한 시절에는 탄광촌을 동에 번쩍 서에 번쩍 누비고 다닌 이력도 있다고 했다. 그가 이미 신군부 정권으로부터 반국가 기업인으로 낙인이 찍혀 있음을 N

눈길과 눈씨

사장은 잘 알고 있었을뿐더러 그게 바로 호조건일 수 있다고 믿었다. 아마도 그런저런 조건들이 천마 빌딩의 준공 시한을 착공일로부터 24개월로 넉넉하게 잡은 이유였을 것이다. 적어도 수의계약 후 1년 3개월까지는, 그러니 기성 공사 대금을 다섯 번 받았을 때까지는 만사가 여의로웠다. 그 우람한 철근 콘크리트 구조물이 쑥쑥 키를 키워가던 참이었으니까. 노란 작업모를 쓴 노무자들이 그 구조물에 매미처럼 매달려 망치질을 하고, 용접 불꽃을 파딱파딱 피우던 광경은 보기에도 좋았고, 호이스트(구조물 외부에 설치하는 스웨덴제 철근 및 자재 화물 승강기를 그렇게 부른다)는 쉴새없이 오르내렸다.

N 사장은 각 현장의 기성 공사 대금이 들어오는 족족 시멘트, 철근, 목재, 유리 같은 기본 자재를 사서 재어두었다. 은행 담보용 부동산을 아무거라도 매입해야 했고, 조그만 건물이라도 사서 본사 사무실의 임대료 등쌀을 미리 막아 두어야 했다. 그러나 N 사장은 제 친구들인 전무, 상무들의 그런 조언을 한마디로 잘라버렸다. "나보고 반국가 경제인이 되라고. 환금성도 없는 그까짓 것들 사서 뭣해. 회사부터 키워 놓고 봐야지"가 그의 한결같은 주장이었다. 그때 나는 그의 사업가다운 늘품을 내심 존경하고 있었을 것이다. 그럴 수밖에 없는 것이 그즈음 내 쪽에서 한창 열을 내며 미처 돌아간, 잠시 후에 서울 시내의 어느 호텔 예식장에서 나와 상견례를 올린 여자가 하루는 나를 정신지체아 무언극 경연 발표장에 초대했는데, 그 입구의 하얀 상자 속에다 나는 후원금으로 월급 한 달 치를 쾌척하고 나서 "우리 사장 지론이 돈은 있을 때 쓸 만큼 쓰자는 거야"라고 호기를 부렸을 정도니까.

후에 내가 혹독하게 겪고 나서야 안 사실이지만, 회사가 부도를 내는 경우는 딱 두 가지밖에 없다. 흑자 부도와 고의 부도가 그것이다. (갈래짓기로 들면, 물품 대금으로 받는 '진성어음'과 회사 운영 자금으로 돌려쓰는 '융통어음'이 있는데, 어느 쪽이라도 현금이 부족하면 사채시장의 전주에게 어음을 고리로 할인해서 쓰게 되어 있다.) 흑자 부도는 받기로 되어 있는 돈을 제때 못 받아서 울며 겨자 먹기로 나가떨어지는 경우인 만큼 누구나 거의 무방비 상태에서 당한다. 사장이 급전을 끌어댈 수 있는 능력이 없으면 곱다시 두 눈 멀뚱히 뜨고 빚잔치를 해야만 한다. 고의 부도는 계획적인 만큼 대개는 사장이라는 작자가 제 한 몸만 살 궁리를 하느라고 저만큼에서 아주 착실한 보폭으로 다가오는 거대한 공룡의 내습을 다른 쪽으로 유인해버리는 경우다. 당시의 매스컴 용어였던 '반국가 경제인'이란 당사자가 마땅히 감내해야 할 생존의 위기를 남에게 떠넘겨버리는 그런 고의성 부도 조작자임은 말할 나위도 없다. 그처럼 세상만사에 모르는 게 없고 매사에 당당하던, 너무 똑똑해서 남의 말을 절대로 안 듣고 자기 눈의 출중한 '시력'만 한사코 믿는, 아무래도 '시선'을 탐조등처럼 여기저기로 내둘리지 못하는 N 사장도 막혀버린 돈줄 앞에서는 꼼짝하지 못했다.

그 거대한 공룡의 내습은 우선 임금 체불(滯拂)에서 마각을 드러내기 시작했다. 나는 입사 2년 3개월째부터 월급을 제날짜에 못 받았고, 다음 달에는 월급의 반이, 그다음 달에는 아예 월급이 나오지 않았다. 천마 빌딩의 건축주는 기성 공사 대금의 지급을 차일피일 연기했다. 지방의 5층짜리 호텔 건물은 당연하게도 준공 검사에서 '용도 임의 변경'이라는 하자를 불러일으켜 총시공가의 3할에 달하는 잔금을 못 받았다. 전무의 책상이 어느 날 치워졌고, 자금 담당 상무의 자리는 늘

눈길과 눈씨

비어 있었다. 단종 회사들의 노임만은 급전을 돌려 간신히 때워나갔다. N 사장은 천마 빌딩의 건축주 C 사장의 알짜 부동산을 은행에 담보로 잡혀 대출을 받으려고 뛰어다녔다. 평창동 언덕배기에 있던 N 사장의 일반 주택은 이미 은행에 담보로 잡혀 있었으므로 그가 믿는 것이라고는 그 길밖에 없었다. C 사장은 말로만 그렇게라도 하자고 제 물건을 선뜻 내놓고 있었지만, 그 대출 절차는 법적으로도 수월한 일이 아니었다. 하루가 다르게 회사 사무실에는 찬바람이 일었다. 여사원들은 팔짱을 끼고 라디에이터 곁에 붙어서서 잡담으로 소일했다. 회사에 돈이 없으니 전표를 끊을 일도 없고, 서류를 작성할 수도 없어서였다.

당할 날은 대개 어느 날 갑작스럽게 덮치는 상례(常例)를 따르는 것이 세상 이치다. 그날은 내가 출근하자마자 뒤이어 두툼한 잠바를 입은 N 사장이 들어섰고, 그는 "좀 보지"라며 나만 사장실로 불러들였다. 예상은 하고 있었을 테지만, N 사장의 명민한 머리로도 감히 상상조차 하지 못했던 일종의 신음성 탄식이 터뜨려졌다.

"토꼈어. 어제 오후 비행기로. 해외 도피야."

"아니, 누구 말입니까?"

"누군 누구야. 천마 빌딩 건축주지. 날아가버렸어. 천마처럼. 반국가 기업인으로 낙인이 찍혀 있으니 설마 해외 도주야 못 할 거라고 믿었는데, 내가 발등 찍혔어. 내가 내 꾀에 넘어갔어. 문화 여권이란 게 있는 줄은 까맣게 몰랐네. 프로복싱연맹 이사한테는 그런 여권을 내준대. 알고 보니 그 자리도 얼마 전에 찬조금 기백만 원 내고 산 거라더만. 개새끼야. 하기야 그렇게 잘 내빼니 반국가 경제인으로 찍혔겠지만. 군부 정보기관은 못 당해. 그런 놈을 발겨냈으니. 명색이 수십 억대짜리 빌딩 짓는 건축주라는 놈이 시공자에게 술 한잔 안 샀으니 말 다했지. 코끝이 겨자 먹은 듯 싸하니 찌르는 다비도프 향수는 처바르면서. 아 참, 다비도프 시가는 한 대 얻어 피워봤네. 그게 다야. 그 개새끼는 레닌이 그것만 피웠다는 것도 모르는 알짜 무식꾼이야. 시가나 향수는 다비도프가 최고라는 건 어떻게 알아듣고서는. 다 쓸데없는 소리지만. 내가 무슨 마에 씌었나 봐. 커피 물을 마시는지 설탕 물을 마시는지 모르는 그 개새끼한테. 분해 죽겠네. 간밤에 한숨도 못 잤어. 눈이 따가워 미치겠네."

N 사장은 원래 커피광에다 블랙커피 애용자로서 간밤의 숙취도 원두커피 한 주전자로 풀어버리는 체질이었다. 커피도 찾지 못하고 잠 바때기 주머니에 두 손을 찌르고 있는 몰골은 차마 마주 쳐다보기도 민망할 지경이었다.

"고발하셔야지요?"

"고발? 무슨 고발? 지명수배야 경찰이 할 테지. 돈을 갖고서도 안 주는 놈인데 고발한다고 법이 남의 돈을 받아주나? 무슨 정성이 뻗쳐서. 우리 공사 대금이나 좀 세세히 정리해줘. 이제껏 처넣은 기성 대금 말이야. 언제가 될지 몰라도 받을 돈 근거는 꼬불쳐 가지고 있어야 할 테니까."

N 사장은 곧장 전화 송수화기를 들었고, 인터폰 번호판을 눌렀다.

"내일 막을 게 3백인가? 모레 2천 건은 상무가 알아서 메울 거야. 빨리 상무 찾아봐. 도대체 어디 갔어. 제자리 지킬 줄도 모르고. 커피 두 잔 주고. 그리고 물수건 한 장 좀 깨끗이 빨아다 줘. 눈꺼풀이 따가

눈길과 눈씨

워서 잠시 가리고 있어야겠어. 알았어. 그 돈은 내가 따로 알아보게."

내가 불쑥 꼴같잖은 제안을 디밀었다.

"3백 정도는 제 돈을 돌릴 수 있는데요."

"쓸데없는 소리. 아무리 회사가 부도 직전이라도 내가 자네 피땀 흘려 번 중동 돈을 발겨 쓸까. 월급도 제때 못 줘 얼굴도 들 수 없는 판에."

N 사장은 평소의 그 소년 같은 똘방똘방한 눈매를 어디다 둘지 몰라 쩔쩔매다가 혼잣소리를 내가 들으라고 읊조렸다.

"내 사업 운이 겨우 여기까진가. 어이없구면. 그 장돌뱅이한테 케이오패 당하다니. 배가 가라앉을라면 쥐새끼부터 내뺀다더니 상무란 놈도 벌써 보따리 싸서 줄행랑을 놓았구먼. 은행도 한통속으로 짝짜꿍이를 맞췄나 봐. 그 개새끼가 진작에 손을 써놓았을 거야. 경리 부장이 사채를 좀 끌어와댔는데 그것부터 어떻게 처리해줘야겠지. 개는 내 일가 동생뻘이니."

그야말로 유구무언이었다. 내 성격 탓인지 팔자 탓인지 나는 어떤 결정적인 순간에는 매번 할 말을 잃었다. 그때 나는 어렵사리 결혼 날짜를 받아둔 몸이었다.

아내 될 여자는 나처럼 막내였다. 그녀의 언니 하나가 맏며느리로 출가하면서 이민 길에 올라 시애틀에서 세탁소 운영으로 터를 잡는 통에 자기 양친과 두 남동생까지 줄줄이 그곳으로 불러들였고, 일가는 그즈음 로스앤젤레스에서 역시 라운더리 숍을 제법 크게 벌여놓고 있다고 했다. 그런데도 그녀는 한사코 이 땅에서 뿌리 박고 살겠다고 고집을 부려서 미국 쪽 가족들은 막내딸의 장래를 거의 포기하고 있던 판이었다. 하기야 피붙이 하나쯤은 이남 땅 어디에서든 터를 잡고 살아 있어야 한다는 무언의 다짐은 모든 이민 가족의 공통 염원일 테고, 그 결속감이랄지 연대감에 막내딸만큼 다부진 지팡이도 달리 없을 것이었다. 그때까지 한국 국적을 포기하지 않고 있던 자기 아버지 이름으로 등기된 사당동의 일반 주택 한 채를 고스란히 물려받아 안방 차지로 주인 행세를 하는 한편 그 집의 월세를 받아서 그녀는 혼자서 복지사업에의 꿈을 열성으로 실천하던 억짓손 센 여자였다.

내가 그녀를 미쁘게 본 사례라기보다 어떤 모습을 든다면 공항에서 인파를 헤치며 일직선으로 내게 다가오던 씩씩한 걸음새에 이어 "여기서 바로 우리 돈으로 환전하지요. 시간도 절약하고, 그래야 여러모로 편할 거 같애요. 저기 은행이 있네요"라면서 성큼성큼 나보다 앞서 걷던 그 자기주장이었다. 그러고 보면 어느 날 오후에 그녀의 근무처로 찾아갔더니, 복지관 복도에서 "꾸물대지들 말고 빨리 나오세요, 할 일이 너무 많잖아요"라고 소리치며 바람을 가르듯 뛰어다니던 그녀의 그 빠른 걸음걸이도 왠지 낯익은 데다 어울리는 거동이었다.

아무튼 그녀의 그 씩씩한 동적인 삶, 돈 따위를 하찮게 여기면서 목사에게도 설교에 돈 말을 제발 넣지 말라고 대드는 당돌성 등에 적잖이 감염, 감동을 맛보고 있었던지 나는 회사가 거덜이 났는데도 아무렇지도 않았을 뿐만 아니라 오히려 힘이 펄펄 났다. 그때는 왠지 미친 놈처럼 싱글벙글거리며 그렇게 싸대고 지냈으니 사람 팔자는 실로 한 치 앞을 알 수 없는 미궁 뒤지기였다.

그러구러 거의 두 달 동안 나와 경리 부장만 부도난 회사를 지켰는데, 그동안 나는 '무보수 잔무(殘務) 처리자' 신세를 그녀에게만 알리고

눈길과 눈씨

결혼을 밀어붙였다. 각종 단종 회사들의 밀린 노임에 대한 집단 항의를 웃는 낯으로 가로막고, 채권자인 은행을 찾아가고, 백색전화의 철거를 거들고, 각 현장을 돌아다니며 그 주위에 쌓아둔 건축 자재에 압류 딱지를 붙이며 그 명세서를 주고받고, 도피 중이던 N 사장의 호출에 응하는 일 따위가 내게 떨어진 뒤치다꺼리였다. 불과 3년 후쯤 나도 그의 전철을 그대로 밟긴 했지만, N 사장은 부도수표 발행자로서 지명 수배자 신세였음에도 불구하고 태연하기 짝이 없었다. 우리는 간첩처럼 짤막한 전화 통화 후거나, 또는 구두닦이 같은 인편의 전갈로 다방이나 부대찌개 전문 음식점에서 만났고, 그는 자기 집에도 못 들어가는 처지임에도 신수도 멀쩡하고 수염 자국도 언제나 말끔했다. 그는 말끝마다 "정말 면목 없네"라는 사과를 내놓고 있었지만, 음식값과 찻값 따위는 사장답게 그가 매번 냈다. 지갑도 없는지 언제나 윗도리와 바지 주머니 여기저기를 뒤적이며 돈을 모아서 헤아리는데도 궁상스러운 기색은 조금도 비치지 않았으니, 그때마다 나는 역시 사장 노릇은 꼭 한 번쯤 경험할 만한 직업이라는 생각을 챙기곤 했을 것이다.

그처럼 동가식서가숙하며 쫓겨 다니는 신세이면서도 그는 무슨 말 끝에선가 스포츠, 액서사이즈, 애스래틱스를 구별한답시고, 그 영어 단어들을 운동, 체력 단련, 경기로 옮겨야 한다면서 그 실례로 골프는 엄연한 스포츠이고, 등산이나 조깅이나 맨손체조는 액서사이즈이며, 트랙에서의 달리기나 뜀뛰기는 애스래틱스에 해당한다고 한가롭게 떠벌리곤 했다. 그런 쓰잘데없는 말을 주워섬길 때도 그는 천성대로 진지하기 이를 데 없어서 나는 입가로 비어져 나오는 쓴웃음을 베어

물지 않을 수 없었다. 자기 인생을 승패와 무관한 스포츠 같은 경기로 즐기는 양반이 아닌가 싶었다. 지금 돌이켜보면 자식 자랑, 마누라 자랑, 가문 자랑, 출신 학교 자랑 등을 일절 입에 올리지 않던 그의 좀 별난 성미는 제도권의 관행, 관습을 무시한다기보다 철저히 타기하고, 오로지 자신의 암기력만 신뢰한, 눈씨는 맵짜지만 눈길을 자기 발등이나 겨우 뚫어지게 노려보는 예외적 인물이었다. 그즈음 그는 백수건달 신분의 위장책으로 친구들과 휩쓸려 골프 취미에 빠져 있었을 텐데, 최근에 들려오는 풍문에 따르면 그의 골프 실력은 준프로급이라니 알조다.

실업자 신분인데도 나는 보무도 당당하게 결혼식장에 나타났다. 왠지 길을 빠대고 있을 때면 힘이 펄펄 솟구치던 그 당시의 내 심신은 아무래도 빈털터리나 다름없던 내 연애 상대자의 그 되알진 기상이 전염되어 있었던 게 아닌가 싶지만, 그 한심한 내 신세를 그나마 눈치채고 있던 사람은 형과 작은 누님과, "결혼, 별거 아닐 거야, 한번 부딪쳐 보는 거지 머, 크게 기대하지 않으니까, 자기도 단단히 각오해" 하고 덤비던 어떤 여자뿐이었다.

결혼식 당일 아침에 나는 새벽에 첫 손님으로 대중목욕탕에 입장, 묵은 때를 박박 문질러 벗기고, 역시 마수걸이로 그곳 이발소에서 머리털을 짧게 깎고, 아침밥을 먹는 둥 마는 둥 한 다음 곧장 택시를 주워 타고 사당동의 명색 처가로 달려갔다. 장인 장모 될 두 양주와 큰 처남이 그 전날 밤에 미국에서 귀국해와 있었으므로 인사를 하기 위해서였다. 오전 열 시쯤 내가 그 집에 들어서지 않았나 싶은데, 처가 식구와 인사를 나누기도 전에 대문께가 시끌벅적하더니 이내 "동상,

산이 만나네"하며 남자는 남자끼리, "아이고, 성님, 이기 얼매마이니
껴"라며 여자는 여자끼리 부둥켜안고 눈물을 찍어내며 난리였다.

　물어볼 것도 없이 그들의 인척 관계가 내 눈에 일목요연하게 들어
왔다. 내 출생지 T시 인근의 소읍에서 막 상경하여 택시로 달려온, 머
리꼭지까지 벗어진 중늙은이는 하나뿐인 처고모부였고, 그이는 중동
에서 나와 숙소를 함께 썼던 한 동료의 부친이었다. 나보다 세 살 밑
이었던 그 동료는 대학 재학 중 내내 외삼촌 댁에서 기거했으므로 도
시락을 아침마다 싸서 안겨준 내 처와는 친동기나 다름없었고, 그는
그때까지 그 열사의 땅에서 비지땀을 흘리고 있었다. 큰절에 이어 두
서없이 맞절이 부산하게 벌어지고 나서 항렬 섬기기가 이어졌다. 장
인 영감은 함경도 북청 출신의 삼팔따라지인데다가 화물차 운전사로
산 양반이어서 예순다섯 살이었음에도 손바닥이 돗자리만큼이나 뻣
뻣했고, 대뜸 내게 "자네, 장가 한번 잘 가네"라고 덕담했다. 알고 보
니 장모가 하숙치기로 네 자식을 공부시켰는데, 막내딸에게만 제일
반반한 4년제 대학 졸업장을 따게 해주었다는 것이었다.

　사람의 팔자란 실로 대문 밖의 일을 알 수 없는 미망(迷妄) 자체거나
그것의 연속이었다. 아날로그 시대여서 그랬을 텐데, 굳이 두 시곗바
늘이 합쳐지는 열두 시 예식에 맞추어 가느라고 일찌감치 처가 권속
과 길거리로 나오는 중에도, 또 내가 운전사 옆에 타고 장인과 처고모
부와 큰 처남이 뒷좌석에 앉아 동작대교를 넘어가는 중에도 내내 처
남 매부는 '여생' 운운해쌓더니 우리 내외가 신혼여행에서 돌아오자마
자 이산가족의 가장답게 장인은 뜬금없는 제안을 내게 디밀었다. 곧
당신은 어차피 벌인 살림이니 미국으로 가야 한다고, 그리고 아들만

셋이고 그중 하나가 미국 땅 시카고에서 중국 음식점으로 자리를 잡은 매제 그러니 처고모부도 조만간 솔가해서 한국 땅을 떨 테니 '자네'가 그이 사업체를 물려받으라는 것이었다. 그 사업체는 안경테 제조회사였다. 한때 나의 동료였던 그이의 둘째 아들은 중동에서 바로 미국으로 날아갈 속셈인 듯하고, 막내아들은 군 복무를 마치는 대로 제 큰형에게 빌붙어 공부를 더 하기로 되어 있다고 했다.

처고모부는 장인 영감 내외와 큰처남이 다시 미국으로 출국하기 전날 밤, 그러니 내가 결혼식을 올린 지 보름째 되던 날, 우정 상경하여 우리 내외를 사당동 처가로 불러 내게 '처질서(妻姪壻)' 운운하며 당신 신변담을 한바탕 털어놓았다. 그이는 한때 이른바 통일주체국민회의 대의원을 지낸 동장(洞長) 출신이어서, 그 출신이 말하는 대로 상대방을 방금이라도 푹하게 끌어안을 듯이 인정 많은 말을 술술 잘했고, 환갑 진갑 밥상을 이 땅에서 잘 받아 자셨으니 여한이 없다고 했다. 다만 당신 일생일대의 오점이 바로 그 통대의원을 산 이력이라고 했고, 두 번씩이나 호텔에서 두 밤 재우고 잘 먹이고 나서 굴비 엮듯 엮어 일괄 찬성 투표를 시키도록 족대긴, "그놈우 다리품 팔아댄 짓거리를 생각하면 지금도 싱거워빠진 인간이 남의 장 구경 간 꼬라지 같아서 머리 꼭대기까지 열이 뻗쳐 미치것다"는 것이었다. 그이 말대로라면 나의 "사장 승계는 밑져야 본전"이었고, 사업 자금을 얼마라도 따로 마련해주지 못하고 떠넘기는 것이 아쉽고 마음에 걸린다고 했다.

아내는 사당동 집을 물려받기로 되어 있는 만큼 서울을 지켜야 할 신세였다. 장모는 후처 시어머니 시집살이를 안 하게 되어 있는 막내딸의 처지를 그나마 다행이라고 여겼다. 나는 일종의 암중모색기랄까, 딱히 취직할 엄두도 당시에는 시답잖아하고 있던 판인데다 이제부터라도 아버지 슬하에서 멀찌감치 떨어져 살고 싶은 마음도 굴뚝같았다. 명색 내 사업을 한다는 명분도 떳떳해서 귀가 솔깃했다. 어쨌든 아버지나 형의 콧김이 미치지 않는 곳에서 처가 덕으로 단숨에 사장이 되는 셈이었다. 아내는 그때나 지금이나 오순도순하니 재미를 일구는 여자는 아니지만, 닥치는 대로 살아간다는 인생관이 그 당시에도 벌써 툭박져서 '깨가 서 말' 같은 속된 말을 징그럽다고 여기는 배짱이라, 내게 알아서 판단하라고 물러나 앉아버렸다.

나는 용약 하향했다. 주말에 신부를 만나러 상경하는 좀 별난 이산가족의 가장이 된 셈이었다. 그때 내게는 이런저런 돈이 좀 있었다. 아버지가 계모 몰래 신접살림을 꾸려보라고 집어준 돈이 그 당시 15평짜리 아파트를 살 수 있는 대금이었던 2천만 원이었고, 형이 계모 눈치 따위는 깡그리 무시하고 결혼 축의금을 몽땅 챙겨서 내게 건네주었으며, 결혼식 사진발을 뻣뻣이 세우고 있는 내게 신혼여행 중에 쓰라며 거금 1백만 원을 찔러주고 말없이 돌아서던 N 사장의 부좃돈까지 고스란히 남아 있었다. 그 돈들의 일부를 허물어 나는 향리에다 20평짜리 아파트를 전세로 얻었다.

그때는 5월 중순이었다. 나는 S 공업사 사장이 되었고, 처고모부는 임시로 회장의 명함을 새겼다. 회장은 나와 함께 근무한 지 한 달 만에 자기 책상을 말끔히 비워 내게 물려주고 나서 소파에 털썩 주저앉으며, "당분간 이 땅에서 여기가 마지막 내 자리다"라고 말했다. 그동안 그이와 나는 부모 자식뻘의 인척간이었음에도 동업자처럼 사이좋게 매일 밤늦도록 술을 마셨고, 아침이면 각자의 임시숙소에서(그이가 그때까지 살고 있던 아파트는 3개월 후 이민 가는 날짜에 비워준다는 조건으로 시가보다 다소 싸게 팔아넘겼으니까) 누가 먼저 출근하느냐는 내기라도 하는 듯 일찍 회사로 나와 함께 커피를 끓여 먹곤 했다. 대개 오전 일곱 시 반쯤이어서 직원이나 공원이 한 사람도 출근하지 않은 그 시각에 우리는 이마를 맞대고 회사 운영보다는 주로 세상살이 걱정을 앞세웠다. 그의 아들과 함께 치른 나의 중동 체험담과 건설공사 현장 경력담을 비롯하여 그이의 양파 재배 실패담과 이농(離農) 경험담, 급기야는 마늘, 무, 배추, 고추, 오이 같은 비곡류 작물의 밭떼기 입도선매 실적담과 그 중간 도매업에 종사한 이력담을 주거니 받거니 했는데, 그런 세상살이를 나누는 중에도 그이는 잠시도 소파 위에 질펀히 앉아 있지 못하고 창문을 열었다가 닫는가 하면 회사의 장부와 서류철을 간추려 제자리에 꽂아놓으면서, "그게 다 정치를 잘못한 탓이야. 우리가 아주 학질을 뗐다고, 서민만 죽을 고생이야, 우리가 무슨 큰 죄를 졌다고 그렇게나 사람을 골탕 멕이냐고?"라든지, "정치가 개판 치니 착해빠진 인간성들이 알게 모르게 인종지말자로 변해버렸잖아, 암, 두말하면 잔소리지, 정치만 잘해봐, 누가 미쳤다고 낯설고 물선 남의 땅으로 이민을 가나"라고 카랑카랑하니 성토했다.

사실상 회사 업무는 파악할 것도 없었다. 태국, 필리핀, 인도, 방글라데시 등에서 노동력을 팔러온 노무자들을 뜨거운 모랫바닥에 하얗게 부려놓고 턱짓, 손짓으로 일을 시킨 경험에 견주면, 또 깐죽거린다고 해도 좋을 여러 하청업체의 사장과 그 수하의 숱한 노무자들을 묵언과 눈짓으로 을러댄 경력을 살리면 안경테 제조업은 그야말로 누워서 떡 먹기였다.

눈길과 눈씨

이쯤에서 내가 S 공업사를 물려받았던 1983년 당시의 그 '할량한 선비 일'의 공정과 경영 실태를 잠시 소개할 필요가 있을 듯하다.

S 공업사는 중소기업체인 만큼 사원이 24명이었고, 안경테 제조업체가 많이 몰려 있던 T시 C동 한복판에 있었다. 대지가 80평 남짓 되었고, 정문 옆에는 납작한 10평짜리 사무실이 있었는데, 그 뒤에 연건평 120평쯤 되는 지하 1층에 지상 2층짜리 블록 건물이 공장이었다. 그 당시 T시에만 안경테 제조업체가 대략 350개쯤 있었으며(나사 같은 부품업체 80여 개를 합친 숫자이다), 거기서 생산되는 양이 국내 총생산량의 9할을 점하고 있었고 그 대부분은 수출용이었다. 서울, 부산 같은 기타 지역의 안경테 제조업체들이 주로 내수용만 만드는 것은 수요처가 상대적으로 그 부근에 몰려 있어서이다. 최근에는 이리 공단에도 대규모의 수출용 안경테 제조업체가 들어섰다고 하나, 그 구조를 잠시라도 눈여겨본 사람이면 누구나 손쉽게 짐작할 수 있듯이 안경테란 거의 가내 수공업 수준에서 만들어지는 생산품이므로 아무리 대규모 공장이라고 해도 그 공정은 뻔할 수밖에 없다. 우선 주요 원자재인 양백선 또는 양백판은 국내 굴지의 금속회사에서 만든 것을 쓴다. 부품공급업체들이 그 일을 대신해주고, 그들은 수입품 재료들도 구해 달라는 대로 얼마든지 조달해서 제조업체에 먹인다. 안경테는 유행에 민감한 일종의 소모품이자 생필품이고, 그때나 지금이나 구시대의 유물인 플라스틱 안경테보다는 이른바 금테, 은테라는 양은테가 지구촌을 휩쓸고 있으므로 S 공업사의 주력 생산품도 그것이었다. 특히나 S 공업사는 수출용을 7할 이상 생산하고 있는 데다 그중 반 이상이 선글라스용이어서 플라스틱 제품은 일절 취급하지 않았다.

차제에 안경테의 제조 공정을 간략하게나마 소개하면 대충 다음과 같다. 자신의 한때 생업을 그처럼 냉정하게 따돌리고 미국으로 내빼버린 예의 그 처고모부 말대로 '벨것도 아이다, 생산품이라 카기도 부끄럽지 머, 농사야 우짜든동 잘 지을라고 마음이라도 졸이지마는 이 사업은 그런 실랭이질도 할 거 없다'라는 겸사가 저절로 입에 걸릴 지경이다.

먼저 양백판 원자재를 재단기에 넣고 모양과 크기에 따라 자른다. 뒤이어 형말기에 하나씩 집어넣어 안경알이 들어갈 커다란 '구멍'을 제대로 안착시킨다. 안경다리를 걸어줄 경첩을 달기 위해 용접한다. 안경다리는 벤딩기에 넣어 선을 곧게 세운다. 조립과정은 두 개의 안경다리를 나사로 조여 끼워 맞추는 것인데, 이때 수입품 스프링 힌지를(지도리나 이음매이다) 박으면 그 수품(壽品), 곧 내구성이 월등해지므로 값이 두 배쯤 비싸진다. 안경의 내구성이란 결국 안경다리가 제대로 접어졌다 펴졌다 하는 그 반복 횟수의 반영구성 여부에 달려 있는 것이다. 줄로 테두리를 매끈하게 갈기도 하고, 도금하기 위해서 세척기, 탈취기에 각각 넣었다가 들어내서 금, 니켈, 크롬 같은 도금 탱크에 집어넣고, 포장하기 전에 에폭시로 색깔을 고착시킨다. 하기야 도금작업 자체를 전문업체에 맡기는 경우도 흔하고, 그런 분업의 물량 정도에 따라 어떤 안경테 제조업체의 매출액과 수지 타산이 빤히 드러나게 되어 있다.

다들 짐작할 수 있듯이, 생산 공정이 단순한 것일수록 경쟁도 치열하고 판매가 사업 사활의 관건이 된다. 품질이 뒷전으로 밀린다는 말인데, 안경테는 과자처럼 제품의 질이나 값으로 다른 동종의 상품과

눈길과 눈씨

시장 쟁탈전을 치열하게 벌일 수 있는 생산품도 아니다. 다들 고만고만한 수준이고, 우리나라 사람처럼 우르르 부화뇌동하길 즐기는 구태의연한 시속 아래서는 소비자들의 기호도 거의 결정되어 있다. 과자처럼 대량 소비가 보장되어 있지 않으면서도 어슷비슷한 제품들이 여러 제조업체에서 마구 쏟아질 수 있다는 것이 안경테 제조업의 한계다. 물론 예외적으로 '로템스톡' 같은 기존의 독일제 유명 상표가 비싸게 팔릴 수는 있지만, 그것도 소비층이 지극히 제한되어 있어서 우리의 중소업체들이 그런 부류의 상품을 넘볼 수는 없다. 요컨대 수지타산을 따지기도 남부끄러울 정도로 이익이 박할 수밖에 없는 상품이바로 안경테. 제조 공정이 그렇게 단순하므로 기술 개발의 여지도뻔하다. 생산자로서는, 특히나 과당 경쟁에 허덕이는 우리의 중소업체 사장으로서는 그렇다.

그 당시 S 공업사에서 만든 양백은(곧 양은의 다른 말이다) 안경테하나 값이 7백 원에서 1만 2천 원까지 다종다양했는데, 그 공장도 가격의 이문이 평균 1할 안팎이었다. 이문이 그야말로 껍값에 불과한 것이다. 요즘은 인건비의 압박으로 저가품은 아예 만들지도 않고, 시중의 안경 점포에서 찾지도 않으므로 5천 원짜리도 이른바 '뻘테' 안경테에나 있을까 말까다. 서두에서 밝힌 대로 소비자들은 그것을 1만 원안팎에 사니까 안경점의 이문이 두 배인데, 거기에는 안경사의 공임과 임대료, 영업세 같은 게 포함되어 있어서 그렇다. 수출 단가는 더박해서 스프링 '나사'를 박은 것이 본선 인도 가격으로(이른바 **FOB**이다) 개당 3달러에서 5달러 안팎이다. 숙련 기술자 한 사람이 하루에제가 맡은 공정에서 최대한으로 마무리할 수 있는 생산량이 1천 장

(안경테는 통상 '장'으로 헤아린다) 정도이고, S 공업사는 20명 안팎의 공원이 야근까지 한다면 한 달에 3만 장은 만들어낼 수 있다. 물론 잔손질이 많이 가는 고가품을 주로 만들 때는 월 1만 장도 만들까 말까이다. 계산은, 곧 S 공업사의 수지 타산은 전자계산기를 두드리지 않아도 금방 나온다. 평균치를 최대한으로 잡는다고 해도 2만 장×4달러＝8만 달러가 곧 한 달 매출액이 된다. 따라서 한 달에 8천 달러 정도가 회사의 이익으로 남는다. (물론 변수가 들쭉날쭉 심하고 복잡다단한 인건비, 각종 세금, 소모품 비용 등을 참작하면 너스레가 길어지므로 덜어낸 계상이다.) 대략 한 달에 8백만 원 안팎의 이익을 내고 있었다는 계산이 나오지만, 그 액수는 장부상의 숫자고 그만한 거금을 사장이 손에 쥐자면 수많은 복병과 싸워야 한다.

우선 기존의 외국 거래처가 일정한 주문량을 꼬박꼬박 밀어주는 법이 없으므로 공장이 쉴 때가 많다. 이 애로점은 거래처의 다변화와 가격 경쟁으로 어느 선까지는 타개할 수 있다. 그러나 내수 판매는 이른바 '나카마'라는 중간상인이 주문량을 절대적으로 조절한다. 그들이 가격도 조정하고, 대금 결제는 거의 3개월짜리 심지어는 5개월짜리 어음을 끊는다. 그들은 안경점에서는 대금의 반 이상을 현금으로 받으면서도(요즘에는 나의 '명경안경점'에서도 가계수표로 결제한다) 제조업체에는 자가어음(이른바 문방구 어음이다) 내지는 은행도 어음을 내미니까 결국 금리 장사를 하는 셈이다.

각종 공해로 인한 시력의 전반적인 약화, 인구의 노령화에 따른 돋보기 상용자의 급증, 고학력자와 각종 수험생의 증폭으로 '청년' 난시의 증가 추세, 눈을 부릅뜨고 독파하라고 강제하는 책, 영화, 텔레비

눈길과 눈씨

전, 사건/사태에 대한 각종 기록물 같은 볼거리의 쇄도로 '문명적' 난시의 점증 등을 고려할 때 안경 수요는 그때보다 지금이, 그러니 꼭 10년 안팎 사이에 1.5배쯤 불어나지 않았을까 하는 게 나의 추정인데, 그 당시 재력과 거래처를 상당히 확보하고 있던 한 중간도매상은(물론 시중의 일반 안경점 같은 소매상도 겸업하면서) 월 5만 장까지 취급하고 있었다. 도심지의 목 좋은 곳에 점포를 가진, 적어도 3대째 가업을 이어가는 유명 안경점이 한 달에 1천 장쯤 쓰니까(물론 현재 서울의 경우가 그렇다) 매월 5만 장에서 10만 장쯤 받아 먹이는 중간상인이라면 1백 개 이상의 소매점을 단골로 거느리고 있다는 계산이 나온다. 물론 지방 곳곳에 풀어먹이는 수요가 워낙 크므로 그 장사는 거의 장부 속의 숫자놀이에다 누가 먼저 빨리 배달하느냐는 다리품 싸움이다.

S 공업사는 그런대로 굴러가게 되어 있었다. 사업주의 명의 변경도 매매 양도 형식을 밟아서 마쳤고, 나는 돌아서면 얼굴을 맞대는 인근의 동업자들, 예컨대 30평짜리 소규모 공장에서 월 3천 장쯤을 똑딱똑딱 만들어내는 공장장 출신의 사장이나(이런 업체는 거의 중간도매상의 주문 물량에만 매달려 허둥거리는 납품업자에 불과하다) 제 아비의 무슨 채권 담보로 거저 줍다시피 한 3백 평 규모의 대지에다 월 5만 장씩 생산하는 공장을 친구 하나와 공동 운영한다는 20대 사장 등과도 인사를 텄고, 더불어 술도 마셨다. 왜 그러는지 선글라스용 주문은 늘 빠뜨리던 일본 거래처 두 군데, 소량이지만 일정한 주문량을 언제나 종전 가격으로 달라는 독일 거래처 하나, 로스앤젤레스 쪽의 한 오퍼상인 재미동포가 계절에 상관없이 싸구려 선글라스용을 대량으

로 주문하는, 이른바 외국 고정 바이어들이 한결같이 주문 품명과 주문량과 현재 가격을 묻는 텔렉스를 보내오고 있었다. 그 전통을 고스란히 물려받아 값을 흥정하고, 신용장이 열렸다는 은행의 통지가 날아오면 선적 날짜에 맞추느라고 작업을 독려하는 일방 선적서류를 꾸미며 대금을 찾아오는 담당자 K부장은 좀 덜렁대는 노총각이었으나, 그는 그 별것도 아닌 제 업무에 대한 기득권, 곧 이 회사를 돌아가게 하고 살리고 있다는 자부심이 짱짱한 월급쟁이의 전형이었다. 40대 초반의 공장장은 저녁 회식 자리에서 소주 세 병을 마셔도 술기운이 전혀 비치지 않는 바위 같은 사람에다 또 과묵하기로는 나의 부친 이상이어서 하루에 한 번쯤 사무실 문짝을 꼭 반만 열어 얼굴을 들이밀고는 경리와 서무 담당의 여직원 두 명에게 "전화해, 자재 떨어져 가, 담보루 박스도 없어"라며 차분한 득의를 감추곤 했다.

연간 외형 거래액이 2억 원 안팎인 회사의 사장으로서 내가 할 일이란 원자재 가격, 월급 및 연간 2백 퍼센트의 보너스, 영업세, 조합비 같은 각종 세금과 전기세, 수도세에다 염산, 초산 등의 약품비, 스패너, 볼트 같은 공구 교체비, 그 밖에도 여러 부대 경비 등을 제날짜에 내놓을 시재(時在)가 있나 없나를 점검하는 것이었다.

한때 나의 동료였고 내 처의 고종사촌 동생이었던 그 전기공사 기사 출신도 미국에서의 귀국길 비행기가 사할린 상공에서 공중 분해되는 통에 불귀객이 되고 말았고, 재작년부터인가 처고모부마저도 겨우 걸음을 떼놓을 정도의 중풍이 덮쳐 신고를 겪고 있다니, 지금에서야 내가 S 공업사를 인수할 당시의 돈셈 따위를 굳이 따진다는 것은 부질없는 짓거리이긴 하다. 그러나 내가 맡은 지 2년 5개월 만에 빚잔치를

눈길과 눈씨

벌리고, 채권자들에게 갈가리 찢긴 S 공업사의 전말(顚末)의 시초가 바로 거기에 있으니 소략하게나마 그때의 실랑이질을 밝히면 이렇다.

처고모부는 회사 권리금까지 받을 엄두는 손톱만큼도 없다면서도 회사 인수대금이라기보다는 공장 건물, 땅값, 기계 설비, 사무실 집기 등을 '후려쳐서' 딱 큰 것 한 장으로 '분질러버리자'라고 했다. 그이가 내게 떠넘기는 입장이어서 공장 건물값은 칠 것도 없고, 땅값은 작은 것 세 장 반을 받을 수 있을까 말까 한 게 시세이며, 나머지 것들은 내가 떠안을 미지급금으로 상쇄해버리면 그만이라는 게 내 주먹구구였다. 우리는 그 실랑이질을 그이의 출국 직전까지 벌였다. 물론 회장과 사장 사이이므로 서로가 웃는 낯으로 인플레를 따지고, 은행 금리와 미수금과 미지급금을 계상하고, 부동산 등귀 폭을 들먹였다. 매번 결론은 뻔한 것이어서 내가 안 맡겠다고 하면 그뿐이었다. 그러나 회사의 명의 변경도 마친 다음이라 그런 억지 부림이 통하지 않는다는 게 나의 약점이었다. 말을 줄이면 형과 작은 누님에게서 각각 한 장씩의 돈을 무이자로 빌리고, 내 돈을 보태 공장 대지 대금을 후하게 쳐주고 나니 내게는 회사 운영 자금이 빠듯했다.

나는 그 뻔한 숫자 놀음을 머리에서 내몰아버리려고 기를 썼다. 그러나 모든 숫자 놀음이 그런대로 돈 액수가 내 머릿속에서 찰떡처럼 눌어붙어서 떨어질 줄 몰랐다. 꼬박꼬박 닥쳐오는 쓸 돈의 숫자를 더하고 빼고 하다 보면 머리통이 욱신거렸다. 나는 아예 내 머리가 한시적으로 없어졌다고 치부해버리고 낮 동안에는 공장에 죽치고 앉아서 안경다리를 비끄러맨다든지, 줄로 안경테의 껄끄러운 부분을 살살 연마한다든지, 중년 부인들과 완제품을 골판지 박스에 담는다든지 하는 단순 작업에 매달렸다.

그런 단순 육체노동은, 내가 거의 신경질적으로 집착한 일종의 회사 운영 방침 중 하나로서 불량품만은 만들지 말자는 의사의 반영이었다. 외국 거래처로부터의 '클레임'('상품 하자에 대한 시정 청구권'쯤으로 옮길 수 있다)이야말로 나라의 수치이기 이전에 나 자신의 자존심이 허락치 않는, 그 망신살은 내 남은 평생 내내 치유 불능의 환부가 되리라고 대못을 박아두었기 때문이었다. 그 대범치 못한, 속 좁은 성깔이 제 밥그릇의 크기를 결정한다는 사실을 알면서도 나는 그랬다.

내 시야가 그만큼, 아니 점점 더 좁아지고 있다는 '시력 저하증'을 자각하면서도 더 집착하는 것이 나의 한계라기보다 특정 인간의 비정상적 편집증이랄 수 있을 텐데, 그 증상을 이해, 교정하려면 당연히 원시의 작동이 필요하다. 당장 코앞에 닥친 임금, 수주 물량, 재고량 등을 걱정하다 보면 하등에 쓰잘데없는 암기력만 개발, 예민해져서 지독한 근시안이 되고 만다. 천리안은 못 가지더라도 자신이, 자기 회사가 1년 후 또는 3년 후에 어디를 향해 나아가고 있을까를 두루 굽어볼 줄 아는 원시의 눈을 병용해야만 하는데, 말처럼 쉬운 '시선 확보'일 수는 없다.

그런데 '불량률'이란 말 자체도 용납하지 않는, 어떡하든지 완벽하게 만들어놓은 내 물건만은 마땅히 제값을 받아야 하고, 또 지하 창고에 쌓여가는 재고량에 안달하는 그런 자세는 분명히 사업가답지 못한 옹졸한 처신인 줄 알면서도 도저히 '시정'할 수 없는 나 자신을 밤마다 원망하며, 혼자서 공장 안을 서성이기도 한 내 성정이라기보다 '소행' 일체가 저주스럽기도 했다면 결코 과장이 아니다.

공들인 보람을 잠시라도 누렸다면 전적으로 터무니없는 말이다. 어떤 사업이라도 그 사업주는 처음부터 마지막까지 노심초사하게 마련이고, 그래도 '눈힘'이 시원찮거나 못 미친 곳이 많아서 실패하고, 분해서 한동안 기사회생하려고 버둥거리는 경우가 비일비재하니 말이다. 다행하게도 S 공업사도 한동안은 전도양양하게 잘 굴러갔다. 되돌아보면 다락처럼 치솟던 국내 인플레와 탈냉전 운운해대며 북적거리던 국제 경기와 자외선 차단용으로 상용하라는 여러 매체의 선동에 힘입은 선글라스의 수요 폭발 덕분이었을 텐데, 한 달 매출액이 4천만 원에까지 이르렀다. 돌이켜보면 그 급성장이야말로 호사다마의 징조였는데도 그것을 몰라본 나머지 예의 그 무용(無用)한 암기력만 자랑하다가 나가떨어진 어느 사장의 전철을 내가 고스란히 즈려밟다니, 참 괴할 뿐이다.

어떻든 한동안 회사의 덩치가 커지니 돈 씀씀이도 그만큼 불어났다. 나는 공장을 담보로 은행 돈을 빌려 썼다. 당좌거래도 터서 약속어음에 내 도장을 질렀다. 내수용 주문도 단골 중간상인 서넛이 번갈아 가며 1만 장 단위로 디밀었다. 나는 새 차를 샀다. 내 아파트에는 사흘에 한 번씩 중늙은이 파출부가 들락거렸다. 그 파출부는 삼촌의 병원에서 일하는 청소부여서 세탁과 청소는 입 댈 데 없이 잘했으나, 김치찌개는 매번 소태 같았고, 쌀밥은 늘 고두밥이었다. 돈 걱정을 털어버리려고 토요일 오후에는 부리나케 서울로 내빼곤 하던 나의 주말 일정도 몰라보게 뜸해졌다.

그동안 아내는 딸을 수월하게 낳았고, 더 낳는 것은 지구환경에 고만고만한 덤일 뿐이라는 요지를 들먹이면서 단산하겠다며 자중(自重)했다. 그 엿 먹이는 일방적/자율적 결정을 한동안 나는 시큰둥하게 여겼으나, 이리저리 생각을 견주어보니 나름의 일리도 없지 않아서 일종의 시류, 유행, 여권(女權) 같은 '대세'에 아내도 별수 없이 휩쓸리고 있으므로 나로서는 중과부적이라서 누구처럼 묵언으로 그 추이를 물끄러미 통찰해볼 수밖에 없었다. 남자는 여자를 이길 재간이 없다고, 그 재바른 잇속 챙기기에는 질 수밖에 없다는 소회를 밝힌 어느 화백의 자식이 그 전철을 밟는 인생 유전도 어차피 그럴듯하지 않은가. 여자의 그 고유한 직분이 가정(家政)의 관리/단속에는 능할지 모르나, 그 이기주의가 결국에는 가족의 '해체'에 이른다는 속성(俗性)을 그 어두운 눈씨로 읽고 있었다니.

아버지는 그 특유의 원시안에 기대서 턱을 떨어뜨리고 먼산바라기로 당신의 화제(畵題)를 공글리듯이 내 사업에 대해서는커녕 내 가정이 어떻게 꾸려지고 있는지도 일절 알려고 하지 않았다. 그래도 내 딸애만은 무척 귀여워해서 당신의 무릎 위 신문을 찢어놓아도 "그래, 자알했어, 볼 것도 없다, 맨날 지겹게 똑같은 소리야, 어제 한 말을 또 하는 이상한 걸레짝들이야"라면서 좋아라 했다. 그때 아버지가 걸치고 있던 돋보기는 안경다리 한가운데를 한 번 더 분질러 접는, 그러니 경첩이 안경다리뿐만 아니라 안경알 사이의 콧잔등 위에도 하나 더 달려서 접으면 정확하게 한쪽 안경알 크기로 줄어들고, 그것을 숟가락

크기의 가죽 안경집 속에 집어넣어 허리띠나 남방셔츠 주머니에 걸게 되어 있는 것이었다. 그런 고가의, 따라서 제작 공정이 꼭 세 배쯤 더 먹히는 제품은 수출용으로 나의 동업자들이 앞다투어 많이들 생산하고 있었으나 나로서는 관심 밖이었다.

　어느 일요일 오후에 계모가 끓여주는 맛도 없는 밀수제비를 얻어먹으려고 기다리고 있는데, 아버지는 내 딸애의 두 손바닥만 요리조리 뒤적이며 화가 특유의 현미경적 눈썰미로 한참이나 뜯어본 후 이윽고, "곰쥐야, 너 더 크지 말아라, 이대로 있어라, 그게 좋아, 응? 할애비 눈 좀 봐, 눈 좀 맞춰봐, 그래, 오냐, 눈도 클까, 눈도 손발처럼 커지나? 모르겠는데, 몰라, 크지 않지, 내가 졌어, 항복이야"라면서 어쩔 줄 몰라 했다. 그 신음 같은 말이 이상하게도 난생처음으로 듣는 말 같은 말이라는 생각이 들어서 나는 이내 머리를 흔들었다. 형은 이미 아들 하나에 딸 하나를 두고 있었지만, 아버지는 어찌 된 판인지 그들에게는 내 딸에게처럼 그 이상한 감별사의 시선도 보내지 않았고, 그들의 재롱이나 응석도 먼지 털 듯 귀찮아했다.

　그즈음이었을 것이다. 한여름 밤에 우리 내외는 형네 집에서 어머니 기제사를 모시고 난 후 내 차로 귀가 중이었다. 아버지는 계모가 손수 운전하는 차의 뒷좌석에 타고 우리보다 한발 앞서 돌아가셨다. 딸애를 뒷좌석에 뉘어놓고 한참이나 말이 없던 아내가 느닷없이 차창을 내리더니 무슨 말인가를 씩씩거리며 중얼대고 나서 형수가 꾸려주었을 참외 서너 개와 생선 부침개 따위를 길바닥으로 내동댕이쳤다. 미친 짓이었고, 아내의 그런 분김을 나는 처음 목도한 셈이었다.

　내가 운전대를 잡은 채로 참외의 행방을 쫓으며 말했다.

"무슨 일이 있었어? 그 모양 한번 사납네. 배운 사람이 교양 없이…"

"도대체 제사 꼬락서니가 그게 뭐야? 뒤에 살러 온 여자가 뒤늦게 교인이 됐답시고 장자에게 제사를 떠넘기는 것도 그렇고, 그 베갯머리 송사를 그대로 받들어 모시는 이도 그렇지 머. 똑같애. 누가 절하지 말랬나, 예배를 드리려면 추모하는 자세를 제대로 보이든가. 나 원, 어이가 없어서."

"당신이 아직 아버지 성질을 잘 몰라서 그래. 나는 아무렇지도 않아. 당신은 원래 편하게 살자는 주의니까. 귀찮고 구질구질한 걸 딱 질색하는 성미야. 머릿속에 그림만 들어앉아 있으니까. 내가 할머니 제사, 어머니 제사, 할아버지 제사도, 할아버지 거야 삼촌이 모시고 있지만, 어쨌든 다 모시라면 모실 거고, 번갈아 하든가 한 해 걸러 가며 하든지 어떻게라도 모실 수 있어. 귀신이란 그런 거잖아. 나는 그렇게 생각해. 제사란 이제 핵가족 한 가구 이상이 어느 날 밤에 한자리에 모여서 밥 한 끼 먹는 연례 행사에 불과해. 그렇잖아."

"아, 좋아요. 그렇다면 서로가 가식이라도 드러내지 말아야지요. 아버님 성격이 그런 형식적인 조상 섬기기 같은 의무랄지 의식으로부터 끝없이, 무제한으로 자유롭다는 거야 이해할 수 있어요. 그렇지만 온 가족이 무슨 가면무도회도 아니고, 이건 머 온통 공치사만 평풍처럼 받고 채질 않나. 요컨대 당신 집안에는 진심이 없어요. 아무리 예술가 집안이라고 해도 그렇지 따뜻한 인간애랄지, 소위 휴머니티겠지요, 머 그런 친절, 우애, 관용 같은 건 아주 몹쓸 것으로 내던져버리고 도무지 무슨 음험한 탈바가지들을 덮어쓰고 있는지…"

"그것도 그래. 나도 내가 누군지 알고부터 많이 생각해본 문젠데,

눈길과 눈씨

해답은 그럴 수 있다는 거야. 실은 세상도 온통 가식투성이잖아. 우리 집안 분위기가 유별나다는 건 보기 나름일 수 있어. 물론 새어머니가 슬그머니 무혈 입성하고부터 그 유별난 분위기가 좀 별스럽게, 더 어색하게 바뀌진 건 사실이야. 다소 뒤틀어져 버렸달까, 흉물스러워졌다면 새어머니의 입장을 조금도 이해하지 않겠다는 나쁜 편견일 테고."

기독교에의 입문만큼은 중학교 2학년 때 제 발로 찾아갔다면서, 그 복음 제일주의와 만민 구제에 대한 나름의 믿음을 실천하고 있는, 말하자면 그 방면에서는 자수성가형 신자인 아내에게 기릴 점이 있다면 길에서나 전철 속에서 전도에 열을 올리는 맹신행위라던가, 단일 교회의 양적 팽창에만 집착하는 한국적인 기복 신앙을 백안시하는 그 배짱 좋은 신심이었다. 그런 여자라서 자신이 보기에 어떤 가식이나 자가당착이라면 즉각 쪽 곧은 줄자를 끄집어내서 그 길이를 재고 불필요한 부분을 여지없이 잘라버리는 버릇이 배어 있었다. 따라서 아버지의 좀 멍청하나 암시 많은 과묵, 부인과 어머니로서의 구실보다 살가운 주부로서의 빈틈없는 의무에만 전념하려는 계모의 듣기 좋은 찬찬한 속살거림, 제 자식, 제 남편의 건사에만 극성스러워서 다른 가족과의 유대에는 일정한 선을 그어버리는 형수의 끝없는 욕심 등이 아내에게는 이상한 '동물의 왕국'으로 비쳤을 것이다. 그러므로 여느 주부로서의, 또 다사로운 자녀 양육자로서의, 남편의 입신출세를 돕는 내조 등에 태무심해버리는 아내의 처신에는 분명히 유별난, 하느님의 은총을 바라느라고 말만 앞세우면서 모든 실천에는 게으른 이 땅의 예수교와 멀찍이 떨어져서 살려는 교인 특유의 느긋함이 만만하지만, 나로서는 그런 좀 색다른 여성성을 어느 화백의 이색적인 유전 형질을 물려받았답시고 '먼눈'으로 살필 수밖에 없는 노릇이었다.

시야는 넓게 열려 있으나 시각이 좁은 그런 시선을 맹목 또는 맹점 이라고 한다면 내 가족관 내지 내 사업관에도 분명히 그 흐릿한 시력 의 먼눈이 알게 모르게 암류하고 있었다고 봐야 할 것이다. 딸애가 유 치원에 들어갈 때까지만 사회봉사를 유보하겠다던 아내가 T시로 내 려와서 사나흘씩 머물다가 내려올 때처럼 훌쩍 상경하기 시작한 때가 바로 그 직후였다. 내 앞길을 내가 나름대로 닦아가기 시작했을 때부 터 내 주위에는 이상하게도 가까운 피붙이가 없었다는 생각을 제법 진지하게 저작해본 때도 그즈음이었다. 우리 내외에게 군이 신혼 재 미를 들먹인다면 그때 잠시뿐이었는데, 어찌 된 판인지 아내가 딸애 의 어리광을 받아주고 여느 신부처럼 아파트 살림에 며칠씩 매달리는 것을 멀거니 쳐다보긴 했어도 그 삶이 내게는 어떤 실감으로 와 닿지 않았다. 아내가 서울로 올라간 후 텅 빈 아파트에 들어섰을 때야 비로 소 '이게 내 삶의 원형이 아닐까' 하는 느낌이 여실해지던 그 썰렁한 심사를 과연 필설로 옮겨낼 수 있을런지.

노가다들이 땀범벅인 자신들의 근력과 별것도 아닌 자기들 기능을 잔뜩 욱여싼 건축 구조물을 미련 없이 뒤로 물리고 사라져버린 괴괴 한 공사 현장을 지켜볼 때처럼 나는 밤 동안의 내 거주지인 텅 빈 아 파트에서 비로소 안도하는 셈이었다. 좀 별난 성정이라고 타박할 수 도 있겠으나, 군이 이해하지 못할 정황도, 심사도 아니다. 그런 기분 에 휩싸일 때, 나는 아버지의 그 별스러운 '가족 속에서의 독거(獨居)' 를, 더불어 무리지어 연명에나 급급하는 짐승이 아닌 다음에야 사람

눈길과 눈씨

은 어차피 '홀로 있는 존재'이고, 모든 일을 자율적으로 결정해서 하든지 말든지 해야 하며, 교육마저도 실은 선생의 간섭을 최소한으로 줄여야 한다는 지론을 문득 떠올렸지 않았나 싶다. 당신의 그런 독야청청은 주위 사람을 불편하게 만들지만, 그 중뿔난 '자율'이 서로를 보호하고 있으므로 더 이렇다 저렇다 할 여지도 없다. 나는 '혼자서' 서늘한, 어떤 온기나 소리도 철저히 '묵음' 상태인 아파트의 소파에서 엉덩이 씨름을 하며 그런저런 생각을 싫증도 내지 않고 줄기차게 이어가길 즐겼다기보다 마냥 누리면서도 불편한 줄 몰랐다. 재미없는 텔레비전을 멍청히 쳐다보거나, 두 종류의 월간 종합지를 정기구독하면서 그것을 뒤적거리기에도 싫증이 나면, 동네 주위를 거닐면서 내 '일'이 과연 무엇일까를 따져보곤 했으나 이렇다 할 대답이 나오지 않았다. 예술이나 과학처럼 이 세상에서 유일무이한 '창작물'을 스스로가 좋아서 골몰하는 '생업'이라기보다 '작업'의 대상물이라고 기리며 찾곤 했을 터이나, 이제 내게는 그런 재능이 없었고, 어릴 때 그 소질의 싹을 뭉개버린 나 자신이 원망스러울 뿐이었다.

크든 작든 사업체를 제대로 꾸려가려면 자기 직종에 대한 지칠 줄 모르는 생리적/후천적 의욕이랄지 그런 확실한 직업의식을 통해 수시로 닥치는 동업자와의 폭넓은 사교와 경쟁의식, 나아가서 돈 욕심에 거의 미친 듯한 집념을 가꿔가야 한다. 내 성질에는 그런 끈끈한 집착이 태부족이었다. 이전투구라고 할 수밖에 없는 안경테 제조업체의 난립, 보잘것없는 이익과 그 거래/판매 방법의 구조적인 모순, 소재 개발이나 제작 형태의 개선 의지에 제약이 따르는 제조업 자체의 단순 재생산 등이 나의 한심한 사업 의욕마저 간단없이 시들하게 몰아가는 장벽이었다. 이럭저럭 밥은 먹을 테고, 열심히 매달리다 보면 돈 푼이나 만질 수 있을 것이었다. 그러나 월급날이나 거래처 지급일만 닥치면 이 하잘것없는 돈셈을 언제까지 하며 살아야 하는지 라는 회의를 떨쳐버릴 수 없었다. 하기야 전임자 처고모부도 그 짓에 넌덜머리를 내다 내게 떠넘겼을 터였다. 음식점이 그 표본인 맞돈 장사로서의 일반 소매상은 3년만 장승처럼 계산대를 지키고 앉았으면 반듯한 집칸 하나를 장만할 수 있고, 결국 어음 날짜나 꼽아대며 허우적거리는 일반 제조업체는 5년만 부도를 안 내고 버티면 반드시 목돈을 쥘 때가 오며, 그 후부터는 회사가 저절로 굴러간다는 시중의 근거 없는 속설을 들먹이면서 말이다. 물론 후자의 경우는 매년 매출액이 두 자리 숫자로 불어나야 한다는 단서가 붙고, 장사나 사업이나 결국은 지구력 싸움이라는 점에서는 같으므로 경쟁업체의 일거일동을 예의 주시, 본보기로 삼아야 할 말이긴 하다.

아무튼 그 거대한 공룡의 내습은 내 사업에 대한 나의 그런 시틋한 내색에서부터, 좀 부연하자면 내 심상에 더러 어리던 얼룩 같은 음영(陰影), 곧 먹구름이 저 멀리서 몰려오고 있는데도 땅 위에서 어른거리는 거무레한 그림자가 어쩨 찜찜하다는 듯이, 이 광경을 반드시 기억해두자면서 물끄러미 쳐다보는 나의 어정쩡한 자세에서 비롯된 것 같다.

지금 생각해도 그즈음의 내 심성은 좀 별스럽긴 했다. 아무리 따져봐도 내 생업이 내 '일' 같지 않았다. 그런데도 그 일에 억지로 매달려야 하는 내 처지가 한심스럽고 싫었다. 아내도 나의 탈진을 알 만하다고, 하는 데까지 해보라면서, 사업 의욕을 북돋운다고 그랬던지 소년

눈길과 눈씨

소녀 가장의 후원금을 두 계좌만 들어보라고 권유했다. 그런 성금의 주선 기관이나 요긴목에 대해서는 아내의 발과 귀가 늘 그쪽으로만 뚫려 있었고, 그런 구속을 자발적으로 떠맡는 사업가는 의외로 많을 뿐더러, 그런 자의의 자선을 '말없이' 실천하는 사장들의 사업이 번창한다는 얼토당토않은 미신까지 들먹이면서, 그게 자본가의 대사회 공헌이자 의무라는 것이었다. 기부, 공돈, 헌금, 보시 따위를 바라면서 손끝에 물도 튀기는 유사 이래의 특별한 계급들이 지껄이는 허울 좋은 너스레를 그러려니 하는 한편 오로지 설경(舌耕)으로 평생을 호의호식하며 살아가는 그 비결도 한 번쯤 추종해보자 싶어서 나는 두 계좌의 매달 납입 금액 50만 원을 내놓기로 작정했다.

하룻밤 회식비에 불과한 그 하찮은 기부액을 석 달째 익명으로, 그것도 경리 담당 직원에게 시키지 않고 내가 손수 우체국에 가서 집어넣고 귀사한 어느 날 오후에 거래 은행의 대출 담당자가 전화로 나를 찾았다. 우리 회사 상품을 꽤 다량으로 취급하던 중간도매상 하나가 부도를 내고 잠적했다는 전갈이었다. 연쇄 부도 사태가 우려된다는 그 청천벽력 같은 정보는 부도수표 발행자가 작년부터 증권 투자로 낭패를 보고 있었다고 했으며, 사흘 전에 어음 교환소에서 1차 부도를 냈고, 다른 은행에서 채권단을 구성했는데 부동산 담보물이 대개 다 채무자의 처나 아들 이름으로 등기되어 있어서 채권 확보가 어렵다고 덧붙였다. 말하자면 계획 부도를 낸 것이었고, 은행에서는 경찰에 신고하여 그 악덕 기업인은 어제부터 지명수배자로 찍혀 있다는 것이었다.

나는 어수룩하게도 그 중간도매상의 얼굴도 본 적이 없었다. 처남인지 조카인지 하는 그의 심복 직원 하나가 1년쯤 전부터 내 수하인 K 부장에게 주문 제작물량을 매달 들이밀었고, 지급일에는 꼬박꼬박 3개월짜리 어음을 받아왔다. 그즈음에는 4개월짜리 심지어는 6개월짜리 어음도 받아왔는데, K부장이 물어온 정보에 따르면 이문을 적게 먹고 소매상에게 넘겨 현찰을 긁어모으고 있다는 것이었다. 받아온 가격으로 소매상에게 넘기는 일종의 투매 행위인데, 그거야 그쪽의 눈먼 상행위라기보다는 돈놀이 장사일 수 있고, 내 물건값 곧 받을 어음만 제날짜에 결제해주면 그뿐이었다. 눈치 빠른 사업가라면 거래량을 줄여가든지 이런저런 핑계를 대며 일찌감치 거래 자체를 끊었어야 했다. 만시지탄이었다. 그 물품 대금은 수입 부품인 스프링 힌지를 부착한 고가의 제품 5만 장분이었으며, 제작 당시에는 여름철 성수기에 대비한 수출용 선글라스 안경테의 선적 날짜가 임박하여 야간작업까지 하여 납품한 것이었다.

지진으로 땅의 균열이 사방으로 얼기설기 퍼져가는 광경이 내 눈앞에 번히 떠올랐다. 공룡 같은 무지막지한 한 악덕 기업인이 저지르는 만행은 그 발자국이 떨어질 때마다 강진의 위력으로 여러 중소기업체를 허물어뜨려버리는 것이었다. 막막했다. 닷새 후에는 21명의 직원에게 월급을 주어야 했고, 열흘 후에는 거래처에 물품 대금을 지불하기로 되어 있었다. 두어 달 전부터 2천만 원쯤을 신용대출로 받으려고 나는 그 공룡의 내습을 알려준 은행 직원과 밥도 여러 차례나 먹었던 터였다. 그에게 매달릴 수밖에 없었다. 은행은 나 같은 선의의 피해자가 당하는 일방적인 피해에 즉각적인 구원의 손길을 뻗쳐야 피처럼 돌고 돌아야 하는 돈의 흐름을 원활히 관장한다는 소리를 들을 것이

눈길과 눈씨

었다. 알고 보니 그 지방은행의 본점 대출 담당자 P대리는 아내의 고종사촌 동생이자 한때의 내 동료와는 고교 동기생이었다.

　석 달을 버텼다. 그 첫 번째 위기를 간신히 수습하고 나자 나는 거의 기진맥진한 상태였다. 주로 임금 체불(滯拂)에 뒤이어 맞는 부도 위기의 모면은 사실상 빚의 살 같은 급증이라는 임시방편에 그친다. 그 땜질의 바로 옆구리를 비집고 나오는 누수 현상이 돈 이자이고, 그것의 불가항력적 연체는 기업의 숨통을 시시각각으로 조여온다. 그 일련의 압박에 대한 근본적인 해결책은 사업주 자신의 남다른 분발, 곧 사업 운을 걸고 은행 돈을 더 많이 꾸어다 쓰는 조달 능력밖에 없다. 물론 그러자면 제조업 자체의 밝고 확실한 장래가 담보로 작동해야 하고, 부동산 같은 담보물이 몇 개나 있어서 은행 돈을 빌려 쓸 능력이 넉넉해야 한다. 그러나 은행의 그 기능은 늘 빡빡한데, 숫자로만 쌓아둔 돈을 목마른 사람에게 베푸는 그 독점권을 야비다리 심하게 행사해서이다. 또한 담보 능력을 언제라도 막강하게 누리는 대기업체가 대출을 선점하고 있는데다, 돈 쓰겠다는 사업가는 넘쳐나고 있기도 하다.

　앞서 말한 대로 내게는 오뚝이 같은 사업가 기질이 천부적으로 부족했고, 내 제조업의 장래는 나 자신도 장담할 수 없었다. 부도를 유도하는 것 같던 은행의 역기능도 나의 사업 의욕을 깡그리 무력하게 만드는 빌미였다. 그즈음 나를 벌겋게 닦아세우는 이변도 나의 사업 운과 맥을 같이 하는 것이었는데, 이상하게도 외국 거래처들의 주문량이 격감하는 현상이 그것이었다.

　이 논픽션을 자기 점검과 반성의 한 방편으로 써보려고 마음먹었을 때, 그러니까 1994년 9월 중순에 지난달 어음 부도율이 0.2퍼센트로 사상 최고치라는 머리기사가 모든 신문의 경제란을 장식했다. 전국의 부도 기업체 숫자는 무려 1천46개였다. 내가 더 돈을 꾸려댈 수 없어 빚잔치를 벌였을 때는 지금부터 꼭 10년 전이고, 그동안 우리나라의 기업체 숫자가 두 배쯤 불어났다고 가정하더라도 그 당시 나처럼 파산을 맞은 기업체 숫자는 매달 줄잡아 3백 개 안팎이었을 것이다. 실제로 내가 아파트 전세금까지 은행에 압류당했던 그 운명의 날에도 동업체 두 회사의 어음에 부도방이 찍혔고, 한 회사는 사취계(詐取屆)를 냈다는 소문이 파다했다. 이제야 내가 한때 몸담았던 업종과 동업자들을 매도할 마음도, 또 그럴 자격도 없지만, 경쟁이 치열한 업종일수록 상도의를 깡그리 무시하는 인간말짜들이 우리 사회 저변에 바퀴벌레만큼이나 무수히 서식하고 있다는 사실만은 큰 활자로 지적해두어야 할 것이다.

회사를 거덜 낸 전직 사업주들은 주로 낚시질에 한동안 빠진다. 형편이 그런대로 좋은 사람들은 바다낚시를 생업처럼 즐기기도 한다. 그게 지명수배자로서는 도피의 적절한 수단이기도 해서 그렇지만, 잊으려야 잊을 수 없는 자신의 숱한 실책, 회오, 원망 따위를 뒤적이기에 안성맞춤이어서 그렇다.

나는 한동안 민물낚시에 빠져서 시름을 달랬다. 말간 고요가 아지랑이처럼 넘실대는 수면에다 낚싯줄을 드리우고 앉았으면 내가 살아 있다는 실감이 새록새록 덮쳐왔다. 생면부지의 낯선 시골 사람과 어쩌다가 눈이라도 마주치면 내 얼굴은 없어지고 이마에 사업 실패자라는 낙인이 찍혀 있다는 자격지심으로 머리를 절레절레 흔들었다. 시골 버스를 타고 가다가 아무 데서나 내려버리기도 했다. 지명수배가 떨어진 신분으로서 그런 돌발적인 자각 증상은 당연한 심적 갈등의 반응이라기보다는 용의자로서 마냥 움츠러드는 처신이라고 해야 맞을 것이다. 2천만 원을 선뜻 대출해준 P대리를 볼 낯이 없어서 그와의 약속 장소를 빤히 쳐다보다가 돌아선 나의 좀스러운 인간관계가 늘 후회막급이었다. 그는 사전에 내가 부도를 통보하지도 않았을뿐더러 그 사후 대책을 자기와 상의하지 않았다고, 믿고 사귄 친구를 배신했다고 전화로 나를 자근자근 매도했다. 아파트 전세금으로 반은 회수했다고 하지만, 그가 떠안았을 채무 변제액은 월급쟁이로서는 너무 큰 금액이었다. 후에 안 사실이지만, P대리와 아내는 내 아파트에서 현금 보관증을 쓰라 마라는 말다툼을 벌이다가 급기야는 삿대질해대던 그의 동료의 손목에 아내의 이빨 자국까지 남겼다고 했다. 창피스러운 망신살을 아내가 곱다시 덮어쓴 꼴이었다. K부장에게 영업 일체를 맡기고 선비처럼 행세한 나의 회사 운영 방침은 전적으로 내 잘못이었다. 어음을 할인해서 쓰는 한이 있더라도 공장을 담보로 은행 돈을 꾸어 쓰는 짓은 안 했어야 마땅했다. 당좌거래를 트고 어음을 발행하기 시작한 작태는 나도 사장이라는 같잖은 허세에다 어차피 겪을 사업상의 통과의례라며 대든 섣부른 허욕이었다. 거래처에 줄 원자재 대금은 받을어음으로만 밀막아야 했고, 동업자들도 대개 다 그렇게 하고 있었음에도 그 관행을 업신여긴 결제 방식은 미구에 닥칠 부도 위기의 미필적 고의행위나 다름없었다. 손을 벌리려면 은행 이상으로 이 눈치 저 눈치를 봐야 했을 것이나, 아버지에게 급전을 돌려달라는 말을 꺼냈어야 했다. 이문이 박하다고 해서 내수용을 수출용보다 상대적으로 줄인 것도 경영 미숙이었다. 동업계의 동정에는 태무심하면서 외국 거래처의 클레임 사태나 걱정하며 명색 사장이라는 작자가 공장의 한구석에서 렌치나 들고 붙박여 있었던 작태도 꼴불견이었다.

자기 위안도 지명수배자를 혼 빠진 인간으로 만드는 저작거리였다. 예의 그 N 사장과 달리 나는 임금 체불만은 하지 않았다는 변명도 낯간지러운 처사였다. 사채를 쓰지는 않았으므로 형을 위시한 내 가족에게 이렇다 할 피해는 끼치지 않았고, 지가 상승으로 말미암아 은행이 공장 담보물을 처분하기에 따라서 대출금을 거의 회수할 수 있을 테고, 미수금이 미지급금을 웬만큼 꺼줄 것이었다. 그 모든 잊고 싶은, 하루빨리 잊어야만 하는 나의 불찰과 불운이야말로 사후약방문이나 마찬가지였다.

허탈과 의기소침의 나날은 멀고 길었다. 민물낚시 행차도 차비나 숙박료가 만만치 않아 이내 그만두었다. 빚진 죄인의 고달픈 신세를 잠시나마 잊기 위한 자구책이었을 뿐이지 낚시질이 내 성미에는 맞지도 않았다. 그때나 지금이나 내게는 이렇다 할 호사 취미가 없다. 아마도 속물근성과 쓸데없는 호기심으로 아무것에나 관심을 기울이는 덜렁이 기질과는 동떨어진 내 성벽도 아버지의 유전인자를 그대로 복사한 것이었는지 모른다. 하기야 우리 집안 가족이 입을 모아 단정한 대로 나는 책상물림이며, 착실한 월급쟁이로서 이루지 못할 공상이나 쓰다듬는 한편, 퇴근 후나 휴일에는 나무를 켜고 파는 나 혼자만의 공작실 속에서 파묻혀 살아야 제격이다. 그런데 그 인생 행로가, 앞에서 주마간산으로나마 밝힌 대로, 자의 반 타의 반의 반발과 그 불가해한 횡포로 망가뜨려지고 말았다. 그 작업실의 잠금장치를 임의로 풀어버린 내 소행에는 우리 집안의 가풍도 일조를 보탰다고 한다면 과히 틀린 말은 아닐 것이다.

보증인으로서 나의 신용 대출금 상환을 1년이나 질질 끌다가 형수나 아버지도 모르게 탕감해준 형이 자기 사업을 도와달라고, "심심하면 소일삼아 나와서 내 일이나 좀 거들지"라고 졸랐으나 가타부타 소리도 내놓지 않았다. 당분간 지명수배자라서 그럴 자격이 없기도 하려니와 형수의 냉대가 늘 나를 너울 쓴 거지꼴로 몰아붙일 것이라 머리부터 내둘렀다. 아내도 그 월급쟁이 노릇만은 제발 하지 말라고, 만약 그러려면 옛날처럼 '딴살림'을 차려 나가서 생활비만 형편 닿는 대로 보내달라고 단호히 말했다. 돈을 벌기보다는 돈을 어떻게 써야 바람직한가를 궁리하는 사람이라서 아내는 나의 실업 상태에도 궁 긴 얼굴을 보이지 않고 그럭저럭 잘 버텨주었다. 눈물겹도록 미쁜 아내의 드레진 처신이었지만, 그 이면에는 계모와 형수가 노골적으로 드러내는 어떤 쌀쌀맞은 '선 긋기'에 대한 싸늘한 반발심이 도사리고 있는 데다, 정신장애인 직업재활센터에서 사회복지사로 받는 그녀의 박봉과 언젠가는 팔아서 큰처남과 반반씩 나눠가질 사당동의 집이 있었으므로 당장 거리에 나앉을 걱정만은 면제받고 있었기 때문이었다.

무료해서 나는 낮 동안에는 딸애 봐주기로, 밤에는 신문 뒤적거리기로 소일했다. 제 처지를 아는지 딸애는 볼거리도 앓지 않고 빨간 뺨으로 튼튼하게 자라주었다. 싫증 나지 않는 신문에는 언제라도 진절머리 나기 꼭 좋은 '지저분하게 못생긴 얼굴들'이 가득했다.

그 당시는 잊을래야 잊을 수도 없다. 이란성 쌍생아나 다름없는 또다른 군부 정권이 이번에는 꼴에 '합법'을 빙자하면서 '투표'로 당당

752

하게 고고지성을 내지르려는 산달이 코앞에 들이닥친 시절이었다. 재야의 두 맞수는 어느 한쪽이 차기를 노리면서 겸양의 미덕을 발휘해야 하건만, 때가 닥치면 또 엉뚱한 불퇴전의 궤변을 듣느니 영원한 패자들이 되기로 작심이나 한 듯이, 더욱이나 기득권의 힘이 얼마나 막강한 줄 잘 알면서도 머리로 바위를 깨부수려는 만용을 부리고 있었다.

신문 기사를 읽으면서 그런저런 점치기를 즐기던 내게 하루는 아버지가 묘한 제안을 내놓았다. 형과 작은 누님과 나를 데리고 당신 내외가 온천여행이나 갔다 오겠다는 것이었다. 실업자인 내게는 아버지의 그 제안이 무슨 암호 풀이처럼 다가왔으나, 작은 누님은 계모가 따라나서서 싫다고 지레 빠져버렸다. 형은 작은 누님의 사양을 통보받자 형수를 대동하겠다고 했으나, 즉각 계모로부터 "차편도 불편하고 아버님이 오랜만에 가족여행이라며 지명하시니 선생님이 원하시는 대로 하세요"라고 퉁바리를 맞았다. 나는 나대로 내키지는 않았지만, 운전기사 노릇을 내가 맡아야 한다는 형의 언질도 있었고, '선생님'과 '아버님'을 적절히 혼용하는 계모의 나긋나긋한 처신을 차제에 겪어보며 외워두자는 심사도 없지 않았다.

수안보 온천에는 토요일 밤에 도착하기로 되어 있어서 점심은 각자의 집에서 먹고 아버지 화실에서 만나 출발하기로 했다. 그런데 한 시간이나 좋이 기다렸는데도 형이 나타나지 않았다. 아버지는 무슨 일이든 작정하면 당신 뜻대로 끝장을 보는 성미였다. 형은 도저히 몸을 뺄 수 없는 일이 터져서 밤늦게라도 현지의 예약해놓은 콘도로 내려가겠다는 연락을 띄웠다.

눈길과 눈씨

차 중에서 아버지는 나의 뒤꼭지에다 대고 "온다지? 오겠지"라는 혼잣말을 되풀이했다. 그때마다 계모는 당신의 안면을 그윽한 눈길로 훑어보면서 "큰 아범은 올 거예요"라고 응수했다. 나도 덩달아 "온대요"라고 받았다. 나는 더 할 말이 없어서 오랜만에 잡아보는 남의 차 운전대에 신경을 곤두세웠다. (내 차는 부도를 낸 직후에 헐값에 팔아먹었고, 그 차는 계모의 명의로 사준 아버지의 비상용 고급 차종이었다.)

그러나 운전을 제대로 할 수도 없었다. 이천에서부터 길이 막혔고, 장호원서부터는 충주로 바로 가는 길을 버리고 음성, 괴산으로 빠지는 국도로 접어드니 거기는 더 차산차해였다. 다들 가을 온천욕을 못해서 병이라도 든 나들잇길이었다. 기다리는 데는 양주가 다 웬만큼 이력이 붙은 나이들인데도 뒷좌석에서 들려오는 한숨이 잦고 길었다.

"일정이 어째 안 좋아, 처음부터 배배 꼬이는 게"라는 늘어진 허스키 음성이 들렸고, "벼르고 벼른 일이 원래 그렇잖아요. 피곤하세요? 자, 이 등받침으로 팔을 괴세요, 파이프 무시겠어요?"라는 화답이 찬찬히 떨어지는 보슬비처럼 깔렸다.

아버지의 줄담배는 내 딸애의 응석을 받아주기 시작하면서부터 파이프 담배로 바뀌었다. 구수한 파이프용 살담배 향기가 차 안에 가득히 서렸다. 시골길의 유독 짙은 밤하늘이 순한 짐승처럼 제 일상의 거처를 찾느라고 차 안으로 꾸역꾸역 몰려왔다.

괴산읍을 막 빠져나가려는데 괴상한 일이 벌어졌다. 대통령 선거의 열기가 전국을 들쑤셔서 치안이 한껏 느슨해져 있는 판인데, 그 호기를 틈타 무슨 강력 사건이 터졌는지 차마다 불심검문이 한창이었다.

지금도 나는 왜 하필 그때 그런 삼엄한 불심검문이 행해졌는지 모르고 있다. 그 이튿날 오후에 한 야당 대통령 후보가 그 일대에서 대규모 유세를 벌이기로 되어 있어서 그 선풍을 미리 옹동그리느라고, 그러니 집권 여당을 간접적으로 편들기 위한 치안 호도책이었을지도 모른다고 추측했을 뿐이다.

아무튼 그때까지 나는 나의 신분이 부도어음 발행자의 리스트에 올라 있다는 사실을 까맣게 잊고 있었을 것이다. 실제로도 나 같은 지명 수배자는 도처에 지천으로 깔려 있고, 그들은 대개 다 떳떳하게 생업에 매달리고 있기도 하다. 벌써 이럭저럭 햇수로 3년이나 흘렀으니 은행에서도 대손상각 처리로 나의 부채를 떨어버렸을 것이었다. 붉은 손전등이 운전사들의 안면을 훑고 있었고, 트렁크 검색도 빠뜨리지 않았다.

내 차 옆으로 젊은 경찰관 하나가 짓궂은 얼굴로 다가섰다. 나는 운전면허증을 내미느라고 차체를 덜컹덜컹 흔들어 놓았고, 그 통에 시동을 꺼뜨렸다. 내 얼굴이 순간적으로 하얗게 질렸고, 빳빳이 굳어졌다.

"술 마셨어요?"

"아니요, 아직 저녁도 안 먹었는데." 나의 음성도 떨렸다. 죄짓고는 다리 펴고 못 산다는 말을 그때 나는 얼핏 떠올렸을지 모른다. "왜 이러는 거요?"

검문 경찰이 이른바 모택동 모자라는 쥐색 팔로군 군모를 눌러쓰고 차창 밖으로 무연한 시선을 맡기고 있는 아버지의 행색을 일별했다. 뒤이어 계모의 좀 새침한 표정도 훑었다. 어찌 된 판인지 차의 시동이

눈길과 눈씨

걸리지 않았다.

"초보 운전자예요?"

"무슨 소릴… 운전한 지 10년도 넘었는데, 면허증 보세요."

"왜 시동도 못 걸어요? 누구예요?"

"아버님인데요."

"트렁크 좀 열어봐요."

남의 차여서 나는 잠시 트렁크를 여는 버튼을 찾느라고 더듬었다. 일이 그렇게 되느라고 그랬을 테지만, 그때 계모가 "거기요, 그쪽 버튼 눌러요"라고 짜증기 묻은 지시를 내게 떨어뜨린 것도 검문자의 의심을 살 만했다. 검문자가 돌아와서 내게 "보스턴백이 크고 작은 것 두 개가 있는데 뭡니까?"라고 묻자, 계모가 즉각 "옷가지예요, 교회에서 불우 이웃 돕기로 거두고 있어요"라고 퉁명스럽게 받은 말도 왠지 나의 당황을 더 부풀려놓았다.

"차, 이쪽으로 빼시고 일단 내리세요."

아버지는 말이 없었고, 계모가 낮은 소리로 툴툴거렸다.

"누굴 내리라 마라야, 기가 막혀."

"운전사만 내리세요."

파출소에는 나이 지긋한, 그래 봐야 40대 초반이지 싶은 정복 경찰관이 큰 일거리라도 찾은 듯이 허리에 두 손을 짚고 서서 창밖의 검문검색 현장을 눈으로 점검, 독려하고 있었다. 나는 그에게 안성맞춤의 눈요깃거리였다. 검문 경찰이 제 상관에게 내 운전면허증을 건네주며 "신원 조회 한번 해봐야겠어요. 아버지라는 노인 한 사람과 웬 여자를 태우고 가는데 운전도 제대로 못 하고 말까지 더듬는 게 어째 수상해요"라고 말했다.

사색까지는 안 드러났을 테지만, 그때 나의 근시안이 아주 가느다란 양백 안경테(물론 내가 직접 만든 안경테였다) 속에서 두 근무자를 번갈아 째려보았을 것이고, 보라색 새미가죽 잠바 차림에 며칠째 수염도 안 깎은 몰골이 보기에 따라서는 제법 험상궂었을 것이다.

"거기 앉으세요."

본격적으로 무슨 심문을 할 차비였다.

"왜 그러세요, 도대체…"

나의 그 물음마저도 범법자가 아니라면 응당 하지 않았을 투정이었다. 근무자가 전화 송수화기를 들자마자 나의 주민등록번호를 또박또박 읊었다.

"직업이 뭐요?"

나의 말문이 즉각 막혀버렸다.

"지금은 잠시 쉬고 있습니다."

"실업자요? 전직은 뭐요?"

"조그만 제조업체를 경영하다가 경험 부족으로 몽땅 털어먹었습니다."

"무슨 제조업체를 겁도 없이 그렇게 홀라당 털어먹었소?"

"수출용 안경테를 만들었어요."

"부친은 머 하시는 양반이오?"

"지금은 정년퇴직하셨고, 전직은 미대 교수였습니다."

"화가요?"

"예, 서양화…"

눈길과 눈씨

"웬 여자는 누구요?"

다시 내 말문이 막혔다. 말문이 막힐 때마다 잠시 사이를 두고 튀어나오는 나의 대답은 언제나 정답이었다.

"계모지만 동생들도 둘이나 낳고 사는 후실이고, 제 어머니는 일찍 돌아가…"

전화기가 요란스럽게 울었다. 긴박감을 잔뜩 실은 그 요란한 소음은 한때 밤눈을 팔며 남의 사신을 검열할 때, 퀸셋 막사를 진동시키던 그 경비 전화의 그것이었다. 경찰관이 앉은 자세를 곧추세웠고, 시선을 내 얼굴에 못 박았다. 그가 내 운전면허증을 찬찬히 뜯어보며 머리를 끄덕였고, 전화 송수화기를 미련 많게 내려놓았다.

"당신 경제사범으로 블랙 리스트에 올라 있다는데, 부도낸 모양이지?"

"수표를 발행한 적은 없고, 은행도 어음은 3년 전에… 소액이고 해서 거래 은행에서도 벌써 손비 처리했을 겁니다. 은행에서 연락이 오지 않은 지도 오래됐습니다."

그쯤에서 아버지가 여전히 그 모택동 모자를 눌러쓰고 느릿한 걸음걸이로 파출소 안으로 들어왔을 것이다. 뒤이어 화가답게 벽 쪽에 붙어 있는 기다란 나무 의자의 모서리에 조심스럽게 앉았다. 무슨 사건의 참고인으로 출두한 부모뻘 늙은이가 면목 없다는 듯이, 그러나 그 훤칠한 풍채에서 풍기는 의젓함에는 어떤 관록이 배어 나오는 그런 거동이었다.

"됐어요. 저기 가서 대기하세요."

근무자가 아버지를 향해 물었다.

"어떻게 오셨습니까?"

아버지가 무언극이라도 하듯 내 쪽을 손짓했다. 내가 대신 말했다.

"제 아버님입니다."

이른바 일정한 '건수'를 올리느라고 그랬을 텐데, 내 뒤로도 고만고 만하게 불퉁했을 검문 검색의 비협조자 서너 사람이 연이어 파출소로 들어왔다. 예비 범법자로 찍힌 그들에게 묻어오는 동행이 한 사람당 두서넛씩은 되고 개중에는 취객도 껴묻어 있어서 파출소 안은 이내 소란스러워졌다. 그들 중에는 공연히 굽실대는 치들도 있었고, 쓸데 없이 호기를 부리는 덜렁이도 없지 않았다. 시간이 어떤 식으로도 해 결해줄 것이런만 나는 초조했다. 나 때문에 모처럼 만의 아버지 온천 행이 첫대바기부터 망쳐버린 미안함도 무럭무럭 일었다. 어디론가 끌 려가 봐야 불구속 기소쯤으로 그칠 테지만, 나의 망신살은 계모를 의 식하면서 더 치욕스러워졌다. 조 비비듯 하는 나의 불안을 아는지 어 떤지 아버지는 내 곁에서 아무런 말도 하지 않고 멀건 시선만 껌뻑이 면서 눈앞의 이 광경도 화폭에 옮겨둘 풍경쯤으로 눈여겨보겠다고 다 짐하는 것 같았다.

결국 한 시간쯤 후에야 근무자로부터 "일단 돌아가세요, 대선 밑인 데다 바쁘고 우리도 처리하려면 오라 가라 골치 아픈 사안이니"라는 헐렁한 방면 사유를 받아내고 만 아버지의 그때 그 오랜 침묵을 나는 지금도 생생하게 기억한다. 그 기억을 문득문득 재생시키면서 나름대 로 정리한 내 소회는 대충 이렇다.

누구보다 당신 자신을 아끼고, 누구의 비위를 맞추는 언행에는 최 대한 인색을 가장하면서, 누구의 동정을 사지도 않고, 그렇다고 못난

759

자식을 둔 당신의 처지를 자위(自慰)하지도 않던 그 몽롱한 시선을 어떻게 잊을 수 있겠는가. 그러면서도 파출소를 벗어나면서까지 고맙다는 말이나 모자챙에 손가락이라도 갖다 대는 짓거리도 보이지 않고, 오로지 처분만 기다리면서 버티는 그 자태를 어떤 말로 옮길 수 있을까. 흡사 종주국의 치안 책임자가 아무리 으름장을 늘어놓아 봐야 죄도 짓지 않은, 식민지 주민이라는 신분이 곧 죄이므로 풀어줄 수밖에 없을 것이라는, 그 무저항주의적인 묵언 일관에는 어딘가 당신 자신의 모든 양식과 양심을 등 뒤의 누군가가 감시하고 있음을 의식하고 있는 듯했다. 평생토록 자신의 직선적인, 그러나 한편으로는 우회적인 삶과 당신만의 유일무이한 작업인 붓 잡기와 캔버스 마주보기에 오로지 골몰하느라고 속사(俗事)에는 짐짓 멀뚱한 눈씨로 버틴 한 생애가 내게는 더 아득하고 멀어 보였다.

나는 차를 다시 운전하면서도, 또 콘도에 도착하여 구내식당에서 늦은 저녁으로 육개장을 먹으면서도 아버지에게나 계모에게 어떤 겸연쩍음을 일부러 드러내지 않았다. 나의 그런 뻔뻔스러움이랄지, 인색한 말 인심도 당신의 피붙이들에게까지 무책임으로, 냉담으로 일관한 예술가의 별난 기질에서 물려받은 것이었고, 적어도 아버지만은 나의 복잡한 심사를 훤히 헤아리리라고 짐작해서였다.

벌건 쇠고깃국을 후루룩거리는 아버지의 식성은 여전했으나 머리는 백발이었고, 관자놀이와 뺨 일대에는 검버섯이 드문드문 뒤덮고 있었다. 계모는 한 듯 만 듯한 얼굴 화장도 보기에 좋았고, 뽀얀 목덜미를 살짝 덮은 단발머리 매무새가 워낙 단정한데다 어깨에 걸친 짙은 코발트색 스웨터 깃을 여미는 미태도 고와서 나이보다 젊어 보였다. 그녀는 어느새 나 때문에 입은 불심검문에서의 불쾌감 따위는 까맣게 잊은 듯 오랜만에 연애 기분에라도 젖으려는 듯 "조용하니 좋네요, 산사(山寺)처럼요"라며 생기에 차 있어서 나는 문득 지난봄에 쌍계사 입구의 산벚나무를 보러 스케치 여행을 다녀왔다는 두 양반의 행정을 떠올렸다.

내가 식당을 벗어나 양주가 이틀 동안 묵을 방의 바로 옆방으로 올라가려고 했을 때야 아버지는 비로소 말 같은 말로 나를 불러세웠다.

"네 형 오는가 저쪽 길까지 마중 나가 보려 마. 우리는 슬슬 산책이나 하고 있을 테니. 시골은 달도 도시 것하고는 달라. 겨우 찌그러진 반달이지만."

마침 계모는 화장실 쪽으로 사라지면서도 자신의 뒤태가 두 부자의 눈길을 잠시 붙잡을지도 모른다는 것을 의식하는 듯 다소곳이 걸음을 떼놓는 중이었다.

무심코 나의 대답이 튀어나왔다.

"초저녁에 활이 누워 있었으니 상현(上弦)이지 싶대요."

"나한테는 평생 그런 과학적 지식이 없어. 그래도 이럭저럭 살아지더라. 무식하면 어때. 외우기도 싫고. 그냥 보이는 대로 눈에 새겨둘 뿐이야. 이러고도 불편 없이 살아. 체념이지. 모르는 게 편하니까. 별것도 아닌데 알고 나면 말이 많아지고, 그게 싫어. 짜증도 나고, 참아야 하니 얼마나 귀찮아."

더 이을 말이 막혀서 나는 자리에서 서둘러 일어났다.

운전대를 잡고 있을 때보다 희미한 반달이 구름 속에 그 자취를 감추고 있었으나, 과연 싱그러운 시골의 밤공기가 달랐다. 당연하게도

눈길과 눈씨

나는 오늘 밤 형의 행방이야 어찌 됐든 파출소에 떨구고 온 나의 인적 사항이 장차 나의 삶을 어떤 식으로 얽어맬지를 찬찬히 생각했다.

나는 마냥 어슬렁거렸다. 가랑이를 쫙 벌린 브이자형 5층짜리 콘도 건물 뒤로는 야트막한 동산 같은 산책로가 얼기설기 뚫려 있었고, 그 너머 새카만 하늘에는 흐릿한 반달이 아스라하니 박혀 있었다. 주차 장 뒤쪽으로는 키 작고 가지 짙은 떨기나무 울이 누런 낙엽을 엉성궂 게 달고 서 있는데, 그 앞의 누런 잔디밭 곳곳에 비치해둔 벤치에는 산책객들이 뿌연 수은등의 파리한 조사(照射)를 받으며 정물처럼 붙박 여 있었다. 온천지역답게 네온사인들이 줄을 지어 아스팔트 길을 따 라 뱀처럼 구불구불 올라왔다. 가로수도 운치를 보태고, 인도 옆으로 는 숲이 짙었다. 조경은 나름대로 신경을 쓴 자칭 일류급 콘도였다.

그때 나는 고개를 떨구고 발길 닿는 대로 30분쯤 걸으며 이런저런 생각을 이어갔을 것이다. 오랜만에 먼 나들이를 한 뒤끝이라 피곤했 고, 아스팔트 길이 한눈에 보이는 잔디밭 같은 데서 잠시 쉬고 싶었 다. 그때쯤에서 나의 발길을 멈추게 하는 소곤거림을, 떨기나무 울 너 머에서 들려오는 계모의 음성을 듣고야 말았다.

"그래도 당신은 자식이 있잖아요."

"나만 있구먼, 자네는 없고."

"그런 줄이나 아세요. 딸자식은 시집가버리면 그만이잖아요. 아무 래도 전 박복한 팔자를 타고났나 봐요, 그렇지요?"

"자네만 박복하구먼. 사람 욕심이야 끝이 있나. 헛것인데, 복이 머 야, 나는 그걸 모르겠어. 행복, 이상, 평안, 명예, 부귀 같은 말의 실체 가 뭔지, 도통 알 수가 있어야지. 불행, 사물, 의심, 갈등 같은 말은 대번에 머가 붙잡혀 오는데 말이야."

더 이상의 염탐질은 들으나 마나였다. 나는 뒷걸음질로 물러났다. 순간적으로 못 들을 말을 들은 것 같았고, 벌거벗은 두 늙은 몸뚱어리가 쭈글쭈글한 살점을 마구 문지르고 있는 추잡한 광경을 본 것처럼 내 얼굴이 홧홧하니 달아올랐다. 이런 목격담을 충격적인 장면이라고 하지 않나 하는 생각도 되새겼다.

아버지는 역시 누구에게는 한낱 '당신'일 뿐이었다. 한때는 맏딸의 친구로서 한 학기 등록금을 대준 인연으로 맺어진 내연녀가 '당신'에게는 여전히 '자네'라고 불리는 것이 이상하게 여겨졌고, 그 호칭이 과연 남녀 사이에도 통하는지를 따져보는 내가 수상쩍기도 했다. 그녀는 형과 나를 자나 깨나 새록새록 염두에 두면서 자신의 여생을, 예상하건대 지아비보다 20년 이상은 더 오래 살면서 '당신'의 사후 명성까지를 미리 챙겨두려는 후처에 불과했다. '자네'의 그 속삭임에는 분명히 투정이, 시샘이 무르녹아 있었고, 그 선언을 내가, 우리 형제가 어떻게 받아들일지를 그녀는 재촉하고 있는 것이었다. 나는 그렇게 받아들였다.

나의 산책길은 다시 멀고 길어졌다. 한동안 미궁을 헤매듯이 다리품을 팔다가 이윽고 인적이 끊긴 산책길을 끝까지 걸어가 보리라고 작정했을 때, 이 가물거리는 길이야말로 내가 앞으로 줄기차게 내달려야 할 인생 행로의 축소판이 아닐까 하는 생각도 간추리고, 가족끼리의 냉대, 불화, 와해로 이어지는 그 골갱이가 결국에는 저마다 '누구에게 잘 보이기'로서의 이기주의적인 선점(先占) 의식이 아닐까 하는 연상까지 불러일으켰다.

눈길과 눈씨

그때의 그 연상은 당연하게도 나의 작업장인 '명경안경점' 속에서도 끊임없이 잔가지를 불려갔다. 이를테면 장차 '당신'의 사후에 펼쳐질 '자네'와 우리 형제의 버성김을 어떻게 소화, 해소해갈 것인지, 그 일의 주종은 선친의 '명성 지키기'로서 결국은 재산 분배일 테고, '그림과 그림값'의 보존에 따르는 섬세한/정당한 분별일 것이었다. 감히 예상할 수도 없는 일이지만, 화가로서 '당신'의 명망은 생전의 그것처럼 앞으로도 고만한 경지에 머무를 게 틀림없다. 평생토록 그 짱짱한 학벌 덕으로, 일본의 제도권 사립미술대학의 과정을 이수, 졸업한 그 이력만으로도 우리 서양화 화단의 중심에서 적당한 '대접'을 자의 반 타의 반 누린 그 지체가 사후에 새롭게 조명을 받을 여지는 그렇게 높지 않을 듯해서이다.

나의 이런 추리와 판단에는 시속과 이 땅의 고루한 풍토성을 어쩔 수 없이 한목에 고려한 나름의 민망한, 생각할수록 난처해지는 분별이 따른다. '당신'의 그 좀 거북한 학력에다 딸자식뻘의 내연녀를 후처로 거느린 엄연한 사실이 우리의 집단적 심성에는 학벌 선망에 대한 질시와 첩치가(妾置家)만으로도 이중인격자라는 공분의 대상이 된다. 널리 알려진 비밀스러운 치부는 서로 모르는 체함으로써 대상자의 인격과 '실력'이나 '업적'조차 파묻어버리고 마는 구지레한 '전통'을 섬기고 있으니까. 이 못난 '내림'의 두께는 워낙 검질겨서 이제는 지양, 용납하자고 대드는 사람일수록 오히려 그 저의를 수상쩍게 여기는 판이다. 가령 일본 여자와의 지극한 순애(純愛) 스토리로 연년세세 화제를 증폭시키는 '흰소' 그림의 이모 화백이 누리는 사후 명성과는 너무나 동떨어진 추문으로 비화해버릴 게 뻔하니까 그렇다. 우리 풍토에 널리 암약하는 남녀 간의 치정에 대한 쉬쉬주의는 그 위력이 의외로 막강하며, '그림' 조차도 화가의 그 속물적/시대착오적 사생활에 대한 타성적 매도 관습으로 말미암아 하품(下品)으로, 이류 화가의 타작쯤으로 따돌리는 추세가 엄연히 군림하고 있다는 말이다. 감히 예상할 수 없는 앞일이기는 하나, '당신'의 상당한 유작들이 국립미술관 같은 영구 보관 시설에 '기증'해야 하는 수모를 당할지도 모른다. 한동안 창고 속에서 먼지를 뒤집어쓰고 있다가 종내에는 폐기물로 버려질 그 '그림'들은 대중의 인기를 못 누렸다는, 안목이 출중한 감상자들의 눈길조차도 끌지 못했다는 불운을 곱다시 감내할 수밖에 없기도 하다. 물론 '자네'가, 또한 형과 내가, 더불어 두 누님이 그 박복한 '그림들'에 대한 소유권을 포기함으로써 '무주물(無主物)'로 판정이 난 후의 일이긴 하나, 내 소견으로는 '자네'가 '당신'의 명성을 돌려세우기 위해서 치열한 '시속과의 투쟁'에 나설 것 같지도 않다. 그 점은 '자네'가 대학에서의 그림 공부를 중도에서 그만두고 곧바로 소실 자리에 안착한 전비(前非)가 미루어 짐작하도록 쇄치고 있기도 하다. 아무려나 형은 지금 실내장식업으로 한창 돈벌이에 진력하고 있는 사업가이고, 그가 '당신'의 그림값을 끌어올리기 위해 얼마나 이바지할지도 미지수다. 아마도 엉터리 같은 요행수에 기대 '당신'의 그림이 뒤늦게 주목을 받아 그림값이 뛰어올랐을 때, 형은 만시지탄이라며 거금을 들여 한때 헐값에 판 구작(舊作)들을 여기저기서 회수한다고 설레발을 떨지도 모른다.

그러나저러나 '당신'의 무채색 일변도의 '산 그림'은, 어떤 산이라도 그런 것처럼 또 멀리서든 가까이서든 볼수록 그 윤곽은 물론이고 색

눈길과 눈씨

깔조차 흐릿해지고 종잡을 수 없게 마련인 '높다란 덩어리'에 불과한, 그 실체에 다가가려는 치열한 형상물로서 질감이나 양감에서 유일무이한 아우라를 발산하고 있는 것도 사실이다. 나의 이런 감상이 내로라하는 미술평론가의 가치 평가보다 천박하고 조야할 테지만, 오히려 그 냉담에 대응하기 위해서라도 우람한 산이 암울한 회색 기조로 전면을 차지해 있고, 가물거리는 상단에 더 검누른 여백을 조형한 연작 중 한 점쯤은 꼭 내 소유물로 간직하고 싶다. 그러나 나의 이 떼칠 수 없는 집착이 몰아올 '자네'와의 분란을 미리 생각하면 자제를, '가족의 붕괴/해체'를 막을 수단이 과연 이해, 관용, 분별 같은 이성적 심성의 함양으로 가능한지, 무엇이든 '독차지'하려는 욕망의 제도적/법적 장치가 결국에는 돈과 인기와 관심도에 따라 갈라지는 오늘날의 예술 '분별 측정치'를 어떻게 수용해야 옳은지를 반추하게 만든다.

그날 나는 온몸이 파근히 저려올 때까지 걸음을 떼놓다가 이제는 형이 안 온다고, 방에 들어가서 기다려야겠다고 누군가에게 말하기 위해서라도 잰걸음을 놓아야지 하고 돌아섰다.

↓

그 온천여행에서 돌아온 후, 그리고 그해 겨울 초입에 내 예상대로 또 다른 군부 정권의 태동을 보고 나서야 나는 내 갈 길을 적극적으로 찾기 시작했다. 곧 이듬해 봄, 나는 산업체 근로자로 나의 신분을 위장하고 한 보건전문대학 야간부 안경학과에 적을 걸었고, 그 학교의 한 강사와 내 또래의 늙은 학생이었던 한 안경점 주인의 알음알이로 낮 동안에만 30평짜리 대형 안경 전문 센터에서 눈먼 사람들의 시력교정을 도와주는 월급쟁이가 되었다. 그러고 나서 2년 후에 마침 3년 이상 안경점을 경영해온 점주들의 시력 교정자 자격을 양성화시키는 조치로 당국에서 시행한 시험에 응시하여 나는 안경사 자격증을 취득했다. (요즘에는 원칙적으로 2년제 전문대학의 안경학과를 이수해야 안경사 자격시험에 응시할 수 있다.)

이 글은 나의 부친이 상습적인 예의 그 앙앙불락 음주벽과 지병이었던 당뇨병의 전이가 점점 심해져서 색깔도 선뜻 못 알아보고, 따라서 붓 잡기도 힘들고 귀찮게 되고 말아 한쪽 눈만이라도 먼저 수술하고, 6개월쯤 후에 다른 한쪽의 망막을 깎아내야 한다는 의사의 진단을 계모와 함께 내가 듣고 난 다음, 푸른 환자복을 입은 한 늙은 화백의 병상을 나 혼자 밤새워 지키고 난 후, 허겁지겁 미명(未明) 속을 뚫고 내 생업 장소인 '명경안경점'의 문을 따고 들어와 환하니 불 밝힌 진열대 안의 수많은 안경의 따가운 시선을 의식하며 쓰기 시작했다. 그때가 지난 9월 10일 새벽이었고, 이 글의 미진한 마무리를 이모저모로 뜯어보고 있는 지금은 10월 31일 밤이다. 역시 남의 내밀한 사연을 때에는 '합법적으로' 무제한 검열할 수 있었던 한때의 내 별정직책이 글쓰기에 상당한 도움이 되었음을 차제에 '마땅히' 밝혀두어야 하지 싶다.

사족이지만 지금도 시력이 아주 정상인 나의 동갑내기 아내의 눈마저도 사람살이/세상살이의 어떤 미망을, 그 짙은 어둠을 분별해낼 수 없다는 사실만큼은 특기해두어야 할 듯싶다. 눈이란 어둠을 밝힐 수는 없고, 다소 그것에 익숙해질 수 있는 그런 도구거나 기능일 뿐이며, 어떤 맹목은 시력 교정자도 어찌해볼 수가 없다. 사람에게 '먼눈'은 누구에게나, 또 어느 때나, 어떤 경우에나 덮치게 되어 있으며, 그 시각 잃은 맹목의 연원을 밝혀내는 것이 사람다운 사람의 눈이 할 일이다. 하기야 그런 일련의 소명 경과를 적바림하는 수단이 이런 글쓰기임을, 동시에 남의 사연 읽기임은 더 말할 나위도 없다.

↓

그 위에서 팬터마임이라도 공연할 만한 커다란 타원형 탁자의 한쪽 모서리로 세 심사위원을 모으고, 사진기자가 방금 지시한 연출에 맞추느라고 시중의 한 월간 종합지 편집 실무자 박 차장이 그들 앞에다 두고 원고들을 자연스럽게 벌여놓자, 사진기 셔터 누르는 소리가 연이어 광장 같은 회의실 실내를 울렸다. 송 교수는 문득 이 큼지막한 탁자를 어떻게 실내에다 집어넣을 수 있었는지가 자못 궁금했다. 그러고 보니 그 탁자는 사등분으로 나눠 제작된 것으로, 직각 면들이 정중앙에 모여져 있었다.

사진기자가 "취재 때문에 늦어서 죄송했습니다"라며 고개를 숙여 보이고는 허둥지둥 사라졌다.

박 차장이 소개와 수인사를 주선한 진행자로서 세 심사위원의 얼굴을 두루 훑고 나서 "대충 재미있는 걸 다 고른 셈이지요?"라면서 선에 오른 것과, 어쩔 수 없이 낙과처럼 떨어진 원고를 분별해서 챙겼다. 일부러 치올려 깎은 하얀 상고머리를 자신의 고유한 분위기로 거느리는 소설가가 좌장답게 먼저 머리를 끄덕였고, 논설위원은 심사 중 내내 좋은 게 좋다는 두루뭉수리 말만 주워섬기더니 엉뚱하게도 이번에는 아까와 딴판으로 "뜻밖에 재미있는 게 많아요"라고 받았다. 송 교수는 어떤 심사에서라도 얼렁뚱땅이로 감별사 기능을 합석자들에게 떠넘겨 버릇하는, 단언컨대 원고를 제대로 읽어오지도 않으면서 이름만 팔아가며 연명하는 양반들이 있게 마련이라 그러려니 하고 말았다. 그러나 여느 자리에서라도 할 말은 꼭 메모하고 틈을 노리는 버릇대로 송 교수는 두 연장자 심사위원이 입을 모아 논픽션으로서의 구색이 미흡하다면서 선뜻 선외로 밀어내버린 예의 그 '시각 교정자'에 대해서 자신의 독후감을 좀더 말하고 싶었다.

역시 소설가 양반이 다년간의 경험자답게 눈치가 빨라서 미처 다 말하지 못한 독후감을 술술 풀어놓기 시작했다.

"7년 만에 자식들 교육 때문에 재파독(再派獨)한 간호사 광부 부부의 독일 정착기가 역시 실감이 살아 있어요. 다들 아무 데나 마구 써먹는 그 소위 리얼리즘이 살아 있어요."

논설위원이 맞장구를 쳤다.

"또 다른 한국적 비극의 한 단면이지요. 우리나라 교육제도가 정말 너무 엉망이라는 간접적인 비판도 의미심장하고요. 2차 세계대전 후 독일 전국민이 배를 곯면서도 2세 교육을 위해서는 모든 예산을 줄이고서라도 난방비를 무제한으로 썼다는 데이터에는 뭉클해집디다. 독일 초등학교에서부터 대학교까지의 교내 급식제도 같은 것도 아주 중요한 정보였어요. 우리 송 교수께서 유학 중에 많이 경험하셨지요?"

"대학 구내식당에서 감자는 자주 먹었습니다. 나중에는 그 맛있던 감자 요리도 신물이 났지만요."

소설가가 말을 잘랐다.

"나머지는 다들 고만고만해요. 자기 자랑들도 심하고. 또 천박하게 돈 번 자랑이랄지 사업 성공담은 왜 그렇게 많은지. 글이 아무리 자화자찬의 도구라 할지라도 겸손을 앞세워야 하는데, 지겨워서 싫증이 납디다. 운동권 출신의 노동 현장 체험기도 어째 구호에다 자기 자랑만 시끄럽게 떠들어대고 막상 디테일은 없고. 우리는 어째 그렇게 읽히대요. 자기 자랑이 심한 문인들을 유심히 보면 허풍스럽기 짝이 없고, 막상 당사자는 지가 어디서부터 불출인지를 몰라요. 평론가들 중에도 그런 사람이 숱해요. 문장들도 거칠고, 도무지 남은 안 읽히는데도 지 글이 좋다니 말을 섞어봐야 아무 소용이 없어요."

논설위원은 즉각 화두를 이어받는 순발력을 발휘했다.

"그 운동권 출신은 무슨 신선놀음처럼 밥도 안 먹고 사는지 의식주 관행이 너무 소루했어요"

백발의 상고머리가 호응했다.

"아예 그런 걸 모르고 살더만. 노동시간, 임금, 노조 회비 같은 숫자만 잔뜩 늘어놓고. 그런 쪽 소설에 흔히 써먹는 달콤한 공상이 없어서 그런지 더 실감이 없어."

논설위원이 사회자처럼 화제를 바꿨다.

"아까 송 교수께서 가족 해체의 실상에 웬만큼 가깝게 다가갔다가 흐지부지 끝났다고 한 그 안경사 경험담은 역시 픽션 냄새가 좀 나지요?"

소설가가 곧장 "짐작은 대충 가는데, 지어낸 구석도 있는 것 같습디다. 그 서양화가 부친은 이북 평양 출신일 텐데, 마구 뒤바꿔놓은 게 아닐까 싶기도 하고, 모르겠대요"라고 말을 흘렸다.

논설위원은 신문기자 출신답게 대번에 호기심을 드러냈다.

"아니, 그이가 누굽니까? 제자를 소실로 거느린… 저도 기자 초짜 시절에 미술 담당을 몇 달 하다 말아서 그쪽 이름들은 대충 아는 편인데 도무지 감이 안 잡히던데요."

"제자를 후실로 데리고 사는 양반이야 학계든 문화계든 좀 많습니까. 다들 상처(喪妻) 복도 출중해서 부럽지요. 어쨌든 읽어가다가 내가 염두에 떠올린 화가는, 작중의 그 인물하고 나이도 얼추 비슷해요. 일본의 그 내로라하는 무사시노 미대 출신이고, 그 미대가 초기에는 당시의 유행어인 허풍스러운 '제국'을 갖다 붙였을 거예요. 어떻든 그 미대는 지금도 일본에서는 명문이지요. 진짜로 거기 출신이라면 지금 희수(喜壽)쯤 됐을 텐데, 술도 즐기고 당뇨가 심하다니까, 모르지요. 그 양반은 우리 쪽 미대에 끝까지 남아서 정년퇴직했다는데 내가 아는 케이 화백은 중도에 그만뒀지 싶은데, 헷갈리데요. 픽션일 거예요. 작자가 작심하고 자기 선친을 그렇게 희화화하려면 작고 후에나 가능하지 않겠어요?"

"일흔일곱 살이라면… 그이가 누굽니까? 일러주시면 제가 오늘 한잔 사겠습니다."

"뭘 꼬치꼬치 아시려고… 그쪽 양반들은 워낙 그 힘들이 좋아서 그런 소실 치레라기보다 사련(邪戀)을 밑도 끝도 없이, 그것도 이 여자 저 여자를 복수로 줄기차게 이어가는 모양이던데, 작중의 그 인물은 내가 염두에 둔 양반보다는 훨씬 희화화되어 있어요. 대단히 소탈한 멋쟁이에다 술 욕심, 작품 욕심도 아주 사나운 양반으로, 풍문으로는 일본의 그 제국미술대학 동문 가운데서 꽤 유별났고, 이중섭 그림도 우습게 봤다는 거지요. 기껏 황소 한 마리에 흰소 한 마리를 그려놓고 너무 우려먹는다고 기탄없이, 우렁우렁한 목청으로 험담도 사양치 않았다고 해요. 술 인심도 좋아서 주위에 따르는 동지들이 많았다고 그러고."

"하기야 초기작 한두 편으로 평생 명망을 누리는 문인, 화가는 흔하지요. 그것도 운이라면 운이지만, 이중섭의 경우는 그 애틋한 사랑 노래가 출중한 가작이지요. 국경을 뛰어넘은 한일간의 순애보가 두고두고 추앙 무드를 진작시켜가는 측면도 있고요. 화가나 문인들이 대개 다 욕심들이 과하지요. 여자 욕심도 당연하고요. 돈에는 아무래도 그 거래 단위가 커서 그런지 화가들이 이재에도 밝고요."

"이중섭은 이제 신화의 반열에까지 올라가 버렸어요. 그림 양도 워낙 적고 그 수준도 실은 야수파의 흔적 같은 걸로 들여다봐도 미미한데 그래요. 기자들이 때만 되면 그 뻔한 러브 스토리를 재탕 삼탕 우려먹으니 전설이 될 수밖에요. 공허하지요. 막상 미망인이나 자식들은 부끄럽다고 손사래를 칠 텐데 말이지요."

송 교수는 두 연배의 심사위원들이 촉각을 곤두세우고 있는 그 가십성 한담을 무시하고 자신의 독후감을 다시 내놓았다. 그의 말에는 세대 차에서 오는 작은 반발과 꼼꼼히 읽었다는 자부가 뒤섞여 있었으나, 중년의 학자답게 할 말을 하려고 이 자리에 나왔다는 작심도 배어 있었다.

"사실상 오늘날 모든 결혼의 4분의 1은 재혼 형태라는 사회학 쪽 통계도 있으니 그 힘 좋은 화백의 소실 치레는 별것도 아닐 수 있어요. 물론 딸자식뻘 제자와 상간했으니 성적 도덕성으로 따진다면 문제도 없지 않고, 혼인 풍습도 급변하고 있으니 픽션으로 문제를 제기해야 더 설득력이 있었을지 모르지요. 아무튼 그 글은 제 눈으로 보기에는 함의가 좀 많아요."

송 교수는 두 합석자의 눈치를 살폈다. 시쁘게 여기는 기색이 있으면 후딱 말을 줄이던가 자신의 의견을 다소 눅일 심사에서였다.

"핵가족의 다양한 양상과 그 해체 과정을 배면에 깔면서, 가족 이민의 사회화 과정도 그 실례지요. 우리 사회 구성원 모두에게는 피감시자의 시선이, 곧 자기 자신의 내부의 독자적인 눈은 깔아뭉개고 등 뒤의 감시자 눈만 늘 의식하며 살아간다는 거지요. 전 그렇게 읽었습니다. 그 노화백이 무슨 식민지 주민처럼 늘 종주국의 눈치만 살피느라고 과묵을 위장하는 모습도 같은 맥락이지요. 현직 안경사인 필자는 그걸 쓰려고 했던 것 같아요. 눈은 어차피 좋을 수도 나쁠 수도 있는데, 시각만은 난시 상태로 방치해두지 말고 제 것을 가지고 살자는 거지요. 시력 교정자로서도 그 역할에는 한계가 있다고 실토하면서요."

논설위원이 이번에는 왼편의 송 교수에게 두리뭉술한 의견으로 동의를 구했다.

"우리가 아직도 피지배자적인 시각을 가지고 있는 것은 사실이에요. 모든 분야에서 다 그렇지요. 그걸 피감시자의 시각으로까지 자리매김하는 것은 자기 비하가 좀 심한 거 아닌가 하는 견해를 별개로 할 수는 있을 테고요."

연장자라서 그런지 소설가는 아까부터 학생의 다른 능력은 뒷전으로 물리고 학과 점수 매기기에 골몰하는 고등학교 담임선생 같았다. 아마도 당락을 딱 분질러야 하는 작품의 성취 감별에 이력이 붙어서 그런 듯했다.

"논픽션에서 밑바닥에 깔린 그런 다의성까지 다 끄집어내서 읽을 필요는 없는 거잖아요. 실감이 나는지 어떤지, 과장과 거짓말이 이해할 만한 수준인지를 분별하면 족하고, 작의야 아무리 거창하다 하더라도 재미에 밀려서 알 듯 말 듯 해도 그러려니 해야지요. 아까 송 교수가 말한 대로 부부 사이나 부자(父子) 사이란 게 어차피 서로에게 다소 억압적인 건 사실이고, 어느 한쪽이 그 친족 의무를 얼마쯤 방기(放棄)했다기로소니 그걸 두고 곧장 가족 해체 운운하는 것도 사회학적으로는 그럴싸할지 몰라도 생활 세계상으로는 좀 호들갑스럽거나 철이 덜 든 젊은이의 수작인 거 아닌가 모르지요. 읽히기는 하데요. 문장 훈련이 웬만큼 좋아서 그렇지 싶은데, 이니셜을 사용한 의도는 알겠으나 논픽션으로는 역시 원고 작성법상 자격 미달이랄 수 있을 거예요. 소설에서도 주인공을 케이 운운하며 알파벳 대문자로 표기하는 것은 소설 작법상의 약속이자 일종의 부호로 생각하면 그뿐이랄 수 있을지 모르나, 저는 반대합니다. 대화에서 케이 운운은 말이 안 되지요. 논픽션에서도 지명이나 인명 표기에서 부호화 범위는 필자 나름의 기준이랄지 원칙을 세워야 할 겁니다."

송 교수는 자신의 의견이 영문자 표기로까지 비화해서 좀 의외인데다 본의와 멀어졌다 싶어서 서둘러 말을 보태야 했다.

"가족 해체란 용어는 학문적 과대 포장일 수 있으나, 매일같이 보시다시피 핵가족의 여러 양상은 기정사실로, 이제는 보편타당하고, 그래서 일반적인 단순 가족 단위로 받아들여지는 추세입니다. 일단 사회현상이니까요. 그 인과를 밝혀내는 표현 매체나 형식은 앞으로 다양할 수밖에 없겠지요. 영화를 비롯해서요. '시각 교정자'도 그런 의미에서 다소의 기여는 한 게 아닌가 싶은데, 실은 그렇게 별스럽지도 않다는 게 논픽션으로서는 다소 자격 미달이랄 수도 있지요. 사실상 부친의 치정 사단이 가족의 해체를 앞당겼다기보다는 그 소실의 인격적 결함과 여러 허물, 단점들이 가족 간의 우의를 훼방 놓고 있는데, 그 곡절이 웬만큼 그려져 있기는 하지요."

그제서야 박 차장이 실무자로서 나섰다.

"두 분이 동의하시면 이 원고를 입선에 올릴 수도 있습니다만."

송 교수는 탁자 모서리에다 아랫배를 밀착시키고 단호히 말했다.

"아닙니다. 그럴 필요까지는 없을 거예요. 그 필자도 굳이 그것까지 바라지 않는다는 낌새를 어디다 슬며시 밝혀두기도 했던 거 같습니다. 그런 함의가 분명히 있었어요. 제 시각을 가지고 살자는 게 그 사람 주장인데 존중해줘야지요."

역시 상고머리의 문필가가 잘못 읽은 게 아닌가 하는 투로 토를 덧붙였다.

"그 힘 좋은 화백이 아직 죽었다는 말은 없었지요? 그림을 어디다 기증하네 마네하는 소리는 있었던 것 같고."

논설위원이 의외로 결론을 서둘렀다.

"됐어, 박 차장, 거둬, 잘 골랐어. 두 분 다 별다른 약속 없으시지요? 저녁이나 먹으러 가십시다. 나머지 이야기는 식사하면서 마저 하도록 하고요. 이번에 송 교수께서 제일 수고하신 거 같습니다. 우리 세대는 빨리 죽어야 할랑가 봐요. 쉽다면 제일 쉬운 남의 생생한 경험담의 진위조차도 선뜻 분별해낼 수 없으니 이런 망신이 어딧겠습니까."

박 차장이 같은 회사의 명색 상관인 논설위원의 말을 들은 둥 만 둥 하면서 송 교수와 눈을 맞추고 말했다.

"심사평은 열다섯 장쯤 송 교수님이 대표 집필해주시지요. 관례가

눈길과 눈씨

연하자에게 맡기는 터라서, 양해해주시고요.″

송 교수는 머리만 끄덕이고 누구와도 눈을 맞추지 않았다.

두 심사위원이 돋보기를 챙겨 윗도리 안주머니 속에다 갈무리했다. 어느새 세모(歲暮)의 새카만 어둠이 창가에 바싹 다가붙어 있었다. 그 어둠이 남의 삶을 쫓아온 세 사람에게 다른 순례에 나서라고 내모는 듯해서 송 교수는 서둘러 무거운 책가방을 들고 일어섰다. 눈먼 사람처럼 그의 눈앞에는 잠시 어떤 사물조차 제대로 보이는 것이 없었다.(747장)

군소리 1 – 우리의 예전 풍속화에서 보이는 조감도 기법을 멍청히 들여다보고 있으면 현대소설도 결국 이렇게 날렵하고 삼삼한 경지로 굽어봐야 하지 않을까 하는 생각을 쉬이 거두지 못한다. 소재의 세목을 취재하는데 다소 애를 먹고 시간도 많이 들였으나, 위에서 내려다 보는 그 시각이 초지일관으로 약동해서 그랬던지 단숨에 쓴 중편소설이다.

군소리 2 – 액자소설의 본질이 평면 묘사를 부분적으로 불식하면서 조감도처럼 늘어놓아야 하는 것이 아닌가 하는 모색을 시종 더듬은 흔적이 작품 곳곳에 묻어 있다. 그림그리기에 따르는 화가의 내밀한 고충, 정서들을 모르기도 하려니와 그 심상의 갈등을 일반화/특별화하는 것이 우리 풍토에 걸맞을까 하는 의문도 늘 남아 있었다. 의심이 많은 사람은, 의구심으로 빌빌거리는 작가들은 늘 자기가 옳다는 고질로 시난고난할 뿐이다.

군소리 3 – 액자소설이야말로 소설의 원형이 아닐까 하는 나의 해묵은 심상, 고정관념이 누구의 영향으로 빚어진 것인지, 오래전부터 더듬고 있다. 사람들이 말하는 투를 유심히 듣다 보면 액자소설의 핵심 유전인자 같은 대목을 선뜻 잡아챌 수 있기도 하다. 그런 소박한 착상은 두 번째 중편소설을 쓰던 당시에도 챙겼던 것 같지만, 기억이란 나이와 상관없이 어차피 옹송망송하다가 전혀 다른 형질의 자극착오를 일삼는 게 아닐런지.

개작본 후기 3

글발의 구색과 기세

    문장들의 기세와 울림이 곧장 드러나면서 문맥 전반의 의미적 완결성을 주도하는 한편 그 글의 성격과 의의(意義)도 세우는 통사적 구성체가 '글발'이라고 이른다면 웬만할까. 흔히 이르는 '글맛'은 읽는 사람이 느끼고 챙기는 언어적 감각 작용에 불과하고, 그 분별도 글발의 온전한 전달성/역동성에 달려 있을 터이므로.

    모든 산문은 글발의 구색과 형세에 따라 그 글의 장르적 성격도 갈라진다. 이를테면 신문 기사와 학술 논문의 구별은 물론이고, 하도 다종다양해서 '환상'이라는 이름 아래 황무지에서 헛소리를 남발하는 장르까지 수용하는 '소설＝조작한 가상의 세상사'도 그 허우대에 따라 이성적/감성적/반지성적인 글발의 수준과 격차를 즉각 가름할 수 있다는 말이다. (소설의 잡다한 장르 분화가 '소설 쓰시네' 같은 무식한 비아냥을 불러오는 관건일 텐데, 차제에 공허한 상상을 빌어 현재의 '지구 환경'을 벗어난 '서사 행색' 일체를 '대설'로 통칭하자는 것이 나의 한결같은 주장이다. 더불어 일상사와 역사를 도외시하는 한때의 신선놀음 같은 음풍농월 계열을 '중설'로 우대해두고서.)

    특히나 소설의 경우는 글발의 가락이 우선 그럴싸해야 그 내용 일체에 드리워진 사실감과 아울러 전반적인 핍진성의 정도도 두드러지거나 엷어진다. (사실과 진실은 전혀 다른 맥락이다.) 결국 글발의 힘이야말로 만사여의의 근본이라고 할만하다. 곧 글발의 본때와 그 가치가 최선에 다가갔을 때, 소설은 소기의 목적을 거의 다 이룬 만능의 상태라고 해도 과언이 아니다. 문장이 그 사람이라는 말은 어폐가 자심하지 않나 싶은데, 글발의 신언서판이야말로 소설의 전인격과 전신상을 대변한다는 말에는 어떤 담론의 여지도 없을 듯하다.

↓

크게 갈음하면 소설은 사람의 형용, 사물의 형상, 사건의 형편 들 중 (작가들 각자의 안목에 따라) 쓸 만한 것만 취사 분별하여 편리한 대로 제각기 얽어서 늘어놓은 사람살이/세상살이의 한 단면이다. 그런 일련의 지적 조작을 올곧게 드러내는 수단이 문장인데, 어떤 작품이라도 저마다 그 고유한 특색이 문맥 전반에 짙게 깔려 있으므로 그 글맛을 쫓아가며 읽는다고 하지만, 실제로는 전혀 그렇지 않다. 그 자칭 개성미 넘치는 문장들에는, 어느 문장, 어떤 문단에도 당대의 가장 범상한 구어체/문어체가 골고루 버무려져 있어서 그렇다. 굳이 그 비율을 들먹인다면 평범한 문장이, 문맹자가 아닌 한 누가 읽어도 즉석에서 알아볼 만한 서술체가 태반 이상이다. 그 문장들의 화학적 조합이 점진적으로 또는 최종적으로 특이한 '글맛'까지 풍기는 경지는 거의 없다고 해야 바른 말일 것이다.

하기야 거칠고 난삽하며 이것도 저것도 아닌 무색무취한, 그럭저럭 씹히기는 해서 무슨 말을 하는지 알 만하지만, 도무지 이게 무슨 맛인지 알 수 없는 글줄 뭉치들이 숱할 뿐만 아니라 대개의 글이 다 고만

고만하므로 그러려니 할 뿐이다. 그래서 작가들 개개인의 덜 성숙한 문장 감각을 지적하는 너스레 감정(鑑定) 품평도 일종의 관행이라서 이해할 수 있긴 해도 오늘날처럼 쓰레기 정보가 엉터리 문장으로 휘갑쳐서 횡행하는 '언어 불감증' 시대에서는 이색적인 문체의 득의를 체감하기가 구조적으로 어렵게 되어 있기도 하다. 어떤 종류의 글을 읽어보더라도 의미가 부실할뿐더러 그 큼지막한 어휘들의 집합이 겨냥하는 요지에는, (원고료와 그 문필 노동을 시킨 매체를 의식할 수밖에 없는) 그 이면의 속셈에는 자가 선전과 아부와 교사와 선동을 일삼는 투의 과장이 여실히 비친다. 전후 사정을 철저히 생략한 나머지 쥐어짠, 거두절미한 허장성세의 표본 같은 문장들은 대체로 이쪽저쪽의 눈치를 보느라고 딱히 할 말이 없는데도 그냥 허룽거리는 감상을 아무렇게나 얼버무리는 식이기도 하다.

그래서 당대를 반영하는 가장 두드러진 문물 중의 하나인 글월이 그 본질적 '유동성/세태 반영성'과 더불어 '과장성/사기성'을 제멋대로 떨치는 현상 앞에서는 난색을 감출 수 없는 경우가 비일비재한데, 자타가 내로라하는 독서가들조차 이 현저한 세태에 무지해서 무념무상으로 일관하는 형편이니 오늘날이야말로 사고의 혼란과 혼선을 부추기는 문장가/입담쟁이 들이 살판을 만난 호시절임을 실감케 하고 있다.

↓

대체로 말해서 소설의 서술 기조는 평서문의 골격인 (1) '설명'에 기댈 수밖에 없다고 하면 또 고지식한 원론을 동어 반복한다고 지레 돌아앉을지 모르나 엄연한 사실이다. 사람의 성격이든 주위에 늘린 물

개작본 후기 3

건의 임시적 자태든, 더불어 세상살이에서 속속 일어날뿐더러 일관성 좋게 벌어지는 사고/사달/사건/사려와 함께 집단적이고 대규모적이며 연쇄적인 사태까지도 그 정황 일체를 풀어서 밝히고 누군가에게 일러주려면 상호 이해의 근간인 말과 글로써 이루어지는 소박한 '설명'에 기댈 수밖에 없어서이다. 더 갈래짓기를 잇자면 두 사람 이상의 (2) '대화'나 서술문장 속에 들어앉아 있는 간접화법도 어떤 사정을 오롯이 드러내려는 의욕으로서, 일상적인 상용어로 풀어서 말하기의 한 가닥일 뿐이다. 어떤 인물/사물/사정/생각의 윤곽을 맞춤하게 잡아가느라고 자세한 (3) '묘사'를 연방 덧대는 사생(寫生) 솜씨도 그 정도를 다른 것과 비교하면서 밝히려는 글품에 지나지 않는다. 작가 개인의 득의로써 남들의 문투와는 전적으로 다르다는 표시인 (4) '표현'을 스타일, 곧 어떤 '형식'을 지향하는 기초로서의 문체로 한정할 때도 그것은 자기 생각/관념의 온축대로 일러주려는 암중모색에 철두철미 종사한 후 얻은 낙수(落穗)에 불과하다. 또한 이야기의 진전에 설득력을 입히는 (5) '인용/사례'도, 작가 자신의 소신과 시각과 추상의 일단을 토로하는 단정적인 (6) '논평＝주석' 같은 일련의 문장들도 그 개연성 전반에 강세를 덧대려는 안간힘으로서의 호소나 부연 설명이라고 할 수 있다. (그 밖에도 의성어를 앞세우는 감탄문, '여보세요/여보, 잠이 안 와' 같은 자질구레한 신음성 서술문장 등도 한 갈래로 잡을 수 있겠으나, 그것들은 만화 같은 다른 장르의 지배적인 정조를 옮기는 타성적 '풍선글'에 지나지 않으므로 일단 논외로 다룰 수밖에 없다.)

위의 여섯 가지 서술문장을 공평하게 잘 아우르는 고심의 작업이 최선의 소설을 배태, 탄생시키는 밑거름이라고 할 수 있겠으나, 예의 그 장르적 감각과 작가들의 개성이 수시로, 작품별로 달리 변덕을 부리는가 하면, 심지어는 기왕의 너절한 문장들에 진력이 나서 그 반발을 모색하느라고 일단 동사로 끝나는 종결형 같은 우리 글의 천편일률성 만이라도 피하려고 한사코 기를 쓰는 실정이다. 그래서 통속소설 같은 데서는 아예 (4)나 (6)이 그 코끝도 비치지 않는 사례가 허다하지만, 오히려 그런저런 잘난 체하는 군말투성이 문투가 없어서 술술 잘 읽힌다며 좋아라하는 멀쩡한 물신선들이 독자층을 과점하고 있는 듯하다.

만부득이 실례를 든다면 헨리 제임스의 작품들에는 거의 독보적이라고 단언할만한 (4)와 (6)이 행간으로까지 넘쳐나는 통에 이해하기가 난삽할뿐더러 심리묘사가 이처럼 복잡다단의 극치를 이뤄서야 주인공들의 개성을 살리기는커녕 흐리터분한 선병질 일색으로 몰아간다는 소감을 시종 뿌리칠 수 없게 조립되어 있다. 완력 좋은 그런 글발의 기세야말로 독자 일반의 외면을 사는 빌미일 텐데도 막상 작가 자신은 그 '개성미 넘치는 스타일'이라는 수호신에 기대려고 오불관언으로 일관한다. 늘 목격하는 상투적인 일상사/세상사를 그려 본들 기왕의 '남'의 글 베끼기나 후무리기가 아니고 무엇이겠는가 하는 그 도저한 장르 감각에는 감히 가타부타해야 할 여지도 없어서, '이런 해독 불편을 누구나 다 겪을까' 하는 자탄을 내질러야 하는 형편이다. 독자들의 그런 난처야 각자가 알아서 수습하라는, 그러거나 말거나 서술 기조에 별스럽지 않은 문장으로 환칠하기 싫다는 그 고집스러운 문장 '조탁 기술' 앞에서는 과연 이 세상에서 유일무이한 독창성의 한 표본이라고 머리를 조아리면서도 그 속의 '말 주고받기'조차 새기며 읽다가 지레 백기를 들 수밖에 없다. 그런 경지가 예술 행위의 최대치를 구현하려는 한 귀족적/반세속적 자세일 수는 있겠으나, 혼자서 자나 깨나 골동품의 모서리까지 쓰다듬는 수집가들의 그 완물상지(玩物喪志)의 골몰이 저절로 떠오르는 데야 어쩌랴.

문학이나 예술 감상은 어차피 혼자서 즐기는 여가 선용의 일종일 텐데, 떼를 지어 여흥을 챙기고, 더불어 그 흥취를 까짓것 퍼뜨리고 말겠다는 '쏠림' 매몰 현상은 작가 개인을 기어코 광장으로 끌어내려는 무잡한 행태로 치부할 수도 있다. 그런 식의 '더불어 민주주의'를 강요하는 작태에 부화뇌동하면 결국 공장에서 일관성 좋게 찍어내는 공산품들이 문학이란 포장을 덮어쓴 채로 널리 유통되고, 덩달아 여기저기서 '나도 좀 먹고살자' 식의 유사한 조제품들이 우후죽순처럼 탄생하는 현실에 이르지 않을까. 그런 살풍경이 실제로 훤히 보인다면 한낱 초조한 과민 반응에 지나지 않은지, 실로 분간하기도 벅차다.

내친김이라 다른 만만한 사례도 차제에 들어둘 만하다. 일컫는 대로 사생활조차 유별나서 과연 문호다운 도스토옙스키의 작품들에는 장황한 (2)가 '너무하다' 싶게 빈출하고, 그것도 대개는 했던 말을 하고 또 해대는 다변증의 폭주 일색이라서 기가 질리곤 한다. 그의 대개의 작품이 단어 하나를 집어넣고 빼는데도 원고료를 촘촘히 의식해야 하는, 이른바 매문(賣文)을 내놓고 불사하도록 쾌치는 당대 잡지의 연재물이라서 이해할 만한 사정이긴 해도 그 수다스러운 어루증(語漏症)은 서사의 진행을 억지로 꾸려가는 기법으로 여겨지고, 그 실적이 추후의 명성에 더덤한 덧칠하기로서의 엉뚱한 가치판단을, 예의 다성(多聲) 음색 운운하는 세평을 사주, 증폭시키는 디딤돌이 되어 있다.

요컨대 (1)를 과도하게 늘어놓거나, 구지레한 속담을 비롯하여 등장인물들의 생김새나 입성, 기호 등을 장황하게 그리는 (3)과 (5)의 과점은 흡사 집중 폭우 후의 흙탕물에 뒤범벅으로 섞인 오물을 방불케 하여 지레 진력이 날 수 있다. 과유불급이란 좋은 말을 이런 경우에 쓰라고 지어내지는 않았을 테지만, 어느 서술문이든 지나치게 많이 늘어놓으면 먹을 것 없는 잔칫상을 오로지 생색이나 내려고 베푸는 꼴이니 아무리 먹성이 너그러운 독자들도 제풀에 외면하는 거야 어쩔 수 없다 치더라도 작품의 성취도 가뭇없이 멀어지고, 공들인 품에 비춰서 그 성가도 대수롭잖게 묻혀버리고 마는 실례도 허다할 것이다.

한편으로 변덕스러운 대세와는 꼭 한 발자국쯤 떨어져서 내 식으로 그리고 말겠다며 서정적인 (3)이나 서사 다발적인 (1)을 발 빠르게 풀어놓는 이야기체도 나름의 성원 속에서 독자층을 불려가기도 할 테지만, 그 모든 글발의 수준과 성취 정도는 비록 눈금 없는 글눈에도 이내 붙잡히게 되어 있다. 글이란 그런 것이다. 적어도 외부의 어리숙하기 그지없는 가늠자가 좋은 게 좋다는 추수주의자들의 등쌀에 쫓겨 우왕좌왕하지 않는 한, 진정으로 글맛을 찾아 나서는 독자의 기호가 그런대로 작동하는 한. 사람과 세상의 정체를 제대로 그럴듯하게 밝히려는 서술문에 군이 갈래를 따지는 것도, 그 비율을 넘보는 짓거리도 하등에 무용지물이긴 할 테지만.

↓

에두른 감이 없지 않으나, 막상 요긴하게 내놓고 싶은 소견은 그 모든 서술문장의 정체성 자체가 실은 얼마나 무식한 면면을 속속 드러

개작본 후기 3

내고 있는가에 대해서 만사에 유식한 체하는 작가들은 물론이고 독자들도 의외로 무심한 게 아닌가 하는, 이런 우리의 데면데면한 글눈으로는 장차 어떤 글줄이라도 옳은 행세를 못 하고 말지 않을까 하는 기우가 앞을 가려서이다. 그래서 남들과 다르게 쓰겠다는 의식은 일단 접어두고, 가장 알아보기 쉬운 '만만한' 문장들로 그리려는 상투적 민심은 유전인자처럼 대를 이어 내려오는 듯하고, 이처럼 우둔한 풍토성에 치여 살아가느라고 개개인의 독서량마저 '재미도 없고 긴가민가 하는 글을 이 바쁜 세상에 무슨 청승으로 읽고 있겠나' 하는 포괄적 제약을 불러오지 않았을까 하는 탄식이다.

웬만한 독서가라면 한통속으로 그렇지 않나 싶은데, 어떤 책이나 소설을 잡더라도 온통 '엉성하다'라는 말과 느꺼움을 동시에 체감해 가야 하는 고충은 점차로 글발의 구색을 뜯어 보는 불퉁거림을 사주할 게 분명하고, 이윽고 이 모든 문맥이 사실의 발굴이나 진실에의 접근은커녕 또 하나의 잡스러운 '위증/헛소리'를 보태고 있지 않나 하는 심사에 부대끼다 못해 당장 시비를 가리고 싶은 난감과 대면하는 한편, '황당하네, 딴에는 자기주장이 있다는 건가' 하는 자폐적 체념에 이르게 되고 마는 어떤 기류, 곧 그 괴상망측한 둔물(鈍物) 앞에서 불가피하게 맞닥뜨리는 착잡한 심경을 어떻게 수습해야 하는가 하는 자성이다.

대개의 소설은 잘 모르는 일을 제멋에 겨워서, 거의 지엽적인 한 사단을 모티브라는 구실로 빌어서 얽어가는 고도의 지적/언어적인 조작품인데, 그 대다수 글줄과 문맥이 (따져볼 여지도 없이) 남의 말을 무단으로 빌려 쓰거나 알거냥하느라고 아리송한 어휘 뭉치로 엮는데 부심(腐心)한 흔적의 결실이라고 해도 지나치지 않다. 널리 제도화된 지적 오락물인 소설의 쿰쿰한 뒷구멍을 새삼스럽게 까발려서 무슨 소용인가 하는 지청구가 들리지만, 엉터리 문장/문맥이 활갯짓하는 풍토에서는 모든 글이 '위증'의 관습화로 말미암아 거대한 가짜의 기록물 수렁으로 빠져들며, 그런 아수라장에서 허우적거리는 집단심성이 오죽 삐딱하게 작동할 것인가 하는 염려조차 가늠 길이 막연해진다. 씁쓸해서 더욱 절절해지는 '문장 부재'의 경과와 결과가 대체로 이렇다는 조급한 진단이 어디서부터 잘못되었는지, 이 의구심도 하찮은 문장 감각으로 풀어야 할 테지만.

↓

문장 부재가 가장 적나라할 수밖에 없는 '사실 판단'과 흔히 직관에 좌우되는 '가치판단'조차 한목에 오도하도록 밀어대고, 점점 더 무던한 의사소통으로 오해와 곡해만 부추기는 이런 지적 풍토에서 편견이 난무하는 것은 당연한 추이가 아닐까 싶지만, 이 의심조차 더 따져야 할지, 그래서 한쪽으로 한참 실그러진 반쪽짜리 저작물과 그 실적을 덩달아 홍보해대는 잡문의 일대 성시가 이루어지고 있는 현상도 풍토성 말고 다른 줄자를 사용해야 하는지 도대체 알 수 없다.

다들 겪는 대로 편식은 다른 먹거리를 일단 외면하는 식성을 유도, 영양의 불균형 상태로 빠져든다. 지식의 편견도 그런 회로에 감기는 사례는 어떤 식자라도 뼈저리게 체험하지만, 도무지 개선의 기미를 더듬어 볼 여지조차 없는 그런 난처야말로 모든 먹물의 아킬레스 힘줄임에랴. 하기야 그런 외곬의 매몰이 지식 확장의 본령이고, 그 경지가 이것저것 휘뚜루마뚜루 식성을 과시하여 아무 데서나 덜 삭은 기염을 토하느라고 늘 분주한 딜레탕트의 대척점에 설 수 있는 입지이기도 하다. 그러나 그런 치우친 사고 행태가 누리는 성취는 필경 담판한(擔板漢)이 그토록 어기댄다는 그 자족의 실없음과 정확히 한 본이며, 그 망발의 일대 경염장에서 건질 수 있는 사실과 가치의 함량은 기껏 반쪽뿐인 데야.

그러면 어떤 소재를 잡더라도 충분히 알고 나서 적절한 언어를 골라가며 장인 정신을 발휘해서 쓰면 될 것 아닌가 하는 합리적인 추궁을 들이댈 테지만, 그런 시정 모르는 권고는 예의 그 허황한 언어 관습이 풍요롭게 설치는 풍토성 아래서는 근원적으로 불가능하다는 일종의 환원론으로 밀어낼 수밖에 없다.

군소리에 불과할 테지만 덧붙이면, 우리의 시방 언어적 환경 일체는 유사 이래 가장 배부른 시절답게 주정꾼의 헛소리 남발을 한사코 부추기는, 그것도 엉성한 여러 제도와 발빠른 전자 문명과 헐렁하고 편협한 민심이 합심 협력하여 장구 치고 북 치는 형세다. 북은 칠수록 소리가 시끄럽다는 옛말대로 정치인들은 하나같이 '나오는 대로 씨부렁거린다'는 말 그대로 입에 익은, 정해져 있어서 다른 말을 지레 가로막는 정답(定答) 식 언변을, 일컬어 단락반응에 겨워 지껄이고, 그 실없고 재미도 없는 말을 즉각 모든 매체가 받아써서 퍼뜨리는 데 혈안이다. 소위 사계의 전문가들도 '문장이 무슨 소용인가' 하는 장단에 발맞춰 지당하신 말씀 일색이다. 역시 외우는 정답만 가르치고 배운 풍토성 때문일 텐데, 온갖 매체들이 손쉽게 간추렸답시고 내놓는 대담/대화록의 매끄러운 구변들이 이내 그 형체를 지우는 뜬구름 같이 읽힌다면, 그 매명(賣名)이 흡사 다방 같은 데서 손목시계를 보랍시고 팔뚝을 내둘리는 촌사람과 한 본으로 비치는 데야 어쩌랴. 뿐인가, 자기 치부를 까발리면서 인기몰이를 일삼는 문화계 인사의 실없는 사담, 유튜버들이 돈벌이를 위해 작정하고 내지르는 유언비어의 홍수, 매일 말잔치 판을 벌이고 앉아서 작화증 중독을 과시하는 잔풀내기들.

이처럼 그 내용조차 부적을 닮은 괴문서인 법조문과 연일 쏟아지는 오문/비문투성이 판결문, 앞뒤 말이 서로 질세라 싸우는 유언비어로서의 신문 기사들, 날탕의 헛소리 같은 뭇 기관의 대변인 단평, 실성(失性) 일보 직전의 한담 같은 신변잡기 등등이 무시로 횡행하는 이 희비극적 사회 체제 아래서는 진심 어린 말이나 진정이 배어 있는 글이 근원적으로 나올 수 없게 되어 있다는 것이 나의 확신이다. 일컬어 '비판적 독서'의 기풍이 제도적으로 희귀해진 게 아니라 아예 자취를 감춘 듯한 작금의 세태에서 편견의 조각 글발이 난무한들, 잘 썼다는 소설이 멀쩡한 현실을 눈 아래로 깔아뭉갠 위증 난발의 전단(傳單)으로서 멀고 먼 허공을 마음껏 떠돌아다닌들, 세태에 교언영색으로 얼버무린 잡글들이 온갖 영상과 지면 위를 날파리 떼로 휘젓고 다닌들, 광고 속의 문구 같은 과대 선전에 세뇌되어 다들 넋을 반쯤 빼앗기고 기신거린들, 무엇이 잘 못 됐냐고 짐짓 눈알을 부라리고 달려 들어대는 데야.

결론은 행간에 넘쳐나고 있지만, 앞의 두 극단적인 사례의 문체 감각에는 어리석은 독자들이야 이해하든 말든 '이런 글발이 그나마 세상과 사람을 웬만큼 바로 읽고 있다'는 자부가, 일종의 귀족주의적 취향이 넘실거린다는 소리다. 그렇게나 민중을 섬기려는 세속적인 언행 일체는 아무리 좋게 보더라도 고상한 '문화' 생활까지 누리려는 허영과 두동질 텐데, 그 분별에조차 무감한 글에서 글발을 찾겠다는 발상도 어불성설이긴 할 것 같다. 우리 서민도 '문화생활을 좀 즐기며 살자'는 아우성이 때도 곳도 사람도 가리지 않고 달려들고 있으니, 떡해먹을 세상이 아닌가.

그러나저러나 한글로 쓰인 어떤 글줄이나 소설 같은 저작물을 촘촘히 읽어가다 보면 당장 허물어져도 하등에 이상할 게 없지 않나 싶은 날림의 가건물 속에 들어앉아서 머리만 까딱거리고 있는 것 같은 착각을 추슬러야 하는 경우가 왕왕 있는데, 나만의 이상 증세인지 어떤지. 가짜로 뒤발한 허위문자의 소굴에서 끼적거린 낙서도 그림의 반열에 오르고 있는 문학/예술의 전성시대에 살아가자니 씁쓸한 심회만 깊어질 뿐이다. ― 2025년 3월, 하남에서.

미국인 탐험가

1쇄 발행일 | 2025년 04월 21일

지은이 | 김원우
펴낸이 | 정화숙
펴낸곳 | 개미

출판등록 | 제313 – 2001 – 61호 1992. 2. 18
주소 | (04175) 서울시 마포구 마포대로 12, B-103호(마포동, 한신빌딩)
전화 | (02)704 – 2546
팩스 | (02)714 – 2365
E-mail | lily12140@hanmail.net

ⓒ 김원우, 2025
ISBN 979 – 11 – 90168 – 98 – 4 03810

값 30,000원